rowohlt

Antonio Muñoz Molina

Sepharad

Ein Roman voller
Romane

Aus dem Spanischen von
Willi Zurbrüggen

Rowohlt

Die Originalausgabe erschien 2001
unter dem Titel «Sefarad – una novela de novelas»
bei Alfaguara, Madrid.

Redaktion Miriam Mandelkow

1. Auflage September 2004

Satz Berthold Garamond PageMaker PostScript
bei Pinkuin Satz und Datentechnik, Berlin
Druck und Bindung Clausen & Bosse, Leck
Printed in Germany
ISBN 3 498 04483 4

Für Antonio und Miguel,
für Arturo und Elena,
denen ich wünsche, dass sie die
zukünftigen Romane ihres Lebens
in Fülle ausleben mögen

«Ja», sagte der Gerichtsdiener,
«es sind Angeklagte, alle, die Sie hier sehn,
sind Angeklagte.»
«Wirklich!», sagte K. «Dann sind es ja
meine Kollegen.»

Franz Kafka, Der Prozess

Inhalt

Sakristan

Wir leben jetzt fern unserer kleinen Stadt, aber wir haben uns noch nicht daran gewöhnt, so weit fort von ihr zu sein, und wir pflegen gern die Sehnsucht nach ihr, wenn wir eine Zeit lang nicht zu Besuch waren, und sprechen dann manchmal mehr als nötig den heimischen Dialekt miteinander, benutzen Wörter und Ausdrücke der alten Heimat, die uns über die Jahre lieb geworden sind und die unsere Kinder, obwohl sie sie so oft gehört haben, kaum noch verstehen. Godino, der Leiter des Hauses unserer Provinz, den seine schwungvolle Energie von einer lethargischen Trübsal befreit hat, organisiert regelmäßig Bruderschaftsessen, bei denen wir uns an den nach Originalrezepten zubereiteten Speisen unserer Heimaterde laben. Und wenn wir auch damit hadern, dass unsere Küche bei Auswärtigen ebenso wenig bekannt ist wie unsere großartige Architektur oder unsere Karwochenprozession, so sind wir es doch auch ganz zufrieden, Speisen zu haben, die sonst niemand kennt und denen wir Namen geben, die außer uns kein Mensch versteht. Unsere bauchigen Grießoliven!, deklamiert Godino. Unsere Bratbrötchen, unser Honigplunder, unsere Osterkuchen, unsere Seeteufelsuppe, unsere Kesselwurst, die mit Reis und nicht mit Zwiebeln gemacht wird, unser Gazpacho, der mit dem so genannten andalusischen Gazpacho absolut keine Ähnlichkeit hat, unser Wildartischockensalat! Im Nebenzimmer des Schinkenmuseums, wo wir vom Vorstand uns versammeln, schneidet Godino mit wässrigem Mund ein Stück

Brot ab, und bevor er es in den Teller mit der dampfenden Kesselwurst eintunkt, macht er eine Art segnende Handbewegung und rezitiert dazu einen Vers:

Die Wurst, eine hohe Dame,
der Anbetung würdig.

Der Eigentümer des Museums ist ein Landsmann von uns und kümmert sich um das, wie Godino es nennt, Catering unserer Schlemmereien, bei denen es keine einzige Zutat gibt, die nicht aus unserer Stadt stammt, das gilt sogar für das Brot, das in Trinis Ofen gebacken wird, demselben, aus dem noch immer die leckersten Magdalenas kommen und die Osterkuchen mit dem hart gekochten Ei in der Mitte, die wir als Kinder immer so gerne gegessen haben. Heute merken wir, ehrlich gesagt, dass uns der ölgetränkte Teig etwas schwer im Magen liegt; und wenn wir auch weiterhin ein Loblied auf seinen Geschmack singen, auf seine einzigartige Form und den für jeden anderen unverständlichen Namen – Osterofen, wie wir ihn unter uns nennen –, so schaffen wir doch kaum noch einen ganz, und wir haben immer ein schlechtes Gewissen, wenn etwas übrig bleibt, weil uns noch die Worte unserer Mütter im Ohr klingen und wir uns an die erste Zeit in Madrid erinnern, da wir zum Büro des Transportdienstes gingen, um eines der Lebensmittelpakete abzuholen, die uns von zu Hause nachgeschickt wurden: mit Klebeband umwickelte Kartons, zusätzlich mit Schnur verknotet und gesichert, welche die Gerüche der heimischen Küche zu uns trugen, den leckeren Überfluss dessen, was uns in Madrid so fehlte und wonach wir förmlich lechzten – Würste und Schinken frisch von der Schlachtung, Ölgebäck mit Zuckerguss und eben Osterkuchen, manchmal sogar ein Glas mit rotem Paprikasalat, dem Köstlichsten, was es im Leben überhaupt geben kann. Eine Zeit lang war das düstere Innere des Küchenschranks dann für uns identisch mit dem duftenden, geheimnisvollen Halbdunkel der heimischen Speisekammern aus der Zeit, als es noch keine Kühlschränke gab. (Heute sage ich meinen Kindern, dass es vor gar nicht allzu langer Zeit, als ich so alt war wie sie, bei uns zu Hause weder Kühlschrank noch Fernsehen gab, und sie glauben mir nicht, oder schlimmer noch, sie sehen mich an, als käme ich aus der Steinzeit.)

Wir lebten schon viele Monate fern unserer Häuser und unserer Stadt, doch Geruchssinn und Gaumen spendeten uns ebenso viel Trost wie ein Brief, erfüllten uns mit derselben tief empfundenen wehmütigen Freude, die ein Telefongespräch mit der Mutter oder der Freundin hinterließ. Unsere Kinder, die den ganzen Tag am Telefon hängen und stundenlang mit jemandem sprechen, mit dem sie gerade noch zusammen gewesen sind, können gar nicht glauben, dass der Telefonapparat für uns nicht nur in Kinderzeiten, sondern auch noch in den ersten Jahren der Jugend ein keineswegs alltäglicher Gegenstand war, zumindest nicht in den ärmeren Haushalten, und dass ein Telefonat von einer Stadt zur anderen, ein Amt, wie man damals sagte, ein einigermaßen kompliziertes Unterfangen darstellte, für das man oft stundenlang auf Postämtern Schlange stehen musste, weil die Verbindungen noch nicht automatisch waren. Ich bin zwar noch kein alter Mann (obwohl meine Frau manchmal sagt, ich vergreise langsam), aber ich weiß noch, wie ich einmal mit meiner Mutter telefonieren wollte und sie an den Apparat der Nachbarin holen lassen und warten musste, bis man sie benachrichtigt hatte, derweil in der hölzernen Telefonkabine des Postamts auf der Gran Vía die Einheiten durch den Zähler rannen. Als ich schließlich ihre Stimme vernahm, befiel mich plötzlich eine Beklemmung, wie ich sie danach nur noch ganz selten empfunden habe, das Gefühl, so weit fort zu sein und meine Mutter im Alter allein gelassen zu haben. Wir stellten uns beide ziemlich unbeholfen an; dieser uns im bisherigen Leben ungewohnte Apparat machte uns nervös, und uns bedrückte der Gedanke an das Geld, das dieses Gespräch kostete, bei dem wir kaum mehr als ein paar banale Floskeln austauschten, ähnlich wie in unseren Briefen: hoffentlich geht es dir gut; werde nur nicht krank; zieh dich warm an, wenn du aus dem Haus gehst, morgens früh ist es kälter, als man denkt. Es kostete Überwindung zu fragen, ob sie ein Paket mit Lebensmitteln schicken oder ein bisschen Geld überweisen könnten. Wenn man dann den Telefonhörer aufgelegt hatte, tat sich mit einem Mal wieder die ganze Entfernung auf, und zu der Trostlosigkeit des Sonntagabends auf einer nächtlichen Straße gesellte sich die stets etwas niederträchtige Erleichterung darüber, ein ungemütliches Gespräch hinter sich gebracht zu haben, bei dem man sich nichts zu sagen gehabt hatte.

Heute, da die Entfernungen geringer geworden sind, haben wir das Gefühl, noch weiter fort zu sein. Wer erinnert sich nicht an die endlosen Zugfahrten in den Waggons der zweiten Klasse des Nachtexpress, der uns zum ersten Mal nach Madrid brachte, wo wir, von den Strapazen und der Müdigkeit erschlagen, im abweisenden Morgengrau auf dem Bahnhof von Atocha standen, dem alten, den unsere Kinder nicht mehr kennen, obwohl einige von ihnen, als sie noch klein oder gar im Bauch ihrer Mutter waren, so manch bittere Nacht in jenen Zügen zugebracht haben, die uns in den ersehnten Weihnachtsferien gen Süden brachten oder in den wenigen und umso wertvolleren Tagen der Karwoche oder zu unserem späten Patronatsfest, das auf Ende September fällt, wenn die Männer aus der Generation unserer Eltern die saftigen Weintrauben, Granatäpfel und Feigen ernteten und sich den Luxus leisteten, beide Stierkämpfe zu besuchen, sowohl den Eröffnungskampf am Sankt-Michaelis-Tag als auch den am Tag des heiligen Franziskus, den prachtvolleren, am großen Tag, wie unsere Eltern ihn nannten, gleichzeitig aber auch traurigeren, weil er der letzte war und oft schon der Herbstregen auf die Stierkampfarena niederging und dafür sorgte, dass die paar vorhandenen Karussells mit regenschweren Planen zugedeckt blieben.

Es war, als sei die Zeit langsamer vergangen und als seien die Kilometer viel länger gewesen. Wenige hatten ein Auto, und wer nicht die ganze Nacht im Zug verbringen wollte, nahm den Autobus, den wir die Pute nannten und der sieben Stunden für die Fahrt benötigte, zunächst um die Kurven und Serpentinen im Norden unserer Provinz, dann durch die Schluchten und Tunnel der Despeñaperros, die wie der Eintritt in eine andere Welt waren, die äußerste Grenze unserer eigenen Welt, deren hügelige Olivenbaumlandschaft hinter uns blieb, vor uns die endlose Ebene von La Mancha, die so eintönig war, dass der Schlaf sich mit der Müdigkeit verbündete und über den schweren Körper obsiegte, sodass man einschlief und mit etwas Glück wieder aufwachte, wenn schon die Lichter von Madrid zu sehen waren: das erregende Gefühl, die Hauptstadt vor sich zu sehen, die rötlichen Dächer und darüber die Hochhäuser, die unsere Bewunderung hervorriefen, das Haus der Telefongesellschaft, das Spaniengebäude, der Turm von Madrid!

Doch ein anderes Gefühl der Erregung war uns lieber, zumal als die Illusionen, die wir uns von dem neuen Leben in der Hauptstadt gemacht hatten, zu verblassen begannen oder einfach in Gewohnheit übergingen, wie man sich ja an alles gewöhnt, und je mehr man sich an etwas gewöhnt, umso fader wird es, aus Zuneigung wird Langeweile, Widerwille, heimlicher Groll. Uns war das erregende Gefühl der anderen Ankunft lieber, die langsame Annäherung an die Heimat, die Zeichen, welche sie uns ankündigten, nicht mehr die Kilometerangaben auf den Straßenschildern, sondern erste bekannte Hinweise, ein Gasthaus mitten in den Feldern, das man aus dem Fenster des Busses oder des Zuges erblickte, die rote Erde an den Ufern des Guadalimar, und dann die ersten Häuser, einzelne Lichter an den Straßenecken, wenn man in der Nacht eintraf, das Gefühl, endlich angekommen zu sein, und die Ungeduld darüber, doch noch nicht ganz da zu sein, die süße Erwartung all der Tage, die vor uns lagen, der bereits angebrochenen und doch noch unverbrauchten Ferien.

Es gab damals ein letztes Haus, daran erinnere ich mich jetzt, mit dem die Stadt im Norden endete, das letzte Haus, das hinter einem zurückblieb, wenn man nach Madrid fuhr, und das erste, das man sah, wenn man heimkam, ein kleines altmodisches Hotel mit Garten, Casa Cristina genannt, das oft als Treffpunkt für die Olivensammler diente und von dem aus auch die Heilige Jungfrau Maria verabschiedet wurde, wenn man Anfang September ihre Statue in die Dorfkapelle zurücktrug, von wo sie im nächsten Jahr in der großen Maiprozession wieder zu uns kam, die Heilige Jungfrau, zu der wir Kinder an heißen Sommerabenden beteten.

Vielleicht waren die Dinge damals klarer umrissen, so wie die Linien und Farben und Namen der Länder auf den Landkarten, die an den Wänden der Klassenzimmer hingen. Jenes Haus mit seinem Gärtchen und der gelben Laterne an der Hausecke war das exakte Ende unserer Stadt, und einen Schritt weiter begannen schon die Äcker, nachts vor allem, wenn die Laterne am Beginn der Dunkelheit leuchtete, sie aber nicht erhellte, sondern ihre tiefe Finsternis noch hervorhob. Vor einigen Jahren ging ich mit meinen Kindern dort spazieren, sie waren noch klein, ich erinnere mich, dass der Zweite an meiner Hand ging, und ich wollte ihnen die Casa Cristina zeigen, erzählte ihnen unterwegs, dass der Eigentümer der Olivenplantagen uns früher oft dorthin zitiert hatte, als meine Mutter und ich als Erntehelfer für ihn arbeiteten. Es war Winter, und wir stapften dick vermummt durch die dunkle eisige Stadt. Ich trug eine Cordmütze meines Vaters und Wollhandschuhe, meine Mutter einen Schal, den sie um Kopf und Schultern geschlungen hatte. Es war aber so kalt, dass mir trotzdem fast Ohren und Finger abfroren, und meine Mutter rieb sie mit ihren Händen, die sich etwas wärmer und rau anfühlten, und blies ihren dampfenden Atem auf meine Fingerspitzen. Ich war tief bewegt, als ich meinen Kindern von diesen Dingen berichtete, ihnen von meiner Mutter erzählte, die sie kaum gekannt hatten, und ich erklärte ihnen, wie sehr sich die Welt in dieser kurzen Zeit verändert habe, denn für sie war es schon unvorstellbar, dass Kinder, nicht viel älter als sie selbst, die Weihnachtsferien arbeitend auf dem Feld verbrachten. Mir fiel auf, dass ich schon lange sprach und umherlief, ohne die Casa Cristina zu finden, und dachte, ich hätte vor lauter Erzählen einen falschen Weg eingeschlagen, aber nein, ich befand mich genau an der Stelle, die ich gesucht hatte, nur das Haus war nicht da, und der Mann, den ich fragte, bestätigte mir, das sei schon vor Jahren abgerissen worden, als die Landstraße nach Madrid verbreitert wurde. Wie auch immer, selbst wenn die Casa Cristina noch gestanden hätte, würde die Stadt nicht mehr an ihrer Hausecke enden: Neue Viertel mit gleichförmigen Backsteinblocks waren entstanden, eine Mehrzwecksporthalle und ein neues Einkaufszentrum, das der Mann mir voller Stolz zeigte, wie man einem Fremden berühmte Baudenkmäler zeigt. Nur wir, die gegangen sind, wissen, wie unsere Stadt einmal gewesen ist, und bemerken, wie sie sich verändert hat. Jene, die geblieben sind, wissen nicht mehr, wie sie einmal ausgesehen hat, sie haben die alte Stadt allmählich aus dem Blick verloren und zugelassen, dass sie verstümmelt wurde, und dabei glauben sie, dass sie ihr treu geblieben und wir gewissermaßen die Abtrünnigen seien.

Meine Frau sagt immer, ich lebe in der Vergangenheit und

in meinen Träumen, wie die Alten, die keine Arbeit mehr haben und in unserer Sozialeinrichtung Domino spielen und an Lesungen oder Gedichtvorträgen teilnehmen, die Godino ab und zu organisiert. Ich antworte ihr, dass ich das ja mehr oder weniger auch bin, einer, der so gut wie nie eine feste Arbeit hat, ein Langzeitarbeitsloser, wie man heute sagt, sosehr ich mich auch bemühe, ich kriege nie was auf die Beine gestellt, ergattere immer nur vorübergehende Arbeiten, falle auf Angebote herein, die oft illusorisch und manchmal sogar betrügerisch sind. Aber ich verschweige ihr, dass ich mittlerweile tatsächlich lieber in der Vergangenheit leben, mit derselben Überzeugung und Begeisterung in sie eintauchen würde, wie andere das tun, Godino beispielsweise, der, wenn er Kesselwurst isst, sich an alte Klatschgeschichten oder Spitznamen erinnert oder einen Vers unseres berühmten Heimatdichters, Jacob Bustamante, zitiert, vor Begeisterung und Glück zu glühen beginnt und immerzu Pläne für die nächste Karwoche schmiedet, die Tage bis Palmsonntag zählt, vor allem aber bis zum Mittwoch, zur Prozession seiner Laienbruderschaft, bei der er nicht nur Mitglied, sondern auch im Vorstand ist «wie seinerzeit der erlauchte Mateo Zapatón, welcher jetzt als Rentner in der Stadt und am Hofe lebt», sagt Godino, der, obwohl er fast sein ganzes Leben in Madrid verbracht hat, ungewöhnlich viele unserer Landsleute mit Namen und sogar Spitznamen kennt und alle immer betucht, berühmt oder erlaucht nennt und dabei dieses «t» am Ende auf die für unsere Stadt so typische Weise, aber so übertrieben hart ausspricht, dass es für sein Gegenüber schon einmal feucht werden kann.

Es stimmt, viele von uns würden am liebsten in der unveränderlichen Vergangenheit der Erinnerung leben, wie sie im Geschmack einiger Lebensmittel und in einigen im Kalender rot angekreuzten Tagen immer gleich erhalten sind, doch ohne es recht zu bemerken, haben wir eine Distanz entwickelt, die selbst die schnellen Reisen nicht überbrücken können, auch die Telefongespräche nicht und nicht die Briefe, die zu schreiben wir schon vor vielen Jahren aufgehört haben. Heute könnten wir auf der Autobahn schnell und bequem in knapp drei Stunden die alte Heimat erreichen und fahren doch nur noch ganz selten hin. Alles ist jetzt viel näher beisammen; wir selbst sind es, die nach und nach in die Ferne gerückt sind, auch wenn wir immer noch die alten Wörter benutzen und unseren Dialekt bemühen, wenn wir gerührt der Marschmusik unserer Bruderschaften lauschen oder den Versen, die vorzulesen manchmal noch der «erlauchte Poet schlechthin» zu uns kommt, so nennt ihn Godino, der ihm Honig um den Bart schmiert und ihn bewundert, ihn gleichzeitig aber auf den Arm nimmt, unseren Dichter Jacob Bustamante, der dem Sirenengesang vom gefeierten Literaten offensichtlich widerstanden und es vorgezogen hatte, nicht nach Madrid zu gehen, als er noch jünger war. Er wohnt noch in unserem Heimatort, heimst Preise und Dienstalterszulagen ein, da er bei der Stadt angestellt ist, genau wie eine weitere unserer lokalen Berühmtheiten, Maestro Gregorio E. Puga, ein bemerkenswerter Komponist, der ebenfalls vor den von Godino so geschmähten Sirenengesängen die Ohren zu verschließen wusste: Man sagt (in Wirklichkeit sagt es Godino), Maestro Puga habe sein Musikstudium in Wien mit Auszeichnung abgeschlossen und hätte für die besten Symphonieorchester Europas arbeiten können, der Ruf der Heimat sei jedoch stärker gewesen, und so sei er mit all seinen auf Deutsch und in gotischen Lettern verfassten Auszeichnungen und Diplomen zurückgekehrt und habe ohne große Mühen die Ausschreibung um den Posten des Direktors des städtischen Orchesters gewonnen.

Es machte uns große Freude, mit unseren Kindern zurückzukehren, als sie noch klein waren, und es erfüllte uns mit Stolz, festzustellen, dass sie sich über dieselben Dinge freuten, über die wir uns in unserer Kindheit gefreut hatten. Sie warteten voller Ungeduld auf die Karwoche, damit sie ihre kleinen Büßergewänder mit den spitzen Hüten anziehen konnten. Gleich nach ihrer Geburt ließen wir sie als Mitglieder in derselben Bruderschaft eintragen, in der unsere Eltern uns hatten eintragen lassen. Als sie schon etwas größer waren, saßen sie aufgeregt im Auto und fragten, kaum dass wir losgefahren waren, wie lange die Fahrt noch dauerte. Sie waren in Madrid zur Welt gekommen und sprachen schon mit einem Akzent, der nicht der unsere war, aber wir dachten und sagten voller Stolz, dass sie dieselben Wurzeln hätten wie wir selbst, und wenn wir mit ihnen an der Hand am Sonntagmorgen durch die Calle Nueva gingen, so wie unsere Eltern es mit uns getan hatten, wenn wir sie auf den Arm hoben, damit sie Jesus auf dem Eselchen in Jerusalem einreiten sehen konnten oder das finstere grüne Gesicht des Judas auf dem Wagen mit dem Letzten Abendmahl, dann hatten wir das tröstliche Gefühl, dass sich das Leben wiederholte, dass die Zeit in unserer Stadt nicht verging oder wenigstens nicht so unerbittlich war wie die beklemmende, verwirrende Zeit unseres Lebens in Madrid.

Aber dann sind sie groß geworden, ohne dass wir es gemerkt haben, werden uns fremd, menschenscheue Gäste in den eigenen vier Wänden, eingeschlossen in ihren Zimmern, finsteren Höhlen ähnlich, aus denen manchmal unerträgliche Musik, Gerüche oder Geräusche dringen, die wir gar nicht immer zu identifizieren wünschen. Sie wollen nicht mehr zurück in die alte Heimat, und wenn man was zu ihnen sagt, schauen sie einen an wie einen trotteligen Alten, einen Versager, als hätte man es selbst in der Hand, noch mit über fünfundvierzig eine anständige Dauerstellung zu finden. Sie haben alles vergessen, was ihnen früher so gefallen hat, die langen Gewänder und die Spitzmützen, die ihre Gesichter wie romantische

Masken verdeckten (Godino beharrt darauf, dass unser Wort dafür Spitzkappen ist), den Lärm der Pauken und Trompeten, den Geschmack der amerikanischen Zigarillos, die es nur in der Karwoche gab, von einer gezuckerten Spirale umschlungene Lutscher aus rotem Karamell, die man an dem Kiosk des kleinen Mannes kaufte, der passenderweise den Spitznamen Lutschi trug und der vor einigen Jahren gestorben ist, obwohl er uns, die wir ihn von Kindesbeinen an kannten, so unverwüstlich vorkam wie die Semana Santa selbst. Auch die Kirmesattraktionen lassen sie völlig kalt, und es ist, als empfänden nur wir, die Eltern, so etwas wie Wehmut und Dankbarkeit für die schlichten Karussells von früher, die Scheeskens, wie wir als Kinder sagten und wie wir es auch unseren Kindern noch beigebracht haben. Nichts von dem, was wir mögen, bedeutet ihnen mehr etwas, und manchmal betrachten sie uns mitleidig oder teilnahmslos und geben uns das Gefühl, lächerlich zu sein, lassen uns durch ihre Augen sehen, was sie in uns sehen, verbrauchte alte Menschen, denen sie nichts danken müssen, die in ihnen vor allem Unmut und Langeweile wecken und von denen sie sich fern halten, als wollten sie nicht mit den schmutzigen Spinnweben der Vergangenheit in Berührung kommen, der Zeit, zu der wir gehören.

Darin zu leben, in der Vergangenheit, was wünschte ich mehr! Aber man weiß ja nicht mehr, wo man lebt, weder in welcher Stadt noch in welcher Zeit, man ist sich nicht einmal mehr sicher, ob es die eigene Wohnung ist, in die man am Ende des Tages zurückkehrt, mit dem Gefühl, ungelegen zu kommen, obwohl man schon früh am Morgen fortgegangen ist, ohne allerdings genau zu wissen, wohin oder wozu, auf der Suche nach einer Arbeit auch wohl, die einem den Glauben zurückgeben könnte, dass man noch zu etwas nütze, zu etwas zu gebrauchen ist. Bei einem der letzten Bruderschaftsessen aus Anlass der Verleihung unserer Silbermedaille an Jacob Bustamante hielt mir Godino vor, in freundschaftlichem Ton allerdings, schon zweimal hintereinander nicht zur Semana Santa in die Heimatstadt gefahren zu sein. In der Hoffnung, dass er, ein Mann mit Kenntnissen und Beziehungen, mir vielleicht unter die Arme greifen könnte, gab ich ihm zu verstehen, ich mache gerade eine etwas schwierige Zeit durch, aber natürlich ging ich ihn nicht offen um Hilfe an, schon aus Stolz nicht und aus Angst, ich könnte mein Gesicht verlieren. Hoffnungslosigkeit und verletztes Ehrgefühl waren der Grund dafür, dass ich mich diesmal weniger als sonst an den gesellschaftlichen Aktivitäten in unserem Haus der Provinz beteiligte, wenngleich ich keine Vorstandssitzung verpasste und peinlich genau darauf achtete, meine Monatsbeiträge pünktlich zu bezahlen. Dabei war ich von morgens bis abends unterwegs, wie im Taumel von einem Ende der Stadt zum anderen, von einer Arbeit zur nächsten, Versprechungen, aus denen nie etwas wurde, Verabredungen, die aus irgendwelchen Gründen nie zustande kamen, unsichere Hilfsarbeiten für einige Wochen, ein paar Tage. Ich verbrachte untätige Stunden mit Warten oder musste in größter Hast irgendwo hinkommen, nur damit sich dann herausstellte, dass wegen einiger Minuten Verspätung alles vergebens gewesen war.

Eines Morgens ging ich über die Plaza de Chueca, mutlos und mit starrem Blick, um nicht sehen zu müssen, was um mich herum geschah, das Schachern mit Drogen, das Treiben dieser wie lebende Tote aussehenden Männer und Frauen, die wie schlafwandelnde Zombies, wie von einer schrecklichen Krankheit Befallene durch die Gegend liefen. Und dort begegnete ich einem Landsmann, Mateo Chirino, der, als ich klein war, Mateo Zapatón genannt wurde, und das nicht nur wegen seines Berufs als Schuster, sondern auch seiner Größe wegen, da er größer war als die meisten in seinem Alter und, daran erinnere ich mich noch, stets riesige schwarze Schuhe mit einer harten Sohle trug, Schuhe aus unvordenklichen Zeiten, die er wahrscheinlich selbst sein Leben lang ausgebessert hat. Diese riesigen Schuhe fielen mir auf, als ich ihn wiedersah, es schienen dieselben zu sein, die er schon vor ich weiß nicht wie vielen Jahren getragen hatte, waren inzwischen jedoch von Schwielen und Knochenauswüchsen deformiert. Ich trug meinen dunklen Mantel, den ich zu Verkaufsgesprächen anzog, und meine schwarze Aktentasche mit den Mustermappen: Ich war probeweise als Vertreter auf Kommissionsbasis bei einer Firma für Fahrschulzubehör eingestellt worden. Und mitten auf der Plaza de Chueca stand also Mateo Zapatón in einem schweren Mantel, auf dem Kopf einen grünen Tirolerhut, an dem sogar die kleine Feder nicht fehlte, und schaute behäbig um sich wie ein rüstiger Rentner, der sich dem Müßiggang hingibt, als wären seine schwarzen Schuhe ein Denkmalsockel oder ein Olivenbaumstamm, so sehr schien er in der Stelle verwurzelt, an der er stand, in diesem Madrider Stadtviertel, in dem er nun wohnte und in dem er sich offenbar genauso wohl fühlte wie früher in unserer gemeinsamen Heimatstadt.

Auch sein Gesicht war so, wie ich es in Erinnerung hatte, trotz der langen Zeit: Für ein Kind sind alle Erwachsenen mehr oder weniger alt, und wenn man dann selbst älter wird und sie nach Jahren wiedersieht, hat man den Eindruck, sie hätten sich kein bisschen verändert, seien immer noch in demselben unveränderlichen Alter, das man ihnen in der Kindheit zugeschrieben hat, als man glaubte, die Menschen blieben immer gleich, seien immer schon so gewesen, das Kind immer Kind, die Eltern immer jung, ohne Anzeichen von Verschleiß oder drohendem Tod. Ich sah ihn an einem kalten Wintermorgen, einem jener unwirtlichen Arbeitstage in Madrid, an denen die Hausfassaden von demselben schmutzigen Grau sind wie der morgendliche Himmel ohne Regen. Ich ging wie immer hastig, in der Furcht, die Zeit könnte nicht reichen und ich könnte zu spät zu einem Kunden kommen, dem Inhaber einer Fahrschule in der Calle Pelayo. Ich hatte den Fehler begangen, mit dem Auto zu fahren, und die paar Minuten, die ich Zeit für einen Kaffee gehabt hätte, verlor ich mit der Suche nach einem Parkplatz auf diesen unmöglichen Straßen voller Autos und Fußgänger, unrasierter Transvestiten, Kleinganoven, Drogensüchtiger, Anlieferer von wer weiß was für Dingen, deren Lieferwagen den Verkehr blockieren und ein schrilles Hupkonzert heraufbeschwören, das einem die Nerven zerreißt.

Ich war spät dran, hatte noch nicht gefrühstückt, hatte das Auto so schlecht geparkt, dass es womöglich abgeschleppt wurde, doch dann erblickte ich Mateo Zapatón, und das Vergnügen an den alten Erinnerungen, die seine Gestalt in mir wachrief, war stärker als jede Eile. Hoch gewachsen wie immer, aufrecht, mit demselben gutmütigen Gesichtsausdruck, der großen Nase und den etwas vorquellenden Augen, die Wangen rot vor Kälte und Wohlbefinden, nur ein wenig schlaffer geworden mit den Jahren, doch mit derselben Entschlossenheit, mit der er früher als Büßer verkleidet vor dem Thron des Letzten Abendmahls einhergeschritten war, in der Hand den langen Stab des Vorsitzenden seiner Bruderschaft.

Dieser Thron war der aufsehenerregendste der ganzen Karwoche, der mit den meisten Figuren, den zwölf Aposteln an dem mit einem Leinentuch bedeckten Abendmahlstisch und Jesus stehend an einem Ende, eine Hand auf dem Herzen und die andere zum Segen erhoben. Der goldene Heiligenschein über seinem Kopf vibrierte durch das majestätische Rollen der Räder des Thronwagens auf den damals noch gepflasterten Straßen, erbebte ebenso zart wie die Flämmchen der Kerzenlichter und der Saum des weißen Tischtuchs, auf dem Brot und Wein für das Messopfer bereitstanden. Die Apostel schauten Jesus an und hatten vor sich ein Lämpchen, das ihr Gesicht in ein dramatisches weißes Licht tauchte, nur Judas nicht, der sich mit einem Ausdruck der Reue und Habgier abgewandt hatte und auf den halb hinter seinem Stuhl verborgenen Geldbeutel mit den Silberlingen seines Verrats starrte. Das Gesicht des Judas wurde von einem grünen Licht angestrahlt, einem gelblichen Grün krankhafter Übellaunigkeit, und jeder in der Stadt wusste, dass diese Gesichtszüge, die wir Kinder ebenso verabscheuten wie die Gesichter der Bösewichte im Kino, die eines Schneiders waren, der seinen Laden und seine Werkstatt an einer Ecke der Calle Real hatte, gleich gegenüber der Flickschusterei von Mateo Zapatón.

Godino hatte mir die Geschichte dazu erzählt und mir weitere, noch saftigere versprochen: Die Figuren des Letzten Abendmahls waren, wie die meisten Figuren unserer Karwochenprozession, von Meister Utrera geschnitzt worden, einem berühmten Mann und, laut Godino, einem der bedeutendsten Künstler des Jahrhunderts, dem nur die verdiente Anerkennung versagt geblieben war, weil er es vorgezogen hatte, in einer zwar gastfreundlichen, aber entlegenen Stadt wie der unseren wohnen zu bleiben. Utrera war sowohl ein genialer Bildhauer als auch ein haltloser Lebemann, der stets Schulden am Hals und Gläubiger auf den Fersen hatte, von denen einer, der hartnäckigste und am stärksten betroffene, ebenjener Schneider aus der Calle Real war, der ihm die Hemden mit Monogramm und die taillierten Westen schneiderte, Anzüge, die eines Fred Astaire würdig waren, und sogar die weiten Kittel, die Utrera trug, wenn er in seiner Werkstatt arbeitete. Als die Schulden ein Übermaß erreicht hatten, ging der Schneider ins Café Royal, wo sich jeden Abend der literarisch-künstlerische Zirkel traf, dem Utrera vorstand, nannte diesen in aller Öffentlichkeit einen schamlosen Dieb und wedelte hilflos mit einem Bündel unbezahlter Rechnungen vor dessen Gesicht herum. Sehr stolz, klein und aufrecht, wie ein Geschenkpäckchen eingeschnürt in seinen Fred-Astaire-Anzug, den er weder bezahlt hatte noch zu bezahlen gedachte, blickte der Bildhauer demonstrativ in eine andere Richtung, während Kellner und Freunde den Schneider festhalten mussten, dem die Augen aus den Höhlen zu springen drohten und der Zorn den Schweiß auf die Stirn getrieben hatte und der schließlich mit ebenso leeren Händen ging, wie er gekommen war, nachdem er vorher noch schmachvoll die Rechnungen vom Boden hatte aufsammeln müssen, die ihm in der Hitze seines jähzornigen Auftritts aus den Händen gefallen waren, wertvolle Beweise eines Unrechts, das, so drohte er, vor Gericht wieder gutzumachen sei. Wie groß aber war seine Überraschung, sagte Godino, die Pointe mit einem breiten Lächeln in seinem leutseligen, durchtriebenen Gesicht vorwegnehmend, als ein paar Wochen später, am ersten Mittwoch der Karwoche, an dem die neue Abendmahlsgruppe an der Prozession teilnahm (die alte war wie fast alles andere von den Roten im Bürgerkrieg verbrannt worden), der Schneider mit eigenen Augen erblickte, was schnelle und boshafte Zungen ihm bereits zugetragen hatten und was wie ein Lauffeuer – «wie eine brennende Pulverspur», sagte Godino – durch die ganze Stadt gegangen war: Das verzerrte Antlitz des Judas, das grüne Gesicht, das sich vom gütigen Blick des Erlösers abwandte und habgierig auf den halb verborgenen Beutel mit Silberlingen starrte, war sein naturgetreues Ebenbild, erschreckend ähnlich trotz der übertrieben bösartigen Karikierung; dieselben hervorquellenden Augen, die den Bildhauer im Café angestarrt hatten, als wollten sie ihn durchbohren «oder versteinern lassen, wie der Blick der Medusa», sagte Godino, der, je mehr er sich für seine Schilderung erwärmte, desto öfter wiederholte: «Und diese semitische Nase!» Bei dem Adjektiv streckte Godino das Gesicht vor und schaute, wie der Schneider geschaut haben musste, als er in dem Judas sein Abbild erkannte, und kräuselte oder verzog seine Nase, die eher klein und stumpf war, als würde durch das Aussprechen des Wortes «semitisch», an dem er sich so ergötzte, dass er es zwei oder drei Mal wiederholte, auch seine eigene Nase so lang und krumm wie die des Schneiders und der Judasfigur und sämtlicher Pharisäer und Schächer auf den Wagen der Semana Santa, der Häscher, die den Herrn bespuckten, wie wir als Kinder sagten, wenn wir die Karwochenprozession nachspielten: Auf den mit Kopfsteinen gepflasterten oder gänzlich ungepflasterten Straßen fanden noch Wochen danach Kinderkarwochenprozessionen statt, bei denen wir auf große leere Konservenbüchsen schlugen, die uns als Pauken dienten, auf Blech- oder Plastiktrompeten bliesen und sogar Thronwagen aus Holzkisten und Pappkartons hatten und uns aus Zeitungspapier gedrehte spitze Mützen aufsetzten.

Sie sind schon lange tot, der wütende Schneider und der lebenslustige, säumige Bildhauer, doch die humorige Rache des einen an dem anderen überdauert in den finsteren, noch immer grün angeleuchteten Gesichtszügen des Judas vom Letzten Abendmahl, den aber immer weniger Leute erkennen, wie auch immer weniger Menschen die alten Geschichten aus der Vergangenheit kennen, die Godino so gern erzählt und vielleicht nur erfindet, jedenfalls immer weiter ausfeilt und ausschmückt. Es gibt wohl auch nicht mehr viele, die das lebende Vorbild für einen anderen Apostel kennen, den heiligen Matthäus, der so unterwürfig wie erschrocken auf Jesus schaut, wobei die hohen Brauen den staunenden Blick noch unterstreichen, da der Meister soeben verkündet hat, einer der Zwölf werde ihn in dieser Nacht verraten. Alle sind erschrocken und empört und stellen mit verletzter Würde gestikulierend die Frage: «Bin ich es, Herr?», und bei dem ganzen Durcheinander bemerkt keiner das böse grüne Gesicht des Judas und auch den prallen Geldbeutel nicht, den unsere Mütter uns zeigten, als wir noch

Kinder waren und sie uns auf dem Arm hielten, wenn die Prozession vorüberzog.

Mir brauchte Godino nicht zu erklären, dass dieser vornehme Sankt Matthäus mit der aufrechten Haltung und den roten Wangen das Abbild Mateo Zapatóns war, der seinen Moment des Ruhms in derselben Osternacht hatte, in der der Schneider der Lächerlichkeit preisgegeben wurde. Nachdem der Bildhauer Utrera sich beim Schneider hatte Maß nehmen lassen, war er über die Straße gegangen und hatte Mateo mit der Herstellung eines Paars handgenähter Schuhe beauftragt für die Zeit, da er Geld oder Aussicht auf Geld haben werde, und ihm seine alten zum Ausbessern dagelassen, denn die Zeiten waren schlecht. Im Unterschied zum Schneider verlor Mateo Zapatón nicht ein Wort über ausstehende Rechnungen, was zum Teil an seinem etwas behäbigen Schicksalsglauben lag, der ihn dazu verleitete, sich in alles zu fügen, aber auch an der maßlosen Bewunderung, die er dem Bildhauer entgegenbrachte und die sich zu hingebungsvoller Dankbarkeit steigerte, wenn der Maestro in die Schusterwerkstatt kam und stundenlang mit ihm schwatzte, ihm seine amerikanischen Zigaretten anbot und ihm Geschichten von seinen Reisen nach Italien erzählte und von seinem Leben in den Künstlerkreisen von Madrid vor dem Krieg.

«Mateo, mein Freund», sagte der Bildhauer zu Zapatón, «Ihr Kopf ist von einer so klassischen Form, dass er in der Kunst verewigt werden müsste.» Gesagt, getan: Mateo hatte nie einen einzigen Centavo von ihm verlangt, doch erließ er ihm sämtliche Schulden, als er mit einem Schauder der Eitelkeit und Beschämung sein unverkennbares Antlitz unter den zwölf Aposteln erkannte sowie auch seine kräftigen Schultern und die ihm eigene Art, vom Schusterschemel aus, auf dem er sein halbes Leben verbrachte, den Blick schräg in die Höhe zu richten. Konnte es für ihn als Büßer und Präsidenten der Bruderschaft des Letzten Abendmahls eine größere Ehre geben, als einer der Abendmahlsgäste zu sein? Jeder Gesichtszug und die ganze Körperhaltung des heiligen Evangelisten war von einer unbeschreiblichen Ähnlichkeit, mit Ausnahme des Bartes, den der echte Mateo nicht trug, obwohl er offenbar einmal im Begriff gestanden hatte, ihn wachsen zu lassen, was in jenen Tagen schmaler, ausrasierter Schnurrbärtchen und glatt rasierter Gesichter einer unvorstellbaren Kühnheit gleichgekommen wäre. Die Schneiderei lag dem Flickschusterladen fast genau gegenüber, und wenn der gedemütigte Schneider dem Schuster begegnete, senkte er jedes Mal den Kopf oder schaute – das Gesicht so grün und die Nase so semitisch wie nie – in eine andere Richtung, sodass Mateo und alle, die das sahen, sich die Hand vor den Mund hielten, um nicht loszuprusten, und seine Bäckchen wurden dann so rot, dass sie eher zu einer valenzianischen Volksfestfigur gepasst hätten als zu einem frommen Evangelisten.

Vor Freude zusammenzuckend, erblickte ich in der feindseligen großen Stadt dieses Gesicht, das aus meiner Vergangenheit stammte, das zu meinen schönsten Erinnerungen an die Heimat und an mein Leben gehörte. Als Kind hatte mich meine Mutter öfter zu Mateo Zapatón geschickt, der mir jedes Mal die Wange tätschelte und «Sakristan» zu mir sagte. «Diesmal hast du dir die Sohlen aber schnell durchgelaufen, Sakristan.» «Sag deiner Mutter, Sakristan, dass ich kein Wechselgeld habe, sie soll's bezahlen, wenn sie vorbeikommt.» Der Schusterladen war hoch und schmal, fast wie ein Schrank, und hinein führte eine Tür mit Glasfenster, die Mateo jedoch nur an den kältesten Wintertagen schloss. Jede verfügbare Fläche, selbst die Seitenwände der Holzkiste, die ihm als Arbeitstisch und Theke diente, waren mit Stierkampfplakaten und Aushängen der Semana Santa beklebt, den beiden Leidenschaften des Schustermeisters: mit Leim angebrachte Plakate, vom Alter vergilbt, übereinander geklebt, Ankündigungen von Stierkämpfen, die Anfang des Jahrhunderts stattgefunden hatten oder in der vorigen Saison, ein Gewirr von Namen, Orten und Zeiten, das durch Mateos schwatzhafte Gelehrsamkeit lebendig wurde, wenn er, fast immer von Freunden und Bekannten umringt, mit einer Zigarette oder einem Schusternagel zwischen den Lippen oder mit beidem gleichzeitig, unermüdlich von historischen Taten berichtete und Anekdoten aus der Welt des Stierkampfs erzählte, in der er sich wie kein Zweiter auskannte, da er von den Präsidenten der Stierkampfveranstaltungen sogar als offiziöser Berater oder Assessor in die Loge geladen wurde. Ihm brach jedes Mal die Stimme und seine Augen füllten sich mit Tränen, wenn er seinen Zuhörern jenen Schicksalstag schilderte, an dem er auf einem Sonnenplatz in der Arena von Linares mit angesehen hatte, wie der Stier Islero auf Manolete losging. «Geh nicht so weit vor, sonst erwischt er dich!», habe er ihm zugerufen, erzählte er und lehnte sich vor, als befände er sich in der Arena, hielt die Hände wie einen Schalltrichter an den Mund, und seine Miene nahm die Tragödie vorweg, als er erneut jenen Moment durchlebte, in dem Manolete noch dem tödlichen Hornstoß hätte ausweichen können, «dem Schicksalshorn», wie Godino es nannte, wenn er die aufgeregten Gesten des leidenschaftlichen Schusters imitierte, von dem er mir stets eine große, geheimnisvolle Geschichte zu erzählen versprach, deren pikante Einzelheiten allein er kannte.

Auf der Plaza de Chueca trat ich auf Mateo zu, und er schaute mich mit demselben breiten, wohlwollenden Lächeln an, mit dem er Kunden, Freunde und Bekannte in seiner Schusterstube begrüßt hatte. Mich rührte der Gedanke, dass er mich nach all den Jahren, sosehr ich mich seit unserer letzten Begegnung verändert hatte, wieder erkannte. In diesem Augenblick kam mir ein Bild in den Sinn, das ihn mit meinen frühesten Erinnerungen verband und ihn, ohne dass er es wusste, zu einem Teil meiner Kindheit machte: Direkt neben der Schusterwerkstatt von Mateo Zapatón befand sich der Laden des Barbiers Pepe Morillo, zu dem mein Vater mich immer mitnahm und bei dem sich schon mein Großvater hatte rasieren lassen, zu dem damals jedoch kaum mehr einer ging, da die alten Kunden ausstarben und die jungen Leute sich die Haare wachsen ließen. Heute ist seine Tür ebenso zugesperrt wie die von Mateo Zapatón und die des Schneiders mit dem Judasgesicht und so vieler anderer Geschäfte, die es in der Calle Real gegeben hat, bevor sie in Vergessenheit geriet, niemand mehr auf ihr spazieren ging und sie besonders nachts und an Regentagen zu einer unbewohnten, gespenstisch anmutenden Straße geworden war. Damals jedoch war in Pepe Morillos Barbierladen genauso viel los wie in Mateo Zapatóns Schusterwerkstatt, und an warmen Nachmittagen im April oder Mai holten die Kunden des einen wie des anderen manchmal Stühle nach draußen und setzten sich auf die Straße, rauchten und unterhielten sich alle miteinander, beäugt von der anderen Straßenseite aus dem Halbdunkel seines Geschäfts von dem menschenscheuen Schneider, der hinter seinem Tresen stand und den Kopf immer tiefer zwischen die Schultern zog, mit seinem Misanthropengesicht und der Hakennase dem Judas des Letzten Abendmahls zunehmend ähnlicher werdend und langsam in den Ruin getrieben durch die unaufhaltsame Verbreitung konfektionierter Kleidung von der Stange.

Mein Vater nahm mich an der Hand mit zu Pepe Morillo, dem Barbier (das Wort Friseur benutzten damals nur Frauen), und ich war noch so klein, dass er mir einen Schemel auf den Stuhl stellen musste, damit er bequem das Haar schneiden und mich im Spiegel sehen konnte. Sein Gesicht roch nach Kölnisch Wasser und sein Atem nach Tabak, wenn er sich mit

Kamm und Schere zu mir hinunterbeugte oder mit der elektrischen Haarschneidemaschine, mit der er mir den Nacken ausrasierte. Ich hörte ihn heftig atmen und spürte seine kräftigen Erwachsenenfinger am Kopf und an meinen Wangen, die befremdliche Berührung durch Hände, die nicht meinem Vater oder meiner Mutter gehörten, durch Hände, die mir vertraut und dennoch fremd waren, die plötzlich grob zupackten, wenn sie meine Ohren umklappten oder den Kopf nach vorne drückten. Und jedes Mal, wenn er fast fertig war, sagte Pepe Morillo «und jetzt die Augen fest zumachen», dann schnitt er mir den Pony über den Augenbrauen und kürzte ihn bis zur Hälfte der Stirn. Die feuchten Haare fielen auf die Augenlider, piekten Wangen und Nasenspitze, und die kalte Schere streifte meine Brauen. Wenn Pepe Morillo mir sagte, ich könne die Augen wieder öffnen, sah ich überrascht mein rundes fremdes Gesicht mit abstehenden Ohren und horizontalem Ponyschnitt im Spiegel, und auch das Lächeln meines Vaters darin, der mich aufmunternd anschaute.

All das fiel mir bei der unverhofften Begegnung mit Mateo Zapatón auf der Plaza de Chueca wieder ein, als hätte ich es eben erst erlebt, und noch etwas anderes, von dem ich gar nicht wusste, dass es in meiner Erinnerung schlummerte: Als ich einmal im Wartezimmer des Barbiers saß und in einem Bilderbuch blätterte, das mein Vater mir gekauft hatte, bekam ich Durst und fragte Pepe Morillo, ob ich einen Schluck Wasser trinken dürfe. Er schickte mich in einen kleinen dunklen Innenhof, zu dem man durch eine Glastür und einen finsteren Flur gelangte. Für ein Kind können ein paar Schritte endlose Entfernungen bedeuten. Ich stieß die Tür auf, und ich glaube, mir war etwas schwindlig zumute, vielleicht bekam ich auch Fieber und hatte deswegen Durst. Die Fliesen auf dem Boden waren weiß und grau mit rötlichen Blüten in der Mitte, und sie klapperten beim Darübergehen. Auf einem Sims in einer Ecke des winzigen Patios mit großblättrigen Pflanzen, die den Eindruck von Feuchtigkeit noch verstärkten, stand der mit einem gehäkelten Tuch zugedeckte Krug, einer dieser Winterkrüge, die es damals gab, aus glasig schillernder Keramik, ein Krug in Form eines Hahns, daran erinnerte ich mich genau, wie sie die Töpfer in der Calle Valencia machten. Ich trank von dem Wasser, das die Konsistenz von Suppe hatte und nach Fieber schmeckte. Dann kehrte ich in den Flur zurück, und plötzlich hatte ich mich verirrt: Ich war nicht im Barbierladen, sondern in einem Raum, den ich erst allmählich als die Flickschusterei erkannte, und vor mir sah ich den Apostel Matthäus in Fleisch und Blut, nur mit einer umgebundenen Lederschürze anstatt einem Heiligengewand, und ohne Bart, aber mit einem erloschenen Zigarrenstummel im einen und einem Schuhnagel im anderen Mundwinkel. «Menschenskind, Sakristan, was machst du denn hier, du hast mich vielleicht erschreckt!»

Genau wie damals schaute ich ihn auch diesmal an und wusste nicht, was ich sagen sollte. Aus der Nähe sah er viel älter aus und hatte keine Ähnlichkeit mehr mit dem unvergänglichen heiligen Matthäus des Letzten Abendmahls. Weder sein Blick noch sein Lächeln galten eigentlich mir: Beides blieb unverändert, als ich seinen Namen nannte und ihm die Hand zum Gruß hinstreckte, ihm unbeholfen und heillos verworren zu erklären versuchte, wer ich war, wie meine Eltern geheißen hatten und unter welchem Spitznamen unsere Familie bekannt gewesen war. Schlaff hielt er meine Hand und nickte und schaute mich an, obwohl ich nicht den Eindruck hatte, dass er mich sah, als wären seine Augen, die mir eben noch lebhaft spähend erschienen waren, auf etwas anderes konzentriert. Seinen Hut trug er auch nicht schräg, sondern schief auf dem Kopf, als hätte er ihn sich auf erstbeste Weise übergestülpt oder so schlampig aufgesetzt wie einer, der sich nicht mehr richtig im

Spiegel erkennt. Ich rief ihm in Erinnerung, dass meine Mutter unsere Schuhe immer zu ihm gebracht hatte, eine Stammkundin praktisch, dass mein Vater auch ein großer Stierkampfliebhaber gewesen war und oft an den Gesprächsrunden vor der Schusterwerkstatt und dem Laden des Barbiers Pepe Morillo teilgenommen hatte, der nach hinten auf denselben Innenhof hinausging. Mateo hörte sich die Namen der Personen und Örtlichkeiten an wie einer, der sich an etwas sehr weit Zurückliegendes nicht mehr ganz deutlich erinnert. Er hielt den Kopf leicht geneigt und lächelte, aber ich glaubte auch einen Ausdruck von Argwohn oder Besorgnis in seinem Gesicht zu lesen oder von Ungläubigkeit, vielleicht fürchtete er, dass ich ihn prellen oder bestehlen wollte, als gehörte ich zu diesem Gesindel um uns herum, von dem einige vor dem Eingang der Metro am Boden hockten und sich verstohlen Dinge zusteckten. Ich musste längst gehen, ich kam viel zu spät zu einer Verabredung, die möglicherweise schon geplatzt war, ich hatte nicht gefrühstückt, parkte in der zweiten Reihe, und Mateo Zapatón hielt meine Hand mit zerstreuter Liebenswürdigkeit, lächelte mich mit halb offenem Mund an, der Unterkiefer war ihm etwas nach unten gesunken, und in den Mundwinkeln schimmerte Speichel.

«Erinnern Sie sich nicht mehr an mich?», fragte ich. «Sie haben mich doch immer Sakristan genannt.»

«Ja, stimmt, ja, natürlich.» Er zwinkerte mir zu, trat ein wenig näher, und da bemerkte ich, dass ich jetzt größer war als er, dann legte er mir die andere Hand auf die Schulter, wie in einem wohlmeinenden Versuch, mich nicht zu enttäuschen. «Sakristan.»

Aber er schien nicht einmal die Bedeutung des Wortes zu verstehen, das er noch einmal wiederholte, während er meine Hand schüttelte, die ich seinem Griff entwinden wollte, weil ich mich wie in einer Falle fühlte und das dringende Bedürfnis hatte zu gehen. Ich entfernte mich, und er blieb still zurück, die weiche, feuchte Hand, die mich festgehalten hatte, immer noch leicht erhoben, den Hut mit der kleinen grünen Feder schief auf dem Kopf und in die Stirn gezogen, allein wie ein Blinder mitten auf dem Platz, fest verankert in dem Fundament seiner großen schwarzen Schuhe.

Kopenhagen

Im Verlauf einer Reise hört man zuweilen Reisegeschichten oder aber erzählt selber welche. Als würde man mit der Erinnerung an frühere Reisen lebendiger und lernte auch, Geschichten, die einem erzählt werden, aufmerksamer zu lauschen und besser zu würdigen; eine Klammer kostbarer Worte im Innern der zeitlichen Klammer des Reisens. Wer reist, kann in einer Wortlosigkeit verharren, die dem Fremden, der einen mustert, geheimnisvoll erscheint, oder kann gefahrlos der Versuchung nachgeben, vor einem Mitreisenden, den er niemals wieder sehen wird, zu prahlen und zu flunkern oder eine Episode seines Lebens vorteilhafter darzustellen, als es der Wirklichkeit entspricht. Ich glaube nicht, was immer gesagt wird, dass man beim Reisen seine Persönlichkeit verändert. Es ist wohl eher so, dass man sich um sich selbst erleichtert, um seinen Alltag und um seine Vergangenheit, so wie man seinen ganzen Besitz auf das Gepäck reduziert, das man für die Reise braucht. Der lästigste Teil unserer Identität ist jener, der auf dem beruht, was die anderen von uns wissen oder denken. Sie schauen uns an, und wir wissen, dass sie wissen, und im Stillen zwingen sie uns, zu sein, wofür sie uns halten, Handlungsmustern zu entsprechen, die wir vorgegeben haben, oder Argwohn zu bestätigen, den geweckt zu haben wir uns gar nicht bewusst sind. Sie schauen uns an, und wir wissen nicht, wen sie in uns sehen, wer wir ihren Vorstellungen oder Beschlüssen zufolge zu sein haben. Für den, der dir in einem fremden Land im Eisenbahnabteil gegenübersitzt, bist du nichts als ein Fremder, der nur aufgrund der gegenwärtigen Umstände existiert. Während sie im Zugabteil gegenüberliegende Plätze besetzen, treffen sich die Blicke einer Frau und eines Mannes, und ein Anflug von Neugier und Verlangen liegt darin: In diesem Moment sind sie so frei von gestern und morgen und von einem Namen wie Adam und Eva, als sie einander im Paradies erblicken. Ein schmächtiger, ernster Mann mit kurzem schwarzem Haar und großen dunklen Augen steigt im Bahnhof von Prag in den Zug, bemüht vielleicht, den Blicken der übrigen Fahrgäste nicht zu begegnen, die in das Abteil strömen und von denen einer ihn argwöhnisch mustert und zu dem Schluss gelangt, dass er Jude sei. Er hat schmale blasse Hände, liest ein Buch oder schaut gedankenverloren aus dem Fenster, ab und zu bricht ein trockener Husten aus ihm heraus, und er hält sich ein weißes Taschentuch vor den Mund, das er beinah verstohlen in die Tasche zurückgleiten lässt. Als sich der Zug der erst kürzlich errichteten Grenze zwischen der Tschechoslowakei und Österreich nähert, steckt der Mann das Buch ein und tastet unruhig nach seinen Papieren, und als sie in den Bahnhof von Gmünd einfahren, schaut er aus dem Fenster, als erwarte er in der einsamen Dunkelheit dieser nächtlichen Stunde auf dem Bahnsteig jemanden zu sehen.

Niemand weiß, wer er ist. Wenn du allein in einem Zug sitzt oder durch die Straße einer Stadt schlenderst, in der dich kein Mensch kennt, bist du ein Niemand: Niemand kann deine Angst ergründen oder den Grund für deine Unruhe kennen, während du im Bahnhofscafé wartest, möglicherweise jedoch den Namen deiner Krankheit, wenn man sieht, wie blass du bist, oder das Rasseln deiner Bronchien hört, wenn man bemerkt, wie verstohlen du das Taschentuch einsteckst, das du dir vor den Mund gehalten hast. Auf Reisen spüre ich, dass ich schwerelos bin und unsichtbar, ich kann niemand sein und irgendeiner, und diese Leichtigkeit des Geistes spiegelt sich in den Bewegungen meines Körpers wider, meine Schritte werden schneller und elastischer, ohne die Schwere all dessen, was ich bin, die Augen offen und empfänglich für alle Reize einer Stadt oder einer Landschaft, einer Sprache, die ich genieße, weil ich sie verstehe und spreche, und das jetzt umso mehr, als sie nicht meine eigene ist. Montaigne berichtet von einem selbstgefälligen Menschen, der von einer Reise zurückkehrt, ohne etwas dazugelernt zu haben: Warum sollte er auch lernen, sagt er, er hatte ja sich selbst dabei!

Ich muss gar nicht weit gehen, um diese Veränderung zu durchlaufen. Manchmal, wenn ich das Haus verlasse und um die erste Straßenecke biege oder die Stufen der Metro hinuntergehe, lasse ich das, was ich bin, hinter mir und spüre die Erregung des großen leeren Raums, in den mein Leben sich verwandelt und in dem Empfindungen, Örtlichkeiten, die Gesichter der Menschen und die Geschichten, die ich höre, deutlicher und glanzvoller hervorzutreten scheinen. In der Literatur gibt es viele Erzählungen, die vorgeben, eine im Verlauf einer Reise erzählte Geschichte zu sein, während einer zufälligen Begegnung unterwegs, am Kaminfeuer einer Herberge, in einem Eisenbahnabteil. Im Zug erzählt ein Mann einem anderen die Geschichte, die Tolstoi in der «Kreuzersonate» erzählt. In «Herz der Finsternis» berichtet der Seemann Marlowe von einer Reise ins Unbekannte auf dem Kongo, während er mit einem Lastkahn auf der Themse fährt, und als er durch Nacht und Nebel die noch fernen Lichter Londons gewahrt, erinnert ihn dies an die Lagerfeuer, die er an den Ufern des afrikanischen Flusses gesehen hat, und in seiner Vorstellung sieht er noch viel ältere Lagerfeuer, jene, die die römischen Seefahrer vor zweitausend Jahren erblickten, als sie zum ersten Mal die Themse hinauffuhren. In dem Zug, der ihn nach Auschwitz deportierte, traf

Primo Levi eine Frau, die er vor vielen Jahren gekannt hatte, und er sagt, dass sie sich während der Fahrt Dinge erzählten, die kein Lebender erzählt, die nur jene laut auszusprechen wagen, die sich bereits auf der Seite des Todes befinden.

Auf dem Weg von Granada nach Madrid erzählte mir ein Freund im Bistrowagen eines Zuges, dass er im selben Zug eine Frau kennen gelernt und sie kaum eine Stunde später bereits geküsst habe. Im Sommer, am helllichten Tag im Talgo, der täglich um fünfzehn Uhr den Bahnhof von Granada verlässt. Seine Freundin hatte ihn noch an den Bahnsteig gebracht. Danach hatten er und die fremde Frau sich auf einer Toilette eingeschlossen, überwältigt von einer tollkühnen Begierde und einem Glücksgefühl und einer Lust, die weder die Widrigkeiten des Ortes noch die heikle Wahrung des Gleichgewichts, noch das Klopfen ärgerlicher Fahrgäste an der Tür zu durchkreuzen vermocht hatten. Als sie sich in Madrid trennten, glaubten sie, dies sei ein Abschied für immer. Mein Freund, der in Madrid seinen Militärdienst ableistete, hatte weder Geld noch eine klar umrissene Zukunft, und sie war eine verheiratete Frau mit einem kleinen Sohn, etwas impulsiv, leichtfertigen Euphorien ebenso zugänglich wie den schwarzen Tiefen der Depression. Mein Freund erzählte mir, er habe die Frau sehr gemocht und sie habe ihm Angst gemacht und nie habe er mit einer Frau so viel Lust empfunden. Er erinnerte sich sehr deutlich und voller Dankbarkeit an sie, da sie die einzige Frau gewesen war, mit der er geschlafen hatte, abgesehen von seiner eigenen, die er kurz nach der Entlassung aus der Armee heiratete.

Mehrere Monate lang trafen sie sich heimlich, wiederholten den sexuellen Rausch der ersten Begegnung in Pensionszimmern, im Dunkel der Kinos, manchmal bei ihr zu Hause, im selben Bett, in dem sie mit ihrem Ehemann schlief, mit großen stillen Augen von dem kleinen Kind betrachtet, das sich an den Stäben seines Gitterbettchens festhielt, um nicht umzufallen.

Als mein Freund entlassen wurde, kamen sie überein, dass sie ihn nicht am Bahnhof verabschieden solle. In letzter Minute erschien die Frau dennoch, mein Freund stieg wieder aus dem Nachtexpress nach Granada, und er fühlte sich so stark zu ihr hingezogen, dass es ihm nichts ausmachte, ihn zu verpassen. Er nahm denselben Zug einen Tag später, und danach haben sie sich nie mehr gesehen. Es macht mir Angst, daran zu denken, was aus ihr geworden sein mag, so verrückt, wie sie war, sagte mein Freund, auf den Tresen im Bistrowagen des Talgo gestützt, vor sich den Kaffee, den er nicht angerührt hatte, den Blick auf die öde Landschaft des Nordens der Provinz Granada gerichtet, die hinter dem Fenster vorüberzog, oder sich zu der Schwingtür umschauend, die zu den übrigen Waggons führte, als hege er die unmögliche Hoffnung, jene Frau könne nach so vielen Jahren dort auftauchen, und ich beneidete ihn, als ich seine Geschichte hörte, beneidete ihn und war traurig, weil mir noch nie so eine Geschichte widerfahren und noch nie so eine Frau begegnet war. Sie rauchte Joints, schluckte Tabletten, nahm Kokain, und mir machte das alles Angst, aber ich blieb trotz ihrer Verrücktheit bei ihr, und je größer meine Angst war, desto stärker begehrte ich sie. Es würde mich nicht wundern, wenn sie auf Heroin gekommen wäre. Es gibt Phasen, da wache ich jeden Morgen auf und weiß, dass ich von ihr geträumt habe. Ich träume, dass ich ihr in Madrid begegne oder dass ich in diesem Zug sitze und sie durch den Gang auf mich zukommen sehe. Sie war groß wie ein Mannequin, hatte gelocktes kastanienbraunes Haar und grüne Augen.

In den modernen Zügen, die uns nicht mehr zwingen, Fremden gegenüberzusitzen, kommt das Erzählen von Reisegeschichten zu kurz. Schweigende Phantome, die Ohren mit Kopfhörern verstopft, die Augen starr auf das Video eines amerikanischen Films gerichtet. Mehr Geschichten hörte man in den alten Abteilen der zweiten Klasse, die unwillkürlich etwas von Wartezimmern hatten oder von Esszimmern armer Leute. Während ich auf meiner ersten Reise nach Madrid an den harten Rückenteil der mit blauem Plastik bezogenen Bank gelehnt vor mich hin döste, hörte ich meinen Großvater Manuel und einen anderen Fahrgast Geschichten von winterlichen Eisenbahnfahrten im Krieg austauschen. Meine Einheit der Einsatzpolizei, in der ich diente, wurde auf diesem Bahnhof in einen Zug verladen; man sagte uns zwar nicht, wohin wir fuhren, aber es ging das Gerücht, dass wir an die Ebrofront gebracht wurden. Mir zitterten die Beine, wenn ich nur daran dachte, im Dunkeln, in einem geschlossenen Waggon, die ganze Nacht lang. Am andern Morgen hieß es aussteigen, und ohne weitere Erklärungen wurden wir auf unsere alten Posten zurückgeschickt. An unserer Stelle war ein anderes Bataillon abkommandiert worden, und von achthundert Männern, die an die Front fuhren, kamen keine dreißig zurück. Wäre unser Zug damals losgefahren, könnte ich diese Geschichte wahrscheinlich nicht erzählen, sagte mein Großvater, und ich dachte plötzlich, halb im Schlaf, wäre die Fahrt zur Ebrofront nicht abgeblasen worden, mein Großvater wäre vermutlich gefallen, und ich wäre gar nicht auf der Welt.

Alles war sehr seltsam in dieser Nacht, der Nacht meiner ersten Eisenbahnfahrt, seltsam und märchenhaft, als hätte ich mit dem Besteigen des Zuges – und vorher schon, mit der Ankunft auf dem Bahnhof – den alltäglichen Raum der Wirklichkeit verlassen und wäre in ein anderes Reich eingetreten, das dem der Filme oder der Bücher sehr ähnlich war, das schlaflose Reich der Reisenden: Ich, der ich mich so gut wie nie aus meiner Heimatstadt fortbewegt hatte, war voll mit Geschichten von Reisen in ferne Länder, sogar zum Mond, ins Innere der Erde, auf den Grund des Meeres, zu den Inseln der Karibik und des Pazifiks, zum Nordpol und durch die Weiten Russlands, die ein Reporter von Jules Verne mit Namen Claude Bombarnac in der Transsibirischen Eisenbahn durchquerte.

Ich weiß noch, dass es in einer Juninacht war. Ich saß zwischen meiner Großmutter und meinem Großvater auf einer Bank auf dem Bahnsteig, als ein Zug einfuhr, der noch nicht unserer war, und mit einem lang gezogenen Kreischen der Bremsen zum Stehen kam. In der Dunkelheit hatte er die Ausmaße eines großen mythologischen Ungeheuers, und der runde Scheinwerfer der Lokomotive erinnerte mich an das näher kommende Unterseeboot von Kapitän Nemo. Am rückwärtigen Geländer des letzten Waggons lehnte eine Frau, die mich augenblicklich mit Begehren erfüllte, dem unwissenden, erschrockenen, fiebernden Begehren eines Vierzehnjährigen. Ich begehrte sie so sehr, dass der Druck auf meiner Brust mir das Atmen schwer machte und meine Beine zu zittern begannen. Ich habe sie immer noch vor Augen, obgleich ich nicht weiß, ob das, dessen ich mich entsinne, wirklich eine Erinnerung ist: groß, blond, wehendes Haar, eine ausländische Frau mit einer weit offenen schwarzen Bluse, einem schwarzen Rock, barfuß, mit rot lackierten Fußnägeln, das Gesicht so gebräunt, dass der Glanz ihres blonden Haars und der Schimmer ihrer hellen Augen hervorstachen. Ein Knie hielt sie vorgestreckt, und der Schlitz ihres Rocks gab einen Oberschenkel frei. Der Zug fuhr an, und ich sah sie entschwinden, auf das Geländer der Plattform gestützt und die vorbeihuschenden Gesichter betrachtend, die auf dem Bahnsteig dieses fernen Bahnhofs mitten in der Nacht eines fremden Landes zu ihr hinaufschauten.

Als ich einschlief, sah ich in unruhigen Traumfetzen diese Frau wieder, derweil mein Großvater und der andere Mann sich im Dunkel des Waggons unterhielten. Ich öffnete die Augen einen Spalt und sah die Glut der Zigaretten, und wenn mein Großvater oder sein Gegenüber einen Zug taten, leuchteten ihre derben Gesichter einen Moment lang rötlich auf.

Der beißende Qualm dieses schwarzen Tabaks, den man damals rauchte. Beim Anblick dieser Gesichter und bei diesen im Schlaf zerfließenden Worten war mir, als reiste ich nicht in dem Zug, mit dem wir fuhren, sondern in einem jener Züge, von denen die beiden Männer sprachen, Züge voller erschöpfter Soldaten oder Deportierter, die ewig unterwegs waren, ohne je an ihr Ziel zu gelangen, die nächtelang auf unbeleuchteten Bahnsteigen standen. Kurz vor seinem Tod sagte Primo Levi, die versiegelten Güterwaggons, die er manchmal auf den Abstellgleisen der Bahnhöfe sähe, erfüllten ihn immer noch mit Entsetzen. Ich habe in Russland gedient, sagte der Mann, in der Blauen Division. Wir stiegen am Nordbahnhof in den Zug und brauchten zehn Tage, bis wir an einen Ort namens Riga kamen. Und ich dachte oder sagte im Schlaf, Riga ist die Hauptstadt von Lettland, weil ich es aus den Atlanten kannte, in denen ich so gern blätterte, und weil ein Roman von Jules Verne in Riga spielt und weil die Romane von Jules Verne meine Vorstellungswelt und mein Leben zum Überfließen brachten.

Heute begreife ich, dass die Züge in unserem trockenen Landesinnern der große Fluss waren, der uns in die Welt hinausbrachte und später wieder zurück, der große Strom, der sich im Dunkeln Richtung Meer wälzte oder in Richtung der großen Städte, wo uns ein neues Dasein erwartete, strahlender und wahrhaftiger, ähnlicher jenem, das uns die Bücher versprachen. So deutlich, wie ich mich an meine erste Eisenbahnfahrt erinnere, erinnere ich mich an meine erste Ankunft an einem Grenzbahnhof: Der Glanz der Nacht ist in der Erinnerung derselbe, wie auch die vorweg ersonnenen Bilder, die Furcht vor dem Unbekannten, die den Puls beschleunigte und die Knie schwach werden ließ. Zivilgardisten mit mürrischen Gesichtern und später feindselige, vulgäre Gendarmen prüften die Pässe auf dem Bahnhof von Cerbère. Cerbère, Zerberus.

Manche nächtlichen Bahnhöfe gleichen dem Eingang zum Reich des Hades, und schon ihre Namen enthalten so etwas wie den Keim des Bösen: Cerbère, wo französische Gendarmen im Winter des Jahres 1939 die Soldaten der Spanischen Republik misshandelten, sie beschimpften und mit Gewehrkolben vorwärts stießen; Port Bou, wo Walter Benjamin sich 1940 das Leben nahm; Gmünd, der Bahnhof an der Grenze zwischen der Tschechoslowakei und Österreich, wo sich Franz Kafka und Milena Jesenská einmal trafen, verbotene Begegnungen im Klammergriff der Fahrpläne, in der verzweifelten Kürze der Stunden, die schon dem Ende zugingen, wenn sie sich sahen, zum unwirtlichen Zimmer des Bahnhofshotels hinaufstiegen, wo vorüberfahrende Züge die Fensterscheiben erzittern ließen.

Wie muss es gewesen sein, in einem Viehwaggon auf einem deutschen oder polnischen Bahnhof anzukommen, aus Lautsprechern auf Deutsch gebellte Befehle zu hören und nichts zu verstehen, in der Ferne Lichter zu sehen, Drahtzäune, hohe Schornsteine, aus denen schwarzer Rauch quoll? Im Februar 1944 fuhr Primo Levi fünf Tage lang in einem Zug bis nach Auschwitz. Durch die Ritzen zwischen den Brettern, an die er seinen Mund hielt, um Luft zum Atmen zu bekommen, sah er die Namen der letzten italienischen Bahnhöfe, und jeder Name war ein Abschied, eine Etappe auf der Reise nach Norden in die Kälte, in den Winter, unverständliche Namen jetzt auf Bahnhöfen in deutscher und später in polnischer Sprache, von abgelegenen Orten, deren Namen bis dahin noch niemand gehört hatte, Mauthausen, Bergen-Belsen, Auschwitz. Drei Wochen brauchte Margarete Buber-Neumann, um von Moskau bis zu dem Straflager in Sibirien zu gelangen, zu dem man sie für zehn Jahre verurteilt hatte, und als erst drei vergangen waren und man ihr befahl, wieder in einen Zug zu steigen und nach Moskau zurückzufahren, da glaubte sie, man werde sie freilassen, doch der Zug hielt nicht in Moskau, sondern setzte seine Fahrt Richtung Westen fort. Als er schließlich im Grenzbahnhof von Brest-Litowsk hielt, drängten die russischen Bewacher sie, rasch ihre Sachen zu packen, sie hätten deutsches Territorium erreicht. Zwischen den Brettern, mit denen ihr Abteilfenster zugenagelt war, erblickte sie auf dem Bahnsteig schwarze SS-Uniformen und begriff mit Entsetzen und unendlicher Erschöpfung, dass Stalins Schergen sie, weil sie Deutsche war, an Hitlers Schergen auslieferten, so wie es einer infamen Klausel des Hitler-Stalin-Paktes entsprach.

Die lange Nacht Europas ist durchzogen von endlosen finsteren Zügen, von Güter- und Viehwaggons mit verplombten Türen, die langsam nach Osten rollen, winterlichen Steppen entgegen, voller Schnee oder Schlamm, von Stacheldraht und Wachtürmen begrenzt. 1937 verhaftet, gefoltert und vier oder fünf Tage lang Verhören unterzogen, bei denen sie ununterbrochen stehen musste, danach zwei Jahre lang in einer Einzelzelle eingeschlossen, wurde die Kommunistin Jewgenija Ginsburg schließlich zu zwanzig Jahren Zwangsarbeit in einem Lager am Polarkreis verurteilt, und der Zug, der sie in die Gefangenschaft brachte, brauchte einen ganzen Monat für die Strecke von Moskau nach Wladiwostok. Während der Fahrt erzählten sich die Gefangenen ihre Lebensgeschichten, und manchmal, wenn der Zug auf einem Bahnhof hielt, riefen sie durch ein Fenster oder durch ein Lüftungsloch zwischen zwei Brettern jedem, der vorbeiging, ihren Namen zu oder warfen einen Brief oder Zettel nach draußen, auf den sie ihre Namen gekritzelt hatten, in der Hoffnung, die Nachricht, dass sie noch am Leben waren, dringe irgendwann einmal bis zu ihren Angehörigen durch. Wenn eine von beiden überlebt, wenn sie heimkehrt, wird sie zuerst die Eltern oder den Mann oder die Kinder der anderen aufsuchen, um ihnen zu berichten, wie sie gelebt hat und wie sie gestorben ist, und um zu bezeugen, dass sie ihre

Familie auch in der Hölle, auch in der Ferne nicht vergessen hat. Dieses Versprechen gaben sich im Lager von Ravensbrück Margarete Buber-Neumann und ihre innige Freundin Milena Jesenská. Milena erzählte ihr von der Liebe zu einem Mann, der vor zwanzig Jahren gestorben war, Franz Kafka, erzählte ihr auch die Geschichten, die er geschrieben hatte und die Margarete noch nicht kannte und an denen sie sich deshalb umso mehr erfreute, wie alte Geschichten, die niemand aufgeschrieben hat und die dennoch unversehrt und machtvoll wieder erstehen, wenn jemand sie mit lauter Stimme vorträgt, die Geschichte von dem Landvermesser, der in ein Dorf kommt, wo es ein Schloss gibt, zu dem er niemals Zutritt findet; die von dem Vertreter, der eines Morgens aufwacht und feststellt, dass er sich in ein Insekt verwandelt hat; die von dem Bankangestellten, der eines Tages von zwei Polizisten in Zivil aufgesucht wird, die ihm mitteilen, dass man ihm den Prozess machen werde, ohne dass er jemals den Grund dafür erfährt und wie die Anklage gegen ihn lautet.

Durch die Geschichte der Liebe zwischen Milena Jesenská und Franz Kafka ziehen sich Briefe und Züge, und in ihr haben die Ferne und die geschriebenen Wörter eine größere Bedeutung als die tatsächlichen Begegnungen oder körperlichen Zärtlichkeiten. Im Frühjahr 1939, ein paar Tage bevor die deutsche Armee in Prag einmarschiert, übergibt Milena ihrem Freund Willy Haas die Briefe von Kafka, deren letzten sie vor sechzehn Jahren, 1923, erhalten hat. Auf der Fahrt ins Konzentrationslager, auf dunklen Bahnhöfen, wo der Zug manchmal nächtelang hielt, dachte sie bestimmt an die Erregung und Beklemmung jener heimlichen Reisen früherer Zeiten zurück, als sie verheiratet war und in Wien lebte und ihr Geliebter in Prag und sie sich auf halbem Wege trafen, auf dem Grenzbahnhof von Gmünd, oder an ihre erste Begegnung, nachdem sie sich mehrere Monate lang Briefe geschrieben hatten, im Bahnhof von Wien. Bevor sie sich zu schreiben begannen, hatten sie sich ein einziges Mal gesehen, in einem Café, ohne dass einer dem anderen besondere Aufmerksamkeit geschenkt hätte, doch dann wollte er dem Rand der Erinnerung plötzlich ein Bild entreißen, das ganz deutlich nicht mehr sein konnte, das Gesicht, das er sich nicht gemerkt hatte, in das er sich nur wenige Monate später aber schon verliebt haben sollte. *Es fällt mir ein, dass ich mich an Ihr Gesicht eigentlich in keiner bestimmten Einzelheit erinnern kann. Nur wie Sie dann zwischen den Kaffeehaustischen weggingen, Ihre Gestalt, Ihr Kleid, das sehe ich noch.* Er ist in Prag in den Zug gestiegen und weiß, dass sie zur gleichen Zeit einen Zug in Wien bestiegen hat, und seine Ungeduld und sein Verlangen sind nicht stärker als die Angst, denn ihn ängstigt das Wissen, in wenigen Stunden die Frau in seinen Armen zu halten und zu berühren, die kaum mehr ist als ein Schemen seiner Phantasie und ihrer Briefe. *Die Furcht ist das Unglück,* hat er geschrieben. Er hat Angst, dass der Zug einfährt und er sich den hellen Augen Milenas gegenübersieht, aber er fürchtet auch, dass sie im letzten Moment Gewissensbisse bekommen haben und in Wien bei ihrem Mann geblieben sein könnte, der sie nicht glücklich macht, der sie mit anderen Frauen betrügt, von dem sie sich jedoch nicht trennen will oder kann. Er schaut auf die Uhr, liest die Namen der Bahnhöfe, an denen der Zug hält, und ihn quält die Unruhe der nicht vergehenden Stunden, die bis zur Ankunft noch fehlen, aber auch die Furcht vor dem Ankommen, davor, allein auf dem Bahnsteig von Gmünd zu stehen, und zugleich vor der ungestümen körperlichen Nähe Milenas, die viel jünger und gesünder ist als er, direkter und offener in der Äußerung sexueller Bedürfnisse.

Die unbewusste Erinnerung ist die Hefe der Vorstellungskraft. Ohne es zu wissen, habe ich bis heute, während ich mir Franz Kafkas Fahrt in einem Nachtzug vorzustellen versuche, in Wirklichkeit eine Fahrt in Erinnerung, die ich selbst unternommen habe, als ich zweiundzwanzig Jahre alt war, eine ganze schlaflose Nacht in einem Zug, der mich nach Madrid zu einer Frau mit leuchtenden Augen und braunen Haaren brachte, der ich ein Telegramm geschickt hatte, Minuten bevor ich mit geliehenem Geld einen Fahrschein zweiter Klasse kaufte und unvernünftigerweise alles stehen und liegen ließ, um zu ihr zu fahren. Im Morgengrauen kam ich am Bahnhof an, und niemand erwartete mich dort.

Wie muss es sein, mit dem Zug in einen Grenzbahnhof einzulaufen und nicht zu wissen, ob man zurückgeschickt wird, ob man daran gehindert wird, die Grenze zu überschreiten, den einen Schritt zur Rettung hin zu tun, Grenzpolizisten, die mit grausamer Langsamkeit die Papiere überprüfen, arrogant den Blick heben, um das Gesicht auf dem Passfoto mit dem angstvollen Gesicht vor ihnen zu vergleichen, in das ein normaler, unschuldiger Ausdruck kaum noch seinen Weg findet. Nachdem er sich zum ersten Mal mit Milena getroffen und vier Tage mit ihr verbracht hatte, kehrte Franz Kafka mit dem Zug von Wien nach Prag zurück, voller Unruhe wegen der Arbeit, die am anderen Morgen auf ihn wartete, mit einem Gefühl von Glückseligkeit und Schuld, süßen Rausches und unerträglicher Beschneidung, da er nicht wusste, wie er jetzt mit dem Alleinsein fertig werden sollte und wann er die Geliebte ein nächstes Mal wiedersehen würde. Als der Zug im Bahnhof von Gmünd hielt, sagten ihm die Grenzbeamten, er könne nicht nach Prag weiterfahren: In der Vielzahl seiner Dokumente fehlte ihm ein Papier, ein Ausreisevisum, das nur in Wien ausgestellt werden konnte. In der Nacht des 15. März 1938, als Franz Kafka schon fast vierzehn Jahre tot und vor Angst oder Schuld oder Verfolgung sicher war, füllte sich derselbe Zug, der Wien um 23.15 Uhr in Richtung Prag verließ, mit Flüchtlingen, Juden und Linken vor allem, weil Hitler soeben in der Stadt einmarschiert war, von einer johlenden Menge begrüßt, die mit ausgestreckten Armen seinen Namen brüllte, in heiserem, einstimmigem Tosen wie von einer wütenden Brandung «Heil dem Führer und dem Reich» schrie und nach der Ausrottung der Juden verlangte. Auf den Bahnhöfen unterwegs erklommen österreichische Nazis in Uniform den Schnellzug nach Prag, plünderten das Gepäck der Flüchtenden, schlugen auf sie ein, beschimpften und erniedrigten sie. Viele von ihnen hatten keine Papiere dabei, und auf dem Grenzbahnhof hinderten tschechische Polizisten sie daran, die Fahrt fortzusetzen. Einige dieser Flüchtlinge sprangen aus dem Zug und flohen querfeldein, versuchten die Grenze im Schutz der Nacht zu überwinden.

Wie muss es sein, in der Nacht die Küste eines fremden Landes zu erreichen, von dem Boot, das einen übers Meer gebracht hat, ins Wasser zu springen, im Dunkeln das Ufer zu erreichen, während die Füße im Sand einsinken, sich in kopfloser Hast davonzumachen, das Landesinnere zu gewinnen: ein Mann allein, ohne Papiere, ohne Geld, der dem Grauen der Krankheiten und Massaker im tiefsten Afrika entkommen ist, der das Herz der Finsternis verlassen hat, der die Sprache des Landes nicht spricht, in das es ihn verschlagen hat, der sich zu Boden wirft, in einen Straßengraben duckt, wenn er auf der Landstraße die Scheinwerfer eines Autos sieht, eines Polizeiautos vielleicht.

Eine besondere Freude ist es offenbar, auf Reisen Reisebücher zu lesen. In einem Zug, der mich im Frühsommer 1976 von Granada fortbrachte, als mein Semester gerade zu Ende war, las ich die Erzählung von der Reise nach Venedig, die Proust in *Die wiedergefundene Zeit* unternimmt. Zwei Sommer später kam ich an einem Septemberabend selbst zum ersten Mal nach Venedig, und ich erinnerte mich an Proust und seinen schmerzlichen Hang zur Enttäuschung, wenn er an Orte kam, die zu sehen er sich sehr gefreut hatte. In einer Unterhaltung mit Francisco Ayala über das Glück, Proust zu lesen, stellte ich fest, dass dies auch für ihn gleichzeitig mit dem Glück verknüpft war, das man auf einer Reise empfindet. In den vierziger Jahren, als er in Buenos Aires im Exil lebte, bot man ihm irgendwann an, Vorlesungen an der Universität der Provinz Rosario zu halten. Er fuhr einmal die Woche dorthin, zuerst mit dem Zug bis Santa Fe, dann weiter mit einem Bus, der am Ufer des Paraná entlangfuhr. Er hatte stets ein Buch von Proust dabei, und das Wiederlesen kam ihm sogar noch beglückender vor, denn wenn er die Augen von den Buchseiten hob, erblickte er eine Landschaft wie vom anderen Ende der Welt; in einem Augenblick wechselte er von den Straßen im Paris des Jahres 1900 und den nebligen Stränden der Normandie zu den menschenleeren Weiten Südamerikas, durch die er zuerst mit dem Zug und dann mit dem Autobus fuhr. Plötzlich war das Buch, das er las, die einzige Verbindung zu seinem früheren Leben, dem verlorenen Spanien, in das er vielleicht nie würde zurückkehren können, und zu Europa, das sich von den Erschütterungen des Krieges immer noch nicht erholt hatte. Er las Proust im Autobus, neben sich den ozeanbreiten Paraná, und das Buch in seinen Händen war dasselbe, das er so oft in Madrid in der Straßenbahn gelesen hatte.

An einer der Haltestellen hob er mechanisch den Blick von seinem Buch und bemerkte einen alten Mann mit schlohweißem Haar, der gerade eingestiegen war und den ein Hauch von Melancholie und Armut umgab. Er trug einen abgenutzten Mantel und unter dem Arm eine ebenso abgenutzte Aktentasche, sein Gesicht war von Krankheit und Müdigkeit gezeichnet, das Gesicht eines Mannes, den die Jahre nicht von den bittersten Nöten des Lebens losgesprochen haben. In einem Augenblick ungläubigen Erstaunens und beschämten Mitleids erkannte er in jenem alten Mann, der in einem entlegenen Dorf in Argentinien den Autobus nahm, Don Niceto Alcalá Zamora, der einmal Präsident der Spanischen Republik gewesen war. Er fürchtete, der andere könne auch ihn erkennen, daher versenkte er den Blick in seinem Buch, und als er nach dem nächsten Halt wieder aufschaute, war der alte Mann bereits ausgestiegen.

Auf einer Reise hört man eine Geschichte oder findet durch Zufall ein Buch, das sogleich konzentrische Kreise nachfolgender Entdeckungen aussendet. Zu einer Zeit, als ich in eine Frau verliebt war, die mir auswich, wenn ich sie besonders stark begehrte, und die meine Nähe suchte, wenn ich auf Abstand zu ihr gehen wollte, fuhr ich mit dem Zug nach Sevilla und las auf der Fahrt *Die Gärten der Finzi-Contini*, und ich gab der schönen und widerspenstigen jüdischen Heldin Giorgio Bassanis die Züge der Frau, die ich liebte, und das Scheitern ihrer Liebe zu Mícol, dem Protagonisten des Romans, nahm auf betrübliche Weise das Scheitern meiner eigenen Liebe mit einer Deutlichkeit vorweg, die zu akzeptieren ich aus mir selbst heraus nicht fähig gewesen wäre. Ich erinnere mich an ein billiges, gebrauchtes Exemplar der *Historien* von Herodot, das ich an einem Straßenkiosk in New York fand, und an John Franklins Tagebuch seiner Reise zum Polarkreis, das ich in einem Antiquariat durchblätterte und später ohne Unterbrechung in einem Londoner Hotelzimmer durchlas, einem schmalen, hohen Raum von widernatürlichen Proportionen, dessen Bad nicht größer war als ein Kleiderschrank, darüber hinaus verzerrt von einem Dekor expressionistischer Winkel. Als ich 1989 im südlichen Herbst in Buenos Aires eintraf, verbrachte ich Stunden im Bett meines Hotelzimmers liegend, dem Regen lauschend, der gegen die Fensterscheiben prasselte und mich hinderte, durch die Straßen zu laufen, die zu erkunden ich mich so gefreut hatte, und, um die klaustrophobische Zeit des Hotels totzuschlagen, das erste Buch von Bruce Chatwin lesend, das mir in die Hände gefallen war, *In Patagonien*. Heute weiß ich, dass Bruce Chatwin in jenen Tagen, in denen ich dieses Buch las, an einer Krankheit zugrunde ging, deren Namen er niemandem verraten wollte: eine seltene Infektionskrankheit, die er sich in Zentralasien durch Nahrung oder einen Stich oder Biss zugezogen habe, ließen seine Freunde verlauten, um die Schmach zu vertuschen, um nicht den Namen zu nennen, der Angst und Scham hervorrief, das Wort, das selbst schon wie einer dieser Abszesse war, die in den früheren Jahrhunderten das Grauen der Pest ankündigten.

In Buenos Aires las ich Bruce Chatwin, der zur selben Zeit in London mit dem Tode rang. Meine Reise durch Argentinien bestand so zu einem Teil aus Wirklichkeit und zu einem anderen aus Literatur, denn indem ich dieses Buch las, setzte ich die Reise in die großen eintönigen Weiten des Südens fort, auf einer Route allerdings, die für mich schon in der Hauptstadt des Landes endete, in einem Hotelzimmer, aus dem ich wegen des Regens kaum einmal hinauskam. Welch eine Erholung für die Seele, fernab von allem, isoliert von allem, wie ein Mönch in seiner Zelle, einer Zelle mit allen nur denkbaren Annehmlichkeiten, einem gemachten Bett, dem Telefon in Reichweite, der Fernbedienung für den Fernseher, dem Regen, der einen der ermüdenden Pflichten des Tourismus enthebt und den perfekten Vorwand liefert, stundenlang nichts zu tun, nur leicht aufgerichtet im Bett zu liegen, das gefaltete Kissen im Rücken, ein Buch in Händen, das Buch, das von einer Reise ans Ende der Welt erzählt, in dem an andere, viel frühere Reisen erinnert wird, an die Reise Charles Darwins auf dem großen Segelschiff *Beagle*, an die des patagonischen Indianerjungen, der mit Darwin nach England reiste, die englische Sprache und englisches Benehmen lernte, der Königin Victoria vorgestellt wurde und ein paar Jahre später wieder in den unwirtlichen Süden und das primitive Leben zurückkehrte, aus dem er ausgebrochen war, nun überall und für immer ein Fremder, ein exotischer Wilder in zivilisierten Kleidern aus London, ein Entwurzelter in der eigenen Heimat.

In Kopenhagen erzählte mir eine Dänin französisch-sephardischer Herkunft von einer Reise, die sie als Kind im Herbst des Jahres 1945, gut ein Jahr nach der Befreiung, mit ihrer Mutter durch Frankreich geführt hatte. Ich lernte sie bei einem Essen im Club des Schriftstellerverbandes kennen, einem Palais mit Doppeltüren und Marmorsäulen und mit Stuck und allegorischer Malerei verzierten Decken. An einem der Fenster sah ich ein stolzes Segelschiff vorübergleiten, als führe es auf der Straße: Es fuhr auf einem der Kanäle, die sich tief in die Stadt hineinziehen und einen hinter der nächsten Straßenecke plötzlich mit einer hafenähnlichen Aussicht überraschen.

Das war Anfang September vor etwa acht Jahren. Ich war zwei Tage durch die Stadt gelaufen, und am dritten lud mich ein befreundeter Verleger zu diesem Essen ein. Meine Erinnerung ist voll mit Städten, die mir gefallen haben, in denen ich aber nur ein einziges Mal war. Von Kopenhagen sind mir vor allem die Bilder meines letzten Spaziergangs im Gedächtnis geblieben: Vom Hotel aus ging ich auf gut Glück los und kam an einen ovalen Platz mit Palästen und Säulen und einem bronzenen Reiterdenkmal in der Mitte, aus einer grünen Bronze, die an bestimmten Stellen durch Feuchtigkeit und Flechten einen grauen Farbton angenommen hatte, der mit dem des Himmels identisch war oder mit dem des Marmors jenes Palastes, der, wie man mir später erklärte, der Königspalast war.

In dem ganzen kalten, barocken Oval des Platzes, das hin und wieder ein einsames Auto überquerte (wenn ich den Motor hörte, vernahm ich zugleich das Rauschen der Reifen auf den Pflastersteinen), befand sich kein Mensch außer mir und einem einzelnen Soldaten im roten Waffenrock und der hohen Fellmütze eines Husaren, der mit einem Gewehr auf der Schulter lustlos auf und ab marschierte, einem Gewehr mit aufgepflanztem Bajonett, das ebenso anachronistisch war wie seine Uniform.

Da ich nicht wusste, wohin ich gehen sollte, ließ ich meine Schritte von den Straßen lenken, so wie ich mich von einem Feldweg leiten lasse, wenn ich über Land spaziere. Eine lange gerade Straße entfernte sich von dem bronzenen Reiter und endete mit der Kuppel, gleichfalls aus grün angelaufener Bronze, einer Kirche mit goldenen lateinischen Inschriften und Statuen von Heiligen, von Kriegern und Männern in Gehröcken auf den Simsen. Die Kirche glich den Barockkirchen Roms, die sich untereinander alle so ähnlich sehen, dass sie das unangenehme Flair von Zweigstellen verströmen, von vatikanischen Büro- oder Bankgebäuden im Namen des Herrn.

Eine der Statuen an der Kirchenfassade jedoch stellte unzweifelhaft Søren Kierkegaard dar. Bucklig, gleichsam in Lauerstellung, die Hände auf dem Rücken, verfügte er nicht über jene Erhabenheit oder zeitlose Bewegungslosigkeit, die Statuen normalerweise eigen ist. Nach seinem Tod, nachdem er eineinhalb Jahrhunderte lang in offizieller Unsterblichkeit verharrt und Schulter an Schulter mit all den feierlichen Helden, Heiligen, Generälen und Tribunen von Dänemarks historischem Pantheon gestanden hatte, wirkte die Statue Kierkegaards immer noch ungesellig, flüchtig, griesgrämig, unruhig auf seinen einsamen Wanderungen durch eine verschlossene, feindselige Stadt, aus den Augenwinkeln die Menschen beobachtend, die er verachtete und die ihn noch mehr verachteten, nicht nur wegen seines Buckels und des mächtigen Kopfes, sondern wegen der unbegreiflichen Überspanntheit seiner Schriften, seines wütenden Bibelglaubens, so fremd und vaterlandslos in seiner Heimatstadt, als sei er gezwungen, am anderen Ende der Welt zu leben.

Ich suchte den Rückweg zum Hotel. In weniger als einer Stunde wollte der Verleger – den ich eigentlich gar nicht besonders gut kannte – mich zum Essen abholen. In einer breiten, gutbürgerlichen Straße mit Kleidergeschäften und Antiquitätenläden entdeckte ich ein von einer weiß verputzten oder gestrichenen Wand auf fast absurde Weise vorspringendes Ziegeldächlein, darunter eine Holztür mit Eisenbeschlägen und Türklopfer und ein vergittertes Fenster mit Geranien. Nachdem ich einen ganzen Samstagnachmittag lang die leeren Straßen von Kopenhagen durchstreift und mich dabei so fern von allem gefühlt hatte, hatte ich ein spanisches Lokal entdeckt. Pepe's Bar.

Besagte Dame saß an dem großen ovalen Tisch des Schriftstellerverbandes neben mir. Mir ist dergleichen schon öfter passiert: Das Essen wurde zu meinen Ehren gegeben, aber niemand nahm meine Gegenwart besonders zur Kenntnis. Vor jedem von uns stand ein Kärtchen mit unseren Namen. Der Name der Frau war ein Rätsel in sich, ein verschlüsseltes Versprechen: Camille Pedersen-Safra. Ich kann mich der magnetischen Wirkung von Namen nicht entziehen. Die Frau erklärte mir, sie sei in einer jüdischen Familie spanischer Herkunft in Frankreich geboren. Pedersen war ihr Ehename. Während die übrigen Gäste angeregt plauderten und lachten, erleichtert, sich nicht mit einem Fremden unterhalten zu müssen, über den sie nichts wussten, erzählte sie mir, dass sie und ihre Mutter kurz vor dem Fall von Paris mit dem großen Flüchtlingstreck vom Juni 1940 aus Frankreich hatten fliehen können. Nur einmal, im Herbst 1945, waren sie in das Land zurückgekehrt und hatten beide feststellen müssen, dass sie ihrer alten Heimat nicht mehr angehörten, aus der sie in die Vernichtungslager deportiert worden wären, hätten sie nicht rechtzeitig fliehen können. Sie waren dankbar, jetzt Däninnen zu sein. Auch Dänemark war zwar von den Deutschen besetzt und denselben antijüdischen Gesetzen unterworfen worden wie Frankreich, doch im Unterschied zur Vichy-Regierung hatten die dänischen Behörden ihre Mithilfe bei der Aussonderung und Deportation von Juden verweigert und diese nicht einmal gezwungen, den gelben Stern zu tragen.

Camille Safra war sechs Jahre alt, als sie aus Frankreich flohen. Sie erinnerte sich an den Unmut, den sie empfand, als sie von ihrer Mutter mitten in der Nacht wachgerüttelt wurde, und an das befremdliche, warme und angenehme Gefühl, in dicke Decken gehüllt auf der Ladefläche eines Lastwagens zu fahren, auf dessen Plane der Regen trommelte. Sie erinnerte sich auch, in Küchen oder Toreinfahrten von fremden Häusern geschlafen zu haben, in denen es stark nach Äpfeln und Heu roch, und manchmal sah sie noch Bilder von unerklärlichen Strecken auf Feldwegen unter dem Mond vor sich, sie schlafend im Arm der Mutter, zugedeckt mit einem Schal aus feuchter Wolle, das Knarren eines Fuhrwerks im Ohr und den schleppenden Hufschlag eines Pferdes. In der Erinnerung oder in alten Träumen schienen vereinzelte Lichter auf, an Straßenecken oder in Fenstern von Bauernhäusern, rote Lichter von Lokomotiven, Reihen erleuchteter Fenster von Zügen, in die sie und ihre Mutter nicht einstiegen.

In ihrer Erinnerung war die ganze Reise ins Exil von einem kindlichen Wohlgefühl geprägt, so wie Kinder sich in Ausnahmesituationen behaglich einzurichten und ihnen Dimensionen abzugewinnen wissen, die Erwachsenen vollkommen unbekannt sind und die nichts mit dem zu tun haben, was diese erleben und später erinnern. Als sie Frankreich verließ, lebte Camille Safra noch tief in der Unwirklichkeit und Mythologie ihrer frühen Kindheit; mit zehn oder elf Jahren, als sie und ihre Mutter zurückkehrten, nahm sie die Dinge praktisch schon mit dem Bewusstsein einer Erwachsenen wahr. An die erste Fahrt erinnerte sie sich wie an einen Traum, und sicher gab es Bruchstücke von Träumen oder Erzählungen, die als tatsächliche Begebenheiten in ihre Erinnerung eingesickert sind. Von der Rückkehr aus Dänemark bewahrte sie deutliche, von einer Traurigkeit gefärbte Bilder im Gedächtnis, die das Gegenteil von jenem rätselhaften Glück der ersten Reise war.

Camille Safra war eine rothaarige, üppige, resolute Frau, die keinen Wert auf Äußerlichkeiten legte, deren eher mitteleuropäische als romanische Züge das Alter bereits über die Maßen auszuprägen begann. Ähnliche jüdische Frauen habe ich in den Vereinigten Staaten und in Buenos Aires gesehen: Frauen in einem bestimmten Alter, mit rundlicher Figur, geschminkten Lippen, nachlässig gekleidet. Sie rauchte viel, Zigaretten ohne Filter, war eine glänzende Unterhalterin, wechselte zwischen Englisch und Französisch, wie sie es brauchte oder wie es die Grenzen ihrer Ausdrucksfähigkeit verlangten, und trank Bier mit einer unvergleichlichen skandinavischen Ungezwungenheit. Sie stellte in einer Zeitung und im Radio Bücher vor und besprach sie. Der Verleger, der mich zu dem Essen eingeladen hatte und mich in der Hitze der Gespräche und Biere fast vergessen zu haben schien, hatte mir, als er sie mir vorstellte, gesagt, sie sei eine sehr angesehene Kritikerin, und eine vorteilhafte Besprechung von ihr sei von großer Bedeutung, besonders für einen ausländischen und in Dänemark unbekannten Autor. Ich war der festen und wehmütigen Überzeugung, mein Buch werde nicht einen einzigen dänischen Leser anziehen, und ich empfand so etwas wie vorauseilende Schuldgefühle wegen des schlechten Geschäfts, das der Verleger mit mir machen würde, und verzieh ihm, ja war ihm sogar dankbar, dass er mich bei dem Essen im Schriftstellerverband meinem Schicksal überließ. Ich erkannte auch, dass die Einladung nicht gerade ein Erfolg gewesen war: Es standen noch leere Tische in dem großen Speisesaal mit seinen mythologischen Malereien und den großen Fenstern, die auf eine Straße gingen, auf der ab und zu gemächlich ein Schiff vorüberglitt. Bevor uns das Essen serviert wurde, hatten Kellner die unbenutzten Tische wieder abgedeckt.

Armseligerweise nagten diese Beobachtungen an mir, während Camille Safra in ihrem Bericht fortfuhr, und es kränkte mich ein wenig, dass sie während des ganzen Gesprächs noch nicht mit einem Wort mein auf Dänisch erschienenes Buch erwähnt hatte. Sie sagte, ihre Mutter sei vor einigen Monaten in Kopenhagen gestorben; bei dem letzten Gespräch, das sie miteinander geführt hatten, sei jene Reise durch Frankreich zur Sprache gekommen, vor allem etwas, das ihnen eines Nachts in einem Hotel in einer kleinen Stadt nahe Lyon zugestoßen war.

Sie waren auf der Suche nach Angehörigen. Nur wenige hatten überlebt. Frühere Nachbarn und Bekannte betrachteten sie mit Misstrauen, mit offener Ablehnung, als fürchteten sie, sie seien zurückgekommen, um etwas zu fordern, um anzuklagen oder alte Rechnungen zu begleichen. In jene Stadt in der Nähe von Lyon – Camille Safra sagte mir nicht den Namen – hatte ihre Mutter sie mitgenommen, weil ihr jemand gesagt hatte, eine ihrer Schwestern habe dort Anfang 1943 Zuflucht gefunden und man habe nichts von einer Verhaftung gehört, andererseits wusste man nichts über ihren Aufenthalt und erfuhr auch nie etwas darüber. Zu jener Zeit seien Leute verschwunden, sagte Camille Safra, ohne eine Spur zu hinterlassen, nirgends tauchte ihr Name auf, auf keiner Liste von Deportierten, von Heimkehrern oder Toten. Sie waren frühmorgens mit dem Zug angekommen, nahmen in der Bahnhofskantine ein Frühstück aus kaltem Kaffee und Schwarzbrot mit ranziger Butter zu sich, fragten Leute, die schon früh auf den Beinen waren und sie argwöhnisch anstarrten, sich unwirsch abwandten und sich weigerten, einfachste Fragen zu beantworten, aus Furcht, in jenen Zeiten der Säuberung sich zu kompromittieren.

Hungrig, orientierungslos und fremd in einem Land, das vier Jahre zuvor ihre Heimat gewesen war, mit wund gelaufenen Füßen, nachdem sie den ganzen Tag lang in der Stadt unterwegs gewesen waren, ohne etwas über die Person, die sie suchten, in Erfahrung zu bringen, überraschte sie die Nacht auf einem Ruinengelände beim Unterstand einer Straßenbahnhaltestelle. Erst am nächsten Morgen konnten sie nach Paris zurückfahren. Die Straßenbahn entließ sie auf einen Platz mit geschlossenen Geschäften und einem Denkmal für die Gefallenen des Ersten Weltkriegs, in dessen Nähe eine Laterne brannte und ein Hotelschild beleuchtete, auf dem *Du Commerce* stand.

Sie nahmen ein Zimmer. Sie gingen gleich hinauf, um sich schlafen zu legen, da der Strom knapp war und um neun Uhr abends abgestellt wurde. Sie saßen auf dem Bett unter einer Glühbirne, die ab und zu flackerte und eine rötliche, blasse Helligkeit verströmte, danach aber wieder zu einem öligen Gelb zurückfand, teilten sich als Abendessen den Rest eines Verpflegungspäckchens, das sie vom Roten Kreuz erhalten hatten, und legten sich dann in ihren Kleidern eng umschlungen schlafen, wärmten sich gegenseitig die Füße unter der zu kurzen Decke und dem verschlissenen Überwurf. Ihre Mutter, berichtete mir die Dame, habe Zimmertüren nie abgeschlossen: Sie hatte Panik davor, eingeschlossen zu sein, den Schlüssel zu verlieren und nicht mehr hinauszukönnen. Wenn es Bombenalarm gab und die Sirenen zu heulen begannen, bekam sie Angstzustände und Schweißausbrüche. Waren sie im Kino, drängte sie nach draußen, sobald der Film zu Ende war, aus Furcht, sie könnten als Letzte zurückbleiben und man würde die Türen schließen, weil angenommen wurde, niemand sei mehr im Saal.

Bei Tagesanbruch wurden sie wach. Durch das Fenster schauten sie auf einen bäuerlichen Hinterhof mit Gemüsebeeten und Hühnerställen, in dem es regnete. Sie wuschen sich nacheinander mit eiskaltem Wasser aus dem Krug, der unter dem Waschbecken stand, zogen ihre ärmlichen Mäntel an, die sie damals immer trugen, die sie niemals ausreichend gegen die Kälte schützten, so wie das Essen auch niemals reichte, um ganz satt zu werden. Als ihre Mutter das Zimmer verlassen wollte, ließ sich der Türgriff nicht drehen und die Tür nicht öffnen.

«Ich habe dir doch gestern Abend gesagt, du sollst nicht abschließen.»

«Aber ich habe nicht abgeschlossen, das weiß ich ganz genau.»

Der Schlüssel lag auf der Kommode am Fußende des Bettes. Sie steckten ihn ins Schloss, bewegten ihn hin und her, nichts passierte. Er ließ sich nicht drehen oder fand keinen Widerstand und drehte im Leeren. Nicht dass er sich verkantet hatte oder nicht passte, weil es der Schlüssel zu einem anderen Zimmer war; obwohl der Mechanismus scheinbar funktionierte, ließ sich die Tür einfach nicht aufschließen und auch mit der Klinke nicht öffnen.

Die Mutter wurde unruhig. Sie versuchte nun nicht mehr die Tür aufzuschließen, sondern rüttelte an der Klinke, riss an dem Schlüssel, schlug gegen das Schloss und biss sich auf die Lippen. Wenn sie nicht aus dem Zimmer herauskämen, murmelte sie, verpassten sie den Zug nach Paris, könnten nicht mehr nach Dänemark zurück und müssten für immer in Frankreich bleiben, wo sie keinen Menschen kannten und ihnen niemand ein freundliches Lächeln geschenkt, sie nicht einmal wahrgenommen hatte. Sie zog den Schlüssel aus dem Schloss und bekam ihn nicht mehr hinein, und als sie, ohne sich von ihrer Tochter helfen lassen zu wollen, es schließlich doch noch schaffte, verriss sie ihn in panischer Hast und hielt plötzlich einen halben Schlüssel in der Hand.

«Ich habe dir extra gesagt, du solltest nicht abschließen», wiederholte sie. «Aber du hast nicht auf mich gehört.»

«Warum rufen wir nicht um Hilfe?»

«Man würde uns nur auslachen, zwei lächerliche Jüdinnen. Wem sonst könnte es passieren, sich auf solche Weise im Zimmer einzuschließen!»

Dennoch mussten sie Hilfe holen. Einige Minuten später schlug die Mutter – völlig außer sich, mit verzerrtem Mund und Augen starr vor Angst, jener Angst, die sie vor vier Jahren auf der Flucht empfunden und die sie ihrer Tochter erspart hatte – verzweifelt gegen die Tür und rief laut um Hilfe. Sie hatten auch versucht, das Fenster zu öffnen, und auch das war unmöglich, obwohl nirgends ein Riegel zu sehen war und es selbstverständlich auch kein Schloss daran gab.

Erleichtert hörten sie Schritte, die die Treppe herauf und über den Flur näher kamen. Dem Besitzer des Hotels gelang es, mit Hilfe eines gebogenen Stück Drahts den abgebrochenen Schlüssel aus dem Schloss zu pulen, doch als er den Generalschlüssel hineinsteckte, ging die Tür noch immer nicht auf. Von beiden Seiten wurde nun an ihr gedrückt und gezerrt und dagegen geschlagen, doch die Tür blieb fest verschlossen, und sie war auch aus einem zu massiven Holz und hatte viel zu solide Angeln, als dass man sie hätte eintreten können.

Ihre Mutter habe Atemnot bekommen, erzählte Camille Safra. Sie hatte sich in ihrem schwarzen Kleid, dem alten Mantel, dem kleinen Hut und den breiten, abgelaufenen Schuhen aufs Bett gesetzt und atmete keuchend mit aufgerissenem Mund und geweiteten Nasenflügeln, wrang ihre Hände oder schlug sie vors Gesicht, wie zu Beginn des Krieges, wenn sie bei Bombenalarm in den Luftschutzkeller mussten. Wir kommen hier nie mehr raus, murmelte sie wieder, wir hätten nicht zurückkommen dürfen, diesmal werden sie uns nicht gehen lassen. Da fasste die Tochter einen Entschluss, auf den sie über vierzig Jahre später immer noch stolz war. Sie nahm den Wasserkrug und warf ihn gegen das Fenster, und als das Glas zersplitterte, drang frische feuchte Morgenluft ins Zimmer. Es war jedoch zu hoch, um in den Hinterhof hinunterzuspringen, und die Leiter, die jemand hatte holen wollen, war nirgends zu sehen.

Die Tür war nicht aufzubekommen: Eine Stunde später öffneten sie von außen eine blinde, hinter dem Kleiderschrank, den Mutter und Tochter mühsam zur Seite rücken mussten, verborgene Tür.

Den Zug nach Paris erreichten sie an diesem Morgen noch. Ihre Mutter hatte sie wie in einem Klammergriff an die Hand genommen und sagte ihr, sie führen umgehend nach Dänemark zurück und sie werde nie mehr französischen Boden betreten. Im Zugabteil sah sie dann so blass, so erschöpft aus, als wäre sie schon lange unterwegs, wie so viele andere Flüchtlinge und Vertriebene, die man durch die Bahnhöfe wanken sah, wo sie manchmal Tage und Wochen auf Züge warteten, für die es weder einen Fahrplan noch ein festes Ziel gab, weil an vielen Stellen die Gleise aufgerissen und Brücken durch Bomben oder Sabotage zerstört worden waren. Ein Herr, der wie die beiden Frauen seine Not mit Würde trug, bot dem Mädchen die Hälfte einer Orange an, die er aus einem sehr sauberen Taschentuch gewickelt und mit großer Sorgfalt geschält hatte, während die beiden wegzuschauen und das verführerische herbe Aroma zu ignorieren suchten, das sich im Abteil ausbreitete und den üblichen Geruch von muffiger Kleidung und abgestandenem Zigarettenqualm überdeckte. Er war der erste Mensch in Frankreich, der sie freundlich anlächelte. Sie begannen ein Gespräch, und die Mutter erwähnte den Namen des Ortes und des Hotels, in dem sie die Nacht verbracht hatten. Als der Mann die Namen hörte, schwand sein Lächeln. Er war auch der einzige Mensch, den sie unterwegs trafen, der ohne Scheu und Vorbehalte sprach.

«Vor dem Krieg war das ein gutes Hotel», sagte er. «Aber ich würde es nie mehr betreten. Während der Besatzung haben es die Deutschen zu einem Gestapoquartier umfunktioniert. Furchtbare Dinge sind in den Zimmern passiert. Die Leute gingen über den Dorfplatz und hörten die Schreie, und sie taten, als hörten sie nichts.»

Camille Safra schwieg, schüttelte langsam den Kopf und lächelte mit geschlossenen Augen. Als sie sie wieder öffnete, waren sie feucht und glänzten. In ihrer Jugend oder als sie mit ihrer Mutter in jenem Zug durch Frankreich fuhr, dürften es sehr schöne Augen gewesen sein, die verstohlen und voller Verlangen auf die Orange blickten, die der Mann sorgfältig über einem weißen Taschentuch schälte. Sie erzählte mir, dass ihre Mutter am Ende ihres Lebens in dem Krankenzimmer, in dem sie, Camille, die Nächte an ihrem Bett verbrachte, manchmal aus einem Albtraum aufgeschreckt sei und sie angefleht habe, nicht die Tür abzuschließen, wobei sie keuchte und die Augen vor Angst weit aufriss, einer Angst, die nicht so sehr dem nahen Tod galt, sondern vielmehr jenem anderen, dem sie und ihre Tochter vor fünfundvierzig Jahren entronnen waren.

Am Ende des Essens im Schriftstellerverband wurden etliche, deutlich vom Alkohol befeuerte Toasts ausgesprochen, aber ich erinnere mich nicht, dass einer davon mir gegolten hätte, oder er wurde auf Dänisch ausgebracht, und ich habe es nicht bemerkt. Am deutlichsten ist mir von dieser Reise nach Kopenhagen, neben der Statue des mürrischen Kierkegaard und dem andalusischen Dächlein von Pepe's Bar, die Fahrt jener Frau namens Camille Safra im regenverhangenen Herbst am Ende des Krieges in Europa in Erinnerung geblieben. Auf Reisen hört und erzählt man Geschichten von anderen Reisen. *Wohin der Mensch auch geht, trägt er seinen Roman mit sich,* sagt Galdós in *Fortunata und Jacinta.* Wenn ich aber manche Reisende betrachte, die mit keinem Menschen sprechen, die schweigsam und verschlossen neben mir im Flugzeug sitzen oder im

Bistrowagen ihr Bier trinken oder vor sich auf den Monitor starren, über den ein Film flimmert, frage ich mich, welche Geschichten sie wohl kennen und nicht preisgeben, welchen Roman ein jeder von ihnen in sich trägt und an welche erlebten oder erlauschten Reisen sie sich erinnern, während sie schweigend neben mir sitzen, kurz bevor sie meinen Blicken für immer entschwinden, Gesichter, die ich vergesse, so wie sie meines vergessen, wie das von Franz Kafka im Schnellzug nach Wien oder das von Niceto Alcalá Zamora in einem Autobus, der durch die trostlose Weite des argentinischen Nordens fährt.

Wer wartet

Und du, was würdest du tun, wenn du wüsstest, dass sie jeden Moment kommen können, um dich abzuholen, dass dein Name vielleicht schon auf einer vervielfältigten Liste künftiger Gefangener oder Toter steht, Verdächtiger oder Verräter. Vielleicht hat gerade jetzt jemand deinen Namen mit Bleistift markiert, hat den ersten Schritt eines Verfahrens eingeleitet, das zu deiner Verhaftung oder deinem Tod führt oder in die unverzügliche Verbannung oder vorerst nur zum Verlust deiner Arbeit oder kleinerer Privilegien, auf die zu verzichten dir anfangs nicht schwer fällt. Josef K. wurde mitgeteilt, dass man ihm den Prozess machen würde, aber niemand verhaftete ihn, und es sah auch nicht so aus, als würde er überwacht. Du weißt es oder solltest es zumindest ahnen, hast gesehen, dass es andere ganz in deiner Nähe trifft, Nachbarn, die verschwinden, die fliehen mussten oder die geblieben sind, als existierte die Gefahr gar nicht, als gelte die Bedrohung nicht für sie. Du hast des Nachts Schritte auf der Treppe und im Flur gehört, auf dem deine Wohnung liegt, und hast gefürchtet, dass sie diesmal deinetwegen kommen, aber sie haben vorher eingehalten oder sind vorübergegangen, und die Fäuste schlugen gegen eine andere Tür, und das Auto, das du später hast davonfahren hören, hatte jemanden mitgenommen, der du hättest sein können, auch wenn du es lieber nicht glaubst, auch wenn du dir, um dich selbst zu beruhigen, einredest, dass sie keinen Grund haben, dich zu verhaften, dass weder du noch die Deinen auf der Liste der Verurteilten stehen, zumindest noch nicht. Wessen sollten sie dich anklagen, wenn du doch nichts getan hast, nie auffällig geworden bist. Josef K. wurde zu keiner Zeit für irgendetwas angeklagt, es hieß immer nur, er sei schuldig. Seit frühester Jugend gehörst du der Partei an, und du bewunderst den Genossen Stalin ohne jeden Vorbehalt, sein Bild hängt in deiner Küche. Du bist Jude, doch nur von deiner Abstammung her, deine Eltern haben dich evangelisch erzogen, in Liebe zum deutschen Vaterland, im Sommer 1914 hast du dich als Freiwilliger gemeldet, und man hat dir ein Eisernes Kreuz für Tapferkeit vor dem Feind verliehen, du gehörst keiner jüdischen Organisation an, hast keinerlei Sympathie für den Zionismus, denn in deinem Innern, deiner Erziehung nach, deiner Sprache und sogar deinem Aussehen bist du Deutscher und sonst nichts.

Wer will oder kann von einem Tag auf den anderen gehen, mit allem brechen, mit seinem bisherigen Leben, mit den Bindungen des Herzens und den alltäglichen Gewohnheiten, wer würde nicht von Trübsal befallen bei dem Gedanken, seine Wohnung, seine Bücher, seinen Lieblingssessel zu verlieren, die Normalität, die allein er immer gekannt hat und die weiter existiert, trotz der Schläge gegen die Tür der Nachbarn oder des Schusses, der im Bruchteil einer Sekunde ein Leben ausgelöscht hat, oder des Steinwurfs ins Schaufenster der Schneiderei oder des Kolonialwarenladens gegenüber, an dessen Fassade eines Morgens ein unflätiger Davidstern gemalt ist sowie ein einziges Wort, das in seiner Kürze den höchsten Grad an Schmähung ausdrückt: *Juden.* Du willst deine Einkäufe im selben Laden wie immer tätigen, doch davor steht eine Gruppe von Männern in braunen Hemden und Armbinden mit dem Hakenkreuz darauf, sie halten ein Plakat in die Höhe, *Wer beim Juden kauft, fördert den Auslandsboykott und zerstört die deutsche Wirtschaft,* und du senkst den Kopf und änderst verstohlen die Richtung, gehst in einen anderen Laden gleich nebenan, verbirgst deine innerste Scham, schließlich gilt der Boykott jüdischer Geschäfte nur an Samstagen, am Anfang jedenfalls, im Frühjahr 1933, und am nächsten Morgen oder am selben Nachmittag noch begegnet dir der Besitzer des Ladens, und er weiß, dass du nicht bei ihm eingekauft hast, möglicherweise wendest du den Blick ab oder wechselst die Straßenseite, anstatt auf ihn zuzugehen und ihm die Hand zu geben oder nicht einmal das, ihn nur ganz normal anzusprechen, ihm einfach nur freundlich zu begegnen, nicht als Juden, sondern als Mensch, als deinem langjährigen Nachbarn. Die Dinge geschehen nach und nach, steigern sich ganz allmählich, und zu Beginn möchtest du noch glauben, dass es so schlimm gar nicht ist, dass die Normalität leicht zu durchbrechen ist, sodass dich in erster Linie die Schwarzseher ärgern, die eine heraufziehende Gefahr beschwören, die umso wirklicher wird, je mehr sie darauf hinweisen, und die vielleicht von selbst wieder verschwinden würde, täte man so, als nähme man sie gar nicht zur Kenntnis. Du wartest ab, unternimmst erst einmal nichts. Mit Geduld und Wegsehen dürfte es nicht so schwer sein, auf bessere Zeiten zu warten. Als María Teresa León 1932 eine Schiffsfahrt auf dem Rhein unternahm, sah sie Tausende auf kleinen Schwimmern befestigte Hakenkreuzfähnchen mit der Strömung flussabwärts treiben. Am Donnerstag, dem 30. März 1933, schreibt der Universitätsdozent Victor Klemperer aus Dresden in sein Tagebuch, er habe im Schaufenster eines Spielzeugladens einen Kinderball mit Hakenkreuz gesehen. *Ich empfinde eigentlich mehr Scham als Angst, Scham um Deutschland.* Aber Victor Klemperer beabsichtigt nicht, Deutschland zu verlassen, wenigstens nicht gleich, denn wohin soll er gehen in seinem Alter, mit fast sechzig Jahren, mit seiner kranken Frau, jetzt, da sie gerade ein kleines Grundstück erworben haben, worauf sie ein Haus bauen wollen. *So viele Leute beginnen woanders ein neues Leben, doch uns sind die Hände gebunden, wir bleiben hier und warten ab.* Aber welcher Mensch, der seinen Verstand beisammenhat, rechnet schon damit, dass sich eine solche Situation noch lange hält, dass sich solch barbarische Sinnlosigkeit in einem zivilisierten Land mitten im 20. Jahrhundert durchsetzen kann. Die Nazis werden sich bestimmt nicht halten, so brutal und dumm, wie sie sind, das deutsche Volk wird sie zurückweisen, die internationale Gemeinschaft wird sie nicht aufnehmen. Andererseits, wer weiß, ob du dich, während du dich von der Gefahr zu entfernen glaubst, ihr nicht hypnotisch näherst, als wäre die Falle, die sie dir stellen, ein starker Magnet, als folgtest du dem übermächtigen Wunsch, endlich gefasst zu werden, damit das furchtbare Warten ein Ende hat. Auch der Geflohene ist nicht in Sicherheit. Im fernen Mexiko, in einem zur Festung ausgebauten Haus mit Wänden aus Beton, mit Drahtverhau und bewaffneten Wächtern erwartet Leo Trotzki den Abgesandten Stalins, der ihn ermorden wird, der gepanzerte Türen und Wachleute zu umgehen wissen und eines Tages vor ihm stehen wird, ihm eine Kugel in den Kopf schießt oder sich wie Judas über ihn beugt und ihm die Spitze eines Eispickels in den Kopf schlägt, die so scharf ist wie ein Dolch, so tödlich wie eine Kugel. Das ist im Sommer, August 1940. Am 6. Juli notiert Victor Klemperer unpathetisch in seinem Tagebuch, dass es den Juden ab sofort verboten sei, öffentliche Parkanlagen zu betreten. In Frankreich gehen drei Männer, die vor der heranrückenden deutschen Armee auf der Flucht sind, Anfang Juni an einem späten warmen Nachmittag in den Wald. Einer von ihnen, der beleibteste und wohl auch am besten gekleidete, wird Monate später erhängt aufgefunden, sein stark verwester Leichnam ist auf die Erde gefallen, liegt halb verborgen im herbstlichen Laub. Der Ast, an dem er sich erhängte oder erhängt wurde, ist unter seinem Gewicht gebrochen, doch da war er schon tot. In der Brusttasche seines Jacketts trug er vielleicht einen Kugelschreiber. Dieser Mann, ein Deutscher, war auf der Flucht vor den Deutschen, aber auch vor jenen, die früher seine eigenen Leute waren, den Kommunisten, die ihn zum Verräter gestempelt und seinen Tod befohlen hatten. Die beiden Mitflüchtlinge waren sowjetische Agenten, die nur nach Frankreich gekommen waren, um ihn zu finden und zu exekutieren. Auch wenn du dich im Flüchtlingsstrom des Krieges versteckst oder hinter Betonmauern, die mit Glasscherben gespickt und mit Stacheldraht bewehrt sind, kannst du dich nicht in Sicherheit wiegen. Du kannst aus deinem Land entkommen und wirst zu einem Ausgestoßenen, und als du eines Morgens im Zimmer des Hotels für Ausländer erwachst, in dem du mehr schlecht als recht dein Dasein fristest, hörst du Lautsprecherstimmen, die in deiner eigenen Sprache Befehle brüllen, du schaust aus dem Fenster und siehst dieselben Uniformen, vor denen du dich dank der Grenzen und der Entfernung in Sicherheit wähntest. Der Wiener Jude Hans Mayer flieht 1938 aus Österreich, durchquert mit gefälschten Papieren ein Europa finsterer Vorahnungen und feindseliger Grenzen, findet Unterschlupf in Belgien, in Antwerpen, und nur zwei Jahre später schallt, genau wie damals in Wien, martialischer Lärm von Stiefeln, Motoren und Marschmusik durch die Straßen dieser Stadt, in der er stets ein Fremder geblieben und von jetzt an auch ein Verfolgter ist. Im Jahr 1943 stellen ihn zwei Männer in Ledermänteln und weichen Hüten, vor denen er seit 1938 auf der Flucht ist. Er hatte die Szene seiner Verhaftung so genau vorhergesehen, jahrelang immer wieder, dass er, als sie schließlich stattfand, das Gefühl hatte, sie schon einmal erlebt zu haben. Nur eines hatte er nicht vorhersehen und sich nicht vorstellen können: Die Männer, die ihn verhafteten, die ihm die ersten Fragen stellten und die ersten Ohrfeigen verpassten, sahen gar nicht aus wie Männer der Gestapo, nicht einmal wie Polizisten. Wenn ein Mitglied der Gestapo wie ein ganz normaler Mensch aussieht, dann kann jeder ganz normal aussehende Mensch jemand von der Gestapo sein.

In der Nacht des 27. April 1937 bemerkte Margarete Buber-Neumann in Moskau, dass einer der Agenten des NKWD, die gekommen waren, ihren Mann zu verhaften, eine randlose Brille mit kleinen runden Gläsern trug, die seinem jungen Gesicht einen Hauch von nachlässiger Intellektualität verliehen. Dieser Eindruck war wohl nicht zufällig oder unbegründet: Nadeschda Mandelstam, die von Mitgliedern der Geheimpolizei immer wieder bedroht worden war, berichtete, dass gerade die Jüngeren unter ihnen sich durch einen modernen, exquisiten Geschmack und durch ihre Neigung zur Literatur hervorgetan hätten. Um ein Uhr nachts klopfte es an der Zimmertür des Hotel Lux, in dem die ausländischen Angestellten und Mitglieder der Komintern untergebracht waren. Im Hotel Lux war 1920 auch Professor Fernando de los Ríos abgestiegen, der von der Sozialistischen Spanischen Arbeiterpartei entsandt worden war, um sich ein Bild vom sowjetischen Russland, wie er es nannte, zu machen. Er sprach mit Lenin und war erstaunt über dessen Ähnlichkeit mit Pío Baroja und entsetzt über die Verachtung, die dieser der Freiheit und dem Leben der einfachen Leute entgegenbrachte.

Mit klopfenden Herzen horchten wir auf das Geräusch der näher kommenden Stiefel. Wie jede Nacht lag Margarete, Greta, in der Dunkelheit wach, hörte Schritte auf den Korridoren, schrak jedes Mal zusammen, wenn das Treppenlicht anging. Wenn nach Mitternacht auf den Treppen und in den Korridoren des Hotels Lux das Licht plötzlich anging, bedeutete dies, dass die Männer des NKWD gekommen waren, die mit schwarzen Kastenwagen, Raben genannt, durch Moskaus nächtlich leere Straßen fuhren. Sie nahmen nie den Fahrstuhl, vielleicht weil sie fürchteten, ein Stromausfall oder technischer Defekt könnte einem ihrer Opfer helfen zu entkommen. Aber ihre Opfer entkamen nie, versuchten es nicht einmal, verharrten reglos, wie erstarrt in ihren Zimmern, in der immer finsterer werdenden Normalität ihres Lebens, und wenn sie schließlich abgeholt wurden, leisteten sie keinen Widerstand, schlugen nicht um sich oder schrien vor Wut oder in panischer Angst, hatten keine Waffe bereitliegen, um sich den Weg freizuschießen, wenn der nächtliche Besuch kam, oder um sich in letzter Minute selbst eine Kugel in den Kopf zu jagen. Heinz Neumann, Funktionär der Kommunistischen Partei Deutschlands, wusste seit Jahren, dass er gezeichnet war, dass sein Name auf der Liste der Verdammten und möglichen Verräter stand, und doch fuhr er mit seiner Frau nach dem Sieg der Nazis in Deutschland in die Sowjetunion und versuchte nicht, in einem anderen Land Schutz zu suchen, lebte in Moskau und merkte, wie sich die Schlinge aus Argwohn und Feindseligkeit immer enger um ihn schloss, wie alte Freunde plötzlich nicht mehr mit ihm redeten, wie Genossen, denen er vertraut hatte, einer nach dem anderen verschwanden, weil sie Verräter geworden waren, trotzkistische Verschwörer, Feinde des Volkes. Niemand besuchte sie mehr in ihrem Zimmer im Hotel Lux, auch sie besuchten keinen Menschen, aus Furcht, andere zu kompromittieren, anzustecken mit dem Unheil, dessen sie stets gewärtig sein mussten und das sich Tag für Tag und Nacht für Nacht aufschob. Wenn das Telefon klingelte, starrten sie auf den Apparat und trauten sich nicht, den Hörer abzunehmen, und wenn sie es doch einmal taten, vernahmen sie ein Klicken und wussten, dass man sie überwachte. Eine Zeit lang häuften sie Decken und Mäntel auf das Telefon, weil das Gerücht kursierte, auch mit aufgelegtem Hörer sei es möglich, mitzuhören, was im Zimmer gesprochen wurde.

Im Sommer 1932 waren Heinz Neumann und seine Frau Stalins Gäste in einem Badeort am Schwarzen Meer gewesen. Als es in der Nacht vom 27. auf den 28. April 1937 an ihre Tür klopfte, lag Greta Neumann mit offenen Augen in der Dunkelheit, doch ihr Mann wachte nicht auf, nicht einmal, als sie das Licht anmachte und die Männer ins Zimmer traten. Die drei Männer standen um das Bett herum, und einer von ihnen brüllte seinen Namen, vielleicht der Jüngste, der mit der randlosen Brille, und Heinz Neumann wälzte sich im Bett und drehte sich zur Wand, als weigere er sich mit der ganzen Kraft seines Herzens, aufzuwachen. Als er schließlich die Augen aufschlug, *stand ein fast kindliches Entsetzen auf seinem Gesicht, dann wurde er grau und mager.* Während die Uniformierten das Zimmer durchsuchen und jedes Buch unter die Lupe nehmen, sitzen Heinz und Greta Neumann einander gegenüber, und beiden zittern die Knie. Aus einem der Bücher fällt ein Zettel zu Boden, und der Mann, der ihn aufhebt, stellt fest, dass es sich um einen Brief handelt, den Stalin 1926 an Heinz Neumann geschrieben hat. Umso schlimmer, murmelt der Mann und faltet ihn wieder zusammen. Die Knie des Mannes und der Frau berühren sich im Gleichklang ihres Zitterns, es ist wie ein übermächtiges Frösteln, das sich nicht unterdrücken lässt. Außerhalb des Zimmers, auf den Fluren des Hotels und draußen vor dem Fenster hörte man, wie die Menschen erwachten und die Stadt, die vor dem ersten Licht des Tages lebendig wurde. *Langsam dämmerte hinter den Gardinen der Tag.*

Ob im Morgenlicht oder in der Finsternis der Schlaflosigkeit, immer sehen sie die Leere und den Abgrund der Angst vor sich, und es lastet wie ein Albtraum auf ihrem Bewusstsein, dass sie gezeichnet sind, dazu bestimmt, jeden Augenblick auf das Hämmern an der Tür oder das hartnäckige Klingeln des Telefons gefasst sein zu müssen, auf Schritte hinter sich auf der Straße, von Männern, die sie in ein langsam fahrendes Auto zerren oder sie mit einem Genickschuss liquidieren, dennoch fliehen sie nicht, unternehmen nichts, flüchten sich in einen Anschein von Normalität, die nur ein Trugbild ist, für sie jedenfalls, an die sie sich jedoch klammern wie an eine zerbrechliche Hoffnung auf Rettung. 1935 wurde Victor Klemperer von der Universität relegiert, doch blieb ihm eine kleine Pension als Kriegsteilnehmer. Es sollte noch ein paar Jahre dauern, bis ihm verboten wurde, ein Auto zu fahren, ein Radio oder Telefon zu besitzen, ins Kino zu gehen oder ein Haustier zu halten. Victor Klemperer und seine Frau, die stets von zarter Gesundheit und anfällig für Neuralgien und Schwermütigkeit war, mochten Katzen und Filme, besonders Musicals.

Sie sind bedroht worden, wissen, dass sie jeden Moment verhaftet oder getötet werden können, doch auf den Straßen scheint die Sonne wie jeden Tag, Autos fahren vorbei, die Geschäfte sind geöffnet, Nachbarn grüßen, Mütter haben ihre Kinder an der Hand und bringen sie zur Schule, beugen sich zu ihnen hinunter, um ihnen den Mantelkragen hochzuschlagen, den Schal um den Hals zu wickeln oder die Mütze über die Ohren zu ziehen, bevor sie sie auf die Straße entlassen. An einem Tag im November 1936 ging Victor Klemperer, der die freie Zeit seiner erzwungenen Pensionierung nutzte, um ein wissenschaftliches Werk über die französische Literatur des 18. Jahrhunderts zu schreiben, in die Dresdner Universitätsbibliothek, und die Bibliothekarin, die ihm jahrelang Tag für Tag Bücher herausgesucht hatte, sagte ihm mit niedergeschlagener Stimme, sie sei nicht mehr befugt, ihm weiterhin Bücher auszuleihen, und er dürfe nicht mehr wiederkommen. Du bist gezeichnet, doch die Dinge um dich her haben sich nicht so sehr verändert, dass du sie als objektives Abbild, als äußere Bestätigung deines drohenden Unglücks, deines einsamen Fluchs erkennen kannst. Im Lesesaal, den du nicht mehr betreten darfst, beugen sich die Menschen immer noch gedankenvoll über aufgeschlagene Bücher, lesen im sanften Licht niedriger Lampen mit grünen Schirmen. Du gehst auf die Straße und weißt, dass deine Tage gezählt sind, dass du fliehen müsstest, solange noch Zeit ist, es wenigstens versuchen müsstest, doch der Mann am

Kiosk verkauft dir wie jeden Morgen die Zeitung, der Bus hält pünktlich wie immer alle paar Minuten an der Haltestelle, und dir kommt der Gedanke, du selbst könntest das Unheil in dir tragen, etwas in dir unterscheide dich von den anderen, mache dich verwundbarer, schlechter als sie, des normalen Lebens unwürdig, das sie führen und von dem ausgeschlossen worden zu sein du kaum wahrnehmbare und doch unwiderlegbare Hinweise hast, wenngleich du dir den Grund dafür nicht erklären kannst und dich in die Überzeugung verbeißt, es könne sich nur um ein Versehen oder ein Missverständnis handeln, das beizeiten aufgeklärt wird. Im Mai 1940 wird Victor Klemperer von einem Nachbarn angezeigt, weil er während der Nachtstunden seine Fenster nicht vorschriftsmäßig verdunkelt hat: Er wird verhaftet und in eine Einzelzelle gesperrt, nach einer Woche jedoch wieder auf freien Fuß gesetzt.

Das Warten auf ein unabwendbares Unglück ist schlimmer als das Unglück selbst. Am 1. September 1936 erhält Jewgenija Ginsburg, Dozentin an der Universität von Kazan, Funktionärin der Kommunistischen Partei, Herausgeberin einer Parteizeitung, Ehefrau eines Mitglieds des Zentralkomitees, die Nachricht, dass sie nicht mehr unterrichten darf. Sie ist eine junge Frau voller Enthusiasmus, Mutter von zwei kleinen Kindern, glühende Verfechterin aller Parteibeschlüsse, überzeugt davon, dass das Land voller Saboteure und imperialistischer Spitzel ist, voller Verräter, die demaskiert und unnachgiebig bestraft werden müssen. Täglich erfährt man bei den Treffen der Zellen und Komitees, aus den Zeitungen und dem Radio von neuen Verhaftungen, über einige von ihnen ist Jewgenija Ginsburg verwundert oder bestürzt, aber sie hält diese Repressalien immer noch für notwendig und gerechtfertigt.

Eines Tages stellt Jewgenija Ginsburg fest, dass sie sich nicht so sicher hätte wähnen dürfen, dass auch sie zu den Verdächtigen gehört: nichts Schlimmes, so scheint es anfangs, ärgerlich zwar, ja, sogar unangenehm, ein Irrtum, der sich zweifellos bald aufklären wird, denn es ist ja undenkbar, dass die Partei eine Unschuldige anklagt, und Jewgenija Ginsburg findet nicht den Schatten einer Schuld bei sich, nicht den geringsten Zweifel oder Kleinmut in ihrem blinden Glauben einer Revolutionärin. Du glaubst zu wissen, wer du bist, und mit einem Mal stellt sich heraus, dass du geworden bist, was andere in dir sehen wollen, nach und nach fühlst du dich selbst immer fremder, und dein eigener Schatten ist der Spion, der dir auf den Fersen ist. In deinen Augen siehst du den Blick derer, die dich beschuldigen, die auf die andere Straßenseite wechseln, um dich nicht grüßen zu müssen, die den Kopf senken und dich verstohlen mustern, wenn sie an dir vorbeigehen. Das Leben an sich ändert sich nicht so schnell, und anfangs weigert man sich, die drohenden Anzeichen zur Kenntnis zu nehmen, die stabile Ordnung der Welt in Zweifel zu ziehen, die sich nichtsdestoweniger aufzulösen beginnt. In der alltäglichen Wirklichkeit klaffen große Löcher, und dunkle Gräben ziehen sich durchs helle Tageslicht, durch die gewohnten Lebensräume, Wohnungstüren, an denen jeden Moment das Trommeln von Fäusten zu hören sein kann, das Speisezimmer, in dem die Kinder ihr Mittagessen einnehmen oder ihre Hausaufgaben machen und in dem das Telefon eine bedrückende, unheilvolle Gegenwärtigkeit bekommt, weil jedes Klingeln den Raum durchschneidet wie eiskalter Stahl, mit der tödlichen Unmittelbarkeit eines Schusses.

Jewgenija Ginsburg wird zu den unvorhersehbarsten Zeiten zu Versammlungen gerufen, die sich als Verhöre herausstellen, man gibt ihr zu verstehen, sie habe möglicherweise Konsequenzen zu tragen, weil sie in der Universität oder der Partei einmal mit jemandem gesprochen habe, der sich als Verräter entpuppt hat, oder weil sie bei jemand anderem nicht die notwendige revolutionäre Wachsamkeit habe walten lassen und ihn nicht angezeigt hat. Doch dann endet die Versammlung, das Verhör, man lässt sie wieder nach Hause gehen, und wenn es welche gibt, die so tun, als sähen sie sie nicht, oder ihr aus dem Weg gehen, so gibt es andere, die sie beruhigen, sie trösten, ihr sagen, das sei wahrscheinlich nur Einbildung, sie werde schon sehen, wie sich am Ende alles zum Guten wende. Nur eine Frau sagt ihr deutlich, was sie zu erwarten hat, in welcher Gefahr sie schwebt, die Mutter ihres Mannes, eine alte Bauersfrau, die vielleicht nicht einmal lesen und schreiben kann, die resigniert den Kopf schüttelt und sich daran erinnert, dass diese Dinge auch schon zu Zeiten des Zaren passiert sind. *Eine Falle ist das, Jewgenija … Lauf fort, solange es geht, solange die Schlinge nicht zugezogen ist.* Aber wie kann ich, eine Kommunistin, mich vor der Partei verstecken, ich muss doch vielmehr der Partei beweisen, dass ich unschuldig bin. Sie flüstern, damit die Kinder sie nicht hören, aus Furcht, durch das Telefon könnte man, obwohl der Hörer aufliegt, ihr Gespräch belauschen. Am 7. Februar wird Jewgenija Ginsburg wieder einmal zu einer Versammlung geladen, die unangenehmer verläuft als andere zuvor, am Ende erhebt sich der Genosse, der sie verhört hat, mit einem Lächeln, und sie denkt, er wird ihr die Hand geben, ihr vielleicht sagen, dass die Verdachtsmomente sich nach und nach zerstreut haben, doch er bittet sie wie nebenbei, als handle es sich um eine kleine, rein bürokratische Formalität, die er beinah vergessen hätte, sie möge ihm ihren Parteiausweis dalassen. Zuerst versteht sie nicht oder kann nicht glauben, was sie soeben gehört hat, sie schaut den Genossen an, und aus seinem unbekümmerten Gesicht ist das Lächeln verschwunden, sie öffnet ihre Brieftasche oder die Handtasche, sucht nach dem Ausweis, den sie immer bei sich trägt, und als sie ihn abgibt, nimmt ihn der Mann mit schon abgewandtem Blick und verwahrt ihn in der Schublade seines Schreibtisches.

Acht Tage lang wartet Jewgenija Ginsburg. Sie bleibt zu Hause, zieht sich in ihr Zimmer zurück, geht nicht ans Telefon, nimmt nur vage wahr, was um sie herum geschieht, die Anwesenheit ihrer Kinder, die sich vorsichtig bewegen, als wären sie in der Wohnung einer Kranken, die Gegenwart ihres Mannes, der wie ein Schatten kommt und geht, sanft an die Tür klopft, wenn er heimkommt, und mit leiser Stimme sagt: Macht auf, ich bin's. Da sie inzwischen daran zweifeln, dass die Unschuld eines Menschen ausreicht, um ihn zu retten, verbrennen sie Unterlagen und Bücher, alte Briefe, jedes beschriebene oder gedruckte Blatt Papier, das bei einer Hausdurchsuchung Verdacht erregen könnte. Nachts liegen sie wach, reglos und schweigsam im Dunkeln, schrecken auf, wenn sie ein Auto herannahen hören oder den Strahl seiner Scheinwerfer schräg über die Zimmerwände huschen sehen. Der Schrecken beginnt, sobald von ferne Motorengeräusch hörbar wird, und endet nicht, ehe es langsam leiser wird und am Ende der Straße verklingt. Genau wie in Moskau sind auch in Kazan die einzigen Autos, die zu dieser Zeit durch die Straßen fahren, die schwarzen Kastenwagen des NKWD. *Russland ist so groß, Jewgenija, nimm den Zug und versteck dich in unserem Dorf, unser Haus steht leer. Türen und Fenster sind zugenagelt. Und der Garten ist voller Apfelbäume.*

Sie rechneten jede Nacht mit ihnen, stellten sich vor, wie der Motor vor ihrem Haus abgestellt wurde, das Hämmern an der Tür, doch es geschah am helllichten Tag, am Morgen des 15. Februar, und sie klopften auch nicht an die Tür, sondern riefen an. Wie sollst du dir auch vorstellen können, dass das tägliche Leben, das du liebst und an das du gewöhnt bist, das aus Wiederholungen und Selbstverständlichkeiten besteht, plötzlich und für immer zu Ende geht, dass dieser kalte Morgen mit dem Licht von Schnee in der Luft, der sich in nichts von so vielen anderen unterscheidet, der letzte sein wird! Jewgenija stand in der Küche und bügelte, ihr Sohn saß am Tisch und trank aus der großen Frühstückstasse. Das Mädchen war zum Schlittschuhlaufen gegangen. Da klingelte das Telefon, und sie und ihr Mann starrten es zunächst an, ohne sich zu rühren, ohne einander anzusehen. Aber es konnte irgendwer sein, die Schule vielleicht, die Tochter konnte beim Schlittschuhlaufen gestürzt sein, und die Lehrerin rief an, damit man sie abholte, es sei aber nichts Ernstes. Nach mehrmaligem Klingeln ging der Mann ans Telefon, riss den Hörer von der Gabel und nickte, während man zu ihm sprach.

Jewgenija, sagte er im vergeblichen Bemühen, seine Stimme normal klingen zu lassen, es ist für dich. Der Junge tunkte vielleicht ein Stück Brot in seine Schale mit Milch und hob nicht einmal den Kopf. Genossin, sagte eine junge, gebildete Stimme am Telefon, hättest du im Laufe des Tages Zeit, im Büro vorbeizukommen?

Jewgenija Ginsburg knöpfte ihrem Sohn den Mantel zu und schickte ihn zu seiner Schwester zum Schlittschuhlaufen. Sie zog ihm die Mütze über die Ohren, wickelte ihm den Schal über Mund und Nase und brachte ihn zur Tür, winkte ihm zum Abschied, als er über die verschneite Straße davonging, und sah ihn nie mehr wieder. Aber niemand war gekommen, um sie abzuholen, man hatte keine Pistole auf sie gerichtet, sie nicht in Handschellen gelegt und auch nicht in einen schwarzen Kastenwagen gesperrt. Sie konnte wie jeden Morgen aus dem Haus gehen, konnte die Richtung zum Bahnhof einschlagen, sich in der Menschenmenge verlieren, die auf die Bahnsteige drängte, sobald ein Zug einfuhr, und einsteigen, ohne dass vermutlich ein Mensch Notiz von ihr genommen hätte. Ich habe nichts vor, hatte sie zu dem gebildeten Mann am Telefon gesagt, ich komme gleich vorbei. Sie wäre lieber allein gegangen, doch ihr Mann bestand darauf, sie zu begleiten. Sie verließen die Wohnung, und als sie das vertraute Geräusch der ins Schloss fallenden Tür vernahm, dachte sie entrückt und wie aus weiter Ferne, dass sie es nie wieder hören werde, dass sie zum letzten Mal durch diese Tür gegangen sei. Schweigend gingen sie durch den unberührten Schnee, der weiß im grauen Februarmorgen glänzte. Sie umarmten sich nicht, als sie sich vor dem Gebäude, in dem sie erwartet wurde, voneinander trennten: Abschied zu nehmen hätte bedeutet, den Abgrund der Trennung hinzunehmen, der sich bereits zwischen ihnen auftat. Ihr Mann sagte, du wirst schon sehen, zum Essen bist du wieder zurück. Sie nickte und drückte die Tür auf. Doch bevor sie eintrat, wandte sie sich noch einmal zu ihm um und sah ihn erstarrt mitten auf der Straße im Schnee stehen, mit offenem Mund und panisch geweiteten Augen. Viele Jahre hindurch, in Einzelzellen, in stinkenden Güterwaggons, die niemals ihr Ziel erreichten, in eisigen Baracken, in Schneewüsten, in Fieberwahn und Hungerträumen, in der viehischen Erschöpfung der Zwangsarbeit und in der ewigen Dämmerung des Polarkreises sah Jewgenija Ginsburg dieses Gesicht, diesen Ausdruck, den sie nie gesehen hätte, hätte sie sich nicht ein letztes Mal umgedreht, bevor sie durch die Tür ging, hinter der sie ein geschäftiges Rumoren von Stimmen und Schritten, von klappernden Schreibmaschinen und klirrenden Schlüsselbünden empfing.

Drei Wochen später, am 8. März 1937, wurden Rafael Alberti und María Teresa León von Stalin in einem großen Arbeitszimmer des Kreml empfangen. María Teresa León erinnert sich an ihn als einen gebeugten, lächelnden Mann. *Er hatte kurze Zähne, wie vom Stiel seiner Pfeife abgeschliffen.* Sie sprachen über den Bürgerkrieg in Spanien, über sowjetische Hilfe für die Republik. An einer Wand hing eine große Spanienkarte mit Nadeln und Fähnchen, die die Stellung der Armeen markierten. An einer anderen Wand ein Stadtplan von Madrid. Stalin fragte María Teresa León, ob es sie störe, wenn er seine Pfeife anzündete. Danach unterhielt er sich über zwei Stunden mit ihnen, versprach Waffen, Flugzeuge, Militärberater. *Er lächelte uns an, wie man Kinder ermutigend anlächelt.* Viele Jahre später, in der Endlosigkeit der Verbannung, erinnerte sich María Teresa León mit einer Art ferner Anteilnahme an Stalin. *Er kam uns schmal und traurig vor, bedrückt von etwas, vielleicht von seiner Bestimmung.*

Sie kommen, aber du weißt nicht, wann, möglicherweise vergessen sie dich sogar oder ziehen das Warten in die Länge, nähren die Folter deiner Ungewissheit. *Bedrückt von etwas.* Als in Dresden die Deportation der Juden begann, wähnte sich Victor Klemperer vorerst in Sicherheit, weil er mit einer arischen Frau verheiratet war. *Im Augenblick bin ich noch in Sicherheit. Aber wie einer am Galgen in Sicherheit ist, der den Strick um den Hals hat. In jedem Augenblick kann ein neues «Gesetz» den Tritt, auf dem ich stehe, fortstoßen, und dann hänge ich.* Greta Buber-Neumann wurde am 19. Juni 1938 abgeholt, doch als man ihr den Haftbefehl zeigte, bemerkte sie, dass er neun Monate früher, im Oktober 1937, ausgestellt worden war. Er musste wohl verlegt worden sein in der wirren Bürokratie der Schergen und Mörder, der Intellektuellen mit den runden Brillen und den ausgesuchten Ideen zur Literatur und zur Notwendigkeit, die Revolution mit Blut zu säubern; oder jemand hatte ihn in seiner Schreibtischschublade liegen gehabt, ganz bewusst, hatte ihn täglich auf seinem Schreibtisch im Büro betrachtet, wie man ein wertvolles Manuskript betrachtet. In einem Büro, in dem Schreibmaschinen klappern, in dem man schwere Türen ins Schloss fallen und Riegel vorschieben hört, beschließt jemand, über ein Jahr lang jeden Tag und jede Nacht die Qual der deutschen Frau zu verlängern, die auf der vergeblichen Suche nach Informationen über ihren Mann von einem Moskauer Gefängnis zum nächsten zieht, die in ihrem kleinen kalten Zimmer stets einen mit dem Notwendigsten gepackten Koffer bereitstehen hat für den Tag der Verhaftung und der Deportation nach Sibirien. Sie hat nie erfahren, wie oder wann Heinz Neumann gestorben ist. Mit einem Essenspaket unter dem Arm und einem Brief in der Hand wanderte sie mitten im Tumult der Vorbereitungen zum Ersten Mai durch Moskau, hielt sich wie eine Pest- oder Leprakranke von Menschenansammlungen fern, eine ausländische Frau, die nicht gut Russisch sprach und niemandem trauen konnte, weil frühere Genossen entweder tot oder im Gefängnis waren oder jetzt der Frau den Rücken kehrten, die sich ihren Weg durch die Menge bahnte und weder die roten Fahnen noch die Transparente über den Straßen sehen, noch die Musik hören wollte, die aus den Lautsprechern drang, den Triumphmarsch aus *Aida*, erinnerte sie sich Jahre später, und Walzer von Strauss. Am 30. April 1937 ist Greta Buber-Neumann auf dem Weg zur Lubjanka, wo sie etwas über den Aufenthalt ihres Mannes in Erfahrung bringen will, der schon vor drei Tagen verhaftet worden ist, und überall sieht sie Bilder von Stalin, in den Schaufenstern der Geschäfte, an Hausfassaden, vor Kinoeingängen, Bilder, umrahmt von Blumengirlanden oder roten Fähnchen mit Hammer und Sichel. Als sie an einer Gruppe von Leuten vorbeigeht, die stehen geblieben sind, um zuzuschauen, wie Arbeiter mit Flaschenzügen ein riesiges Stalin-Bild hochhieven, das die gesamte Fassade eines Gebäudes bedeckt, wendet Greta sich ab und drückt das Paket mit Kleidung und Essen, von dem sie nicht weiß, ob sie es wird abgeben können, fester an sich. *Wenn sie nur wenigstens dieses Gesicht nicht mehr zu sehen brauchte!* Auf dem Platz vor der Oper erhebt sich seit kurzem ein über zehn Meter hohes, aus Holz geschnitztes Stalin-Denkmal auf einem mit roten Fahnen geschmückten Podest, ein energisch ausschreitender Stalin mit Soldatenmütze und kurzer Joppe. Was tätest du, wärst du diese in einer großen, dir feindlich gesinnten fremden Stadt verlorene Frau, wenn man dir den Pass abgenommen hätte und das provisorische Dokument, das dich als Funktionärin der Komintern ausweist, wenn man dir deine Arbeit genommen hätte und du damit rechnen müsstest, auch aus der Wohnung gewiesen zu werden, in der du mit deinem Mann gelebt hast, die du noch nicht wieder aufgeräumt hast nach der Durchsuchung, das Bett noch nicht gemacht, in dem du keine Minute geschlafen hast in deiner letzten Nacht mit ihm, und auch die auf den Boden geworfenen und mit Füßen getretenen Bücher nicht aufgehoben, die Füllwolle aus der Matratze, die sie mit kundigen Messern aufgeschlitzt haben auf der Suche nach versteckten Papieren, Waffen, Beweisen. Du wartest in deinem Zimmer, sitzt benommen auf dem ungemachten Bett, hörst Schritte auf dem Hotelflur, siehst das graue Tageslicht in eine schnelle Dunkelheit übergehen, weißt, dass sie auch dich holen kommen, hoffst sogar, dass es bald passiert, hast schon den Koffer oder die Tasche gepackt, die du mitnehmen wirst, doch Tage, Wochen, Monate vergehen und nichts passiert, außer dass du unsichtbar geworden bist, niemand schaut dir in die Augen, wenn man dir auf der Straße begegnet, wenn du mit Angehörigen anderer Verhafteter vor Polizeirevieren und Gefängnissen in der Schlange stehst, und wenn du endlich an die Reihe kommst, ist es manchmal schon spät geworden, und sie schlagen dir das Schalterfenster grob vor der Nase zu oder geben dir keine Antwort auf die Frage, ob dein Mann dort eingesperrt ist, oder tun so, als verstünden sie die Wörter nicht, die du auf Russisch sagst, die du sorgfältig gelernt und dir unterwegs auf der Straße immer wieder aufgesagt hast, als wärst du eine dieser verrückten Frauen, die Selbstgespräche führen. Seit die Deutschen in Prag einmarschiert waren, wusste auch Milena Jesenská, dass man sie früher oder später abholen würde, aber sie unternahm nichts, versteckte sich nicht, hörte nicht auf, für die Zeitung zu schreiben, ergriff nur ein paar Vorsichtsmaßnahmen, schickte ihre zehnjährige Tochter für eine Zeit zu Freunden, bat einen vertrauenswürdigen Bekannten, den Schriftsteller Willy Haas, Franz Kafkas Briefe für sie aufzubewahren.

In einem abgelegenen Park in den Außenbezirken von Moskau, den sie nach langer Fahrt mit mehreren Straßenbahnen erreicht, verabredet sich Greta Buber-Neumann mit einem alten Freund, der zwar genauso ängstlich ist wie sie, aber noch loyal. Du bist diese Frau, die aus der fahrenden Straßenbahn springt und sich umschaut, ob ihr jemand folgt, die eine andere Bahn nimmt, wieder aussteigt und einen langen Umweg geht, bis sie im Halbdunkel des späten Nachmittags einen Park am Stadtrand erreicht. Leute gehen dort spazieren, alte Männer in Mänteln, mit Handstöcken und Fellmützen, Mütter mit in Mänteln und Schals eingewickelten Kindern. Greta und der Freund sehen sich von weitem, gehen jedoch noch nicht aufeinander zu, vergewissern sich erst, dass niemand sie beobachtet. Gibt es denn keine Möglichkeit zu fliehen?, fragt der Mann, müssen wir uns wie Karnickel den Hals umdrehen lassen? Wie haben wir das all die Jahre hinnehmen können, ohne es in Zweifel zu ziehen, ohne dass uns die Augen aufgegangen sind? Jetzt müssen wir für unsere blinde Zuversicht bezahlen.

Beim nächsten Mal kommt der Mann nicht zum verabredeten Treffen. Greta wartet, bis es dunkel ist, und kehrt dann in ihre Wohnung zurück, ohne sich darum zu kümmern, ob man ihr folgt oder nicht. Mit Wehmut, mit süßem Behagen sogar stellt sie sich vor, dass ihrem Freund die Flucht gelungen ist.

Eines Nachts im Januar 1938 schließlich hört sie das Hämmern an der Tür. Sie sind aber nicht gekommen, um sie zu verhaften, sondern nur, um die letzten Habseligkeiten des Verräters Heinz Neumann abzuholen. Die uniformierten Polizisten nehmen die wenigen Bücher mit, die Greta noch nicht billig weggegeben hat, um sich für den Erlös etwas zu essen kaufen zu können, ein altes Paar Schuhe ihres Mannes, und als sie gehen, händigen sie ihr eine Quittung aus. Kurz darauf berichtet ihr jemand, der Freund, mit dem sie sich im Park getroffen hat, sei verhaftet worden, als er in einen Zug zur Krim steigen wollte.

Sie kamen früh am Morgen des 19. Juni, und als Greta begriff, dass sie diesmal ihretwegen gekommen waren, empfand sie keine Angst, sondern eher Erleichterung. Auf dem Rücksitz eines kleinen schwarzen Kastenwagens, eingeklemmt zwischen zwei Männern in hellblauen Uniformen, die sie weder eines Blickes würdigten noch mit ihr sprachen, brachte man sie ins Lubjanka-Gefängnis. Diesmal zitterten ihre Knie nicht, und zwischen ihren Füßen stand der seit langem gepackte Koffer. Sie erinnerte sich an den letzten Gegenstand, den sie in einer Moskauer Straße sah, bevor der Kastenwagen durch das Gefängnistor fuhr: das im Morgenlicht rötlich schimmernde Zifferblatt einer Wanduhr. Am 12. Juli erwähnt Victor Klemperer in seinem Tagebuch einige Freunde, die Deutschland verlassen und in den Vereinigten Staaten oder England Arbeit gefunden haben. Aber wie soll er, ein alter Mann mit einer kranken Frau, so etwas tun, ohne Fremdsprachenkenntnisse, ohne jede praktische Fähigkeit, und wie sollen sie das Haus zurücklassen, das zu bauen sie so viel Kraft gekostet hat, und den Garten, der unter Evas Händen gleichsam zu einem blühenden Hain geworden ist. *Wir sind in Schmach und Enge sitzen geblieben, einigermaßen begraben bei lebendigem Leibe, sozusagen bis an den Hals eingegraben und auf die letzten Schaufeln von Tag zu Tag wartend.*

Sachte, ja sachte

Starr vor Kälte bin ich aufgewacht, und ich weiß nicht, wo ich bin, nicht einmal, wer ich bin. Sekundenlang war ich ein Feuerblitz reinen Bewusstseins, ohne Identität, ohne Ort, ohne Zeit, nur das Aufwachen und das Gefühl der Kälte, die Dunkelheit, in der ich zusammengekrümmt liege, zugedeckt mit der Temperatur meines Körpers, auf der Seite, die Hände zwischen den Beinen und die Knie an der Brust, die Füße eisig kalt trotz Stiefel und wollener Socken, die Zehenspitzen gefühllos, die Glieder so taub, dass, würde ich mich zu bewegen versuchen, es mir vielleicht nicht einmal gelänge.

Es gibt mehr als Kälte und Dunkelheit, eine Kälte und eine Dunkelheit wie auf dem Grund eines Brunnens, wie der Atem von feuchtem Stein und gefrorener, umgegrabener Erde. Auch der Gestank von Mist, Mist mit Schlamm vermischt, ein Meer von Schlamm und Mist, in dem Soldatenstiefel versinken, Pferdehufe, Reifen und Räderwerk von Kriegsgerät. Ein Gefühl der Gefahr hat mich geweckt, ein Alarmreflex, der so mächtig ist, dass er in einem Moment die ganze Last des Schlafs vergessen macht. Schneller als der noch benommene Verstand tastet die rechte Hand unter den Decken nach der Pistole. Die Handschuhe aus spanischer Wolle, der steife Ärmel der grauen, von getrocknetem Lehm verkrusteten Uniformjacke, die Berührung der Zeltbahn, die mir als Kopfkissen dient, und der Sack mit feuchtem Stroh, auf dem ich eingeschlafen bin: Jedes dieser Dinge ist ein weiterer Bestandteil meiner Identität, meiner Person, die ich trotzdem von außen betrachte, jemand, der unter groben Stoffen nach dem Metall einer Luger tastet. Doch der ganze Arm ist schwer wie Blei, noch immer erstarrt vom Schlaf und von der Kälte, und ein Instinkt der Wachsamkeit sagt mir, dass ich nicht das geringste Geräusch von mir geben darf. Ich halte den Atem an, um etwas zu hören, irgendein Geräusch oder ein Schaben, das die Stille kaum durchdringt. Ich will eins werden mit der Dunkelheit, will so reglos in ihr verharren wie diese Insekten, die sich zu ihrem Schutz einem Grashalm oder einem dürren Blatt anverwandeln.

Die Gefahr hat ihn daran erinnert, wer er ist und wo er sich befindet. Die Gefahr, nicht die Angst. Angst hat er nie, genauso wenig wie er sich erinnert, jemals Eifersucht verspürt zu haben. Er spürt die Kälte, spürt den Hunger, die Erschöpfung der Gewaltmärsche, die Verzweiflung, immer nur einzusinken, seit zu Beginn des Herbstes die Regenfälle eingesetzt haben, in einem grenzenlosen Schlamm, einem Meer von Mist und Morast, in dem alles untergeht, Menschen, Tiere und Maschinen, die Lebenden und die Toten.

Vor einer Sekunde noch war er kaum mehr als ein Funken alarmierter Wachsamkeit in der großen Leere der Finsternis, anonym wie die Glut einer Zigarette, die am anderen Ende des schlammigen Niemandslands kurz aufleuchtet, im endlosen Nichts der im Schlamm versinkenden Ebene, die sich in wenigen Wochen in eine horizontale Schneewüste verwandelt haben wird. Er weiß jetzt, erinnert sich. Erwachen heißt im alten Spanisch Erinnern. So erklärt es der Lehrer im Literaturunterricht, wobei er über das von Kreidestaub bedeckte Podest schreitet, das hohl unter seinen Schritten klingt. Er trägt eine Brille mit runden Gläsern, einen schmuddeligen Anzug, hält eine Kippe zwischen den Lippen, an der er kurz und hastig zieht, während er voller Leidenschaft von Jorge Manrique erzählt und aus dem Gedächtnis lange Passagen seiner Gedichte zitiert. Er weiß nicht, dass er bereits in wenigen Monaten, ohne seine Brille in die Scheinwerfer eines Lastwagens blinzelnd, erschossen wird. Erwache, schlummernde Seele, denkt der, der auf dem Gymnasium Kardinal Cisneros in Madrid sein Lieblingsschüler war. Jäh erinnert er sich, bricht ein in sein Selbst, als hätte er ein dunkles Zimmer betreten, in dem er allmählich Gegenstände erkennt, Umrisse von Möbeln und Fenstern. Sein animalischer Gefahreninstinkt lässt ihn erneut aufhorchen, mit gespannten Sinnen jetzt, lässt ihn das Geräusch erkennen, von dem er aufgewacht ist. Ein kurzes, metallisches Geräusch, trivial für den, der es nicht kennt, doch unverwechselbar, das Klacken eines Gewehrs, ein leichtes Schlagen gegen die Kleidung dessen, der es über der Schulter trägt. Er hebt den Kopf ein wenig und sieht einen Streifen Licht unter der Tür, zwischen den grob zusammengefügten Brettern, die den Stall, in dem er schläft, von dem Hauptraum der Hutte trennen. Dort hätte er schlafen können, so wie ihn der deutsche Quartiermeister angewiesen hatte, hätte nah am Feuer liegen können und nicht den Mistgestank ertragen müssen. Als er in der ersten Nacht die Hütte betrat, hatten sich die russische Frau und ihr Sohn bereits in den Stall zurückgezogen, beziehungsweise sich in ihm verkrochen, und ihm das einzige Bett überlassen. Sie hielten sich eng umschlungen, Mutter und Sohn ein einziger Haufen Lumpen, zwei Paar Augen, die erschrocken im Licht seiner Taschenlampe glänzten. Er sagte ihnen auf Deutsch, sie sollten hinausgehen, sie hätten nichts zu befürchten, machte ihnen mit Zeichen verständlich, dass er nicht im Bett schlafen wolle, dass sie beide es benutzen könnten. Die Frau schüttelte den Kopf, murmelte etwas auf Russisch, drückte ihren Sohn an sich, wiegte ihn, vor und zurück schwankend sie beide. Der Junge hatte dünnes blondes, wie vom Grind befallenes Haar, eingefallene Wangen und große, bläulich umschattete Augen in einem durchscheinenden Gesicht.

Doch das Licht, das unter der Tür hervorscheint, kommt nicht vom Feuer und auch nicht von einer Kerze. Es kommt von einer Taschenlampe, die aus- und eingeschaltet wird, er kann das kaum wahrnehmbare Klicken des Schalters hören, den jemand vorsichtig betätigt, nicht die Frau, denn die, da ist er sich sicher, hat gar keine Taschenlampe. Sie hatte nicht einmal eine Kerze, bis er ihr eine Hand voll aus dem Magazin des Stabes mitbrachte, und auch keine Streichhölzer, um Feuer zu machen, sie hatte einfach nichts in der Hütte aus Baumstämmen und Strohdach, die, von der Katastrophe unangetastet, mitten im Schlamm und dem Chaos von Wegen im Frontabschnitt stand, nichts als ein großes eisernes Bettgestell mit einer Matratze, das durch wer weiß welche Fügungen des Zufalls dorthin gelangt war, das Bett, in dem er entgegen den Anweisungen des Quartiermeisters nicht hatte schlafen wollen.

In dem Zimmer sind Stimmen zu hören, leises Gemurmel nur, aber es sind Männerstimmen, nicht die Stimme der Frau und nicht die des Kindes. Auch Schritte: Schritte von Stiefeln, und mehr, als dass er sie hört, spürt er die leichte Erschütterung des Bodens, auf dem er liegt. Die Taschenlampe geht wieder an, erneut das Schlagen eines Gewehrs gegen die Kleidung oder das Koppelzeug von jemandem, genau genommen ist es der Metallring, mit dem der Gewehrriemen am Kolben befestigt ist. Das Licht der Lampe fällt jetzt in seine Richtung, und der Strohsack und das Nest aus zerwühlten Decken und Umhang, in dem er liegt, bekommt ein Streifenmuster von den Lichtfäden, die durch die Bretterritzen dringen. Etwas Dunkles schiebt sich dazwischen, ein Körper, er berührt die Brettertür. Es ist die Frau, da ist er sich sicher, er erkennt ihre Stimme, obwohl sie nur flüstert, immer wieder eines der wenigen russischen Wörter ausspricht, die er versteht. *Njet.*

Jetzt begreift er, errät, hat aber noch immer keine Angst. Russische Partisanen. Sie operieren hinter unseren Linien, sabotieren Einrichtungen, töten ihnen bekannte Kollaborateure der Deutschen und hängen sie an Leitungsmasten auf. Nachts legen sie Hinterhalte, und am Morgen findet man keine Spur mehr von ihnen, bis auf die Leiche eines lautlos Gehängten oder Strangulierten. Sie fliehen nicht, sondern verschwinden in der Finsternis, lösen sich auf in den grenzenlosen Weiten und Wäldern, in dem Raum, den keine Armee umfassen oder erobern kann.

Er überlegt kaltblütig, während er die gefühllosen Finger seiner rechten Hand dazu zu bringen versucht, ihm zu gehorchen, die Pistole zu ertasten: Sie haben Gewehre, aber sie werden mich nicht erschießen, sie werden nicht unnötig Kugeln verschwenden wollen und außerdem so nah bei unseren Stellungen einen Schuss riskieren. Seltsam, dass er sich gerade jetzt an Jorge Manrique erinnert: *Wie kommt der Tod so still daher.* Sie werden die Brettertür aufstoßen, einer wird mich mit der Taschenlampe anleuchten und mit der Pistole auf mich zielen, und bevor ich mich erheben kann, wird sich vielleicht schon ein anderer über mich beugen und mir die Kehle durchtrennen, sich gekonnt zur Seite drehen, damit ihn das heraussprudelnde Blut nicht trifft. In dieser Kälte wird das Blut mächtig dampfen. Alles wird durchtränkt, klumpig, die Decken, der Umhang, der Sack mit dem fauligen Stroh, und ich bin tot, nicht ich, jemand anders, niemand, denn die Toten brauchen nicht lang, um jede Spur von Identität zu verlieren, ich bin tot, ohne meine Pistole berührt zu haben, vor Kälte erstarrt, die immer noch meine Hände, meinen ganzen Körper betäubt und mich wie ein vorzeitiges Totenhemd umfängt, das jede Bewegung unmöglich macht, wie wenn ich schlafe und die Muskeln meinem Willen nicht gehorchen und ich darüber so verzweifle, dass ich aufwache und mein Arm so eingeschlafen ist, dass ich ihn mit der anderen Hand bewegen muss, als wäre er aus Holz.

Dies ist das wahre Grauen: nicht zu sterben, sondern verstümmelt zu werden. Doch vor dieser Gefahr bin ich hier in Sicherheit. Hier wird mich keine Granate zerfetzen, noch werden meine im Schlamm stecken gebliebenen Beine von den Ketten eines Panzers zerquetscht. Hier wird jemand im nächsten Augenblick die alte Brettertür aufstoßen und mir die Kehle mit einem russischen Seitengewehr durchschneiden oder mit einem schartigen Küchenmesser oder einer alten Sichel, und ich rühre mich nicht, unternehme nichts, um es zu verhindern, um mich zu schützen. Ich liege da und sehe in der Dunkelheit die Lichtfäden, obwohl die Taschenlampe längst wieder ausgeknipst worden ist, und warte wie ein Rind auf den Schlächter, einen russischen Partisanen, der mein Gesicht noch nie gesehen hat und es vergessen wird, sobald er sein blutiges Werk vollendet hat, denn an das Gesicht eines Toten erinnert man sich nicht, es wird zu einem namenlosen Gesicht, sobald das Leben daraus entwichen ist, und deshalb beeindrucken uns die Toten auch nicht sonderlich, die immer um uns herum sind, im Stacheldrahtverhau verfaulen, aufgebläht im Schlamm liegen, die aufgestapelten Toten, auf die wir uns manchmal setzen, wenn wir pausieren und die eiserne Ration plündern.

Jetzt begreift er auch, warum er die Pistole nicht findet. Die Frau hat sie ihm wahrscheinlich entwendet, als er schlief, hat ihre Hand unter die zusammengefaltete Pelerine, die ihm als Kopfkissen dient, gleiten lassen und ist dann vorsichtig hinausgegangen auf ihren großen bloßen Füßen, die breit sind wie ihr Gesicht und ihre Hüften, die sie mit dem Starrsinn eines Ackergauls bewegt, trotz des Hungers und der Gräuel des Krieges, die ihre Welt auf den Kopf gestellt haben, ihr den Mann genommen haben, der von den Deutschen erschossen wurde, wie sie ihm mit Gesten und lautmalerischen Tönen zu verstehen gegeben hat, während das Kind sich an sie drückte, sich an ihren Rockzipfel klammerte mit seinen kleinen, schmutzigen, stöckchendürren Fingern, den uniformierten Fremden mit schreckgeweiteten Augen anstarrend, die so unverhältnismäßig groß waren für dieses ausgemergelte Gesicht wie die Stirn, wie der ganze Kopf im Vergleich zu dem eingefallenen Körper mit seinen verkümmerten Ärmchen und Beinchen, zerbrechlich wie die Stummelglieder einer amphibischen Kreatur.

Ich bot ihnen etwas zu essen an, der Mutter und dem Sohn, etwas von meiner Ration, eine Dose Konserven, und sie schauten auf meine ausgestreckte Hand, als wüssten sie nicht, ob sie sich ihr nähern sollten, misstrauisch wie geprügelte Hunde. Die Frau schob den Jungen vor, sprach mit leiser Stimme auf ihn ein, doch er tat keinen Schritt, nahm nicht, was ich ihm anbot, klammerte sich nur noch heftiger an die Schürze seiner Mutter, ohne den Blick abzuwenden von dem Stück Brot oder der Packung Kekse, die ich mitgebracht hatte, und ich sah die Spur seines Schluckens den dürren Hals hinunterwandern, der viel zu zerbrechlich wirkte, um das Gewicht des enormen Kopfes zu tragen. Ich ließ die Sachen auf dem Tisch liegen und ging in meinen Stall, um mich ein wenig auszuruhen, oder ich ging hinaus und entfernte mich ein Stück von der Hütte, Isba ist der russische Name dafür. Nach einer Weile trat ich wieder in den Raum, und das Essen lag nicht mehr auf dem Tisch, aber weder die Frau noch der Junge kauten, und es waren auch nirgends Reste zu sehen, sie hatten alles aufgegessen, in atemloser hungriger Hast alles hinuntergeschlungen oder einen Teil vielleicht in ihren Kleidern versteckt oder unter dem Bett, und bei meinem Eintreten schauten sie mich an, als fürchteten sie, ich könnte etwas von ihnen zurückfordern, das bereits nicht mehr existierte, zwei Paar blaue Augen und in ihrem Blick das panische Wissen, dass ich ihnen ungestraft das Leben nehmen konnte.

Ich habe sie nie essen sehen, bis heute Abend. Ich hatte mehrere Tage auf Wache und auf Patrouillengängen an der Front verbracht, es gab Gerüchte über einen bevorstehenden russischen Angriff, und ich hatte keine Zeit gefunden, mich zu einer Ruhepause in die Isba zurückzuziehen. In den letzten drei oder vier Nächten hatte ich so gut wie gar nicht geschlafen. Schlimmer als Hunger und Kälte war im Krieg der verzweifelte Mangel an Schlaf. Als ich zum Unterstand des Bataillonskommandos kam, um die Ablösung zu melden, händigte man mir ein Paket mit Verpflegung aus, das mir meine Familie aus Spanien geschickt hatte. Tot vor Hunger und Erschöpfung erreichte ich die Isba und stellte erleichtert fest, dass weder die Frau noch der Junge da waren, konnte mir andererseits aber nicht vorstellen, wohin sie gegangen sein sollten. Vielleicht suchten sie irgendwo draußen im Schlamm nach Essbarem, lungerten wie herrenlose Hunde in der Nähe eines unserer Feldlager herum. Das Feuer brannte aber, sodass ich das Paket aufschnürte, das schier überquoll von den leckersten Wurstwaren, die unglaublicherweise durch ganz Europa und halb Russland unversehrt zu mir gelangt waren, und ich briet mir über dem Feuer ein paar Paprikawürste. Was für eine unglaubliche Köstlichkeit inmitten all der Not das Knistern des roten Fetts, das aus der platzenden Haut spritzte und ins Feuer troff, der Duft des bratenden würzigen Fleisches. Da bemerkte ich, dass die Frau und der Junge hereingekommen und unter der Tür stehen geblieben waren, mich anschauten, auf die Würste starrten, die ich über dem Feuer briet, und auch auf das Päckchen aus braunem Karton, das geöffnet neben mir stand. Sie sahen hungriger aus als je zuvor. Wahrscheinlich hatten sie in der Zeit, in der ich ihnen nichts mitbringen konnte, kaum etwas anderes als Kartoffelschalen gegessen. Ich stellte das Päckchen auf den Tisch und winkte sie heran. Als die Frau den Jungen diesmal anstieß, weigerte er sich nicht, näher zu treten. Mit beiden Händen ergriff er die Wurst, die ich auf einen Teller gelegt hatte, mampfte sie, ohne den Kopf zu heben, und machte dabei Geräusche wie ein Tier.

Die Frau schaute zu, wagte jedoch nicht, näher heranzukommen. Ich zeigte ihr, dass ich mich zurückzog. Ich ging in meinen Stall und schloss die Tür hinter mir, wickelte mich in meine Decken und faltete meine Pelerine, um sie als Kopfkissen zu benutzen. Ich wollte nur noch die Augen zumachen, und kaum hatte ich sie geschlossen, überwältigte mich der nachzuholende Schlaf. Da klopfte die Frau leise an die Tür. Ich konnte ihre Gestalt durch die Bretterritzen erkennen. Ich sagte, sie solle hereinkommen, und erhob mich. Sie trat ein und sagte etwas mit einem Schwall russischer Wörter und machte dabei merkwürdige Gesten, als bekreuzigte sie sich. Um ihren Mund sah ich Spuren von rotem Fett. Bevor ich wusste, wie mir geschah, hatte sie sich vor mir niedergekniet und bedeckte meine Hände mit Küssen und Tränen und Speichel und Wurstfett.

Jetzt höre ich wieder ihre Stimme, und obwohl sie so leise spricht, dass ich kaum mehr als ein Wispern vernehme, erkenne ich dieselbe flehende Eintönigkeit, mit der sie am Abend zu mir gesprochen hat. *Njet,* sagt sie, *njet.* Das Licht der Taschenlampe geht aus und wieder an, es ist der Körper der Frau, der den Lichtstrahl unterbricht. Wenn es mir gelingt, Gefühl in meine Hände zu kriegen, meine Pistole zu ergreifen und den Hahn zu spannen, bevor die, die mich umbringen werden, hereingestürmt kommen, kann ich wenigstens einen oder zwei von ihnen erledigen. Sie werden die Tür aufstoßen, ich werde liegen bleiben und mich nicht rühren, die Pistole unter der Decke bereithalten, und wenn sie den Strahl der Taschenlampe auf mich richten, hebe ich den Arm und schieße aus nächster Nähe auf sie und kann in dem Durcheinander vielleicht entkommen. Doch dieser einfache Akt ist mir so unmöglich, als würde ich ihn in einem Traum durchführen wollen. Ich tue nichts, bleibe bewegungslos liegen, am Boden zermalmt, halb gegen die Wand gelehnt, lausche den murmelnden Stimmen, zähle die Sekunden, die mir noch bleiben bis zu meinem Tod in dieser nordischen Einöde am Ende der Welt, keinen Kilometer von Leningrad entfernt, der Stadt, die zu erobern wir stets im Begriff standen und die wir niemals erreichten, die ich niemals erreichen werde, obgleich wir an klaren Tagen in der Ferne ihre goldenen Kuppeln am Rand der Ebene glänzen sehen.

Aber ich finde keine Angst in mir, nicht einmal jetzt, nur eine Art Erleichterung. Sollen sie endlich hereinkommen, damit die Qual ein Ende hat. Die Taschenlampe erlischt, geht wieder an, und mein Herz überschlägt sich bei dem Gedanken, dass sie jetzt wirklich die Tür aufstoßen. *Njet,* hat die Frau gesagt, und nach dem dunklen Laut einer Männerstimme habe ich etwas gehört, das wie das Miauen einer Katze klang, und es war das Weinen des Jungen.

Die Stimmen verstummen. Jetzt werden sie hereinkommen, und ich kann meine gefühllose Hand nicht bewegen und nicht nach der Pistole greifen. Eine Tür geht auf, aber nicht die vor mir, sondern die andere, aus dickerem Holz, die Eingangstür der Isba, und beim Öffnen dringt ein kalter Luftzug bis zu mir herein. Ich spüre die Vibration der Schritte, höre wieder dieses leise Geräusch von der Riemenschnalle, die gegen den Gewehrkolben stößt. Jetzt ist die Tür wieder geschlossen, alles ist erneut Dunkelheit und Stille.

Mit Dankbarkeit, aber auch einer gewissen Distanz, einer Abneigung, die größer wird, je länger der Krieg andauert, wird ihm klar, dass die Frau ihm das Leben gerettet hat. Sie hat die Partisanen überredet, ihn am Leben zu lassen, ihnen gesagt, dass er kein Deutscher sei und sich auch ganz anders verhalte, obwohl er ihre Uniform mit den Schulterstücken eines Leutnants trägt. Vielleicht hat sie ihnen das Esspaket gezeigt, was davon noch übrig ist, hat ihnen vielleicht etwas abgegeben, damit sie ihren Hunger stillen.

Einige Tage später, als er zur Front abkommandiert wird, nimmt ein deutscher Leutnant seinen Platz in der Hütte ein.

Der Deutsche legt sich in der ersten Nacht schlafen, nachdem die Frau und das Kind sich im Stall niedergelassen haben, und am nächsten Morgen findet man ihn mit einem Stück Draht stranguliert am Strommast neben der Hütte hängen. Mutter und Sohn werden in der Hütte eingeschlossen, dann wird sie angezündet, und als alles niedergebrannt ist, ebnen sie das Ganze mit einem Raupenschlepper ein und stecken ein Schild in den Schlamm, auf dem in deutscher und russischer Sprache daran erinnert wird, was einem passiert, der mit den Partisanen kollaboriert.

Moment mal. Ein Frösteln überläuft ihn in der Dunkelheit, als er auf dem Bettlaken und unter einem Kopfkissen nach der Pistole tastet. *Diese Dinge sind doch noch gar nicht geschehen. Ich kann mich nicht an etwas erinnern, das noch nicht passiert ist. Im April oder Mai 1936 konnte mein Literaturlehrer nicht wissen, dass er am Ende des Sommers erschossen in einem Straßengraben liegen würde.*

Wieder ist er wie betäubt, glaubt noch einmal zu erwachen, und wieder weiß er einige Sekunden lang nicht, wo er ist und wer er ist. Wo bin ich, wenn nicht in einer russischen Hütte nahe der Front von Leningrad im Herbst 1942. Ich trage keine deutsche Winteruniform, sondern einen leichten Pyjama, ich berühre nicht den groben Stoff einer Militärdecke, rieche nicht nach Mist und dem verfaulten Stroh in einem Sack, auf dem ich vor einigen Stunden zu Tode erschöpft niedergesunken bin, auf dem ich soeben aufgewacht bin, weil ich die verhaltenen Geräusche der Partisanen gehört habe, die gekommen sind, mich zu töten.

Jetzt befällt ihn Angst, nicht davor, getötet zu werden, sondern sich im Labyrinth einer unzuverlässigen Erinnerung zu verirren, im Chaos der Zeit, Panik, vor allem aber Schwindel, weil sein Bewusstsein von einem Augenblick zum anderen mehr als ein halbes Jahrhundert überspringt und einen ganzen Kontinent. Er ist versucht, die Hand zum Nachttisch hin auszustrecken und die Lampe anzuknipsen, entschließt sich jedoch, liegen zu bleiben, zusammengekauert, so wie in der Nacht vor siebenundfünfzig Jahren, das ganze Leben in rasender Schnelle, in der Minute zwischen Einschlafen und ruckartigem Aufwachen, weil ihm der Kopf nach unten gesunken ist. Er konzentriert sich auf die Geräusche, die die Schlaflosigkeit zu ihm trägt, das Ticken des Weckers, das nicht sehr ferne Summen des Kühlschrankmotors, den gedämpften nächtlichen Verkehr auf den Straßen von Madrid. Er sieht, wer er war, als sähe er einen anderen, mehrere andere hintereinander. Er sieht sich von außen, voller Neugier und Zärtlichkeit, aber auch mit der heimlichen Befriedigung, entdeckt zu haben, dass er kein Feigling war, mit dem Erstaunen, überlebt zu haben, wo so viele andere umgekommen sind. Er weiß aber auch, dass der Mangel an Furcht, ebenso wie der Mangel an Eifersucht, nicht unbedingt ein Verdienst, sondern eher eine Charaktereigenschaft ist. Er sieht den Jungen, der sich in einem staatlichen Gymnasium in Madrid für Philosophie, für Literatur und für die deutsche Sprache begeistert, den jungen Mann, der für den Spanischen Bürgerkrieg zu jung war und sich in einer tollkühnen, vergifteten Anwandlung von Romantik zum Russlandfeldzug meldete. Er sieht sich an der Spitze eines Trupps über einen Schützengraben springen, eine Pistole abfeuern und Befehle brüllen, wobei er sich unverwundbar fühlt. Er sieht einen Trupp russischer Reiter aus dem Nebel auftauchen und mit gezogenen Säbeln auf sich zustürmen.

Doch die seltsamste, die unwirklichste von all diesen aufeinander folgenden Identitäten ist jene, die er eben erst, in dieser Nacht, gesehen hat, bevor er aus einer Erinnerung erwachte, die so lebendig war wie ein Traum. Wer ist dieser Mann von achtzig Jahren, der sich ächzend im Bett herumwälzt, der weiß, dass er bis zum Anbruch des Tages wach liegen und Gesichter von Toten und nicht existierende Orte sehen wird, die russische Frau und den kränklichen Jungen, der sich in den Falten ihrer zerlumpten Röcke verbirgt, die Flammen der brennenden Hütte, die er nicht über der schlammbedeckten Ebene auflodern sah, das brillenlose Gesicht seines erschossenen Lehrers. Sein einziger Wunsch ist, wieder einzuschlafen und dass das Jetzt noch einmal für ein paar Minuten oder Sekunden ersetzt werden möge durch Damals.

Valdemún

Wenn du um die letzte Biegung der Landstraße fährst, wirst du schlagartig all die Dinge erblicken, die sie nicht mehr gesehen hat, die letzten, an die sie sich vielleicht erinnerte und denen sie nachtrauerte, als sie, eingezwängt zwischen Apparaten und Schläuchen, sterbend im Krankenhaus lag, in einem Zimmer, das in der Julihitze kochte, sodass der glatte Stoff des Krankenhemds an ihrem schweißnassen Rücken klebte. Sie hatte immer Durst und flüsterte Dinge, wobei sie ihre aufgesprungenen Lippen bewegte, die du ihr mit einem feuchten Tuch benetztest, und sie stellte sich vor oder träumte sich selbst am Ufer des Flusses im Schatten der großen Bäume sitzend, in deren Kronen ein Wind zauste, der so kühl war wie die Strömung, wie das klare, hurtige Wasser, in das sie an einem Sommermorgen in früher Jugend ihre Füße eingetaucht hatte. Unter Schatten sich schlängelnde Bewässerungsgräben, deren Wasser hinter Brombeerdickicht und Weidengebüsch verborgen plätschert, das mit goldenen Schuppen in der Sonne glänzt, und die blanken, wie Edelsteine glänzenden Kiesel auf seinem Grund, im Stillwasser die Algen mit ihrer zarten Beschaffenheit von Schwämmen, welche die Füße mit derselben Zärtlichkeit umspielten wie Wasser und weicher Schlamm, und die für das ungeübte Auge kaum wahrnehmbare Erhebung der halb untergetauchten Köpfe der Frösche. Sie schluckte mit brennendem Rachen, und der Mund war sogleich wieder trocken, die raue Zunge fuhr über die spröden Lippen, die du nicht mehr befeuchten konntest, weil du eingeschlafen warst, überwältigt von der Erschöpfung nächtelangen Wachens, im Krankenhaus jetzt und vorher zu Hause, als man sie nach der ersten Einlieferung wieder entlassen hatte und es so aussah, als könnte sie wieder genesen, als gäbe es für sie eine Rückkehr zur Normalität, selbst wenn diese unruhig und zerbrechlich wäre. Aber schon als sie damals nach Hause kam, hatte man ihr angesehen, dass sie eigentlich ins Krankenhaus gehörte, dass sie sich in der kurzen Abwesenheit den Dingen und Räumlichkeiten, die vorher zu ihrem Alltag gehörten, entfremdet hatte. Sie bewegte sich merkwürdig in der Küche und im Wohnzimmer, blass und im Morgenmantel der Kranken, als fände sie den richtigen Weg nicht, verirre sich im Flur oder verlöre sich vor einem offenen Schrank, in dem sie nach etwas suchte, von dem sie nicht wusste, wo es war, vergeblich bemüht, den gewohnten häuslichen Alltag aus ihrer gesunden Zeit wiederherzustellen, die simpelsten Aufgaben zu verrichten, einen Imbiss am Nachmittag zuzubereiten oder das Bett zu beziehen.

Bald darauf kehrte sie ins Krankenhaus zurück, und gleich beim ersten Besuch hatte man den Eindruck, hier gehöre sie hin. Ihr Zustand hatte sich verschlechtert, und ihr Herz war schwächer denn je, doch ihr Gesicht, das auf dem klinischen Weiß der Kissen farblos wirkte, bekam einen heiteren oder undefinierbaren Ausdruck, und sie fragte auch nicht mehr, wann sie wieder entlassen würde. Nachts phantasierte sie vor Durst oder im Fieber oder infolge der Nebenwirkungen von Beruhigungsmitteln und Injektionen, die man ihr gab, um das stolpernde Herz zu beruhigen, und sie stellte sich vor oder träumte, dass sie sich über das schnelle klare Wasser des Flusses beugte, beide Hände zu einer Schale geformt hineintauchte und sie dann hochhob, wobei das herabtropfende Wasser im Gegenlicht der Bäume glitzerte. Kaum jedoch streifte das Wasser ihre Lippen, da war es schon zwischen den Fingern zerronnen, und sie starb wieder vor Durst, und ein noch nicht von Besinnungslosigkeit verschlungener Teil von ihr erkannte mit untröstlicher Klarheit und zunehmender Ergebenheit auch, dass sie die Terrassenhäuser am Hang nicht mehr wiedersehen würde und auch das Tal mit seinen Gärten und Obstplantagen nicht, wo das Wasser in den Gräben ebenso wie der Wind in den Baumkronen und den biegsamen Zweigen der Weidensträucher immer zu hören war. Sie wälzte sich im Bett zwischen Schlauchverbindungen und Riemen, stöhnte im Halbschlaf, woraufhin du auf deinem Stuhl mit dem kunstledernen Bezug erschrocken zusammenfuhrst, mit einem Anflug von Furcht und schlechtem Gewissen, weil du eingeschlafen warst und sie vielleicht nach etwas verlangt und dich darum gebeten haben könnte, und du hättest es nicht gehört, oder schlimmer noch, weil sie neben dir hätte sterben, ihren Geist ganz aufgeben können, und du hättest nichts davon gemerkt.

An einem bestimmten Punkt in der Ferne siehst du exakt dasselbe, was du als Kind immer gesehen hast, wenn du in die Sommerferien kamst, und was sie gesehen hat, bevor du geboren warst, als ihre Augen in die Welt zu schauen begannen, Augen genau wie deine, die nach ihrem Tod in deinem Gesicht fortleben, wie ein Teil ihres genetischen Codes in jeder Zelle deines Körpers eingeschrieben ist und darin fortlebt. Auch wenn du sie vergäßest, würde dieser Teil von ihr weiter existieren. Auch wenn sie schon zwanzig Jahre tot ist, sieht sie immer noch durch deine Augen, was du mit einem schmerzlichen Glücksgefühl jäh vor dir siehst, wenn das Auto um die letzte Kurve fährt und die Landschaft sich vor dir auftut, die ein Paradies für dich war, nicht nur, als du es verloren hattest, sondern auch in jener Gegenwart, in der du es mit einer befremdlichen, kindlichen Hellsicht genossen hast, ohne daran zu denken, dass sich in dir die Kindheitsempfindungen deiner Mutter wiederholten, so wie sich in deinem Gesicht Form und Farbe ihrer Augen wiederholten oder jener Anflug der Sanftmut und Wehmut ihres Lächelns. Das grüne fruchtbare Flusstal mit seinen dichten Gärten, Granatapfelbäumen und Feigenbäumen, von porösen Feldwegen durchzogen, die sich im konkaven Schatten der Baumkronen hielten, der Pappeln, Buchen und Weiden, eine wassergesättigte Vegetation, genährt von einem schweren, fruchtbaren Boden, der den Tritt menschlicher Fußsohlen mit einzigartiger Sanftheit aufnahm und unter dem Gewicht des Körpers ein wenig nachgab, als wollte er ihn mit derselben wohlmeinenden Gastfreundschaft empfangen wie die Brise des Flusses und das Plätschern des Wassers und das Rauschen der Blätter in den Bäumen.

Dort will ich begraben werden, will nicht allein sein, wenn ich tot bin, umgeben von Fremden auf einem Friedhof, der so groß ist wie eine Stadt, hat sie zu dir gesagt, wie du dich später erinnern wirst. Das Totsein macht mir nichts aus, aber ich will nicht hier begraben werden, wo ich sterbe und wo mich kein Mensch kennt, auf einem Friedhof, wo man nur Namen von Fremden liest, als wohnte man wieder in einem dieser Häuserblocks, in denen ich für alle anderen eine Fremde war, wie überall, wo ich gewohnt habe und wo ich genauso gut hätte sterben können, eine Fremde, eingesperrt in meiner Wohnung, darauf wartend, dass die Kinder im Laufe des Tages nach Hause kommen und spätabends der Mann, wortkarg oder gesprächig, Heldentaten von der Arbeit berichtend oder über Leute aus dem Büro lästernd, Vorgesetzte oder Untergebene, Namen, die ich höre und an die ich mich gewöhne und dann nicht mehr höre und genauso vergesse, wie ich mich an die neuen Städte gewöhne, in die seine Arbeit uns führt und in denen ich nie lange genug bin, um mich richtig einzurichten, nie habe ich, was mir am meisten bedeutet, eigene Dinge, von mir ausgesuchte Möbel, Gewohnheiten, das vermisse ich am meisten, habe ich am meisten ersehnt, als ich mich von der Welt der Lebenden noch nicht ausgeschlossen fühlte, mich behaglich dem Lauf der Zeit anzupassen, mich an eine Wohnung, eine Stadt zu gewöhnen, in der ich das Gefühl haben könnte, dazuzugehören, einen festen Platz in der Welt zu haben, so wie als Kind oder kleines Mädchen in unserem Dorf, obwohl ich da immer den Kopf voller Phantasien hatte und mir Reisen und Abenteuer ausdachte, dabei aber doch die Gewissheit unseres Hauses, die Anwesenheit meiner Brüder und meines Vaters genoss, das Glücksgefühl, vom Fenster meines Zimmers aus über das Tal zu schauen, über die Gärten und auf die Hänge, wo Mandelbäume und Apfelbäume blühen, darüber die kahlen Berggipfel, die von derselben Erdfarbe sind wie die Häuser auf dem Weg zum Friedhof, auf dem ich begraben sein möchte.

Es schmerzte mich, dem Leben schon so früh zu entsagen, ohne meine Kinder erwachsen werden zu sehen und mich noch einmal mit meiner Schwester zusammenzusetzen, um in Erinnerungen zu schwelgen in der großen Küche, die auf den Garten geht und auf das Tal mit seinen Apfelbäumen und den Gemüsegärten an den Hängen. Diese Dinge schmerzen, und was ich empfinde, ist mehr Trauer als Angst, aber da ist auch noch etwas, womit ich nicht gerechnet habe, ein starkes Bedürfnis, endlich auszuruhen von angstvollen Nächten, von Medikamenten, plötzlichen Verschlechterungen, Fahrten im Krankenwagen, von Krankenzimmern, Schläuchen und Apparaten um mich herum. Anfangs glaubte ich, das alles werde irgendwann einmal ein Ende haben und ich könnte wieder gesund werden, aber jetzt weiß ich, dass das nicht mehr möglich ist, obwohl alle mir sagen, es wende sich zum Besseren, man habe ein neues Mittel entdeckt, doch ich weiß, dass die mir verbleibende Zeit genauso sein wird wie jetzt, vielleicht noch schlechter, viel schlechter sogar, je nachdem, wie das Herz mitmacht. Was früher die Hoffnung auf Genesung war, ist jetzt ein starker Wunsch nach Ruhe, nach Linderung, wie damals, wenn ich als junges Mädchen völlig übermüdet ins Bett fiel und mir die Decke über den Kopf zog und die Augenlider zusammenpresste, um möglichst schnell einzuschlafen. Ich zog mir die Decke über den Kopf und hielt mir den Mund zu, um nicht vor Lachen herauszuplatzen wie das Wasser aus der Dorfpumpe, wenn man den Schwengel aus Kupfer oder Bronze ganz tief durchgedrückt hatte und das Wasser im Krug gurgelte, frisch und dunkel wie eine Brunnenöffnung, so viele Jahre ist das her, als es in den Häusern noch kein fließendes Wasser gab und wir Frauen mit unseren Krügen zu der Pumpe auf dem Hügel gingen, wo immer Wespen herumschwirrten. Meine Schwester jammerte, weil sie keine Hüften hatte und ihr der gefüllte Krug daher immer von der Seite glitt. Wenn das Wasser des Sommers doch jetzt meine spröden, aufgerissenen Lippen befeuchten könnte, das im kühlen Bauch des Kruges plätschernde Wasser, könnte ich mit dieser Frische meine Wangen kühlen, in den Torweg unseres Hauses treten und im Schatten die Feuchtigkeit und den Atem der tönernen Poren spüren. Dies ist das Einzige, wonach ich mich jetzt sehne, einzuschlafen und mich in Träumen zu verlieren, wie wenn man mir ein Beruhigungsmittel gibt oder besser noch spritzt und ich spüre, wie es durch die Blutbahnen kommt, wie es seine beruhigende Wirkung im ganzen Körper entfaltet. Alles verschwimmt, die Gesichter, die sich über mich beugen, die geliebten Stimmen zerfließen, verlieren sich in weiter Ferne, und es bedarf einer immer größeren Willenskraft, um mich selbst nicht auch gehen zu lassen, so unmerklich, wie meine Lider sich über die Augäpfel schieben, wenn ich in den Schlaf sinke. Die Stimmen meiner beiden Töchter, ihre Gesichter, so ähnlich und doch so verschieden, Gesichter und Stimmen fließen zusammen in ein und dasselbe Gefühl von Zärtlichkeit und Abschied, ihre Hände, die die meinen drücken, die heimlich nach dem Puls tasten, wenn ich so bewegungslos daliege, als wäre ich schon tot, wäre schon nicht mehr da. Wie das Leben meiner ältesten Tochter aussehen wird, kann ich mir vorstellen, so wie ich auch weiß, dass sie jetzt schon so aussieht, wie sie als erwachsener Mensch aussehen wird, dass ihr Gesicht sich nicht verändert haben wird, wenn sie so alt ist, wie ich jetzt bin, die Zahl der Jahre sich nicht mehr verändern wird, wenn sie denkt, seltsam, ich bin jetzt so alt wie meine Mutter, als sie starb, und sich fragen mag, wie ich in dieser Zukunftszeit wohl gewesen wäre. Meine älteste Tochter wird die Laufbahn zu Ende führen, die sie schon mit Beginn des Studiums eingeschlagen hat, wird Lehrerin werden und ihren Verlobten heiraten, wird den Weg weitergehen, den sie sich bereits als Kind zurechtgelegt zu haben schien und von dem sie nie abgewichen ist. Was aber soll aus der Kleinen werden, die erst sechzehn ist und der Vielfalt der Welt immer noch wie staunend und voller Dankbarkeit gegenübersteht, dem Reichtum und dem Wirrwarr ihrer Vorstellungen und Wünsche, die an einem Tag dieses sein will und an einem anderen genau das Gegenteil davon, die alles betrachtet und vor etwas innehält, das ihr plötzlich gefällt, sodass sie sich für nichts anderes mehr interessiert, und die keine Eile kennt und keinen Drang verspürt, weder erwachsen zu werden, noch ein Studium zu beginnen, noch einen Freund zu haben und zu heiraten. Sie lässt sich immer noch durchs Leben treiben, ganz ohne eigenes Gewicht, sodass jede Strömung sie fortträgt, genau wie ich gelebt habe, als ich so alt war wie sie, in Kinoträumen und Romanen gefangen, die ich heimlich las und vor meinem Vater verbarg, mir täglich eine neue Zukunft ersinnend, Städte und Länder, in die ich reisen würde, ohne jedoch unterdessen in meinem Dorf zu versauern, sondern zur gleichen Zeit die Sicherheit des geliebten Elternhauses genießend, das ich nun nicht mehr wiedersehen werde, die Feldwege und das Wasser in den Wiesengräben, das Lachen meiner Freundinnen an den Sonntagnachmittagen, beim Tanz in den Sommernächten, vom Wohlwollen meines Vaters beschützt und von der Zuneigung meiner Schwester, die wenigstens länger leben wird als ich, die sich um meine Töchter kümmern wird, wenn ich gestorben bin, die nie einen Mann und nicht einmal einen festen Freund hatte und so schmale Hüften, dass sie keinen Halt für den bauchigen Wasserkrug fand, wenn wir vom Brunnen kamen.

Vergebens versuchst du dich an die Klangfarbe ihrer Stimme zu erinnern, die dich seit Jahren nicht mehr in deinen Träumen besucht; wieder hast du das Gefühl, ihre Worte, die sie gedacht haben könnte, zu erraten, dass sie dir in den Tiefen deines Bewusstseins all die Dinge sagt, von denen sie gewollt hätte, dass du sie erfährst, die dir zu sagen sie aber keine Zeit mehr fand, die Ratschläge, die so wichtig gewesen wären, die dir vielleicht geholfen hätten, einige Fehler nicht zu begehen. Vielleicht hat sie dich aber auch noch beschützt und geleitet, als du es längst nicht mehr gemerkt hast, unsichtbar zugegen in deinem Leben wie die Geister, denen deine Tante Wachslichter entzündete, die auf Nachtschränkchen und Kommoden in ölgefüllten Schälchen schwammen und den Schatten flackerndes, gespenstisches Leben verliehen. Vielleicht ist sie zu dir zurückgekehrt, in Träumen, die dir beim Aufwachen entfallen waren, hat dir vielleicht Dinge gesagt, die dich vor dem Schlimmsten im Leben bewahrt haben, an dem so viele andere deiner Generation zugrunde gegangen sind, Nachbarn aus dem Viertel, Jugendfreunde, die als lebende Tote endeten, mit geweiteten Pupillen und einer kalten Nadel im Arm, vom Tod verzehrt und hinweggerafft in einem Alter, das eigentlich die Blüte der Jugend hätte sein sollen. Du hättest dasselbe Schicksal erleiden können wie deine Cousine, die dich nach ihrem Tod auch ein paar Mal im Traum besucht hat, die als Kind mit dir die Sommer im Dorf verbrachte und dir so ähnlich war, als deine Mutter starb, bei deren Beerdigung ihr euch in den Armen lagt, nur dass sie immer wilder und tollkühner war in allem, ob bei den Kinderspielen oder der sexuellen Annäherung an Jungen, im Geschwindigkeitsrausch auf einem Motorrad oder dem Rausch der ersten Haschischzigarette und später bei gewagteren und gefährlicheren Unternehmungen, bei denen auch du hättest fallen können, obwohl du immer schon Panik bekamst, wenn du ihre offensichtlich grundlosen Erregungszustände und das begehrliche Glitzern wahrnahmst, das ihre Augen zu durchdringen begann.

Du wirst die oasengrüne Ebene vor dir sehen und darüber die Hänge, an denen die Häuser an steilen Straßen kleben, gestützt von senkrechten Strebemauern oder Felsen, an denen Efeu oder Brombeergestrüpp rankt und über die die saftigen Blätterkronen der Feigenbäume lugen. Da bist du mit deiner Cousine hinaufgeklettert, stets hinter ihr, von ihrem Wagemut erschreckt und zugleich angesteckt, und am Ende wart ihr beide verschwitzt und außer Atem, die Knie ebenso zerschunden wie die der Jungen. Schon bevor du ankommst, hörst du das Wasser, das unsichtbar in den Bewässerungsgräben plätschert, und sogleich sucht dein erwartungsvoller Blick die Reihe der Zypressen, die den Weg zur kahlen Kuppe des Hügels anzeigt, und er trifft auf die graubraune Umfassungsmauer des Friedhofs, die von derselben Farbe ist wie die nackte Erde hier, ausgedörrt plötzlich, auf so kurzer Entfernung vom Wasser und dem Grün des Tals: Wüste und Oase, von rissigen Sturzrinnen zerfurchte Bergkuppen, rostrot gefärbt, die hoch gelegenen Häuser von derselben Dürre befallen und seit langem schon verlassen, mit ihren Fensterhöhlen ohne Rahmen und Scheiben und mit ihren eingesunkenen Dächern, die gebleichten Mauern wie Lehmziegelruinen in einer Wüste auf dem Weg zurück zu ihrem Ursprung als Erde oder Sand. Und ganz oben, noch über den letzten Mandelbäumen und verfallenen Häusern, am Ende des gewundenen Weges, den die Zypressen markieren und wo in der Nacht immer ein paar Lichter brennen, dort will ich begraben sein, zusammen mit meinen Angehörigen und den Nachbarn eines ganzen Lebens, unter Namen, die ich als Kind schon gehört habe, auf dem Friedhof, der so klein ist, dass wir uns dort alle kennen, und von dem aus man die Berglehnen und das Tal und die hängenden Häuser des Dorfes in einer so weiten, grenzenlosen Klarheit überblickt, dass einem schwindlig werden kann.

Du kehrst nun zurück, und lange bevor der Name, der dir als Kind so ans Herz gewachsen ist, auf dem Schild am Straßenrand erscheint, warst du schon wie betäubt, wie hypnotisiert von deiner Rückkehr, von dem starken Strom der Zeit, der dich mit noch größerer Geschwindigkeit in die Vergangenheit reißt als jene, die das Auto auf den geraden Strecken der Autobahn erreicht, immer noch näher an Madrid, an deinem gegenwärtigen Leben, mehrere Stunden und Hunderte von Kilometern von der Ankunft entfernt, der du dich aber bereits ganz und gar entgegenstürzt, mit einem veränderten Gesicht, dessen du dir gar nicht bewusst bist, ähnlich dem, das du hattest, als du vier oder fünf Jahre alt warst, im Alter deiner ersten Erinnerungen an diese Fahrt, und ähnlich auch dem, das du hattest, als du sechzehn warst und deine Mutter starb. Sie drückte deine Hand auf der zerwühlten und verknitterten Decke ihres Krankenhausbettes und sagte etwas, das du nicht verstandest und das eigentlich kaum über ihre Lippen kam, und dann entglitt die feuchte Hand in einer Art Liebkosung sanft der deinen und war schon nicht mehr ganz die vertraute, so oft gestreichelte und in manch durchwachter Nacht, in der sie mit dem Tode rang, gedrückte Hand deiner Mutter, sondern die abstrakte Hand einer Toten, die sich schon neutral und schlaff anfühlte, als du dein von Erschöpfung und Tränen verwüstetes Gesicht in ihr bargst, ein letztes Mal ihren Namen riefst, nicht wahrhaben wolltest, dass sie so ohne Ankündigung von dir gegangen war, in wenigen Sekunden, wie jemand, der sich lautlos davonstiehlt, um denen, die bleiben, den Kummer eines langen Abschieds zu ersparen.

Ich spähe zu dir hinüber, beobachte dich. Ich fahre und werfe einen kurzen Blick auf dich, bemerke einen neuen Ausdruck auf deinem Gesicht, den die Autofahrt mit sich bringt, und entdecke so etwas von dem Menschen, der du warst, als ich dich noch lange nicht kannte, betreibe eine heimliche Archäologie deines Gesichts und deiner Seele. Ich reichte dir das Telefon, das zu einer prekären Zeit klingelte, Mitternacht beinah, und während du nickend einer Stimme lauschtest, veränderte sich dein Gesicht von einer Minute zur nächsten, war anders als alle Gesichter, die ich in den Jahren unseres Zusammenseins an dir gesehen hatte.

Dein früheres Leben ist ein Land, von dem du mir zwar viel erzählt hast, das ich aber niemals werde sehen können. Die Vergangenheit, die früheren Leben, die Orte, die du verlassen hast, um nicht mehr zurückzukehren, die Fotos von den Sommerferien. Das Klingeln des Telefons durchbrach die Stille, die unbeschadete Ruhe des Hauses, und als du auflegtest, nachdem du zugehört, genickt und mit leiser Stimme Fragen gestellt hattest, war die Vergangenheit in dein jetziges Leben eingedrungen, in meines, hatte uns beide eingeholt, noch bevor ich es wusste, eingehüllt in seinen Dunst aus Nostalgie und Ferne, Verlust und Bedauern. Du erinnerst dich, die Schwester meiner Mutter, die sich so um uns gekümmert hat, als Mutter gestorben ist, sie hat Krebs und liegt im Sterben, ihr bleibt keine Woche mehr, ein paar Tage nur noch, sagt mein Cousin, der Arzt, der Bruder meiner Cousine, die so früh gestorben ist.

Du bist dankbar für den Schmerz, denn er rechtfertigt dich

zum Teil vor deinem schlechten Gewissen, da du so viel Zeit hast verstreichen lassen, ohne sie zu besuchen, fast ohne an sie zu denken. Dir genügte das Wissen, dass du sie liebtest, die Gewissheit, dass sie jahrelang der einzige verlässliche und warme Mensch in deinem Leben war, die Stellvertreterin oder der Schatten deiner Mutter, der sie sehr ähnlich war, wenngleich ihr deren Anziehungskraft gänzlich abging, eine frühere, gröbere Ausgabe ihrer kleinen Schwester. Du hattest es nicht nötig, sie zu besuchen, nicht einmal, sie anzurufen, denn sie war auf eine fast ebenso tief empfundene Weise bei dir wie die Erinnerung an deine Mutter, doch hast du nicht daran gedacht, dass sie keine sichtbaren Zeichen dieser Liebe empfing, die dich zwar mit ihr verband, aber unsichtbar war, tief in dir verwurzelt. Zu spät hast du erkannt, dass du nichts unternommen hast, damit sie während der letzten bitteren Zeit ihres einsamen Lebens nicht ganz so allein war in dem großen Haus, in dem jetzt niemand mehr die Sommerferien verbrachte. Immer gab es in deinem bewegten Leben andere Dinge zu tun, gab es andere, forderndere Gläubiger. Sie schien einfach immer da zu sein, in derselben Haltung, so wie sie auch immer in demselben Haus blieb, unveränderlich wie dieses selbst, stets bereit, dich zu empfangen, immer zu dir haltend, egal wie viel Zeit verging. Sie, das Haus, das Dorf, alles gehörte zu einem unberührbaren Reich, das vor dem Vergessen ebenso geschützt war wie vor dem Wandel der Zeit und vor deinen langen Abwesenheiten. Warst du in der Hektik deiner Arbeit einmal einen Tag, eine Stunde lang nicht bei der Sache, konnte das unheilvolle Folgen für dich haben; hattest du einen deiner Freunde eine Zeit lang nicht gesehen, musstest du fürchten, ihn zu verlieren; weder in der Liebe noch in der Sorge für dich selbst hast du irgendetwas dem Zufall überlassen oder dich der Gewohnheit hingegeben, sodass in beinah allem, was du tatest, empfandest und ersehntest, ein Hauch von Unruhe mitschwang, die leicht in ein Gefühl der Angst abgleiten konnte. Der Tod deiner Mutter hatte dich aller Selbstverständlichkeiten so gründlich beraubt, dass du nicht mehr fähig warst, den Dingen eine Dauerhaftigkeit zuzutrauen, dass du dich in einem reuigen Gefühl von Vorläufigkeit und sicherem Verlust mit dem begnügtest, was du hattest, und, wenn du etwas dazugewannst, sei es eine Arbeit, eine Freundschaft oder eine Wohnung, nicht glauben konntest, dass es wirklich für dich sein sollte oder du ein Recht auf ungestörten Besitz haben könntest. Darum hast du dich stets mit der Heftigkeit des ersten und letzten Mals aufs Wünschen verlegt, und so, wie du die Räumlichkeiten, in denen du lebtest, gern mit ausgewählten Dingen schmücktest, ließest du große Bereiche frei, sodass es dort, wo du wohntest, wegen des sorgfältigen Arrangements der Dinge und ihrer intimen Beziehung zu dir stets aussah, als hättest du immer schon dort gelebt, gleichzeitig aber auch, als seist du gerade erst eingezogen oder könntest im nächsten Moment ausziehen. An dir und an allem, was mit dir zu tun hatte, sah man den sicheren Instinkt der sorgfältigen Auswahl und die fragile Beschaffenheit all dessen, was zerbrechen oder verloren gehen kann, den Verknüpfungen des Zufalls entspringt.

Allein die ferne Vergangenheit blieb unverändert, das fremde Land vor meiner Zeit, von dem du mir so viel erzählt hast und das ich nie mit dir besuchen konnte, nicht weil es sich an einem unzugänglichen Punkt auf der Landkarte befand, sondern in einer verbotenen Zeitregion, und die drei maurischen Silben seines Namens bezeichneten keinen Ort, sie bildeten vielmehr eine Beschwörungsformel, die in meiner Erinnerung keine Resonanz zu erzeugen vermochte, obwohl sie das Kerngehäuse deiner eigenen Erinnerung war. Doch das Klingeln eines Telefons um Mitternacht reichte schon aus, um Eile, Tod und Schuld in jenes statische Reich eindringen zu lassen, und plötzlich ist dir bewusst geworden, dass jeder Tag, jede Stunde, jede Minute eine Bedrohung für dieses Reich darstellt, daher deine verstohlenen Blicke zum Tachometer und auf die Uhr am Armaturenbrett, du überschlägst, wie viele Kilometer noch zu fahren sind, wie viele Tage oder Stunden deine Tante noch zu leben hat, die du in den letzten Jahren nicht mehr besucht hast, die du vor Alter und Tod gefeit wähntest wie auf diesem Schwarzweißfoto aus jungen Jahren, auf dem sie ein Sommerkleid trägt, Arm in Arm mit deiner Mutter, beide einander so ähnlich und dennoch die eine anmutig und attraktiv und die andere nicht, beide lachend, unschuldig an einer Zukunft, in der Krankheit und Tod nicht existieren, in der du und ich nicht einmal als Möglichkeit vorhanden sind.

Je weiter wir fahren, desto häufiger rufen die Namen am Straßenrand Kindheitserinnerungen wach, und aus Raum wird Zeit, gebündelt in zwei gleichzeitigen Dimensionen: dem drängenden Jetzt des schnellstmöglichen Ankommens und dem wiedergewonnenen statischen Gestern der Namen auf den Kilometerschildern und der lebendigen, untrüglichen Erinnerung an frühere Fahrten.

Wenn du aus dem Fenster schaust und die Landschaft wieder erkennst, die du als Kind gesehen hast, nehmen deine Augen, ohne dass es dir bewusst würde, den Blick von damals an. Die Sommerferien haben begonnen, und die Erregung und der ungeduldige Wunsch, endlich anzukommen, sind viel stärker als die Müdigkeit nach stundenlanger Fahrt im Auto, und jeder Name am Straßenrand und jede Zahl sind ein Versprechen, das sich jedes Jahr wiederholt und dennoch seine eindeutige, entschiedene Glücksbotschaft nie verliert. Du kannst dich an die Abfolge von Sommern nicht mehr erinnern, obwohl du sie nach den Episoden deiner Kindheit und Jugend hättest aufzählen können, bis sie an jenem stickig heißen Tag im Juli plötzlich in einem Krankenhauszimmer vor dem wächsernen Gesicht einer Frau endeten, die eben erst gestorben war und doch schon nicht mehr ganz deiner Mutter glich. In deiner Erinnerung an diese weit zurückliegenden Dinge verschmolzen alle Sommer zu einem einzigen, der breit und behäbig war wie das Bett eines großen Flusses, und alle Autofahrten dorthin waren Variationen ein und derselben Erfahrung der Annäherung ans Paradies. In den ältesten Erinnerungen sitzt du vorne, auf dem Schoß deiner Mutter, schaust auf die Straße hinaus und schläfst allmählich ein, betrachtest das Profil deines Vaters, der das Auto fährt und dabei raucht, oder drehst dich um zu deinen Geschwistern, die auf der Rückbank miteinander streiten und mit Sicherheit einen Groll gegen dich hegen, weil du die Kleine bist und vorne bei der Mutter sitzen darfst, die noch jung und nicht krank ist oder es noch nicht weiß oder es dich und deine Geschwister zumindest nicht merken lässt. Vielleicht aber bemerkte sie schon damals, als sie dich in ihren Armen hielt, das mühsame Pochen des Herzens in ihrer Brust, dachte daran, sterben zu müssen und dich nicht mehr heranwachsen sehen zu können, nicht mehr zu erfahren, was aus dir würde, oder dass diese Fahrt zu dem Dorf, in dem sie zur Welt gekommen war, für sie die letzte sein könnte. Als der Wagen die letzte Kurve hinter sich ließ, im selben Moment, da du das Paradies der Gärten in der Ebene erblicktest und die Häuser an den Hangterrassen, hob sie den Blick zur rötlich kahlen Kuppe, auf welcher der Friedhof liegt, und dachte vielleicht, dort will ich begraben werden, bei den Leuten, die ich mag und die mich kennen, nicht auf einem dieser Friedhöfe voller Fremder in Madrid.

Dann endlich liest du den Namen am Eingang des Ortes, im Licht der Autoscheinwerfer, und dann spürst du plötzlich den Schwindel und die ganze Erschöpfung der langen Fahrt, aber höchstens einen winzigen Rest noch von dem früheren Glücksgefühl der Ankunft. Jetzt ist Winter und tiefschwarze Nacht, und obwohl dir die Lichter aus der Ferne das Gefühl gaben, alles sei wie immer, erkennst du nach und nach, dass dir doch nicht mehr alles so vertraut ist, dass der Boden zementiert und nicht mehr mit Kopfsteinen gepflastert ist, zwischen denen Grashalme sprossen, dass es neue Gebäude gibt, die Straßenecken verändern und sich vor altbekannte Aussichten drängen, dass der Laden, in den deine Mutter und deine Tante dich zum Einkaufen schickten, wo du Brötchen, Bonbons und Limonade und im Sommer Eis am Stiel kauftest, jetzt alt und verfallen ist. Meine Cousine war viel rücksichtsloser als ich und stahl, wann immer sie konnte, ihrer Mutter ein paar Münzen aus der Schürzentasche und nahm mich dann mit, um uns Eis und Schokolade zu kaufen. Ich beobachte aufmerksam, betrachte die Dinge, die du mir zeigst, und den Ausdruck auf deinem Gesicht, während wir uns auf einer steilen, sehr engen Straße dem Haus nähern, in dem deine Tante im Sterben liegt, doch ist mir klar, dass ich nicht dasselbe sehe wie du, die Geister, die dich empfangen haben, kaum dass wir im Dorf ankamen, und die dich jetzt begleiten oder belauern, als wir eine zementierte, schlecht beleuchtete Straße hinauffahren, an der viele Häuser leer stehen und verschlossen sind.

Jetzt sind wir fast da: das Haus oben auf dem Hügel, zu dem du vor Erregung keuchend die Straße hinaufranntest, um vor deinen Geschwistern da zu sein, mit deinen Kinderhänden die schwere Tür aufstoßend, die nur nachts, vor dem Schlafengehen, verschlossen wurde. Auch jetzt ist die Tür nur angelehnt, aus allen Fenstern dringt Licht, sodass in der winterlichen Finsternis der Eindruck von durchwachter Nacht und schlimmsten Befürchtungen entsteht. Voller Sorge, vielleicht zu spät gekommen zu sein, stößt du die Tür auf, und einen Augenblick lang glaubst du einen Vorwurf in den müden Gesichtern zu lesen, die sich dir zuwenden, die gealtert sind, als hätte sie ein und dieselbe Krankheit verwüstet. Ich höre Namen, drücke Hände, umfasse Schultern, wechsle geflüsterte Worte, ich bin der Fremde, den sie als einen der Ihren akzeptieren, weil ich mit dir gekommen bin, und da ich Teil deines Lebens bin, gehöre auch ich hierher, gehöre zu dem erschöpften Kummer jener, die schon nächtelang am Bett der Kranken wachen, und zu der schon im Voraus empfundenen Trauer. Ein elf- oder zwölfjähriger Junge ist da, ein junger Mann, offenbar sein Vater, gibt mir die Hand, drückt sie mit der warmen Kraft von Willkommen und Freundschaft. Das ist mein Cousin, der Arzt. Mit dir hierher gekommen zu sein verbindet mich auf neue Weise mit dir, nicht nur mit der erwachsenen Frau, die ich vor nicht so vielen Jahren kennen gelernt habe, sondern mit deinem ganzen Leben und mit den Gesichtern und Örtlichkeiten deiner Kindheit und auch mit deinen Toten, für die das Haus, in das wir soeben eingetreten sind, gleichsam ein Altarraum ist: an der Wand ein großes Foto deiner Mutter, ein anderes von deinen Großeltern mütterlicherseits, beide fern und feierlich wie auf dem Relief eines Etruskergrabes, und über dem altmodischen Fernseher, der vermutlich derselbe ist, in dem du dir als Kind schon Zeichentrickfilme angeschaut hast, das lächelnde Gesicht deiner Cousine auf einer Farbfotografie.

Es behagt mir, dass ich hier nur dein Schatten bin, der, der dich begleitet hat: Mein Mann, sagst du, wenn du mich vorstellst, und ich fange an zu begreifen, welchen Wert dieses Wort hat, das mein Passierschein ist in diesem Hause, unter diesen Leuten, die dich schon kannten und dir ihre Zuneigung schenkten, lange bevor ich dich fand, und zu sehen, wie sie mit dir umgehen, die Vertrautheit, die sie auf der Stelle zu dir herstellen, trotz der langen Zeit, die vergangen ist, seit du zum letzten Mal hier warst, weitet meine Liebe zu dir, damit sie deinen ganzen Erfahrungshorizont erfasst, alte Verbindungen von Zärtlichkeit und Erinnern, haarfeine Zusammenhänge, die auch mich einbeziehen und mich stärken, mich deiner Vergangenheit teilhaftig werden lassen, die mir bislang nicht gehörte, der Fotografien von den unbekannten Toten, die dich mit derselben Zuverlässigkeit erwarteten wie die alten Möbel und gekalkten Zimmerwände. Wie alt das hier alles ist, magst du schmerzlich berührt denken und auch wieder mit einem Anflug von schlechtem Gewissen, weil du so lange nicht hier gewesen bist, weil du in einer Wohnung lebst, die viel behaglicher ist als dieses Haus, in dem deine Tante die letzten Jahre ihres Lebens verbracht hat, mit einem Fernseher, vor dem du dich schon als Kind auf dem Sofa geräkelt hast, um Zeichentrickfilme zu sehen, mit einem elektrischen Öfchen unter dem Tisch und einem zusätzlichen Heizstrahler, die beide das unmittelbare Gefühl von Kälte, das von den Steinfliesen aufsteigt, als würden sie es ausschwitzen, nicht ganz zerstreuen können, dieselben Steinfliesen wie damals, nur ausgetretener jetzt, die eine oder andere lose und leise klappernd, wenn man darauf tritt: alles so alt, nicht antik, mit einem Mal allen Glanzes beraubt, den die Erinnerung darüber legt, die mit Plastik bezogenen Stühle, die zu deiner Kinderzeit das Allerneueste waren, das braune Kunstledersofa, die Unbefleckte Empfängnis aus Gips mit dem zarten bleichen Antlitz und dem hellblauen Umhang. Was wird aus alldem werden, morgen nach der Beerdigung, wenn das Haus verschlossen wird, in dem niemand mehr wohnen will, weil es zu ungemütlich ist und zum Renovieren zu teuer. Am besten ganz abreißen, sagt jemand neben mir, einer deiner Verwandten, in diesem Ton, in dem man triviale Dinge von sich gibt, um sich die Zeit bei einer Totenwache zu verkürzen, es wird leer stehen bleiben und mit der Zeit verfallen, wie so viele andere unbewohnte Häuser im Dorf.

Im Haus breitet sich eine Atmosphäre übernächtigten Wartens aus, eines Wartens auf das langsame Eintreffen des Todes, der auf der anderen Seite der angelehnten Tür erwartet wird, welche das Wohnzimmer vom Schlafzimmer der Frau trennt, die im Sterben liegt, jetzt aber schläft, teilt uns der weißhaarige Mann mit dem gütigen, gedankenvollen Gesicht mit, ein Bruder deiner Mutter und deiner Tante, der Vater des Arztes und auch deiner toten Cousine, auf deren Foto sein Blick in der Eintönigkeit des Wartens ab und zu fällt, das Foto eines jungen, ausgesprochen hübschen Mädchens mit grünen Augen und dunkelbraun schimmernden lockigen Haaren, etwas von dir ist in ihren Gesichtszügen, in dem starken Kinn vielleicht oder in dem breiten Lächeln, im zimtfarbenen Ton der Haut. Das Wohnzimmer ist ein Wartesaal des Todes, und ich bin darin der Spion, der dich ausspäht, der alles registriert, was du tust und siehst und sagst und möglicherweise fühlst, während du neben mir auf dem Sofa sitzt und meine Hand drückst, gleichzeitig weit entfernt bist, eine Fremde beinah, die sich in Erinnerungen an dieses Haus verliert, an jeden Gegenstand, den ich zum ersten Mal sehe und der für dich eine Reliquie deiner Kindheit ist, die sich leise mit diesen Leuten unterhält, die dich seit deiner Geburt kennen und an denen du den Lauf der Zeit am deutlichsten und schonungslosesten wahrnehmen kannst, der Zeit, die über sie und über dich hinweggegangen ist.

Wir sehen die, die damals junge Erwachsene waren, als wir noch zur Schule gingen, heute nie ganz so, wie sie sind, sondern erkennen hinter ihren grauen Haaren und Falten immer noch das ferne Blühen, das unsere Kinderaugen in ihren Gesichtern gesehen haben. In dem alten Mann, der mich bei der Begrüßung umarmt hat, als kenne er mich schon ein Leben lang, siehst du hinter den vom Alter gezeichneten Zügen immer noch das junge, energische Gesicht deines Onkels, der deiner Mutter und deiner sterbenden Tante so ähnlich sah, den kleineren Bruder, der jetzt der einzige Überlebende sein wird und dem vielleicht der Tod seiner Tochter das Haar vorzeitig grau werden ließ und diese kummervolle Trauermiene ins Gesicht grub, mit der er jetzt an der Tür zum Schlafzimmer sitzt und auf das neuerliche Eintreffen des Todes wartet, darauf, dass seine Schwester aus dem Morphiumschlaf erwacht, so lange wenigstens, dass sie von deiner Ankunft erfährt und dich noch einmal sehen kann. Sie hat den ganzen Tag über nach dir gefragt, ob du angerufen habest, ob du wirklich schon unterwegs seist.

Der Arzt, der bei ihr war, erscheint jetzt in der Tür und gibt dir mit einer Geste zu verstehen, dass du eintreten sollst. Er beugt sich ein wenig hinunter und flüstert dir zu, dass sie aufgewacht sei und nach dir gefragt habe. Ich zögere unsicher, eingeschüchtert, aus Furcht vor der Agonie, die mich erwartet, wenn ich die Türschwelle überschreite, doch du nimmst mich fest an der Hand, und dein Onkel ermuntert mich, dir zu folgen, indem er mir seine große freundliche Hand auf die Schulter legt. Mit demselben Schaudern nicht des Schmerzes, sondern eines unannehmbaren Befremdens, mit dem du vor zwanzig Jahren den Plastikvorhang des Bettes zur Seite schobst, in dem deine Mutter verstorben war, betrittst du nun das halbdunkle Schlafzimmer, in dem ein schwerer Geruch von Alter, Krankheit und Medikamenten hängt, aber auch von der Kälte früherer Winter und von etwas Beißendem, Ungesundem, das der Schweißgeruch des Todes sein muss, das letzte Absondern und Atmen dieses Körpers dort im Bett, der sich kaum unter der Decke abzeichnet, unter der er wie ein Fötus zusammengekrümmt liegt, erstaunlich geschrumpft. Dein Onkel beugt sich über sie und streicht ihr das Haar aus dem Gesicht, streichelt ihr zärtlich über die Wangen, und diese Geste ist viel jünger als er selbst: Vielleicht war es die Bewegung, mit der er einst die Wange seiner Tochter in der Wiege streichelte. Sieh mal, wer aus Madrid gekommen ist, flüstert er, und du hast geglaubt, wir wollten dir was vormachen.

Die wimpernlosen Lider heben sich kaum merklich, doch ein Glanz von Pupillen schimmert im Dämmerlicht auf, und der verworfene Mund verzieht sich zu einer Art Lächeln, das die Zähne des Gebisses unmäßig groß erscheinen lässt in dem eingefallenen Gesicht. Eine Hand hebt sich dir langsam entgegen, Knochen, blaue Adern und bleiche Haut, findet deine Hand, sucht weiter und erreicht dein Gesicht, das sich mit Tränen füllt, erkennt es tastend wie die Hand eines Blinden. Sie flüstert deinen Namen und verwendet dafür ein Diminutiv, das ich noch nie gehört habe und welches sie und deine Mutter dir wohl gaben, als du ganz klein warst, und du setzt dich auf den Bettrand und schlingst deine Arme um sie, tauchst ein in den Geruch der Krankheit, küsst ihr unkenntliches Gesicht, harte Knochen des Totenschädels hinter der durchscheinenden Haut, rufst mit leiser Stimme ihren Namen, als wolltest du sie ganz und gar aufwecken, den Schlaf des Todes und des Morphiums von ihr vertreiben. Du denkst daran zurück, dass du in diesem Bett schon oft deine Arme um sie geschlungen hast auf der Suche nach Wärme in den schrecklich kalten Winternächten deiner Kindheit: dass du mit siebzehn Jahren noch einmal tatest, was du seit Kindertagen nicht getan hattest, noch einmal diese schützende Wärme suchtest in der Nacht nach der Beerdigung deiner Mutter.

Ich bin für Augenblicke verschwunden, bin unsichtbar geworden in der dunklen Ecke, in der ich stehen geblieben bin, kein Gast und kein Spion mehr, die stumme Gegenwart einer anderen Welt und einer anderen Zeit. Aber sie, die mir unbekannte Frau, die ich nur in ihrem Todeskampf erlebe, hat mich gesehen, obwohl ihre Augen scheinbar geschlossen waren, winkt mich mit einer unsicheren Bewegung ihrer Leichenhand zu sich heran, der Hand, die für dich so warm und zielbewusst war wie die Hand deiner Mutter und die du noch von früher kennst, als sie keine gespenstische Totenhand war. Du schaust mich lächelnd an, als sie dir etwas zuflüstert, das ich nicht verstehen kann, mit einer heiseren und kaum über das Röcheln ihrer Atmung hinweg vernehmbaren Stimme, sie sagt, du sollst näher kommen, sie will sehen, ob du wirklich so ein hübscher Bengel bist, wie ich ihr immer erzählt habe.

Ich trete respektvoll näher, etwas unsicher und unbeholfen, so wie man sich im Heiligtum einer Religion bewegt, die nicht die eigene ist. Die Schlitze zwischen den wie mit groben Stichen vernähten Lidern öffnen sich ein wenig weiter. Ich beuge mich über ein Leben und über Augen, die am Verlöschen sind, streife mit meinen Lippen eine glatte trockene Haut, die binnen Stunden oder Minuten kalt sein wird. Das Gesicht so nah vor meinem ist das einer Frau, die ich nicht kenne, die bereits durch die finsteren Vorgärten des Todes irrt, und die heisere Stimme, die nur mühsam bis an mein Ohr dringt, ist mehr denn je ein Röcheln, ein banges Atmen, in dem die Worte zerfallen, kaum dass die farblosen Lippen sie geformt haben. Doch in der Hand, die sich lange und fest um meine schließt, spüre ich wie durch die Zeit hindurch und von der anderen Seite des Todes her den liebevollen Druck der Hand deiner Mutter, als könne auch sie mich durch den letzten Blick deiner Tante jetzt sehen und als schwinde nun, da sie dich bei mir sieht, nach so vielen Jahren endlich ein Teil ihrer schmerzlichen Ungewissheit über deine Zukunft in diesem Leben, in dem sie nicht mehr für dich da sein konnte. Auf den griechischen Grabsäulen, die wir im Metropolitan Museum in New York gesehen haben, reichen die Toten den Lebenden heiter die Hand. Die Hand, die jetzt meine hält, ist etwas feucht von Schweiß, und die Kraft verlässt sie zusehends, im selben Maß, wie sich die Lider vollends schließen. Angst überfällt mich, ich habe noch nie einen Menschen sterben sehen, ich weiche unwillkürlich etwas zurück, da öffnen sich die Augen wieder ein wenig, so unmerklich, wie das dünne Stimmchen vernehmbar wird und die Andeutung eines Lächelns auf den Lippen der sterbenden

Frau erscheint, welche dieselbe Farbe haben wie das gelbliche Gesicht. Die Hand löst sich aus der meinen, die heisere Stimme dehnt sich zu einem langen Wimmern, und der Arzt schiebt mich sanft zur Seite, er hält eine Spritze in der Hand. Ich muss ihr etwas Morphium geben, bevor die Schmerzen zu stark werden. Sie aber bewegt den Kopf von einer Seite zur anderen, das angegraute dünne Haar klebt an den Schläfen, hat Wirbel und Placken von der langen Zeit in den Kissen: Nein, sagt sie, sie will nicht in einen Schlaf zurückkehren, aus dem sie vielleicht nicht mehr erwacht, und flüstert etwas, der Arzt beugt sich über ihr Gesicht, um zu entschlüsseln, was sie immerfort wiederholt. Cousine, sie ruft dich, sie sagt, du sollst zu ihr kommen. Sie ruft dich bei deinem Kindernamen, den keiner mehr ausgesprochen hat, seit du ein kleines Mädchen warst, und als du ganz nah bei ihr bist, öffnet sie weit die Augen, wie um sich zu vergewissern, dass du es auch wirklich bist, und fährt dir mit einer Hand übers Gesicht, ihre Finger werden feucht von deinen Tränen, mit der anderen versucht sie deine Hände zu umschließen, sie streichelt dich und hält dich fest, ihre brüchigen Fingernägel streichen über deinen Handrücken, als versuche sie, sich aufzurichten, dir entgegen, um dir etwas ins Ohr zu flüstern oder dir einen Kuss zu geben. Die Hand lässt deine Hände nicht los, doch nach einem kurzen Erschauern versucht sie nicht mehr, sie zu drücken, und ihre offenen Augen schauen dich nicht mehr an. Sie ist von dir gegangen, ohne dass du es bemerkt hast, genau wie deine Mutter, nur dass du diesmal nicht geschlafen hast. Sie ist so still von dir gegangen, dass du erst einmal nur sprachlos bist vor Erstaunen, dass der Tod so schnell und so still daherkommen kann wie eine Wellenbewegung auf dem Wasser eines Sees.

Wer wird schon schlafen können in so einer Nacht, in der bereits das stille Treiben begonnen hat, das der Beerdigung vorausgeht, unter der Anleitung von Frauen, die in den praktischen Ritualen der Trauer erfahren sind, darin, die Tote umzukleiden, bevor die Leichenstarre eintritt, den Sarg zu bestellen und den Katafalk, auf dem er stehen soll, die Kerzen und das große Kruzifix, die dem Haus für einige Stunden die düstere Atmosphäre eines Allerheiligsten verleihen, einer Kultstätte der vergangenen Zeit und des Todes. Ich lausche deinem flachen Atem in der Dunkelheit und weiß, dass du nicht schläfst, obwohl du seit langem schweigst und dich nicht bewegst, um mich nicht zu stören. Ich fühle mich fremd in dem Bett mit den kalten Laken und dem etwas feucht und verschlossen riechenden Zimmer, doch du fühlst dich noch viel fremder, da du zum letzten Mal als Heranwachsende hier geschlafen hast, das erste Bett und das erste Zimmer, in dem du allein schlafen durftest, nachdem man dich der Wiege und dem Schlafzimmer deiner Eltern entwöhnt hatte, in dem du den schlaflosen Schrecken stürmischer Gewitternächte kennen lerntest, wenn der Donner die Scheiben in den Fenstern erzittern ließ und ein Blitz mit seinem jähen Weiß dich blendete, in dem du aus Angst, von dem Horrorfilm zu träumen, den du mit deiner Cousine im sommerlichen Freilichtkino gesehen hattest, nicht einschlafen mochtest, ihr beide in Decken gehüllt ganze Nächte lang wach lagt und über alles Mögliche spracht, die Vertraulichkeiten eines geheimen, von jeder Scham befreiten Erforschens körperlicher Intimität, die erste Regel und die ersten Freunde, eng umschlungene Tänze mit den Söhnen anderer Sommerfrischler auf den Kirmessen, im sündigen rötlichen Halbdunkel der ersten Discotheken, in die ihr euch wagtet, du immer im Schlepptau deiner Cousine, die dir den Rausch von Bier und Zigaretten nahe brachte und für die es die Grenzen nicht zu geben schien, vor denen du Halt machtest, denen der Scham und der Gefahr. Wer hätte damals gedacht, dass eure Schicksale so unterschiedlich sein würden, dass sie, dir doch so ähnlich und zur selben Zeit geboren, sich immer mehr im Labyrinth der Finsternis und Glücklosigkeit verlaufen und nie mehr zurückfinden sollte, in dem auch du leicht hättest verloren gehen können, nicht plötzlich, sondern langsam abgleitend, genau wie sie, die eines Tages nicht mehr mit den Eltern und dem Bruder in die Sommerferien fuhr, ihrem Bruder, der später Arzt geworden ist, der schon als Kind immer so ernst und so brav, das genaue Gegenteil von ihr war.

Die grünen Augen, die ihr Vater schweigend auf dem Foto betrachtete, als stelle er ihr eine Frage, auf deren Antwort er immer warten wird, obwohl er weiß, dass er sie nie bekommt, das dunkel gelockte Haar, die von der Sonne in Schwimmbädern und Sommern gebräunte Haut, die noch ein wenig kindlich gepolsterten Wangenknochen, das unbekümmerte, herausfordernde Lächeln, das Kinn, das deinem so ähnlich ist. Sie war so dünn, als ich sie das letzte Mal sah, aber immer noch bildschön, hoch gewachsen, die krausen Locken fielen ihr ins Gesicht, und dieser Glanz in ihren grünen Augen und immer noch dieses verrückte Lachen, wie früher, wenn wir mal wieder einen Streich ausgeheckt hatten. Aber sie war sehr blass und sprach etwas gedehnt, wie ich es nicht von ihr kannte, und obwohl sie verheiratet war und schon ein Kind hatte, erzählte sie mir immer noch die gleichen irren Dinge wie damals, als wir anfingen, mit Jungen aus dem Dorf auszugehen. Sie erzählte mir, sie habe einen Typen im Zug kennen gelernt und sich schon nach wenigen Minuten mit ihm in der Toilette eingeschlossen, um eine Nummer zu schieben. Wir saßen in einer Cafeteria, sie rauchte viel, ihre Blicke huschten nervös nach allen Seiten, sie war sehr erregt und konnte sich nur mit Mühe konzentrieren, denn es war offensichtlich, dass sie das Zusammensein mit mir genoss, gleichzeitig aber einen starken Drang hatte, aufzustehen und zu gehen, sich etwas zu besorgen, das sie dringend brauchte, weshalb sie an ihren Fingernägeln kaute und eine Zigarette an der anderen anzündete. Aber man konnte auch sehen, dass wir uns beide trotz Zuneigung und alter Erinnerungen nicht mehr ähnlich waren; uns gingen die Gesprächsthemen aus, es gab keine gemeinsamen Bezugspunkte mehr, wir schwiegen uns an, und sie schaute wieder auf die Straße oder drückte die frisch angerauchte Zigarette aus, das heißt, sie drückte sie nicht aus, sondern zerquetschte sie mit einer Drehbewegung im Aschenbecher. Wir verabredeten uns für den nächsten Sommer im Dorf, aber ich konnte nicht kommen, weil ich viel zu arbeiten hatte, und sie kam auch nicht, und danach habe ich sie nie mehr gesehen. Sogar ihre Eltern wussten schließlich nicht mehr, wo sie sich aufhielt. Als mein Cousin herausfand, in welchem Krankenhaus sie lag, war es schon zu spät. Ein Krankenwagen hatte sie auf der Straße aufgelesen. Er sagte mir, sie sei so zerschunden gewesen, dass er sie eigentlich nur an ihren Augen hatte erkennen können.

Du schlingst deine Arme um mich und ziehst mich an dich, wie du es im Schlaf tust, wenn du einen Albtraum hast, steckst deine eiskalten Füße zwischen meine, bist von einer Kälte durchdrungen, wie du sie als Kind gekannt hast, der alten Kälte langer Winter und Häuser ohne Heizung, die sich in den Zimmern dieses Hauses gehalten hat wie die Fotos von den Toten und die lebhaften Empfindungen einer Erinnerung, die älter ist als das Denken, angekratzt aber schon von Melancholie und der Ahnung eines kommenden, doch unwiederbringlichen Verlusts: die Furcht des Kindes vor dem Wachsen, die grausame, aus dem Nichts entstandene Ahnung, dass die Eltern nicht ewig jung bleiben, dass sie alt werden und einmal sterben. Und auch die Angst, die dich in den Nächten nach dem Tod deiner Mutter in ihren Klauen hielt, als du nicht wagtest, dein Schlafzimmer zu verlassen und zur Toilette zu gehen, weil du fürchtetest, ihr auf dem dunklen Flur zu begegnen, mit wirrem Haar und in ihrem Krankenhemd, so wie sie für ein paar Tage nach Hause kam, bevor sie wenig später wieder eingeliefert wurde. Du hast die Augen zugekniffen und dich gefürchtet, sie wieder aufzuschlagen, weil du Angst hattest, sie vor dir stehen zu sehen, am Fußende des Bettes, dich wortlos um etwas bittend, und wenn du glaubtest, endlich einzuschlafen, war die Furcht noch größer, dass sie dir im Traum erscheinen könnte, und du fuhrst erschrocken auf, glaubtest Geräusche von sich öffnenden Türen oder von Schritten zu hören, fühltest wieder den rohen Schmerz ihres Todes und der schrecklichen Einsamkeit, in der du jetzt zu Hause warst, und schämtest dich, dass du dich so davor fürchtetest, ihr zu begegnen, sie als Geist vor dir zu sehen.

Von unten dringen Gesprächsfetzen und Geräusche von Schritten ins Zimmer, von einem Motor, der angelassen wird, das Klingeln eines Telefons, Männerstimmen, die Anweisungen geben, das Scharren von großen Gegenständen, die verrückt oder auf dem Boden abgesetzt werden. Sie rücken Möbel zur Seite, um Platz für den Sarg zu schaffen. Doch diesen Gedanken willst du nicht nachhängen, du sträubst dich, dir das Gesicht deiner toten Tante vorzustellen, das nicht nur vom Krebs, sondern auch von einem Alter gezeichnet war, das deine Mutter nicht erreicht hat, die daher in der Erinnerung wie auch auf den Fotos unversehrt weiter existiert, eine zarte junge Frau für immer, denn die Bilder aus der Zeit ihrer Krankheit sind dir nur noch verschwommen im Gedächtnis, und ein seltsamer Zufall hat es gewollt, dass du auch keine Fotos von ihr in den letzten Lebensjahren besitzt, sodass du sie jetzt in der unvergänglichen Jugend vor dir siehst, die du ihr zugeschrieben hast, als du noch ein kleines Mädchen warst und nicht wusstest, dass Menschen sich verändern, älter werden und schließlich sterben. Und so sehe auch ich sie, der aufmerksame Erforscher deiner Erinnerung, die ich mir so zu Eigen machen möchte wie dein gegenwärtiges Leben. Ich kann mir die Frau nicht vorstellen, die deine Mutter jetzt wäre, wenn sie noch lebte, eine Frau von gut sechzig Jahren, korpulent, mit vermutlich gefärbtem Haar. Ich sehe sie so, wie du sie siehst, wie du manchmal von ihr träumst, eine junge Frau, die sich ein graziles Mädchenlächeln bewahrt hat und dessen Schatten ich manchmal auf deinen Lippen ahne, so wie ich mir auch vorstellen kann, ihren Blick in deinen Augen zu erkennen, Wellenbewegungen auf der Oberfläche der Zeit, deine Neigung zu Schwermut und Vorläufigkeit, deine Art, dich für Neues zu begeistern, die Sorgfalt, mit der du es in deinen Alltag integrierst, deine Anhänglichkeit an dieses Haus, in dem ihr beide Kind gewesen seid, an diese Oasenlandschaft mit den kahlen Bergen im Hintergrund, auf denen sie ihre letzte Ruhe finden wollte, um für immer bei ihren Lieben zu sein, auch bei denen, die nach und nach dazugekommen sind auf dem kleinen Friedhof hinter der erdfarbenen Mauer, zuerst ihre Nichte, die noch jünger verstarb und auf dem Foto über dem Fernsehapparat der Vergänglichkeit trotzt, und jetzt in der Nacht ihre Schwester, ein weiterer Name auf dem Familiengrab, den du morgen bei der Beerdigung betrachtest, wobei dir vielleicht, ohne dass ich davon etwas weiß, ohne dass du es mich wissen lassen willst, zum ersten Mal der Gedanke kommt, wenn ich tot bin, will auch ich bei ihnen begraben sein.

O du die es wusste

Sie verschwinden eines Tages, werden nicht mehr gesehen, ausgelöscht für immer, als wären sie vor so vielen Jahren gestorben, dass sie in keines Menschen Erinnerung mehr überdauern und keine sichtbaren Spuren mehr davon künden, dass sie einmal auf der Welt gewesen sind. Jemand kommt, dringt unerwartet in dein Leben ein, besetzt es für einige Stunden, einen Tag, für die Dauer einer Reise, wird zu einer anhaltenden Gegenwart, die irgendwann nicht mehr wegzudenken ist, bis man sich gar nicht mehr an die Zeit vor ihrem Erscheinen erinnert. Alles, was existiert, und sei es nur für die Dauer von Stunden, erscheint gleichermaßen unabänderlich. Im dunklen Büro eines Textilgeschäfts in Tanger oder in einem Restaurant in Madrid oder im Speisewagen eines Zuges erzählt ein Mann einem anderen Bruchstücke aus dem Roman seines Lebens, und die Stunden, die mit seiner Erzählung und der gemeinsamen Unterhaltung vergehen, scheinen mehr Zeit zu enthalten als die, die man tatsächlich miteinander verbracht hat: Jemand spricht, jemand hört zu, und für beide wird das Gesicht, wird die Stimme des anderen allmählich so vertraut, als habe man sich schon immer gekannt. Und doch ist eine Stunde, einen Tag später dieser Jemand nicht mehr da, wird nie mehr da sein, nicht weil er gestorben wäre, obwohl er sterben könnte und jene, die ihm so nah waren, erführen nichts davon, und ganze Jahre einer von Gewohnheit gekennzeichneten Gegenwart lösen sich in Nichts auf. Vierzehn Jahre lang, vom 30. Juni 1908 an, erscheint Franz

Kafka pünktlich in seinem Büro in der Prager Arbeiter-Unfall-Versicherungs-Anstalt, und dann, eines Tages im Sommer 1922, verlässt er es zur gewohnten Zeit und kehrt nie mehr dorthin zurück, weil man ihn wegen seines schlechten Gesundheitszustands von einem Tag auf den anderen entlassen hat. Er verschwand genauso unauffällig, wie er die ganze Zeit über an seinem penibel aufgeräumten Schreibtisch gesessen hatte, in dessen abgeschlossener Schublade er die Briefe verwahrte, die Milena Jesenská ihm schrieb, und in seinem Spind hing noch eine Zeit lang nach seinem Verschwinden ein alter Mantel, den er für regnerische Tage dort aufbewahrte, der aber kurz darauf ebenso plötzlich verschwand und mit ihm der eigenartige Geruch, der vierzehn Jahre lang seine Anwesenheit im Büro bezeugt hatte.

Was unverrückbar schien, verschwindet, das Schlechteste und das Beste, das Trivialste und das, was notwendig und entscheidend war, all die Jahre, die jemand bei trübsinniger Arbeit in einem Büro verbringt oder von Gleichgültigkeit und Distanz zerfressen in einer Ehe ausharrt, die Erinnerung an die Reise in eine Stadt, in der man gelebt oder in die zurückzukehren man am Ende eines einzigen denkwürdigen Besuchs versprochen hat, Liebe und Leid und sogar einige der größten Höllen auf Erden sind nach einer oder zwei Generationen weggewischt, und es kommt der Tag, an dem nicht ein einziger Zeuge mehr am Leben ist, der sich noch erinnern kann.

In Tanger sagte Herr Salama, er habe das Lager in Polen besucht, dessen Gaskammern seine Mutter und seine beiden Schwestern verschlungen hatten, und er habe nur eine große Waldlichtung vorgefunden und ein Schild mit dem Namen einer verlassenen Bahnstation, und dennoch sei der Schrecken, von dem es keine sichtbaren Spuren mehr gab, in diesem Namen enthalten gewesen, in diesem verrosteten Blechschild, das über einem Bahnsteig baumelte, hinter dem nichts mehr war als die weite Lichtung und riesige Tannen, die sich vor einem niedrigen grauen Himmel abzeichneten, von dem ein lautloser, in Nebel zerfließender Regen niederging, der von der Dachrinne des einzigen Schuppens dieser Bahnstation tropfte. Nichts als eine große, kreisrunde Lichtung im Wald, die von einer vorzeitlichen geologischen Störung herrühren mochte oder dem Einschlag eines Meteoriten. Es war ein so unbedeutendes Lager, dass kaum jemand seinen Namen kannte, sagte Herr Salama und nuschelte ein Wort, das vielleicht polnisch war. Aber auch der Name Auschwitz hatte für Primo Levi keinerlei Bedeutung, als er ihn zum ersten Mal auf dem Stationsschild eines Bahnhofs las. An einem solchen Ort fern der großen Lager konnten Deportierte leichter verloren gehen, Namen von den Listen verschwinden, die die Deutschen so peinlich genau führten, wobei sie denselben bürokratischen und fanatischen Eifer an den Tag legten, mit dem sie ihre gewaltigen Pläne zum Schienentransport von Hunderttausenden von Gefangenen mitten im Bombenhagel der Alliierten und im militärischen Niedergang der letzten Kriegsmonate ausarbeiteten.

Kaum sichtbare Gleise lagen im feuchten Gras, rostige Gleise und verrottete Schwellen, zwischen denen eine der Krücken von Herrn Salama stecken blieb, worauf er beinah gestürzt wäre, fettleibig und unbeholfen und gedemütigt auf derselben Erde, auf der seine Mutter und seine beiden Schwestern den Tod gefunden hatten, auf der sie gegangen waren, als sie im Lager eintrafen, als sie aus dem Zug stiegen, in den man sie gesteckt hatte wie Vieh auf dem Weg zum Schlachthof, drei vertraute Gesichter und Namen inmitten einer abstrakten Menge unbekannter Opfer. Der Fremdenführer hatte ihn aufgefangen, der Überlebende, der ihn in seinem alten Auto dorthin gefahren hatte, der ihm die kaum sichtbaren Umrisse der Grundmauern zeigte, zementierte Rechtecke, auf denen die Baracken gestanden hatten, eine Art niedriger Wall aus Ziegelsteinen, der keinem, der den Ort nicht sehr genau kannte, aufgefallen wäre, der einzige Überrest des Gebäudes, in dem die Verbrennungsöfen gestanden hatten, von denen allerdings tatsächlich nichts mehr übrig war, weil die Deutschen sie im letzten Moment gesprengt hatten, als der Himmel im Osten schon seit Wochen rot war des Nachts und die Erde vom stetig näher kommenden Geschützdonner der russischen Artillerie bebte. Zehntausende von Menschen über vier oder fünf Jahre dort zusammengepfercht, auf diesem Bahnsteig waren sie aus den Viehwaggons geklettert, auf der Zementplattform hatten sie sich in Reihen aufgestellt, gebellte Befehle auf Deutsch oder Polnisch und Schmerzensschreie und Ewigkeiten von Verzweiflung, das Echo von Schreien oder Hundegebell, das sich in der endlosen Dichte der Nadelwälder verlor, Militärmärsche und Walzer, von einem gespenstischen Gefangenenorchester intoniert, und von alledem war nichts geblieben als eine Lichtung im Wald unter dem feuchten Grün eines nieselnden Regens, hohe dunkle Tannen und Nebel, der die Ferne verwischt, die Landschaft, welche die Gefangenen hinter dem Stacheldrahtzaun tagaus, tagein sahen, in dem Wissen, dass sie die Welt auf der anderen Seite nie mehr betreten würden, aus dem Kreis der Lebenden verbannt, als wären sie schon tot.

Was mochte aus dem dürren, dienstfertigen Mann geworden sein, der Herrn Salama an den Ort führte, wo das Lager gewesen war, der für sich das sonderbare Schicksal eines Wächters und Führers durch jene Hölle erwählt hatte, die er überlebt hatte und von der er sich nicht mehr entfernen wollte, Wächter über ein ödes Stück Land mitten im Wald und einen Bahnsteig, der zu keiner Station mehr gehörte, Archäologe schwarz verfärbter Ziegelsteine und alter Scharniere und vor sich hin rostender Ofentüren, stets auf der Suche nach Überresten, Zeugnissen, Reliquien, Blechnäpfen und Löffeln, mit denen die Gefangenen ihre Suppe aßen, Führer zwischen den Spuren kaum noch sichtbarer Ruinen, die von der Vegetation immer mehr überwuchert, vom Lauf der Zeit einfach abgenutzt oder vom Schneeweiß des Winters ein wenig herausgeputzt werden. Wenn er stürbe oder zu alt wäre oder es aufgäbe, die wenigen Besucher zu begleiten, die dieses Nebenlager aufsuchen, wenn er nicht mehr auf die Reste einer Mauer aus geschwärzten Ziegelsteinen oder eine Reihe von Zementplatten oder die merkwürdige Erhebung im frischen Schnee hinwiese, würden diese kleinen Unregelmäßigkeiten auf der Waldlichtung keinem Menschen auffallen, ebenso wenig wie das metallische Knirschen unter den Schuhsohlen, verursacht durch einen Löffel, der einmal der wertvollste Besitz eines Menschenlebens war, und selbstverständlich würde niemand die schreckliche Bedeutung einer Reihe von geschwärzten Mauerresten erkennen oder eines umgefallenen, von Unkraut überwucherten Pfostens, an dem sich noch ein angenageltes Knäuel Stacheldraht befindet.

Sie verschwinden, bleiben weit in der Zeit zurück, und die Entfernung verfälscht nach und nach die Erinnerung, ganz allmählich, wie der Regen, die Jahre, die Verwahrlosung, die Abnutzung des Materials die Ruinen eines in den Grenzwäldern zwischen Polen und Litauen gelegenen deutschen Vernichtungslagers schleifen, das von seinen Bewachern gewissenhaft zerstört und in Brand gesetzt wurde, kurz bevor die Rote Armee eintraf, die nur noch Flugasche, Schutthaufen und halb zugeschüttete Gruben fand, in denen Zehntausende von der Kälte konservierte menschliche Leiber lagen, nackt, zu Skeletten abgemagert, dicht aneinander gedrängt, übereinander, durcheinander, namenlose Leiber, unter denen sich jedoch die meisten Onkel und Neffen und vier Großväter von Herrn Isaak Salama befanden sowie seine Mutter und seine beiden Schwestern, die nicht gerettet wurden, wie er und sein Vater gerettet wurden, weil es für sie bereits zu spät war, als im Spätsommer 1944 einer der von der spanischen Gesandschaft in Ungarn ausgestellten Pässe eintraf, mit denen die Nationalität der in Budapest wohnenden sephardischen Familien bestätigt wurde.

Unsere Nachbarn, meine Schulkameraden, die Freunde meines Vaters, alle wurden sie abgeholt, sagte Herr Salama. Wir gingen nicht mehr aus dem Haus, weil wir fürchteten, auf der Straße verhaftet zu werden, bevor die Papiere eintrafen, die uns dieser spanische Diplomat versprochen hatte. Im Radio hörten wir, dass die Alliierten Paris eingenommen und im Osten die Russen bereits die ungarische Grenze überschritten hatten, doch die Deutschen schienen nichts Wichtigeres zu tun zu haben, als uns vollständig auszurotten. Stellen Sie sich nur vor, welch einen ungeheuren Aufwand es bedeutete, Hunderttausende von Menschen in Zügen durch halb Europa zu transportieren, und das mitten in einem Krieg, den sie bereits verloren. Sie benutzten die Züge lieber dazu, uns in die Lager zu schaffen, als ihre Truppen an die Front zu bringen. Im März waren sie in Ungarn einmarschiert, am 19. März, das werde ich nie vergessen, obwohl ich mich viele Jahre hindurch nicht an dieses Datum erinnert habe, mich an überhaupt nichts erinnert habe. Sie kamen im März, und im Sommer hatten sie vielleicht schon eine halbe Million Leute deportiert; da sie aber fürchteten, die Russen könnten so früh kommen, dass sie keine Zeit mehr fänden, alle ungarischen Juden ordentlich nach Auschwitz zu verfrachten, haben sie viele einfach auf der Straße erschossen und ihre Leichen in die Donau geworfen, die Deutschen und ihre ungarischen Freunde, die Pfeilkreuzler, wie sie genannt wurden, die dieselben schwarzen Uniformen trugen wie die SS, aber noch grausamer waren als diese, viel brutaler und längst nicht so systematisch.

Da wohnt man ein Leben lang in dem Haus, in dem man zur Welt gekommen ist, in dem die schützende Wärme der Eltern und der beiden Schwestern immer schon da gewesen zu sein und unverändert fortzubestehen scheint, genau wie die Bilder und Fotografien an den Wänden und die Spielsachen und Bücher im Schlafzimmer, und eines Tages plötzlich, innerhalb weniger Stunden, ist das alles für immer verschwunden und hinterlässt nicht die geringste Spur, weil man aus dem Haus gegangen ist, um Alltägliches zu erledigen, und als man nach ein oder zwei Stunden heimkommt, ist der Weg zurück von einem unüberwindbaren Zeitloch versperrt. Mein Vater und ich waren in die Stadt gegangen, um etwas zu essen zu besorgen, sagte Herr Salama, und als wir zum Haus zurückkamen, kam uns der Mann der Hausmeisterin entgegengelaufen und sagte, wir sollten schnellstens verschwinden, die von der Miliz, die unsere Familie abgeholt hätten, könnten noch einmal wiederkommen. Mein Vater hielt eine Schachtel in der Hand, wie eine dieser Pralinenschachteln, die er jeden Sonntag mitbrachte, und die fiel ihm aus den Händen, fiel ihm vor die Füße. Das ist mir im Gedächtnis geblieben. Ich hob die Schachtel auf und griff nach der Hand meines Vaters, die auf einmal ganz kalt geworden war. «Fliehen Sie so weit wie möglich», hatte der Mann der Hausmeisterin zu uns gesagt und war hastig ins Haus zurückgegangen, wobei er sich nach allen Seiten umschaute aus Angst, jemand könnte sehen, wie er freundlich mit zwei Juden sprach. Wir sind lange Zeit gegangen, ohne ein Wort zu sprechen, ich an der Hand meines Vaters, die meine Hand nicht mehr wärmte und nicht mehr die Kraft hatte, mich zu führen. Ich war es, der ihn führte, der aufpasste, ob eine Patrouille der Deutschen oder der ungarischen Nazis auftauchte. Wir gingen dann in dieses Café in der Nähe der spanischen Gesandtschaft, und mein Vater telefonierte. Er fand die Münzen in seiner Hosentasche nicht, das Taschentuch, die Brieftasche, die Uhr kamen seinen Fingern in die Quere, auch daran erinnere ich mich noch. Ich musste ihm das Geldstück geben, mit dem er die Telefonmünze kaufen konnte.

Dann kam der Mann, den mein Vater schon öfter aufgesucht hatte, und sagte zu meinem Vater, alles sei in Ordnung, aber mein Vater sagte nichts, gab keine Antwort, als hörte er nicht, und der Mann fragte, ob er krank sei, mein Vater antwortete immer noch nicht, das Kinn war ihm auf die Brust gesunken, die Augen starrten ins Leere, das war der Gesichtsausdruck, den er für den Rest seines Lebens behielt. Ich sagte dem Mann, unsere ganze Familie sei abgeholt worden, ich wollte weinen, aber die Tränen kamen nicht, und auch der Knoten in meiner Brust wollte sich nicht lösen, und ich glaubte daran ersticken zu müssen. Plötzlich brach es aus mir heraus, und ich glaube, die Leute an den Nebentischen schauten zu mir herüber, aber mir war das egal, ich warf mich an die Brust des Mannes, dessen Mantelaufschläge groß und breit waren, und bat ihn, meiner Familie zu helfen, doch er verstand mich vermutlich nicht, da ich Ungarisch sprach, während er sich mit meinem Vater immer auf Französisch unterhielt. In einem großen schwarzen Auto mit dem Wimpel der spanischen Gesandtschaft wurden wir zu einem Haus gebracht, in dem schon viele andere Leute waren. Ich erinnere mich an kleine Zimmer, Koffer, Männer mit Mänteln und Kopftüchern, Menschen, die miteinander flüsterten und in den Korridoren auf dem Boden schliefen, zusammengeknüllte Kleidungsstücke als Kopfkissen benutzend, und mein Vater immer wach, er rauchte, versuchte zu telefonieren und fiel den Bediensteten der spanischen Gesandtschaft zur Last, die uns ab und zu Essen brachten. Sie suchten in den Listen der Deportierten die Namen meiner Mutter und meiner Schwestern, aber sie waren nirgends zu finden. Dann erfuhren wir, erfuhr mein Vater viele Jahre später, dass sie nicht in dieselben Lager gebracht worden waren wie die meisten, nicht nach Auschwitz oder Bergen-Belsen. Sogar dort konnte der spanische Diplomat, der uns und vielen anderen das Leben gerettet hat, einige Juden herausholen, setzte dabei sein eigenes Leben aufs Spiel, da er hinter dem Rücken seiner Vorgesetzten im Ministerium handelte; zu jeder Tages- und Nachtzeit war er in Budapest unterwegs, immer in dem schwarzen Botschaftswagen, in dem er auch uns und viele andere gefahren hatte, holte Menschen ab, die sich versteckt hielten oder verhaftet worden waren, auch solche, die gar nicht einmal sephardischer Abkunft waren, erfand Identitäten und Dokumente und sogar Verwandtschaften oder Geschäftsbeziehungen in Spanien. Sáez Briz hieß er. Er hat viele Menschen aufgespürt, einige konnte er sogar aus den Lagern zurückholen, er hat sie der Hölle entrissen, aber von meinen Schwestern und meiner Mutter keine Spur, weil man sie in dieses Lager gebracht hatte, von dem noch keiner oder so gut wie keiner gehört hatte und von dem nichts übrig geblieben ist als dieser Schuppen und dieses Schild, die ich vor fünf Jahren gesehen habe. Von allein wäre ich da nie hingegangen. Ich hätte nie einen Fuß in diesen Teil Europas setzen können, ich ertrage den Gedanken nicht, in Deutschland oder Polen einem Menschen bestimmten Alters im Café oder auf der Straße ins Gesicht zu sehen und mich zu fragen, was er in jenen Jahren wohl getan, was er gesehen oder auf welcher Seite er gestanden hat. Doch kurz vor seinem Tod bat mich mein Vater, das Lager zu besuchen, und ich habe es ihm versprochen. Und wissen Sie, was dort ist? Nichts. Eine Lichtung im Wald. Ein alter Bahnschuppen und ein verrostetes Schild.

Was mag aus ihm geworden sein, dem Herrn Salama, der Mitte der achtziger Jahre in Tanger das Spanische Zentrum leitete, in einem winzigen Büro, dekoriert mit knallbunten, im Laufe der Zeit jedoch abgestoßenen und verblassten Plakaten der Tourismusbehörde, mit altem Mobiliar in imitiertem kastilischem Stil, und der auf dem Boulevard Louis Pasteur nur widerwillig ein von seinem Vater gegründetes Textilgeschäft weiterführte, die Galerie Duna, in Erinnerung an den Fluss der anderen Heimat, aus der ihnen im letzten Moment die Flucht gelungen war im Gegensatz zu vielen anderen seiner Bekannten, seiner Schwestern und der Mutter, von denen sie nicht einmal mehr eine Fotografie hatten, einen Anhaltspunkt für die Erinnerung, einen handfesten Beweis, der die Erosion des Vergessens abschwächen oder verzögern könnte.

Duna ist der ungarische Name für die Donau. Herr Salama mit seinem reichen Vokabular und seinem fremdartigen Akzent, der gespickt ist mit fernen Anklängen wie ein Bodensatz der Musik des Judenspanisch, das er in seiner Kindheit hörte und in dem er noch ein paar Kinderlieder kennt; Herr Salama mit seinen gelähmten Beinen, der sich mühsam an Krücken fortbewegt, mit den leicht tränenden Augen, mit dem grauen Haarkranz und der stets schweißglänzenden Stirn, die das mit seinen Initialen bestickte weiße Taschentuch niemals zu trocknen vermag, dem keuchenden Atem von der Anstrengung, die es ihn kostet, den massigen Leib zu bewegen, dem die Beine keine Hilfe mehr sind, die sich dünn unter dem Stoff der Hose abzeichnen, zwei Anhängsel, die unter dem gewölbten Bauch und dem kräftigen Oberkörper baumeln. Aber er hat immer versucht, alles allein zu machen, ohne fremde Hilfe auszukommen, mit schroffen, geübten Bewegungen und keuchendem Atem, er öffnete Türen und schaltete Lichter an und zeigte kleine Schätze und Andenken des Spanischen Zentrums, gerahmte Fotos eines vor vielen Jahren einmal berühmten Besuchers oder von Theateraufführungen der Stücke von Benavente, Casona und sogar Lorca, eine vom Ministerium für Information und Tourismus ausgestellte Urkunde, ein Buch mit Widmung für die Bibliothek des Zentrums, von einem Schriftsteller, dessen Bekanntheit sich mit den Jahren verloren hat, sodass nicht einmal mehr sein Name eine Erinnerung wachruft, was man aber vor Herrn Salama verbergen muss, man muss ihm sagen, man habe das Buch gelesen und diese Erstausgabe besitze inzwischen gewiss einen beträchtlichen Wert. Unbeholfen, fachmännisch, chaotisch und unermüdlich trotz des mühsamen Atmens und der Krücken zeigte Herr Salama alte Plakate, auf denen Vorträge und Theaterstücke angekündigt wurden, aufgeführt auf der kleinen Bühne des Zentrums und sogar im großen Theater Cervantes, das jetzt, sagt er, eine beschämende Ruine ist, heimgesucht von Ratten und Gesindel, ein Juwel spanischer Architektur, das die spanische Regierung verkommen lässt. Von dem wenigen Guten, das es in Tanger von Spanien noch gibt, will man nichts wissen, nicht einmal die Briefe werden beantwortet, die Herr Salama an die Ministerien schreibt, das der Kultur, der Bildung, für Auswärtige Angelegenheiten: Er legt die Plakate beiseite, wühlt in den Papieren auf seinem Schreibtisch und zieht eine Mappe mit Kopien von Schriftstücken hervor, mit Kohlepapier erstellte Durchschläge, auf dem Postamt abgestempelt, beglaubigter Beweis dafür, dass sie abgeschickt wurden, wenngleich er nie eine Antwort bekommen hat. Er zeigt auf ein Datum, wechselt schnell von einem Papier zum anderen, von einem Antrag zum nächsten, der schon mehrere Jahre zurückliegt, alle auf einer mechanischen Schreibmaschine getippt, auf die alte Art, wie früher, als es noch keine Fotokopierer gab, mit mehreren Durchschlägen auf Kohlepapier. Die erste Theatertruppe in Tanger war die des Spanischen Zentrums, die aber nur aus Amateuren bestand, die nichts verdienten, unter ihnen auch ich, ich konnte zwar nicht spielen, wie man sich vorstellen kann, aber ich habe oft Regie geführt. An den Wänden eines Korridors zeigt er auf Schwarzweißfotos in billigen Rahmen, auf denen Schauspieler in theatralischen Posen zu sehen sind, altmodische Enthusiasten, die vor bescheidener Dekoration deklamieren, dem Wirtshaus von Don Juan Tenorio, der Treppe eines Mietshauses in Madrid oder den Mauern eines andalusischen Dorfes. Wir haben Benavente und Casona gespielt und jeden ersten November den *Tenorio*, aber urteilen Sie nicht vorschnell, denn wir haben auch *Das Haus der Bernarda Alba* gespielt, lange bevor es in Spanien uraufgeführt wurde, bis dahin einzig von Margarita Xirgu in Montevideo gespielt.

Melancholie und Ärmlichkeit spanischer Lokalitäten fern von Spanien. Falsche Ziegeldächer, imitierte Hauswände und andalusische Balkone, vergilbte Stierkampfplakate und die Fotos örtlicher Verkehrsvereine, valenzianisch oder asturianisch, fettige Paellas und mexikanische Sombreros, hinfällige Dekors nach romantischen Lithographien und während des Bürgerkriegs in Berlin gedrehten Filmen mit andalusischer Atmosphäre. Das rote Ziegeldach, die Laterne und das Balkongitter jenes Lokals in Kopenhagen namens Pepe's Bar; die nachgemachten Höhlen des Sacromonte an einer Straßenkreuzung bei Frankfurt, wo im Dezember Sangría ausgeschenkt wurde, wo kupferne Pfannen, Cordobeserhüte und mexikanische Sombreros an den Wänden hingen; das unvermeidliche Ziegeldächlein über der Bauernhauswand in der Casa de España in New York Anfang der neunziger Jahre; das Café Madrid, das unerwartet an einer Straßenecke im Viertel Adam's Morgan in Washington, D.C., auftauchte, zwischen salvadorenischen Restaurants und billigen Kleider- und Koffergeschäften, aus denen Merenguemusik drang, in einer Gegend, die sich von einem Schritt auf den anderen völlig heruntergekommen darstellte, wie ein verwüstetes Viertel mit ganzen Reihen ausgebrannter oder abgerissener Häuser, mit von Drahtzäunen gesicherten Parkplätzen. Neben dem Grundstück eines Hauses mit verkohlten Mauern gab es einen Ausstatter für äthiopische Brautpaare, etwas weiter ein katholisches Beerdigungsinstitut. Und auf einmal dann das auffällige Schild, Café Madrid, neben einer Santo Domingo Bakery und einem kubanischen Imbiss, der sich La Chinita

Linda nannte. Es war ein eisiger Morgen in Washington, und das kalte Licht der Wintersonne spiegelte sich im Marmor von Denkmälern und öffentlichen Gebäuden. Man ging eine enge Treppe hinauf, und im ersten Stock traf man auf die Schwingtür des Café Madrid, die warme Luft war voller Gerüche, die auf unbestimmte Weise heimelig wirkten und ebenso ungewohnt waren wie das Knistern von erhitztem Fett, in dem der weiße Teig für süßes Ölgebäck briet, oder das runde glänzende Gesicht der Serviererin, die direkt von einem Churrostand mitten in Madrid zu kommen schien, jedoch nur noch wenig Spanisch sprach, denn, sagte sie mit mexikanischen Anklängen in der Aussprache, ihre Eltern seien mit ihr nach Amerika ausgewandert, als sie noch ein kleines Küken war. Alte Stierkampfplakate an den Wänden, eine Toreromütze auf gekreuzten Banderillas, drapiert wie eine militärische Trophäe, das Papier der Banderillas voller ockerfarbener Flecke, die Blut darstellen mochten, und die Mütze mit einer von jahrelangem Fettdunst klebrig gewordenen Staubschicht bedeckt. Farbige Poster von spanischen Landschaften, Werbeplakate der Iberia oder des ehemaligen Ministeriums für Information und Tourismus: Im Büro von Herrn Salama hing eine Landschaft der Mancha, ein kahler, von Windmühlen gekrönter Hügel, alles im grellen Tageslicht der Fotos und Filme aus den sechziger Jahren fotografiert. Es gab ein Plakat von der Synagoge del Tránsito in Toledo und daneben, ebenbürtig und für Herrn Salama fast eine Devotionalie, eines vom Cervantes-Denkmal auf der Plaza de España in Madrid in demselben klaren Winterlicht eines kalten sonnigen Morgens, und Herr Salama erinnerte sich an die Spaziergänge, die er in jungen Jahren zu diesem Platz, seinem Lieblingsplatz, unternommen hatte, obwohl es ihm schon befremdlich und beinah unmöglich vorkam, dass er dieser schlanke junge Mann gewesen sein sollte, der ohne Krücken auf zwei gesunden Beinen gehen konnte, ohne einen Gedanken an das Wunder zu verschwenden, dass sie ihn trugen und von einer Stelle zur anderen brachten, als wäre sein Körper ohne Gewicht, überzeugt davon, dass alles, was er hatte und so sehr genoss, für immer sei, Beweglichkeit, Gesundheit, das Alter von zwanzig Jahren, das Glück, ungebunden in Madrid zu sein, niemand anders als er selbst, befreit von der Schwerkraft der Vergangenheit und der Erde, vorübergehend frei von seinem früheren Leben und vielleicht auch von dem zukünftigen, das sich andere für ihn vorgestellt hatten, frei von seinem Vater und dessen Schwermut, dem Textilgeschäft, seiner Ergebenheit an die Toten, an all jene, die nicht hatten gerettet werden können, deren Stelle sie jetzt einnahmen, sich angeeignet hatten, der Vater und der Sohn, die nur durch Zufall nicht in dem relativ unbedeutenden Lager gelandet waren, in dem so viele von ihrer Familie, ihrer Stadt und ihrer Abstammung ihr Leben gelassen hatten. Alle drei Schwestern Franz Kafkas verschwanden in Vernichtungslagern. Herr Isaak Salama studierte Mitte der fünfziger Jahre in Madrid Wirtschafts- und Rechtswissenschaften und plante, nicht nach Tanger zurückzukehren, wenn diese Frist der Freiheit, die ihm gewährt worden war, abgelaufen sein würde. Zum ersten Mal in seinem Leben war er ganz auf sich gestellt und fühlte, dass seine Persönlichkeit bei ihm selbst anfing und endete, frei war von Schatten und Ahnenreihen, frei von der Gegenwart und obsessiven Anrufung der Toten. Er war nicht schuld, dass er überlebt hatte, und musste auch nicht ein Leben lang trauern um seine Mutter und seine Schwestern und sogar um alle Angehörigen, um die Nachbarn und die Freunde seines Vaters und die Kinder, mit denen er in den Parks von Budapest gespielt hatte, um alle Juden, die von Hitler umgebracht worden waren. Schaute man sich um in einer Kneipe in Madrid, in einem Hörsaal der Universität, schlenderte man über die Gran Vía oder ging an einem Sonntagnachmittag ins Kino, sah man nirgends auch nur eine Spur davon, dass dies alles passiert war, er könnte sich ein

Dasein schaffen, das dem der Übrigen mehr oder weniger glich, dem seiner Landsleute, seiner Kommilitonen, seiner Freunde, die nie nach seiner Herkunft fragten und vom Weltkrieg und den deutschen Lagern kaum etwas wussten.

In Madrid verblasste seine Erinnerung an Tanger, ein Ballast, den er bei der Abreise abgeworfen hatte, und er verspürte auch so gut wie keine Schuldgefühle mehr, weil er seinen Vater allein gelassen hatte und von dem Geld lebte, das ein Geschäft abwarf, welches fortzuführen er nicht die geringste Absicht hegte. Von seinem früheren Leben – Budapest und die Angst, der gelbe Stern auf dem Mantel, durchwachte Nächte am Rundfunkempfänger, das Verschwinden seiner Mutter und Schwestern, die Reise mit seinem Vater durch Europa mit einem spanischen Pass –, von all dem waren ihm erstaunlich wenige Bilder geblieben, nur ein paar körperliche Eindrücke, unwirklich wie frühe Kindheitserinnerungen. Im Fernsehen habe ich einmal ein Interview mit einem Mann gesehen, der mit etwas über zwanzig Jahren erblindet war: Inzwischen war er an die fünfzig und sagte, nach und nach habe er alle Bilder vergessen, sie seien aus seiner Erinnerung verschwunden, sodass er jetzt nicht mehr wisse, wie die Farbe Blau aussah oder wie ein Gesicht war, er träume sogar nicht mal mehr in Bildern. Ein paar Reste seien ihm noch geblieben, sagte er, aber auch die verschwänden allmählich, der weiße Fleck eines blühenden Mandelbaums, der bei ihm zu Hause im Garten gestanden hatte, das Rot eines Gummiballs, den er als Kind gehabt hatte und der eine Weltkugel darstellte. Ihm war vollkommen bewusst, dass er in wenigen Jahren alles verloren haben würde, selbst die Bedeutung des Wortes sehen. Als ich in Madrid studierte, vergaß ich die Stadt meiner Kindheit, die Gesichter meiner Mutter und meiner Schwestern, von denen wir nicht einmal eine Fotografie hatten retten können, mein Vater und ich, dabei war unsere Wohnung in Budapest voll von Fotos gewesen, Alben voller Schnappschüsse, die mein Vater mit seiner kleinen Leica aufgenommen hatte, weil Fotografieren eines seiner Hobbys gewesen war, genau wie die Musik und das Kino, eines von vielen Dingen, die aus seinem Leben verschwanden, als wir nach Tanger kamen und er für nichts anderes mehr Zeit und Sinn aufbrachte als für die Arbeit; die Arbeit, die Trauer, den Glauben, die Heilige Schrift, die er in seiner Jugend keines Blickes gewürdigt hatte, die Besuche in der Synagoge, in die er keinen Fuß gesetzt hatte, bevor wir hier ankamen, und in die ich ihn anfangs bereitwillig begleitete. Wenn ich jedoch darüber nachdenke, begleitete ich ihn nicht, sondern hatte eher das Gefühl, ihn an der Hand zu führen, ihn zu geleiten wie an jenem Morgen in Budapest, als wir erfuhren, dass meine Mutter und meine Schwestern verhaftet worden waren. Ich weiß nicht, ob Ihnen aufgefallen ist, dass Kinder manchmal eine erdrückende Verantwortung für ihre Eltern empfinden.

Nach seinem Tod gewann Herrn Salamas Vater eine Gegenwärtigkeit, wie er sie im Leben seines Sohnes viele Jahre zuvor gehabt hatte, und erfuhr durch diesen dieselbe Zuwendung wie früher in Budapest oder Tanger, als er ihn an der Hand durch die Straßen geleitet hatte, ein braves dickliches Kind, das auf einem Foto, an das er sich verschwommen erinnert, lächelte und eine Ballonmütze trug, dazu Knickerbockerhosen, wie sie zwischen den Kriegen modern waren, ein stolzer Sohn, der zu seinem Vater aufblickte, beide mit einem gelben Stern an den Mantelaufschlägen. Eines Tages im Juni kaufte sein Vater eine Zeitung und zeigte ihm unter verstohlenen Seitenblicken die Titelseite, auf der die Landung der Alliierten in der Normandie gemeldet wurde, faltete danach die Zeitung rasch wieder zusammen und verwahrte sie in der Tasche, drückte die Hand seines Sohnes und tat ihm dadurch heimlich seine plötzliche, übermächtige Freude kund, sagte ihm jedoch, er dürfe sich die

Freude über die Invasion auf einer Straße, auf der mit Sicherheit nur feindlich gesinnte Menschen unterwegs waren, keinesfalls anmerken lassen. Wenn ich sterbe, sagst du elf Monate und einen Tag für mich Kaddisch wie ein guter Erstgeborener und unternimmst dann eine Reise in den Nordosten von Polen, um dort das Lager aufzusuchen, in dem deine Mutter und deine Schwestern gestorben sind, die ich nicht zu retten vermochte und um die zu trauern ich nicht einen einzigen Tag meines Lebens versäumt habe.

Heute zeiht sich Herr Isaak Salama, der keinen Sohn hat, der nach seinem Tod Kaddisch für ihn sagt, wehmütig, ein verlorener Sohn gewesen zu sein, die Zuneigung, die er jetzt wieder empfindet, kann den toten Vater nicht mehr trösten, ihm nichts vergelten, und er sehnt sich jetzt nach ihm in derselben vergeblichen Hoffnung auf Wiedergutmachung, wie der Vater sich nach seiner Frau und seinen Töchtern gesehnt haben mochte. Er habe ihn sehr geliebt, sagt er, und seine Augen werden feucht, sie seien sich immer sehr nah gewesen, nicht nur, seit sie allein waren, sondern auch früher schon, als er noch ein Kind war, solange er zurückdenken könne, als die allabendliche Heimkehr des Vaters die Freude seines Lebens war. Er hatte Zuflucht bei ihm gefunden, ihn bewundert wie einen Helden aus Romanen oder Filmen, er hatte ihn mitten auf einer Straße zusammenbrechen sehen, hatte das schreckliche Gewicht der Verantwortung gespürt, aber auch den verstohlenen Stolz ob der Vorstellung, dass die Hand seines Vaters, die sich auf seine Schulter legte, ihn nicht beschützte, sondern Halt an ihm suchte, an ihm, dem Erstgeborenen.

Und dann mit einem Mal, als er sechzehn oder siebzehn war, wollte er nicht mehr mit ihm zusammenleben, ihn bedrückte so gut wie alles, was sie miteinander teilten, seit sie allein waren und in Tanger wohnten, vor allem die Trauer, der endlose Schmerz und das nicht endende Erinnern an die Toten, die Frau und die Töchter, die der Vater nicht hatte retten können, der seitdem in dem Gefühl lebte, unverdienterweise ihren Platz einzunehmen. Mit dem Lauf der Zeit lichtete sich des Vaters Trauer nicht, sondern verfinsterte sich zu Gewissensqual und beleidigtem Rückzug von einer Welt, in der die Toten nicht zählten, in der sich niemand erinnern wollte, selbst viele Juden nicht. Er betrieb sein Geschäft mit derselben Energie wie früher in Budapest. In wenigen Jahren hatte er wie aus dem Nichts eines der modernsten Textilgeschäfte in Tanger geschaffen, dessen Neonschrift, Galerie Duna, gegen Abend das gutbürgerliche Geschäftsviertel am Boulevard Pasteur erleuchtete. Sein Sohn aber merkte schon bald, dass all dies unermüdliche, schlaue Tun reine Fassade war, eine misslungene Imitation jenes Mannes, der sein Vater vor der Katastrophe gewesen war, wie auch der Laden eine Imitation jenes Geschäfts war, das er in Ungarn betrieben hatte. Seine Religiosität nahm stetig zu, wurde zur Obsession, die Befolgung der Riten, der Gebete und Feiertage, die ihm in seiner Jugend als Rückstände einer verschlossenen alten Welt erschienen waren und der entkommen zu sein er sich glücklich geschätzt hatte. Vielleicht spielte auch der Sühnegedanke eine Rolle bei seiner zunehmenden religiösen Manie, denn er betete jetzt fügsam zu demselben Gott, dem er in seinen schlaflosen Nächten der Verzweiflung darüber, dass er die Vernichtung so vieler Unschuldiger zugelassen hatte, abtrünnig geworden war. Und sein Sohn, der mit dreizehn oder vierzehn Jahren ebenso bereitwillig mit ihm in die Synagoge gegangen war, wie er das Abendessen zubereitet oder dafür gesorgt hatte, dass der Vater jeden Morgen frische Tinte und Papier auf dem Schreibtisch fand, reagierte auf den religiösen Eifer zunehmend gereizt und begann überall dort, wo sein Vater sich aufhielt, einen bedrückenden Mangel an frischer Luft wahrzunehmen, einen muffigen Geruch, wie ihn die orthodoxen Juden und die Kerzen und das Halbdunkel der Synagoge verströmten, und auch den staubigen Geruch der Stoffe im Geschäft, in dem er nicht mehr arbeiten mochte und dem er lieber heute als morgen den Rücken gekehrt hätte, wofür er nur noch keinen Vorwand fand.

Doch als er sich schließlich dazu durchrang, seinen Wunsch auszusprechen, stellte er überrascht und vor allem schuldbewusst fest, dass der Vater gegen sein Fortgehen gar nichts einzuwenden hatte, ihn sogar ermutigte, nach Spanien zu gehen und dort zu studieren, weil er glaubte oder wenigstens zu glauben vorgab, der Junge wolle nach dem Studium den Laden weiterführen, und das Wissen, das er dort erwarb, könne ihnen beiden bei der Renovierung und Erweiterung des Geschäfts von Nutzen sein.

Ich hörte die Sirene des Fährschiffes nach Algeciras und zählte die Tage, die mir noch fehlten, bis ich selbst diese Reise antreten konnte. Vom Balkon unseres Hauses aus konnte ich nachts die Lichter der spanischen Küste sehen. Mein Leben bestand nur noch aus dem Wunsch, zu verschwinden, allem zu entfliehen, was mich einengte wie damals die Unterhemden, Oberhemden, Pullover, Mäntel und Schals, die meine Mutter mir für den Schulweg anzog. Ich wollte der Enge Tangers entfliehen und dem erdrückenden Geschäft meines Vaters und meinem Vater mit seiner Trauer und seinen Erinnerungen und seinem schlechten Gewissen, seine Frau und seine Töchter nicht gerettet zu haben, sondern stattdessen sich selbst. Der Tag, an dem ich meine Reise endlich antreten sollte, war neblig und ließ eine raue See erwarten, und ich fürchtete, das Schiff aus Spanien werde nicht kommen oder möglicherweise nicht auslaufen, wenn ich an Bord gegangen wäre mit meinem Koffer und meiner im Voraus gelösten Fahrkarte für den Zug von Algeciras nach Madrid. In meiner Nervosität verlor ich schnell die Geduld mit meinem Vater, fühlte mich von seiner Dienstbeflissenheit bedrängt, von seiner Manie, immer wieder alles und bis zuletzt zu überprüfen, nicht, dass ich etwas vergaß, die Schiffspassage, die Zugfahrkarte, meinen spanischen Pass, die Anschrift und Telefonnummer der Pension in Madrid, meine Immatrikulation, die Wollsachen, die ich brauchen würde, wenn der Winter käme. Seit wir Budapest verlassen hatten, waren wir, glaube ich, nie getrennt gewesen, und er hatte mir zugleich Vater und Mutter sein müssen, die Mutter, die ich nicht hatte, weil er nicht fähig gewesen war, sie zu retten. Ich hätte alles darum gegeben, nicht von ihm zum Hafen begleitet zu werden, aber ich traute mich nicht, ihm dies auch nur anzudeuten, weil ich fürchtete, ihn damit zu beleidigen, und als er mit mir kam und ich ihn unter all den Menschen sah, die andere Reisende verabschiedeten, schämte ich mich sogar und bekam deswegen ein schlechtes Gewissen und ärgerte mich nur noch mehr und konnte es gar nicht abwarten, dass die Fähre endlich ablegte und ich meinen Vater nicht mehr sehen musste, weil ich mich seiner schämte, seines Aussehens gleich der Karikatur eines alten Juden, denn in den letzten Jahren hatte nicht nur seine Religiosität zugenommen, er war auch stark gealtert und ging gebeugt, ähnelte in Haltung und Kleidung immer mehr den armen orthodoxen Juden in Budapest, den Ostjuden, die unsere sephardischen Verwandten immer ein wenig von oben herab betrachtet hatten, und die er, als er jung war, mitleidig und ein wenig hochmütig als rückständig angesehen hatte, unfähig, sich ins moderne Leben einzufügen, krank von all ihren religiösen Geboten und einem Mangel an Hygiene. Ich hatte ein schlechtes Gewissen, weil ich mich seiner schämte und weil ich ihn allein ließ, und ich hatte auch Mitleid mit ihm, aber weder das eine noch das andere konnte mir die Freude des Aufbruchs vergällen, und ich löste mich von meinem Vater und von Tanger und von meiner Beschämung, sobald das

Schiff ablegte, sobald ich merkte, dass es sich von der Mole löste. Es war schon einige Meter von ihm entfernt, und er winkte mir immer noch zum Abschied, so anders als alle anderen, dass ich ungern mit ihm in Verbindung gebracht wurde. Ich winkte zwar auch und lächelte, doch war ich längst fort, ohne ihn aus den Augen zu verlieren und mich sehr weit von der Hafenmole in Tanger zu entfernen, war ich meilenweit fort, zum ersten Mal in meinem Leben unbelastet von allem, von einem unvorstellbaren Gewicht, von meinem Vater, seinem Geschäft, seiner Trauer, seinen Schuldgefühlen und dem ganzen Schmerz über die Familie und alle von Hitler vernichteten Juden, über die Namenslisten, die in der Synagoge hingen und in den jüdischen Publikationen veröffentlicht wurden, die mein Vater abonniert hatte, und in den Anzeigen der israelischen Zeitungen, in denen man um Hinweise zu Vermissten bat. Jetzt war ich allein. Jetzt war ich selbst mein Anfang und mein Ende. Jetzt war ich nur noch ich. Ich weiß noch, dass jemand neben mir auf dem Deck ein Transistorradio eingeschaltet hatte und einen dieser amerikanischen Schlager hörte, die damals Mode waren. Für mich barg diese Musik dieselben Verheißungen wie die Reise, die vor mir lag. Nie wieder habe ich ein so intensives körperliches Glück empfunden wie in dem Augenblick, als sich das Schiff in Bewegung setzte, als ich Tanger, vom Meer aus schon, in der Ferne liegen sah, so wie ich es an dem Tag gesehen hatte, als mein Vater und ich Europa entflohen waren.

Wie mag Tanger in Wirklichkeit sein, nachdem es von der Erinnerung und dem Lauf der Jahre verzerrt worden ist, von der Unzulänglichkeit des Gedächtnisses, das nie so zuverlässig ist, wie die Literatur einen glauben machen will. Wer kann sich wahrhaftig an eine Stadt erinnern oder an ein Gesicht, ohne Hilfe von Fotos, die in den verlorenen Alben eines früheren Lebens zurückblieben, eines Lebens, das unveränderlich schien, erstickend, ewig, und sich dennoch in Luft auflöste und kaum Erinnerungen hinterließ, Bilder, die sich verlieren wie die Überreste eines verfallenen Lagers oder die Farben, die man vergisst, wenn man lange genug blind ist, die Stadt, in der Herr Isaak Salama seine zwölf ersten Lebensjahre verbrachte, die Gesichter seiner Schwestern und seiner Mutter, die Stadt, in der jemand sich angebunden und festgehalten fühlt und die er glaubt nie verlassen zu können, die er dennoch eines Tages verlässt und in die er nie zurückkehrt, den Schreibtisch, an den er sich nie mehr setzen wird und in dessen Schublade sich unter jetzt nutzlosen Papieren auch ein Stapel vergessener Briefe befindet, die jemand beim nächsten Putzen fortwirft, die Briefe von Milena Jesenská, die Kafka nicht aufbewahrt hat.

Schiffssirenen und Muezzinrufe am Abend, die man auf der Hotelterrasse hört. Eine spanische Konditorei wie aus einer Provinzstadt in den sechziger Jahren, ein nahezu verfallenes spanisches Theater mit Namen Cervantes. Große, von Tabakqualm verdüsterte Cafés, erfüllt vom Stimmengewirr sich auf Arabisch und Französisch unterhaltender Männer. Vergoldete Kännchen und hohe Gläser, aus denen der Dampf eines grünen, stark gesüßten Tees aufsteigt. Das Labyrinth eines Souks, in dem es nach Gewürzen und den Nahrungsmitteln der Kindheit riecht. Ein blinder Bettler in einer zerrissenen braunen Djellabah, die aus demselben Stoff gemacht scheint wie der Umhang von Velázquez' *Wasserträger von Sevilla*: Der Bettler hält einen Stock in der Hand und murmelt auf Arabisch vor sich hin, und von seinem Kopf unter der Kapuze sieht man nur das von spärlichen weißen Stoppeln bedeckte Kinn und den Schatten, der wie eine düstere Maske über seinen Augen liegt. Junge Männer, die lauernd an den Straßenecken in der Nähe der Hotels herumlungern und sich, sobald sie einen Fremden erblicken, um ihn scharen und ihm ihre Freundschaft anbieten, ihre Hilfe als Führer, ihm Haschisch zu verkaufen suchen oder ein Mädchen anbieten oder einen Jungen, und wenn er ablehnt, entmutigt sie das nicht, und wenn man sie ignoriert und peinlich berührt so tut, als sähe man sie gar nicht, geben sie dennoch nicht auf und folgen dem, der sich ihrer nicht zu erwehren weiß, aber auch nicht arrogant und beleidigend sein will mit seinem schlechten Gewissen des privilegierten Europäers. Der Boulevard Pasteur, die einzige Straße, deren Name noch im Gedächtnis haftet, mit seinen großbürgerlichen Häusern, die auch in jeder Stadt Europas stehen könnten, eines Europas einer anderen Zeit, der vor dem Krieg, einer Stadt mit Straßenbahnen und barocken Fassaden, Budapest vielleicht, wo Herr Salama geboren wurde und bis zu seinem zwölften Lebensjahr wohnte, in die er nie wieder zurückgekehrt ist und an die er nur ein paar ferne Gefühlserinnerungen hat, ähnlich von Hand bemalter Ansichtskarten. Die schönste Stadt der Welt, glauben Sie mir, der stattlichste aller Flüsse, majestätisch, weder Themse noch Seine sind ihr vergleichbar, der Duna; nach so vielen Jahren habe ich mich immer noch nicht daran gewöhnen können, Donau zu sagen. Die kultivierteste Stadt, glaubten wir, bis jene Bestien erwachten, nicht allein die Deutschen, sondern auch Ungarn, die noch schlimmer waren als sie und gar nicht auf ihre Befehle warten mussten, um grausamer als alle vorzugehen, die Pfeilkreuzler, Himmlers und Eichmanns, die unsere Nachbarn gewesen waren mit derselben Sprache, die ich inzwischen vergessen habe, das meiste jedenfalls, hauptsächlich deswegen, weil mein Vater darauf bestand, dass wir sie nicht mehr sprachen, nicht einmal unter uns, den Einzigen, die von unserer Familie überlebt haben, wir beide allein und verloren in Tanger mit unseren spanischen Pässen, unserer neuen spanischen Identität, die uns das Leben gerettet, uns die Möglichkeit gegeben hatte, Europa zu verlassen, in das mein Vater nie mehr zurückkehren wollte, in das Europa, das er so über alles geliebt hatte, auf das er so stolz gewesen war, Brahms, Schubert und Rilke und dieser ganze große Luxusballast, der ihm den Kopf verdreht hatte und von dem er sich später distanzierte, um zu werden, was er auch nicht war, ein gesetzestreuer, menschenscheuer Jude unter lauter Heiden, er, der uns Kindern nicht ein einziges Mal eine Synagoge von innen gezeigt, keine einzige liturgische Feier begangen hatte, der Französisch, Englisch, Italienisch und Deutsch sprach, aber kaum ein Wort Hebräisch verstand, ein paar Kinderlieder in altem Judenspanisch, auf diese Herkunft war er allerdings doch stolz, als wir in Budapest lebten. Sepharad war der Name unseres ersten wirklichen Vaterlandes, obgleich man uns vor über vierhundert Jahren daraus vertrieben hatte. Er erzählte mir, unsere Familie habe über viele Generationen den Schlüssel des Hauses aufbewahrt, in dem wir in Toledo gewohnt hatten, und erzählte mir von all den Reisen, die sie unternommen hatte, seit sie aus Spanien fortgegangen war, als berichte er mir von einer einzigen Familie, die fast fünfhundert Jahre alt geworden war. Er sprach immer in der ersten Person Plural: Wir waren nach Nordafrika ausgewandert, später hatten sich einige von uns in Saloniki niedergelassen, andere in Istanbul, wo wir die Buchdruckerei einführten, im 19. Jahrhundert kamen wir nach Bulgarien, und Anfang des 20. Jahrhunderts ließ sich einer meiner Großväter, der Vater meines Vaters, der in den Hafenstädten entlang der Donau mit Getreide handelte, in Budapest nieder und heiratete dort die Tochter einer Familie gleichen Standes, denn die sephardischen Juden jener Zeit fühlten sich den Ostjuden überlegen, den armen Aschkenasim aus den Schtetl in Polen und der Ukraine, die den russischen Pogromen entronnen waren. Wir waren Spanier, sagte mein Vater in seinem stolzen Plural. Haben Sie gewusst, dass uns Sephardim durch eine Verfügung von 1924 wieder die spanische Nationalität zuerkannt wurde?

Das Spanische Zentrum, die Galerie Duna, die Lichter der spanischen Küste in der Nacht, so nah, als wären sie nicht auf der anderen Seite des Meeres, sondern auf der anderen Seite eines breiten Stroms, der Donau, der Duna, die Herr Isaak Salama in seiner Kindheit sah, in deren Fluten die Deutschen und ihre Lakeien im Frühjahr und Sommer 1944 die in den Straßen von Budapest ermordeten Juden warfen, überstürzt und am helllichten Tag, weil die Rote Armee näher kam und die Eisenbahnlinien unterbrochen werden konnten, sodass man keine Möglichkeit mehr gehabt hätte, Konvois lebender Leichen nach Auschwitz oder Bergen-Belsen zu transportieren oder zu unbedeutenderen Lagern, von denen man nicht einmal mehr die Namen kennt. Spanien ist nur einen Steinwurf entfernt, eineinhalb Stunden mit dem Schiff, es sind die Lichter, die man von der Hotelterrasse aus sieht, doch im Gespräch mit Herrn Isaak Salama im Spanischen Zentrum oder in der Galerie Duna ist Spanien so weit fort, als läge es Tausende von Kilometern entfernt auf der anderen Seite eines Ozeans und wäre nur eine Erinnerung an einem trüben Wintertag im Spanischen Heim in Moskau oder im Café Madrid in Washington, D. C.: Spanien ist so fern, dass es fast nicht existiert, ein unzugängliches, unbekanntes, undankbares Land namens Sepharad, nach dem man sich mit unbegründeter und unentschuldbarer Wehmut sehnt, aber mit einer beharrlichen Treue, wie sie die Vorfahren Herrn Isaak Salamas von den Vätern an die Söhne weitergegeben haben, an den Einzigen seines Stammes, der den geerbten Traum der Rückkehr verwirklicht hat, nur um wieder daraus vertrieben zu werden, und zwar diesmal endgültig, wegen eines Unglücks, das er nach so vielen Jahren jetzt nicht mehr als das ungerechte Werk des Zufalls betrachtet, sondern als Konsequenz und Strafe für seinen Hochmut, für die schuldhafte Maßlosigkeit, die ihn dazu getrieben hatte, sich seines Vaters zu schämen und ihn im tiefsten Innern zu verabscheuen.

Wäre er nicht so verwegen mit diesem Auto gefahren, denkt er jeden Tag mit derselben Betrübnis, mit der sein Vater an die Frau und die Töchter dachte, die er nicht hatte retten können, wenn er es nicht so eilig gehabt hätte, wieder nach Madrid zu kommen, und wenn er einen der langsamen Nachtzüge genommen hätte, die das Land von Süden nach Norden wie mächtige dunkle Ströme durchzogen, anstatt mit dem Auto zu fahren, das sein Vater ihm geschenkt hatte, weil er in den beiden gleichzeitig studierten Fächern einen so glänzenden Abschluss geschafft hatte. Keiner der beiden hielt jedoch noch die Fiktion aufrecht, die akademischen Titel des jungen Herrn Salama könnten sich in irgendeiner Weise gedeihlich auf das Textilgeschäft am Boulevard Pasteur auswirken. Tanger, sagte sein Vater zu ihm, als er in den letzten Semesterferien kam, werde nicht mehr lange die lebhafte, offene Weltstadt sein, die sie beide 1944 vorgefunden hatten. Inzwischen gehörte Tanger zum Königreich Marokko, und die Ausländer würden die Stadt nach und nach verlassen müssen, wir zuerst, sagte sein Vater mit dem flüchtigen Aufblitzen von Scharfsinn und Sarkasmus früherer Zeiten in den Augen. Ich hoffe nur, dass sie uns mit besseren Manieren hinauswerfen als die Ungarn oder die Spanier 1492.

Die Spanier, sagte er, als betrachtete er sich schon nicht mehr als einer von ihnen, obwohl er ihre Staatsangehörigkeit besaß und einen Teil seines Lebens so stolz darauf gewesen war, einer sephardischen Linie anzugehören. Herr Salama erfuhr, dass sein Vater die Möglichkeit erwog, sein Geschäft zu verkaufen und nach Israel auszuwandern. Doch für nichts auf der Welt wollte er selbst noch einmal das Land wechseln. Ich hätte auf meinen Vater hören sollen, sagt er jetzt, in einer seiner Anwandlungen von Reue, denn Spanien will weder etwas von den spanischen Einrichtungen in Tanger wissen noch von den Spaniern, die wir hier noch leben. In Marokko wird es immer enger für uns, aber in Spanien will man uns auch nicht haben. Mit der Rente, die ich bekomme, wenn ich den Laden hier schließe, der ohnehin kaum noch etwas abwirft, und mich zur Ruhe setze, kann ich in Spanien nicht leben, und so werde ich wohl bis zu meinem Tod in Tanger bleiben, wo wir Spanier immer weniger, immer älter und immer fremder werden. Ich könnte natürlich nach Israel gehen, aber was soll ich in meinem Alter und so ganz allein in einem Land, in dem ich keinen Menschen kenne.

Hätte er damals auf seinen Vater gehört, hätte er wenigstens etwas mehr Geduld gehabt und wäre nicht so schnell auf einer dieser spanischen Landstraßen der fünfziger Jahre gefahren, mit überschäumendem Selbstbewusstsein, sagt er, die fleischigen Lippen abschätzig nach unten gezogen, in dem Glauben, unverwundbar zu sein und alles im Griff zu haben.

Kurz vor Tagesanbruch geriet ihm der Wagen am Ende einer scharfen Kurve auf die Gegenfahrbahn, und er sah die gelben Scheinwerfer eines Lastwagens vor sich. Wäre ich damals nur gestorben, sagt Herr Salama und merkt, dass er dieselben Worte wiederholt, die er seinen Vater so oft hatte aussprechen hören, derselbe Drang, die Vergangenheit nur für wenige Minuten, ja, Sekunden nur, zu korrigieren: Hätten wir sie nur nicht allein zu Hause gelassen, wären wir nur etwas früher zurückgekommen, das ganze Leben in einem unmerklichen Bruchteil der Zeit für immer zerbrochen, in einer Ewigkeit von Vorwurf und Reue, die schreckliche Reue, die Herr Salama empfand, als er feststellte, dass er mit zweiundzwanzig Jahren gelähmt war, sich und seine nutzlosen Beine nur an Krücken fortbewegen konnte, wohl wissend, dass er nie wieder aus eigener Kraft würde gehen können und weder die körperliche noch die moralische Stärke würde aufbringen können, um das Leben zu führen, das er sich so sehr gewünscht hatte und das ihm zum Greifen nah erschienen war.

Ich wollte nicht, dass mich jemand sieht, sagt er, wollte mich im Dunkeln verstecken, in einem Kellerloch, wie diese verunstalteten Wesen in den Filmen. Er brauchte Jahre, bis er wieder halbwegs unbefangen auf die Straße gehen, sich an Krücken im Laden bewegen konnte. Er merkte, wie er immer unförmiger wurde, die Beine immer dünner und der Oberkörper massiger, die Schultern breit und wuchtig und der Hals völlig verschwand. Einmal, als das Geschäft noch blühte, war er in Anwesenheit einiger Kundinnen zu Boden gestürzt, und als die Angestellten herbeieilten, um ihm aufzuhelfen, hasste er sie noch mehr, als er sich selbst hasste, schloss die Augen wie im Krankenhaus und wäre vor Scham am liebsten gestorben.

Wie wollen Sie das verstehen, verzeihen Sie, dass ich das sage, solange Sie zwei gesunde Beine und Arme haben. Das ist eine echte Barriere, wie wenn man eine schwere oder unangenehme Krankheit hat oder einen gelben Stern am Mantelaufschlag trägt. Ich wollte kein Jude sein, wenn mich die Kinder mit Steinen bewarfen in jenem Park in Budapest, wo ich mit meinen Schwestern spielte, die älter und mutiger waren und mich beschützten. Jude zu sein beschämte mich damals genauso und machte mich genauso wütend wie später gelähmt zu sein, lahm, verkrüppelt, nichts da mit versehrt oder behindert, wie man heute sagt, als würde ein anderes Wort die Schmach auslöschen oder mir die Kraft in den Beinen zurückgeben. Mit neun oder zehn Jahren in Budapest, da wollte ich nicht, dass wir Juden uns vor den Nazis in Sicherheit brachten. Ich wollte, und das sage ich voller Scham, einfach nur kein Jude sein.

Durch das offene Fenster in Herrn Salamas kleinem Büro weht ein warmer Wind herein, wie an einem Abend im Mai, obwohl es bei diesem Besuch Dezember ist und der Ruf des Muezzins, verstärkt durch einen dieser provisorischen Lautsprecher, die an manchen Minaretten baumeln, durch die klare Luft herüberdringt, ebenso wie das dumpfe Tuten des Nebelhorns einer Fähre, die in den Hafen einläuft oder ihn verlässt. Herr Salama hat mit unwilliger Miene im Geschäft angerufen, ob es Neuigkeiten gibt, und hat zu jemandem, der sich mit der Antwort viel Zeit gelassen hat, auf Französisch gesagt, er schaffe es nicht mehr, vor Ladenschluss hereinzuschauen, weil um acht das Klavierkonzert im Saal des Zentrums beginne. Gestern ist die Spanische Kulturwoche mit einem Vortrag über Literatur eröffnet worden, der auch einigermaßen besucht war, doch heute ist Herr Salama etwas skeptisch, weil der eingeladene Pianist nicht sehr bekannt ist und, wie Herr Salama fürchtet, auch nicht übermäßig gut. Wäre er es, käme er wohl nicht nach Tanger, um für so wenig Geld ein Konzert zu geben. Mit einer gewissen Angst, einer Schwermut macht er sich auf nur wenig besetzte Plätze im Saal gefasst, die Bühne unter dem Torgewölbe, das dem eines andalusischen Gehöfts nachempfunden ist, den Pianisten in seinem weit gereisten Frack, der sich vor dem nur schüchtern versammelten Publikum emphatisch verbeugt und dem, wenn er sich wieder aufgerichtet hat, die romantische Künstlermähne das halbe Gesicht verdeckt. Das Geld hatte auch nicht gereicht, um alle Plakate zu drucken, die nötig gewesen wären, und um die Einladungen rechtzeitig zu versenden. Außerdem ist Mittwoch, da werden im Fernsehen oft Fußballspiele übertragen. In den großen düsteren Cafés von Tanger, in denen einem der herbe Geruch von Männerschweiß und schwarzem Tabak entgegenschlägt, genau wie in den spanischen Bars vor dreißig Jahren, konnte man manchmal eine Zusammenballung dunkler, zu einem Fernsehapparat hochgereckter Gesichter beobachten, stoppelbärtige Wangen und spähende Augen: Dann wurde ein vom spanischen Fernsehen übertragenes Fußballspiel geschaut oder einer dieser Schönheitswettbewerbe, bei denen sich Hostessen in Miniröcken auf chromblitzenden Autos räkeln. Das ist alles, was Spanien an Kultur für uns übrig hat, beklagte sich Herr Salama, Fernsehen und Fußball, während unsere Sprache immer mehr verschwindet, das Zentrum keine Zuschüsse bekommt und tief verschuldet ist, derweil man drüben Millionen und Abermillionen für das Babylon der Expo von Sevilla ausgibt. Aber schauen Sie sich mal die Franzosen an, vergleichen Sie unser Zentrum mit der Alliance Française, mit diesem opulenten Palast, den sie haben, mit den Filmreihen, die sie veranstalten, den Ausstellungen, die sie organisieren, und dem Geld, das sie für Öffentlichkeitsarbeit ausgeben, mit ihren Plakaten kleistern sie noch die wenigen zu, die wir uns leisten können. Haben Sie gesehen, wie hoch und stolz die französische Fahne dort weht? Ich gehe dahin, weil sie mich immer einladen, und ich vergehe jedes Mal vor Neid. Die Franzosen laden mich ein, aber die Spanier vergessen mich manchmal, nicht mich persönlich, ich bin nichts, nein, das Zentrum, sie lassen uns links liegen, wann immer sie können, die von der Botschaft, vom Konsulat, als gäbe es uns gar nicht. Herr Salama atmet erregt, die Unterarme auf die Schreibtischplatte gestützt, den massigen Oberkörper über die Papiere gewuchtet, die Hände fahren durch das Durcheinander von Konzertprogrammen, Briefen, unbezahlten Rechnungen und Visitenkarten. Die Zeit drängt, und er findet nicht, was er sucht, ein Blick auf die Uhr, nur wenige Minuten noch bis zum Beginn des Konzerts, eines Klavierkonzerts des renommierten Solisten Don Gregor Andrescu mit Werken von F. Schubert und F. Liszt, Eintritt frei, um Pünktlichkeit wird gebeten. Panik, dass so gut wie keiner kommt, in der ersten Reihe zu sitzen und aus nächster Nähe das enttäuschte Gesicht und das gezwungene Lächeln des Pianisten sehen zu müssen, der, wie Herr Salama sagt, in Rumänien einer der ganz Großen war, bevor er in den Westen floh und Spanien ihm politisches Asyl gewährte.

Herr Salama hat jetzt jedoch gefunden, was er sucht, eine

in französischer Sprache verfasste Einladungskarte, auf festen glänzenden Karton gedruckt, mit dem goldenen Wappen der Republik, und unten auf einer gestrichelten Linie in feiner Schönschrift mit Tinte geschrieben, *M. Isaak Salama, directeur de L'Athénée Espagnol*, der untrügliche Beweis dafür, dass die Einladung direkt an ihn gerichtet ist und dass andere, Ausländer sogar, ihm eine Aufmerksamkeit entgegenbringen, die seine Landsleute nicht für ihn übrig haben. Unvergesslich, diese Ausstellung, sagt er und nimmt die Karte wieder an sich, betrachtet sie noch einmal, als wolle er sich vergewissern, dass sein Name und Rang noch immer von Hand geschrieben dort stehen, wir könnten hier nichts Vergleichbares ausrichten: Manuskripte von Baudelaire, Erstausgaben von *Les fleurs du mal* und *Spleen de Paris,* Rohfassungen mit Streichungen und Korrekturen, die er selbst eingefügt hat. Merkwürdig, dachte ich, sagt er, dass solche zutiefst privaten Dinge so lange überdauert haben, bis hierher gekommen sind, damit ich sie sehen kann. Ihm treten fast Tränen in die Augen, als er sich daran erinnert, wie gerührt er war, als er das von des Dichters eigener Hand geschriebene Sonett an die schöne Unbekannte sah, *à une passante*, das Herrn Salama von allen Gedichten Baudelaires das liebste ist, das er auswendig kennt und in einem bewundernswerten Französisch deklamiert, das er als Kind von seiner Mutter gelernt hat, wobei er lustvoll und mit einer gewissen Melodramatik vor dem letzten Vers kurz innehält:

Ô toi j'eusse aimé! Ô toi qui le savais!

Danach bleibt er in tragischem Schweigen versunken, verharrt in einer unergründlichen Haltung von Gewissensnot und Bußfertigkeit. Mit festem Blick und feuchten Augen schaut er auf, als stehe er im Begriff, etwas zu sagen, öffnet schon den Mund und holt Luft, um zu sprechen, doch gerade, als der erste Ton über seine Lippen kommen will, klopft es an der Tür seines Büros. Eine hagere ältere Dame tritt ein, deren Brille an einer dünnen Kette auf der Brust hängt, die Bibliothekarin und Sekretärin des Spanischen Zentrums. Wenn Sie jetzt kommen möchten, Maestro Andrescu sagt, er sei bereit.

Eines Tages sind sie fort, tot oder nicht, verlieren sich, entschwinden allmählich aus der Erinnerung, als hätten sie nie existiert, oder sie verwandeln sich in etwas anderes, werden zu Phantasiegestalten, die nichts zu tun haben mit jenen Menschen, die sie einmal waren, dem Dasein, das sie vielleicht immer noch führen. Doch manchmal tauchen sie wieder auf, springen aus der Vergangenheit zurück, man vernimmt am Telefon eine Stimme, die man seit Jahren nicht gehört hat, oder jemand nennt ganz selbstverständlich einen Namen, der scheinbar nur noch in der Einbildung existierte, den Namen eines Toten oder einer fiktiven Person. Weit fort von Tanger und viele Jahre später, in einem anderen Leben, in einer zeitlichen Entfernung, in der die Erinnerungen ihre Schärfe und beinah sogar ihre Substanz eingebüßt haben, fährt eine Gruppe von Schriftstellern und Dozenten mit dem Zug durch eine neblige grüne Hügellandschaft (doch auch diese Zeit liegt schon weit zurück, und die Situation ist verblasst wie die Gesichter derer, die man damals gewöhnlich im selben Abteil sah), und plötzlich nennt jemand den Namen von Herrn Salama, was einen halb überraschten, halb spöttischen Gesichtsausdruck hervorruft und Gelächter:

«Sag bloß, den hast du auch kennen gelernt, den alten Salama, von dem hab ich seit Jahren nichts mehr gehört. Den letzten Nerv hat mir der Typ geraubt, hätte mich jemand rechtzeitig gewarnt, ich wäre nie nach Tanger gefahren, schon gar nicht für das Almosen, das sie einem da bezahlt haben in diesem heruntergekommenen Laden. Eine Seele von Mensch, der

Jude, und so gefällig, nicht? Aber lästig war er, hat einen ja nicht eine Minute allein gelassen, hat dich morgens im Hotel abgeholt und überallhin begleitet, fehlte nur noch, dass er mit einem aufs Klo gegangen ist, und die ganze Zeit über dieselbe Leier, dass sie in Spanien nichts von ihm wissen wollen, und die Geschichten von früher, wie er nach Tanger gekommen ist, war das nicht in den vierziger Jahren? Ich glaube, er kam aus einer begüterten Familie in der Tschechoslowakei oder irgendwo in der Gegend, und sie mussten einen Haufen Geld bezahlen, damit die Nazis sie rausließen. Egal, im Einzelnen erinnere ich mich nicht mehr, tausend Jahre muss das her sein, das war zu der Zeit, als man noch überall hinfuhr und es jedem recht zu machen versuchte, der was von einem wollte, und diese alte Nervensäge klang am Telefon ja ganz sympathisch, konnte wunderbar blumig erzählen, nicht wahr? Eine Ehre sei es, obwohl das Honorar leider nicht so großartig sei, aber die spanische Kultur in Afrika zu unterstützen sei doch wichtig … So sprach er doch, oder? Unsäglich, dieser Jude, den ganzen Tag lang rauf und runter mit seinen Krücken. Hatte er nicht einen Autounfall gehabt? Ich bin nicht behindert, sagte er, ich bin ein Krüppel. Da fällt mir ein, hat er dir nicht von seiner Eisenbahnfahrt nach Casablanca erzählt, auf der er eine Frau kennen gelernt hat? Das ist komisch, weil er die doch anscheinend jedem erzählte, sobald er zwei Gläser getrunken hatte, und immer fing er mit einem Gedicht von Baudelaire an, hat er dir das nicht auch vorgetragen?

Ohne dass man davon weiß, bemächtigen sich andere einer Geschichte deines Lebens oder Bruchstücken davon, Episoden, die man sicher in der Stahlkammer seines Gedächtnisses aufbewahrt glaubt und die von Leuten erzählt werden, die man nicht einmal kennt, Leuten, die sie aufgeschnappt haben und beim Wiedererzählen verzerren, ihrer jeweiligen Stimmung anpassen oder ihrer Unaufmerksamkeit oder einem gewollten Effekt von Witzigkeit oder Boshaftigkeit überlassen. Irgendwo erzählt mir in diesem Augenblick jemand etwas, das unmittelbar mit mir zu tun hat, das ich vor Jahren einmal miterlebt habe, das meinem Gedächtnis aber völlig entfallen ist, und weil ich nicht mehr daran denke, neige ich zu der Vorstellung, dass es für niemanden existiert, dass es aus der Welt genauso verschwunden ist wie aus meiner Erinnerung. Teile von dir sind jetzt im Besitz anderer, wie Zimmer, in denen du einmal gewohnt hast und die jetzt von anderen bewohnt werden, wie Fotografien oder Reliquien oder Bücher, die dir gehörten und die jetzt ein Fremder anschaut und berührt, wie Briefe, die noch existieren, wenn die, die sie schrieben und empfingen und aufbewahrten, lange tot sind. Weit entfernt von dir erzählt man sich Episoden aus deinem Leben, und du bist darin eine ebenso erfundene Gestalt wie eine zweitrangige Figur in einem Buch, wie ein Fußgänger im Film oder in dem Roman des Lebens eines anderen.

Es gibt keine nennenswerten Einzelheiten, und man mag eigentlich auch keine erfinden, verfälschen, mit der Aneignung einer Geschichte das entweihen, was für einen anderen schmerzliche Wirklichkeit war. Wer bist du, aus einem Leben zu berichten, das nicht deines ist. Auf der Bahnfahrt durch Asturien, auf dem Rückweg von einer Literaturtagung, beginnt der Schriftsteller, der nichts anderes im Sinn hat, als die Zeit totzuschlagen, mit einer angemessenen Portion Ironie eine Geschichte zu erzählen, die ihm genauso wenig bedeutet wie denen, die ihm zuhören, und der den Namen von Herrn Salama in die Runde geworfen hat, obwohl er nicht mehr weiß, ob dieser Isaak oder Jakob oder Jeremias oder Isaias hieß, eine nur wenige Minuten dauernde Geschichte, von der er nicht weiß, dass sie einen Affront, eine tiefe Demütigung darstellt.

Herr Isaak Salama besteigt einen Zug nach Casablanca, wo er geschäftlich zu tun hat. Er mag vierzig oder etwas über vierzig sein, hat vor einer Weile, als sein Vater sich zur Ruhe setzte, die Galerie Duna übernommen, die im Niedergang begriffen ist, auf ähnliche Weise wie jene großen Geschäftshäuser in spanischen Provinzhauptstädten, die in den fünfziger und frühen sechziger Jahren modern waren und dann die Zeit an sich vorüberziehen ließen, in einer überkommenen Modernität verharrten, die immer antiquierter wurde. Wenn er eine Eisenbahnfahrt unternimmt, pflegt Herr Isaak Salama schon sehr früh am Bahnhof zu sein, damit er vor jedem anderen Reisenden seinen Platz einnehmen kann und nicht dabei gesehen wird, wie er sich in der Enge des Abteils mühsam keuchend an seinen Krücken bewegt. Er versteckt sie unter der Sitzbank oder legt sie ins Gepäcknetz, möglichst hinter dem eigenen Koffer, sodass man sie nicht sieht, er sie andererseits aber ohne Aufwand wieder hervorholen kann, und alles, was er während der Reise benötigt, legt er in Reichweite ab. Er hat außerdem immer einen leichten Mantel dabei, den er über die Knie legt. Es ist die Zeit, als die Eisenbahnwaggons noch kleine Einzelabteile mit gegenüberliegenden Sitzen hatten. Nimmt jemand neben Herrn Salama oder ihm gegenüber Platz, kann er die ganze Reise über unbeweglich dasitzen oder warten, bis der andere vor ihm aussteigt, und nur im äußersten Fall steht er auf und greift nach seinen Krücken, um zur Toilette zu gehen, riskiert dabei, dass man ihn auf dem Gang sieht, ihm mitleidige oder spöttische Blicke zuwirft oder ihm gar Hilfe anbietet, eine Tür aufhält oder eine Hand reicht.

Der Zug müsste jeden Moment abfahren, und zu Herrn Salamas großer Zufriedenheit hat sich niemand zu ihm ins Abteil gesetzt. Er gönnt es sich immer öfter, erster Klasse zu fahren. Als der Zug sich gerade in Bewegung setzt, kommt eine Frau ins Abteil gestürzt, atemlos, weil sie vielleicht gerannt ist, um den Zug noch zu erreichen. Sie setzt sich Herrn Salama gegenüber, der seine gelähmten Beine unter dem Mantel unwillkürlich einzieht. Er hat nie geheiratet, hat sich aus Scham über seine schmähliche Behinderung kaum getraut, eine Frau überhaupt anzuschauen, aus derselben Scham, die er als Kind empfunden hat, als man ihn zwang, einen gelben Stern am Mantel zu tragen.

Die Frau ist jung und hübsch, sehr gesprächig, gebildet, sicher eine Spanierin. Herrn Salamas Widerstreben zum Trotz unterhalten sie sich nach kurzer Zeit bereits, als hätten sie sich immer schon gekannt, vor allem sie spricht, sie besitzt die Gabe, klar und flüssig zu formulieren, aber auch genussvoll zuzuhören und sogleich nachzufragen, ohne neugierig zu erscheinen. Unbewusst neigen sich beide einander zu, vielleicht berühren sich ihre Hände bei bestimmten Bewegungen, ihre Knie, die der Frau sind nackt, sie trägt keine Strümpfe, Herrn Salamas Knie eingezogen, unter Mantelstoff verdeckt. Sie unterhalten sich mit dem Profil zur Landschaft, die hinter dem Fenster vorüberhuscht und für die sie beide keinen Blick übrig haben. Herr Salama spürt ein starkes sexuelles Verlangen, zugleich aber auch nach Zärtlichkeit, so unmissverständlich, dass es ihn erschauern lässt, ein Versprechen körperlichen Glücks, das er in den glänzenden Augen der Frau erwidert zu sehen glaubt.

Wenn es nach den beiden ginge, könnte die Reise ewig dauern: genüsslich im Zugabteil sitzend, man hat sich kennen gelernt und noch so viele Stunden vor sich, um sich zu unterhalten, um frisch entdeckte Gemeinsamkeiten zu vertiefen, die man bisher keinem Menschen anvertraut hat. Herr Isaak Salama, der durch den Verkehrsunfall in der schwierigen Phase jungmännerhafter Befangenheit für immer gelähmt wurde, entdeckt an sich eine Leichtigkeit der Rede, die ihm gänzlich unbekannt war, einen Anflug verführerischen Wagemuts gar, der ihm nach so vielen Jahren nun einen Teil der impulsiven Heiterkeit seiner ersten Jahre in Madrid zurückgibt.

Sie sagt, sie fahre zu ihrer Familie nach Casablanca. Herr Salama steht schon im Begriff, ihr zu sagen, auch er fahre in diese Stadt, sie könnten ja dort gemeinsam aussteigen und sich vielleicht in den kommenden Tagen einmal treffen. Doch sogleich fällt ihm ein, woran er in den letzten Stunden oder Minuten nicht mehr gedacht hat, an seine Obsession, seine Schmach, und so sagt er nichts oder lügt, das sei schade, er müsse nach Rabat. Würde er in Casablanca aussteigen, müsste er seine Krücken hervorholen, die sie noch nicht gesehen hat, ebenso wenig wie seine Beine, obschon sie sie berührt hat, weil der Mantel sie bedeckt.

Sie setzen ihre Unterhaltung fort, doch schieben sich jetzt Phasen der Stille dazwischen, was beide merken, wenngleich sie angeregt versucht, sie mit Wörtern zu überdecken, hinter denen sich eine Schattenzone von Verwunderung oder Skepsis auftut. Möglicherweise glaubt sie, einen Missgriff getan, etwas Falsches gesagt zu haben, indessen Herr Isaak Salama jedes Mal aus dem Fenster schaut, wenn der Zug in einen Bahnhof einläuft, und auszurechnen versucht, wie lange es noch dauert bis Casablanca, bis zum Abschied, der so unwiderruflich scheint, als habe er sich schon vollzogen. Er verwünscht sich selbst in stillem Zorn, geht mit sich ins Gericht, setzt sich Fristen, stellt Ultimaten, gewährt sich Aufschübe von Minuten, während die Frau immer noch spricht und ihn anlächelt, ihn mit ihren schweifenden Fingern berührt, die Knie so nah, dass sie beim Bremsen des Zuges aneinander stoßen, woraufhin Herr Salama verstohlen seinen Mantel festhält, damit er ihm nicht zu Boden gleitet. Er wird ihr sagen, dass auch er in Casablanca aussteige, und er wird sich aus seinem Sitz erheben, wenn der Zug gehalten hat, wird nach seinen Krücken greifen und nicht zulassen, dass sie versucht, ihm bei seinem Gepäck zu helfen, denn mit den Jahren hat er eine Geschicklichkeit und eine Kraft in den Armen entwickelt, die er sich anfangs nicht hatte vorstellen können, und wenn die Hände nicht reichen, ist er imstande, seine Zähne zu Hilfe zu nehmen und das Gleichgewicht zu wahren, indem er sich gegen eine Wand lehnt.

Im Grund jedoch weiß er und hat es die ganze Zeit gewusst, dass er sich nicht trauen wird. Als der Zug sich Casablanca nähert, schreibt ihm die Frau ihre Anschrift und Telefonnummer auf und bittet ihn um die seinigen, und Herr Salama notiert mit unordentlicher Schrift falsche Daten auf einem Zettel. Der Zug ist zum Halten gekommen, und die Frau, die jetzt vor ihm steht, ist ein wenig verwirrt, wundert sich, dass er nicht einmal aufsteht, um sich von ihr zu verabschieden und ihr mit dem Gepäck zu helfen. Es ist unwahrscheinlich, dass sie seine Krücken bemerkt hat, die unauffällig hinter Herrn Salamas Reisetasche verstaut sind, obwohl es natürlich auch verlockend wäre, sich vorzustellen, dass sie sie mit weiblichem Scharfblick sehr wohl entdeckt hat und ihr die stets eng zusammenstehenden und mit einem Mantel bedeckten Beine etwas befremdlich erschienen sind. Sie beschließt, sich nicht für einen Abschiedskuss zu Herrn Salama hinunterzubeugen, sie reicht ihm die Hand, lächelt ihn an, zuckt mit einem Ausdruck von Schicksalsergebenheit oder Resignation die Schultern und sagt, er möge sie anrufen, wenn er sich auf dem Rückweg dazu entschließen sollte, in Casablanca auszusteigen, sie werde ihn auf jeden Fall anrufen, wenn sie das nächste Mal in Tanger sei. Im letzten Moment überkommt Herrn Salama die Versuchung, sich aufzurichten oder die Hand einfach festzuhalten und sich von ihrem kraftvollen Griff hochziehen zu lassen. So stark ist der Impuls, die Frau nicht gehen zu lassen, dass er fast den Eindruck gewinnt, die Kraft kehre in seine Beine zurück und er könne ohne fremde Hilfe aufstehen. Doch er bleibt still sitzen, und nach einem kurzen Zögern lässt die Frau seine Hand los und nimmt ihren Koffer, dreht sich noch ein letztes Mal zu ihm um und verschwindet im Gang, auf dem Bahnsteig kann er sie dann nirgends mehr sehen. Er lässt sich in seinen Sitz zurücksinken, als der Zug weiterfährt in eine Stadt, in der er nichts zu tun hat, in der er sich für die Nacht ein Hotel wird suchen müssen, ein Hotel in der Nähe des Bahnhofs, da er am nächsten Morgen schon in aller Frühe den Zug zurück nach Casablanca nehmen muss. O du die ich geliebt hätte, deklamierte Herr Isaak Salama an jenem Abend in seinem Büro des Spanischen Zentrums mit derselben ernsten Niedergeschlagenheit, mit der er die Verse des Kaddisch für seinen verstorbenen Vater sagte, während durch das offene Fenster das Tuten einer Schiffssirene und das Geplärre eines Muezzins hereindrang, o du die es wusste.

Münzenberg

Ich lese bis spät in die Nacht, widerstehe der Müdigkeit, um in meiner Lektüre voranzukommen, um etwas mehr aus dem Leben dieses Mannes zu erfahren, von dem ich bis gestern noch nie etwas gehört hatte, von Willi Münzenberg, der im Frühsommer 1940 auf französischen Nebenstraßen nach Westen flieht, auf der großen Massenflucht vor den herannahenden deutschen Panzern. Jetzt, da er zum ersten Mal in seinem fünfzigjährigen Leben die Dinge mit ruhigem Scharfblick sieht, die Erfahrung und die Abgeklärtheit besitzt, um geradeheraus zu tun, was erforderlich wäre, da ist nichts mehr von Bedeutung, ist keine Zeit mehr für nichts. Er flieht zwar nicht zum ersten Mal, wohl aber zu Fuß, ohne alles, ohne zu wissen wohin, mit der einzigen Gewissheit, dass, wohin er sich auch wendet, Verräter lauern, um ihn auszuliefern, falls er nicht vorher schon als Namenloser in einer Gruppe willkürlich ausgesuchter Geiseln erschossen oder von einer Bombe oder Mine zerfetzt wird. Wenn er den Deutschen in die Hände fällt, werden sie ihn hinrichten, dasselbe Schicksal erwartet ihn aber auch, wenn seine kommunistischen Genossen und ehemaligen Untergebenen ihn finden. Sollte er versuchen, England zu erreichen, was ein schier unmögliches Unterfangen ist, würde er dort als Spion verhaftet und mit Sicherheit beim nächsten Handel mit den Sowjets oder den Deutschen ausgetauscht werden. Er war ganz oben und ist jetzt ganz unten, obwohl jemand sich erinnern zu können meint, dass er noch zweitausend Francs in der Tasche hatte, von denen er ein Auto kaufen wollte, in der Hoffnung, damit in die Schweiz zu entkommen.

Er weiß, dass das, was von ihm noch übrig ist, dieser fliehende Schatten auf französischen Straßen, für viele eine unerwünschte Gegenwart ist, ein lästiger und gefährlicher Zeuge, der am besten ausgeschaltet wird. Was er für seine Stärke hielt, für seine Lebensversicherung, ist jetzt der Grund seiner Verdammnis. Und er weiß noch etwas: Der britische Geheimdienst ist von sowjetischen Agenten durchsetzt, die seinen Aufenthalt in England sofort nach Moskau melden würden, sodass er nicht einmal in Sicherheit wäre, wenn ihm die Briten offiziell Asyl gewährten.

Die Augen fallen mir zu, das Buch entgleitet fast meinen Händen, während Willi Münzenberg in der Menge verschwindet, die die Straßen verstopft, sich über die nahe gelegenen Felder ergießt wie ein aufgescheuchter Schwarm Insekten, sobald sich die deutschen Jagdbomber im Tiefflug nähern, zuerst aus der Ferne das Motorengeräusch, dann die in der Junisonne metallisch glänzenden Silhouetten, schließlich ihre Schatten, groß wie Raubvögel mit starren, ausgebreiteten Schwingen, die einen Militärkonvoi auf der Flucht mit ihren Maschinengewehren beschießen, ihre Bomben über einer Brücke abladen, auf der sich Trauben von Flüchtlingen drängen, deren Vorankommen durch einen beschädigten Lastwagen behindert wird. Schwärmende Insekten, das ist es, was die Piloten von der Luft aus sehen: winzige Gestalten, schräge schwarze Kritzelstriche. Doch jede dieser winzigen Gestalten ist ein menschliches Wesen, mit einem Namen und einem individuellen Leben, das keinem anderen ähnlich ist. Unter ihnen versucht Willi Münzenberg, sich unsichtbar zu machen, ein Nichts zu sein, dem Morden zu entgehen, dem Rachen des Zyklopen. Doch das Auge des Zyklopen, den er am besten kennt und am meisten fürchtet, sieht alles, nichts entgeht ihm, der Zyklop lässt niemanden entkommen, selbst wenn einer sich klein macht wie ein Insekt, kann er seinem suchenden Auge nicht entgehen, nicht einmal in Mexiko hinter Mauern, Stacheldraht, bewaffneten Posten, Wachtürmen und Eisentüren verschanzt, konnte Trotzki einer Verfolgung entgehen, die zehn Jahre dauerte und um die ganze Welt führte.

Wer von all den Menschen um ihn herum könnte Willi Münzenbergs Geschichte ahnen, die Geschichte eines beleibten Fremden, der unrasiert und schlecht gekleidet ist, die letzten Jahre in einem Konzentrationslager verbracht hat, einem der Lager, in das die französische Regierung ausgerechnet all jene Flüchtlinge und Staatenlosen eingesperrt hat, die nach der verbrecherischen Logik jener Zeit die Nazis am meisten zu fürchten haben: Wenn es Krieg mit Deutschland gibt, sind die in Frankreich lebenden deutschen Flüchtlinge der Feind, darum müssen sie eingesperrt werden, selbst wenn sie vor den Nazis geflohen sind. In den Lagern sind sie jedoch leichte Beute für die deutschen Soldaten und die Gestapo, der sie zu entkommen hofften, als sie nach Frankreich flohen. 1933 war dieser Mann, Willi Münzenberg, mit der ersten Welle der Naziverfolgten nach Paris gekommen, nach dem Brand des Reichstags, in dem er für die Kommunisten als Abgeordneter gesessen hatte. Damals floh er in einem großen schwarzen Lincoln Continental, der von seinem eigenen uniformierten Chauffeur gefahren wurde, nicht zu Fuß, wie jetzt, da er nichts mehr hat und nichts mehr ist, nicht weiß, wo seine Frau steckt, ob sie überhaupt noch lebt und ob er sie jemals wiedersehen wird in den Wirren des Krieges, in dem auch sie eine winzige Gestalt in der fliehenden Menge ist, in der unmöglichen Statistik der Vertriebenen und Verbannten, Millionen von Menschen auf die Straßen eines Europa geworfen, das jäh in die Barbarei zurückgefallen ist, Menschenmassen, die auf Bahnsteigen warten, auf den Kais der Hafenstädte, sich vor den Zäunen oder verschlossenen Türen ausländischer Gesandtschaften drängen, um einen Pass, Visa, irgendwelche gestempelten Dokumente zu bekommen, die im Schicksal jedes Einzelnen den Unterschied zwischen Leben und Tod bedeuten können.

Ich habe das Buch aufs Nachtschränkchen gelegt und das Licht gelöscht, und als ich mit offenen Augen in der Dunkelheit liege, merke ich, dass die Müdigkeit, die mich vor einem Moment überkam, wieder verschwunden ist. Ich habe das Einschlafen verpasst, wie man knapp einen Zug verpasst, um eine Minute, um wenige Sekunden, und jetzt weiß ich, dass ich warten muss, bis er sich wieder meldet, was einige Stunden dauern kann. Münzenberg wurde zuletzt in einem französischen Dorf in einem Café gesehen, wo er mit zwei jüngeren Männern, mit denen er sich auf Deutsch unterhielt, an einem Tisch saß. Vielleicht waren sie mit ihm zusammen aus dem Lager geflohen, und sehr wahrscheinlich hat einer von ihnen ihn getötet: Möglicherweise waren sie in das Lager eingeschleust worden, um das Vertrauen des Mannes zu gewinnen, den sie exekutieren sollten.

Ich liege still in der Dunkelheit und lausche deinem Atem. Münzenberg flieht vor der vorrückenden deutschen Wehrmacht in Begleitung dieser beiden Männer, von denen er nicht weiß, dass es sowjetische Agenten sind, die ihn beobachten, seit er in das Gefangenenlager gekommen ist, und die mit seiner Ermordung beauftragt sind. Vielleicht weiß er es aber auch und bringt nur nicht mehr die Kraft auf, sie abzuhängen, eine kräftezehrende, nutzlose Flucht fortzusetzen, das letzte Hinausziehen einer Verfolgung, die schon einige Jahre andauert. Aus meinem Fenster sehe ich über den Dächern das große Zifferblatt der Uhr am Hochhaus der Telefongesellschaft, das aus dieser Entfernung etwas von einem Moskauer Wolkenkratzer hat, was vielleicht daran liegt, dass es nicht schwer fällt, sich das rote Licht dort oben als großen kommunistischen Stern vorzustellen. Vor Jahren, als ich noch nie in New York gewesen war, hatte ich einmal einen Traum, in dem ich ein riesiges Gebäude aus schwarzem Backstein sah, mit einem großen roten Stern auf seiner pyramidenförmigen Spitze, und jemand, der neben mir ging und den ich nicht sehen konnte, deutete darauf und sagte: «Das ist der Stern der Bronx.»

In der Schlaflosigkeit kehren die Geister der Toten zurück und auch die Geister der Lebenden, der Abwesenden, die ich lange nicht gesehen und an die ich lange nicht gedacht habe, Episoden, Ereignisse, Namen aus früheren Leben, Nadelstiche fast nie der Sehnsucht, sondern meistens der Scham und des Bedauerns. Auch blanke Furcht ist dabei, die kindliche Angst vor der Dunkelheit, vor Schatten und darin sich abzeichnenden Umrissen, aus denen Gestalten von Tieren oder Menschen werden, oder vor langsam sich öffnenden Türen. Im Winter 1936 lag Willi Münzenberg wach im Bett seines Hotelzimmers in Moskau, rauchte vielleicht in der Dunkelheit, während seine Frau neben ihm schlief, und jedes Mal, wenn er auf dem Korridor Schritte hörte, die sich ihrem Zimmer näherten, dachte er mit angstvollem Schaudern und schlafloser Hellsicht, jetzt kommen sie, jetzt sind sie da. Durch das Fenster sah er einen roten Stern oder eine Uhr, deren rotes Zifferblatt von einem hohen Gebäude herab in die weite Finsternis Moskaus leuchtete, in die dunklen Straßen, auf denen zu dieser Stunde nur die schwarzen Kastenwagen des NKWD unterwegs waren.

Meine Großmutter Leonor, die in Frieden ruhe und an die ich mich kaum noch erinnere, erzählte mir, als ich noch ein Kind war, ihre Mutter sei ihr nach ihrem Tod jede Nacht erschienen. Sie tat nichts, sprach nichts, ängstigte sie nicht einmal, rief bei ihr nur Wehmut und Zärtlichkeit und ein Schuldgefühl hervor, obwohl meine Großmutter diesen Ausdruck, der nicht zu ihrem bäuerlichen Wortschatz gehörte, niemals verwendet hätte. Ihre Mutter schaute sie wortlos an, lächelte, um sie nicht zu erschrecken, bewegte den Kopf, als wollte sie sie auf etwas hinweisen, sie um etwas bitten, und dann verschwand sie, oder meine Großmutter schlief ein, und in der folgenden Nacht wurde sie wach und sah sie wieder, still und anhänglich, am Fußende ihres Bettes, welches dasselbe ist, in dem du und ich jetzt schlafen.

Mama, was willst du, was fehlt dir, fragte meine Großmutter sie mit derselben Fürsorglichkeit wie zu ihren Lebzeiten, als sie schon sehr krank war und sie wortlos anblickte, das bleiche Gesicht auf dem Kissen, und ihr mit den Augen durchs Zimmer folgte.

Ihre Mutter wiederholte diese Kopfbewegung, wie jemand, der etwas sagen will, jedoch den Gebrauch der Sprache verlernt hat und sich anstrengt, aber kein Wort hervorbringt. Eines Sonntagmorgens in der Kirche begriff meine Großmutter plötzlich, was die Mutter ihr sagen wollte. Sie war so arm und hatte so viele Kinder, dass sie nicht in der Lage gewesen war, ihrer Mutter eine Totenmesse lesen zu lassen, und obwohl sie nicht besonders gläubig war, plagte sie das schlechte Gewissen, eine dumpfe Verstörtheit, von der sie keinem Menschen etwas sagte. Möglicherweise konnte ihre Mutter ohne die Totenmesse das Fegefeuer nicht verlassen. Irgendwie trieb sie Geld auf, bat ihre Schwägerin, ihr etwas zu borgen, und mit den in ein Taschentuch geknoteten Münzen oder abgegriffenen Fünferscheinen, die es damals noch gab, ging sie zur Marienkirche und gab die Messe in Auftrag. Als ihre Mutter in der Nacht wieder am Fußende ihres Bettes erschien, hinter den Stangen aus vergoldeter Bronze, sagte meine Großmutter ihr, sie könne nun unbesorgt sein, bald werde es ihr an nichts mehr fehlen. Ihre Mutter erschien ihr danach nicht mehr, stellte sich ihr nicht mehr dar, wie sie es in der Sprache ihres Jahrhunderts ausdrückte. Sie war erleichtert, aber die Trauer um den Verlust ihrer Mutter war nun endgültig, denn sie sollte sie nun nie mehr wiedersehen, nicht einmal in ihren Träumen.

Es ist dasselbe Bett, in dem du und ich jetzt schlafen, in dem meine Mutter geboren wurde, in dem ich in dieser Nacht keinen Schlaf finde. Meine Eltern fanden es einigermaßen befremdlich, dass wir dieses große alte Bett, das so viele Jahre im hintersten Winkel des Dachbodens gestanden hatte, mit nach Madrid nehmen wollten. Auf den Gitterstäben, die sich im Halbdunkel des Zimmers abzeichnen, wenn die Pupillen sich darauf eingestellt haben, ruhten die bleichen Hände der Mutter meiner Großmutter, die Hände meiner Urgroßmutter, von der ich zum Teil abstamme und deren Namen ich nicht einmal weiß, obwohl ich einen Teil meines genetischen Erbes von ihr habe, einen bestimmten Zug meines Gesichts oder eine Eigenart meines Charakters, meiner labilen Gesundheit. Merkwürdig ist es, an den Orten der Toten zu leben, ihre Dinge zu benutzen, in die Spiegel zu schauen, die ihre Gesichter gesehen haben, sich mit Augen zu betrachten, die vielleicht dieselbe Form oder Farbe haben wie die ihren. In der Schlaflosigkeit kehren die Toten zurück, die ich vergessen und die ich nie gekannt habe, die in die Erinnerung eines Menschen springen, der vor sechzig Jahren einen Krieg überlebt hat, und ihm zu sagen scheinen, er möge sie nicht auch noch vergessen, er möge laut ihre Namen aussprechen, berichten, wie sie gelebt haben, warum sie so jählings von einem Tod aus dem Leben gerissen wurden, der ebenso gut ihn hätte mit sich nehmen können. Wessen Stelle im Leben nehme ich ein, welches Schicksal wurde ausgelöscht, damit sich meines erfülle, warum wurde ich erwählt und nicht ein anderer.

In Nächten, in denen ich vergebens im Dunkeln gelegen und auf den Schlaf gewartet habe, dachte ich an die Schlaflosigkeit dieses Mannes, Willi Münzenberg, der allmählich begriff, dass die Zeit seiner Macht und seiner Herrlichkeit zu

Ende war und ihm nur noch eine Zukunft blieb, in der er immerzu auf der Flucht und ohne Obdach wäre und am Ende wie ein Hund krepieren würde, wie ein in die Enge getriebenes und geschlachtetes Tier, auf dieselbe Weise, wie viele seiner Freunde gestorben waren, frühere Genossen, Helden des Bolschewismus, von einem Tag auf den anderen zu Verbrechern und Verrätern gestempelt, Ungeziefer, das zertreten werden musste, wie es der betrunkene, irre Ankläger der großen Schauprozesse in Moskau forderte. Umgebracht wie ein Hund, wie Sinowjew oder Bucharin, wie sein Freund und Schwager Heinz Neumann, der Führer der Kommunistischen Partei Deutschlands, der in Moskau Zuflucht gesucht hatte und nicht mehr herauskam und 1937 ermordet wurde, mit einem Kopfschuss möglicherweise, wehrlos und verwirrt im Angesicht seiner Henker, genau wie jener andere Angeklagte, Josef K., den Franz Kafka in den schlaflosen Fiebernächten der Tuberkulose erfand, ohne zu wissen, dass er damit eine vollkommen zutreffende Prophezeiung formulierte. Man hat jedoch nie genau erfahren, wie Heinz Neumann starb, wie viele Wochen oder Monate er gefoltert, wo sein Körper begraben wurde.

Im Konzentrationslager Ravensbrück hörte Heinz Neumanns Witwe die Geschichten Kafkas, die ihre Freundin Milena Jesenská ihr erzählte. In vielen schlaflosen Nächten durchlebte Babette Gross Minute für Minute die Folter der Ungewissheit über das Schicksal ihres Mannes, von dem sie nicht wusste, ob er tot oder in einem Gefängnis Stalins oder der Deutschen war. Jahre später, als man ihr endlich die Wahrheit berichtete, sah sie den erhängten Leichnam in einem Wald vor sich, an einem Ast baumelnd, Tag um Tag, bis der Ast oder das Seil riss und der schon starre Körper auf die Erde fiel und dort verweste, ohne dass jemand ihn fand, derweil sie nicht schlief und sich fragte, ob sie ihn als tot betrachten sollte oder nicht. Dann kam der Herbst, und das herabfallende Laub bedeckte seinen Körper.

Du schliefst an meiner Seite, und ich stellte mir Willi Münzenberg vor, wie er im Dunkeln rauchte und dem Atem seiner Frau Babette lauschte, einer blonden, hochmütigen Großbürgerin, Tochter eines preußischen Bierbrauers, in den frühen zwanziger Jahren eine fanatische Kommunistin, die ihn um fast ein halbes Jahrhundert überlebte, eine Greisin, die am Vorabend des Falls der Berliner Mauer einen amerikanischen Historiker empfing und ihm Geschichten aus einer vergangenen Zeit und Welt in das Aufnahmegerät flüsterte, Eindrücke der Nacht, in der der Reichstag brannte, oder der ersten Aufmärsche der Braunhemden in deutschen Städten oder vom November 1936 in Moskau, als sie und ihr Mann tagelang in einem Hotelzimmer darauf warteten, dass jemand zu ihnen kam oder anrief und einen Tag und eine Stunde für ein Treffen mit Stalin vereinbarte, was aber nie passierte, oder dass die Männer an ihre Tür klopften, die sie verhaften sollten.

Es gibt Menschen, die diese Dinge erlebt haben: Noch ist nichts von alldem dem Vergessen anheim gefallen, das sich über Menschen und Geschehnisse legt, sobald der letzte Augenzeuge gestorben ist, der Letzte, der eine Stimme hörte und einem Blick standgehalten hat.

Ich kenne eine Frau, die an dem Morgen, an dem Stalins Tod verkündet wurde, durch die Straßen Moskaus irrte. Sie war im achten Monat schwanger und ging in ihr Haus zurück, weil sie fürchtete, die Menschenmassen könnten ihr Kind zerdrücken, das heftig in ihrem Bauch strampelte. Im Gespräch mit ihr überkommt mich ein Schwindel, als überquerte ich eine hohe Brücke durch die Zeit, fast so, als befände ich mich in der Realität, die sie erlebt hat und die, wäre ich ihr nicht begegnet, für mich eine Erzählung in einem Buch wäre. Ich kenne einen Mann, der während der Belagerung von Leningrad das Eiserne Kreuz bekommen hat, und als ich noch sehr jung war, gab ich einmal einem anderen Mann die Hand, der auf der blassen

Haut eines dünnen Unterarms die eintätowierte Kennnummer der Lagerinsassen von Dachau trug. Ich habe mit einem gesprochen, der sich mit sechs Jahren in einem Keller in Madrid voller Angst in die Arme seiner Mutter flüchtete, als die Alarmsirenen gellten, die Flugzeuge herandröhnten und das Krachen der Bomben die Erde erzittern ließ, und der im Alter von zehn Jahren in Mauthausen interniert war. Ein kleiner gedankenverlorener Mann, gebildet, dessen Name halb spanisch und halb französisch war und der in keines der beiden Länder so richtig gehörte. Das schwarze, nach hinten gekämmte Haar, die harten Gesichtszüge und das kupferfarbene Gesicht waren spanisch, doch seine Manieren und seine Sprache waren so französisch wie die der übrigen Autoren, die sich auf jenem literarischen Empfang in Paris unterhielten und Cocktails tranken, auf dem wir uns zum ersten Mal begegneten und wo meine Freundschaft zu Michel del Castillo begann.

Wie man zufällig einem Fremden auf einem Fest begegnet, so begegnete ich Willi Münzenberg in einem Buch, das man mir zugeschickt hatte, in dem ich zerstreut zu lesen begann und das schuld daran war, dass ich keinen Schlaf mehr fand. Irgendwann während der Lektüre veränderte sich unversehens meine Haltung zu ihm, und was bislang nur ein Name und eine obskure Nebenfigur gewesen war, erschütterte mich nun mit einer machtvollen Präsenz wie jemand, der an meine ureigensten Belange rührte, als habe er den geheimen Schlüssel zu meinem innersten Wesen entdeckt. Zu einem großen Teil bist du das, was andere von dir wissen oder glauben oder sagen, was sie sehen, wenn sie dich anschauen. Aber wer bist du, wenn du allein in der Dunkelheit liegst und nicht schlafen kannst, dein regloser Körper fest im Bett verankert und deine Gedanken ohne Halt, mit der unerträglichen Langsamkeit der Zeit konfrontiert, mit dem reinen abstrakten Dauern, da du nicht weißt, wie lange du schon so liegst und du auch das Licht nicht anmachen willst, um den Menschen an deiner Seite nicht zu wecken. Du weißt nicht, ob noch das tiefste Dunkel der Nacht dich umgibt oder ob bald das erste Licht der Morgendämmerung zu erwarten ist.

Unter den Geistern der Lebenden und der Toten taucht Willi Münzenberg auf. Er bleibt in dieser schlaflosen Nacht mein Begleiter und kehrt fortan oft zu mir zurück, viele Jahre hindurch, ganz unerwartet finde ich ihn auf den Seiten anderer Bücher, oder seine Gestalt erhebt sich plötzlich vor meinem inneren Auge. Sein ganzes Leben war ein Spiel zwischen Verstellung und Unsichtbarkeit, zwischen den Mühen verborgener Macht und der glanzvollen Leichtigkeit des äußeren Scheins, und am Ende war er fast vollkommen unsichtbar, aus der Geschichte gestrichen von denselben Mächten, denen er so überaus wirkungsvoll gedient hatte und die ihn vielleicht auch aus dem Leben strichen, ihn in den ersten Junitagen des Jahres 1940 in einem Wald in Frankreich an einem Baum erhängten.

Erst gestern entdeckte ich, dass ich ein hervorragendes Foto von ihm besitze, von dem ich gar nichts wusste, im zweiten Band der Autobiographie von Arthur Koestler, *Die Geheimschrift. Bericht eines Lebens.* Auf einmal fügen sich die Zufälle: Ich habe diesen rot eingebundenen, 1954 in London auf rauem Papier gedruckten Band in einem Antiquariat in Charlottesville, Virginia, gekauft, an einem Wintertag des Jahres 1993. Der Buchladen befand sich in einem roten Holzhaus, einem Mittelding zwischen Blockhütte und Speicher, in unmittelbarer Nähe eines verschneiten Waldes. Als ich es eben auf der Suche nach einem Erscheinungsdatum durchblätterte, stieß ich auf etwas, das mir bisher noch nie aufgefallen war: Auf der Innenseite des vorderen Buchdeckels findet sich eine unleserliche Signatur und daneben die Angabe eines Ortes und eines Datums, Oslo, Januar 1959.

Auch an das Foto hatte ich mich nicht erinnert, das in dem beeindruckenden Schwarzweiß der Porträtfotografie der dreißiger Jahre gehalten ist. Münzenberg schaut dem Betrachter direkt ins Gesicht, arrogant und selbstsicher, vielleicht ein ganz klein wenig ausweichend wie ob erahnter Verzweiflung und einer Trauer, wie man sie von Toten auf Fotos kennt oder von Mitwissern einer schrecklichen Wahrheit. Er ist ein kräftiger, derber, aber nicht vulgärer Mann, mit kurzem Hals und breiten Schultern, leicht vorstehendem Kinn, wachen, etwas von Müdigkeit umschatteten Augen, einer breiten Stirn, das Haar ein bisschen unordentlich wie von rastloser Tätigkeit oder einem Anflug von Nachlässigkeit. Er ist korrekt, jedoch sehr modern gekleidet, Jackett mit Füllfederhalter in der Brusttasche, Weste, Krawatte, Hemd mit festem Kragen.

Sein Gesicht sei von der straffen Schlichtheit eines Holzschnitts gewesen, habe aber einen offenen, freundschaftlichen Ausdruck gehabt, sagt Koestler, der zu der Zeit, als das Foto entstand, für Münzenberg in Paris arbeitete: ein kleiner stämmiger Mann, zäh, mit kräftigen Schultern, der zwar wie ein Dorfschuster wirkte, von dem dennoch eine derart hypnotische Autorität ausging, dass Koestler gesehen hatte, wie Bankiers, Minister und österreichische Herzöge sich mit schülerhaftem Gehorsam vor ihm verbeugten.

Er wurde 1889 in einer armen Familie in Erfurt geboren. Sein Vater war ein trunksüchtiger, gewalttätiger Kneipenwirt, der sich beim Reinigen seines Jagdgewehrs eine Kugel in den Kopf schoss. Mit sechzehn Jahren arbeitete Willi Münzenberg in einer Schuhfabrik und engagierte sich in einem Arbeiterbildungsverein. Er besaß von klein auf ein genialisch zu nennendes Organisationstalent und eine Energie, die sich in Debatten und praktischer Arbeit nicht erschöpfte, sondern offenbar noch Kraft aus ihnen zog. Um nicht in einer Armee dienen und in einen Krieg ziehen zu müssen, der seinen internationalistischen Prinzipien widersprach, ging er in die Schweiz, wo er in Berner Flüchtlingskreisen Trotzki kennen lernte, dem seine Intelligenz, seine revolutionäre Leidenschaft und sein außergewöhnliches Organisationstalent nicht verborgen blieben. Trotzki machte ihn mit Lenin bekannt: Schon bald gehörte Münzenberg zum inneren Kreis der Getreuen. In irgendeinem Buch steht, er habe zu jener bolschewistischen Abordnung gehört, die mit Lenin am Vorabend der Oktoberrevolution im versiegelten Waggon nach Moskau reiste. *Mein Freund,* erzählte er, habe Lenin zu ihm gesagt, *Sie werden als Linker sterben.*

Doch Münzenberg unterschied sich stets von seinen kommunistischen Genossen. Er hatte immer etwas Einzigartiges, Exzessives an sich, selbst in den Zeiten bedingungsloser Parteidisziplin. Er liebte das gute Leben, und da er in Armut geboren und aufgewachsen war, entwickelte er eine hemmungslose Leidenschaft für exklusive Hotels, teure Anzüge und Luxuskarossen. Er war aus dem Holz der großen amerikanischen Magnaten geschnitzt, die aus dem Nichts gekommen waren, entschlossene Unternehmer, die mit Eisenbahnen, Bergwerken oder Zechen ein Vermögen verdient hatten, weil sie vorausschauend und skrupellos waren, vor allem jedoch eine praktische Intelligenz besaßen, die sich mit rastlosem Durchsetzungswillen paarte. Wer ihn kannte, war davon überzeugt, dass er, hätte er nicht dem Kommunismus, sondern dem Kapitalismus gedient, ein W. R. Hearst, ein Morgan, ein Frick geworden wäre, einer dieser übermächtigen Industriellen, denen keinerlei Besitz, wie maßlos er auch sei, genügt und die niemals den rüden Umgangston ihrer Herkunft verlieren, nie zur Ruhe kommen, nicht im Alter, weder durch Macht noch Besitz, die auch im Luxus immer leutselige Bauern bleiben, unermüdlich schuftende Arbeiter trotz ihres unermesslichen Reichtums.

In den ersten Jahren der russischen Revolution, als Lenin in den Gemächern des Kreml verblendet und von Fanatismus vergiftet, von Telefonen und Lakaien umgeben, immer noch glaubte, das Feuer des proletarischen Aufstands werde bald auf ganz Europa übergreifen, erkannte Münzenberg früher als jeder andere, dass die Weltrevolution, falls sie überhaupt jemals käme, noch eine Weile auf sich warten lassen würde und der Kommunismus im Westen nur allmählich und auf Schleichwegen durchzusetzen wäre, nicht mit der grellen, primitiven Propaganda, derer sich die Sowjets bedienten, sondern durch scheinbar unpolitische, uneigennützige Aktionen unter der zum großen Teil unfreiwilligen Mithilfe weltweit angesehener Intellektueller, berühmter, keiner politischen Richtung verpflichteter Persönlichkeiten, die Aufrufe für den Frieden, für die Kultur und für die Eintracht der Völker unterschrieben.

Das politische Umschmeicheln anerkannter Intellektueller, die gezielte Manipulation ihrer Selbstbezogenheit unter Nutzung ihres geringen Interesses für die wirkliche Welt hat Willi Münzenberg erfunden. Den Klub der Unschuldigen nannte er sie mit einer gewissen Verächtlichkeit. Er suchte gemäßigte Persönlichkeiten mit humanitären Neigungen, bürgerlich solide und, wenn möglich, mit einem Glanz von Geld und Weltläufigkeit: André Gide, H. G. Wells, Romain Rolland, Hemingway, Albert Einstein. Diese Art von Intellektuellen hätte Lenin umstandslos erschießen lassen, hätte sie in die Keller der Lubjanka oder nach Sibirien verbannt. Münzenberg erkannte, wie immens nützlich sie sein konnten, um ein System attraktiv zu machen, das er, dessen Intelligenz im Grunde unbestechlich war, in all seiner Unfähigkeit und Grausamkeit entsetzlich finden musste, sogar in den Jahren, als er noch daran glaubte.

So wurde er nach und nach zum Impresario der Komintern, ihr geheimer Botschafter im bürgerlichen Europa, zu dem er sich so hingezogen fühlte und dessen Untergang er sich auf die Fahne geschrieben hatte. Er gründete Firmen und Verlage, unter deren Deckmantel er die aus Russland kommenden

Propagandamittel kanalisierte, doch war er als Geschäftsmann so erfolgreich, dass jedem seiner Unternehmen ein sagenhafter Aufschwung beschert war und das heimlich investierte Kapital sich in wahre Geldströme verwandelte, mit denen er neue konspirative Projekte finanzierte, kühne Geschäfte von durchschlagendem Erfolg, die bald keine Scheintätigkeit mehr waren, sondern wahre Flaggschiffe des Kapitalismus.

Er gehörte zur Führung der Dritten Internationale, fuhr jedoch immer in einem großen Lincoln durch Berlin oder Paris, stets begleitet von seiner blonden, in Pelze gehüllten Frau, neben der er noch plumper und kompakter wirkte, obwohl ein Blick auf die beiden genügt habe, schreibt Koestler, um eine vollkommene Seelenverwandtschaft zu erahnen, eine unverbrüchliche, liebevolle Zuneigung. Er erfand die großen Appelle an die Menschlichkeit, denen sich niemand, der guten Willens war, verweigern konnte. Das Ausmaß seines Triumphs ist nur noch mit dem seiner Anonymität zu vergleichen: Niemand weiß, dass die großen internationalen Solidaritätsveranstaltungen, internationale Kongresse von Schriftstellern oder Künstlern für den Frieden oder zur Verbreitung der Kultur erstmalig von Willi Münzenberg ersonnen wurden. Aus eigener Erfahrung wusste er, dass spröde Bolschewiken wie Stalin oder selbst Lenin für die westliche Öffentlichkeit wenig attraktiv waren. Einen Nobelpreisträger für Literatur oder einen Hollywoodstar für die Sache der Sowjetunion zu gewinnen bedeutete hingegen eine sagenhafte Publicity, ein Wort, das er ebenfalls erfunden haben könnte. Er stellte fest, dass imaginierte Radikalität und Sympathie für weit entfernte Revolutionen eine unwiderstehliche Anziehungskraft auf Intellektuelle einer bestimmten Gesellschaftsschicht ausübten.

Sein erster Erfolg in Sachen Massenorganisation und -propaganda war die weltweite Kampagne zur Entsendung von Lebensmitteln in die von der großen Hungersnot von 1921 betroffenen Gebiete Russlands. Die von ihm geführte Internationale Arbeiterhilfe brachte es fertig, Dutzende mit Lebensmitteln beladener Schiffe in die Region zu entsenden und in der ganzen Welt eine Woge der Sympathiebekundung für das heldenhaft leidende Sowjetvolk auszulösen. Aus der lustlosen Spendentätigkeit früherer Zeiten wurde unter Münzenbergs Regie eine wirkungsvolle politische Solidaritätsbewegung, deren Wohltäter sich geruhsam zurücklehnen und sich dennoch ein bisschen wie Aktivisten fühlen konnten. Münzenberg ersann Stempel und Parolen, Propagandabroschüren mit Fotos aus dem Alltag der UdSSR, Farbdrucke, Büsten von Marx und Lenin als Briefbeschwerer, Ansichtskarten von Arbeitern und Soldaten, alles, was sich für wenig Geld verkaufen ließ und dem Käufer das Gefühl gab, seine paar Münzen seien eine Geste der Solidarität und kein Almosen, eine praktische und bequeme Form der revolutionären Tat.

1925 plante und leitete Münzenberg mit Hilfe zahlloser Komitees, Publikationen, Demonstrationsmärsche und Bilder in den Wochenschauen der Kinos die große Bewegung der Solidarität mit Sacco und Vanzetti. Mit seinen kommerziellen Publikationen finanzierte er die politische Propaganda und vervielfachte mit ihnen zugleich das Echo seiner Kampagnen in der Öffentlichkeit. Während der Inflation in Deutschland, bei dem Erdbeben von 1923 in Japan und dem Generalstreik von 1926 in England war die Internationale Arbeiterhilfe mit ihrer Kriegskasse zur Stelle, organisierte Volksküchen und Schulen und Unterkünfte für Waisenkinder. Die Notwendigkeit, große Mengen politischer Propagandaschriften zu drucken und zu vertreiben, weckte Willi Münzenbergs Interesse für Druckereien und Verlage. 1926 gehörten ihm in Deutschland zwei der größten Tageszeitungen, eine illustrierte Wochenzeitschrift mit einer Auflage von einer Million Exemplaren, die, so Koestler, das kommunistische Gegenstück zu *Life* war, sowie eine Reihe weiterer Publikationen, darunter technische Zeitschriften für Fotografen, Radioliebhaber und Filmfreunde. In Japan kontrollierte sein Medienimperium direkt oder indirekt neunzehn Zeitungen und Zeitschriften. In der Sowjetunion produzierte er die Filme von Eisenstein und Pudowkin, in Deutschland sicherte er sich den Alleinvertrieb aller sowjetischen Filme und finanzierte das avantgardistische Theater von Erwin Piscator und Bertolt Brecht. Filmklubs, Buchklubs, Sportvereine, Wandervereine und Aktionsgruppen für den Frieden wurden weltweit zu unverdächtigen Zweigstellen des großen Klubs der Unschuldigen.

Alles, was Münzenberg in Deutschland besaß und beherrschte, verlor er, als Hitler Reichskanzler wurde. Aber er war wie einer dieser amerikanischen Tycoons, die gewaltige Zusammenbrüche erlitten und sich nach kurzer Zeit mit unerschütterlicher Energie aus dem Nichts ein neues Vermögen schufen. Kaum im Pariser Exil angekommen, kaufte er einen Verlag und begann den Widerstand im deutschen Untergrund zu organisieren und finanziell zu versorgen. Mit Schauder erregender Blindheit hatte die KPD bis zuletzt an dem Glauben festgehalten, die Nazis seien ein zweitrangiger Gegner und der wahre Feind der Arbeiterklasse sei die Sozialdemokratie. Nach der Katastrophe vom Januar 1933 gelangte Willi Münzenberg zu der Überzeugung, dass das selbstmörderische Sektierertum seiner Parteigenossen zugunsten einer breiten Front aller demokratischen Kräfte aufgegeben werden müsse, die bereit waren, sich der finsteren Flut des Faschismus entgegenzustemmen. In wenigen Monaten publizierte er eines der meistverkauften Bücher des 20. Jahrhunderts, das *Braunbuch über Reichstagsbrand und Hitlerterror*, errang seinen größten Erfolg mit dem Meisterwerk seines phantastischen Gespürs für die propagandistische Beeinflussung der Massen, der weltweiten Kampagne für Dimitroff und die übrigen Angeklagten im Reichstagsbrand.

Gerade als der stalinistische Terror in seine mörderischste Phase trat, gelang es dem Medientalent Willi Münzenberg, der fortschrittlichen Weltmeinung die Sowjetunion als den großen Widersacher des Totalitarismus darzustellen, der mutiger und entschlossener war als die korrupten bürgerlichen Demokratien. Vor einem Gerichtshof in Leipzig hatte sich Dimitroff einsam und stolz seinen Richtern und anderen Nazigrößen entgegengestellt, hatte sie der Lächerlichkeit preisgegeben und zugleich seine Unschuld bewiesen sowie die Verschwörung aufgedeckt, die den Kommunisten die Schuld am Reichstagsbrand aufzuladen suchte.

Münzenbergs Energie war unerschöpflich, unaufhaltsam der Fluss seiner Erfindungen und Ideen, Pläne für Bücher oder Artikel, die er seinen Sekretärinnen in aller Hast diktierte, in wenigen Zeilen komprimierte Zusammenfassungen, die seine Mitarbeiter unverzüglich zu entwickeln hatten, Projekte für Zeitschriften oder neue Formen von politischer Aktivität, Entwürfe für Erfolg verheißende Verlage, Verbände, Ausschüsse und Propagandafeldzüge, Listen mit klingenden Namen, die sich für eine neue Sache einspannen ließen, für die Arbeiterhilfe beim Aufstand in Asturien 1934 oder den Protest gegen den Einmarsch italienischer Truppen in Abessinien. Wie ein Taifun wirbelte er durch sein Pariser Büro, so massig und energiegeladen, dass manch einer es vorgezogen hätte, mit einer Dampfwalze zusammenzustoßen, als sich ihm entgegenzustellen. Er brüllte ins Telefon, paffte teure Zigarren, deren Asche er unbekümmert auf die breiten Revers seiner maßgeschneiderten Anzugjacken fallen ließ, diktierte bis drei oder vier Uhr morgens Entwürfe oder Memoranden, Telegramme, die unverzüglich nach Moskau, New York oder Tokio abgesetzt werden mussten, prüfte die Zahlen von Buchverkäufen und Zeitungsauflagen, kalkulierte blitzschnell Gewinn- oder Verlustspannen ein, improvisierte mit lauter Stimme die Satzung des Weltkomitees für die Opfer des Hitlerfaschismus oder die Liste der Lebensmittel und Medikamente, die vorrangig in die Ladung eines Frachtschiffs aufzunehmen waren, das seine Organisation in Marseille gechartert hatte und das für die streikenden Hafenarbeiter in Shanghai bestimmt war.

Er ist überall gleichzeitig, dirigiert eine wundersame Vielfalt von Aufgaben, ihm gehorchen und ihn fürchten Menschen in mehreren Ländern, die oft nicht einmal wissen, dass sie für ihn arbeiten – und trotzdem ist er auch unsichtbar oder scheint zu sein, was er nicht ist, und alles, was er tut, hat eine helle und legale Seite und eine dunkle, einen Bereich, der immer im Schatten bleibt, ebenso wie er selbst, Reichstagsabgeordneter und Verschwörer, Zigarren rauchender Fabrikant und aktiver Kommunist, Weltmann in den Salons der Gesellschaft am Arm einer Frau, die größer und vornehmer ist als er, zugleich sarkastischer Augenzeuge der Dummheit und Verdorbenheit der Reichen, die er andererseits bewundert, von denen er fasziniert ist mit der unauslöschlichen Begeisterung eines armen Kindes, das von ferne das glanzvolle Leben der Mächtigen sieht, auf der Straße das Parfüm der pelztragenden Damen einatmet, nach denen er ein Verlangen verspürt, das angefacht ist von sozialem Zorn.

Als Propagandist der proletarischen Revolution liebte er das luxuriöse Leben mit einer Leidenschaft, die nur jemand empfinden kann, der sehr arm gewesen ist. Er genoss den Glanz schöner Dinge, die ihn umgaben, sein tatsächlicher Besitz jedoch war ihm egal. Nichts von dem, was er hatte, gehörte ihm, oder es gehörte ihm nur scheinbar, provisorisch, war eingetragen auf den Namen undurchsichtiger Handelsgesellschaften, die als Tarnung dienten für sowjetische Spionage und sonstige Tätigkeiten.

In der langen Nacht ohne Schlaf zerfasert die Phantasie, verheddert sich in ungesunder, fiebriger Hitze, drückt auf den Geist, der erschöpft ist vom Überfluss der Bilder, Wörter und Namen in ihrer ganzen unerträglichen und willkürlichen Vielfalt der realen Welt und der befremdlichen Ordnungslosigkeit der Träume. Münzenberg in Paris, rastlos, schlaflos, diktierend, telefonierend, Massen von Flüchtlingen auf den Straßen Europas, die Schwindel erregende Schnelligkeit der Rotationsmaschinen, der Eisenbahnräder, der Flugzeugpropeller, Münzenberg am Arm seiner Frau auf der Freitreppe zur Oper, bei einem Empfang zu Ehren einer jener Persönlichkeiten von internationalem Rang, die er insgeheim die Unschuldigen nennt, André Gide, Romain Rolland, Herbert George Wells, Bertrand Russell. Münzenberg vergisst, dass diese äußere Welt eine Simulation ist, wie es auch die vollmundigen Friedenskongresse sind, vielleicht wird die glanzvolle Maske ihm nach und nach und ohne, dass er es so recht wahrnimmt, zur eigentlichen Identität, ein Geschäftsmann, verheiratet mit einer Frau, deren blonde Schönheit ebenso erlesen ist wie ihr Gebaren und ihre Kleidung, ein politischer Aktivist, der nach und nach erkennt, dass er selbst auch zum Klub der Unschuldigen gehört hat, Opfer derselben Lügen geworden ist, die er in die Welt zu setzen half.

Er merkt es noch nicht, aber da ist schon jemand, der auf Anweisung Moskaus ein Auge auf ihn hält, ihn misstrauisch beobachtet und seinen Namen der Liste jener hinzufügt, die in absehbarer Zeit eliminiert werden sollen. Mit Lenin, Trotzki und Bucharin hatte er sich stets verständigen können, doch die Zeiten haben sich geändert; dennoch glaubten er und Babette romantisch verblendet weiterhin an das Ideal der Revolution. *Mein Freund, Sie werden als Linker sterben.* Stalin hatte er nur wenige Male aus der Nähe gesehen, doch kam er ihm so unzugänglich vor wie ein grob gehauenes Götzenbild. Im Oktober 1936 besuchte ihn ein Emissär in seinem Pariser Büro, ein Mann, den Münzenberg noch nie gesehen hatte, der ihm jedoch wegen seines finsteren Auftretens und dem Aussehen eines perfiden Verräters oder Gefängnisaufsehers sogleich missfiel. Als er das Büro betrat, ließ der Mann einen missbilligenden Blick über die üppigen Teppiche, Vorhänge und Bilder gleiten, die opulenten und gewagten Formen der Schränke, die Röhrenstühle und den Art-déco-Schreibtisch, auf den Willi Münzenberg inmitten von Papieren und Telefonen mit bäuerlicher Unbekümmertheit die Ellenbogen aufstützte. Der Mann teilte ihm formlos und ohne jede Vorrede mit, man wünsche ihn dringend in Moskau zu sehen.

Auch die Geschichte kennt einen möglichen Verräter, einen Schatten an Münzenbergs Seite, der folgsame Untergebene mit dem grollenden Herzen, kultiviert und mehrsprachig – Münzenberg sprach nur Deutsch und bediente sich eines ausgeprägten Unterschichtjargons , sein physisches Gegenstück, Otto Katz, auch André Simon genannt, zartgliedrig, unverbindlich, früher mit Franz Kafka befreundet, Organisator des Kongresses Antifaschistischer Intellektueller in Valencia, Kontaktperson von Münzenberg und der Komintern zu den Intellektuellenzirkeln von New York, den Stars der *gauche caviar* und des *radical chic*; der ewige Spion, der unverbesserliche Stalinisten wie Hemingway, Dashiell Hammett und Lillian Hellman umschmeichelt. Otto Katz, André Simon ist die graue Eminenz hinter Münzenbergs großen Manipulationen und auch der Schatten, der über jeden seiner Schritte und Äußerungen Bericht an die neuen Machthaber in Moskau gibt. Seine Loyalität setzt Münzenberg voreilig voraus, und trotz seines Gespürs für die Eigenarten und Schwächen seiner Mitmenschen entgeht ihm die kleine Spur von Ressentiment unter der sanften Oberfläche von Otto Katz, die penible Geduld, mit der dieser wie kleine unbezahlte Rechnungen insgeheim die Kränkungen auflistet, die er erfährt oder zu erfahren sich einbildet, die Demütigungen oder Brüskierungen, die ihm durch Münzenbergs überschäumende, barocke Tatkraft im Lauf der Jahre zugefügt worden sein mögen. Koestler sagt von Katz, er sei dunkel und vornehm gewesen, von einer Attraktivität, der etwas leicht Schäbiges anhaftete. Er schrieb und sprach neben seiner Muttersprache fließend Französisch, Englisch, Russisch und Tschechisch. In den Kaffeehäusern von Prag und Wien unterhielt er sich mit Milena Jesenská über Literatur; wenn er eine Zigarette anzündete, kniff er jedes Mal ein Auge zu, und er hatte diese Angewohnheit so verinnerlicht, dass er es auch tat, wenn er in Gedanken versunken war und gar nicht rauchte. Während des Spanischen Bürgerkriegs leitete er die Amtliche Nachrichten Agentur der republikanischen Regierung, welche ihm auch die Verwaltung der Geheimfonds übertrug, mit deren Hilfe Einfluss auf bestimmte Publikationen und Politiker in Frankreich genommen werden sollte. Willi Münzenberg hatte ihn aus der Gosse geholt, Anfang der zwanziger Jahre in Berlin, wo er sich in Obdachlosenasylen und auf Selbstmörderbrücken herumdrückte. Als Willi Münzenberg 1938 aus der Kommunistischen Partei ausgeschlossen wurde und man ihn beschuldigte, insgeheim für die Gestapo zu arbeiten, war Otto Katz einer der Ersten, der sich öffentlich von ihm distanzierte und ihn einen Verräter nannte.

«Diese Ratte. Otto Katz hat ihm den Judaskuss gegeben. Otto Katz hat seinen Tod eingefädelt, wenn er auch nicht selbst die Schlinge zugezogen hat.»

Die Worte einer Frau, viele Jahre später, einer neunzigjährigen Greisin vor einem Tonbandgerät, im Dämmerlicht ihrer Münchener Wohnung. Das Alter hat dem Gesicht den Hochmut genommen, die herrische Haltung jedoch und den Glanz in den Augen hat es ihr nicht nehmen können, wie es auch die Verachtung für den fernen Verräter nicht gemildert hat, der ebenfalls tot ist, ebenfalls ausgeschlossen und verurteilt, 1952 in einer Zelle in Prag mit einem Strick um den Hals hingerichtet wurde. Auch für die Henker gab es keine Gnade. Otto Katz – die alte Frau spricht diesen Namen aus, als speie sie ihn über die schmalen Lippen, an denen ein verwischter Fleck leuchtenden Karmins zu sehen ist.

Ich suche auch die Spur dieser Frau in den Büchern, suche ihr Gesicht auf Fotografien, forsche im Labyrinth des Internets nach dem Buch, das sie in den vierziger Jahren geschrieben hat, um das Gedenken an ihren Mann einzuklagen und jene bloßzustellen, die ihrer Überzeugung nach seinen Tod in die Wege geleitet haben. Ich sehe Szenen, unwillkürlich auftauchende Bilder, die in keiner Erinnerung wohnen, von einer traumverlorenen Präzision, in der meine Vorstellungskraft keine spürbare Rolle spielt: die zugezogenen Vorhänge in der Münchener Wohnung, im Oktober 1989, das surrende Band im Aufnahmegerät vor der Frau, deren Stimme darin aufgehoben bleibt. Ich selbst habe diese Stimme nie gehört, die durch die lautlosen Worte eines Buches zu mir gekommen ist, welches ich nur durch Zufall entdeckt und in einer schlaflosen Nacht ohne Pause durchgelesen habe.

Zwei oder drei Jahre lang trug ich die verlockende Möglichkeit eines Romans mit mir herum, stellte mir Situationen und Örtlichkeiten vor, wie unzusammenhängende Fotografien oder wie die Filmfotos in den Schaukästen der Kinos, die man früher sah. Jedes von ihnen hatte eine starke suggestive Kraft, obwohl wir die Geschichten nicht kannten, von denen sie uns nur Bruchstücke erzählten, ohne Zusammenhang, darum waren sie so mächtig, frei von der Last und den ordinären Beschränkungen der Folgerichtigkeit, auf Schlaglichter reduziert, auf Papierabzüge ohne Vorher und ohne Danach. Wenn ich kein Geld fürs Kino hatte, verbrachte ich meine Zeit vor den Schaukästen und betrachtete eines nach dem anderen die Fotos zum

Film, und ich brauchte mir gar keine Geschichte auszudenken, die sie miteinander verband und zueinander fügte wie Teile eines Puzzles. Jedes einzelne besaß die unabweisbare Qualität eines Mysteriums, stand ohne Ordnung neben den anderen, ein jedes sonnte sich im Glanz der anderen und gewann eine spontane Bedeutungsvielfalt, die ich nach Belieben gestalten konnte, ohne dass eine der Fotografien den Wert der übrigen zunichte machen oder eine Sonderstellung einnehmen konnte oder ihre uneingeschränkte Einzigartigkeit zugunsten des Ensembles aufgeben musste.

Ich erwachte vom Knarren des Parketts in unserer neuen Wohnung oder aus einem Albtraum von Krankheit oder Unglück, und es war Willi Münzenberg, der mitten in der Nacht in seiner Pariser Wohnung oder einem eisigen Hotelzimmer in Moskau aufwachte, weil er glaubte, seine Mörder stünden vor der Tür, und sich fragte, wie lange es noch dauern mochte, bis ein Schuss oder ein schneller Schnitt mit dem Messer das große Trugbild, das Delirium seiner öffentlichen Existenz ebenso beenden würde wie das lange, von Liebe und Zuneigung geprägte Eheleben mit Babette, die an seiner Seite schlief und ihre Arme um ihn geschlungen hielt, genau wie du deine Arme mit der festen Entschlossenheit der Träumenden um mich geschlungen hältst.

Der Nahverkehrszug hält an einem kleinen Bahnhof im Hochland von Madrid: der leichte Nieselregen, die baumbestandenen Flanken der Hügel im Nebel, der kräftige Geruch feuchter Vegetation – Zistrosen, Tannen, Zierzypressen – und spitze Schieferdächer vermitteln das Gefühl, an einen sehr viel ferneren Ort gelangt zu sein, in eine abgelegene Berggegend, wo es vielleicht Sanatorien oder Heime für Kranke gibt, die der Ruhe und reiner, kalter Luft bedürfen. Der Zug ist schnell und modern, das Bahnhofsgebäude aber ist aus Naturstein, die Fensterbänke aus rotem Ziegel, und der Name der Ortschaft aufgemalt auf gelben Kacheln. Kein Mensch ist auf dem Bahnsteig, kein anderer ist ausgestiegen. Ein Geruch von Wald, von feuchtem Holz und feuchter Erde dringt sofort in die Lungen, Nieselregen und unbewegte Luft streicheln das Gesicht, entfalten auf der Stelle eine beruhigende Wirkung. Der Zug fährt weiter, und ich gehe mit meiner Reisetasche in der Hand über einen Feldweg auf eine Ansammlung von Villen zu, in denen die ersten Lichter aufflammen. Willi Münzenberg, der ein ruheloses und anstrengendes Leben führte, hatte hin und wieder einen stechenden Schmerz in der Brust verspürt und sich 1937, aus Furcht vor einem Herzinfarkt, für ein paar Monate in eine Kurklinik im Vallée des Loups, dem Tal der Wölfe, zurückgezogen. Der Name des leitenden Arztes schien ebenfalls ein Omen oder Versprechen zu sein: Dr. Le Sapoureux. Doch Münzenberg war so unfähig zu körperlicher und geistiger Erholung, dass er die Nächte in der Klinik damit verbrachte, ein Buch zu schreiben. Als ich allein auf dem kleinen Bahnhof in den Bergen aussteige, bin ich Willi Münzenberg, der in der Nacht den Weg zum Sanatorium sucht.

An einem Winterabend sind wir in einem Hotel im Norden, in Vitoria, angekommen. Wir haben ein Zimmer im obersten Stockwerk bekommen, und als ich das Fenster öffne, sehe ich unter mir einen verschneiten Park mit Beeten und Statuen und einem Musikpavillon und im Hintergrund über den weißen Dächern einen grauen Himmel, in den sich die Ebene ergießt. Münzenberg und Babette haben Russland verlassen können, und nach einer ganzen Nacht im Zug steigen sie in einem Hotel in der Nähe des Bahnhofs einer baltischen Stadt ab, immer noch erschöpft von der Schlaflosigkeit und der Angst, die sie überkam, als sie sich der Grenze näherten und fürchten mussten, von den sowjetischen Grenzern, die ihre Pässe kontrollierten, zum Aussteigen gezwungen zu werden.

Ich gehe durch Madrid oder Paris, und der Zug einer Metro

lässt den Asphalt unter meinen Füßen erzittern: Münzenberg spürt die Welt mit der sich ankündigenden Katastrophe unter seinen Füßen erzittern, und außer ihm scheint kein Mensch die Unmittelbarkeit und das Ausmaß des Bebens zu erkennen, kein Mensch in den Straßencafés und im nächtlichen Glanz der Boulevards, derweil der Boden unter den Stiefeln der Soldaten und den Ketten der Panzer zu vibrieren beginnt, unter den Bomben, die auf Madrid, Barcelona und Guernica fallen, was in Europa aber kein Mensch hören will, während Hitler zur selben Zeit aufrüstet und die Landkarten studiert, Stalin das große Volkstheater der Moskauer Schauprozesse erfindet und die Hölle der geheimen Verhöre und Exekutionen ersinnt.

Ich besuche eine Aufführung der *Zauberflöte*, und im Taumel der jubilierenden Musik ist jener Mann dort an der Seite der blonden Frau plötzlich und ohne jeden Grund Willi Münzenberg, und die Flucht des im Wald verirrten und von Drachen und maskierten Verschwörern verfolgten Helden ist auch seine Flucht: Vielleicht hat er heimlich die deutsche Grenze überschritten, und obwohl er kein Opernfreund ist, geht er in diese Vorstellung der *Zauberflöte*, in ein Berliner Theater, in dem es von schwarzen und feldgrauen Uniformen wimmelt, um einen Kontaktmann zu treffen. Doch diese Szene ist eher unwahrscheinlich: Hätte Münzenberg vielleicht noch unerkannt über die Grenze kommen können, so wäre Babette Gross in einer Berliner Opernaufführung sofort aufgefallen, sie, die rote Großbürgerstochter, die arrogante Abtrünnige, die ihrer Klasse und dem großen arischen Vaterland schändlicherweise den Rücken gekehrt hatte.

Ich habe keine Lust, mir Dinge auszudenken, die sich auf eine unweigerlich mit Literatur angereicherte Fälschung reduzieren. Die tatsächlichen Ereignisse zeichnen unerwartete Verläufe auf, die sich eine Fiktion nicht erlauben kann: Babette Gross hatte eine Schwester namens Margarete, die in den verrückten Anfangsjahren der Weimarer Republik genau wie sie der Romantik politischer Radikalität verfallen war. Genau wie sie heiratete auch Margarete einen Berufsrevolutionär, Heinz Neumann, einen Funktionär der Kommunistischen Partei Deutschlands. In den ersten Februartagen des Jahres 1933, Hitler war gerade zum Reichskanzler ernannt worden, fliehen Willi Münzenberg und Babette in ihrem großen schwarzen Lincoln nach Paris; Neumann und Margarete entkommen nach Russland. Dort fällt er in Ungnade, wird verhaftet und durch Genickschuss hingerichtet; seine Frau wird in ein Lager im eisigen Norden Sibiriens geschickt.

Im Frühjahr 1939 wird der Hitler-Stalin-Pakt unterzeichnet, der unter anderem Deutschland die Auslieferung deutscher Staatsbürger garantiert, die vor dem Nazismus geflohen sind und in der Sowjetunion politisches Asyl gefunden haben. Keine Grenze bietet mehr Schutz, sie werden zu Fallen, die sich wie Fangeisen um die Füße der Verdammten schließen. Margarete wird von Sibirien in einem Zug bis zur Grenze des eben geteilten Polen gebracht, wo die sowjetischen Wachen sie den SS-Männern übergeben, und nach drei Jahren in einem sowjetischen Lager verbringt sie fünf weitere in einem deutschen.

Dort, in Ravensbrück, wo die kommunistischen Häftlinge sie wie eine Verräterin behandeln, lernt sie eine tschechische Frau kennen, Milena Jesenská, die zwanzig Jahre zuvor Franz Kafkas große Liebe gewesen war und sich in Prag in denselben Kreisen einer radikalen Boheme bewegt hatte wie Otto Katz, bevor er nach Berlin emigrierte und dort Willi Münzenberg über den Weg lief. Im Lager Ravensbrück lauscht Margarete, die noch nie etwas von Kafka gehört hat, der Stimme Milenas und der Geschichte des Handelsreisenden, der eines Morgens erwacht und sich in ein ungeheures Ungeziefer verwandelt sieht, und der des Mannes, der zwar nicht weiß, welches Verbrechen er begangen haben soll, dem dennoch ein gespenstischer Prozess gemacht wird, in dem er von vornherein schuldig ist, und der am Ende wie ein Hund mitten in der Nacht auf einem Acker erschossen wird. Von Entbehrungen erschöpft und krank stirbt Milena im Mai 1944, kurz bevor die Nachricht von der Invasion in der Normandie das Lager erreicht und bekannt wird, dass die Russen auf dem Vormarsch sind. Die Ankunft der Roten Armee bedeutet für Margarete jedoch keine Hoffnung auf Freiheit, sondern die Gefahr einer weiteren Gefangenschaft, die Wiederholung eines Albtraums. Im Durcheinander der letzten Tage kann sie aus dem Lager entkommen, und sie flieht vor zwei Armeen durch Europa, vor der deutschen Wehrmacht auf dem Rückzug und der Roten Armee auf dem Vormarsch, vor zwei möglichen Höllen, die sie mit einer unglaublichen Standhaftigkeit acht Jahre lang überlebt hat.

1989 berichtet, inzwischen neunzig Jahre alt, ihre Schwester Babette dem amerikanischen Journalisten Stephen Koch von diesen Dingen; er schreibt an einem Buch über Willi Münzenberg, das ich sieben Jahre später zufällig entdecken sollte. Babette wohnt allein in München, sie hat einen klaren Verstand, hält sich immer noch aufrecht, noch immer funkelt der Glanz der Jugend tief hinten in ihren Augen. Eine fanatische Strenge liegt in dem Blick, den sie dem viel jüngeren Mann hin und wieder zuwirft, die diabolische Entschlossenheit, zu überdauern und sich zu behaupten, die manche sehr alte Menschen am Leben hält. Wenig später zieht sie nach Berlin, und ihre Wohnung dort liegt nicht weit von der Mauer entfernt: In manchen Nächten wird sie den Lärm der demonstrierenden Massen auf der anderen Seite gehört haben, das Knallen der Feuerwerksraketen mag bis in ihr Schlafzimmer gedrungen sein, ebenso wie der Gesang in der Nacht des 9. November, als in Europa eine Welt auseinander brach, an die sie, ihr Mann, ihre Schwester und ihr Schwager vor sechzig Jahren geglaubt, die aufzubauen sie geholfen hatten.

Die Frau spricht mit leiser, deutlicher Stimme in einem altertümlichen makellosen Englisch, wie es die britische Oberschicht in den zwanziger Jahren sprach, und ihre Stimme wie auch ihre Augen sind viel jünger als sie. Alles ist so lange her, dass man glauben könnte, es sei nie passiert. Alles, was sie weiß und woran sie sich erinnert, wird in wenigen Monaten aufhören zu existieren, wenn Babette, die schon sehr krank ist, stirbt. Mit ihr wird das Gesicht von Willi Münzenberg vergehen, der Geruch seines Körpers sich verlieren oder der seiner Zigarren, das Zeugnis seiner Lebensbejahung oder seines Argwohns und der späten Panik, die ihn allmählich lähmten, des Verdachts, verfolgt zu werden, kein Pardon erwarten zu können. Der Erkenntnis auch, der Entdeckung, dass er, der großartige Erfinder von Lügen, selber betrogen worden war oder nicht hatte sehen wollen, was sich vor seinen Augen abspielte, was er in einem übereilten, aufrührerischen Buch zu beschreiben versuchte, als es schon zu spät war, als die Intellektuellen, die er so lange bezaubert, benutzt und verachtet hatte, ihm den Rücken kehrten, als sein Name bereits entehrt und aus den Annalen seiner Zeit sorgfältig gelöscht worden war.

Emissäre kamen und überbrachten ihm den Befehl, nach Moskau zu kommen. Er erfand Vorwände und Ausreden, um die Fahrt hinauszuschieben, denn dass er sich offen widersetzte, war undenkbar. Andere, die er kannte, waren nach Moskau gereist und nie zurückgekommen, ihre Spuren und sogar ihre Namen waren unauffindbar, oder sie wurden in den Parteiorganen öffentlich beschuldigt, ungeheuerlichen Verrat begangen zu haben. Er, Willi Münzenberg, wusste ganz genau, wie man eine Kampagne spontaner internationaler Empörung organisierte, wie sich die Wirklichkeit verbiegen ließ, wenn man die

Verführungskräfte der Massenmedien mit ihren aufdringlichen Wiederholungen intelligent einsetzte.

Im Augenblick könne er unmöglich nach Moskau fahren, sagte er, im ersten Sommer des Spanischen Bürgerkriegs, als sein ganzes organisatorisches und propagandistisches Talent gefragt war im Kampf um die letzte große Sache, die ihm ganz besonders am Herzen lag, nachdem Deutschland gefallen war, die internationale Solidarität mit der Spanischen Republik und ihrer Volksfrontregierung.

Doch die Botschaften, geheime Befehle, trafen weiterhin ein, jedes Mal knapper, dringlicher, weniger verhohlen drohend, während sich zur gleichen Zeit Nachrichten von Verhaftungen und Verhören häuften. Im November 1936 reisten Willi Münzenberg und Babette Gross nach Moskau. Er war immer noch ein hoher Funktionär der Komintern und der Kommunistischen Partei Deutschlands, doch auf dem Bahnhof war niemand erschienen, um sie zu empfangen. Ein ausländisches Ehepaar in verschwenderischer Winterkleidung inmitten des Graus und der Erbärmlichkeit sowjetischer Bahnhöfe, der Mann mit Filzhut und im langen, maßgeschneiderten Mantel, die Frau mit hochhackigen Schuhen, seidenen Strümpfen, geschminktem Gesicht und der blonden Mähne, die über den Kragen des Pelzmantels quoll, und neben ihnen die gestapelten Gepäckstücke von Reisenden in Luxuszügen und teuren Schiffskabinen, Lederkoffer mit vergoldeten Schlössern und Aufklebern internationaler Hotels, Schrankkoffer, Necessaires, Hutschachteln: ein Bild wie von einem Werbefoto oder Kinoplakat auf dem Hochglanzpapier einer Illustrierten der dreißiger Jahre, einer der Illustrierten, die Willi Münzenberg ersann und herausgab.

Auch in dem Hotel, das ihnen zugewiesen wurde, erwartet sie niemand, und auf ihrem Zimmer liegt keine Nachricht für sie. Vom Fenster eines sehr hohen Stockwerks in dem riesigen

Hotel, einem finsteren Neubau mit uniformierten, bewaffneten Frauen am Ende eines jeden Korridors und einer Stille, die weder von Stimmen noch vom Klingeln eines Telefons durchbrochen wird, sehen Willi Münzenberg und Babette in der Ferne, hoch über den dunklen Dächern einen roten Stern auf der Spitze eines Wolkenkratzers. Dies ist die Welt, der sie ihr Leben gewidmet haben, das einzige Vaterland, dem Loyalität zu schwören einem Internationalisten gestattet war. Es ist kalt im Zimmer, und sie lassen ihre Mäntel an. Auf einem Nachttisch steht ein schwarzes Telefon, das jedoch nicht angeschlossen ist oder nur nicht funktioniert, welches sie aber trotzdem anstarren in der Hoffnung oder der Furcht, es könne klingeln. Wie üblich bei der Einreise in die UdSSR hat man ihnen die Pässe abgenommen, und sie haben weder einen Rückreisetermin noch eine Fahrkarte dafür.

Die einzige Anweisung, die Willi Münzenberg erhalten hat, ist die, zu warten. Er werde empfangen und man werde ihn anhören, wenn es so weit sei. Wegen seiner Unfähigkeit zum Nichtstun ist das Warten für ihn unerträglicher als die Angst. Der Mann und die Frau, beide an das gute Leben und die aufregende Gesellschaft in Berlin und Paris gewöhnt, sind nun allein in einem Moskauer Hotel, der düsteren Langeweile des Wartens und der Furcht anheim gegeben, wagen sich kaum einmal in die winterliche Kälte der Straßen hinaus, die des Nachts so finster sind, dass sie unwillkürlich an die Lichter der europäischen Hauptstädte denken müssen, in denen sie gelebt haben. Wenn sie spazieren gehen, folgt ihnen jemand. Gehen sie in die Hotelhalle oder ins Restaurant hinunter, wird jeder ihrer Schritte beobachtet, unterhalten sie sich mit etwas erhobener Stimme, wird jedes ihrer Worte vom Kellner, der ihnen den Tee serviert, weitergegeben. Ihr Telefon wird abgehört, und wenn sie eine Postkarte nach Paris schicken, studiert sie jemand im grellen Licht einer Schreibtischlampe auf der Suche nach einer verborgenen Botschaft, bewahrt sie auf, um sie zu gegebener Zeit als Beweis für Spionage oder Verrat zu präsentieren.

Nach einer Reihe von immer gleichen Tagen klopft es an ihrer Tür. Die angespannten, blassen Gesichter von Münzenberg und Babette sehen sich nach einem Moment der Verwirrung den vertrauten und dennoch jetzt so ungewohnten Gesichtern von Heinz und Margarete Neumann gegenüber, den Einzigen, die sich getraut oder dazu durchgerungen haben, sie zu besuchen. Vielleicht haben sie sich nur getraut, weil sie wissen, dass sie selbst schon verurteilt sind, weil auch sie in der Isolation und Vereinsamung von Infizierten leben. Den Infizierten besucht nur jener unbekümmert, der dieselbe ansteckende Krankheit hat. Die vier zusammen, die beiden blonden Schwestern und die beiden Männer mit der proletarischen Herkunft, vier Leben in der Falle. Sie haben die Köpfe zusammengesteckt und sprechen mit leiser Stimme, alle vier haben ihre Mäntel an in dem kalten Moskauer Hotelzimmer, flüstern aus Furcht vor den Mikrophonen, haben so viel zu erzählen nach so vielen Jahren der Trennung und so wenig Zeit, um alles zu besprechen, Hinweise zu geben, zu jeder Zeit können Männer in langen schwarzen Ledermänteln, ähnlich denen der Gestapo, kommen und an die Tür pochen oder sie gleich mit ihren Stiefeln eintreten.

Sie verabschieden sich und wissen, dass sie sich zu viert nie wiedersehen werden, wenige Monate später wird Heinz Neumann verhaftet und verschwindet in den Schreibstuben und den Kerkern der Lubjanka, vor der eine gewaltige Statue von Felix Dzerzhinsky steht, dem polnischen Aristokraten, der Lenins Geheimpolizei aufgebaut und den Münzenberg in den Anfangszeiten der Revolution sehr gut gekannt hat.

Die Vergangenheit zählt jedoch nicht mehr, kann sogar zu einem Merkmal der Schuld werden. Arthur Koestler sagt, Minister und Herzöge hätten vor Münzenbergs Willenskraft und roher Autorität die Köpfe gebeugt, doch in Moskau empfängt ihn niemand, seine Anrufe laufen ins Leere. Er war ganz oben und ist jetzt ganz unten: Die Vergangenheit ist so weit fort, liegt in einer so unwirklichen Ferne wie die nächtlichen Lichter von Paris und Berlin, an die man sich in der düsteren Monotonie der Moskauer Nächte erinnert, in denen es keine anderen Lichter gibt als die Scheinwerfer der schwarzen Automobile der Geheimpolizei.

Münzenberg hatte jene berühmte internationale Kampagne organisiert, die Dimitroff zu einem Helden nicht des Kommunismus, sondern der großen demokratischen Widerstandsbewegung gegen die Nazis machte. Ihm war es zu verdanken, dass die Richter Dimitroff freisprechen mussten, der jetzt, in Moskau, oberster Chef der Komintern ist. Aber Dimitroff antwortet nicht auf die Nachrichten, die Münzenberg ihm überbringen lässt, er ist nie in seinem Büro, wenn er ihn besuchen will, und man weiß auch nicht, wann er nach Moskau zurückkehren wird.

Der Klub der Unschuldigen, der Gutgläubigen, der nützlichen Idioten, der Betrogenen und Geopferten: Ich habe dazugehört, denkt Willi Münzenberg in seinen schlaflosen Nächten im Moskauer Hotel, habe dazu beigetragen, dass Hitler und Stalin mit einander in nichts nachstehender Grausamkeit Europa verwüstet haben, an der Legende ihrer Todfeindschaft habe ich selber mitgestrickt, bin ein Bauer gewesen, als ich im Rausch meiner Überheblichkeit glaubte, der Königsmacher zu sein.

Sein Leben bedeutet ihm möglicherweise nicht viel und viel weniger noch das ganze Geld, die Macht und der Luxus, den er in Händen gehalten und verloren hat. Zu schaffen macht ihm, dass Babette leiden könnte, dass sie die Folgen der Fehler zu spüren bekommen könnte, die er begangen hat, der Lügen, die er verbreiten half, indem er hehre Impulse, groteske Eitelkeit und die unauslöschliche Naivität der Unschuldigen manipulierte und ausnutzte.

Um Babette zu retten, bleibt er hartnäckig, bestürmt Funktionäre der Komintern, die früher Freunde oder Untergebene waren und jetzt so tun, als kennten sie ihn nicht, er winkt mit alten Empfehlungen, die keinerlei Wert mehr haben, der weltweiten Kampagne der Internationalen Arbeiterhilfe zur Bekämpfung des Hungers in der Sowjetunion, seinem Bolschewismus der ersten Stunde in den mythischen Zeiten der Revolution, dem Vertrauen, das Lenin ihm aussprach. *Sie werden als Linker sterben.* In dem düsteren Mausoleum auf dem Roten Platz, in dem es so kalt ist wie in einem Eisschrank, hat er die Mumie seines ehemaligen Gönners betrachtet, das unkenntliche Gesicht wie aus Wachs, die geschlossenen Lider der asiatischen Augen. Wir sind im Reich der Toten angekommen, und man will uns nicht mehr gehen lassen.

Schließlich gelingt es ihm, ein Treffen mit einem mächtigen Funktionär, einem Schützling Stalins, zu vereinbaren: Im Büro von Togliatti platzt ihm der Kragen, er schreit, rechtfertigt sich, schlägt mit der Faust auf den Tisch, gibt eine eindrucksvolle Vorstellung seines Magnatenzorns, als gebiete er immer noch über ein Imperium von Zeitungen mit Millionenauflage und Luxuskarossen, als habe er dies alles wirklich einmal besessen. Er müsse umgehend nach Paris zurück, sagt er, wo er die größte Propagandaschlacht aller Zeiten entfesseln wird, die Rekrutierung von Freiwilligen, Finanzhilfen, Medikamenten- und Waffenlieferungen, die Solidarität der Intellektuellen aus aller Welt mit der Spanischen Republik.

Togliatti ist ein leutseliger, abgestumpfter Mensch, dabei verschlagen und feige, ein Held des kommunistischen und demokratischen Widerstands gegen Mussolini, dessen Ruf fast vollständig auf dem Erfindungsreichtum der von Münzenberg organisierten offiziellen Heldenvita beruht, und dieser Mann geht auf die Rückreiseforderung ein oder gibt vor, darauf einzugehen: Er nennt ein Datum für die Rückreise und versichert Münzenberg, dass beider Pässe auf dem Polizeiposten am Bahnhof bereitliegen werden. Vielleicht fragt Münzenberg auch nach dem Schicksal von Heinz Neumann, ob man etwas für Heinz und Greta Neumann tun könne. Togliatti lächelt höflich, lässt mit genau dosierter Niedertracht seine derzeitige Überlegenheit gegenüber dem ehemals so mächtigen Funktionär der Kommunistischen Internationale erkennen. Er sagt, man könne nichts tun oder man brauche sich keine Sorgen zu machen, es werde schon alles in Ordnung kommen, lässt durchblicken, dass es nicht ratsam sei, Fragen zu stellen, jetzt, da Münzenberg im Begriff stehe abzureisen.

Wieder stehen der Mann und die Frau mit teuren Mänteln und Hüten auf dem Bahnsteig, mit auf Hochglanz polierten Schuhen und einem Stapel Gepäck neben sich, befremdlich und zweifellos anmaßend, breite Mantelaufschläge und Pelzkrägen, aus den Augenwinkeln beobachtet, überwacht, voller Furcht, ungeduldig, unsicher, ob man sie wirklich abreisen lässt.

Die Abfahrtszeit des Zuges rückt näher, aber die Pässe sind noch nicht auf dem Polizeirevier eingetroffen, wie Togliatti es versprochen hatte. Ein weites Fangnetz ist um sie aufgespannt, und sie wissen nicht, ob jeder Schritt, den sie tun, sie näher an den Rand des Abgrunds bringt oder ob jede weitere Minute und jeder weitere Tag eine kalkulierte Verzögerung bedeutet, bis der Zeitpunkt ihrer Bestrafung gekommen ist. Aber ins Hotel werden sie nicht zurückkehren, die Abfahrt des Zuges ist bereits angekündigt worden, sie werden nicht zurückweichen, sich nicht mehr selber einsperren und weiter abwarten. Münzenberg fasst seine Frau, die groß und schlank neben ihm steht, entschlossen am Arm und führt sie zum Trittbrett des Waggons, gibt Anweisung, das Gepäck ins Abteil zu laden. Wenn man sie verhaften will, soll man es jetzt tun. Doch niemand nähert sich, niemand stellt sich ihnen in den Weg, als sie im Zug, der sich pünktlich in Bewegung setzt, zu ihrem Abteil gehen.

An jedem Bahnhof, bei jedem Halt schauen sie auf den Bahnsteig hinaus, suchen mit ihren Blicken die Soldaten oder Männer in Zivil, die in den Zug steigen, um sie zu verhaften, die sie nach ihren Pässen fragen und sie auf üble Weise unter Beschimpfungen aus dem Waggon stoßen werden oder sie still und unauffällig mit sanftem Nachdruck hinausführen, um die übrigen Fahrgäste nicht unnötig zu beunruhigen.

Es war die längste Zugfahrt unseres Lebens, erzählt Babette Gross dem amerikanischen Journalisten dreiundfünfzig Jahre später. Im schmutzigen Licht des zweiten Tagesanbruchs erreichen sie den Grenzbahnhof. Wir glaubten, sie würden dort auf uns warten, um ihre Jagd bis aufs Äußerste auszukosten. Während die übrigen Reisenden sich auf dem verschneiten Bahnsteig zur Passkontrolle anstellten, ging Willi Münzenberg entschlossenen Schritts zur Polizeikaserne, den Gürtel seines Mantels fest zugezogen, den Kragen gegen die Kälte hochgestellt, die Hutkrempe tief in sein derbes deutsches Gesicht gezogen.

Die beiden Pässe lagen in einem verschlossenen Umschlag bereit.

Ich neige dazu, mir diese Art von Angst zu vergegenwärtigen und nicht einschlafen zu können, weil ich mir vorstelle, du und ich säßen in diesem Zug. Mir graut vor Papieren, vor Pässen und Dokumenten, die man verlieren kann, vor Türen, die sich nicht öffnen lassen, vor Grenzen, vor dem undurchdringlichen oder drohenden Gesicht eines Polizisten oder sonst eines Menschen in Uniform, der mich seine Autorität spüren lässt. Mich ängstigt die Instabilität der Dinge, der allgemeinen Ordnung und der Beschaulichkeit unseres stets ungewissen Lebens, das an einem dünnen Faden hängt, der so sicher und vorhersehbar erscheinende Alltag, der durch eine jähe Katastrophe zerstört werden kann.

Während der Jahre, die ihm noch bleiben, ist Willi Münzenberg auf der Flucht, gibt nicht auf, wird sich des Ausmaßes und der Nähe des immer unabweislicher werdenden Schreckens bewusst, und seine hellen Augen weiten sich vor dieser Erkenntnis und dem Grauen, sein Geist wird jedoch immer noch von einem rastlosen Willen angetrieben. 1938 wird er aus der Kommunistischen Partei Deutschlands ausgeschlossen, man beschuldigt ihn, ein Spion und Provokateur im Dienst der Gestapo zu sein, und niemand steht zu seiner Verteidigung bereit. Er besitzt noch die Energie, eine neue Zeitung zu gründen und auf ihren Seiten die doppelte Gefahr des Kommunismus und Faschismus zu beschwören, auf den Widerstand des Volkes zu drängen und die europäischen Demokratien aufzufordern, aus ihrer verblödeten und feigen Lethargie zu erwachen, die die Spanische Republik ihrem Schicksal überlassen hat und Hitlers Wiederbewaffnung und Angriffsgebaren duldet, ihm die Tschechoslowakei überlässt und ihn damit zu besänftigen, zumindest zeitweilig zufrieden zu stellen glaubt. Willi Münzenberg prophezeit in seiner Zeitung, dass Hitler und Stalin einen Pakt unterzeichnen werden, um die Herrschaft über Europa unter sich aufzuteilen, und auch, dass Hitler sich über kurz oder lang gegen seinen Verbündeten wenden und in die Sowjetunion einmarschieren wird, doch kein Mensch liest diese Zeitung, niemand glaubt den Wahnvorstellungen eines offenbar verrückt gewordenen Mannes, der mit extravagantem Auftreten und närrischen Reden die schlimmsten gegen ihn gerichteten Vermutungen zu bestätigen scheint, der seine Glaubwürdigkeit und sein materielles Überleben mit derselben Unaufhaltsamkeit in den Ruin treibt, mit der er in früheren Zeiten ein Wirtschaftsimperium und ein Labyrinth von internationalen Organisationen errichtete.

Ebenso bemerkenswert wie die gesamte Existenz dieses Mannes ist die Tatsache, dass er kaum Spuren seines Wirkens auf Erden hinterlassen hat. Wer weiß, ob überhaupt noch jemand am Leben ist, der ihn gekannt hat und sich an ihn erinnert. Auch Babette Gross, die ihn so viele Jahre überlebt hat, ist nur noch ein Schatten. Auf einem von Stephen Koch aufgenommenen Band ertönt noch ihre Stimme in einem altmodischen, vornehmen Englisch, und in der Erinnerung an diesen Mann glimmt noch das wilde Funkeln in den Höhlen ihrer Augen, die schon die Form des Totenschädels erahnen lassen.

Das Ende der Geschichte kannte diese Frau allerdings nicht, und niemand kann es erzählen, es sei denn, der Mann lebte noch, der die Schlinge um den kräftigen Hals von Willi Münzenberg legte und ihn im Frühjahr 1940 am Ast eines Baumes in einem französischen Wald erhängte. Es gibt keine Zeugen, man hat nie erfahren, wer die beiden Männer in Willi Münzenbergs Begleitung waren, als man ihn zum letzten Mal sah, an einem warmen Juniabend vor einem Café in einem französischen Dorf, trinkend und mit zwei Männern plaudernd, so selbstverständlich, als existierte der Krieg gar nicht, als rollten nicht wie eine donnernde Sturzflut auf allen Straßen nach Paris die deutschen Panzer heran.

Die drei Männer verließen das Café, und niemand erinnert sich, sie gesehen zu haben, drei namenlose Fremde in der großen Flutwelle des Krieges und der Schande der Kapitulation. Monate später, im November, streift ein Jäger im ersten Tageslicht durch den Wald, folgt seinem aufgeregt mit der Schnauze dicht am Boden schnüffelnden Hund und stößt auf eine halb vom Herbstlaub bedeckte Leiche, in einer merkwürdigen Haltung zusammengekrümmt, die Knie an die Brust gezogen, den Kopf halb abgerissen von einem Seil, das durch den Verwesungsprozess tief in die Haut eingeschnitten ist. Mit offenen Augen in der schlaflosen Finsternis liegend, stelle ich mir ein mildes, bläulich graues Licht vor, das vom Morgennebel aufgesogen wird, das Rascheln der Blätter unter den nassen Stiefeln des Jägers, das Hecheln und Knurren, das klägliche Zerren und unterdrückte Schnaufen des Hundes, der mit der Schnauze in der weichen Erde wühlt. Ich frage mich, was an diesem verunstalteten namenlosen Leichnam auf die Identität von Willi Münzenberg hat schließen lassen und ob der Füllfederhalter, den ich auf dem Foto in Koestlers Buch gesehen habe, noch in der äußeren Brusttasche seines Jacketts steckte.

Olympia

Schon Tage vor der Abfahrt verwirrte mir die Anziehungskraft des Reisens die Sinne, fühlte ich mich von seinem magnetischen Sog mitgerissen, dem Tag und der Stunde der Abfahrt entgegen, die so unsäglich langsam näher rückten. Ich hatte noch nicht einmal mit den Reisevorbereitungen begonnen, da war ich schon im Aufbruch begriffen, so unmerklich jedoch, dass meine Abwesenheit von den Orten und Dingen niemandem auffallen konnte; von den Orten, an denen ich lebte und arbeitete, und den Dingen, die eine Verlängerung meiner selbst waren, Zeichen und Spuren meiner Existenz, meines statischen Lebens damals, das sich auf eine einzige Stadt beschränkte, die Stadt, in der ich mich wohl aus Zufall niedergelassen hatte, und auf die Straßen zwischen Wohnung und Büro, über die mich meine Schritte zu stets denselben Zeiten führten, sowie jene zwischen dem Büro und den Bars, in denen ich mit meinem Freund Juan jeden Morgen genau die halbe Stunde frühstückte, die die Dienstvorschrift uns zugestand und die von den Stechuhren verwaltet wurde, in die wir unsere Kärtchen steckten, als wären sie ein Sesam-öffne-dich.

Nie war ich so besessen von unmöglichen Reisen wie damals, so außer mir und aller greifbaren Wirklichkeit um mich herum. Dabei war es nicht so, als bliebe ein entscheidender Teil meiner selbst vor den Augen der anderen verborgen: Ich war das Verborgene, ich bestand aus meinem Geheimnis, meiner trivialen Heimlichkeit, und der Rest, das Äußere, die Schale, das, was die anderen sahen, kümmerte mich nicht, hatte nichts mit mir zu tun. Ein städtischer Angestellter niederen Ranges, Verwaltungsgehilfe, Besitzer einer Eigentumswohnung immerhin, verheiratet, ein kleines Kind. Mit literarischer Anmaßung strebte ich nach einem Dasein als Namenloser, als einer, der im Verborgenen lebt, doch gab es in mir auch eine Neigung zur Angepasstheit, die mindestens so ausgeprägt war wie mein rebellischer Instinkt, mit dem Unterschied nur, dass die Angepasstheit praktisch und wirklich war, während sich das Rebellische höchst gelegentlich als ziellose Unwilligkeit äußerte, wenn ich von meinen allmorgendlichen Gesprächen mit Juan absehe, der zu jener Zeit ein ganz ähnliches Leben wie ich führte und sein Büro ein paar Türen weiter hatte.

Ich ging jeden Morgen in die Stadtverwaltung, und obwohl ich mit meinen Kollegen wenig zu tun hatte, gab es mir ein gutes Gefühl, von ihnen als einer der Ihren betrachtet zu werden. Ich hatte mich bei ein paar Stellenausschreibungen durchsetzen können, hatte kirchlich geheiratet, und genau neun Monate nach der Hochzeit war mein Sohn zur Welt gekommen. Manchmal übermannte mich ein Gefühl des Bedauerns, weil ich es nicht verstanden oder mich nicht getraut hatte, eine andere Art von Leben zu wählen, eine bittere Sehnsucht nach anderen Städten und anderen Frauen; nach Städten, in denen ich noch nie gewesen war, nach Frauen, an die ich mich erinnerte oder die ich mir vorstellte, in die ich mich erfolglos verliebt hatte oder die ich aus Mangel an Courage verloren zu haben glaubte. An eine Frau erinnerte ich mich besonders, obwohl ich sie seit fünf Jahren nicht mehr gesehen hatte und die jetzt in Madrid lebte, ebenfalls verheiratet, ein oder zwei Kinder, genau wusste ich es nicht, da ich nur sporadisch und über Dritte von ihr hörte, und doch durchlief mich immer noch ein Schauer, wenn jemand ihren Namen erwähnte.

Es existierten zwei Welten, eine sichtbare, wirkliche, und eine unsichtbare, die allein mir gehörte, und ich passte mich gehorsam den Regeln der ersten an, damit man mir in der zweiten meine Ruhe ließ und es mir nicht unnötig schwer machte. Jetzt, nach so vielen Jahren, träume ich manchmal von jenen Zeiten im Büro, und ich empfinde dabei keine Niedergeschlagenheit, sondern Wohlbehagen und Melancholie. Ich träume, dass ich nach langer Zeit der Abwesenheit wieder zur Arbeit gehe und dies ohne Beklemmung tue, ohne in jenem Teil des Unterbewusstseins, von dem die Träume sich nähren, noch die geringste Spur der damaligen Bitterkeit und Bedrängnis zu finden.

Heute, viele Jahre später, erkenne ich, dass meine äußere Angepasstheit nicht nur eine Maske war, die falsche Identität eines Spions, sondern ein wesentlicher und authentischer Teil meiner selbst: der eingeschüchterte, gehorsame Teil, der immer zu meinem Wesen gehört hat, die Zufriedenheit darüber, den anderen ein zünftiges Dasein vorführen zu können, Sohn, Schüler, ein Angestellter und später Ehemann und vorbildlicher Vater zu sein. In meinen Träumen von der Rückkehr ins Büro der Stadtverwaltung, von dem ich vor Ewigkeiten fortgegangen bin, empfangen mich meine Kollegen äußerst herzlich und wundern sich gar nicht über meine Rückkehr und fragen auch nicht nach den Gründen für meine lange Abwesenheit. Jahrelang habe ich in den – erfundenen – Erinnerungen an das turbulente Rebellentum meiner Jugend geschwelgt, doch heute glaube ich nicht mehr, dass es einen größeren Teil meines Wesens ausgemacht hat als mein Bestreben nach Konformität, das mich so machtvoll bis ans Ende der Kindheit geführt hatte und das zweifellos in meinem Erwachsenenleben wieder zum Durchbruch kam, als ich in die Heirat einwilligte und mich auch nicht sträubte, eine Reihe damit einhergehender Verpflichtungen oder Demütigungen auf mich zu nehmen, die im Grunde eine dumpfe Feindseligkeit in mir weckten: die kirchliche Hochzeit, die vorgetäuschte Kommunion, das

Hochzeitsessen, alles, was seit jeher vorgegeben war und das ich buchstabengetreu befolgte. Ich wusste, dass ich einen Fehler beging, doch es fiel mir leicht, mich treiben zu lassen, und es gab sogar Momente, in denen es mir mit einigem Erfolg gelang, mir selbst etwas vorzumachen, genau wie meiner Frau, die ich ohne Überzeugung geheiratet hatte, und den Angehörigen beider Familien, die sich beglückwünschten, weil endlich eine so unschlüssige, so unstete und lange Verlobung zu Ende gegangen war. Ich habe nie über die Unverantwortlichkeit dieses Schweigens nachgedacht, über die Verbitterung und die Lügen, die ich draußen gesät habe, außerhalb des geheimen Bereichs meiner Phantasiewelt, im wirklichen Leben jener Person, die an meiner Seite lebte.

Als Kind machte es mir Spaß, meinen Eltern und den Lehrern zu gehorchen; gute Noten zu bekommen und als vorbildlicher Schüler zu gelten, erfüllte mich mit Stolz. Die Mütter meiner Freunde waren voller Neid, und wenn ein Lehrer auf irgendeine Weise erkennen ließ, dass er mich bevorzugte, war ich von Zufriedenheit buchstäblich überwältigt. Ich heuchelte nicht, wie ich es später dargestellt habe, die guten Noten schrieb ich nicht, um der Enge des Alltags und der Arbeit auf dem Land zu entkommen, die meine Herkunft mir vorgab. Ich studierte, weil das erwartet wurde und weil die Erfüllung dieser Pflicht mir ebenso behagte wie die religiösen Vorschriften. Bis zu meinem fünfzehnten Lebensjahr ging ich jeden Sonntag zur Kirche, beichtete und kommunizierte, ohne je das Gefühl zu haben, ein Ritual zu vollziehen, zu dem ich eigentlich keinen Bezug hatte; eine Zeit lang gab ich mich sogar der Vorstellung hin, möglicherweise zum Priester berufen zu sein.

Während ich mich als Rebellen sah, hatte ich im wirklichen Leben nur selten richtige Anwandlungen von Aufsässigkeit und Zorn, von denen viele so ungeschickt waren und unvernünftig in ihrer Vermessenheit, dass sie bei mir nur eine Erinnerung an Verdruss und Niederlage hinterlassen haben. Mit zweiundzwanzig Jahren brach ich dann endgültig mit allem, mit meiner Verlobten und meinem achtbaren Leben, dem Wohlwollen meiner Eltern und ihrer Eltern, die mich bereits als vorbildlichen Schwiegersohn akzeptiert hatten. Ich verliebte mich in diese Frau, und als sie nach Madrid zog, konnte ich ihre Abwesenheit ebenso wenig ertragen wie die Vorstellung von der Rückkehr zur Normalität meiner Verlobung. Ich ließ alles hinter mir zurück, Verlobte und Examen am Semesterende, stieg in den Nachtzug und stand früh am nächsten Morgen im Supermarkt, der den Eltern meiner Angebeteten gehörte, da ich nicht einmal ihre Adresse in Madrid kannte. Doch die Art, wie sie mich dann ansah, machte mir schnell klar, dass das, was zwischen uns gewesen war, für sie nicht mehr existierte oder einfach keine Bedeutung mehr hatte. Mit einem unerfreulichen Gefühl von Brüskierung und Blamage stieg ich am selben Tag wieder in den Nachtzug und fuhr zurück. Ich versöhnte mich mit meiner Verlobten, und als sie ihre Arme um mich schlang und unter Tränen sagte, sie habe immer gewusst, dass ich zu ihr zurückkommen werde, dachte ich mit einem Funken schäbiger Hellsichtigkeit, dass ich im Begriff stand, einen Fehler zu begehen, doch ich unternahm nichts, habe danach viele Jahre nichts unternommen, habe mich nur treiben lassen und immer getan, was man von mir erwartete oder verlangte.

Während der Zeit, die ich in der Provinzstadt, in die ich gezogen war, bei der Stadtverwaltung arbeitete, habe ich oft an einen Satz denken müssen, den ich einmal bei William Blake gelesen hatte und den ich jetzt gewiss unkorrekt wiedergebe: «Wer begehrt und nicht handelt, bringt die Pest hervor.» Ich war eine Summe von Begehren ohne Handeln, von Einbildungen, die so unwirklich blieben wie jene, welche mich durch die gütige Einsamkeit der Kindheit begleiteten. Stets auf dem Absprung, nie genügend Sitzfleisch, um mich irgendwo wohl zu fühlen, und dann, mit siebenundzwanzig Jahren, wird mir plötzlich klar, wie etabliert, gelähmt und sesshaft ich geworden bin, während ich die Raten für meine Wohnung bezahle, im Büro Dienstalterszulagen empfange, mich kaum noch bewege, nur von der Wohnung zur Arbeit, von der Arbeit zur Wohnung, mir Reisen vorstelle, tagsüber träume und die Wirklichkeit kaum noch wahrnehme, mich in Bücher flüchte, meine Familie und Arbeitskollegen wie in einem Nebel um mich herum, und mit meinem Freund Juan jeden Morgen in der halbstündigen Frühstückspause von neun Uhr dreißig bis zehn die äußere Angepasstheit und die heimliche Rebellion teile, die eheliche Treue und abenteuerlichen Sexualphantasien über unbekannte Frauen, die uns auf der Straße begegnen, Verkäuferinnen in Textilgeschäften, die Mannequins auf den Seiten der Illustrierten oder die glänzenden und ganz und gar unerreichbaren Stars der Leinwand, damals noch schwarzweiß.

Davon träumten wir, mein Freund und ich, von Frauen und von Reisen, von Orten, an die wir wahrscheinlich niemals gelangen, und Frauen, die niemals mit uns schlafen oder uns auch nur ansehen würden, wenn sie uns auf den Straßen in der Nähe unseres Arbeitsplatzes begegneten, den Gassen der Innenstadtgeschäfte, den Cafés, in die wir jeden Morgen zur selben Zeit zum Frühstücken gingen, um neun Uhr dreißig oder fünfunddreißig, mit der Zeitung unter dem Arm, die wir jeden Morgen am selben Kiosk erstanden, mit dem Milchkaffee und dem halben Toast und dem Glas Mineralwasser, das der Kellner unaufgefordert daneben stellte, weil wir längst selbst zu Gestalten der täglichen Routine anderer geworden waren, Gestalten, die im Kreise gehen und ständig wiederkommen wie die mechanischen Figuren in den Uhren auf deutschen Plätzen, die zur vollen Stunde herausmarschiert kommen und wieder verschwinden.

Wir kamen jeden Morgen am Schaufenster eines Reisebüros

vorbei, in dem ein großes New-York-Plakat hing. Wir mochten dieses Reisebüro wegen seiner farbigen Fotografien von fernen Gegenden und weil eine schöne Frau darin arbeitete, die wir niemals auf der Straße oder an einem anderen Ort sahen als an ihrem Schreibtisch im Büro. Sie war blond und schlank und hatte ein außergewöhnliches Profil, das wir jeden Morgen durch das Schaufenster hindurch betrachteten. Sie sprach ins Telefon oder saß aufrecht an der Schreibmaschine, fast immer mit einem Rollkragenpullover bekleidet, der bis an ihr Kinn reichte, ein fast vollkommen gerades Profil, ganz leicht nach vorn geneigt, wie jenes aus Holz geschnitzte der Nofretete, das ich viele Jahre später, als ich wirklich Reisen unternahm, im Ägyptischen Museum in Berlin sah. Sie hatte ein schmales Gesicht, einen breiten Mund, große mandelförmige Augen und die Nase eine Winzigkeit zu lang, wie man es von einigen bewunderungswürdigen italienischen Nasen kennt. Sie sprach ins Telefon und gestikulierte dabei mit ihrer schlanken Hand, die einen Bleistift hielt, neigte den Kopf zur Seite, um den Hörer zu halten, während sie in einem Kalender oder Katalog blätterte, und wir sahen sie in unserer verstohlenen Begierde, wenn wir des Morgens höchstens eine Minute vor dem Schaufenster anhielten aus Furcht, sie könnte auf uns aufmerksam werden. Wir sahen sie doppelt, denn vor ihr, an der Wand des Reisebüros, hing ein großer Spiegel. Wir achteten jeden Morgen auf Variationen ihrer Schönheit, ob sie ihr Haar lose trug oder es zu einem Pferdeschwanz gebunden hatte, der ihr hübsches Profil besser zur Geltung brachte, oder zu einem Knoten, der die vollkommene Linie ihres Halses und Nackens betonte. Hinter dem Schaufenster und vor dem Spiegel, in dem sich die Zierpflanzen auf ihrem Schreibtisch und die Plakate von fremden Städten, von Stränden und Wüstenlandschaften verdoppelten, gehörte sie einerseits zum täglichen Leben der Stadt, zugleich aber auch der Fremdartigkeit jener Orte an, mit denen sie durch ihre Arbeit verbunden war, und der Zauber, den die Namen fremder Länder und Städte und das große New-York-Plakat im Schaufenster auf uns ausübten, warf einen Teil seines Glanzes auch auf sie, die vielleicht gar nicht weniger sesshaft und ortsgebunden war als wir, die uns jedoch, wenn sie telefonierte und Termine vereinbarte und Hotels reservierte und Daten in ihrem Kalender notierte, mit einer exotischen Dynamik ausgestattet schien, die das Gegenteil unserer Angestelltenträgheit war, und ohne sich von ihrem Schreibtisch in der Agentur fortzubewegen, besaß sie schon die goldene Farbe der Südseestrände und die nachlässige Eleganz der schönsten Frauen der Via Veneto, der Portobello Road, der Calle Corrientes und der Fifth Avenue. Wir stellten uns vor, wie wir eines Tages das Reisebüro betreten und sie ganz unbefangen um einen Prospekt oder Informationen über Hotels und Flüge bitten würden. Aber natürlich gingen wir nie hinein, und wir sahen auch sie niemals eintreten oder hinausgehen oder auf einer der Straßen, die wir täglich frequentierten. Sie saß in diesem Reisebüro, und wir sahen sie hinter dem Fenster vor dem Wandspiegel, wie wir Ingrid Bergman oder Marilyn Monroe oder Rita Hayworth im Schwarzweiß ihrer Filme sahen, ebenso unveränderlich und unerreichbar wie sie, und wir betrachteten sie jeden Morgen einige Augenblicke, setzten dann unseren kurzen halbstündigen Spaziergang fort, zum Zeitungskiosk, zum Milchkaffee mit einem halben Toast im Café Suizo oder im Regina, mit einem kleinen Halt vielleicht am Postamt, wo Juan einen Brief in den Kasten warf, und dann schon wieder zurück ins Büro, bevor es auf der Digitaluhr, in die wir unsere Kärtchen stecken mussten, im äußersten aller Fälle fünf nach zehn war.

Aber es lag auch etwas Charmantes in diesem täglichen Trott, dieser beharrlichen Vertrautheit mit Straßenecken und Plätzen, der sonnenhellen Bibrrambla und den schattigen Gassen, die zu ihr führen, den wiederkehrenden Gesichtern einer gleichzeitigen Gegenwart, demselben Mädchen mit der Sonnenbrille, das jeden Morgen zur selben Zeit das Rollgitter vor einem Geschäft mit Schaufensterpuppen und Spiegeln aufschließt, Angestellten und Verkäuferinnen, der Frau aus dem Reisebüro Olympia, die wir nach der Olympia von Manet selbst Olympia nannten; die Losverkäufer und sogar die Bettler und Landstreicher waren immer dieselben, hatten ihren eigenen Tagesablauf, genau wie ich, jeder mit seinem Leben, seinem heimlichen trivialen Roman, Nebenfiguren jenes anderen Romans, den ich für mich selbst lebte oder erfand, nicht des Romans meiner Taten, sondern jener Dinge, die mir nicht widerfuhren, der Reisen, zu denen ich nicht kam, und der Ambitionen, die mein Freund Juan und ich immer wieder hinter eine Zukunft zurückstellten, an die keiner von uns so recht glaubte, die aber eine annehmbare Entschuldigung abgab für unseren Kleinmut in der Gegenwart.

Auch unsere Freundschaft war Wiederholung und Gewohnheit: jeden Morgen an derselben Stelle, der Spaziergang zum Café, die Hände in den Taschen und die Zeitung unterm Arm, plaudern ohne Verpflichtung zu Neuem oder übermäßiger Vertrautheit. Wir waren beide auf eine ähnliche Weise gebrannte Kinder, niedergedrückt von den Auswirkungen einer identischen Gefügigkeit und Trägheit, sehnten uns beide nach Dingen, die außerhalb unserer Reichweite lagen, nach einem Leben, das niemals kommen würde oder das wir uns hatten entgehen lassen, das uns infolge unserer Verzagtheit oder Feigheit oder Antriebslosigkeit missraten war. Zum Teil war unsere Freundschaft sicher aus diesem Stoff trister Gleichgültigkeit gemacht, und es fiel uns nicht schwer, das Gefühl einer behaglichen Kapitulation und eines angestrengten Sarkasmus zu teilen, mit dem wir beide auf das emotionale Mittelmaß unseres Lebens und die allmähliche Abnutzung unseres Ehrgeizes blickten. Jeder sah im anderen das Spiegelbild seiner eigenen Unzulänglichkeit. Uns verband mehr das, was wir nicht waren, als das, was wir waren, was keiner von uns beiden zu sein wagte. Wir erledigten beide auf dieselbe korrekte Weise unsere äußeren Pflichten, unsere Aufgaben als Angestellte, Ehemänner und Väter, und nur in seltenen Fällen gaben wir den sachlich sarkastischen Ton unserer Unterhaltungen einmal auf und gestatteten uns die Schamlosigkeit des Jammers, das Eingeständnis einer beharrlichen und eingeschliffenen Unzufriedenheit, das zwar ohne jede Melodramatik vorgetragen wurde, aber auch ohne jede Hoffnung auf eine andere Linderung als die Vervollkommnung des Verrats an unseren Überzeugungen. Auf unseren morgendlichen Frühstücksgängen warf Juan oft einen Brief in einen der Postkästen unter den Kolonnaden der Calle Ganivet. Wie alle Menschen, die hauptsächlich mit der eigenen Schwermut beschäftigt sind, war ich damals ein mäßig aufmerksamer Beobachter. Irgendwie hatte ich immer vermutet, es handele sich um Geschäftsbriefe, bis mir einmal ein Umschlag mit einer Auslandsbriefmarke aufgefallen war. Juan verbarg die Briefe zwar nicht vor mir, aber etwas an seiner Haltung hinderte mich daran, ihn danach zu fragen. Einmal ging er während des Frühstücks zur Toilette und ließ die Zeitung auf dem Tresen liegen. Ich schlug sie auf, und zwei Briefe glitten heraus. Einer kam aus New York und war an ihn adressiert, trug aber die Anschrift des Büros und nicht seine Privatadresse. Den anderen hatte Juan geschrieben, und gerichtet war er an dieselbe Frau, die ihm aus New York geschrieben hatte. Ich steckte die beiden Umschläge schnell wieder in die zusammengefaltete Zeitung, und als Juan zurückkam, stellte ich ihm keine Fragen, sondern dachte nur betrübt, dass es im Leben meines Freundes, den ich immer vollkommen zu durchschauen geglaubt hatte, einen Bereich gab, den er vor mir verborgen halten wollte.

Am Ende der Gasse, wo sich damals der Club Taurino befand, trafen wir an manchen Vormittagen unseren Kollegen Gregorio Puga, der als vorläufiger zweiter Leiter des städtischen Orchesters fungierte, nachdem er einen viel angeseheneren Posten im Orchester einer anderen Stadt verloren hatte, und der zu dieser morgendlichen Stunde schon etwas beschwipst war, dessen Atem beißend nach Alkohol und Nikotinspeichel roch, obwohl er stets geröstete Kaffeebohnen kaute, weil er glaubte, sie reinigten seinen Atem. Gregorio war der Erste, der mein Freund wurde, als ich im Büro anfing, was vielleicht daran lag, dass alle Übrigen ihn mieden, sodass er sich an die Neuen halten musste, um beim Frühstück, bei einem Bier oder einem Wein in den versteckten Kneipen des Altstadtviertels Gesellschaft zu haben. Von Gregorio hieß es, er hätte der Doyen der Komponisten und Dirigenten sein können, wäre er dem Alkohol weniger zugetan gewesen. Seine Version war eine andere, und er leierte sie bei jeder Gelegenheit mit der jämmerlichen Monotonie der Betrunkenen herunter: Er war nicht gescheitert, weil er trank; er trank, weil man ihn – hier der eine, dort ein anderer – ins Unheil manövriert hatte. Eine viel versprechende, unter den besten Vorzeichen in Wien begonnene Karriere hatte er aufgegeben, und was hatte er dafür bekommen, eine erbärmliche Anstellung, die armselige Sicherheit eines festen Gehalts. Mit den Ellenbogen auf die Theke gestützt, das Glas in der einen Hand, die Zigarette in der anderen, zwischen den gelb verfärbten Spitzen des Zeige- und Mittelfingers, den welken Fingern eines ältlichen Angestellten, obwohl ich nicht glaube, dass er älter als fünfundvierzig war. Sie locken dich mit der Anstellung, mit dem bisschen Geld, das du jeden Monat sicher hast, da vergeht dir dann die Lust, dich weiterzubilden, vor allem, wenn deine Frau dir gleich ein paar Kinder anhängt und dir immer nur zu verstehen gibt, dass du ein Versager bist, dass du aufhören sollst mit dem ewigen Träumen und den Spinnereien, dafür lieber im Büro Karriere machen oder dir für den späten Nachmittag eine zusätzliche Arbeit suchen sollst. Zuerst willst du natürlich nicht, deine Abende sind dir heilig, da musst du komponieren, mit anderen Musikern üben, bis du aus ihnen herausgeholt hast, was in sich zu haben sie nicht einmal ahnten, und du willst nicht das städtische Orchester leiten, sondern ein Symphonieorchester, das war der Traum meines Lebens, aber irgendwie kommt die rechte Begeisterung nicht, und eigentlich kannst du das Geld ja auch gut gebrauchen, sodass du anfängst, Privatunterricht zu geben oder an einer Abendschule zu unterrichten, und bevor sie dich am Monatsende bezahlen, hast du das Geld schon ausgegeben und Sachen versprochen, Kleider für die Kinder, Schulbücher und Schuluniformen, weil sie ja aufs Priesterkollegium gehen müssen. Am frühen Nachmittag kommst du aus dem Büro, hast noch keine Lust, nach Hause zu gehen, und bleibst auf ein oder zwei Gläschen Wein irgendwo hängen, isst eine Kleinigkeit, gehst dann gleich zu deiner Nachmittagsarbeit, und wenn da Feierabend ist, du weißt doch, wie das geht. Komm, Gregorio, wir trinken noch einen, und zuerst sagst du Nein, und dann in Ordnung, aber nur auf ein Bier, weil deine Frau sicher schon sauer ist, weil sie den ganzen Tag nichts von dir gesehen hat, darauf brauchst du noch ein zweites, danach noch ein Glas Wein für den Aufbruch oder zur Stärkung für den Ärger, der dich zu Hause erwartet, und dann kommt das eine und das andere dazwischen und du vergisst die Zeit, und als du schließlich auf der Plaza del Carmen stehst, schlägt die Kirchturmuhr elf, nicht zu glauben, nur noch eine Packung Zigaretten gekauft und dann stracks nach Hause, aber du hast kein Kleingeld für den Automaten, und nur einen Schein wechseln lassen ist dir zu blöd, also bestellst du noch ein Achtel, triffst ausgerechnet dann einen alten Freund, der ganz allein am Tresen steht, der lädt dich zum nächsten Glas ein, oder der Kellner spendiert dir eins, weil er dich sein halbes Leben reinkommen und wieder rausgehen sieht, dir morgens den Kaffee und später den Cognac dazu serviert, dann das Bier zum Aperitif und den Kaffee und den Schnaps nach dem Essen, obwohl du eigentlich gar nicht richtig gegessen hast, zwischendurch eine Kleinigkeit, und schon ist der Bauch voll.

Ich denke mit Zuneigung und Mitleid an Gregorio, an Maestro Puga, den ich schon seit Jahren nicht mehr gesehen habe, und ich frage mich, ob er wohl immer noch auf der Suche nach Gesellschaft durch die Altstadtkneipen streicht, ob er überhaupt noch lebt, den Ellenbogen auf die Theke gestützt von seiner Orchesterpremiere träumt, in seinem Anzug, der schon speckig und verschlissen ist, die Kippe zwischen den nikotingelben Fingern, das Weinglas in der anderen Hand, vielleicht eine Kaffeebohne zwischen den Zähnen hin und her schiebend, die längst nicht mehr komplett sind. Ich weiß noch, wie mein Freund Juan und ich manchmal um eine Straßenecke bogen und ihn auf uns zukommen sahen, keine Zeit mehr fanden, ihm aus dem Weg zu gehen, und uns einmal mehr das wehleidige Säuferlamento anhören mussten und sein Drängen, mit ihm einen trinken zu gehen, einen Cognac oder Anis im Stehen nur, in den paar Minuten bis zum Ende der halben Stunde unserer Frühstückspause. An meinem ersten Tag im Büro war ich noch ahnungslos und ging ein Bier mit ihm trinken und entkam seinen Fängen erst um elf Uhr nachts, so betrunken, dass ich mich am nächsten Morgen nicht mehr erinnern konnte, worüber wir in all den Stunden, all den Kneipen und bei all den Zigaretten, dem Bier und dem Wein gesprochen hatten. Nur einen Satz habe ich behalten, den Gregorio später noch öfter zu mir sagte, wobei er mich am Jackenärmel festhielt, um ganz nah an mich heranzukommen und mich mit seinem nach saurem Wein und schwarzem Tabak riechenden Atem zu umwölken, während er mir mit blutunterlaufenen Augen ins Gesicht starrte:

«Lass dich nicht einwickeln; nicht, dass es dir so geht wie mir. Verschwinde von hier, je schneller, desto besser; nicht, dass du so endest wie ich, lass dich nicht einwickeln, lass dich nicht kaufen.»

«Ich bleib nicht mehr lange. Sobald mir was Besseres geboten wird, verschwinde ich.»

«Genau das ist die Falle; darauf zu warten, dass etwas Besseres kommt, genauso ist es mir ja ergangen. Man kann nicht warten, man muss vorher gehen, auch wenn man nichts Sicheres hat, man muss was riskieren, auch mal schlechte Zeiten in Kauf nehmen, wenn du erst mal einen kleinen Kompromiss eingehst, gehst du auch einen großen ein, dann akzeptierst du alles. Du hast keine Frau, keine Kinder, keine Schulden oder Hypotheken, Mann, jetzt oder nie.»

Mit der Zeit ging ich Gregorio zunehmend aus dem Weg, wie jeder ihm aus dem Weg ging, weil er nur noch betrunken war und einem auf die Nerven ging und man ihn einfach nicht loswurde, und selbst wenn man ihn mochte, war sein Mundgeruch und sein immer zusammenhangloseres Gebrabbel schlicht nicht zu ertragen, ebenso wenig wie sein Jammern über die Intrigen, die in der Verwaltung gegen ihn gesponnen würden und auch im Orchester, zu dessen Leiter ein anderer mit weniger Verdiensten, aber besseren Beziehungen ernannt worden war. Ich mied ihn aber auch, weil ich mich dafür schämte, dass er seine Prophezeiungen in mir bewahrheitet sah: Die Jahre vergingen, und ich wartete immer noch darauf, dass sich mir etwas Besseres böte, ging immer noch jeden Morgen um Punkt acht zur Arbeit, inzwischen hatte ich allerdings Verpflichtungen, ich war verheiratet und hatte einen Sohn und zahlte jeden Monat Raten für die Wohnung und fürs Auto, und obwohl meine Frau mit ihrer Arbeit mehr verdiente als ich, kamen wir nicht immer glatt über die Runden, und ich fasste schon die Möglichkeit einer Nebenbeschäftigung ins Auge, ohne mir selbst einzugestehen, dass ich meine Vorsätze, die mir so wichtig gewesen waren, als ich die Stelle im Büro antrat, längst aufgegeben hatte: vor allem die Weiterbildung zu einem Beruf, der mir Spaß gemacht hätte, wie Privatdozent oder Kunsthistoriker oder vielleicht Lehrer für Geographie und Geschichte an einem Gymnasium. Aber mir fehlten stets die Zeit und der Wille, und die Stunden nach Feierabend verflogen, ohne dass ich recht merkte, womit, und überhaupt wurden jedes Jahr nur ganz wenige Stellen als Geschichtslehrer für Zehntausende von Uniabsolventen frei, viele davon ehemalige Kommilitonen, die von jahrelanger Arbeitslosigkeit zermürbt mittlerweile voller Neid auf einen so unattraktiven Posten wie den meinen schielten. Ich begegnete meinem Freund Gregorio auf dem Korridor, jeder von uns mit einem Stoß Akten unter dem Arm, oder in einer der Altstadtgassen, in deren Bars sich die städtischen Angestellten am späten Vormittag auf einen schnellen Kaffee trafen, und mein Abscheu gegen seinen schlechten Atem und die Würdelosigkeit eines heruntergekommenen Alkoholikers war stärker als die Dankbarkeit, die ich für seine großzügige Freundschaft hätte empfinden müssen, und wenn ich konnte, wendete ich meinen Blick ab oder verdrückte mich durch eine Seitentür, um nicht seine geröteten Augen sehen und seinen verpesteten Atem riechen zu müssen, vor allem aber, um mir nicht wieder anhören zu müssen:

«Was, du bist immer noch da, wie lange willst du es denn noch hier aushalten?»

Manchmal fuhr ich fort, aber immer nur für ein paar Tage, wurde nach Madrid geschickt, um Behördengänge in Ministerien zu erledigen oder Materialien zu bestellen, die ich vorher begutachten sollte, und obgleich die Reisen immer nur kurz und meine Spesensätze karg bemessen waren, meine Stellung auch nur billige Hotels und bescheidene Restaurants erlaubte, wirkte die bevorstehende Abreise auf mich dennoch jedes Mal ungemein anregend, zog mich wie ein Magnet der Zukunft entgegen, gab mir das ungeschmälerte Gefühl kindlicher Vorfreude und Erwartung zurück, den Drang nach draußen, der mir in den letzten Jahren fast vollständig abhanden gekommen oder auf eine vage, imaginäre Neigung zusammengeschrumpft war, die jeglicher Auswirkung auf die Gegenwart entbehrte.

Ich war bereits unterwegs, bevor der Zug überhaupt abfuhr, der Nachtschnellzug mit seinen blauen Schlafwagen, der mich an den Orient-Express erinnerte, wenn ich um kurz vor elf in der Nacht mit meinem Koffer in der Hand über den Bahnsteig an ihm entlangging, endlich mit mir allein, endlich dem Druck des Büros, der Familie, der Stechuhr, der schlaflosen Nächte, die mein noch kleiner Sohn mir bereitete, wenigstens vorübergehend entronnen. Die der Abfahrt unmittelbar vorausgehenden Tätigkeiten weckten in mir dieselben Empfindungen, erregten mich auf dieselbe Weise wie eine richtig große Reise, eine dieser Reisen, von denen ich in Büchern gelesen oder die ich in Filmen gesehen hatte oder mir beim Anschauen von Landkarten und bunten Reiseführern erträumte. In meinem friedlichen, ereignislosen Alltag gab mir die bevorstehende Reise ein schier unerträgliches, beinah körperlich spürbares Gefühl von strotzender Lebensfülle, von Weite und Schwerelosigkeit, als ließe ich auf dem Weg zum Bahnhof alle Pflichten und Alltagssorgen, die ständig über meinem Haupt schwebten, hinter mir und als wäre, sobald ich die Tür des Taxis zuzog, meine gesamte wirkliche Existenz mit einem Schlag aufgehoben.

Ich fuhr los und war nicht mehr ich, schwelgte in dem Rausch, mich nicht mehr verstellen zu müssen, sondern buchstäblich ein Niemand zu sein. Ich ging in dem Moment auf, den ich durchlebte, in dem Genuss, mich von der Lok davonziehen zu lassen und aus dem Fenster meines Abteils auf die Lichter von Straßen und Städten zu schauen, in erleuchtete Fenster, hinter denen sesshafte Leute wohnten, die in Fernsehapparate starrten oder in ungesund beheizten Schlafzimmern zu Bett gingen, unter der stickigen Wattedecke ehelichen Miefs, des *ehelichen Muckefuck*, von dem Cernuda spricht, den ich damals viel las, als sein Schüler und Lehrling in der Bitterkeit der unüberbrückbaren Distanz zwischen Wunsch und Wirklichkeit.

Diese Ausflüge fanden so selten statt, dass die Monotonie der Verwaltungsarbeit, die mit ihnen einherging, das pulsende kindliche Abenteuergefühl, vor allem bei der Abreise, nicht ersticken konnte. Dass ich so selten Reisen unternahm, lag aber nicht allein daran, dass man mir nur wenig Gelegenheit dazu bot. Manchmal ließ ich eine Fahrt aus, um meine Frau nicht zu verärgern, die es nur ungern sah, wenn ich nicht zu Hause war, da sie selbst arbeitete und sich dann noch allein um das Kind kümmern musste; die auch nicht immer einsehen wollte, dass die Reisen nach Madrid keineswegs launische Ausflüchte von mir waren, sondern Bestandteil meiner Arbeit in der Verwaltung, deren korrekte Durchführung sich zweifellos positiv auf eine von mir so dringend benötigte, wenngleich in weiter Ferne liegende Beförderung auswirken konnte.

Wenn ich mich zu einer Reise entschloss, weil ich ein dringendes Bedürfnis danach verspürte oder weil ich wusste, dass eine Weigerung meinem Status im Büro geschadet hätte, traute ich mich nicht, es meiner Frau sogleich zu sagen, verschob den unangenehmen Moment immer auf den nächsten Tag, sodass ich am Ende gezwungen war, sie auf eine unvermeidlich brüske Weise damit zu konfrontieren, wenn es kein Zurück mehr gab, oder, schlimmer noch, sie erfuhr davon, bevor ich es ihr sagte, durch einen Anruf aus der Verwaltung oder dem Reisebüro, das mir die Fahrkarten besorgte. Ohne untreu zu sein, trug ich für gewöhnlich ein Schuldgefühl mit mir herum, und das harmlose Geheimnis einer Dienstreise lastete auf mir wie das schlechte Gewissen über einen Ehebruch. Das Dickicht von

Vorwürfen und Verdruss, in dem ich mich verfing, hatte ich mir mit meinem Hang zum Verschweigen und der gewundenen Feigheit meines endlosen Hinauszögerns selbst gesponnen. Ich war schon unterwegs, lange bevor ich losfuhr, und doch war ich bis zur letzten Minute nicht sicher, ob ich wirklich fahren würde, denn der Zorn und die Enttäuschung meiner Frau konnten mich dazu bewegen, die Reise abzusagen, oder eine unglückliche Fügung hinderte mich im letzten Moment, wenn der Junge plötzlich Fieber bekam oder meine Frau mit einem unverhofften Hexenschuss oder mit Menstruationsbeschwerden das Bett hüten musste. An diesen Schmerzen schien ich mindestens so viel Schuld zu tragen, wie wenn ich zu einem Messer gegriffen hätte, und meine Abwesenheit, ja Abtrünnigkeit, schien sie noch zu verschlimmern.

Endlich fuhr ich los und konnte immer noch nicht fassen, dass ich tatsächlich unterwegs war, und die Geschwindigkeit, mit der das Taxi mich zum Bahnhof beförderte, erzeugte ein überwältigendes, vorwärts stürmendes Glücksgefühl, beeinträchtigt nur durch die wachsende Furcht, wegen eines Verkehrsstaus vielleicht den Zug zu verpassen oder weil ich zu spät aufgebrochen war, mich nicht entschlossen genug aus den Fängen der Familie und des Alltags gelöst hatte, aus der stickigen ehelichen Enge meiner Wohnung, von der klebrigen Übellaunigkeit meiner Frau, weil sie mit dem weinenden Kind im Arm, das noch heftiger weinte, als es mich gehen sah, zurückbleiben musste, mit blassem Gesicht und traurigen Augen auf der Türschwelle verharrend, bis der Fahrstuhl kam.

Auf einer jener Dienstreisen nach Madrid war ich im Kulturministerium unerwartet schnell fertig geworden, sodass ich nun an einem Wintermorgen auf der Straße stand und den Rest des Tages frei hatte. Mein Zug fuhr erst um elf Uhr nachts. In Madrid überfiel mich stets ein Gefühl der Leere, der Trostlosigkeit, allein in einer so großen Stadt, in der ich niemanden kannte, in der alles ungewiss und gefährlich war, ob man nun eine der breiten Verkehrsadern überquerte, auf denen die Ampeln immer schon Rot zeigten, bevor man die andere Seite erreicht hatte, oder nachts aus einem Kino kam und sich in einem Gewirr dunkler Straßen wiederfand, wo man unversehens von einem Messerstecher angegriffen werden konnte, von einem dieser Drogensüchtigen, die sich damals an der Ecke Gran Vía und Calle Hortaleza herumtrieben. Die Einsamkeit vergiftete mich, das bedrückende Gefühl, nicht nur niemanden zu kennen, sondern ein Niemand zu sein, ein verzagter Provinzangestellter, der sich bereits drei Tage nachdem er von zu Hause geflohen war, um weitere Räume und weniger verbrauchte Luft zu suchen, wie eine Schnecke in sich zurückzog und mit einer Niedergeschlagenheit, die sich wie ein lähmendes Fieber in ihm ausbreitete, durch die Stadt wanderte, die ihn den heimischen Herd und die altbekannten schmalen Straßen herbeisehnen ließ, in denen sich sein gewohntes Leben abspielte.

Jetzt steigt eine Erinnerung in mir auf, mit der ich nicht gerechnet habe, das Fragment einer Reise, die ich zeitlich nicht genau unterzubringen weiß, obwohl sie ohne Zweifel in jene Zeit gehört: An einem nebelverhangenen Morgen finde ich mich im Retiro-Park wieder, nachdem ich ziellos durch Straßen geschlendert bin, die nicht zu Madrid zu gehören scheinen, nicht einmal zu Spanien, Straßen mit vornehmen Gebäuden und dicht belaubten Bäumen davor, mit feucht glänzendem Asphalt, die Gehwege gelb von herabgefallenen Blättern, großen Blättern von Platanen und Kastanienbäumen, obwohl ich nicht glaube, dass ich damals auf die Bäume geachtet und mich für ihre Namen interessiert habe. Prado Museum, Botanischer Garten, Cuesta de Moyano. Auf der Spitze eines bewaldeten Hügels steht ein Gebäude, das wie ein griechischer Tempel aussieht, jedoch die Sternwarte ist. Beim Schreiben folge ich meinen Schritten von damals, tun sich Dinge vor mir auf, wie sich mir damals die Form der Bäume und Häuser erschloss, wenn ich mich ihnen im Nebel näherte, die unbeweglichen Figuren der Statuen, mal bedrohlich, mal heiter, die von Pío Baroja oder Cajal oder Galdós, allein zwischen den Baumreihen des menschenleeren Parks, melancholisch verloren in einem protzigen Vergessen aus Bronze und Marmor.

Aus der Erinnerung taucht das Erstaunen über ein gläsernes Gebäude jenseits des Teiches auf, mit weiß gestrichenen Säulen und filigranem Schmiedewerk im durchsichtigen Grau des nebelverhangenen Morgenlichts, im stillen, dunklen Grün des Wassers. Ich erinnerte mich damals, in der Zeitung gelesen zu haben, im Kristallpalast des Retiro gebe es eine Ausstellung über das mexikanische Exil der spanischen Republikaner. Nachdem ich es so viele Jahre vergessen habe, kehrt an einem beliebigen Tag einer ereignislosen Dienstreise nach Madrid alles wieder zurück, jener Spaziergang, der mich in den Retiro-Park führte, bis im Nebel zwischen den Bäumen der Kristallpalast vor mir auftauchte wie eine jener verwunschenen Behausungen, auf die der verirrte Wanderer im Märchenwald trifft.

Ich erinnere mich an Gegenstände, Bruchstücke: Vitrinen mit Zeitungsausschnitten und Lebensmittelkärtchen, Videowände, auf denen alte Filme von zerlumpten Soldaten gezeigt wurden, die nach dem Fall von Katalonien in Richtung Frankreich flohen, zu den Grenzbahnhöfen von Port-Bou und Cerbère. Ich erinnere mich an eine Tafel und eine Schulbank, die zur ersten Schule für spanische Kinder in Mexiko gehört hatten, und an einen dunkelblauen Schulkittel mit weißem Zelluloidkragen, der mich unerwartet bedrückte, genau wie die von Kinderhand vor vierzig Jahren voll geschriebenen Heftseiten und die bunten Bleistiftmäppchen, die aufs Haar jenen glichen, die auch ich in der Schule gehabt hatte. Sogar der Kittel ähnelte dem, den ich getragen hatte, und die auf brüchigem

Wachstuch gedruckte und von Rissen durchzogene Spanienkarte war dieselbe, die ich gesehen hatte, als ich zum ersten Mal ein Klassenzimmer betrat, nur dass die Fahne darin rot, gelb und violett gewesen war. Auf einem großen Foto war eine Menschenmenge zu sehen, die in einem französischen Hafen einen Dampfer stürmte. Eine etwa fünfzigjährige Frau stand neben mir und betrachtete das Bild, murmelte etwas, aus dem ich einen mexikanischen Akzent herauszuhören glaubte, doch außer mir war niemand bei ihr. Sie atmete heftig, und ich sah, dass sie weinte.

«Ich war auf diesem Schiff», sagte sie schluchzend; eine mexikanische Frau mit einer großen Brille und gefärbtem, onduliertem Haar, der einzige Mensch außer mir an diesem Morgen in der Ausstellung des nebelumwogten und wie von einem Handschuh aus Stille umhüllten Kristallpalasts. «Ich bin eine der winzigen Figuren dort auf dem Foto. Acht Jahre war ich alt und verging vor Angst bei dem Gedanken, mein Vater könnte meine Hand loslassen.»

Ein weiterer Gang durch Madrid fällt mir ein, von dem ich erzählen wollte, als die schwerelose Form des Kristallpalasts im Nebel des Retiro-Parks vor mir auftauchte, das herrliche und melancholische Violett der republikanischen Fahnen in den Schrankfächern einer Ausstellung, Insignien eines Landes, das ich schon vor meiner Geburt verloren hatte. Eines Morgens kam ich aus dem Kulturministerium auf der Plaza del Rey, schritt ziellos dahin, von vornherein mutlos wegen der langen Zeit, die ich totzuschlagen hatte und in der ich mit keinem Menschen ein Wort wechseln würde, in der ich allmählich der Unwirklichkeit des Alleinseins in einer großen, mir fremden Stadt anheim fallen und zu einer Schattengestalt werden würde, die mich wie einen Fremden aus dem Spiegel der Schaufenster anblickte. Ich schaue auf die Uhr und stelle mir vor, wie mein

Freund Juan um diese Zeit sein Frühstück beendet, am Tresen des Suizo die Zeitung liest oder vielleicht schon auf dem Weg zum Postamt ist, um einen seiner Briefe einzuwerfen, die er tunlichst vor mir verborgen hält. Doch anstatt mit ebenso lustlosen Schritten wie er zum Büro zurückzugehen, lasse ich mich durch die Straßen von Madrid treiben, deren Namen der Zufall für mich aussucht, und nach einer halben Stunde habe ich mich bereits verlaufen oder mich von einer alten Erinnerung lenken lassen, die weniger meinem Bewusstsein gehört als einem blinden, trotzigen Impuls meiner Schritte. *In einer Straße eine feste Tür*, heißt es in einem Gedicht von Borges. Ich gehe durch Straßen mit schmalen Bürgersteigen und tiefen Hauseingängen, mit Fischgeschäften, Obstläden und antiquierten Schreibwarenhandlungen, mit Kolonialwarenläden und Kurzwarengeschäften, die noch älter sind als die in der Stadt, in der ich lebe, hier nur inmitten der übersteigerten Betriebsamkeit von Autos und Menschen und dem lauten Stimmengewirr von Madrid. Die Erinnerung kommt, ich lasse mich von ihr führen, lenke meine Schritte, wohin ich nicht sollte, wo ich ein einziges Mal gewesen bin. Fernando VI., Argensola, Campoamor, Santa Teresa: Irgendwann, ich könnte den Zeitpunkt nicht mit Bestimmtheit nennen und würde es mir selbst nicht eingestehen, ist aus dem Zufall ein Vorsatz geworden, und die Abfolge von Straßennamen zeichnet über die Stadt, in der ich ein Fremder bin, den verschlüsselten Plan einer Reise, die Form einer Wunde, die zwar schon lange nicht mehr schmerzt, aber auf der Haut noch fühlbar ist wie eine Narbe, spürbar wie die Erinnerung an einen Traum, in dem man eines Menschen wegen gelitten hat, der einem nichts mehr bedeutet.

Calle Campoamor Ecke Santa Teresa: Hier war es, vor fünf Jahren, einer Zeit, als die Jahre noch viel länger zu dauern schienen und nicht so schnell verflogen wie heute. Ein Abstand von fünf Jahren war damals endlos, ein halbes Leben passte da hinein. Alles, was gerade passiert war, schien schon Jahre her zu sein. Heute ist es so, als wären weit zurückliegende Dinge erst gestern geschehen. Ich erkenne die weißen Fensterläden im zweiten Stockwerk wieder. Bis zu diesem Augenblick ereignete sich alles nur in meiner einsamen, überhitzten Vorstellung; ich hätte ihn auch erfinden oder träumen können, den Weg durch diese Straßen, in denen man mich nicht kennt und meine Schattenexistenz gar nicht bemerkt. Doch wenn sie jetzt aus dem Fenster schaute, würde sie mich erkennen, wenn ich die hölzernen Treppenstufen zum zweiten Stock hinaufsteige und an ihrer Tür klingle, ertönt die Klingel in Wirklichkeit, im Leben anderer Menschen, und meine Anwesenheit könnte eine unerwünschte Überraschung sein, ein aufdringliches oder peinliches Erscheinen. In all den Jahren habe ich so gut wie nichts mehr von ihr gehört, außerdem haben wir uns kaum richtig gekannt, unsere Wege haben sich nur kurz gekreuzt, und das vor langer Zeit.

Meine Gedanken decken sich nicht mit dem, was ich tue, so wie es auch nicht den geringsten Bezug zwischen meiner Anwesenheit und dem Ort gibt, an dem ich mich gerade befinde. Ich bin um die Straßenecke gebogen, habe zu den Fenstern hinaufgeschaut und einen Moment lang den Eindruck gehabt, hinter einer der Fensterscheiben eine Gestalt zu sehen. Ich bin in den Hausflur hineingegangen, dessen Tür offen stand und der diesen Geruch von Feuchtigkeit und Holz verströmte, der für die alten Madrider Hauseingänge so charakteristisch ist. Auf einem der Briefkästen habe ich ihren Namen entdeckt, von Hand geschrieben, neben dem ihres Mannes. Der Name, den ich nur erschauernd aussprechen konnte und der eine Chiffre für alle Möglichkeiten von Zärtlichkeit, Ungewissheit, Schmerz und Verlangen war, ist jetzt ein ganz gewöhnlicher, handgeschriebener Name auf einem Briefkasten, neben anderen Namen von Nachbarn, die ihr täglich im Hausflur oder auf der Treppe begegnen und für die ihr Gesicht, das aus meiner Erinnerung verschwand, sobald ich nicht mehr mit ihr zusammen war, Teil derselben trivialen Wirklichkeit ist wie die Straßen der Stadt, auf denen ich mich jedes Mal, wenn ich auf Dienstreise bin, zwischen den Phantombildern der Einsamkeit und schieren Nichtexistenz verliere.

Der Mut der Feiglinge, der Widerstand der Schwachen, die Kühnheit der Zaudernden: Ich stehe auf dem Treppenabsatz und drücke auf den Klingelknopf einer großen alten Tür mit dunkelgrünem Anstrich und einem Guckloch aus Messing. Jedes im Vergessen überwinterte Detail findet an seinen exakten Platz zurück, das nervöse Flattern und die Schwäche in den Beinen sind dieselben wie damals, obwohl ich selbst ein anderer bin. Vielleicht ist sie nicht zu Hause, denke ich in einem Anflug von feiger, gleich darauf jedoch von Enttäuschung eingefärbter Hoffnung, als ein paar Sekunden vergehen und ich nichts höre, keine Schritte, keine Stimmen, nur den Widerhall der Klingel in stillen Räumen.

Die Tür geht auf, und sie schaut mich an, erkennt mich nicht gleich, hat diesen fragenden, etwas misstrauischen Ausdruck im Gesicht, mit dem man einem Hausierer gegenübersteht, dieselbe Bereitschaft zur Abwehr. Mir wird bewusst, dass ich etwas dicker bin und auch keinen Bart mehr trage, mein Haar ist sehr viel kürzer als vor fünf Jahren und auch etwas dünner. Sie hält ein großes Kind mit dunklem Teint und gelocktem Haar im Arm, es lutscht an einem Schnuller und trägt einen schmutzigen Latz über der Pyjamajacke. Ein Mädchen mit Brille lugt vorsichtig hinter ihr hervor und mustert mich mit exakt ihren Augen. Der Junge hat aufgehört zu weinen, als er mich sieht, er schaut mich aufmerksam an, schnieft dabei und saugt geräuschvoll an seinem Schnuller.

Es fällt mir nicht schwer, ihr schmales Gesicht und ihre hellen grauen Augen wieder zu erkennen, die zwei Strähnen des kastanienfarbenen, beinah blonden Haars, die ihr an beiden Seiten der Wangen herabfallen. Ich bringe nur ihr jetziges Aussehen nicht sofort mit ihr in Verbindung, einer Frau, die im Haus nachlässig gekleidet ist, mit einem so großen Jungen auf dem Arm, was sehr anstrengend für sie sein muss, mit einem Mädchen, das ihr ungewöhnlich ähnlich sieht und ihr so etwas von der Einzigartigkeit ihrer Gesichtszüge nimmt, die für mich ausschließlich zu ihr gehörten.

Das ist aber eine Überraschung, sagt sie, ich habe dich gar nicht erkannt, und ein Lächeln tritt auf ihre Lippen, das die Augen mit einem Licht aus früherer Zeit erfüllt. Ich entschuldige mich, war zufällig in der Gegend, da kam mir der Gedanke, vielleicht seist du ja zu Hause, und meine Stimme hört sich rauer an, als sie sollte, eine Stimme, die seit vielen Stunden zu niemandem mehr gesprochen hat. Du hast Glück, mich anzutreffen, ich wollte gerade mit dem Kleinen zum Arzt, da ich aber nicht weiß, bei wem ich das Mädchen lassen soll, wollte ich sie auch mitnehmen. Es ist nichts Schlimmes, sagt sie, nichts Besorgniserregendes zumindest, immer wenn ihm die Mandeln etwas anschwellen, bekommt er hohes Fieber, ich sollte darüber nicht mehr erschrecken, aber ich erschrecke doch immer wieder. Mich enttäuscht ein wenig die Selbstverständlichkeit, mit der sie zu mir spricht, wie mit einem alten Bekannten, ohne jede Spur von Überraschung. Sie legt dem Jungen eine Hand auf die Stirn, ich habe ihm ein Zäpfchen gegeben, ich glaube, das Fieber sinkt schon wieder. Mein Sohn bekommt auch Zäpfchen, ihm geht es genauso, das Fieber steigt gleich auf vierzig, will ich sagen, schweige aber, zurückgehalten von einer seltsamen Scham, als wollte ich ihr lieber verschweigen, dass ich auch verheiratet und Vater bin und mein Sohn in ungefähr demselben Alter ist wie ihrer und dass es ihm dieser Tage auch nicht so gut geht, wie meine Frau mir gestern am Telefon gesagt hat.

Bestürzt darüber, ihr zur Begrüßung nicht einmal einen Kuss gegeben zu haben, mache ich Anstalten, wieder zu gehen, aber komm doch herein, du brauchst doch nicht vor der Tür stehen zu bleiben, wenn du mich schon besuchst, lasse ich dich nicht ohne wenigstens einen Kaffee gehen. Sie wohnt in einer Wohnung mit langen Fluren, hohen stuckverzierten Decken und Parkettböden. Früher einmal ist es bestimmt eine luxuriöse Wohnung gewesen, doch jetzt steht sie halb leer, als würde sie nicht ganz bewohnt, vielleicht hat sie ihren Eltern gehört oder denen ihres Mannes, und sie haben nicht das Geld gehabt, sie einzurichten. Sie sieht nicht so aus, als hätten sie viel Geld, jedenfalls legt sie nicht mehr so viel Wert auf ihr Äußeres wie zu der Zeit, als ich sie kennen lernte, trägt alte Jeans und Turnschuhe aus Segeltuch ohne Schnürsenkel. Ihre Haut ist etwas matter geworden und ihr Haar eher vernachlässigt, wie das einer Frau, die den ganzen Tag nicht aus dem Haus geht, sich mit den Kindern abrackert und keine Zeit und Lust hat, sich ein wenig herzurichten.

Sie räumt Spielsachen, bekrakelte Blätter und Buntstifte von einem großen alten Sessel und bittet mich, Platz zu nehmen, derweil sie den Kaffee zubereitet. Ich befinde mich allein in einem großen Raum, in dem Leere und Unordnung die vorherrschenden Eindrücke sind. Auf einem Tisch steht ein Mixer, wie ihn meine Frau und ich auch benutzen, um dem Kind das Obst zu pürieren, eine verschmutzte Saugflasche, ein Behältnis mit flüssiger Kinderseife, daneben liegt eine Stoffwindel, der ein penetranter Uringeruch entströmt. Die Geräusche der Straße dringen durch die Jalousien, die das wenige Licht des bewölkten Tages abhalten. In einem Nebenzimmer weint der Junge, und man hört die laute Musik eines vormittäglichen Zeichentrickfilms. Was ich hier tue, ist absurd: Wie ein förmlicher Besucher steif im Sessel sitzend, traue ich mich nicht einmal, die Beine übereinander zu schlagen, warte darauf, dass sie auf der Türschwelle erscheint, wie ich sie damals erwartet habe, voller Verlangen nach ihrer Anwesenheit und zugleich erschrocken, begierig nach jeder ihrer Bewegungen und jeder Eigenart von ihr, ihrer Art, sich zu kleiden, die schon etwas verstiegen war für unsere Provinzstadt, ihrem klaren Madrider Akzent.

Sie kommt mit dem Kaffee auf einem Tablett zurück, und als sie es abstellt, bemerkt sie die Windel und legt sie mit ärgerlicher Geste und müdem Blick zur Seite, jetzt habe ich doch den Zucker vergessen, ich weiß nicht, wo ich heute meinen Kopf habe, sie nimmt die Windel, die Flasche und den Mixer mit, ich höre sie etwas zu dem Jungen sagen, der zu weinen aufhört, lächelnd und mit entschuldigender Miene taucht sie wieder auf, streicht sich eine Haarsträhne aus den Augen, und da sehe ich sie wie in einer Erleuchtung genau wie vor fünf Jahren, so deutlich, wie man eine Landschaft sieht, wenn man ein beschlagenes Fenster wischt, und ich finde, dass sie eine große Ähnlichkeit mit jemandem besitzt, doch es dauert ein paar Sekunden, bis ich darauf komme: mit der Frau aus dem Reisebüro Olympia, in die mein Freund Juan und ich uns so verguckt haben. Dieselbe Neigung des Profils, wenn sie sich das Haar aus dem Gesicht streicht, dieselbe Farbe zwischen Blond und Kastanie, der große Mund, die Linie des Kinns und des Unterkiefers, das Licht in den hellen Augen.

So wie damals, als ich bis über beide Ohren in sie verliebt war, kann ich mich auch heute nicht ganz auf ihre Worte konzentrieren, sinke zurück in die fanatische Aufmerksamkeit der Liebe, einer pubertären, kontemplativen und lähmenden Leidenschaft, die ihren quälenden Höhepunkt in der Unmöglichkeit fand, dem Verlangen der Machtlosigkeit Auftrieb gab, dem Leiden und dem Verzagen, wie es in der Literatur vorkommt. Ich habe das Medizinstudium aufgegeben, als ich schwanger wurde, das weißt du ja noch, wollte wieder einsteigen, als die Kleine schon etwas älter war, doch da wurde ich erneut schwanger, und jetzt überlege ich, ob ich einen Abschluss als Krankenschwester mache, das dauert nicht so lange, und meine Scheine werden mir angerechnet, außerdem findet man da leichter Arbeit. Du siehst ja, mit der Erfahrung, die ich schon habe, könnte ich auf der Entbindungsstation gleich Oberschwester werden.

Sie steht auf, weil der Junge wieder laut zu weinen beginnt, und als sie zurückkommt, trägt sie ihn auf dem Arm. Sein Gesicht ist rot, und die Augen glänzen vor Fieber. Ich empfinde plötzlich Eifersucht beim Anblick dieses Kindes, an dem ich Züge seines Vaters erkenne, den zu verlassen ich sie vergebens anflehte. Aus dem Nebenzimmer ruft das Mädchen, weil irgendetwas mit großem Getöse auf den Boden gefallen ist. Sie geht wieder, und ich stehe auf, fühle mich ein bisschen unredlich, als ich sie von hinten betrachte. Ihr Gesicht ist noch das gleiche, aber ihr Körper ist auseinander gegangen, hat die kurvige Schlankheit verloren, die ich mit zwanzig so an ihr mochte. Als sie mir den Kaffee einschenkte, habe ich mit einem verstohlenen Blick bemerkt, dass ihre Brüste jetzt größer und schwerer sind, die Brüste einer Frau, die zwei Kinder gestillt und sich nach den Geburten nicht sonderlich um ihre Figur gekümmert hat. Ich erinnere mich an ihre hautengen Jeans und die halb offenen Blusen aus dehnbaren Fasern, die sich wie fließende Seide anfühlten, so wie ihre Haut, die zu berühren ich mich nur wenige Male getraut hatte. Eines Abends im Frühsommer hatte ich sie zum Essen eingeladen, und sie kam in einem luftigen Kostüm und Sandalen herunter, das Haar zu einem Pferdeschwanz gebunden, von dem zwei Strähnen seitlich an den Wangen herabfielen, so beschwingt und so begehrenswert, dass es eine Qual war ohne den Mut, sie in die Arme zu schließen.

Du willst doch nicht schon gehen, erzähl mir was von dir, du hast ja noch gar nichts gesagt, auch darin hast du dich nicht verändert. Der Junge weint nicht mehr, im Nebenzimmer hört man wieder den Fernseher. Sie sitzt mir gegenüber und möchte, dass ich ihr aus meinem Leben der letzten Jahre erzähle, und ich nehme mit aufflackernder Selbstgefälligkeit zur Kenntnis, dass sie sich die Lippen ein wenig nachgezogen hat. Ich habe gehört, dass du auch geheiratet hast, deine Sandkastenliebe. Genau wie du, wage ich einzuwerfen, und einen Moment lang sitzen wirklich nur wir beide uns gegenüber, und es gibt nur einen winzigen Leerraum zwischen uns, den wir vor langer Zeit ein einziges Mal überwunden haben und der sich, so scheint es plötzlich, nie geschlossen hat. Doch dann lächeln wir beide, schütteln wohlerzogen den Kopf, halten uns an die objektive Gewöhnlichkeit der tatsächlichen Ereignisse. Du hast es wenigstens zu etwas gebracht, hast dein Studium abgeschlossen. Ich weiß noch, wie du Kunstgeschichte studieren wolltest, mit welcher Begeisterung du von alldem gesprochen hast, von den Assyrern, den Ägyptern, Picasso, Hieronymus Bosch, Velázquez, Giotto. Ich habe immer noch eine Ansichtskarte, die du mir aus Florenz geschickt hast.

Und was hat es mir genutzt. Ich erinnere mich noch an die Ansichtskarte, sogar noch daran, wo ich sie geschrieben habe, auf den Treppenstufen zu Santa Maria del Fiore, und wie verliebt ich in dich war. Ich erkläre ihr, ich habe für den Übergang eine Stelle als Aushilfe in der Stadtverwaltung gefunden und im Jahr darauf die Auswahlprüfung bestanden, obwohl ich nicht auf Dauer bei der Stadt zu arbeiten gedenke, sobald ich kann, werde ich meine Dissertation zu Ende schreiben oder mich auf eine Stelle als Gymnasiallehrer bewerben. Dasselbe hat Victor auch vor, er versucht es über ein Fernstudium, wenn er nur so viel Glück hätte wie du. Victor: Es schmerzt mich, wann immer sie den Namen ihres Mannes so selbstverständlich ausspricht. Wäre sie bei mir geblieben, spräche sie meinen Namen jetzt mit derselben Natürlichkeit aus wie meine Frau, würde mich vielleicht sogar mit einem ehelichen Kosenamen rufen.

Hinten im Zimmer klingelt das Telefon. Sie spricht leise, ohne mich anzusehen, erklärt jemandem, sie wolle mit dem Kleinen zum Arzt gehen, obwohl das Fieber nicht mehr steige. Ciao, sagt sie, komm bald heim. Was tue ich eigentlich hier, ein Phantom, ein Besuch, nicht einmal ein Eindringling. Ciao, komm bald heim. Die Leute sprechen Wörter aus, ohne daran zu denken, was sie bedeuten, dass ein ganzes Leben in einem schlichten Satz Platz findet, an die tiefe Schmach, die einer trivialen Formel innewohnen kann: Schade, dass du Victor nicht kennen gelernt hast, er hätte sich gefreut, dich zu sehen.

Als ich diesmal aufstehe, sagt sie nicht mehr, ich solle doch noch bleiben. Die häuslichen Gerüche im Flur, die sie schon nicht mehr wahrnimmt, von Kleinkindern, Küchendünsten, Laken und Körpern, ungelüfteten Zimmern, ein Amalgam von Gerüchen all der Dinge ihres Alltags, ihres alltäglichen Lebens, das für mich ebenso fremd ist wie dieses große unaufgeräumte, dämmrige Haus. Auch meine Wohnung wird ihren Geruch haben, selbst mein kleines, wohlaufgeräumtes Arbeitszimmer, und zum Teil wird er ähnlich sein, ein Geruch von saurer Milch und Babypuder. Sie verabschiedet mich unter der Tür mit dem fiebernden, weinenden Jungen im Arm, dessen Kinn vom Sabbern ganz feucht ist. Sie küsst mich auf beide Wangen, ohne die Haut zu berühren, eben nur die Luftschicht streifend, die ihr am nächsten ist, die den Individualgeruch eines Menschen einschließt, ihren eigenen, an den ich mich nicht mehr erinnere und der mich jetzt, da ich ihn wieder erkenne, ungerührt lässt. Bleibst du länger in Madrid? Du könntest uns besuchen. Sie sagt dies vielleicht, um jeden Verdacht von früherer Heimlichkeit auszuräumen. Sie ist nicht mehr die allein auf sich gestellte Frau, die sich für kurze Zeit in mich verliebt zu haben und bereit zu sein schien, bei mir zu bleiben. Jetzt spricht sie in einem Plural zu mir, der ihren Mann dauerhaft mit einschließt, bietet mir diese Art von Ehepaarfreundschaft an, die für einen ehemaligen Liebhaber der schlimmste Affront ist. Ich glaube nicht, dass ich so viel Zeit habe, ich fahre heute Nacht noch zurück, und vorher muss ich noch ein paar Dinge erledigen.

Den Rest des Tages stapfte ich müde und verdrossen durch Madrid. Nach vielem Suchen und Zögern wählte ich ein Restaurant fürs Abendessen, und kaum war ich eingetreten, merkte ich, dass ich die falsche Wahl getroffen hatte, doch da kam schon ein Kellner mit schmuddeligem Jackett auf mich zu, und ich brachte nicht die Kraft auf, mich umzudrehen und zu gehen, und so aß ich ein Stück von einem fragwürdigen Kalbsschnitzel, das leicht nach Fäulnis roch. In einer riesigen Buchhandlung auf der Gran Vía wurde mir schwindlig vor lauter Titeln, und ich kaufte mir schließlich einen Roman, der eigentlich gar nicht nach meinem Geschmack war und den ich nie gelesen habe. Danach ging ich in ein Kino, und als der Film zu Ende war, war es draußen schon dunkel, doch immer noch fehlten ein paar Stunden bis zur Abfahrt meines Zuges. Mit einem Anflug von schlechtem Gewissen rief ich zu Hause an, dabei war ich noch keine drei Tage fort. Als meine Frau sich meldete, fürchtete ich sofort, aus dem Klang ihrer Stimme Anzeichen für irgendein Unglück herauszuhören. Der Kleine hatte sie in der Nacht durch ein seltsames Keuchen aufgeweckt, und sie war mit ihm sogleich zur Notfallambulanz gefahren, wo man eine Kehlkopfentzündung diagnostiziert hatte.

Einige Minuten bevor der Nachtzug abfuhr, stand ich am Zug und sah eine junge Frau, die über den Bahnsteig gerannt kam. Während ich wartete, war mir der Gedanke gekommen, sie käme vielleicht zum Bahnhof, um mich zu verabschieden, hätte mich deshalb nach der Abfahrtszeit des Zuges gefragt. Beim letzten Mal, vor fünf Jahren, hatte ich bis zum äußersten Moment auf ebendiesem Bahnsteig auf sie gewartet, den Blick auf die Bahnhofsuhr gerichtet und auf die Gesichter der

Menschen, die durch die Glastür hereingehastet kamen. Ich erwartete sie bei meiner Ankunft im Morgengrauen und in der Nacht an demselben Zug, mit dem ich gekommen war, und keines der beiden Male ließ sie sich sehen. Ohne mir dessen ganz bewusst zu sein, wiederholte ich dieses Warten heute, nicht weil ich es für wahrscheinlich hielt, dass sie wirklich hier auftauchte, nicht einmal, weil ich mich danach sehnte, sondern wohl nur aus einer Art sentimentalen Stumpfsinns.

Und jetzt sah ich sie, erschauernd, ungläubig, beinah entsetzt, mit fünfjähriger Verspätung auf mich zulaufen, und wer sie da herankommen sah, war der, der ich damals gewesen war, neu auflebend, nicht von Unterwürfigkeit niedergedrückt, von ausbeuterischer Arbeit und Familienleben, aber auch nicht klüger geworden mit der Zeit, noch genauso verträumt und unvernünftig.

Eine Sekunde später war die Frau nicht mehr sie, obwohl ihr Blick noch immer auf mich gerichtet war, während sie auf mich zugelaufen kam und mich anlächelte, eine Armbewegung vollführte, als wollte sie mich umarmen. Sie war hoch gewachsen und schlank, ihr Haar war gelockt. Sie lief an mir vorbei und umarmte einen Mann, der direkt hinter mir stand. Ich stieg in den Zug und schaute aus dem Fenster. Der Mann hatte eine große Reisetasche dabei, doch keiner der beiden hob den Kopf, als das Signal zur Abfahrt des Zuges ertönte. Als er sich in Bewegung setzte, sah ich sie in der Ferne zurückbleiben, immer noch umschlungen und allein im Halbdunkel des Bahnsteigs.

Berghof

Das Arbeitszimmer im Halbdunkel, abstrakt wie eine Zelle mit seinen weißen Wänden, dem Holzboden, einem schweren klobigen Tisch, ähnlich den alten Küchentischen, wie wir einen in der Küche stehen hatten, als ich noch ein Kind war. Die Orte werden zu Echos, zu Folien von anderen, fügen sich zusammen in schmuckloser Harmonie. Als ich zu dieser unentschlossenen Zeit eines späten Winternachmittags in das Zimmer trete, muss ich an das Zimmer von García Lorca in der Huerta de San Vicente denken und an jenes, das er im Studentenwohnheim in Madrid bewohnte, und von Madrid und García Lorca führt mich das Spiel sich überlagernder Projektionen und lokaler Harmonien nach Rom, in die Spanische Akademie, in der ich im März oder April 1992 einige Nächte schlief und von langen geschäftigen Tagen der Einsamkeit und Lektüre träumte, von Tagen klösterlicher Arbeit und spiritueller Einkehr, dem Ort der Besinnung, offenbar der Seele jedes Menschen eingeprägt, der Ort, von dem man träumt, den man immer sucht, das Zimmer mit den wesentlichen Dingen, einem Bett, einem nackten Holztisch, einem Fenster, einem Wandregal vielleicht noch, für ein paar Bücher, nicht zu viele, und einer dieser mobilen Mini-Stereoanlagen, die einen überallhin begleiten und kaum Platz beanspruchen. Tagsüber wanderte ich wie trunken durch Rom, in einer Art Trance, die durch die Einsamkeit noch verstärkt wurde, und des Nachts sank ich ermattet in das schmale Bett meines Zimmers in der Akademie, in aufgewühlten Träumen, mächtig und trübe wie das Wasser des Tibers, setzte ich meine Spaziergänge durch die Stadt fort und sah Säulen und Ruinen und wie von einem Fiebertraum riesig verzerrte Tempel. Erschöpft wachte ich auf, und meine eben geöffneten Augen blickten im kalten, olivfarbenen Licht des anbrechenden Tages auf die Kuppel des Pavillons von Bramante.

Ein anderer Ort nimmt Gestalt an, wenn die Dämmerung zum Dunkel wird, in der das Licht des Computerbildschirms schimmert und das der niedrigen Lampe, die meine Hände auf der Tastatur beleuchtet. Die Hand, die auf der Maus ruht, hört auf, meine Hand zu sein. Die andere, die linke Hand, streicht gedankenverloren über die abgeschabte weiße Muschel, die Arturo vor zwei Jahren am Strand von Zahara gefunden hat, am Nachmittag vor unserer Abreise, einem jener verschwenderisch langen Spätnachmittage Anfang Juli, wenn die Sonne erst nach neun Uhr untergeht und das Meer eine kobaltblaue Färbung annimmt, sich langsam über den immer noch goldenen Sand zurückzieht, auf dem die Fußabdrücke der Badenden, die schon gegangen sind, nur noch feine schattige Mulden sind.

Aus der vom Bildschirm und der niedrigen Lampe erhellten Dunkelheit, aus der Innenfläche beider Hände, mit dem glatten Gefühl der Maus in der einen und der rauen Oberfläche der Muschel in der anderen, steigt unwillkürlich eine Gestalt vor meinem inneren Auge auf, die nicht reine Erfindung, aber auch nicht Erinnerung ist; der Arzt, der Arzt allein im halbdunklen Raum, der auf einen Patienten wartet und mit der rechten Hand die Maus bewegt, im Computerprogramm eine vor kurzem erst angelegte Krankenakte sucht, in die gerade gestern die Ergebnisse der letzten Untersuchung eingetragen worden sind.

Diese Gestalt sehe ich oft, meistens nur bruchstückhaft, die Hände vor allem, die im schimmernden Licht des Bildschirms über die Tasten fahren: lange, knochige, zielstrebige Finger, auf der Oberseite dicht behaart, weniger grau als Bart und Kopfhaar des Arztes, den ich nie stehend sehe, obwohl ich weiß, dass er hoch gewachsen und schlank ist, der Kittel ihm lose von den Schultern hängt. Ich sehe ihn mit dem weißen Kittel, dem grauen Bart und Haar im Halbdunkel eines Zimmers sitzen, in dem die Vorhänge zugezogen sind, obwohl es längst noch nicht Abend ist, Hände und Gesicht von der Lampe und dem Computerbildschirm beleuchtet, der auf einer Seite des Schreibtisches steht, auf dem sich sonst nichts weiter befindet als die Tastatur und eine weiße runde Muschel, kleiner und stärker gewölbt als eine Jakobsmuschel, dickwandiger auch, auf einer Seite abgeschabt und schroff wie die Volute eines Kapitells aus jahrhundertelang von Salpeter und sonstigen Witterungseinflüssen zerfressenem Marmor, auf der anderen samtig weich wie Schildpatt, eine Lust für tastende Fingerkuppen, die sie drehen und wenden, als läge dies in ihrer Natur, während der Arzt mit dem eben eingetretenen Patienten spricht und sorgsam seine Worte wählt, oder besser vorher, wenn er noch allein ist und mutlos die Minuten überschlägt, die fehlen, bis die Tür sich öffnet, derweil er noch einmal das Blatt mit den Untersuchungsergebnissen überfliegt, das vor ihm auf dem Tisch liegt, genau in der Mitte zwischen seinen Händen, von dem seine Gedanken jedoch fortschweifen, zurück in eine Zeit lichter Tage, die in dem abgedunkelten Zimmer lebendig werden, geweckt durch das wechselweise spröde und glatte Tastempfinden auf der schlichten, unauffälligen Muschel von der Kalkfarbe verwitterten Marmors, die von der Basis aus gleichförmig wie Rippen eines Fächers auseinander strebenden Rillen, von denen jede einen erlesenen Bogen beschreibt, eine beginnende Spirale, unterbrochen vom Muschelrand, der schartig und abgewetzt ist und die Fingerkuppen eine unregelmäßige Kante wie von einer zerbrochenen Tonscherbe fühlen lässt.

Ein Gegenstand führt zum anderen, als wären sie durch das zarte Band des banalen Zufalls miteinander verbunden. Die Muscheln am Strand von Zahara de los Atunes, die gewölbten Scherben antiker Amphoren. Man muss sie kommen lassen oder sanft zu sich heranziehen, die Finger aufmerksam am Puls eines Seidenfädchens, nur ein Minimum an Kraft aufwendend, um den Widerstand zu überwinden, ohne dass der Faden reißt, wenn man merkt, da kommt etwas, ein unbedeutendes Detail, in dem jedoch eine unversehrte Blase sensorischer Erinnerung eingefangen ist wie ein Millionen Jahre altes Luftbläschen im Innern einer Bernsteinträne. Der Parkettboden der großen dunklen Wohnung, in der der Arzt arbeitet, ist so alt wie das ganze Gebäude und ächzt unter den Schritten mit knarrenden Lauten von altem solidem Holz. Zuerst wird das Pfeifen der Sprechanlage ertönen, und erst, wenn er der Krankenschwester sagt, dass der Patient jetzt eintreten könne, wird er dessen Schritte herankommen hören wie auf den Decksplanken eines Schiffes.

Als ich noch ein Kind war, gab es im Haus einer Schwester meiner Großmutter ein Zimmer mit Holzfußboden. Ich kannte bis dahin nur Böden aus Steinfliesen, die eiskalt waren im Winter, oder aus eng gesetzten Kieseln, wie man sie in den Innenhöfen einiger Bauernhäuser noch findet, oder einfach gestampfte Lehmböden. Ich ging nur deshalb gern die Schwester meiner Großmutter besuchen, um dieses Zimmer zu betreten, um zu spüren, wie das Holz unter meinen Schritten etwas nachgab, und um seinen dunkel polierten Klang zu hören, glänzend wie das gewachste Parkett. Es war, als befände ich mich in der Kajüte eines Segelboots, an einem anderen Ort, in einem anderen Leben fast. Eine ähnliche Empfindung materieller Fülle habe ich, wenn ich dem Klang eines Violoncello lausche. Wieder springt die Zeit, von einem Gegenstand zum nächsten, von einer Zeit zur anderen, mit der Geschwindigkeit beschleunigter Neutronen, zweihundert Kilometern in der Sekunde: Im Herbst 1938 spielt Pau Casals in Barcelona die Suiten für Violoncello von Bach, als die Schlacht am Ebro bereits verloren ist, und Manuel Azaña und Juan Negrín hören ihn in einer Loge im Teatro del Liceo. Hinter seinem Schreibtisch, auf dem Regal, auf dem nur wenige Bücher stehen, über Medizin und Geschichte hauptsächlich, hat der Arzt eine kleine Musikanlage installiert, die manchmal leise spielt, während er einem Patienten zuhört oder ihn auf der Liege untersucht, die in einer praktisch dunklen Ecke des Zimmers vor einer spanischen Wand steht. Auf der Liege fühlt sich der Patient verletzlicher, ergibt sich von vornherein seiner Krankheit, der Untersuchung durch den Arzt, den er bereits auf der anderen Seite der unsichtbaren Linie sieht, jener alles entscheidenden Linie, die die Gesunden von den Kranken trennt, die eingeschlossen sind im Ghetto ihrer Angst, ihrer Schmerzen und vielleicht, was fast noch schlimmer ist, ihrer Scham. *Der Kranke ist vom Gesunden verlassen*, schrieb Franz Kafka einmal an Milena Jesenská, *aber der Gesunde vom Kranken auch*.

Die Liege, die spanische Wand, sie tauchen erst jetzt aus dem Halbdunkel auf, aus dem puren Nichts dessen, was weder Erfindung noch Erinnerung ist. Bevor er dem Patienten berichtet, was die Untersuchung ergeben hat und was man nicht sagen kann, ohne einen unmittelbaren Schrecken hervorzurufen, ohne einen Kloß im Hals zu spüren, obwohl man es schon so oft gesagt hat, bittet der Arzt den Patienten, sich auf die Liege zu legen, ohne sich auszuziehen, die Hose ein Stück nach unten zu streifen reicht schon aus, das Hemd ein wenig hochzuschieben, damit er den Bauch abtasten kann mit seinen langen zielstrebigen Fingern, geschmeidig, präzise. Die Schmach, auf dem Rücken zu liegen, lang ausgestreckt und passiv, die Hosen herabgelassen bis zum Ansatz des Schamhaars, während eine fremde Hand, eine vollkommene Männerhand, nach etwas Unregelmäßigem tastet, nach einer Wölbung, die nicht zu spüren sein dürfte, wer weiß, ob nicht sogar nach einer Wunde, wie die Krankheiten der Antike sie hervorriefen, oder nach geschwollenen Lymphknoten, den Vorboten der Pest.

Im Hintergrund, jenseits der beiden Atemgeräusche, dem des Patienten und dem des Arztes, so nah zusammen und dennoch von der unsichtbaren Linie getrennt, hört man eine Suite für Violoncello von Bach, 1938 von Pau Casals gespielt, in einer Nacht vielleicht, in der über Barcelona die Sirenen heulten und Bomben explodierten, mit ihren Feuersbrünsten die kalte, finstere Stadt erleuchteten, die sich längst dem Hunger und dem Winter ergeben hatte, Monate bevor die blutrünstige Armee der frömmelnden Sieger einmarschierte.

Obwohl sie nur sehr leise spielt, hat der Patient die Musik erkannt und die Aufnahme identifiziert. Während einiger schwieriger Minuten unterhalten sie sich nicht wirklich erleichtert über Bach, den Klang des Violoncellos, die wunderbare Technik der digitalen Aufnahmen, die es erlauben, solche vergrabenen Schätze zu heben, über das Wunder einer Musik, die nur in jener einen Nacht zum ersten Mal auf der Welt erklang. Sie unterhalten sich, und das Blatt mit den Untersuchungsergebnissen liegt auf dem Tisch, in der Mitte zwischen den zögernden, viel sagenden Händen des Arztes, und neben einer Muschel, zu der sich seine Finger, die man ein Instrument spielend sich vorstellen kann, ab und zu instinktiv hinbewegen. Bevor Pau Casals die Partituren ausgrub, waren Bachs Suiten noch nie gespielt worden. Er fand sie zufällig, als er in einer Gasse in der Nähe des Hafens von Barcelona einen Stand mit antiquarischen Dokumenten durchstöberte, genau wie Cervantes das arabische Manuskript des *Quijote* in einem Trödelladen in Toledo entdeckt haben will. Der pure Zufall gab ihm einen Schatz in die Hand, der vom Schicksal für ihn bestimmt zu sein schien. Wenn Pau Casals nicht ausgerechnet an diesem

Tag einen Stoß vergilbten Papiers durchwühlt hätte; wenn der Mann, den der Arzt erwartet, nicht erschienen wäre; wenn er nicht jemandem begegnet wäre, der ihm unmerklich übertragen hätte, was über Jahre hinweg verborgen war. An jenem weit zurückliegenden Tag in einem Zug, die große schlanke Frau, die mit ihren hohen Absätzen wie auf Hufen geht, einen Hauch von Unschlüssigkeit und Trunkenheit in ihren grünen Augen, die unter den Locken hervorblitzen, ein grundloses Lächeln auf den fein geschwungenen Lippen über dem festen Kinn, das skandinavisch oder angelsächsisch wirkt.

Aber er will noch nicht, dass er hereinkommt, obwohl nur Minuten bis zum verabredeten Termin fehlen. Er wird schon im Eintreten begriffen sein, beunruhigt, aber noch nicht von Entsetzen ergriffen, immer noch in seinem normalen Leben zu Hause, an das er sich, wenn er von hier fortgeht, als sein Heimatland erinnern wird, in das es keine Rückkehr für ihn gibt, das Land derer, die gesund sind und nicht ans Sterben denken. Aber ihm und vielen, die so sind wie er, ist noch etwas anderes vorbehalten, weiß der Arzt, und das ist die Scham, denn er wird nicht wollen, dass jemand erfährt, was die Untersuchung ergeben hat, nicht nur eine Krankheit, sondern den Namen einer Art von Schande: Er wird sich nicht einmal trauen, ihm, dem Arzt, in die Augen zu schauen, obwohl sie sich Minuten zuvor oder beim vorigen Besuch noch über die Suiten für Violoncello von Bach unterhalten haben, denn mit einem Mal ist er ausgeschlossen, vertrieben aus der Gemeinschaft der Normalen, wie ein Jude, der in einem Wiener Café die Zeitung liest, in der die neuen deutschen Rassegesetze abgedruckt sind. Das Café ist dasselbe wie jeden Morgen, die Zeitung ist die, die er seit Jahren liest, und dennoch ist mit einem Schlag alles anders, und der Kellner, der so dienstbeflissen seinen Namen nennt und ihn gar nicht zu fragen braucht, was er bestellen möchte, derselbe Kellner, der ihn jeden Morgen bedient, würde sich vielleicht weigern, ihm einen Kaffee zu bringen, wenn er wüsste, wozu er kraft Gesetz geworden ist, obwohl man ihm äußerlich nichts ansieht, sein Judentum in seinem blonden oder braunen Haar, in seinen hellen Augen und seinem normalen Gesicht durch nichts zum Ausdruck kommt.

Ich umfasse die Muschel mit meiner Hand; umfasse sie so leicht, wie ich die Hand meines kleinen Sohnes umfasse, der mit der größten Selbstverständlichkeit meine Hand nimmt, wenn wir nach draußen gehen, obwohl er schon dreizehn ist. Als er noch klein war, sagte er, lass uns Hände messen. Wir hielten die Hände aneinander, und seine war nicht einmal halb so groß wie meine behaarte, knochige Hand, eine Menschenfresserpranke und nicht die Hand eines Arztes für seine weiche Kinderhand, die ich mit einem Happs verschlang, worüber er dann vor Freude und vor Angst lachen musste, friss meine Hand mit der deinen, hieß das Spiel, so wie der böse Wolf die Zicklein gefressen hat. Erzähl mir noch eine Geschichte, geh noch nicht aus dem Zimmer, mach die Nachttischlampe nicht aus. Hinterher wunderte er sich jedes Mal, wenn meine Hand sich öffnete und seine unversehrt zum Vorschein kam, nicht aufgefressen, nicht einmal gebissen, genau wie die weißen Zicklein, die die Mutter aus dem Bauch des bösen Wolfs befreite, der am Maul und auf dem Rücken schwarze Haare hat, die genauso pieksen wie die auf deiner Hand.

Wenn wir aus dem Hotel kamen, gingen wir über einen Weg zwischen Palmen und Hecken und waren sogleich am Atlantik, geblendet vom Licht und dem endlos weiten Horizont, der nicht im Meer endete, sondern weiter jenseits, hinter einer Linie von bläulichen Bergen, die zu Nordafrika gehörten. Nachts konnten wir durch den Dunst über dem Meer die flimmernden Lichter von Tanger sehen. Vor vielen Jahren einmal war ich in Tanger, wie in einem anderen Leben. Der Arzt drückt die Muschelwölbung in seine Handfläche und drückt vor zwei Sommern die Hand seines Sohnes. Seine Frau hat auf der anderen Seite den Arm um seine Taille geschlungen, presst sich an ihn, um dem Westwind zu trotzen, der vom Meer herüberkommt, wo die dunklen Formen von Afrika und die Lichter von Tanger zu sehen sind, dem Wind, der nach Feuchtigkeit und Algen riecht. Irgendwo an diesem riesigen Strand werden im Schutz der Dunkelheit jede Nacht illegale schwarze Einwanderer abgesetzt oder Packen geschmuggelten Tabaks abgeladen oder Haschisch in gepressten Ballen. Manchmal werfen die mächtigen Wellen des Atlantiks Leichen von Marokkanern, vom Wasser aufgedunsene und von den Fischen angefressene schwarze Leiber auf den Strand, die Überreste alter Boote aus verrostetem Eisen oder faulendem Holz, in denen sie Schiffbruch erlitten haben.

Erst als sie am ersten Nachmittag an den Strand kamen, merkten sie beide, welche Müdigkeit auf ihnen gelastet hatte, so leicht fühlten sie sich mit einem Mal, nachdem sie endlich überwunden war, so wie im Hotelzimmer, nachdem sie sich des Gepäcks und der schon durchgeschwitzten Kleidung entledigt hatten, mit der sie am frühen Morgen in Madrid aufgebrochen waren. All die Monate im abgedunkelten Zimmer, Untersuchungsergebnisse erwartend, Patienten, unsichtbar von der Krankheit gezeichnete Gesichter von Männern und Frauen, ausgewählt von der grausamen Ironie des Zufalls. Der Junge rannte vornweg, voller Ungeduld, ans Wasser zu kommen, stieß im Sand den großen Ball mit weißen und blauen Punkten vor sich her, den der Wind schwerelos von ihm fortwehte. Noch schien die Sonne, aber viele Menschen waren nicht mehr am Strand, oder er war so groß, dass er leer aussah, beinah verwaist, ganz für sie allein. Es beschämte ihn ein wenig, sein Hemd auszuziehen, so blass und schmächtig im goldenen Abendlicht, so sonnenabweisend im Gegensatz zu seiner Frau und seinem Sohn, die beide denselben zimtfarbenen Teint besaßen, ein Primärmerkmal, welche das genetische Erbe der einen an den anderen weitergegeben hatte. Was magst du von mir geerbt haben, mein Sohn, der an diesem späten Nachmittag kühn der ersten hohen, vom Schaum des Sommers gekrönten Welle entgegenspringt, von ihr umgeworfen wird, kreischend vor Vergnügen dem Meer entsteigt, über und über glitzernd von Wasser und Sonne auf der Haut, die von der Zeit noch nicht strapaziert ist, auf deinem Körper, der in jenem Sommer seine kindlichen Rundungen noch nicht ganz verloren hatte.

Als ich mich bäuchlings in den Sand fallen ließ, spürte ich mit einem körperlichen Hochgefühl die unergründliche Konsistenz, die Wölbung der Erde. Jorge Guillén drückt es in zwei Verszeilen sehr treffend aus: *Und der wandernde Fuß fühlt / die Ganzheit des Planeten.* Aus nächster Nähe betrachtete ich die winzigen Körnchen, die unermesslich kleinen Bruchstücke von Felsen und Muscheln, von Glas und zerbrochenen Amphoren, abgenutzt und zu Pulver zermahlen in einer Zeitspanne geologischen Ausmaßes durch die unermüdliche Kraft des Meeres, das jetzt immer noch brandete und wie Paukenschläge in meinen Ohren widerhallte, in meinem müden, zerschlagenen Körper, der ausgezehrt war von monatelanger Arbeit, von Bangen und Schlaflosigkeit, von Notfällen, von den Schuldgefühlen, anderer Menschen Krankheit und Schmerz mitzuerleben, ihre Panik und das Voranschreiten des Todes. Ich nahm eine Hand voll Sand und öffnete die Hand ein wenig, um ihn in einem dünnen Fädchen, mit der Flüchtigkeit weniger Sekunden wieder hinabrieseln zu lassen. Zuerst war es etwas Festes im Innern der zusammengepressten Hand, fest verschlossen wie die Schalen einer Muschel für die kleinen Finger meines Sohnes, der sie zu öffnen versuchte und es nicht schaffte, der unter heftigem Atmen nur einen Finger hochbiegen konnte, doch der schnellte wieder nach unten, und die Faust blieb geschlossen. Dann öffnete sie sich langsam, und der kompakte Sand löste sich in nichts auf, nur ein paar winzige Körnchen blieben in der breiten Handfläche zurück, mineralische Pünktchen, getroffen vom Licht. Mit elf Jahren genoss der Junge dieses Spiel noch, forderte vergeblich seinen Vater heraus und versuchte unter Keuchen die Faust zu öffnen, in der sich manchmal ein Bonbon oder eine Münze fand. Er suchte einen Spalt zwischen den Fingern, grub und bohrte, doch immer vergebens, aber er tat es so behutsam, dass er ihn nie seine Fingernägel spüren ließ. Wenn er sich geschlagen gab, warf er sich mit aller Kraft auf ihn, umarmte ihn mit einer wilden, hingebungsvollen Zärtlichkeit, strich ihm mit der Handfläche gegen den Strich über die Wange, um das Stechen der Barthaare zu spüren. Er brauchte dem Kind nur zwei Finger in die Seite zu drücken, direkt unter die Rippen, damit es sich lachend im Sand wälzte und mit den Beinen zappelte.

«Beide schon so groß und immer noch so kindisch.» Die Augen hinter der Sonnenbrille verborgen, klopfte die Frau neben ihnen den Sand ab, den der Junge mit seinen strampelnden Beinen auf ihre Zeitschrift geworfen hatte. Kaum in der Sonne, und schon nahm ihre Haut eine sanfte Brauntönung an. Die Ruhe, der tiefe Schlaf, die trägen Stunden am Strand und am Swimmingpool des Hotels, die Siestas im kühlen Halbdunkel des Zimmers hatten jede Spur von Erschöpfung aus ihrem Gesicht gewischt, und sie zeigte das gleiche glückliche Lachen, das mich schon geblendet hatte, als ich sie zum ersten Mal sah. So begehrenswert und jung, als wären keine zwölf Jahre vergangen, als wäre das nicht ihr Junge, der jetzt neben ihr saß und ihre Füße mit den rot lackierten Zehennägeln langsam unter Sand begrub, indem er aus der leicht geöffneten Faust einen dünnen Sandfaden herabrieseln ließ, der über ihren Spann und zwischen die Zehen glitt, als würden sie sanft gestreichelt.

Aber ich wollte die Zeit nicht verleugnen, es war gut, dass sie vergangen war, sie hatte uns reichliche Gaben gebracht, so viele Dinge, die ich greifbar und unantastbar vor mir sah in diesen Julitagen. Der Körper meiner Frau gefiel mir jetzt mehr, weil ich ihn zwölf Jahre lang liebkost und kennen gelernt hatte, mein Verlangen nach ihm so tief war, eben weil ich ihn so gut kannte, aber auch, weil er meinen Sohn in sich aufgenommen und geboren hatte, er war gedehnt worden, gesalbt von einer herrlichen Mutterschaft, genährt von fruchtbaren Hormonflüssen, Milchrinnsalen, die in dicken Tropfen von ihren Brüsten perlten, wenn der Junge sich satt getrunken hatte. Dieselbe Hand, die den Bauch des auf der Liege ausgestreckten Patienten abtastet und nach Anzeichen einer Krankheit sucht, hat vor zwölf Jahren diesen prallen runden Bauch gestreichelt, von kraftvollen Strömen durchfurcht und erschüttert vom Herzschlag des in die Welt drängenden Kindes, dieselbe Hand erspürte seine planetarische Rundung mit den Kuppen ihrer Finger. Wer weiß, ob ein Arzt vergessen kann, was er ist, ob er seinen Beruf hinter sich lassen kann, wie er seinen Kittel im halbdunklen Sprechzimmer zurücklässt und mit knarrenden Schritten über das gewachste Holz des Parketts, das diesen alten Glanz jahrelangen Gebrauchs hat, zur Tür hinausgeht und auf der Straße von der noch immer sommerlichen Helle der Sonne geblendet wird, die ihn nötigt, seine Sonnenbrille aufzusetzen, vielleicht auch, sich daran zu erinnern, dass seine Frau sie ihm vor zwei Jahren gekauft hat, vor zwei Sommern im selben Laden des Hotels, in dem sie gleich nach der Ankunft die wichtigsten Dinge für den Strand erstanden haben, Badezeug und -schlappen, Sonnencreme mit dem höchsten Lichtschutzfaktor, eine Mütze für den Jungen mit dem Zeichen des Zorro, einen großen aufblasbaren Ball, der so leicht ist, dass die Meeresbrise ihn immer davonweht, eine Taucherbrille und Schwimmflossen, weil der Junge seine ebenso umfassenden wie imaginären Kenntnisse von der Jagd nach Fischen unter Wasser praktizieren will, die er durch einen Dokumentarfilm im Fernsehen erworben hat.

Im schwachen Licht des Sprechzimmers taucht jetzt noch etwas auf, das ich bisher nicht bemerkt habe, nicht auf dem Tisch, sondern auf dem Bücherregal, wo die Musikanlage steht, das Foto eines Jungen im Kindesalter noch, aber schon fast am Ende davon, auf der Schwelle zu einem Übergang, mit zerzaustem Haar und zarten Gesichtszügen, eine Taucherbrille auf der Stirn, mit zusammengekniffenen Augen lachend und mit Spuren von Sand auf der Nase und im schwarzen Haarschopf.

Nach Westen hin verlängerte sich der Strand zu einer unbegrenzten Horizontalen, die in dem verschwommenen weißen Fleck der Häuser des Ortes endete, in einem hellen Dunst zerfloss, der Umrisse verwischte und Kalk und Sand in einem einzigen Sonnenglast verschmolz. Nur im ersten Licht des Tages oder dem der untergehenden Sonne kamen die Farben voll zur Geltung, bekamen die Gegenstände scharfe Konturen. Nach Osten hin wurde der Strand von einem schroffen Hügel begrenzt, der zum Meer hin steil abfiel. Im Abendlicht glänzten die Fensterscheiben der Villen, die halb verborgen im dunklen Grün der Hecken und Palmen hinter weißen Mauern lagen, über die sich das kräftige Violett von Bougainvilleen ergoss. Man hatte uns gesagt, in diesen Villen verbrächten Multimillionäre den Sommer, hauptsächlich Deutsche. Direkt unter dem Steilhang, auf einem großen Felsen, der bei Flut vom Land getrennt wurde, stand ein rechteckiger Betonklotz, ein Bunker, der etwas von einem verfehlten, monströsen Organismus hatte, einem mineralischen Krebsgeschwulst der Landschaft, das den wütenden Angriffen des Meeres ebenso widerstand wie der Fels, der ihm sein Fundament gab. Doch in Tausenden von Jahren würde auch der Beton zu Staub zerfallen sein, würden winzige graue Körnchen sich mit den Sandkörnern vermischen oder ein Teil von ihnen geworden sein, genau wie die verschliffenen kleinen Scherbenstücke von Flaschen, Splitter von Muscheln oder Felsgestein. Für den Jungen war es ein denkwürdiges Abenteuer, auf den Bunker zu klettern, an der starken Hand des Vaters über einen schmalen Sandsteg in die innere Kammer zu gelangen, die von einem schrägen, staubflirrenden Sonnenstrahl erhellt wurde, der durch die schmalen Schießscharten hereinfiel, durch die einmal die Ferngläser der Wachtposten und die Läufe der Maschinengewehre geragt hatten. Durch den Sehschlitz sah man im klaren Morgenlicht deutlich die Küstenlinie Afrikas. Er genoss es, seinem Sohn die Dinge detailgenau zu erklären und dabei sein aufmerksames Kindergesicht zu betrachten, freute sich über sein Interesse an allem, die höfliche Aufmerksamkeit, mit der er zuzuhören wusste und die nicht unvereinbar war mit einer Vorstellungskraft, die oftmals zur Selbstvergessenheit neigte. Die Alliierten hatten 1943 die Deutschen und Italiener in Nordafrika endgültig besiegt und bereiteten sich auf eine Invasion in Südeuropa vor: Stell dir vor, wie nah sie waren, wenn sie sich entschlossen hätten, an diesem Strand zu landen anstatt in Sizilien, und stell dir die armen spanischen Soldaten von damals vor, wie sie in diesem Bunker eingesperrt auf die amerikanischen Kriegsschiffe warteten.

Als sie zurückgingen, stieg bereits die Flut. Winzige Fischlein flitzten zwischen ihren Füßen davon, die nackt durch das klare Wasser platschten, jetzt über ein flaches Stück Felsen gingen, der aus dem Sand ragte und zum Teil mit glitschigen Algen, an anderen Stellen mit einem dunkelgrünen, porösen Moos bedeckt war, das sich unter den Fußsohlen weich und mollig anfühlte. Beim Zurückfließen einer Welle bildeten sich in den Vertiefungen des Felsens flache Pfützen, in denen es von winzigen Lebewesen wimmelte, und Vater und Sohn knieten davor nieder, um sie sich aus der Nähe anzusehen, tauchten von der unmittelbaren Zeit menschlichen Tuns ein in eine unvorstellbare naturgeschichtliche Langsamkeit. Frühe Organismen verlassen das Meer und krabbeln an Land, zappeln in Pfützen, im dichten, fruchtbaren Schlamm der Marschen, wappnen sich, um zu überleben, Millionen von Jahre zu überleben, entwickeln Klappen und Schalen, Kalkpanzer, Füße und Scheren, die eine schmale Spur im Sand hinterlassen, genauso vergänglich wie die unserer Füße, wie die unseres Lebens, denkt ganz ohne Überschwang und ohne Wehmut ein Mann in den Vierzigern, der mit seinem Sohn an der Hand über den Strand spaziert, vollkommen glücklich und dankbar und auf geheimnisvolle Weise mit der Welt in Einklang an diesem Abend Anfang Juli, da es noch lange hell, die große Hitze vorbei, das Geschenk des Sommers für den Jungen aber noch ganz unversehrt ist.

Er löste sich von der Hand des Vaters, um sich kopfüber in die Wellen zu stürzen, und dieser ging ein Stück weiter den Strand hinauf, dorthin, wo der Sand wärmer war und wo seine Frau lag, von der es im halbdunklen Sprechzimmer wohl auch ein Foto gibt: mit breitem Lächeln und fein geschwungenen Lippen, stets rot geschminkt, sogar an diesem Nachmittag am Strand, mit einer Sonnenbrille, wie sie die Filmstars auf den Farbfotos der Illustrierten der vierziger Jahre trugen. Mir gefällt der Gedanke, dass sie uns aus der Ferne beobachtet hat, den Jungen und mich, leicht auszumachen auf dem um diese Zeit fast menschenleeren Strand, obwohl es immer noch warm und hell ist, nur in den Fußabdrücken auf dem Sand und an den Seiten der Dünen bilden sich kurze Schattenmulden: beide in der Hocke, die Köpfe zusammengesteckt über einer glänzenden Wasserfläche, die eine zurückfließende Welle hinterlassen hat, danach Hand in Hand über den Strand gehend, der Mann blass und dünn, der Junge rundlich und braun, mit einem letzten Sonnenglanz auf der nassen Haut, dem Ansatz eines kindlichen Bauches über dem Gummizug der Badehose; beide so verschieden und über dreißig Jahre auseinander und dennoch so erstaunlich gleich in bestimmten Gesten, in der Art, zu gehen und die Köpfe zusammenzustecken, obwohl der Junge von nahem eher der Mutter ähnelt, nicht nur im Farbton der Haut, sondern auch in der Art, wie er beim Lachen die Augen zu schmalen Schlitzen zusammenkneift, seinem kräftigen Kinn, den Händen und dem gelockten Haar, das der feuchte Meereswind zerzaust.

Es liegt ein salziger Geschmack in ihrem Mund und eine deutlichere Fleischlichkeit in ihren Küssen, die Haut fühlt sich fester an, als er sie unter dem noch feuchten Stoff ihres Bikinis streichelt, hinter zugezogenen Vorhängen im Dämmerlicht der Siesta. Brüste und Bauch sind zwei weiße Flecken auf der schon gebräunten Haut. Er legt seine Hand auf den dunklen Flaum zwischen ihren Schenkeln und denkt an das nasse Moos, in das er seine Finger getaucht hat, bis sie die glatte Oberfläche des Felsens unten am Strand berührten. Alles geschieht sehr langsam, das Verlangen steigt so allmählich wie die Flut, die von der Liebe benutzten und erschöpften Leiber, aneinander gerieben, im Halbdunkel schimmernd.

In jungen Jahren hatte er wie ein religiöser Fanatiker an die Glorie des Leidens und des Scheiterns geglaubt, an die Weitsicht des Alkohols und die Romantik des Ehebruchs. Heute konnte er sich keine tiefere Leidenschaft vorstellen als jene, die er für seine Frau und seinen Sohn empfand; eine Leidenschaft, die sie alle drei mit einer noch gastlicheren und wärmeren Atmosphäre umfing als das sommerliche Klima draußen, und das fühlte er nicht nur, es war objektiv wahrnehmbar wie ein Magnetfeld. Gemeinsame Ausflüsse, in einer Urzelle durcheinander gewirbelte Chromosomen, die frisch befruchtete Eizelle, Speichel des einen aufgenommen in den Verdauungsapparat des anderen, Speichel und Vaginalsekret, Speichel und Samenflüssigkeit zuweilen schimmernd auf ihren Lippen, zerfließend im nährenden Strom ihres Blutes, gemeinsame Gerüche und Ausdünstungen auf der Haut, in der Luft, den Bettlaken, auf denen sie schließlich besänftigt einschliefen, während jenseits der zugezogenen Vorhänge das Planschen und das Geschrei der Kinder am Hotelpool zu hören waren, und von weiter her, wenn sie genau hinhörten, das machtvolle Brausen des Meeres und des Windes, der an den Wipfeln der Palmen zerrte.

Wilde Palmen hieß der Roman, den seine Frau im Zug gelesen hatte und den sie in einer großen Basttasche mit an den Strand nahm. Er bat sie immer, ihm die Romane zu erzählen, die sie las, und diese Zusammenfassungen, zusammen mit einem gelegentlichen Film, den ebenfalls sie aussuchte, befriedigten sein Bedürfnis nach Fiktion. Die Wirklichkeit erschien ihm so komplex, so unerschöpflich, so labyrinthisch selbst in ihren einfachsten Erscheinungsformen, dass er keine Notwendigkeit sah, seine Zeit und seinen Geist mit erfundenen Dingen zu beanspruchen, wenn sie nicht durch die gefilterte Erzählung seiner Frau zu ihm kamen oder die alte Elementargewalt von Märchen besaßen. In der Kunst war er fast ausschließlich für Formen empfänglich, die etwas von der harmonischen Einheit und funktionellen Effizienz der Natur widerspiegelten, in denen zugleich jedoch ein Versprechen von Maßlosigkeit mitschwang, das über die menschliche Erfahrung und Beobachtung hinausging. Ganz besonders empfänglich war er für eine bestimmte Art von Musik und gewisse Formen und innere Räume der Architektur. Die kolossalen Ruinen der griechischen Tempel in Süditalien oder der römischen Thermen hatten ihn genauso bewegt wie die großen Wälder, die er in Neuengland und Kanada gesehen hatte. In der Form einer antiken Säule oder eines umgestürzten Kapitells fand er eine ebenso verborgene wie präzise Übereinstimmung mit der ehrwürdigen Pracht eines Baumes, mit den Rippen und Spiralen und der vollkommenen Symmetrie einer Meeresmuschel. Er zeigte seinem Sohn die Spiralform eines kleinen Schneckengehäuses und später, in einem Astronomiebuch, die identisch aussehende Spirale einer fernen Galaxie, und dann nahm er ihn mit ins Bad und sagte ihm, er solle sich die Spirale ansehen, mit der das Wasser aus dem Hahn im Abfluss verschwand. Er beobachtete den wachen Glanz des Verstehens in den dunklen Augen des Jungen, die dieselbe Farbe und denselben mandelförmigen Schnitt hatten wie die Augen seiner Mutter und genau wie diese unmittelbar und unverstellt und ohne jede Zwischenstufe Erstaunen oder Enttäuschung, Glück oder Betrübnis ausdrückten.

Er kann sich nicht erinnern, den Patienten bei seinem ersten Besuch gefragt zu haben, ob er Kinder habe. Wahrscheinlich wohl, denn er gehört zu den Menschen, die ihr Dasein als Ehemann und Vater wie eine bedrückende Aura umgibt, ein gewisser körperlicher Verschleiß, eine Verantwortungsschwere auf den Schultern, Besorgnis um die Krankheit eines Kindes oder Schlaflosigkeit, wenn er in den Nächten des Wochenendes auf das Heimkommen des Sohnes wartet. Es war dieser Eindruck von Verschleiß, einer unbestimmten allgemeinen Mattigkeit, der ihm einen Verdacht nahe legte, den er streng genommen nicht hätte hegen müssen. Es gibt jedoch keinen Anschein, der nicht auf die eine oder andere Weise sein Maß an Täuschung enthielte, so wie es auch keinen Menschen gibt, von dem man mit Sicherheit sagen kann, er sei außer Gefahr. Natürlich sagte er ihm nicht, dass zu den Blutuntersuchungen, die er ihm verordnete, auch dieser Test gehörte. Er wollte ihn nicht beunruhigen, aber vor allem wollte er ihn, soweit möglich, nicht beleidigen. Für wen halten Sie mich, hätte er ihn vielleicht gefragt, was stellen Sie sich eigentlich vor, was für ein Leben ich führe.

In wenigen Minuten würde er hereinkommen, und dann würde er die Worte aussprechen, ihm den Namen der Krankheit sagen müssen, ihn klinisch sachlich wiederholen, den Euphemismus einiger Initialen. *Natürlich wird man einen zweiten Test durchführen müssen, aber ich will Ihnen nicht verhehlen, dass die Wahrscheinlichkeit eines Irrtums begrenzt ist.*

Dieselben Worte so oft schon ausgesprochen, immer sachlich, neutral und dennoch grausam, der Schrecken und dann die Scham und immer die lähmende Angst, so oft vorausgesagt und hinterher tatsächlich erfahren mit der niemals gelinderten Verbitterung über die eigene Ohnmacht. Es ist fast eine Form von Ansteckung, ein Erschöpfungszustand beinah wie der, unter dem sie leiden, der sie in die Sprechstunde geführt hat, ein unerklärliches, anhaltendes vages Unwohlsein, das Erwachen in den Lymphknoten, in bestimmten, ganz speziellen Zellen, des unbemerkten, über Jahre verborgenen Erregers, der auch auf bestimmte genetische Gegenzeichen reagiert, die bis heute niemand entziffern kann, so wie man auch den allerletzten Bestandteil der Materie noch nicht entziffert hat, den Wirbel von Partikeln und kleinsten magnetischen Teilchen, aus denen alles gemacht ist, das Licht des Bildschirms meines Computers und der Schreibtischlampe über der Tastatur, die meine Hände beleuchtet, die harte mineralische Form der Muschel, über die meine Finger gerade gleiten und die mich an einen Sommer denken lässt, zwei Sommer, um genau zu sein, zwei identische Sommer und dennoch so verschieden wie zwei gleichartige Muscheln, die völlig gleich aussehen und, beobachtet man sie genauer, so gut wie nichts mehr gemein haben, abgesehen von jener abstrakten Ähnlichkeit, die vielleicht nur in unserer klassifizierungsfixierten Vorstellung existiert, unserem Hang zur Simplifizierung.

Du badest nicht zweimal im selben Fluss und erlebst nicht zweimal denselben Sommer, auch gibt es kein Zimmer, das einem anderen vollkommen gleicht, und du betrittst nicht dasselbe Zimmer, das du vor fünf Minuten verlassen hast, dasselbe abgedunkelte Sprechzimmer, in dem du ein einziges Mal gewesen bist, einem Arzt gegenübergesessen hast, der bedächtig sprach und schockierende Fragen stellte, deinen Antworten aufmerksam lauschte und dazu nickte, eine weiße Muschel streichelte, die links von der Tastatur des Computers auf seinem Schreibtisch lag, symmetrisch zur Maus, über die er wie verstohlen mit seinen langen weißen, behaarten Fingern strich, während er eine Datei suchte, die Daten, die der Patient der Sprechstundenhilfe durchgegeben hatte, als er zum ersten Mal anrief, um sich einen Termin geben zu lassen.

Vom Strand aus blickten wir im Osten auf die weißen Villen über dem Steilhang, zum Teil im dichten Grün der Gärten verborgen oder hinter hohen gekalkten Mauern, mit Fensterfronten und Terrassen nach Süden hin, zur bläulichen Linie der afrikanischen Küste. Man hatte uns erzählt, ganz oben im nackten Fels, wo die Vegetation nicht mehr hinreichte, gebe es eine Höhle mit jungsteinzeitlichen Malereien und Resten von phönizischen Sarkophagen. Eines Morgens erwachte ich sehr früh, als die Sonne gerade aufging, zog mir leise, um meine Frau nicht zu wecken, Kleider und Turnschuhe an und verließ das Hotel durch den einsam daliegenden Garten, der sich im stillen malvenfarbenen Wasser des Pools spiegelte. Im Restaurant bereiteten in unangenehmem elektrischen Licht die ersten Kellner das Frühstücksbüfett, deckten die Tische in somnambuler Lautlosigkeit mit Tassen und Besteck. Zufrieden spürte ich die Kraft in meinen Beinen und die solide Zuverlässigkeit der Turnschuhe, in denen ich schon Hunderte von Kilometern gelaufen und gegangen war. Die frische Morgenluft ließ meine

Haut unter der Baumwolle des leichten Sporthemds erstarren. Ich begann langsam zu laufen, atmete gleichmäßig, lief jedoch nicht zum Strand, wie sonst morgens, sondern nahm den Weg, der zum Hügel hinaufführte. Bald war ich erschöpft, da der Anstieg sehr steil war, und so setzte ich meinen Weg im Gehen fort. Aus der Nähe betrachtet, waren die Häuser, die wir vom Strand aus sahen, noch imposanter, geschützt von Mauern mit starrenden Glassplitterkronen, Warnschildern von Sicherheitsanlagenherstellern, Hunden, die mich von der anderen Seite her anbellten, als ich vorüberging, manchmal mit den Köpfen gegen Metallgitter rannten, hinter Hecken scharrten, witternd und knurrend die Schnauzen durch Zaunmaschen steckten. Außer dem Gebell der Hunde und dem Knirschen meiner Schritte auf dem Schotterweg hörte man nur das methodische Schnalzen der Rasensprenger, die unsichtbare Grünflächen bewässerten, von denen es intensiv nach Pflanzensaft und gut gedüngter Erde roch.

Hin und wieder fiel mein Blick durch die Gitter einer Tür auf große, metallisch glänzende Autos deutscher Hersteller. Ich bog um eine Ecke, und vor mir lag, jedes Mal tiefer unten, die Schwindel erregende Weite von Strand und Meer: das Hotel wie ein Spielzeug oder eines dieser Modelle zum Ausschneiden, die mein Sohn so mochte, als er noch kleiner war, das Postkartenblau des Pools, die lange Reihe der Fenster. Hinter einem von ihnen schlief meine Frau immer noch umhüllt von der Nacht, die die geschlossenen Vorhänge ihr bewahrten.

Doch ich fand den Weg nicht, der zum Gipfel und zur Höhle mit den neolithischen Malereien führte. Ich verließ die Straße und schlug mich durch ein Gebüsch von Zistrosen, hinter dem ich einen Weg zu erkennen gemeint hatte. Als ich schon glaubte, mich verlaufen zu haben, gelangte ich wieder auf die Straße, die sich jetzt zwischen Felsen und Gestrüpp dahinwand und abrupt vor einer Mauer und einem hohen, in militärischem Grün gestrichenen Eisentor endete. Dahinter bellten und knurrten mehrere Hunde und sprangen mit solcher Gewalt dagegen, dass die metallenen Türflügel bebten. Ich erkannte die hohe Terrasse und die Bogenfenster, die man vom Strand aus auf der höchsten Spitze des Hügels sah. Neben der Tür stand auf einer eingelassenen Keramikfliese mit gotischen Buchstaben: *Berghof.* Ich hatte den Namen schon einmal irgendwo gelesen, in einem Buch, aber mir fiel nicht mehr ein, in welchem.

Ich drehte mich um und gab die Suche nach der Höhle mit den Malereien auf. Ich war erschöpft, und es wurde mir zu spät. Als ich wieder am Hotel anlangte, war es erst neun Uhr, aber es wurde bereits warm, und die ersten deutschen Touristen nahmen, krebsrot und mit am Frühstücksbuffet voll geschlagenen Bäuchen, in aller Ruhe die besten Liegestühle in Beschlag, jene, die im Schatten standen und ein verstellbares Kopfteil besaßen. In unserem Zimmer herrschte noch die Nacht, die ich zurückgelassen hatte, als ich vor ein paar Stunden hinausgegangen war. Ich öffnete behutsam die Tür, hörte im Halbdunkel den Atem meiner Frau und nahm in der Luft, die hier dichter war als draußen, die Gerüche unseres Lebens wahr, die wir mit uns in dieses Hotelzimmer gebracht hatten. Ich setzte mich neben sie aufs Bett, sie war nur mit einem Höschen bekleidet und lag auf der Seite, leicht gekrümmt, das Kopfkissen im Arm. *Dich nackt sehen ist Erinnerung an die Erde.* Ich strich ihr das Haar aus dem Gesicht und sah, dass sie die Augen geöffnet hatte und mich anlächelte. Ich dachte an dieses Wort: Berghof.

Ich wollte jede Einzelheit dieser Tage im Juli mit derselben Bestimmtheit bewahren, mit der ich jede Einzelheit wahrnahm, wenn ich die weiße Muschel auf meinem Schreibtisch streichelte: ihr geringes Gewicht in der Handfläche, das glatte Innere, in dem die Fingerkuppen dennoch die sanften Linien der Rillen spüren konnten, die Unregelmäßigkeit der Außenkante, die vielleicht schartig war von einem heftigen Stoß gegen einen Felsen vor langer, langer Zeit.

Jedes Ding aufbewahrt, gerettet, die winzigsten Kleinigkeiten, die wichtigsten, denn wenn eine von ihnen fehlt, kann das allgemeine Gleichgewicht der Dinge ins Wanken geraten. In meinem Schullesebuch stand die Geschichte des Hufeisens, des Nagels eines Hufeisens, dessentwegen ein ganzes Imperium zugrunde ging: Der Kaiser schickt einen berittenen Boten, um Verstärkung anzufordern, doch das Pferd kann nicht galoppieren, weil sich an einem seiner Hufeisen ein Nagel gelockert hat, es strauchelt und fällt, und der Bote bricht sich den Hals oder kommt nur nicht rechtzeitig an, um seinen Auftrag ausführen zu können. Wie viele winzige Zufälle waren nötig, damit Pau Casals in Barcelona an einem Stand für alte Bücher und Papiere Bachs Suiten für Violoncello fand. Diese Muschel, vor einem Jahr oder vor zweihundert Jahren von einer Welle an den Strand gespült und so hart gegen einen Felsen geprallt, dass ein Stück der Außenkante abgebrochen ist, danach unter dem weißen Sand eines sich bis zum östlichen Horizont verlierenden Strandes begraben, damit Arturo sie an einem Nachmittag im Juli findet, damit sie jetzt in Reichweite vor mir liegt, damit meine Hand sie als einen bekannten Teil des zum Tastsinn gehörenden Universums erkennt, ebenso wie das hohle Kunststoffgehäuse der Tastatur, das rohe, kräftige Holz des Tisches, das Porzellan der Kaffeetasse, das Papier, das im Schein der Schreibtischlampe glänzt und auf dem Dinge geschrieben stehen, die für fast jeden unleserlich sind, manchmal sogar für mich: eine Doktorschrift, sagten die alten Leute, die vom Arzt eingeschüchtert waren, die Schrift, mit der Rezepte und Diagnosen geschrieben und Untersuchungsberichte unterzeichnet werden.

Es gibt nicht einen Sommer, sondern zwei, aber es kann

nicht zwei identische Sommer geben, es gibt keine entscheidenderen Unterschiede als jene, die man kaum wahrnimmt. Die Andersartigkeit eines einzigen Chromosoms von vierundzwanzig entscheidet darüber, ob das Geschlecht weiblich oder männlich wird. Der Unterschied zwischen Leben und Tod dieses Mannes, der gleich das Sprechzimmer betritt, besteht in einem Virus, das sich vor wer weiß wie vielen Jahren unmerklich in ihm eingenistet hat und sich plötzlich zu multiplizieren beginnt, ihn zu vergiften beginnt, ohne dass er davon etwas anderes merkt als eine unbestimmte, unbezwingbare Müdigkeit, die der Arzt zwar geahnt hat, aber in dem noch immer gesund aussehenden Mann und beim Ertasten der intakten Organe unter dessen Bauchdecke nicht erkennen konnte.

Er stellt sich vor, mit jemandem zu sprechen, einem Freund, dem er diese Geschichte erzählt; er, der es nicht gewohnt ist, jemand anderem zu trauen als seiner Frau, die Geschichte der beiden Sommer, des zweiten Sommers, der Wiederholung und Wiederkehr zwei Jahre später. Wenn es etwas gibt, das ich wirklich vermisse, dann ist dies nicht die Kindheit, sondern die Freundschaft, die gegenseitige Hingabe, die mich mit meinen Freunden verband, als wir fünfzehn oder sechzehn waren, die Fähigkeit, uns stundenlang zu unterhalten, während wir in den Sommernächten durch meine menschenleere Heimatstadt trotteten, ganz genau erzählen zu können, was man war, wonach man sich sehnte und woran man litt, und nichts anderes zu tun, als zu sprechen und zuzuhören und zusammen zu sein, weil es das Einzige war, was wir hatten, mangels Geld, um ins Kino zu gehen oder in eine Bar oder eine Billardhalle, der reine Ausdruck von Freundschaft, mit den Händen in den Hosentaschen, die Köpfe zwischen die Schultern gezogen und vertraulich zusammengesteckt, verschwörerisch. Ich vermisse die verschämte männliche Zärtlichkeit, das bewegende Gefühl, akzeptiert und verstanden zu werden und sich nicht zu trauen, seine Dankbarkeit für so viel Zuwendung in Worte zu fassen: nicht die scheußliche Kameraderie unter Männern, die angeberische Vertraulichkeit oder das dümmliche Augenzwinkern in Anwesenheit einer begehrenswerten Frau.

Er stellt sich vor, wie er erzählt, einem Freund von vor dreißig Jahren, mit dem er immer noch zusammen ist, verbunden in derselben Loyalität wie damals, die sogar gestärkt und verfeinert wurde durch die Zeit, durch die Lehren und Enttäuschungen in beider Leben. Er stellt sich einen Freund vor, erfindet einen, wie er sich Freunde erfand, als er zwölf oder dreizehn war und sich überall allein fühlte, in seiner Familie, in dem neuen Gymnasium, in das man ihn in diesem merkwürdigen Alter geschickt hatte, in dem man kein Kind mehr, aber auch noch kein Jugendlicher ist, ein Jüngling, wie man früher sagte, gut, dass es dieses schreckliche Wort heute nicht mehr gibt.

Heute kommt mein Sohn in dieses Alter, in das Alter der Jugend, der Pubertät, er hat aufgehört, ein Kind zu sein, und entfernt sich schon allmählich von mir, merkt es selbst gar nicht, würde er zu seinem Freund sagen, wenn er einen hätte, wenn er die, die er hatte, nicht verloren hätte aufgrund der Entfernung oder aufgrund von Nachlässigkeit, von einem etwas säuerlichen Skeptizismus, der mit den Jahren in ihm gewachsen ist und von dem nur sein engstes Umfeld ausgenommen ist, seine Frau und sein Sohn, manchmal vielleicht auch, zum Teil, seine Arbeit, das, was in dem abgedunkelten Raum passiert, dem Sprechzimmer oder Arbeitszimmer, unter der Schreibtischlampe, in dem Bereich, den ihr heimeliges und anregendes Licht umreißt und erhellt, damit in ihm die mannigfaltigen Erscheinungen zutage treten und ineinander fließen können: Arzt und Patient oder unerwarteter Freund, den man gern bei sich aufnimmt und dem zu erzählen so leicht und beruhigend ist, weil man weiß, dass fast keine Worte nötig sind, und auch, dass es sich lohnt, diese sorgsam zu wählen, um ein bestimmtes Erlebnis in seiner ganzen Fülle zu vermitteln, es verständlich zu machen, von schädlichen Nebeln zu reinigen, von der wirren Verschwommenheit der Melancholie, dem aufkeimenden Selbstmitleid, das so ansteckend ist und in nicht geteilten Erinnerungen schwärt, das in der Einsamkeit des Wartens lauert oder im Sprechzimmer, gegenwärtig wie ein stillschweigender Treuebruch, wenn ich nach Hause komme und meine Frau bemerkt, wie abwesend ich bin, und mich fragt, was mit mir ist, und ich sage, nichts, ich bin nur müde von der Arbeit, bedrückt von den Krankheiten, die mich nicht loslassen, sich in den neuen Gesichtern spiegeln, die jeden Tag kommen, den Gesichtern der Neuankömmlinge auf der anderen Seite der Grenze, der frisch Ausgestoßenen.

In diesem Sommer kamen wir zurück, erzählt er, würde er erzählen, wenn er jemanden hätte: Ich hatte mich zwei Jahre lang an diese Ferien erinnert, ein wenig wie mein Sohn, der alles bemerkenswert fand und diese großartige Gabe mancher Kinder zu unterschiedsloser Begeisterung besaß. Wir haben nur zehn Tage dort verbracht und kaum etwas anderes getan, als im Meer zu schwimmen und am Strand oder am Swimmingpool des Hotels in der Sonne zu liegen und zu lesen, ab und zu mit einem Mietwagen irgendwohin zum Essen zu fahren oder einen Spaziergang durchs Dorf zu machen. Ich bin morgens früh aufgestanden und, ohne mich zu überanstrengen, ein paar Kilometer am Strand entlang über den harten Sand gelaufen, wenn die Flut gerade zurückgegangen und der Sand ganz glatt war und im ersten Sonnenlicht glänzte. Es gefiel mir, nach dem Laufen meine Frau und meinen Sohn zu wecken und mit ihnen an einem Tisch vor dem großen Fenster des Hotelrestaurants zu frühstücken, von dem aus man auf die Palmen im Garten schauen konnte. In allem, was wir taten, lag eine unübertreffliche Vollkommenheit, und ich war mir ihrer im selben Augenblick bewusst, in der ich sie erlebte, brauchte nicht den Filter der Erinnerung, um sie zu verherrlichen. Unter uns dreien herrschte eine Eintracht, die der Schönheit der Umgebung entsprach, dem Vollmond und dem Wind von Westen, als wir am ersten Abend zum Strand hinuntergingen und uns allesamt umarmten, um uns gegen die feuchte Kälte zu schützen, der reinen Form einer Muschel oder dem Duft und dem Geschmack eines auf dem Grill gebratenen Fisches, den wir in einer Strandbar aßen. Jeder von uns war ganz er selbst, und gerade diese Einzigkeit verband ihn mit den anderen beiden auf je unverwechselbare Weise und unter dem Mantel einer uns alle verbindenden Liebe. Meine Frau und ich, mein Sohn und ich, meine Frau und mein Sohn; mein Sohn betrachtete uns, wenn wir uns küssten, und meine Frau betrachtete den Jungen und mich, wenn wir mit gesenkten Köpfen über den Strand trotteten und nach Muscheln und Krebsen Ausschau hielten, ich betrachtete den Jungen, wenn er Sand über die Füße seiner Mutter rieseln ließ, zwischen die Zehen mit den rot lackierten Nägeln, über den Spann und über die Fersen.

Pastellfarbene Töne in der zerbrechlichen Augenblicklichkeit von Polaroids, auf denen immer alles ein wenig zufällig erscheint, unüberlegt und beinah ohne Rahmen, so unbekümmert wie der Alltag.

Zwei Sommer später kehren sie zurück, gehen ins selbe Hotel, an den gleichen Julitagen, mit Sonnenuntergängen, die sich in goldener Langsamkeit bis zum Abendessen dehnen: Alles ist gleich, und dennoch ertappt er sich dabei, wie er sich selbst auf der Suche nach einer Abweichung in der lustvollen Wiederholung seiner damaligen Gefühle beobachtet, unruhig, wenngleich auf hinterlistige Weise grundlos verzagt, verstimmt durch Widrigkeiten, denen er keine Beachtung schenken dürfte, das Zimmer geht dieses Jahr nicht auf den Strand, sondern auf einen Innenhof mit Palmen und Fenstern von anderen Zimmern, der Wind kommt von Osten und lässt sie während der ersten Tage kaum an den Strand, sehr zum Unmut seines Sohnes, der sich grollend in sein Zimmer verzieht, wo er stundenlang vor dem Fernseher hockt. Er ist schon dreizehn, und ein Schatten von Bartwuchs verdunkelt seine Oberlippe. Ohne dass es uns aufgefallen wäre, hat er seine Kinderstimme verloren, ohne dass wir es bemerkt hätten, veränderte sie sich, ist diese einzigartige Stimme aus der Welt verschwunden, und wir werden sie nie mehr hören. Nur zwei Sommer sind vergangen, doch wir haben so lange gebraucht, um wiederzukommen, dass eine Rückkehr nicht mehr möglich war. Zwei Jahre in unseren Erwachsenenleben sind nichts, aber in seinem bedeuten sie den Sprung von einer Existenz in eine andere, die Zeit einer Wandlung, die nicht weniger radikal ist als die von einer Puppe zum Schmetterling. Seine großen Augen, die beim Lachen zusammengekniffen sind wie die seiner Mutter, schauen nicht mehr so wie früher, zumindest nicht immer. Du siehst ihn an und hast den Eindruck, er ist gar nicht da oder du kommst nicht mit ihm zusammen, du willst ihn finden, aber er ist fort, und obwohl diese Kluft sich nur ab und zu auftut, es ist eher wie ein Aufflackern von Befremden oder Bestürzung, muss er, sein Vater, sich zusammennehmen, um nicht in die Untröstlichkeit eines liebeskranken Teenagers zu verfallen, in eine Art Verbitterung, von der er nicht geahnt hat, dass sie ihm so unversehrt erhalten geblieben ist, seit er so alt war wie jetzt sein Sohn.

Vielleicht hat er noch nichts verloren, aber er entdeckt jetzt, was er vor zwei Sommern noch nicht kannte, die Furcht vor Verlust, die Panik ob der Möglichkeit, sein Sohn könnte ihm fremd werden, so wie die Söhne vieler anderer Väter, die er kennt, Männer seines Alters, seines Standes und seines Berufs, unter denen jedoch niemand ist, den er wirklich als Freund bezeichnen würde, voll und ganz im geweihten Sinne dieses Wortes. Aber der Junge hat schon seine Freunde in Madrid, die er vermisst, sagt seine Frau mit einem gütigen Lächeln, um das er sie beneidet, mit einer Gelassenheit, die ihm hilft, sich nicht völlig geschlagen zu geben. Merkst du denn nicht, dass er kein Kind mehr ist, er wird bald vierzehn. Denk doch mal, wie du in diesem Alter warst.

Er hält ein Auge auf sich, beobachtet sich mit derselben Sorgfalt, mit der er das Gesicht eines Patienten beobachtet oder dessen Bauchdecke abtastet oder dessen Atmung im Stethoskop verfolgt, nach Symptomen dieser Krankheit sucht, für die er sich jetzt anfällig weiß, dieser schleichenden Enttäuschung, dem Abstumpfen von Empfindungen, die sonst farbig schillernd nachschwangen, wie die Langeweile, die sich bei einer Musik einstellt, die man einmal sehr gemocht hat und der man jetzt aufmerksam lauscht, für die man sich zu begeistern vorgibt, bis man es fast selber glaubt, obwohl man in einem nie eingestandenen Innern weiß, dass man nichts auf der Welt mehr wünscht, als dass diese Musik ein Ende nehme, so wie man vielleicht in eine Stadt zurückkehrt und nicht mehr von ihr überwältigt ist, sich nicht mehr selbst belügt, um sich glauben zu machen, dass das laue Behagen von heute identisch sei mit der überschwänglichen Begeisterung von damals.

Eines Abends, während er auf seine Frau wartet, die sich zum Abendessen fertig macht, während sie vom Badezimmer aus mit ihm spricht, derweil sie sich vor dem Spiegel kämmt und einen neuen Lippenstift ausprobiert, sieht er in einem Zimmer auf der anderen Seite des Innenhofs eine blonde Frau auf dem Bett liegen. Die Entfernung ist zu groß, als dass er ihr Gesicht erkennen oder sagen könnte, ob sie jung und schön ist, es ist nur die abstrakte Gestalt einer Frau, die ein altes Bild seiner Vorstellungswelt beschwört, die blonde, barfüßige Fremde auf der Plattform eines Zuges in einer fernen Nacht im Frühsommer. Sie gestikuliert, bewegt die Hände, spricht mit jemandem, den er nicht sieht. Die Silhouette eines Mannes erscheint am Fenster. Der Mann beugt sich zu der blonden Frau hinunter, langsame verschwommene Bewegungen, das Gesicht näher ans Fensterglas, um besser sehen zu können, plötzlich ist er erregt, erkennt lautlose rhythmische Bewegungen der beiden Körper hinter dem Fenster auf der anderen Seite des Innenhofs, sein Mund ist trocken wie der eines pubertierenden Jungen, dem vor Unwissenheit und Verlangen der Atem stockt.

Doch nur einen Augenblick. Als seine Frau aus dem Bad kommt, kehrt er dem Fenster den Rücken, fürchtet unsinnigerweise, auszusehen, als wäre er ertappt, von ihr erwischt worden, und vielleicht rot zu werden und nach dem Grund dafür gefragt zu werden und noch mehr zu erröten. Er schickt sich in sein schlechtes Gewissen, aber nicht in die Enttäuschung diesmal, und die beiden Gestalten am anderen Fenster lösen sich auf wie die Bestandteile eines Traums in der Helle des Erwachens. Seine Frau hat ein enges schwarzes Kleid angezogen, schwarze Sandalen mit hohen Absätzen, ein Lidstrich umschattet die Augen, und die Lippen hat sie sich mit einem neuen, weicheren Rot geschminkt, das mit der schon gebräunten Haut harmoniert, sie stellt sich lächelnd seinem prüfenden Männerauge, wirbt um seine Zustimmung. Der innere Spion gibt jetzt auf, der Geheimpolizist findet nicht den kleinsten Riss mehr in der Qualität seiner Empfindungen, hört nicht den leisesten Misston eines teilweise gezwungenen, nicht ganz echten Gefühls. Sein Vergnügen am Anblick seiner Frau ist dasselbe wie vor zwei Sommern oder zwölf Jahren, es hat im Lauf der Zeit keinerlei Verschleiß hinnehmen müssen, ist nicht durch Gewohnheit oder Anpassung befleckt. Er schaut auf ihre nackten braunen Beine und ist vom selben Verlangen überwältigt wie beim ersten Mal, da er mit ihr in einem Hotelzimmer war, er betrachtet sie mit all dem Begehren und der Begeisterung, die Frauen immer schon in ihm geweckt haben, noch bevor er ein ausgeprägtes Bewusstsein von Sexualität besaß, als er mit zwölf Jahren aus dem Gymnasium kam und wie verzaubert war vom Anblick der Mädchen mit den ersten Miniröcken oder als seine Tante, die jung und schön war, sich über ihn beugte und ihm das Essen vorsetzte und er die weiße, bebende Haut ihrer Brüste im Halbschatten des parfümierten Ausschnitts ganz nah vor sich sah, die zarte Haut der Frau, die er jetzt riecht und berührt und sieht, als er seine Arme um sie schlingt, ihr den Reißverschluss des Kleides nach unten und den Saum über die Schenkel nach oben ziehen will, mit beiden Händen gleichzeitig, jetzt gleich, auf der Stelle.

Sie lacht und will sich ihm entwinden, geschmeichelt und zugleich widerstrebend, wieder einmal erstaunt über die Spontaneität männlichen Verlangens. Ich verschmiere dir mit meinem Lippenstift das ganze Gesicht, wir kommen zu spät zum Abendessen, der Junge wartet doch auf uns. Soll er warten, sagt er, durch die Nase atmend, während er sie auf den Hals küsst, doch dann, wie durch ihre Worte herbeigerufen, klopft ihr Sohn an der Zimmertür, dreht am Knauf, doch zum Glück haben wir abgeschlossen, das gibt ihnen Zeit, sich wieder herzurichten, zu Atem zu kommen, und als sie hinausgehen, schaut er sie mit einem Ausdruck an, in dem der stets wachsame, ihn stets beobachtende Vater einen Ansatz von Kritik zu entdecken meint, vielleicht aber auch nur eine unausgesprochene Frage, leichten Spott sogar, warum antwortet ihr mir nicht.

Doch selbst wenn er einen Freund hätte, würde die Scham ihn daran hindern, solche Dinge zu erzählen, zuzulassen, dass jemand Einblick nähme in die geheiligte Gemeinschaft der drei, die an diesem Abend wieder gefestigt und bestätigt worden ist, auf derselben Terrasse mit Blick aufs Meer, auf der sie vor zwei Sommern gegessen haben. Flüchtiges Blinzeln von Lichtern in der Dunkelheit jenseits des weißen Bandes der am Strand sich brechenden Wellen. Bei Neumond sind die Schnellboote der Tabak- und Haschischschmuggler unterwegs, die Kähne voller illegaler Einwanderer von der anderen Seite, von der schwarzen Linie der afrikanischen Küste. Die ästhetische Betrachtung ist ein Privileg und sicher auch eine Fälschung: Die schöne nächtliche Küste, die wir an diesem Abend von der Terrasse des Restaurants aus betrachten, auf die wir Geschichten und Träume und Abenteuer aus Büchern projizieren, ist nicht dieselbe, die jene in prekären Booten zusammengedrängte Menschen sehen, wenn sie ihr näher kommen, stets von Untergang und Tod bedroht in diesen Gewässern, die schwärzer sind als jeder Brunnen, Flüchtlinge mit dunkler Haut und schimmernden Augen, eng aneinander gekauert, um der Kälte und der Furcht zu trotzen, um sich nicht so unerreichbar fern von jenen Lichtern am Ufer zu fühlen, von dem sie nicht wissen, ob sie es jemals erreichen.

Einige von ihnen wird das Meer aufgedunsen und bleich und von den Fischen halb aufgefressen an den Strand werfen. Andere kann man von der Landstraße aus querfeldein rennen, sich hinter einem Baum verstecken oder flach auf die Erde werfen sehen, voller Panik und zäher Entschlossenheit, auf dem Weg nach Norden jenen folgend, die ihnen vorausgegangen sind, gehetzte Helden einer Reise, von der kein Mensch je berichten wird. Als sie mit dem Auto vom Restaurant zum Hotel zurückkommen, beleuchten die Scheinwerfer zweier Jeeps der Guardia Civil die Dünen an der Straße. Das Gesicht ans Rückfenster gepresst, betrachtet der Junge die lautlos rotierenden Blaulichter und die bewaffneten Uniformierten, aufgeregter, als sähe er einen Film im Kino. Wie es wohl ist, sich jetzt in der mondlosen Nacht dort draußen verstecken zu müssen, tropfnass und keuchend in einem Graben liegend oder in einem Binsendickicht draußen in den Marschen der Flussniederung, ein Niemand zu sein, nichts zu besitzen, kein Geld, keine Papiere, keine Adresse, keinen Namen, keine Kenntnis der Straßen und der Sprache, denkt er später im Bett, als er wach neben seiner Frau liegt, die an seiner Seite schläft, die Arme um ihn geschlungen, beide wieder erschöpft und dankbar und ausgelaugt vom drängenden Begehren der Liebe.

Er erwacht beim ersten Licht des Tages, fühlt sich leicht und heiter, bleibt aber noch liegen und bewegt sich nur vorsichtig, um sich nicht aus ihren Armen zu lösen. Er sieht den neuen Tag heraufziehen wie ein wachsamer, geduldiger Zeuge, die Augen fallen ihm zu, und er döst kurz ein, wird aber sogleich wieder wach und öffnet sie ohne besondere Willensanstrengung. Zum ersten Mal auf dieser zweiten Reise spürt er genügend Kraft und Antrieb, um aufzustehen und sein Sportzeug anzuziehen. Er nimmt es als ein gutes Omen, als ein Versprechen, dass die Dinge sich doch wiederholen, alles wird genauso sein, die Liebe seiner Frau und die seines Sohnes, die ganze Fülle eines jeden Gefühls und jede Empfindung so stark wie die Wonne, ganz tief in ihr zu sein und zu kommen. Die Erinnerung ist so lebhaft und nah, dass er mit einer Erektion aus dem Bett steigt. Ganz oft habe ich erotische Träume von der Frau, die jede Nacht an meiner Seite schläft.

Zu dieser frühen Morgenstunde sind die Farben am Strand von der Mattigkeit alter Postkarten, dem Blau, Grau, Grün und Rosa handkolorierter Fotografien. Er läuft die Straße zum Hügel hinauf, legt mit kraftvollen, ausgreifenden Schritten ein gutes Tempo vor, die Arme schwingen rhythmisch mit, in den Fersen spürt er die Muskelanspannung des Anstiegs, die Lungen blähen sich in der Meeresluft, der Körper ist leicht, rhythmisch, ohne Gewicht, eine physische Euphorie, wie ich sie nicht einmal in meiner Jugend genossen habe. Hinter jeder Kurve ist der Steilhang schwindelerregender und die Weite, in die das Auge blickt, immer grenzenloser: Tanger in der Ferne, Richtung Westen, eine weiße Linie im makellosen Blau, die

Berge des Rif, in denen es Dörfer mit flachem Dachwerk gibt, die genauso über tiefen Schluchten hängen wie die in der Alpujarra von Granada.

Große silberfarbene Autos mit deutschen Kennzeichen, Hundegebell hinter den Mauern der isoliert zwischen Felsen und Palmen stehenden Villen. Im Hotel hat man uns erzählt, die Deutschen seien gekommen, als es an der ganzen Küste noch gar nichts gab, nichts als die Bunker gegen eine mögliche Invasion, die dann viel weiter fort stattfand, zuerst in Sizilien und dann in der Normandie. Die Deutschen kamen nach dem Krieg, ihrem Krieg, und wählten für den Bau ihrer Häuser und die Bepflanzung ihrer Gärten den von allen Winden gepeitschten Hügel, auf den damals kein Mensch hinaufstieg, auf dem es nichts gab als diese Höhle mit Malereien, schwarze Umrisse von Tieren und Bogenschützen, mit vergrabenen Amphoren, in denen man später die Skelette von phönizischen Reisenden fand.

Diesmal ist er entschlossen, nicht aufzugeben, bevor er den Gipfel erreicht, bevor er die Höhle gefunden hat. Man hat ihm gesagt, hinter einer Kurve mit einer großen umgeknickten Pinie direkt über dem Abgrund müsse er die Straße verlassen und einem Weg folgen, der bergan führt durch ein Gestrüpp von Zistrosen und einer Sorte von Christusdorn mit besonders spitzen Stacheln und gelben Blüten, deren Samen, hat man ihm erzählt, vom Wind über das Meer geweht oder von den Zugvögeln dorthin gebracht worden sei, denn diese Pflanze wachse eigentlich in der Wüste. Hätte er einen Freund, würde er ihm berichten, dass er, kaum hatte er den Pfad betreten, der sich zwischen den Büschen bergauf zu schlängeln schien, merkte, dass er sich geirrt hatte, da die Spur sich schon nach wenigen Metern verlief. Mit den Armen rudernd, suchte er sich durch die harten Zweige, die ihm die Haut aufrissen, und die klebrigen Zistrosenblätter einen Weg zu bahnen, immer bemüht, nicht die Orientierung zu verlieren, obwohl er plötzlich nur noch wenige Schritte weit blicken konnte. Er hörte zwar das Meer gegen die Steilküste branden, konnte aber nicht mehr sagen, aus welcher Richtung das Geräusch zu ihm drang. Er stolperte über abgeknickte Zweige, die ihm die Beine blutig rissen, und fürchtete, einen Fehltritt zu tun, sich unwissentlich schon nahe am Steilhang zu befinden. Aber es half alles nichts, er musste weiter, musste gegen die Entmutigung kämpfen, sich verlaufen zu haben; bald würde er an eine Lichtung kommen, zu einem der Felsen, die über die Vegetation hinausragten, von dem aus er den Weg würde erkennen können.

Er war so erhitzt, so damit beschäftigt, sich einen Weg durch das Gestrüpp von Zistrosen und dieser seltsamen Pflanzenart zu bahnen, deren Dornen ihm wie Raubvogelschnäbel in die Beine stachen, dass er eine Weile brauchte, bis er das wütende Hundegebell ganz in seiner Nähe wahrnahm. Wenige Meter vor ihm ragte eine hohe, gekalkte Mauer auf, die bis jetzt unsichtbar gewesen war und deren oberen Rand eine Reihe spitzer Glasscherben krönte. Er folgte ihr, ohne eine Tür oder ein Fensterchen zu finden, bog um eine Ecke und blieb, von Entsetzen und Schwindel gelähmt, den Körper hart an die Mauer gepresst, wie angewurzelt stehen: Keinen Meter vor ihm fiel die Steilküste senkrecht nach unten, und tief unter sich sah er das Glitzern der schäumenden Brandung, die donnernd gegen den Bunkerfelsen schlug. Wäre ich hier abgestürzt, würden meine Frau und mein Sohn in ihren Zimmern jetzt weiterschlafen, von schweren Hotelvorhängen vor dem Tageslicht geschützt, als wäre es noch tiefe Nacht.

Lange Sekunden stand er reglos an der schon von der Sonne beschienenen Wand, kniff die Augen zusammen, wagte nicht, sie zu öffnen und in den Abgrund zu blicken. Danach ging er auf dem Weg zurück, den er gekommen war, vernahm wieder das Bellen der Hunde, das in dem Augenblick aufgehört zu haben schien, als er kurz davor gestanden hatte, in den Tod zu stürzen. Jetzt ging er in die andere Richtung um das Haus herum, immer dicht an der weißen Mauer entlang auf dem schmalen Grat zwischen Wand und Gestrüpp.

Er erreichte einen freien Platz vor dem Haupteingang des Hauses, aus dem eine dicke blonde Frau kreischend und unter Tränen auf ihn zugelaufen kam und in einer Sprache auf ihn einredete, die er nicht verstand und die er wegen des lauten Hundegebells ohnehin nicht hätte identifizieren können. Noch bevor er den Namen auf dem Metallschild sah, wusste er, dass er schon einmal an diesem Ort gewesen war. *Berghof.*

Noch immer benommen, dachte er zuerst, die Frau würde mit ihm schimpfen, weil er ihr Grundstück betreten hatte. Aber sie sah nicht aus wie eine Hausbesitzerin, sondern wie eine Bedienstete, und die beiden Hände, die heftig an ihm zerrten, während die Frau auf ihn einschrie, waren groß und rot von Hausarbeit, wie die einer Wäscherin oder Köchin aus früheren Zeiten. Jammernd zog sie ihn zu dem großen, angelehnten Eisentor, hinter dem die Hunde bellten. Mit einer Selbstverständlichkeit, wie man sie aus Träumen kennt, nahm er hin, dass die Frau in ihm den Arzt erkannt hatte und ihn bat, einem Kranken beizustehen.

Aber ich bin kein Arzt. Aber sie kann doch gar nicht wissen, dass ich Arzt bin, sie kann doch nicht auf mich gewartet haben. Von dem Moment an, da er, von den kräftigen Händen der Frau mitgezerrt, das Haus betritt, stellt er sich vor, dass er das, was sich nun ereignet, jemandem erzählt, seiner Frau erzählt, an diesem Morgen, wenn er wieder im Hotel ist und neben ihr auf dem Bett sitzt, ihr eine Geschichte mitgebracht hat, wie er ihr das Frühstück ans Bett bringen würde, eine unerwartete, seltsame Geschichte, gerade erst passiert, wenn du wüsstest, was mir zugestoßen ist, was ich eben gesehen habe.

Von der Frau geführt, überquert er einen von weißen Mauern gesäumten und mit Marmorplatten ausgelegten Innenhof mit großen Bögen, in denen Tüllgardinen wehen, hinter denen man das Meer und die Küste Afrikas sehen kann, die Bögen, die wir so oft vom Strand aus betrachtet haben, wobei wir uns fragten, wer wohl das Privileg besitzen mag, dort zu wohnen. In der Mitte des Innenhofs steht ein marmorner Springbrunnen, doch das Geräusch des Wassers und das unserer Schritte wird vom Gebell der Hunde übertönt, die nicht aufhören, die immer wütender werden, je weiter ich dem Haus zuschreite, und die Frau jammert und weint, ringt die Hände vor der wogenden Brust, und je länger ich sie aus der Nähe betrachte, desto älter wird sie und desto vertrauter ihr Anblick: Die blauen Augen, das hellblonde Haar, die stumpfe Nase in dem runden, geröteten Gesicht hatten sie jünger aussehen lassen, doch jetzt erkenne ich, dass sie über sechzig sein muss, und auch, dass sie in etwa wie eine Hausdame oder Verwalterin gekleidet ist. Sie dreht sich mit tränennassen Augen zu mir um und bedrängt mich mit Handzeichen, doch schneller zu gehen. Die ganze Umgebung ist sehr deutsch und sehr gewissenhaft auf andalusisch getrimmt, mit gewaltigen Gittern vor allen Fenstern und mit gefächerten Türen aus dunklem Holz. Aber ich sehe das alles nur flüchtig, verschwommen vor lauter Verwirrung, und als wir ein großes Zimmer betreten, in dem etwas auf dem Boden liegt, auf das die Frau flehentlich und panisch gestikulierend deutet, hysterisch weinend, wobei ihr die Tränen über die zerfurchten Wangen kullern, während meine an das Sonnenlicht gewöhnten Augen sich allmählich auf das Halbdunkel einstellen, doch anfangs nichts erkennen, sehe ich niemanden.

Ein Stöhnen ist das Erste, was ich vernehme, wenngleich nur undeutlich, was an dem Geschrei der Frau und dem Bellen der Hunde liegt, die irgendwo ganz in der Nähe eingesperrt sein müssen, weil ich ihr Kratzen und die Stöße ihrer Schnauzen gegen eine metallische Oberfläche hören kann. Ein Stöhnen und den pfeifenden Atem aus den Lungen eines Kranken, das höre ich, bevor ich das dunkle Knäuel auf der Erde liegen sehe, einen in einen seidenen Hausmantel gehüllten Greis, von einer stumpfen, gelblichen Blässe im Gesicht, die hart mit dem grellen Rot im Innern seines aufgerissenen Mundes kontrastiert, seiner zuckenden Zunge, die sich auf der Suche nach Luft herausstreckt wie ein ungestaltes Meerestier, das sich einer Felsspalte zu entwinden sucht, in der es eingeklemmt ist. Er hat beide Hände um seinen Hals gekrallt, und als ich mich zu ihm hinunterbeuge, klammert er sich mit einer an die Brust meines Sporthemds, seine hellen Augen sind genauso aufgerissen wie der Mund, sind so hell, dass kaum eine Spur von Grau oder Blau in ihnen zu erkennen ist. Mit einer fanatischen Kraft zieht er mich zu sich hinunter, als klammerte er sich an mich, um nicht zu ertrinken, als wollte er mir etwas sagen. Ich bin so nah an seinem Gesicht, dass ich seine geröteten Innenlider und die Äderchen in seinen Augäpfeln sehen kann und seine langen gelben Zähne, und mich trifft ein Atem, der nach Kloake riecht. Bitte, sagt er, und es ist mehr ein Röcheln als ein Wort, und die Frau, die neben mir steht und weint und keucht, sagt dasselbe, schüttelt mich mit ihren roten Händen, drängt mich, irgendetwas zu tun, doch der Mann hält mich fest in seinem Klammergriff, aus dem ich mich nicht lösen kann, um seine Brust abzuhorchen oder es mit Wiederbelebung zu versuchen. Neben ihm auf dem Boden aus dunkel glänzendem Holz schimmert eine Pfütze aus Urin, wie ich zuerst geglaubt habe, doch es ist Tee: eine zerbrochene Tasse und ein Löffelchen liegen darin.

Der Mann erstickt, sage ich zu der Frau und dehne die Worte absurderweise, als könnte sie mich so besser verstehen, und deute auf ein Telefon, man müsse einen Krankenwagen rufen. Aber eigentlich will ich nur so schnell wie möglich raus hier, will in mein Hotelzimmer zurück, bevor meine Frau wach wird. Schließlich gelingt es mir aufzustehen, und als der Mann mich loslässt, beruhigt sich sein Atem etwas, doch in seinen Augen sieht man jetzt nur noch das Weiße.

Auf dem Telefontisch steht eine kleine rote Fahne mit einem weißen Kreis in der Mitte und einem Hakenkreuz darin. Erst jetzt, während ich darauf warte, dass in der Notrufzentrale jemand ans Telefon geht, finde ich Zeit, mich im Zimmer umzuschauen. An einer Wand hängt ein großes Ölgemälde von Hitler, eingerahmt von zwei roten Vorhängen, die sich als zwei Hakenkreuzfahnen entpuppen. In einer beleuchteten Vitrine liegt eine schwarze Uniformjacke mit den Insignien der SS auf den Kragenspiegeln und einem dunkelfleckigen Riss an der Seite. Auf einem pompös gerahmten Foto ist Hitler zu sehen, der einem jungen SS-Offizier einen Orden an die Brust heftet. In einer weiteren Vitrine liegt ein Eisernes Kreuz und daneben ein mit gotischen Lettern beschriebenes Pergament, dessen Lacksiegel ein Hakenkreuz prägt.

Das alles sehe ich innerhalb einer Sekunde, aber ich kann nicht die ganze erdrückende Menge von Gegenständen aufnehmen, die mich umgeben, die das riesige Zimmer anfüllen, Büsten, Fotografien, Feuerwaffen, polierte, spitz zulaufende Projektile, Fahnen, Ornamente, Insignien, Briefbeschwerer, Kalender, Lampen, es gibt einfach nichts, was nicht mit Nationalsozialismus zu tun hat, was nicht das Dritte Reich beschwört und zelebriert. Was ich als wahllose Ansammlung wahrnehme, hat in Wirklichkeit die perfekte, katalogisierte Ordnung eines Museums. Und unterdessen liegt dieser Mann immer noch keuchend am Boden, ruft mich mit einer heiseren Stimme, die kaum aus seiner Brusthöhle dringt, *Bitte,* voller Entsetzen starrt er mich mit seinen farblosen Augen in den blutunterlaufenen Tränenwinkeln und Lidsäcken an, als ich den Hörer auflege und mich wieder zu ihm hinunterbeuge. Beruhigen Sie sich, sage ich zu ihm, obwohl ich mir nicht sicher bin, dass er Spanisch gelernt hat in all den Jahren, seit er sich an diese Küste geflüchtet hat, ich habe den Rettungswagen gerufen, er ist schon unterwegs. Speichel rinnt ihm aus dem Mundwinkel, und sein Atem verpestet die Luft mit Abflussgestank. Er tastet über meine Brust, mein Gesicht, als wäre er blind, bittet mich um etwas, befiehlt mir etwas auf Deutsch. Sein Atem geht jetzt etwas gleichmäßiger, aber die Augen sind immer noch ins Weiße gedreht, die Lider halb geschlossen. Ich taste an seinem Handgelenk nach dem Puls, Haut und Knochen und ein Strang wirrer blauer Adern, seine Fingernägel krallen sich in meinen Handrücken.

Wenn er im Hotel ist, wird er seiner Frau die Male zeigen, die er davongetragen hat, als Beweis dessen, was er ihr voller Erleichterung und immer noch etwas angeekelt erzählt. Er will gehen, aber er kann nicht, und er weiß nicht, ob es sein ärztliches Pflichtgefühl ist, das ihn zurückhält, oder eine Art Fluch, dem er sich nicht entziehen kann, wie die Fingernägel des möglicherweise sterbenden Mannes, die sich in seinen Handrücken gegraben haben. Er hat jetzt das Gefühl, schon sehr lange in dem Haus zu sein, das Gefühl, eingesperrt zu sein, und die mit zäher Langsamkeit verrinnenden Minuten bereiten ihm wachsendes Unbehagen. Seine Frau wird schon aufgewacht sein und sich fragen, warum er noch nicht zurück ist. Sie wird nicht anfangen, sich Sorgen zu machen, sondern jäh beunruhigt sein, mit dem Bewusstsein der Zerbrechlichen und der Beschützerin, das sie ihm entgegenbringt, fürchtet wahrscheinlich, dass ihm etwas zugestoßen ist, und ärgert sich über seinen Wahn, frühmorgens schon laufen und spazieren gehen zu müssen. Am ähnlichsten sind wir uns beide in der Furcht, mit einem Schlag könne uns alles zerbrechen, unser Leben zerstört werden. Er muss sich aus dem Klammergriff des

Alten befreien und im Hotel anrufen, um sie zu beruhigen, aber er kennt nicht einmal die Nummer, und es erscheint ihm wie eine kaum zu bewältigende Aufgabe, sie herauszufinden.

In den Augenschlitzen sind die Pupillen wieder sichtbar geworden, und sie sind starr auf ihn gerichtet. Er wendet seinen Blick ab und macht Anstalten aufzustehen, doch die beiden mageren Krallenhände halten ihn fest, zerknautschen den porösen Stoff seines Sporthemds. Er hört den Atem, er riecht ihn, das eintönige Brausen des Meeres am Grunde der Klippe dringt in sein Bewusstsein. Durch das Gemurmel oder Beten der Frau, die immer noch wie eine klobige Figur dabeisteht, durch das Hundegebell, das keinen Moment aufgehört hat, meint er nun, in weiter Ferne die Sirene eines Krankenwagens zu hören.

Cerbère

Der Brief der Deutschen Botschaft musste angekommen sein, als wir noch kein Jahr in der neuen Wohnung waren. Der Poststempel war mehrere Monate alt, und die Anschrift auf dem Umschlag war die alte, die von dem Mietshaus im Viertel von las Ventas, wo ich geboren wurde, als gerade der Krieg ausbrach, und wo ich zum letzten Mal meinen Vater sah, genau einen Tag bevor die Nationalen in Madrid einmarschierten, obwohl ich noch zu klein war, um mich daran erinnern zu können. Der Brief war lange von einem Ort zum anderen unterwegs gewesen, und der Briefträger, der ihn mir gab, sagte, er hätte einige Mühe gehabt, uns ausfindig zu machen, weil damals in dem Viertel alles noch ganz neu war, viele Straßen hatten noch keine Namen, manchmal gab es nicht einmal Straßen, nur unbebaute Grundstücke, die sich in eine Schlammlandschaft verwandelten, sobald es ein bisschen regnete. Heute kommst du in das Viertel und kannst kaum glauben, wie ordentlich alles ist, so vollendet, die Bäume so groß, dass man glaubt, sie seien schon vor viel längerer Zeit gepflanzt worden, doch damals, als wir kamen, waren Bäume genauso selten wie Straßenlaternen, und die ersten Blocks mit Eigentumswohnungen standen weit auseinander, getrennt durch Erdwälle und Freiflächen, und gleich dahinter begann das offene Land. Weizenfelder und Gemüsegärten, Schafherden zogen vorbei, und in der Ferne sah man Madrid, das mir jetzt so schön vorkam wie nie zuvor, mit seinen hohen weißen Gebäuden, als wäre es eine ausländische

Hauptstadt, wie man sie manchmal im Kino sah. Die Leute machten sich lustig, ihr seid ins Außenrevier gezogen, spotteten sie, aber mir machte das nichts aus, es war mir sogar lieber, ich mochte es, wenn ich aus dem Fenster meiner neuen Wohnung schaute und Madrid in der Ferne liegen sah, und mit der neuen Vespa meines Mannes nach Madrid hineinzufahren, die Arme eng um seine Taille geschlungen, das war, als führe man in eine andere Stadt. Zum ersten Mal im Leben hatten wir luftige Zimmer, ein Bad, fließend kaltes und warmes Wasser, und als ich schwanger wurde, kaufte mein Mann eine Waschmaschine, und kurz darauf machte er den Führerschein, für mich war das damals fast mehr, als wenn er studiert hätte. Eines Morgens hörte ich es draußen hupen, ich schaute aus dem Fenster, und da stand vor dem Haus ein neues Auto, ein hellblauer Dauphine, und mein Mann saß am Steuer. Er hatte die Anzahlung geleistet und das Auto gleich mitnehmen können, genauso wie wir auch die Wohnung und die Waschmaschine schon nach der ersten Anzahlung gekriegt hatten, ich fürchtete mich vor dem Wort, Anzahlung, aber es gefiel mir auch und ist für mich immer noch ein hübsches Wort, wenn ich so darüber nachdenke, wir hatten das Gefühl, in ein neues Leben einzutreten, genauso wie wir in die neue Wohnung eingetreten waren, und alles roch nach frischer Farbe, und als ich zum ersten Mal in das Auto einstieg, roch es darin ganz ähnlich, irgendwie neu und sauber, wo wir herkamen, hatte alles alt gerochen, Häuser, Straßenbahnen, Kleidung, die Hausflure, die Außenklos, Schränke, Schubläden, alles roch alt und schmutzig, gebraucht und muffig. Alles war immer so schwierig gewesen, jahrelang, alles war knapp, und mit einem Mal schien es, als bräuchte man sich nur etwas zu wünschen, um es zu bekommen, weil man es schon bekam, wenn man nur die Anzahlung geleistet hatte, so wie man uns die Schlüssel der Wohnung ausgehändigt hatte, als noch über zwanzig Jahre fehlten, bis wir sie abbezahlt haben würden. In dem Mietshaus in las Ventas, in der Nähe der Stierkampfarena, war immer alles eng und klein, und immer waren Leute um einen, die Nachbarinnen vom selben Flur, die alles hörten, auch wenn du gar nicht besonders laut gesprochen hast, und denen jeder Vorwand recht war, um ihre Nase in deine Wohnung zu stecken, manche sogar in wirklich übler Absicht, sodass ich, als ich zum ersten Mal unsere neue Wohnung in Moratalaz betrat, den Eindruck hatte, sie sei riesengroß, vor allem, als ich das Wohnzimmerfenster öffnete, das aufs offene Feld hinausging, und im Hintergrund Madrid wie in einem Breitwandfilm in Farbe. Alles war nagelneu, meine Küche, die ich mit niemandem mehr teilen musste, meine Spüle, aus deren Abfluss es nicht mehr nach dem Schmutz anderer Leute stank, mein Badezimmer mit den weißen Kacheln und sanitären Anlagen, in denen sich das Neonlicht spiegelte, das so viel heller war als die schwindsüchtigen Glühbirnen, mit denen wir uns behelfen mussten, als ich klein war. Meine Mutter jammerte, weil sie ihr ganzes Leben in las Ventas verbracht hatte und sich nicht daran gewöhnen konnte, fern von ihren Nachbarn und den vertrauten Läden zu wohnen, im neuen Viertel verlief sie sich, sobald sie einen Fuß vor die Tür setzte, sie sagte, sie fühle sich wie eine Behinderte, die darauf angewiesen ist, dass man sie bringt und wieder abholt, weil das neue Viertel damals weder eine Metro- noch eine Busverbindung hatte und noch nicht einmal im Stadtplan von Madrid verzeichnet war. Meiner Mutter mochte ich den Brief nicht zeigen. Misstrauisch, wie sie war, kam sie sogleich aus ihrem Zimmer und fragte, wer da geklingelt habe, und als ich ihr dummerweise sagte, das sei der Briefträger gewesen, wollte sie wissen, wer uns denn geschrieben habe, aber ich sagte ihr, es habe sich um einen Irrtum gehandelt, und schloss mich ins Schlafzimmer ein, um den Brief allein aufzumachen. Mein Herz pochte vor Angst, denn damals brauchten wir zwar keinen Hunger mehr zu leiden, aber die

Angst war noch ein ständiger Gast, Angst vor allem, dass uns das Unheil wieder treffen könnte, dass sie meine Mutter wieder abholen kämen wie nach dem Krieg, als sie tagelang verschwunden blieb und meine Großmutter die Polizeireviere und Gefängnisse absuchte und nach ihr fragte. Mein Vater hatte es ihr gesagt, wenn du nicht mit mir kommst, wird es dir so schlecht ergehen, dass du dich besser aufhängst oder aus dem Fenster stürzt, aber sie wollte nicht fort, wollte Spanien nicht verlassen, obwohl sie genau wusste, was sie erwartete, nicht, weil sie sich etwas hatte zuschulden kommen lassen, denn Politik interessierte sie überhaupt nicht und sie konnte nicht einmal lesen und schreiben, sondern nur, weil sie mit ihm verheiratet gewesen war. Ich war drei Jahre alt, als der Krieg zu Ende ging und mein Vater eines frühen Morgens im Mietshaus von las Ventas erschien und uns mitnehmen wollte, woran ich mich zwar nicht mehr erinnere, aber ich kann es mir gut vorstellen, so wie ich meine Mutter kenne, so halsstarrig, wie sie sein konnte, saß sie mit gesenktem Kopf auf einem Stuhl in der Ecke, und niemand hätte sie von da fortbewegen können, und ich stelle mir meinen Vater vor, der redet und redet und ihr sagt, wir müssten alle mit ihm nach Russland kommen, der sie zu überzeugen versucht, ihr Versprechungen macht, argumentiert, wie auf den Versammlungen seiner Partei, auf denen er sich anscheinend immer durchsetzen konnte, sonst hätte er es dort wohl nicht so weit gebracht. Er war ein begnadeter Redner, erzählte mir meine Großmutter, aber die Einzige, die er nicht zu überzeugen vermochte, war seine Frau, die ging mit ihm auf keine Demonstration und interessierte sich auch nicht für seine Versammlungen und seine Politik, sie glaubte nichts von dem, was er ihr versprach, und bewunderte ihn auch nicht für die immer höheren Posten, die er während des Krieges bekleidete, und für die Sterne an seiner Mütze und an seinen Jackenärmeln. Er verschwand einfach, ging morgens aus dem Haus und konnte abends heimkehren, aber auch erst nach einer Woche oder einem Monat, er kam aus dem Gefängnis zurück oder von der Front, verkleidet manchmal, damit die Polizei ihn nicht erkannte, oder in Uniform, und sie fragte nie, wo er gewesen sei, hörte sich wortlos seine Erklärungen an, die sie glaubte oder nicht glaubte, aber sicher nicht verstand. Doch sie hielt ihm stets das Haus in Ordnung und den Suppentopf warm, und manchmal versorgte sie sogar seine Wunden oder machte ihm zu Unzeiten eine heiße Brühe oder einen Kaffee, wenn er halb verhungert nach Hause kam, und wenn ihr das bisschen Geld ausging, das er ihr dagelassen hatte, scheute sie sich nicht, auf die Straße zu gehen und Arbeit zu suchen, wischte Böden oder verkaufte, mit einem Tonkrug und einem Zinnbecher, Wasser in der Stierkampfarena, und wenn es nötig war, ging sie sogar zum Pfarrer und bat um Kleidung für uns, was sie vor unserem Vater natürlich verheimlichte, der ja nicht zulassen konnte, dass uns von Priestern geholfen wurde. Das letzte Mal, dass ich ihn sah, muss in dieser Nacht gewesen sein, als er uns abholen wollte, heimlich schon, denn wenn der Krieg auch noch nicht zu Ende war, so stand das Ende doch nah bevor, und er sagte zu meiner Mutter, draußen warte ein Wagen auf uns, er werde uns, ich weiß nicht, nach Valencia bringen, wo wir ein Schiff nähmen, oder zu einem Flughafen, und dann wären wir ganz schnell in Russland, wo wir nie mehr hungern müssten und alle Annehmlichkeiten hätten. Ich weiß nicht, was er ihr alles gesagt hat, wie lange er auf sie eingeredet hat, der Chauffeur draußen im Wagen und Francos Truppen kurz davor, in Madrid einzumarschieren, und meine Mutter, als hörte sie den Regen, ich kann sie mir genau vorstellen, mit zu Boden gerichtetem Blick immer nur den Kopf schüttelnd, nein und nochmals nein, er könne tun, was er wolle, das habe er ja immer getan, aber sie und die Kinder kämen nicht mit, nach Russland schon gar nicht, so weit, hinzukommen wäre ja vielleicht einfach, aber von so weit, wer weiß schon, ob man da je zurückkommt. Und er geht im Zimmer auf und ab, ich habe keinerlei Erinnerung an ihn, aber ich glaube, ihn vor mir zu sehen, groß, gut aussehend in seiner Uniform, wie auf einem der Fotos, die man mir in der Botschaft gegeben hat und die meine Mutter in winzige Fetzen zerrissen und mit all seinen anderen Papieren verbrannt hat, den Briefen und den Zeichnungen, den Dokumenten, und dabei hätte ich so gern ein Foto, irgendeine Erinnerung an meinen Vater behalten. Dann wasche ich meine Hände in Unschuld für das, was aus dir und den Kindern wird, mag er gesagt haben, und sie ist wie eine Wildkatze aufgesprungen, als ob du das nicht immer schon getan hättest, mit deiner Politik und deinem Krieg und deiner Revolution, wenn es danach gegangen wäre, würden deine Kinder jetzt auf der Straße betteln. Oder sie wären jetzt in Russland, gut genährt und gut versorgt, und hätten nicht die Entbehrungen ertragen müssen, die sie hier nur wegen deines Dickschädels ertragen haben, denn schon einmal, als ich zwei Jahre alt war, hatte mein Vater gewollt, dass meine älteren Geschwister mit einem dieser Kindertransporte nach Russland verschickt werden, und meine Mutter hatte sich auch dagegen gesträubt. Sie erzählte mir, ich hätte im Nebenzimmer geschlafen, wäre von den Stimmen wach geworden und weinend ins Zimmer gekommen, und da hätte ich meinen Vater erst nicht erkannt und mich in ihren Schoß geflüchtet, als er mich umarmen wollte. Aber es war noch eine andere Frau im Zimmer, glaub mir, ich sehe sie deutlich vor mir, als würde ich mich an sie erinnern, eine hoch gewachsene, dunkelhaarige, kräftige, gut aussehende Frau, ganz in Schwarz gekleidet, als trüge sie Trauer, eine frühere Nachbarin von uns mit einer Tochter, die manchmal auf mich aufgepasst und mit mir gespielt hatte, die war noch hübscher als ihre Mutter, und einen größeren Sohn hatte sie, die waren beide schon seit zwei oder drei Jahren in Russland. Die Frau habe mich in den Arm genommen und mich auf ihr Knie gesetzt, hat meine Mutter erzählt, und zu ihr habe sie gesagt, aber bitte, wenn du es schon nicht für dich tust, so tu es wenigstens für die Kleine, die kann doch nichts dafür. Meine Mutter erzählte mir auch, die Frau habe mich in den Armen gewiegt und mit leiser Stimme in den Schlaf gesungen, während mein Vater weiter im Zimmer auf und ab lief und meine Mutter zu überreden versuchte, und von draußen hörte man Kanonendonner, aber nur noch vereinzelt, weil der Krieg in den letzten Zügen lag und schon alles verloren war. Und weißt du, wer diese Frau gewesen ist, sagte meine Mutter mit gesenkter Stimme, mit der sie mir von den Ereignissen jener Nacht berichtete, das war die Pasionaria, die in dieselbe Politik verwickelt war wie dein Vater, und sie erzählte mir, ihre Kinder sprächen schon Russisch und ihnen ginge es ganz großartig in der Sowjetunion, genauso würde es uns auch gehen, wenn wir jetzt mitkämen. Meine Mutter sagte kein Wort, saß mit gesenktem Kopf da und starrte zu Boden, mein Vater verlor die Nerven, mit dir zu reden ist so, als spräche man gegen eine Wand. Du bist verantwortlich für das, was passiert, schrie er, und sagte wieder, er wasche seine Hände in Unschuld, stürze dich lieber gleich in einen Brunnen, denn bald sind sie da, und sie werden kein Erbarmen kennen. Und er hatte Recht, meiner Mutter haben sie den Kopf geschoren, sie haben sie schlimm verprügelt, nur, weil sie die Frau eines hochrangigen Roten war, und meine Onkel, ihre Brüder, wurden alle ins Gefängnis gesteckt, und zwei von ihnen haben sie erschossen. Nachts konnte man in unserm Haus die Gewehrsalven vom Ostfriedhof hören, und wenn das Schießen aufgehört hatte, warfen meine Mutter und meine Großmutter sich schwarze Schultertücher über den Kopf und gingen mit anderen Frauen aus der Nachbarschaft los, um unter den Leichen nachzuschauen, ob jemand von der Familie dabei war. Daran erinnere ich mich noch, weil ich schon etwas älter war, an die beiden

Frauen mit den schwarzen Tüchern über dem Kopf, wie sie über die Straße davongingen und ich nicht einschlafen konnte, bevor sie wieder zurückkamen, wenn die Sonne schon aufgegangen war, und was ich nicht gesehen habe, erinnere ich, als hätte ich es auch gesehen, nämlich wie sie im Morgengrauen ganz langsam zwischen den Toten langgehen, hier und da einen umdrehen, der auf den Bauch gefallen ist, damit sie sein Gesicht sahen. Meine Mutter ging mit uns zurück aufs Land, in ihr Dorf, weil sie glaubte, dass wir dort besser zu essen bekämen und unauffälliger leben könnten, doch kaum waren wir angekommen, wurde sie verhaftet, und man rasierte ihr den Kopf kahl und verurteilte sie dazu, zwei Jahre lang jeden Morgen noch vor Tagesanbruch den Fußboden der Kirche zu scheuern, und sie hat so viel gefroren, immer mit den Knien auf den kalten Steinfliesen, dass sie für den Rest ihres Lebens Schmerzen in den Knochen hatte.

Unvermutete Geschichten, die man hören kann, wenn man nur ein bisschen aufmerksam ist, gibt es ohne Ende, ganze Romane kann man im Leben eines Menschen entdecken. Zur alten Besuchszeit um sechs Uhr abends ist die Frau zu uns gekommen, der immer etwas von einer Besucherin aus früheren Zeiten anhaftet, eine Art wohlmeinender Förmlichkeit, was man an der Sorgfalt erkennt, mit der sie sich kleidet, und an der Tüte mit Konfekt, die sie vermutlich unterwegs in einer Konditorei kauft, so wie es in ihrer Jugend üblich war. Sie dürfte etwas über sechzig sein, eine Frau aus der Mittelschicht, wenn auch nicht wohlhabend, mit einer lebensfrohen Art, die sich besonders in ihren lebhaften Augen spiegelt und in der Unbefangenheit, mit der sie ihre Zuneigung äußert. Sie wohnt nicht mehr in dem Viertel, in dem sie aufgewachsen ist, wo sie geheiratet hat und ihre Kinder zur Schule gegangen sind, sondern in einem weiter außerhalb, in einer Wohnsiedlung, fast einem Vorort, und obwohl man ihr ansieht, dass sie sich nicht so leicht unterkriegen lässt, merkt man doch auch, dass sie lieber nicht umgezogen wäre, dass der Wohnungswechsel zu einer Reihe von Unwägbarkeiten gehörte, die schwer auf dem Gemüt lasteten, von bitteren Umstellungen, die in den letzten Jahren nötig geworden waren, seit ihr Mann in Rente war und die Einkünfte zurückgingen, die früher beträchtlich waren und ihnen große Autos, teure Schulen für die Kinder und Reisen ins Ausland ermöglicht hatten. Aber sie ist stark, das sieht man gleich, eine große, robuste Frau mit offenem Blick und resoluten Händen, die sich der Welt nicht verschließt, dem Neuen, welches das Leben ihr noch bietet, im Unterschied zu ihrem Mann, sagt sie, der sich, seit er Rentner ist, aufgegeben hat, sich nicht damit abfinden kann, dass die guten Zeiten vorbei sind, und der sie um den Verstand bringt, weil er sie in die eigene Verzagtheit hineinzuziehen sucht, sie immer um sich haben will in der kleinen Wohnung, in der sie jetzt leben, am liebsten genauso missmutig und grüblerisch wie er, voller Misstrauen der Welt gegenüber, ohne Antrieb zu reisen oder überhaupt auf die Straße zu gehen, wehleidig verlorenen Dingen nachtrauernd, dem Geld und den Jahren, dem Wohlstand, der ewig anzuhalten schien und ihm einfach unter den Händen zerronnen ist, ohne dass eine besondere Katastrophe eingetreten wäre: Dinge vergehen einfach, Zeiten ändern sich, die Geschäfte gehen allmählich schlechter, und plötzlich sitzt man auf dem Altenteil und muss von einer Rente leben; die Ersparnisse sind ebenso geschrumpft wie der Mann selbst, das Geld ist dahin, genau wie die Lebenszeit, man weiß nicht, wo beides geblieben ist.

Da sitzt er nun, sagt sie, auf seinem Sofa, mit der Thermoskanne Kaffee, die ich ihm hingestellt habe, damit er für den Nachmittag was hat, und als ich ihm sagte, wohin ich gehe, ist er ein bisschen wacher geworden, ich glaube sogar, er wäre fast mitgekommen, doch dann hat wieder die Bequemlichkeit gesiegt, so kalt, wie es abends wird, sagt er, da muss man sich überlegen, ob man noch auf die Straße geht, als wäre er achtzig Jahre alt, und er klagt auch schon, dass wir so weit außerhalb wohnen und die Busse so selten fahren, nicht wie früher, als man in einer Viertelstunde in der Stadt sein konnte. Er spricht nur noch von früher, erinnert sich an früher, aber ich lasse ihn einfach sitzen, dann bleibst du eben hier, sage ich, und er fragt wieder, wohin ich denn gehe, als fürchtete er, es wäre sehr weit und ich käme erst spät zurück. Sicher macht er sich schon Sorgen, schaut auf die Uhr, schlurft in Bademantel und Pantoffeln durch die Wohnung, du siehst aus wie ein Patient im Krankenhaus, sage ich immer zu ihm, aber das stört ihn nicht, er ärgert sich nicht mal, sogar seinen Charakter hat er verloren, dabei hatte er so einen starken.

Sie schaut auf die Uhr, ihre kleine goldene Armbanduhr, ein Zierrat aus früheren Zeiten, genau wie die Armreifen und der Ring mit dem Edelstein an ihrer Hand, die zwar nicht mehr jung ist, aber noch kraftvoll von körperlicher Arbeit. Ich müsste eigentlich gehen, sagt sie, oder ihn anrufen, weil er sicher schon unruhig wird, aber es macht mich auch wütend, immer nur Rücksicht auf ihn zu nehmen; bleibe ich zu Hause, habe ich das Gefühl, ersticken zu müssen, gehe ich aus, kann ich es nicht genießen, dieser Mann ist eine einzige Strafe. Dabei kann ich nicht einmal mein Herz ausschütten und mich über ihn beklagen, weil er mir nie den geringsten Grund dazu gegeben hat, in vierzig Ehejahren nicht, er ist immer so ein guter Mann gewesen, dass es mich fast rasend macht, so gut, dass ich gleich ein schlechtes Gewissen bekomme, wenn ich ärgerlich oder ungeduldig mit ihm werde.

Aber sie will noch nicht gehen, man sieht, dass sie es genießt, auf Besuch zu sein, mit einer Mischung aus herzlicher Zuneigung und bescheidener gesellschaftlicher Befriedigung, doch auch wenn man sehen kann, dass der Nachmittagstee nicht zu ihren Gewohnheiten gehört, weiß sie doch jeden Schluck auszukosten und gibt sich Mühe, die Tasse richtig zu halten und alles, was sie in ihrer Umgebung wahrnimmt, zu loben, jedes Teil, auf das der Blick ihrer strahlend hellen Augen fällt, die es gewohnt sind, Preis und Qualität einer Sache abzuschätzen, das Porzellan des Teeservices, den Stoff der Fenstervorhänge, die roten Rosen auf dem Tisch. Vielleicht vergleicht sie die Wohnung mit ihrer eigenen; in dem Fall tut sie es aber ohne Ressentiment, eher mit spontaner Anerkennung. So wie es Menschen gibt, die ihre Umgebung verfinstern, Wesen wie schwarze Löcher, die alles Licht absorbieren, das in ihrer Nähe ist, und es auslöschen, ohne Nutzen daraus gezogen zu haben, gibt es andere, die jedes bisschen Helligkeit um sich herum reflektieren, sie abstrahlen, als käme sie aus ihnen selbst. Ach Kind, wie würde deiner Mutter diese Wohnung gefallen, wenn sie sie nur sehen könnte, wenn sie dir doch nur nicht so jung schon gestorben wäre. Diese Frau von gut sechzig Jahren, die einmal bessere Zeiten gekannt hat, lebt auf mit der Jugend in ihrer Nähe, in der Wohnung, die viel größer ist als ihre eigene, mit dem Porzellan und den Rosen, die sie heute nicht mehr bezahlen könnte, und wenn sie ein Bild betrachtet, das sie verlegen macht, das sie in ihrer eigenen Wohnung niemals aufhängen würde, oder einen japanischen Tee probiert, der ihr befremdlich und bitter erscheint, ist die Verlockung der Neugier stets stärker als die instinktive Ablehnung. Als Kind ist sie so gut wie gar nicht zur Schule gegangen, doch sie spricht wie eine vernünftige, gebildete Frau, und wenn sie die sechziger Jahre hindurch auch eine Jugend in häuslicher Abgeschiedenheit im Dienste des Mannes und der Kinder verbracht hat, besitzt sie doch genug Stolz und Selbstbewusstsein, um auch allein im Leben zurechtzukommen. Sie liest Bücher, geht gern ins Kino, hat jahrelang eine Abendschule besucht. Ich weiß noch, wie zornig deine Mutter darüber werden konnte, dass wir so eng an unsere Männer gebunden waren, und was sie nicht alles unternommen hat, damit deine Schwester und du studieren konntet. Sie war klug, sie hat gemerkt, dass die Zeiten sich ändern, darum hat sie umso mehr gelitten, als sie erkannte, dass sie sterben musste und dich und deine Schwester nicht mehr als zwei unabhängige Frauen würde erleben können, die nicht mehr so gefesselt waren wie wir, nicht mehr so ein Leben führen mussten wie sie und ich.

Sie trinkt vorsichtig ein paar Schlucke von ihrem Tee, probiert das Konfekt, das sie selbst mitgebracht hat, nicht ohne schlechtes Gewissen, da sie zuzunehmen fürchtet, plaudert leutselig über Filme und gesellschaftlichen Klatsch, schaut auf die Uhr und sagt, es werde doch allmählich Zeit zu gehen, so viele Dinge, die ihr noch zu erledigen habt, und ich stehle euch den ganzen Abend, außerdem werde ihr Mann unruhig werden, so ungeduldig, dass er nicht mehr ruhig auf seinem Sofa sitzen könne, aber nicht, weil er sich Sorgen um mich macht, sagt sie lachend, sondern aus Angst, ich könnte ihm nicht rechtzeitig das Abendessen auf den Tisch stellen, das Punkt neun bereitstehen muss, keine Minute früher, keine Minute später, er sagt, es ist wegen seinem Magen, und jede Unregelmäßigkeit verschlimmert das Geschwür. Diesen Pünktlichkeitswahn hat er schon immer gehabt. Als meine Mutter ihn kennen lernte, sagte sie zu mir, Kind, den hast du dir wohl mit Absicht ausgesucht, dein Vater war nämlich ganz genauso, der hat sein Leben nach den Glockenschlägen der Uhr ausgerichtet. Ich habe meinen Vater zum letzten Mal gesehen, als ich drei Jahre alt war. Manchmal glaube ich, mich an ihn zu erinnern, aber in Wirklichkeit erinnere ich mich an ein Foto, auf dem er mich in den Armen hält.

Als sie beinah zufällig ihren Vater erwähnt, geschieht etwas, vollzieht sich eine leichte Veränderung des Blicks, der sich nach innen kehrt, während ihr Lächeln für einen Moment erlischt. Eine beiläufige Frage reicht aus, schon ist die Frau nicht mehr ganz sie selbst und die Gegenwart weicht im Wohnzimmer zurück, in dem sich eigentlich nichts verändert hat, vielleicht nur der Tonfall der Stimmen, die Empfänglichkeit der Zuhörenden, die neue Qualität der Stille, wie ein leeres Blatt Papier, das sich mit Wörtern füllt, welche ganz unverhofft den höchst ausführlichen Roman eines gewöhnlichen Lebens hervorbringen, binnen Minuten von einer Zeit zur anderen springen, von einem Mietshaus in der Nähe des Ostfriedhofs von Madrid in den grausamen Tagen der ersten Nachkriegszeit zu einer in den sechziger Jahren gebauten Wohnsiedlung, dem Bürgerkrieg folgend und den Abenteuern eines Mannes, der eines Nachts in ein Auto steigt, das mit laufendem Motor auf ihn gewartet hat, und nie zurückkehrt, von dem man weiß, dass er in Russland gelebt hat und dann heimlich nach Frankreich ging, wo er in der Résistance gegen die Deutschen kämpfte, die ihn gefangen nahmen und in ein Lager steckten, aus dem er seinen Kindern kurze Briefe mit Zeichnungen schickte, denn zum Zeichnen hatte er großes Talent; er konnte fliehen und schloss sich erneut dem Widerstand an, und wieder geriet er in Gefangenschaft, und noch einmal konnte er entkommen, und es schien, als habe sich seine Spur danach für immer verloren. Und eines Tages, mehr als zwanzig Jahre nach dem Ende des Weltkriegs, bekommt seine Tochter, die sich nicht an ihn erinnern kann, eine Nachricht von der Deutschen Botschaft. Sie fürchtet sich, den Brief mit dem Behördenstempel zu öffnen, denn Behördenbriefe haben, seit sie denken kann, immer nur Unglück gebracht, und sie fürchtet sich auch, den Brief ihrem Mann zu zeigen, der nie was mit Politik zu tun haben wollte, und Recht hat er damit, denn er arbeitet unermüdlich, um die Raten für die Wohnung, das Auto und die Waschmaschine abbezahlen zu können, um mit ihr und den kleinen Kindern im Sommer ans Meer fahren und sie in die beste Schule schicken zu können, wenn sie in das Alter kommen. Von den alten Geschichten will er nichts wissen und auch von ihrem Vater nicht, der schon vor vielen Jahren verschwunden ist, aber die Wahrheit ist auch, dass er sich in sie verliebt hat, ohne ein Wort darüber zu verlieren, dass sie in so ärmlichen Verhältnissen lebte und eine Tochter und Nichte von Roten war.

Wäre deine Mutter noch am Leben, ich hätte ihr bestimmt von dem Brief erzählt, aber ihr wohntet ja noch nicht in diesem Viertel, und mit einigen Nachbarinnen hatte ich mich zwar schon angefreundet, aber dass sie etwas über die Vergangenheit meiner Familie erführen, wollte ich doch nicht; nicht, weil ich mich für ihn geschämt hätte, absolut nicht, sondern aus Vorsicht, denn, wie ich dir ja schon gesagt habe, die Angst steckte uns immer noch in den Knochen. Deine Mutter war so vornehm, so jung, und so wird sie mir immer in Erinnerung bleiben, nicht wie am Ende, obwohl sie sogar in der Krankheit noch diese Eleganz bewahrte, sondern viel früher, als ich sie zum ersten Mal sah, als ihr in dieses Viertel kamt, du warst noch so klein, dass sie dich auf dem Arm trugen oder im Kinderwagen fuhren. Ich weiß noch genau, wie ihr gekommen seid: Ich schaute aus dem Fenster, als ich das Motorengeräusch hörte, und sah das große schwarze Auto, das dein Vater damals fuhr, den Fünfzehnhundert, und als ich euch aussteigen sah, da habe ich mich gefreut, weil ihr so viele gewesen seid und der Block und das ganze Viertel doch noch so menschenleer waren. Kinder stiegen aus dem Auto, und aus dem Kofferraum kamen Gepäckstücke zum Vorschein, und dann stieg deine Mutter in einem hellen Kleid aus und stand auf dem Gehweg, vielleicht noch etwas benommen von der Reise, und ich hatte nicht den Eindruck, dass ihr besonders gefiel, was sie sah, die unbebauten Grundstücke mit den Gräben und die Baukräne und Madrid in so weiter Ferne, die breiten Straßen und die Bäume, die noch genauso kahl waren wie die Straßenlaternen. Sie nahm dich auf den Arm und schaute nach oben, genau zu mir herauf, und ich habe sofort gewunken und mich gefreut, dass sie so schön und so jung war und dass sie in die Wohnung direkt über mir zog. Da war sie noch nicht krank oder wusste es zumindest nicht oder hat den ersten Beschwerden keine Bedeutung beigemessen, aber ich erinnere mich, dass sie ein wenig blass aussah, zarter als die anderen Nachbarinnen in unserem Alter oder als ich selbst, obwohl sie die Hausarbeit machte und sich mit euch abrackerte wie alle anderen, und wenn es ihr gut ging, hat sie genauso gelächelt wie du jetzt. Durch den Lichthof habe ich sie oft singen hören, wenn sie in der Küche war, oder laut über etwas lachen, das dein Vater zu ihr gesagt hatte. Ihr habe ich erzählt, was für ein Leben wir nach dem Krieg geführt haben, meine Mutter und ich, sogar, dass die Pasionaria mich auf den Schoß genommen und mir ein Gutenachtlied vorgesungen hat und welche Angst ich hatte, als der Brief von der Deutschen Botschaft kam, nachdem er monatelang durch Madrid geirrt war. Ich fürchtete, mein Mann könnte zornig werden, wenn ich ihn ihm zeigte, aber deine Mutter lachte nur darüber, als ich ihr mehrere Jahre später davon erzählte: Ach, meine Liebe, der und zornig werden, der mit seinem sanften Wesen. Ich wagte kaum zu hoffen, dass in dem Brief stehen könnte, mein Vater wäre noch am Leben. Als mein Mann an dem Tag von der Arbeit kam, haben wir uns ins Schlafzimmer gesetzt, und ich habe ihm den Brief gezeigt, und da hat er mich sofort beruhigt, ein Brief von einer ausländischen Regierung, hat er gesagt, da brauche man nichts zu fürchten, fürchten müsse man nur die von der eigenen Regierung, aber am besten sagen wir deiner Mutter nichts davon, bis wir genau wissen, um was es sich handelt.

Am anderen Morgen stiegen sie in ihr neues Auto, das noch

so neu roch, so herrlich nach Plastik und Metall und Benzin, fuhren wie zwei Touristen nach Madrid hinein, und während der ganzen Fahrt hielt sie mit beiden Händen die Handtasche mit dem Brief fest in ihrem Schoß. Vielleicht sagen sie mir, dass mein Vater lebt, aber durch eine Verletzung am Kopf sein Gedächtnis verloren hat und deshalb nie zu uns gekommen ist, dachte sie, weil sie solche Geschichten aus dem Kino kannte, aber sie fürchtete auch, dass man sie offiziell vom Tod ihres Vaters benachrichtigen wollte, einem weiteren Toten unter den Millionen namenloser Toter, die man in den Straßengräben und Massengräbern Europas verscharrt hatte, zu jener Zeit, als sich seine Spur verlor, als sein letzter Brief aus dem deutschen Lager kam, ein paar Zeilen und auf der Rückseite eine Bleistiftzeichnung von einem Dorf in den Alpen mit bauchigen Kirchtürmen und spitzen Dächern. Normalerweise ging ich immer am Arm meines Mannes, zog ihn eng an mich, doch diesmal war er es, der mich führte, der dem Pförtner der Botschaft meinen Namen nannte, den Brief und meinen Ausweis vorzeigte, so eingeschüchtert war ich an diesem Ort unter lauter zuvorkommenden Menschen mit blonden Haaren und blauen Augen, die mit einem komischen Akzent sprachen, sehr freundlich alle, nicht so wie unsere Beamten damals, die einen mehr anbellten als ansprachen und immer übel gelaunt waren. Schließlich wurden wir von einem Herrn empfangen, in einem Zimmer, in dessen Mitte ein großer Tisch stand, und der Mann sprach beruhigend auf mich ein, wie ein Arzt, und endlich traute ich mich, ihn zu fragen, ob mein Vater lebte oder tot war, und er antwortete, das würden wir selbst gerne wissen, wir suchen seit Jahren nach ihm, um ihm seine Sachen zurückzugeben. Dabei hob er einen großen Karton vom Boden auf und stellte ihn auf den Tisch. Es war ein mit rotem Band verschnürter und mit Siegellack verschlossener Karton aus Pappe, der anscheinend auch schon viel herumgekommen war. Mein Mann und ich schauten ihn an und wussten gar nicht, was wir tun sollten, und der Herr von der Botschaft sagte, er gehört Ihnen, Sie können ihn mitnehmen, darin sind die Sachen, die Ihr Vater zurückließ, als er zum zweiten Mal aus dem Gefangenenlager in Deutschland floh. Es war ein fester Karton mit vielen Stempeln, als wäre er durch viele Postämter gegangen, und die Kanten waren ganz abgestoßen. Ich starrte wie gebannt darauf und traute mich nicht, ihn anzufassen, ich sah meinen Mann an, und er zuckte die Schultern, er war auch nervös, wollte es hinterher aber nicht zugeben. Ich legte meinen Ausweis vor und musste einige Papiere unterschreiben. Dann nahm ich den Karton und dachte, er sei sicher schwer, doch überraschte mich, wie leicht er war. Wir verließen die Botschaft und gingen die Castellana hinunter, wo wir unser Auto geparkt hatten. Ich trug den Karton mit beiden Händen, als enthielte er etwas sehr Zerbrechliches, und mein Mann ging neben mir und sagte, ich solle ihn das tragen lassen. Es war einer dieser sehr kalten, sehr sonnigen Tage in Madrid. Meine Geduld reichte nicht, um mit dem ungeöffneten Karton nach Hause zu fahren, und ich wollte nicht, dass meine Mutter ihn sah, bevor ich wusste, was er enthielt. Er war so leicht, und darin waren Dinge, die sich bewegten, wenn man ihn schüttelte. Wir setzten uns auf eine Bank, und mein Mann öffnete ihn. Mir zitterten die Beine, und ich saß auf der Bank und weinte, während er die Dinge herausholte, die mein Vater in dem Konzentrationslager bei sich gehabt hatte. Da waren all die Briefe, die meine Mutter ihm geschrieben hatte, das heißt, die sie einer Nachbarin diktiert hatte, die mein Bruder ihm auf dem linierten Papier seines Schulhefts geschrieben hatte und die ich ihm geschrieben hatte, als ich gerade schreiben lernte, und auch die Zeichnungen, die mein Bruder und ich für ihn angefertigt hatten, sowie die Fotos von uns, die meine Mutter ihm schickte, einige davon trugen unsere Namen auf der Rückseite, geschrieben in meiner unbeholfenen Kinderschrift von vier oder fünf Jahren. Wie arm wir darauf aussahen, hungrig und verängstigt, und wie ich das alles in so wenigen Jahren vergessen hatte. Auf einem Foto war mein Vater in Uniform zu sehen, mit einem kleinen Mädchen auf dem Arm, so klein, dass ich mich nicht mit Gewissheit erkannte, und auf einem war nur sein Kopf zu sehen, ganz hager sah er darauf aus, der Kopf war geschoren, und er hatte dunkle Ränder unter den Augen, unter dem Foto stand eine Nummer. Es gab Papiere in französischer und deutscher Schrift, alle waren vergilbt und an den Faltstellen so verschlissen, dass sie brachen, wenn wir sie auseinander falten wollten, und jede Menge Zeichnungen auf allen möglichen Unterlagen, auf einem Stück Pappe oder auf der Rückseite einer deutschen Drucksache, Zeichnungen von Dörfern mit Kirchtürmen und Zügen und Bergen im Hintergrund und Porträts von Leuten, von Männern mit gestreiften Anzügen und kahl geschorenen Köpfen, eine sehr hübsche Zeichnung vom Roten Platz in Moskau, groß und koloriert, wie ein Foto auf kariertem Blockpapier. Wir schlossen den Karton wieder und verstauten ihn im Kofferraum des Autos, und auf dem ganzen Rückweg musste ich weinen, wie ich seit Jahren nicht mehr geweint hatte, wie ein dummes Mädchen, ich sah alles nur ganz verschwommen, und mein Mann, obwohl er noch kein geübter Fahrer war, nahm eine Hand vom Lenkrad und streichelte meine Hände, Kopf hoch, sagte er, beruhige dich, überlege mal lieber, was wir deiner Mutter sagen, wenn sie merkt, dass du geweint hast, sie wird denken, es hätte mit mir zu tun.

Sie vergewisserte sich, dass ihre Mutter sie nicht sah, als sie mit dem Karton ins Haus kamen, und dann versteckte sie ihn in den hintersten Tiefen ihres Kleiderschranks. Nachts konnte sie nicht schlafen, weil sie sich vorzustellen versuchte, was aus ihrem Vater geworden war, nachdem er zum zweiten Mal aus dem deutschen Lager geflohen war, im November 1944, hatte, aus einem Dokument übersetzend, der freundliche Herr in der Botschaft zu ihr gesagt. Vielleicht hatte eine Explosion sein Gesicht entstellt, und sein Leichnam war verwest, ohne dass ihn jemand identifizieren konnte, oder er war beim Durchschwimmen eines Flusses ertrunken, unter die Räder eines Zuges geraten oder unter die Ketten eines Panzers. Sie lag nächtelang wach und stellte sich im Einzelnen vor, welche Qualen ihr Vater erlitten hatte auf der Flucht durch ein gespenstisches, vom Krieg verwüstetes Land, Salven aus Maschinenpistolen, Hundegebell. Eines Morgens kam sie vom Einkaufen nach Hause und wunderte sich, dass ihre Mutter nicht da war. Schon bevor sie das Schlafzimmer betrat und die Türen ihres Kleiderschranks sperrangelweit offen stehen sah, hatte sie ein ungutes Gefühl gehabt. Sie suchte ihre Mutter in der ganzen Wohnung, rief nach ihr, schaute aus dem Fenster und sah ihre schwarze Gestalt draußen auf dem Baugrundstück vor ihrem Haus, auf dem die Bagger bereits ein großes Loch für die Fundamente eines neuen Häuserblocks ausgehoben hatten. Sie dort stehen zu sehen, gebeugt und ganz in Schwarz, erinnerte sie daran, wie sie früher im Morgengrauen zum Ostfriedhof gegangen war. Ihre Mutter stand vor einem Feuer, in das sie irgendwelche Dinge warf. Sie drehte sich um, als sie ihre Tochter rufen hörte, doch nur einen Moment, dann wandte sie sich wieder dem Feuer zu, das mehr qualmte als brannte. Der Morgen war feucht und bewölkt, und als sie über das Brachland zu ihrer Mutter lief, versanken ihre Absätze im Lehm. Als sie nah herangekommen war, fiel ihr auf, wie alt ihre Mutter geworden war. Sie hatte mit dem Karton ein Feuer angezündet und warf die Papiere, die Fotos und die Zeichnungen hinein, mit einer selbstvergessenen Entschlossenheit, die sich auch vom Eintreffen der Tochter nicht zügeln ließ.

Sieh mich nicht an, als würde ich dir stehlen, was dir von

deinem Vater geblieben ist. Die Stimme war deutlich, knapp, ohne Betonung, vielleicht dieselbe, die ein Vierteljahrhundert zuvor klanglos alles von sich gewiesen hatte, was der schnauzbärtige Mann in Uniform und die hoch gewachsene, schwarz gekleidete Frau ihr antrugen und an drohendem Unheil beschworen. Dein Vater lebt, aber er will weder von dir noch von irgendeinem von uns etwas wissen. Nach dem Krieg hat die französische Regierung ihm einen Orden verliehen und eine lebenslange Pension zuerkannt, aber er hat uns nie einen einzigen Cent davon zukommen lassen. Zum letzten Mal schrieb er, um mir kaltschnäuzig mitzuteilen, er habe ein neues Leben angefangen und gedenke daher jeden Kontakt mit uns abzubrechen. Ich wollte nicht, dass du diesen Brief siehst, weil du damals noch ein Mädchen warst und den Kopf voller Phantasien über deinen Vater hattest. Er lebt in Frankreich, hat dort eine neue Familie, sogar seinen Namen hat er geändert. Jetzt ist er ein französischer Geschäftsmann. Darum haben die Deutschen ihn nicht finden können. Mein Leben lang habe ich auf Briefe von ihm gewartet, da glaubst du wohl nicht, dass mir der entgeht, der neulich angekommen ist. Er habe zwar nie nach Spanien zurückkehren wollen, sagte meine Mutter, aber immer Wert darauf gelegt, möglichst in der Nähe zu bleiben. Wenn du den besuchen willst, der dein Vater war, dann nimm den Zug und fahr zu einem Ort an der französischen Grenze, der Cerbère heißt.

Wohin der Mensch auch geht

Die neue Wohnung, frisch bezogen, nur spärlich möbliert, es hallt noch in den leeren Räumen, die Farbe ist noch frisch an den Wänden, und die Bodendielen riechen kräftig nach gebeiztem Holz, keine Spur mehr von denen, die bis vor wenigen Monaten hier gelebt haben; jahrelang gegenwärtig, wurden sie von einem Tag auf den anderen getilgt wie die hellen Rechtecke an den Stellen, wo früher Bilder gehangen haben und die von den Malern beseitigt worden sind. Jetzt, da es noch kein schmückendes Beiwerk gibt, definiert ein einziger karger Gegenstand den Verwendungszweck der Räume: Im Schlafzimmer steht nur das große eiserne Bett, ein leerer Tisch und ein Stuhl im Arbeitszimmer. Gegenstände und Räume haben dieselbe unmittelbare Klarheit wie Schritte und Stimmen.

Die neue Wohnung, das neue Leben, frisch zu leben begonnen in einer anderen Stadt fern der melancholischen Provinz, in einem bisher nicht gekannten Viertel in Madrid, oder besser gesagt, einer kleinen Stadt im Herzen von Madrid gelegen, das sich in diesen Straßen winklig und kleinräumig gibt, heruntergekommen, ein Arbeiterviertel voll der merkwürdigsten, verschiedenartigsten Gestalten mit drei oder vier Geschlechtern, mit Hautfarben und Gesichtszügen aus fernen Regionen und Sprachen, die, wenn man sie im Vorbeigehen hört, nach asiatischen Vorstädten, maurischen Festungen, afrikanischen Märkten und Andendörfern klingen.

Morgens durch die Straßen zu gehen war jedes Mal eine Entdeckungsreise, und die anstehenden Erledigungen lösten sich auf in ziellose Spaziergänge, in die träge Lust zu schlendern und zu schauen, Stimmen in rätselhaften Sprachen aus den Telefonkabinen auf der Augusto Figueroa zu hören, Wörter aus dem Höllenkreis des Heroins, die unvordenklichen schrillen Stimmen der angestammten Nachbarinnen, die in Hausmänteln zum Einkaufen gingen und sich mit resigniertem Staunen umsahen oder lieber gar nicht mehr wahrhaben wollten, wie sich ihr Viertel in den letzten Jahren verändert hatte. Verstellte Stimmen von Männern, die sich teilweise in Frauen verwandelt hatten, wenn auch nicht vollständig und nicht sehr erfolgreich, ein männlicher Bart umschattete manchmal die mit Silikon aufgespritzten Wangen oder eine beginnende, absolut männliche Kahlheit lichtete die blonde, stürmisch auftoupierte Mähne, viel zu sehnige Beine und breite Füße deformierten lacklederne Stöckelschuhe.

Eingerahmt von der Höhlung einer Telefonkabine, erblickte man von hinten die hoch gewachsene Gestalt einer Frau, doch die Stimme, die man hörte, war eine dunkle Männerstimme. Einen Moment lang stellte sich der Eindruck ein, zwei Personen hielten sich in der Kabine auf, ein Mann und eine Frau, und eine der beiden sei unsichtbar.

An den Straßenecken harrten reglos die lebenden Toten, die wirklich fast unsichtbar waren, so bleich, dass die knotigen Venen ihrer Unterarme hervortraten, so selbstverständlich und still standen sie dort und warteten, dass man schnell lernte, sie nicht anzusehen, an ihnen vorbeizugehen, als existierten sie nicht, als befänden sie sich bereits in der anderen Welt, zu der sie mehr gehörten als zu dieser, der realen Alltagswelt der Lebenden. Ihr Blick ging ins Leere, oder sie beobachteten mit starren Augen die umliegenden Straßenecken, an denen früher oder später ein Dealer oder ein Streifenwagen auftauchen würde. Dann regten sie sich, aber nur langsam, mit dem zögernden Gang von Sauriern versuchten sie glücklos und ohne rechte Überzeugung den Polizisten aus dem Weg zu gehen, die ihre Papiere sehen wollten, als würden sie nicht jeden von ihnen zur Genüge kennen, ihre Totengesichter, ihre Namen, die sie im Streifenwagen über Funk weitergaben, um sie danach laufen zu lassen oder mal diesen, mal jenen in Handschellen abzuführen, stets mit derselben Verdrossenheit einer schon oft aufgeführten Theatervorstellung.

Einer von ihnen, ein Mann oder eine Frau, folgte einem Typen mit Sonnenbrille und spärlichem Bart, der beide Hände in die Gesäßtaschen seiner Jeans gesteckt hatte und in betont aufrechter Haltung ging, seine Schritte absichtlich beschleunigend, damit der andere, der Halbtote, Mühe hatte, ihm zu folgen, gebeugt und geächtet wie ein Bettler aus früherer Zeit, ein unzureichendes Knäuel schmieriger Geldscheine in der ausgestreckten Hand, die der Dealer mit einem Schlag zu Boden schleuderte, ohne sich zu dem anderen umzudrehen, der jetzt auf der Erde herumkroch und Münzen und Scheine aufsammelte, die zwischen und unter die Autos gefallen waren, in den Schmutz der Gosse, der erstaunlich schnell wieder auf die Beine kam, mit neuen Kräften, mobilisiert durch den Druck nach der Dosis, die der andere ihm verweigerte oder deren Übergabe er hinauszögerte, um ihn zu demütigen und leiden zu sehen.

Zu Beginn waren es beunruhigende Fremde, bedrohliche Gestalten, die an der Straßenecke oder am Ende des Gehwegs auftauchten, zwischen geparkten Autos kauernd ihre Notdurft verrichteten oder sich auf den Stufen eines Hauseingangs oder im Schutz eines Hausflurs eine Spritze setzten. Doch bald schon gewöhnte man sich an sie, gehörten auch sie zu den alltäglichen Gestalten des Viertels genau wie die Transvestiten, die älteren Frauen in ihren wattierten Morgenmänteln und die ausweichenden, scharfgesichtigen Dealer, ebenfalls abwartend, wenngleich auf eine andere Weise, mit einer animalischen

Sprungbereitschaft in ihren Bewegungen oder ihrem Verharren. Sie entfernten sich mit schwingenden Schultern und Blicken aus den Augenwinkeln, die Hände in den Gesäßtaschen, verschwanden in einem Hauseingang oder bückten sich hinter einer Hecke auf der Plaza de Chueca, dem armseligen Park vor dem Eingang zur Metro. Sie tauchten wieder auf mit etwas, das man nicht erkennen konnte, sprachen kaum zu verstehende Worte, beim Handschlag passierte irgendetwas, blitzschnell, eine Andeutung nur, wie ein überspringender Funke zwischen zwei Neuronen, ein Tütchen in der Handfläche des einen, zerknüllte Scheine in der des anderen, dann gingen sie schnell davon, beugten sich über das heruntergekurbelte Fenster eines Autos, das mit laufendem Motor am Straßenrand parkte, die Ellbogen nachlässig aufgestützt, mit huschenden, gleichgültigen Blicken.

So viele Stimmen und Leben, so viele Welten nebeneinander in den engen Straßen, und alles wird sogleich ganz alltäglich, noch die befremdlichsten und finstersten Dinge, alles klumpt zusammen, ist miteinander verstrickt, ohne sich jedoch zu vermischen, jede Gegenwart kreist im Kraftfeld ihrer eigenen, für andere zum Teil unsichtbaren Welt, jeder trägt seinen eigenen Roman mit sich: der junge Mann, der auf der Suche nach Heroin über den schmalen, von parkenden Autos zugestellten Gehweg schlendert und der Frau aus dem Nachbarhaus begegnet, die in Pantoffeln und Morgenmantel heruntergekommen ist, um Brot zu kaufen, und die gelernt hat, ihn nicht anzusehen, so wie er auch sie nicht anschaut; die als Frauen ausstaffierten Männer, die sich gestenreich gackernd in Szene setzen, und die Blinden, die sich zwischen ihnen hindurch einen Weg bahnen, indem sie mit ihren weißen Stöcken über den Boden und an den Wänden entlangtappen; die in dunklen Wohnungen und schlecht belüfteten Kellern zusammengepferchten Chinesen; die kleinen Indiofrauen, die sich um drei oder vier Uhr morgens an den Telefonzellen treffen und lange Ferngespräche in Aimará oder Guaraní oder Quechua mit wer weiß welchen Angehörigen führen, die im Hochland oder im Urwald geblieben sind; der Mann im Schlafanzug, der sich jeden Nachmittag auf seinem Balkon auf einen Baststuhl setzte, neben einen Butangasbehälter, und, ohne sich zu rühren, die Straße überblickte, hin und wieder von einem hohlen Husten geschüttelt, der ihn zwang, sich nach vorn zu beugen und die feuchte Stirn auf das Eisen des Balkongeländers zu legen.

Eine Zeit lang verschwand er, und als er dann eines Tages wieder in demselben Schlafanzug auf demselben Baststuhl neben der Butangasflasche auf dem Balkon saß, trug er eine Art weißen Knebel im Mund, und ein dünner Plastikschlauch führte in eines seiner Nasenlöcher. Jetzt hustete er nicht mehr, schaute aber weiterhin auf die Straße hinunter, bewegte den Kopf zwar nicht, aber seine Augen folgten den Menschen, die vorübergingen, den Nachbarinnen, den unrasierten Transvestiten mit ihren schlaffen, aufgeschäumten Wangen, den zahllosen Chinesen, die einer nach dem andern in regelmäßigen Abständen aus einem der Häuser in der Nachbarschaft kamen, den Indiofrauen aus den Anden mit ihren auf dem Rücken festgezurrten Säuglingen, den Blinden, die mit ihren Stöcken tasteten, als besäßen sie die gegliederten, feinfühligen Extremitäten von Insekten, das neue Ehepaar mit einem Jungen und einem Hund, das in der Wohnung auf der anderen Straßenseite eingezogen war, die der seinen genau gegenüberlag. Manchmal ging der kranke Mann nach Mitternacht noch auf den Balkon, um die geschminkte und zurechtgemachte Alte zu beobachten, die sich erst blicken ließ, wenn kein Mensch mehr auf der Straße war. Sie hatte stets einen Stuhl dabei, der aussah, als hätte sie ihn von der Müllkippe geholt, sowie eine mit einem Knoten zusammengebundene Plastiktüte. Sie suchte einen der auf dem Gehweg aufgestellten Abfalleimer aus, stellte den Stuhl davor, und danach band sie ganz ernst, ganz säuberlich und ganz verrückt die Plastiktüte auf, holte eine karierte Tischdecke heraus, die sie über die Mülltonne breitete, und dann der Reihe nach Essensreste, Brotbrocken, Becher und Messer und Gabel aus Plastik, schließlich eine große schmutzige Serviette, die sie sich um den Hals band. Dann setzte sie sich zum Essen und tat, als unterhalte sie sich auf einem vornehmen Bankett mit einem Tischnachbarn, trank Wasser, als koste sie vorzüglichen Wein, tupfte sich mit wohlerzogener Pedanterie die Mundwinkel ab, was auf dem Kinn schmierige Streifen von Fett und Lippenstift hinterließ, und wenn sie das Abendessen beendet hatte, sammelte sie alles wieder ein, verstaute es in der Mülltüte, leere Sardinendosen und Einwickelpapier von Süßigkeiten, Becher und Besteck, nahm die Serviette ab und faltete das Tischtuch auf, das sie über den Abfallbehälter gebreitet hatte, um einen Esstisch daraus zu machen, und ging dann zurück, woher sie gekommen war mit ihrem Stuhl und ihrer Plastiktüte, und erschien erst in der folgenden Nacht wieder auf der Straße, wenn Mitternacht vorüber war.

Wer bist du im Bewusstsein dessen, der dich als Unbekannten sieht und dem du allmählich immer vertrauter wirst, obwohl ihr nie ein Wort miteinander gewechselt habt, höchstens einmal einen Blick von Fenster zu Fenster oder wenn ihr euch auf den schmalen Gehwegen des Viertels beinah berührt: der Mann, die Frau, das Kind, der Hund, die Arbeiter, die die ganze Wohnung gegenüber leer geräumt, jede Spur derer verwischt haben, die vorher viele Jahre dort gewohnt haben, der Schuttcontainer auf dem Bürgersteig und später die frisch gestrichenen Wände, die man durch das halb offene Fenster erspähen kann, in hellen, sanften Farben gestrichen, wie um die Spuren der vorigen Bewohner noch nachhaltiger zu tilgen, so wie die Wände in einem Krankenhaus aus hygienischen Gründen weiß gestrichen werden.

Du bist nicht dein Geist und nicht deine Erinnerung, sondern das, was ein Fremder sieht. Woran erinnerte er sich, was hat er gesehen, wer war dieser Betrunkene im Viertel, dessen Namen niemand kannte, obwohl wir ihn immer gesehen haben und er uns keine Angst mehr machte, wie am Anfang, wenn er an einer Straßenecke auftauchte und wie ein aufrecht gehender Bär aussah mit seiner verfilzten Mähne und seinen übereinander getragenen stinkenden Lumpen, weil er sich voll pinkelte und voll kotzte und sich hinterher kaum die Mühe machte, sich mit der Hand den Mund abzuwischen. Manchmal schaute er mit feuchten blauen Äuglein aufmerksam um sich, aber er sprach nie mit jemandem, bettelte nicht und stapfte durchs Viertel wie der haarige, mit Lumpen und Fellen behängte Robinson auf alten Stichen, allein in den Straßen wie auf einer unbewohnten Insel, vom Wein sich ernährend, den er oft gleich wieder erbrach, kaum dass er ihn hinuntergeschluckt hatte; erbrach sich, genau wie er sich voll pinkelte, ohne eine Miene zu verziehen, ohne sich darum zu scheren, dass er eine Spur von Urin oder von Erbrochenem hinter sich herzog, das ebenso flüssig war wie seine Pisse und auch genauso roch.

Aus Kartons, Zeitungen und Plastiktüten bastelte er sich seine Schiffbrüchigenhütte in der Höhlung einer Toreinfahrt, oder er schlief mitten auf dem Gehweg hingestreckt wie ein Unberührbarer in Kalkutta, sein Terrain abgesteckt durch den intensiven Gestank, den er verströmte. Wie stellen sich die Lebensphasen eines Menschen in den Augen eines unbeteiligten Beobachters dar, der alles sieht: Der Mann im Schlafanzug auf dem Balkon sah jeden Tag das neue Kind mit dem Ranzen aus der Schule kommen, einige Minuten später mit einem Brot in der Hand und dem Hund an der Leine wieder auf die Straße treten, der Junge riss an der Leine oder versuchte, das Tier zu bändigen, hatte es jedoch zu keiner Zeit in der Gewalt, der närrische junge Hund war für seine Besitzer bestimmt genauso neu wie die frisch gestrichene und bezogene Wohnung, wie die Farbe an den Wänden, wie das neue Viertel und das neue Leben und die Schule, in der der Junge gewiss zum ersten Mal war.

Die Dinge wiederholen sich täglich, und es scheint, als geschähen sie schon ewig. Der Junge mit dem Schulranzen, das Kläffen des Hundes in der Wohnung, deren Fenster immer offen stehen, der Junge, der an der Hundeleine zerrt und dabei sein Brot isst, bestimmt geht er mit ihm zur Plaza Vázquez de Mella, dem einzigen offenen Gelände im Viertel, eine hässliche weite Betonlandschaft, nichts anderes als das Dach einer Tiefgarage, auf dem die Leute ihre Hunde ausführen, die Jungen Ball spielen und die Mädchen Seilspringen und Hopsen und die Junkies sich Spritzen setzen oder Crack rauchen und keiner vom anderen Notiz zu nehmen scheint, obwohl man über die weggeworfenen Spritzen, an denen manchmal Blutspuren zu erkennen sind, über die ausgequetschten Zitronenscheiben und die ausgeglühten Reste von verbranntem Silberpapier unmöglich hinwegsehen kann. In den Häusern, die den Platz umschließen, leben die ältesten Einwohner des Viertels, jene, die es nicht geschafft haben, fortzuziehen; in anderen haben sich zwielichtige Pensionen angesiedelt, und über ihren Dächern ragt nachts der Turm der Telefongesellschaft wie ein sowjetischer Wolkenkratzer in den Himmel, gekrönt von der gelben Scheibe und den roten Zeigern der Uhr, die in der feuchten, diesigen Luft der Winternächte zu einem rötlich goldenen Schimmer zerfließt.

Eines Abends kommt der Junge nach Hause gelaufen und hat den Hund nicht dabei, und sogar von seinem Balkon im zweiten Stock kann der alte Mann im Schlafanzug erkennen, dass ihm Tränen übers Gesicht laufen, als er den automatischen Türöffner drückt. Die Tür geht auf, aber der Junge tritt nicht ein, stattdessen kommen der Mann und die Frau herunter, der

Junge wirft sich ihr weinend in die Arme, als wäre er noch viel kleiner und reiche ihr gerade bis zur Taille, er zeigt zur Straßenecke und wischt sich die Tränen mit dem Taschentuch ab, das seine Mutter ihm gegeben hat.

Das ganze Leben ist Zuschauen und Beobachten, das eigene Atmen Überwachen aus Furcht vor dem Ersticken, vor der Dunkelheit eines Kollapses, regungslos auf einem Balkon sitzen, in Filzpantoffeln und Schlafanzug, der obligaten Uniform dessen, mit dem es zu Ende geht, der aus dem Reich der Lebenden vielleicht schon ausgeschlossen ist, genau wie die bleichen Schatten, die man über die Straße huschen sieht, stets ein wenig gekrümmt, mit schmerzenden Nieren und in einer Welt zu Hause, die von anderen nicht wahrgenommen wird, immer hinter einem Dealer her gierend, der sich nicht umdreht, der aufrecht und mit schnellen Schritten geht, der sie verachtet.

Der Mann, die Frau und der Junge sind hinter der Ecke der Calle San Marcos verschwunden, die sein Blickfeld begrenzt. Wenige Minuten später taucht der Mann wieder auf, diesmal allein, er ruft einen Namen, den des Hundes vermutlich, versucht es mit Pfeifen, was ihm nicht recht gelingt. Da das Hündchen noch ganz klein war, hat es sich wahrscheinlich hoffnungslos verirrt oder ist von einem Auto überfahren worden. Aber sie geben nicht auf, laufen den ganzen Abend auf und ab, unter dem Balkon her, und gehen erst ins Haus, als es dunkel wird, als am anderen Ende des Blickfelds, an der Ecke der Augusto Figueroa, die rosafarbene Leuchtreklame der Santander Bar eingeschaltet worden ist, ein Rosa, das ebenso sanft erstrahlt wie das Blau des Himmels über den Dächern, wie das Rosa der letzten Sonnenstrahlen, die sich noch in den Fenstern der obersten Stockwerke spiegeln, als es unten auf der Straße schon fast tiefe Nacht ist.

Es ist zu kalt, um auf dem Balkon sitzen zu bleiben, und der Mann mit dem Mundschutz beobachtet jetzt hinter dem

Fenster weiter, mit dem Rücken zu einem Zimmer, von dem man von der gegenüberliegenden Seite nur eine trübe Stehlampe und hin und wieder das bläuliche Blinzeln des Fernsehers erkennt, im Stehen hinter einer Jalousie, die einen ähnlich mitgenommenen und verschmutzten Eindruck macht wie der Stoff seines Schlafanzugs oder der Kragenrand seines Unterhemds. Wie es wohl ist, diese Wohnung zu betreten, welche alten Gerüche mag es dort geben außer dem Geruch von Medizin und chronischer Krankheit. Hinter der Jalousie verborgen, mit dem Rücken zum Zimmer und zur Einrichtung, gleichgültig gegen die Stimmen aus dem Fernseher, atmet der Mann hinter seinem Mundschutz und späht in die hell erleuchteten Fenster der Wohnung gegenüber, die noch keine Vorhänge haben, auf den inzwischen fast dunklen Gehweg, wo die aus dem Reich der Lebenden und die aus dem Reich der vorzeitig Toten teilnahmslos aneinander vorbeigehen, jeder nur sieht, was die anderen nicht sehen, und Ausschau hält nach Hinweisen auf die eigene Geheimsprache. Jemand steht dort unten mitten auf der Straße, aber der Mann erkennt nicht genau, um wen es sich handelt, wohl jedoch hört er das trockene Gekläff des Hündchens, sodass er die Jalousie schließlich hochzieht und sein Gesicht an die Fensterscheibe drückt, um so ein breiteres Stück der Straße einsehen zu können.

Es ist der Betrunkene, der groß und unbeweglich auf der Straße steht, das Gesicht den erleuchteten Fenstern der neuen Nachbarn zugewandt, leicht schwankend, wenngleich längst nicht so stark, wie wenn er wirklich betrunken ist und es den Anschein hat, als würden seine glänzenden Augen und die krankhaft geschwollene violette Haut von Alkohol triefen. Er hält das schwarzweiße Hündchen im Arm, das sich heiser bellt und dem stickigen Schutz seiner Lumpen und Hände zu entwischen sucht. Er nähert sich aber weder der Tür noch der Klingel, bleibt unbeweglich stehen, wartet mit der dumpfen

Geduld eines Tieres darauf, dass etwas passiert, als hätte er keine Stimme oder wüsste nicht, wozu die Metallplatte mit den Namensschildern und Knöpfen dient, die in der Wand neben dem Eingang eingelassen ist, vor dem er steht, mit dem Hündchen im Arm, dessen Schnauze zwischen dem Durcheinander von Lumpen hervorschaut und dessen Gebell schon ganz heiser ist.

Geduld des Wartens, wenn man weiß, was passieren wird, als bestimmte man den Lauf der Dinge, Tag für Tag die Straße im Blick, Stunde um Stunde die endlose Wiederholung allen Geschehens: Halb hinter der schmutzigen Jalousie verborgen, weiß der kranke Mann, dass sich eines der gegenüberliegenden Fenster öffnen wird, das noch keine Vorhänge hat und den Blick auf ein frisch in hellem Gelb gestrichenes Zimmer freigibt, der Junge wird einen Blick hinauswerfen, er hat als Einziger die nötige Unruhe und das ausgeprägte Gehör, um das Gebell zu erkennen. Das Licht über der Tür geht an.

Vater und Sohn waren nach unten gegangen, die junge Frau schaute aus dem Fenster, ihre ganze Aufmerksamkeit war auf die Straße gerichtet, sodass sie kein einziges Mal zu dem Haus auf der anderen Straßenseite hinüberblickte. Im letzten Moment jedoch zügelte der Junge seine Ungeduld, den Drang, dem Hündchen entgegenzulaufen, ließ die Hand seines Vaters nicht los, und der Betrunkene ging auch nicht auf die beiden zu, tat keinen Schritt nach vorn. Er bückte sich langsam und steif, setzte den Hund auf die Erde, sehr behutsam und ohne ein Wort, ohne auf den Jungen zuzugehen, der das Tier schon in seine Arme geschlossen hatte, und auch nicht auf den Vater, der etwas zu ihm sagte und ihm etwas entgegenstreckte, das er in der Hand hielt. Seine Augen waren sehr hell, von einer farblosen Durchsichtigkeit, wie die mancher Slawen, das Gesicht rot und violett, voller Hämatome und Schwellungen von Abszessen, und obwohl er nur einen Meter entfernt stand, kam sein Blick von sehr viel weiter her. Aber eigentlich war es gar kein Blick, er schaute nie jemanden direkt an, hatte vielleicht die Gewohnheit verloren, einem Blick aus der normalen Entfernung menschlichen Umgangs oder Zwiegesprächs standzuhalten, wie Schiffbrüchige, die jahrelang an einer unbewohnten Küste leben und den Gebrauch der Sprache verlieren und schließlich den Verstand. Wenn sein Sohn etwas älter wäre, dachte der Mann, würde er ihn ermuntern, Romane über Schiffbrüchige und einsame Inseln zu lesen, wie er sie selbst in den besten Jahren seiner Kindheit verschlungen hatte.

Sie tauchten an den Straßenecken auf, und nach und nach gewöhnte man sich im Viertel an sie, ihre Gesichter wurden so vertraut wie das der Frau aus dem Bäckerladen oder der Drogerie oder des teilweise Frau gewordenen Mannes vom Zeitungskiosk, seine verstohlenen Bewegungen und seine endlosen Stunden unbeweglichen und unruhigen Beobachtens, die ebenso zum Alltag gehörten wie die Runden und Razzien der Polizei, die gelegentlich einen der lebendigen Toten an einer Mauer filzte, sich von den marokkanischen Dealern lustlos die Papiere zeigen ließ, den einen oder anderen von ihnen im Streifenwagen mitnahm, der kurze Zeit später, nach einigen Tagen manchmal, wieder im Viertel erschien oder der für immer verschwand, eingesperrt oder ums Leben gekommen, der sich in ein anderes Viertel geflüchtet hatte, lebendig noch, aber so gut wie tot durch eines dieser aus Brettern und Pappe zusammengezimmerten Elendsviertel am Rande von Madrid strich.

Einige der neu Eingetroffenen bewahrten noch eine gewisse Würde, einen Rest ihrer alten Lebensgewohnheiten, die sie nicht ganz aufgegeben hatten in ihrem neuen Leben der zu den süßen Wonnen der Hölle Konvertierten, in dem sie sich einzurichten begannen, seit sie in dieses Viertel gekommen waren. Junge Leute mit neuer Kleidung und Markenturnschuhen.

Von ferne sahen sie noch ganz unbeschadet aus, auf mittlere Distanz jedoch konnte man schon erste Anzeichen von Qual und Niedergang erkennen, und nach wenigen Monaten waren sie einem gefräßigen Verschleiß anheim gefallen, einem Vampirismus, bei dem jeder von ihnen Vampir und Opfer war, Arme und Hals von Einstichen gezeichnet, von den winzigen Bissspuren der Spritzen, die manchmal unter den Schuhsohlen knirschten, wenn man durch den Park ging, oder sogar in Hauseingängen auftauchten. Dem Kind musste man sagen, es dürfe sie niemals anfassen, überhaupt nie etwas vom Boden aufheben.

Wenn sie kamen, waren sie anfangs von einer überbordenden Energie und Lebenskraft, die in krassem Gegensatz zu der Langsamkeit der Veteranen stand, legten eine Entdeckerfreude oder Abenteuerlust an den Tag, die sehr viel schneller dahin war als die saubere Kleidung und die Markenturnschuhe. Woher mochten sie kommen, aus welchen Lebenszusammenhängen und aus welchen Gegenden, was lag in diesen starren und doch leeren Augen. Eines Tages tauchte eine junge Frau auf, die wie eine Sekretärin aussah, sie trug ein Kostüm, eine lederne Handtasche und eine Aktenmappe unter dem Arm, dunkle Strümpfe und Schuhe mit hohen Absätzen. Man konnte sie für eine Angestellte aus einem der umliegenden Büros halten, für eine Sachbearbeiterin aus irgendeiner Kanzlei, die sich an der Straßenecke mit jemandem verabredet hatte und ab und zu auf die Uhr schaute. Eine etwas füllige Frau, aber nicht dick, mit rotem Gesicht, dezent gekleidet, ohne Bezug zu dem Warten der anderen, den Gewohnheitswartern, die sich kaum auf den Beinen zu halten vermochten und an den Hauswänden lehnten, die einschliefen oder kurz vor einer Ohnmacht standen und immer weiter nach unten sanken, bis sie auf der Erde saßen. Nach einigen Tagen jedoch oder wenn man sie aufmerksamer oder aus größerer Nähe betrachtete, fiel auf, was zuvor unbemerkt geblieben war: dass die Absätze vom vielen Stehen allmählich schief wurden oder sie eine Laufmasche im Strumpf oder ein Loch an der Ferse hatte, dass ihre Frisur immer unordentlicher und am Scheitel das Weiße der Haarwurzeln sichtbar wurde, dass ihre Gesichtsfarbe nicht von strotzender Gesundheit herrührte, sondern von hastig verteilter Schminke und dass sie inzwischen keine Armbanduhr mehr besaß, auf die sie schauen konnte, als stehe sie da in Erwartung einer geschäftlichen Verabredung.

Aber sie hielt noch immer die schwarze Akten- oder Briefmappe unter den Arm geklemmt, als letzten Rest eines früheren Lebens oder einer vergangenen Würde oder als lächerliche Vorspiegelung von Arbeit vor Bekannten oder Polizisten, die durch das Viertel patrouillierten, oder einfach aus Scham vor den Leuten, die an ihr vorübergingen, vor den Frauen, denen sie bis vor kurzem noch geglichen hatte, Sekretärinnen kleinerer Betriebe, Verkäuferinnen in Drogerien oder Friseusen.

Je blasser sie wurde, desto auffälliger malte sie sich Augen und Lippen an und umso greller wurde das Rouge, das sie sich auf die Wangen rieb. Jetzt stand sie schon recht wacklig auf ihren abgetretenen Absätzen, und die Knöpfe ihrer Bluse öffneten sich zu einem bauchigen Ausschnitt, gegen den sie die unvermeidliche Aktenmappe presste (deren Ecken inzwischen abgestoßen waren und das Innere aus Pappdeckel sehen ließen), aus der Blätter hervorschauten, als wären es Formulare oder Notizen, die sie vom Boden aufgeklaubt und hastig hineingestopft hätte.

Hin und wieder war sie in Begleitung eines Mannes, der anfangs auch nicht so aussah, als würde er im Zwischenreich der lebenden Toten enden: hoch gewachsen, Anfang dreißig, vornehmer als sie, vielleicht ihr junger, unerfahrener Chef, mit Regenmantel und Hosen aus Tuch, Lederschuhen, ungekämmtem Haar und gepflegtem Dreitagebart, dem unverwechselbaren Flair eines Journalisten oder Architekten. Dann waren sie beide eine Zeit lang verschwunden, und nach Wochen oder Monaten tauchte sie allein wieder auf, das Haar jetzt so schlecht gefärbt, als wäre einfach schwarze Farbe über die weißen Haarwurzeln des Scheitels geschüttet und dann verrieben worden, die Wimpern noch stärker getuscht und der Blick ihrer runden, vorspringenden Augen unstet und gequält, die Lippen unordentlich nachgezogen mit einem obszönen Rot. Sie trug noch immer dieselben Schuhe und offenbar auch Strümpfe, hielt nach wie vor die schwarze Aktenmappe an die Brust gepresst.

Als ich sie das nächste und letzte Mal sah, war sie schon nicht mehr in unserem Viertel: Es war ungefähr ein Jahr später, da sah ich sie, als ich die Calle Montera hinunterging, an einer Hausecke lehnen und hätte sie fast nicht erkannt. Erst ihr naives Sekretärinnengesicht und der weiße Scheitel im gefärbten Haar ließen mich aufmerken. Sie glich nun schon all den anderen Frauen mit superkurzen Miniröcken, dicken Schenkeln und abgetretenen Stöckelabsätzen, die diesen Teil von Madrid bevölkern, rauchend an den Straßenecken stehen, von Zuhältern bewacht, die nicht weniger hinfällig wirken als sie selbst, zwischen Sex-Shops und Spielhallen, an den Einmündungen schmaler Gassen, aus denen ein Geruch von Kloake dringt.

Jede der lange vergessenen Gestalten kehrt mit einem Erschauern des Gedächtnisses zurück, als Schatten jenes neuen Lebens, das jetzt ferne Erinnerung ist, genau wie die Wohnung, in der jetzt andere Menschen leben, obwohl sie damals so unauslöschlich zu uns gehörte wie die Züge unserer sieben Jahre jüngeren Gesichter. Vor kurzem ging ich an unserem Hauseingang vorbei und konnte von unten, über die Gitter des Balkongeländers hinweg, die Decke und den oberen Teil der Wände sehen, die wir in einem hellen Gelb gestrichen hatten. Es war einer jener langen Nachmittage im Mai, mit einer lauen Ahnung von

Sommer und Blütenpollen in der Luft, und auf dem Balkon des Hauses gegenüber saß in Pyjama und Pantoffeln der kranke Alte mit seiner Gesichtsmaske und den Plastikschläuchen in der Nase, ließ, auf das Geländer gestützt, seine Blicke über die Straße wandern und hat mich vielleicht gesehen und sich an mich erinnert oder mich nicht wiedererkannt nach diesen Jahren, in denen ich mich kaum noch in unserer alten Straße habe blicken lassen.

Es gab noch einen weiteren Zeugen, dem nichts von dem entging, was im Viertel passierte, jetzt fällt es mir wieder ein, ein großer alter Mann mit breitem Lächeln und geröteten Hängebacken, einer dieser stattlichen alten Herren, die mit zunehmendem Alter offenbar kompakter und rüstiger werden. Er pflegte zwischen der Plaza de Chueca und der Vázquez de Mella durch die Straßen zu flanieren, frühmorgens schon, ein altmodischer dicker Mantel ließ ihn noch wuchtiger erscheinen und eigenartig klein dagegen seinen Kopf, auf dem er stets einen Tirolerhut mit grüner Feder trug. Dieser Hut und seine riesigen Schuhe fielen mir auf, was jedoch vor allem meine Aufmerksamkeit erregte, war seine vollkommene Zufriedenheit mit der Welt; die Art, wie er sich mit gleichmütiger Gelassenheit an allem zu erfreuen schien, was ihm vor Augen kam, indem er manchmal stehen blieb, um den ersten Sonnenstrahl zu genießen, der an einem Wintermorgen auf die Plaza de Chueca fiel, oder mit Interesse und nickender Zustimmung die Manöver eines Lieferwagens im zusammenbrechenden Stadtverkehr zu beobachten oder die Ankunft eines Streifenwagens oder einer Ambulanz, die eine jener gespenstischen Gestalten einlud, die in einem Hausflur zusammengebrochen war. Er schaute sich das alles an, verharrte einen Moment und schlenderte dann weiter, als hinderten ihn die Fülle und Vielfalt dessen, was es alles noch zu sehen gab im Laufe seines Tages, so lange stehen zu bleiben, wie es ihm eigentlich gefallen hätte, vergnügt und geistesabwesend, mit der Hand an den Hutrand tippend, um Sandra in ihrem Zeitungskiosk zu begrüßen, einem Blinden zwischen den halb auf dem Gehweg parkenden Autos hindurchhelfend, die Beutel mit Orangen bewundernd, die über der Theke des Obstladens hingen, vielleicht sogar mit einem Blick vagen Mitgefühls für die Zombies an den Straßenecken, mit einer Miene, in der sich dieselbe Empfindung auch für die Leibesvisitationen der Polizei und die blitzschnellen Transaktionen der Dealer ausdrückte, die für die beifällige und großherzige Neugier des Mannes mit dem Tirolerhütchen zum quirligen Kleinhandel des Viertels dazuzugehören schienen. Merkwürdig, da begegnet man diesem Menschen so gut wie täglich, und doch fällt einem seine beharrliche Anwesenheit erst ganz allmählich auf, dann erst erkennt man ihm eine klar umrissene Persönlichkeit zu, die zwar sehr eindrucksvoll, aber doch auf diese Begegnungen auf der Straße beschränkt ist, auf einen Randbereich des eigenen Lebens, und ebenso merkwürdig ist es, ihn plötzlich nicht mehr zu sehen und seine Abwesenheit gar nicht zu bemerken, oder man ist selbst fortgegangen und hat die Gebräuche und Gestalten jener im Herzen Madrids eingekapselten Enklave vergessen. Nach Jahren erinnert man sich wieder, ohne Grund und Notwendigkeit, oder man wohnt vielmehr einer Reihe von Rückblenden bei, an denen der Wille keinen Anteil hat, bei denen sich die Erinnerung wie auf einer unterirdischen Strömung treiben lässt, zu fernen Orten und namenlosen Gesichtern, Bruchstücken von Geschichten ohne Anfang und Ende, zu den Romanen, die jeder von ihnen mit sich führte und niemandem je erzählte und die mit ihnen untergingen. Was mochte die alte Frau für ein Leben führen, die immer um Mitternacht ihr Tischtuch zum Abendessen über eine Mülltonne breitete, oder der Mann und die Frau, beide noch jung und schon vom Leben beschädigt, die auf der Suche nach Heroin einen Kinderwagen durchs Viertel schoben, der ebenso heruntergekommen war wie sie selbst, ein Wrack, als hätten sie ihn von der Müllkippe aufgelesen. Vater oder Mutter schoben ihn auf ihren schlafwandlerischen Ausflügen über die Bürgersteige, und das Kind schlief in dem klapprigen Gefährt mit dem Schnuller im Mundwinkel und selig verdrehten, halb geschlossenen Augen, oder das Kind mit hochrotem Kopf und atemlos vom Schreien, und Vater oder Mutter schüttelten das Wägelchen mit so schroffen Bewegungen, dass man glaubte, es müsse auseinander brechen, oder sie standen, unempfänglich für das Weinen, als hörten sie es gar nicht, still und versunken an der Straßenecke, an der jeden Moment der verstohlene Schatten auftauchen musste, auf den sie warteten. Irgendwo werden sie sein in diesem Augenblick, falls sie überhaupt noch leben, falls einer von beiden überlebt hat, und das Kind, das damals keine zwei Jahre alt war, wird jetzt acht oder neun sein und ist möglicherweise mit demselben Virus infiziert, das seine Eltern damals zweifellos im Blut hatten und das sie umgebracht haben mag, wie es viele andere Phantome des Viertels umgebracht haben wird.

Heute würde sich niemand mehr ihre Gesichter vor Augen führen können: Die lebenden Toten sind von den Straßenecken der Augusto Figueroa verschwunden. Die meisten von ihnen werden nun ganz dem Reich der Toten angehören, einige andere in Krankenhäusern oder Gefängnissen überleben oder sich wie Zombies durch die Gassen zwischen Schutthalden schleppen, die zu den Behausungen aus Wellblech und Plastikplanen am äußersten Stadtrand von Madrid führen, wohin die Polizei sie abgedrängt hat, als die Losung ausgegeben wurde, die Innenstadt müsse von Drogensüchtigen gesäubert werden. Ein Blumenstand nimmt jetzt den Platz des Zeitungskiosks ein, in dem Sandra in Badeschlappen und Trainingsanzug die Zeitungen verkaufte oder an kalten Tagen in einem Morgenmantel aus Plüsch und einem gestrickten Stirnband um den Kopf, die an manchen Tagen zwar unrasiert war, aber nie vergaß, die Lidstriche bis in die Augenwinkel zu ziehen, so wie ihr Idol Sara Montiel.

Andere Gestalten kehren aus dem Vergessen zurück, gar nicht so viel gespenstischer als damals, da sie uns auf den Straßen des Viertels begegneten. So erinnere ich mich an den obdachlosen Betrunkenen, der uns das Hündchen zurückgab, das wir schon aufgegeben hatten und von einem Auto überfahren wähnten, und dabei kam mir die große schlanke Frau in den Sinn, die eine Zeit lang mit ihm ging und dann plötzlich verschwand, nach einigen Monaten, was die maximale Dauer ihrer Leben in unserer Nähe darstellte.

Wenn man sie von weitem sah, ahnte man, wie sie bis vor gar nicht langer Zeit noch gewesen war. Sie war hoch gewachsen wie ein Mannequin, hatte auch diese hohen asiatischen Wangenknochen, einen großen Mund, volle Lippen, lange Beine und einen geschmeidigen Gang. Von hinten oder von weitem sah man nur ihre hohe Gestalt und die Lockenmähne. Erst wenn man sie aus der Nähe sah, bemerkte man ihre Totenblässe und den trüben Glanz der großen hellen Augen, die blauen Flecke auf ihren herrlichen Beinen, die schon sehr dünn geworden waren, die schwarze Lücke der verlorenen Zähne. Sie ging im Viertel auf und ab wie ein großer verwirrter Vogel, der gegen Wände stößt und nicht weiß, wo er ist, und keinen Ausweg findet, stöckelte auf hohen Absätzen und kraftvollen, immer noch wohlgeformten Mannequinbeinen einher wie mit einem Rest von Laufstegdisziplin, größer als jede andere Frau im Viertel. Ihre Lockenmähne und der manieristische lange Hals überragten die gebeugten Gestalten, die bei ihren verschwörerischen Kungelgeschäften oder im Schatten eines Hauseingangs um ein Feuerzeugflämmchen gruppiert waren, mit dem auf einem Stückchen Silberpapier eine Prise Heroin zum Schmelzen gebracht wurde. Sie lief schwankend und verwirrt wie in größter Eile, oder sie verharrte regungslos, und das Profil ihrer Figur zeichnete sich an einer Straßenecke ab, durch den Wirrwarr der ungewaschenen Locken schimmerten wässrige Augen, ein betrunkenes oder verblödetes Lächeln verzerrte den ruinierten Mund, dem der Qualm einer Zigarette entwich, die sie in der Pose eines Vamps zwischen ihren langen Fingern hielt.

Sie begann in den Eingängen von aufgegebenen Läden oder Bars zu übernachten, in denen die Obdachlosen ihre Verschläge aus Pappkartons und alten Kleidern errichtet hatten. Es war Winter geworden, und sie trug jetzt über der ewigen dünnen Bluse und dem Minirock eine schmierige Kunstlederjacke. An kalten Morgenden wies die blasse Haut ihres Gesichts eine violette Tönung auf. Ihr Haar wurde dünner, und aus den großen hellen Augen war fast jede Spur von Farbe gewichen. Jeden, dem sie begegnete, ging sie um eine Zigarette an, die sie dann in der Hand hielt und langsam zum Mund führte, darauf wartend, dass man ihr auch Feuer gab.

Einmal bat sie den Betrunkenen um eine Zigarette oder um Feuer, obwohl er eigentlich nie angesprochen wurde, weil man wusste, dass er nicht antwortete, einen vielleicht auch nicht verstand und nicht einmal hinhörte, was man sagte. Er zuckte nur die Schultern, brummelte etwas und ging seiner Wege, doch in der Nacht, als die Frau in ihrer Jacke zitternd in einem Hauseingang der Calle San Marcos stand, sah sie plötzlich einen undeutlichen Schatten vor sich, und das war der Betrunkene, der ihr eine Zigarette anbot, die er in seinen schmutzigen Händen hielt, als wäre es der Stängel einer Blume. Die Frau strich sich das Haar aus dem Gesicht und steckte die Zigarette zwischen die blau gefrorenen Lippen, und der Betrunkene, den noch nie jemand hatte rauchen sehen, gab ihr Feuer und beleuchtete ihr verwüstetes Gesicht mit dem Flämmchen seines Feuerzeugs.

Im Viertel sprach sich sofort alles herum: Zigaretten und Feuerzeug hatte er in demselben Lädchen erstanden, in dem er sich auch mit seinen Weißweinkartons versorgte und in dem er am nächsten Tag gegen alle Gewohnheit Cremeriegel und Schokoladendonuts kaufte. Das war die Art von Süßdreck, von der sich die Junkies ernährten – neben den angekohlten Silberpapierchen und den Spritzen fanden sich auch immer Verpackungen von Schokoriegeln und hastig geleerten Cremes und Sahnespeisen.

Er begann ihr nachts Sachen in den Verschlag zu bringen, in den sie sich zurückzog, manchmal sogar, ohne sie aufzuwecken, ohne dass sie in ihrem zitternden Delirium etwas davon merkte. Er legte ihr seinen Mantel um die Schultern, der viel dicker war als ihre Jacke, und eines Nachts sah man ihn eine verdreckte und zerfledderte Tagesdecke durch die Calle Pelayo schleifen, die er wahrscheinlich in einem Müllcontainer gefunden hatte. Er bewegte sich jetzt emsiger, mit einer primitiven Eigensinnigkeit, die an den schiffbrüchigen Robinson erinnerte, der sich auf seiner Insel eine Hütte oder Höhle baut, in der er den Winter verbringen will. Tagsüber entfernte er sich nie sehr weit von ihr, kam ihr aber auch nicht nahe und hielt sich meist im Hintergrund, postierte sich an einer Straßenecke, hinter der er schnell verschwinden konnte, gleichgültig gegenüber denen, die an ihm vorbeigingen und aus Furcht oder um seinem Gestank auszuweichen einen Bogen um ihn machten. Seine ganze Aufmerksamkeit galt allein der hohen Gestalt, die auf diese Entfernung einer schlanken jungen Frau glich, die mit langen Schritten zwischen den Autos und den Menschen dahinging, unsicher stöckelnd wie ein zerzauster Vogel, die zwischendrein verschwand, als sei es für immer, nach einigen Stunden jedoch wieder auftauchte, manchmal nach Tagen, jedes Mal blasser und abgezehrter als das Mal zuvor, jedes Mal weiter zusammengesunken in den Hauseingängen und Verschlägen, in die sie sich zurückzog, wenn es tiefe Nacht geworden und kein Mensch mehr auf den dunklen Straßen war, kein Mensch außer den verstocktesten der lebenden Toten, die um drei oder vier Uhr morgens ihr Warten immer noch nicht aufgaben und im Halbschlaf dösend an den Hausecken lehnten.

Vermutlich hatte sie das Wort an ihn gerichtet, hatte mit gedehnter Stimme Zigaretten von ihm gefordert oder Joghurts oder Donuts aus dem Lädchen, das er betrat, wenn kein anderer Kunde zugegen war, und in dem er wortlos das Geld für seine Weißweinkartons auf die Theke legte. Er bezahlte immer, niemand hatte ihn je betteln sehen. Die Besitzerin des Ladens erzählte, er sei der älteste Sohn einer reichen Familie aus dem Norden, und erging sich in Spekulationen über einen herrschsüchtigen Vater, der ihn aus dem Haus geworfen oder enterbt hatte, aber dennoch dafür sorgte, dass seinem in Geistesverwirrung und Alkohol versunkenen Sohn ein Minimum an Geld zufloss, von dem sich dieser Essen und warme Kleidung kaufen konnte, um nicht in den Straßen zu erfrieren.

Seine wahre Geschichte erfuhr jedoch niemand, ebenso wenig wie seinen Namen, es sei denn, er hätte ihn der Frau anvertraut, mit der er jetzt öfter die Nächte unter freiem Himmel an nicht allzu zugigen Stellen des Viertels verbrachte. Man sah sie zwar nie zusammen gehen, aber sie wärmten sich in den eisigen Nächten jenes Winters, das heißt, eigentlich war er es, der sie zudeckte und vor der Kälte schützte, der wach blieb und aufpasste, dass sie sich nicht aufdeckte, der mit kundiger Hand ihr Lager aus Pappkartons und alten Zeitungen bereitete und sie danach mit dicken Jacken und löchrigen Tagesdecken aus dem Müll zudeckte, mit irgendwelchen Klamotten, die er nun überall im Viertel zusammenzusuchen begann wie ein Flohmarktverkäufer. Im weiten Dunkel der Plaza Vázquez de Mella sah man ein flackerndes Licht, das von dem offenen Feuer herrührte, das der Betrunkene angezündet hatte und an dem wie eine Sphinx die große dünne Frau saß und sich wärmte, die Zigaretten rauchte, die er ihr gebracht hatte und die er ihr mit einer schnellen Bewegung anzündete, sobald sie sich eine neue zwischen die Lippen steckte, die Joghurts und Schokoriegel aß, die er ihr zusammen mit seinen Weißweinkartons gekauft hatte.

Jetzt bettelte er auch. Er sprach nicht, hielt nur die Hand auf und sah einen an oder machte die Handbewegung, mit der man sich eine Zigarette in den Mund steckt. Er bettelte um Geld oder Zigaretten, und obwohl er noch immer mit keinem Menschen ein Wort wechselte, hatte es nun den Anschein, als sei er sich erstmals der Existenz anderer Menschen bewusst, anderer Wesen, die seiner Aufmerksamkeit bedurften oder von denen er etwas erwarten konnte in einer Welt, die bisher nur aus der Einsamkeit seiner menschenleeren Insel bestanden hatte. Er teilte mit ihr weder Zigaretten noch Heroin, und man hatte auch nicht den Eindruck, als bestünde eine sexuelle Beziehung zwischen ihnen, aber sie schütteten kartonweise Weißwein in sich hinein, der ihr aus den Mundwinkeln übers Kinn rann und einen feuchten Schimmer auf ihren Lippen und in ihren Augen hinterließ.

Man sah sie im Schatten wie zwei Tiere in der Tiefe ihres Baus, verschworen und allein, als wären sie den Weg der Spezies zurückgegangen bis zur Barbarei oder der Unschuld ihres unwiderruflichen Untergangs, des Verhängnisses von Unglück und Tod, unberührbar sie beide, ohne Bezug zu uns, die wir an ihnen vorübergingen im Schutz unserer Mäntel und unserer Normalität, auf dem Weg in die warme Wohnung, in unser heimeliges, gefestigtes Leben, als bewohnten sie tatsächlich eine andere Welt, die andere Welt, eine dieser Höhlen oder Felsengrotten, in denen der primitive Mensch oder der Schiffbrüchige Zuflucht fanden.

Nach einiger Zeit, Wochen oder Monaten, verschwand die

Frau, und wir hätten schnell vergessen, dass es sie überhaupt gegeben hatte, wäre nicht der Betrunkene im Viertel geblieben, sanftmütig und sesshaft, verkapselt jetzt wieder in seiner undurchdringlichen Verschlossenheit, in der wir allein aus literarischer Gewohnheit einen winzigen Spalt von Trostlosigkeit hätten entdecken mögen, eine gesteigerte Wachsamkeit, als suchte er an den Straßenecken der lebenden Toten die hohe Gestalt der Frau, die von weitem wie ein Mannequin aussah. Aber auch er wurde uns gleichgültig, wir gewöhnten uns an seine Anwesenheit, je mehr wir selbst zu einem gewohnten Anblick im Viertel wurden und nicht mehr darauf achteten, was sich täglich auf den Straßen abspielte, der Mann, die Frau und der kleine Junge, der allein zur Schule ging, der jeden Nachmittag mit einem Brot in der Hand aus dem Haus kam, mit einem ausgelassenen Hund an der Leine, der schon kein Welpe mehr war.

Auch sie sind gegangen, einen Tag ein gewohnter Anblick, am anderen für immer verschwunden, und der Mann auf dem Balkon sah die Wohnung gegenüber wieder leer stehen, neue Mieter einziehen, ob nach Monaten oder Jahren, hätte er nicht einmal sagen können, denn in seinem Krankendasein verging die Zeit langsam ohne wirkliche Veränderung. Monate oder Jahre später begegneten wir einem ehemaligen Nachbarn, der immer noch in dem Viertel wohnte. Wir sprachen über die Zeit, die so schnell Vergangenheit geworden war, über die Gegenwart, die bald im süßen Erinnern verschwamm, und der Nachbar fragte, ob wir uns noch an den Betrunkenen erinnern könnten, dem man immer auf der Straße begegnet sei. Er erzählte uns, man habe ihn eines Morgens im Winter auf der Plaza Vázquez de Mella tot aufgefunden, blau gefroren, Bart und Wimpern von Raureif bedeckt, steif wie ein Brett habe er in seinen Lumpen dagelegen wie einer dieser Polarforscher, die sich in den Eiswüsten verliefen und den Verstand verloren.

Scheherezade

Ich war so nervös, als wir durch die vergoldeten Säle gingen, dass mir die Beine zitterten, und am liebsten hätte ich ganz fest die Hand meiner Mutter gedrückt, die etwas vor mir ging, sehr ernst und schweigsam wie alle in der Abordnung, ganz in Schwarz wegen der Trauer um meinen Vater und meinen Bruder, und die Übrigen in ihren dunklen steifen Anzügen, sehr formell alle, manche in Uniform und mit Orden, alle genauso nervös wie ich, obwohl sie sich nichts anmerken ließen, genauso aufgeregt, so leise, dass man nichts anderes hörte als die Schritte auf dem Marmorboden, als gingen wir durch das Mittelschiff einer Kathedrale, und ich an der Seite meiner Mutter wie fast mein ganzes Leben lang, aufgeregt und verschüchtert, mit einem Kloß im Hals und den Blick auf ihr Profil gerichtet, das sich mir nicht einen Moment zuwandte, so aufrecht schritt sie dahin, größer und stärker als ich, als stolze Witwe und Mutter zweier Helden, halb ernst und halb belustigt hätte meine Mutter mich angeschaut, wenn ich nicht hätte an mich halten können und den Versuch unternommen hätte, mich an ihre Hand zu klammern, mich von ihr führen und halten zu lassen, wie damals, als ich noch ein Kind war und sie mich auf Demonstrationen mitnahmen und ich ihre Hand so fest hielt, dass mir die Finger schmerzten, weil ich solche Angst hatte, dass Tumulte ausbrechen und mein Vater und meine Mutter mich loslassen könnten, dass die Guardia angriff und ich von fliehenden Menschen niedergetrampelt würde und von den

Pferden, die wir wiehern und mit den Hufen stampfen hörten, bevor die Uniformierten ihnen die Sporen gaben, um uns niederzureiten. Mehrere Soldaten oder Saaldiener geleiteten uns durch die Korridore, gingen vor uns her, um uns die Türen zu öffnen, die manchmal unglaublich hoch und vergoldet waren und manchmal ganz normal wie einfache Bürotüren, und jedes Mal wenn wir eine passierten, krampfte sich mein Herz zusammen und ich dachte, jetzt sehen wir ihn, gleich bin ich ihm so nah, dass ich ihm die Hand geben kann, wenn ich nicht vorher ohnmächtig werde oder wie ein dummes Huhn anfange zu weinen, denn manchmal benehme ich mich immer noch wie ein kleines Mädchen, sagt meine Mutter, obwohl ich das damals weiß Gott nicht mehr war, ich wurde bald fünfundzwanzig, im Januar, und wir hatten Dezember, den 21. Dezember 1949, Stalins Geburtstag, und wir waren alle im Namen unserer Partei und der spanischen Arbeiterschaft eingeladen worden, sollten Gelegenheit bekommen, ihm zu gratulieren, denn diesmal war alles sehr viel feierlicher als sonst, weil er siebzig Jahre alt wurde, und das war ein großes Fest für die Kommunisten und Arbeiter in aller Welt. Es waren auch Besucher aus anderen Ländern da, glaube ich, Parteigenossen aus dem Ausland, denn ich weiß noch, dass der Saal, in den wir geführt wurden, groß und voller Menschen war, aber es war trotzdem nicht laut, man hörte nur leise Stimmen, auch bei den Ansprachen waren sie nicht viel lauter, ich glaube, wir waren alle gleich aufgeregt und überwältigt, ich weiß nicht, ob es das richtige Wort ist, denn ganz oft will ich etwas sagen, und wenn ich schon angefangen habe, merke ich, dass ich es auf Russisch sage, weil mir die spanischen Wörter nicht einfallen. An der Decke hingen riesige Kronleuchter, aber sie gaben nicht viel Licht oder es war zu verraucht oder dunkel hinter den Fenstern, obwohl es Tag war, ich habe alles nur ziemlich verschwommen in Erinnerung, und auch, dass ich nicht in Stalins Nähe kam und ihm auch nicht die Hand geben konnte, ich weiß nicht, ob meine Mutter mir zu verstehen gegeben hatte, ich solle mich nicht in die Schlange einreihen, oder ob mich jemand zurückstieß und ich in einer anderen Gruppe landete, denn schließlich war ich ein Niemand, und meine Mutter hatte mir nur erlaubt, mich unserer Delegation anzuschließen, weil ich sie angefleht hatte, mich mitzunehmen, damit ich meinen Kindern und Enkeln einmal erzählen könnte, ich hätte mit eigenen Augen und aus nächster Nähe Stalin gesehen.

Ich war so aufgeregt, dass ich nicht viel von dem mitbekam, was um mich her passierte, oder ich verstand es nicht, ich nahm alles wie durch einen Dunst wahr, wie auch jetzt in meiner Erinnerung, bei dem schwachen Licht und den Stimmen, die so leise waren. Aber Stalin habe ich deutlich sehen können, trotz des Qualms oder des Dunstes und des schlechten Lichts der Kronleuchter. Er saß in der Mitte eines unendlich langen Tisches und unterhielt sich ganz zwanglos mit jemandem, rauchte und lachte, und ich musste mich beinah zwicken, um glauben zu können, dass ich ihn wirklich in Fleisch und Blut vor mir sah, unverwechselbar, wie einen aus meiner Familie, wie als ich klein war und meinen Vater zwischen den anderen Männern sah, aber auch wieder ganz anders, ich weiß nicht, wie ich es erklären soll, denn er sah genauso aus wie auf den Bildern, die wir immer und überall gesehen hatten, und dennoch war er ihnen nicht übermäßig ähnlich: Er war viel älter und kleiner, ich hab ihn mir genau angesehen, seine kurzen Beine unter dem Tisch und die gekreuzten Stiefel, und wenn er lachte, bekam er Falten im ganzen Gesicht, seine Zähne waren klein und schadhaft oder schwarz vom vielen Rauchen, und seine Uniform war ihm etwas zu groß, aber genau deswegen war ich viel bewegter, als ich erwartet hatte, und auch auf eine ganz andere Weise, denn ich hatte geglaubt, einem vor Kraft strotzenden Titanen zu begegnen, dabei war Stalin ein müder alter Mann, wie mein Vater am Ende seines Lebens, und obwohl er viel zerbrechlicher wirkte, als ich mir jemals hätte vorstellen können, hatte er die unglaubliche Kraft aufgebracht, gegen den Zaren zu kämpfen, den Sozialismus anzuführen und den Krieg gegen die Nazis zu gewinnen, und man sah, dass diese Jahre aufopferungsvoller Mühsal an ihm gezehrt hatten, wie an meinem Vater die Jahre im Bergwerk und im Gefängnis gezehrt hatten, und er sah aus, als würde er schlecht schlafen, manchmal war er ganz abwesend, als dächte er an andere Dinge, während jemand mit ihm sprach oder eine Rede gehalten wurde, ich glaube sogar, er tat mir Leid mit dieser kränklichen Hautfarbe, die er hatte von all den Jahren unermüdlichen Schaffens, seit er ein Junge war, zu Zarenzeiten, und nach Sibirien verbannt wurde. Hinterher sagte meine Mutter etwas spöttisch zu mir, du hättest dich sehen sollen, wie du ihn mit offenem Mund angeglotzt hast, wie einen Filmstar. Aber da ist noch etwas passiert, während ich Stalin anstarrte und gar nicht merkte, dass ich meine Augen keine Sekunde von ihm ließ, keinen anderen Menschen sah, nicht einmal die Leute, die neben mir am Tisch saßen und von denen ich überhaupt nichts mehr weiß. Ich hatte nur Augen für Stalin und wollte mir keine Einzelheit seines Gesichts entgehen lassen und bedauerte ihn ein wenig, weil er so erschöpft wirkte, weil ihm seine Uniformjacke zu groß war, und da verspürte ich plötzlich etwas wie einen Stich, wie wenn man ein loses Stromkabel berührt und einen elektrischen Schlag bekommt. Jemand starrte mich an, mit eiskalten Augen, aber auch voller Zorn, als missbillige er meine schlechten Manieren, weil ich Stalin so unverschämt anschaute, ein kleiner Mann mit Glatze, der ganz in seiner Nähe saß, mit einer Brille, einer altmodischen Brille, einem Kneifer und einem ebenfalls altmodischen hohen Zelluloidkragen mit Fliege. Ich war wie erstarrt, und wenn ich jetzt daran zurückdenke, läuft es mir immer noch kalt über den Rücken; es war Lawrentij Berija, der mich so anstarrte, aber er machte mir keine Angst, weil er der Chef des NKWD war, sondern wegen seines Blicks, der hinter diesen kleinen runden Gläsern, die mit einem Kneifer auf seiner Nase befestigt waren, die Entfernung zwischen uns zu durchdringen schien, als befände sich nichts dazwischen. Er starrte mich an, als wäre ich ein Insekt, als wollte er mir sagen, was glaubst du wohl, wer du bist, dass du Stalin so unverschämt anstarrst, wie bist du überhaupt hier hereingekommen, aber da war noch mehr, nur war ich damals so dumm, dass ich es gar nicht gemerkt habe, obwohl ich instinktiv einen Ekel verspürte, wie ihn diese Männer hervorriefen, die mich immer anschauten, als ich im Mädchenheim wohnte und gar nicht verstand, warum sie so heftig atmeten und mich so unverwandt anstarrten, oder die, die das Gedränge in einer Straßenbahn ausnutzten, um sich an mich zu pressen. Es war nur ein kurzer Moment, aber ich wandte mich sofort ab und traute mich danach nicht mehr, Stalin noch einmal anzuschauen, spürte aber immer noch diesen Blick, der vielleicht weiterhin auf mich gerichtet war, der eiskalt und unverschämt von meinen Augen zum Mund und von da zum Hals und in meinen Ausschnitt gewandert war. Wenn ich jetzt so darüber nachdenke, gibt es bestimmt nicht mehr viele Menschen auf der Welt, die sich an Berijas Augen erinnern, die man nicht mehr sah, sobald das Licht sich in seinen Brillengläsern spiegelte.

Wenn ich hier sitze, stürmen die Erinnerungen auf mich ein, und ich kann gar nicht glauben, dass ich das alles erlebt habe, dass ich an so weit entfernten Orten gewesen bin, am Schwarzen Meer und in Sibirien, am Nordpolarkreis, aber auch hier bin ich in endlos weiter Ferne, obwohl ich mich in Madrid befinde, denn Madrid ist endlos weit von Moskau entfernt, und ich kenne diese Stadt auch längst nicht so gut und habe

Angst, auf die Straße zu gehen bei all den Autos und all den Menschen, ich habe Angst, mich zu verlaufen und nicht mehr zurückzufinden, und ich habe auch einen tödlichen Schrecken bekommen, als ich überfallen wurde, kaum dass ich einen Fuß vor die Tür gesetzt hatte; ich wurde zu Boden geworfen, und man hat mir die Handtasche entrissen, und ich lag auf dem Gehweg und rief, haltet den Dieb, haltet den Dieb, aber keiner ist mir zu Hilfe gekommen, doch wenn ich jetzt so darüber nachdenke, habe ich vielleicht auf Russisch gerufen, weil ich die beiden Sprachen doch immer durcheinander werfe, ich denke in der einen und spreche in der anderen, oder ich will etwas auf Spanisch sagen, und heraus kommt was Russisches. Ich träume immer auf Russisch und immer von Dingen, die mir dort passiert sind oder vor vielen, vielen Jahren passiert sind, als ich noch ein Kind war, bevor wir in die Sowjetunion geschickt wurden, für ein paar Monate, sagte man uns, und dann, bis der Krieg zu Ende ist, aber der Krieg ging zu Ende, und wir wurden nicht zurückgeschickt, und dann begann der nächste Krieg, und da war es dann unmöglich, wir dachten, die Welt ginge unter, weil wir so weit fortgeschickt wurden, ich weiß gar nicht mehr, wie viele Tage wir mit dem Zug gefahren sind, Tage oder Wochen, immer durch Schnee, und ich dachte, immer weiter fort von Spanien und von meinem Vater und meiner Mutter, obwohl ich mich an sie kaum noch erinnern konnte, ich war sogar ein bisschen ärgerlich auf sie, ich schäme mich, das zu sagen, aber ich dachte, sie hätten nicht zulassen dürfen, dass ich auf dieses Schiff gebracht werde, und warf ihnen im Stillen vor, mich wieder allein gelassen zu haben, so wie sonst immer, wenn sie zu ihren Gewerkschafts- oder Parteiversammlungen gingen und mein Bruder und ich die ganze Nacht allein bleiben mussten, mein kleiner Bruder, der weinte, weil er Angst hatte oder hungrig war, und den ich in meinen Armen wiegte, obwohl ich gar nicht so viel älter war, aber er war als Kind immer so verängstigt und so kränklich, weil wir so wenig zu essen hatten, und später war er dann so stark und so draufgängerisch, mit zwölf ging er mit mir auf die Straße, die Mundo Obrero verkaufen, als wir schon in Madrid wohnten, und sagte zu mir, du brauchst keine Angst zu haben vor diesen Faschojüngelchen, wenn die was von uns wollen, stelle ich mich vor dich, und mit zwanzig war er schon Pilot in der Roten Armee und hob mich hoch in die Luft, als wir uns wiedersahen, so schmuck sah er aus in seiner Luftwaffenuniform mit dem roten Stern an der Mütze, er war gekommen, um sich von mir zu verabschieden, weil seine Einheit an die Front nach Leningrad geschickt wurde, und er lachte die ganze Zeit und wir sangen spanische Lieder und er machte alle Mädchen der Krankenschwesternschule verrückt. Abends brachte ich ihn zum Bahnhof, und als der Zug schon angefahren war, sprang er vom Trittbrett und umarmte mich noch einmal und küsste mich ab, sprang dann wieder auf den Zug und hielt sich mit einer Hand am Geländer fest, als säße er auf dem Rücken eines Pferdes. Er winkte mir mit seiner Mütze, und dann habe ich ihn nie mehr wiedergesehen. Das ist das Merkwürdigste am Leben, woran ich mich einfach nicht gewöhnen kann, da hast du jemanden in deiner Nähe, den du über alles liebst und mit dem du immer zusammen gewesen bist, und eine Minute später ist er nicht mehr da, und es ist, als hätte er nie existiert. Aber ich weiß, dass mein Bruder wie ein Held gestorben ist, dass er noch gegen die deutschen Jäger gekämpft hat, als sein Flugzeug schon brannte, und dann an den feindlichen Batterien zerschellte; ein Held der Sowjetunion, schrieb die Prawda und veröffentlichte sein Foto, auf dem er wie ein Filmschauspieler aussah. Ich sitze hier und denke an ihn, und die Erinnerung kommt, ohne dass ich etwas dazu tun muss, als ginge die Tür auf und mein Bruder käme herein, ganz selbstverständlich und lächelnd, wie es seine Art war, ich sehe ihn vor mir, in seiner Fliegerjacke, und stelle mir vor, wie wir in Erinnerungen schwelgen und ich ihm erzähle, wie es mir nach seinem Tod ergangen ist, über fünfzig Jahre ist das jetzt her, wie sich die Welt verändert hat, wie alles verloren gegangen ist, wofür wir gekämpft haben, wofür er und so viele andere ihr Leben gelassen haben; aber er verliert nie seine gute Laune, kratzt sich unter der Mütze am Kopf und gibt mir einen Klaps aufs Knie, ach komm, was soll's, so schlimm ist es auch wieder nicht. Manchmal sehe ich ihn genauso deutlich vor mir, wie ich ihn in meinen Träumen sehe, und das Merkwürdigste ist nicht, dass er zurückgekehrt ist oder dass er immer noch ein junger Mann von zwanzig ist, sondern dass er fließend akzentfreies Russisch mit mir spricht, weil er sich doch mit dem Russischen noch schwerer tat als ich am Anfang, und ich verstand nichts, wenn man mich ansprach, und nichts zu verstehen war schlimmer, als zu frieren oder zu hungern. Jetzt ist es genau umgekehrt, jetzt verstehe ich manchmal das Spanische nicht mehr, und ich kann mich auch nicht daran gewöhnen, dass die Leute hier immer so laut sprechen, so laut und so barsch, als wären sie in Eile oder zornig, so wie der Herr, der mir an dem Tag, als ich überfallen wurde, wieder auf die Beine half und mich sogar stützte, weil mir die Hüfte so schmerzte, dass ich schon dachte, ich hätte sie mir gebrochen und müsste mir jetzt das Bein eingipsen lassen und könnte mir nicht mehr helfen und nicht mehr einkaufen gehen, und wer würde mir da helfen, und der Mann sagte, verdammt, Señora, ich begleite Sie aufs Polizeirevier, da können Sie dann Anzeige erstatten, diesen Dreckskerlen muss man die Hölle heiß machen, sicher war das einer von den Negern, die hier überall herumlungern, und ich habe mich bei ihm bedankt, aber ihm auch gesagt, nein, mein Herr, das war kein Neger, der mich überfallen hat, sondern ein Weißer, und außerdem heißen diese Leute nicht Neger, sondern Marokkaner, und das mit der Anzeige, das muss warten, denn zuerst muss ich auf die Demonstration, wir haben schließlich den 1. Mai. Der Mann schaute mich an, als hätte ich sie nicht mehr alle, ganz wie Sie wollen, Señora, Sie müssen ja wissen, was Sie tun, und ich bedankte mich und ging auf die Maidemonstration, hinkend zwar, aber ich ging hin, und hinterher haben mich ein paar Genossen mit dem Auto zum Polizeirevier gefahren, wo ich meine Anzeige erstattet habe, aber einen 1. Mai verpasse ich nicht so leicht, auch wenn er nicht mehr das ist, was er einmal war, und immer weniger Leute hingehen und auch keine Stimmung mehr aufkommt, man sieht ja kaum noch rote Fahnen und keine hoch gereckten Fäuste mehr, und die vorneweg marschieren, hinter dem großen Transparent, kennen nicht einmal mehr die Internationale.

Es ist nicht mehr so wie damals, als wir mit Vater und Mutter losgingen und mein Bruder und ich sie verstohlen anschauten, um die Faust genauso hoch zu strecken, wie sie es taten, vor dem Krieg, auf der Calle de Alcalá, ein Meer von Menschen und roten Fahnen, und später in der Sowjetunion, auf dem Roten Platz, am 1. Mai des Jahres, in dem der Krieg zu Ende ging, unmöglich, sich größere Massen, lautere Parolen, mehr Lieder und mehr Begeisterung vorzustellen als die der Millionen von Menschen, die Stalin applaudierten, und ich, in der Menge eingeklemmt, applaudierte ihm auch, tief bewegt bei dem Gedanken, dass diese winzige Gestalt, die man ganz hinten auf der Tribüne über dem Leninmausoleum sah, Stalin war, ich weinte vor Freude und Dankbarkeit, weil er uns zum Sieg über Deutschland geführt hatte, der viele Millionen Sowjetbürger das Leben gekostet hatte, unter ihnen mein armer Bruder, obwohl man inzwischen glauben könnte, die Amerikaner hätten den Krieg gewonnen, sie allein wären es gewesen, die gekämpft hatten, und die Leute wissen, was es mit der Landung in der Normandie auf sich hatte, aber sie wissen nichts über Stalingrad, wo die deutsche Armee in der blutigsten und heldenhaftesten Schlacht des ganzen Krieges zum ersten Mal geschlagen wurde, viele wissen nicht einmal, dass es eine Stadt namens Stalingrad gegeben hat, so schnell hat man ihren Namen geändert, genau wie Leningrad, das zu seiner großen Schande jetzt wieder so heißt wie zu Zarenzeiten, Sankt Petersburg, und jetzt wollen sie sogar Zar Nikolaus II. rehabilitieren, der den Befehl gegeben hat, vor dem Winterpalast mit Maschinengewehren auf das Volk zu schießen. Aber ich sehe Ihnen an, dass Sie damit nicht einverstanden sind, obwohl Sie es sich nicht anmerken lassen wollen, glauben Sie nicht, ich wüsste nicht, was Sie denken, all diese Dinge über die Konzentrationslager und die Verbrechen, die Stalin begangen hat, als hätte Stalin nichts anderes getan, als Leute umzubringen, oder als wären alle, die eine Strafe in den Lagern verbüßt haben, unschuldig gewesen. Natürlich sind Fehler gemacht worden, das hat auf dem XX. Parteitag die Partei ja selbst zugegeben, und dem Personenkult sollte abgeschworen werden, und was ist nicht alles unternommen worden, um Ungerechtigkeiten wieder gutzumachen und Unschuldige zu rehabilitieren, aber wie sollte es keinen Personenkult geben bei allem, was Stalin für uns getan hatte, für das sowjetische Volk und die Arbeiter auf der ganzen Welt, er hat den ungeheuren Sprung von der Rückständigkeit zur Industrialisierung in die Wege geleitet, die Fünfjahrespläne, die den Neid und die Bewunderung der ganzen Welt hervorgerufen haben, innerhalb von zwanzig Jahren hat er die Sowjetunion von einem rückständigen Agrarland zur Weltmacht geführt. Und das alles unter schwierigsten Bedingungen, nach einem vom Imperialismus provozierten Krieg und mitten in einer weltweiten Blockade, in einem Land, in dem es an allem fehlte, in dem der größte Teil der Bevölkerung Analphabeten waren, vom Zaren und von den Popen zu Sklaven gemacht. Und jetzt sehen Sie sich an, was aus ihnen geworden ist, aus uns geworden ist, denn ich bin sowjetische Staatsbürgerin gewesen, wie es heute um das Land bestellt ist, wie sie in wenigen Jahren alles zerstört haben, was über Generationen hinweg aufgebaut wurde, das größte Land der Welt in die Brüche gegangen, Russland an die Mafia ausgeliefert und von einem Säufer regiert, nun sagen Sie mir, ob es heute besser ist als zu Stalins oder zu Breschnews Zeiten, als es hieß, das Volk werde unterdrückt. Kein Wort davon, dass überall Saboteure und Spione am Werk waren, dass der Imperialismus die übelsten Methoden angewandt hat, um die Revolution zu zerstören, und dass viele Juden sich Schlüsselpositionen in der Regierung verschafft und uns an die Vereinigten Staaten und Israel verraten haben.

Ja, mein Herr, Juden, da brauchen Sie mich gar nicht so anzusehen, als hätten Sie noch nie davon gehört. Haben Sie nicht gewusst, dass es ein Komplott jüdischer Ärzte gegeben hat, um Stalin zu ermorden? Und dann gab es welche, die das Vertrauen Stalins und der Partei ausgenutzt haben, um sich zu bereichern oder Macht anzuhäufen, aber am Ende haben diese Leute dafür bezahlt, denn Stalin war so rechtschaffen, nicht zuzulassen, dass sich jemand sein Vertrauen erschlich. Jeschow hat bezahlen müssen, der so viel Missbrauch getrieben, so viele Unschuldige ins Gefängnis gebracht hat, und Jagoda hat bezahlen müssen, doch der Schlimmste von allen war Berija, der Stalin bis zuletzt hintergangen hat, der aber auch seine Strafe bekam, und es heißt, er sei auf die Knie gefallen und habe gewinselt und geheult, als sie kamen, um ihn zu töten, und nun sagen Sie mir, ob es in der Sowjetunion Gerechtigkeit gegeben hat oder nicht. Aber heute will man alles verschleiern, alles verwischen, sogar die Namen, man will die Leute glauben machen, das Sowjetvolk sei unterdrückt worden oder habe ständig in Todesangst gelebt und Stalins Tod sei eine Befreiung gewesen, aber ich war dort und weiß, wie es gewesen ist, was die Leute empfunden haben, ich war in Moskau an dem Morgen, als im Radio verkündet wurde, Stalin sei gestorben, ich war in der Küche und machte mir gerade einen Kaffee, ich war mit Übelkeit aufgewacht, weil ich mit meinem ersten Kind schwanger war, und da fingen sie an, diese Musik im Radio zu spielen, dann hörte sie auf, und es war still, dann hörte man einen Nachrichtensprecher, er sagte etwas, dann brach ihm die Stimme, und ich verstand ihn kaum, als er unter Tränen verkündete, der Genosse Stalin sei gestorben. Ich konnte das gar nicht glauben, das war wie als man mir sagte, mein Bruder sei in Leningrad gefallen, oder als mein Vater starb, aber mein Bruder war im Krieg, und ich hatte mich damit abgefunden, dass er sterben könnte, und mein Vater war schon alt und würde es nicht mehr lange machen, aber dass Stalin sterben könnte, war mir nie in den Sinn gekommen, und ich glaube, auch sonst keinem, er war für uns mehr als ein Vater oder Führer, er war das, was Gott für die Gläubigen sein muss. Ich lief auf die Straße, ohne genau zu wissen, wohin, auch ohne mich warm anzuziehen, obwohl es schneite, und auf der Straße traf ich viele andere Menschen, die aussahen, als würden sie schlafwandeln, genau wie ich, sie standen an den Straßenecken und weinten, alte Frauen weinten mit aufgerissenen Mündern, Soldaten mit Kindergesichtern weinten, Arbeiter, alle, eine Menschenmenge, die mich mit sich zog, als würde ich in einem Strom von Leibern über verschneite Straßen fortgetragen hin zum Roten Platz, ganz instinktiv, aber die Straßen waren schon verstopft von Menschen, man kam gar nicht mehr vorwärts, und jemand sagte, der Rote Platz sei abgesperrt, man müsse zum Gewerkschaftshaus gehen. Jetzt sitze ich hier und kann es kaum glauben, dass ich an jenem Morgen in Moskau war, das miterlebt habe, diese Flut untröstlicher Tränen, schreiende Frauen, die im Schnee auf die Knie fielen und Stalins Namen riefen, die Trauermärsche aus den Lautsprechern auf den Straßen, aus denen am 1. Mai so fröhliche Hymnen erklungen waren, ich sehe mich, verloren unter all den Menschen, ebenfalls weinen und jemanden umarmen, eine fremde Frau, und in meinem Bauch bewegte sich das Kind, das zwei Monate später geboren werden sollte, und ich hatte das Gefühl, es müsse als Waise auf die Welt kommen, obwohl es ja einen Vater hatte, aber wir konnten uns beide ein Leben ohne Stalin nicht vorstellen, und wir weinten vor Kummer, aber auch aus Furcht, aus panischer Angst, jetzt mit einem Mal wehrlos zu sein, nachdem er all die Jahre über uns gewacht hatte.

Als ich noch ein Kind war, haben mir meine Eltern zu Hause immer von Russland und von Stalin erzählt, und als das Schiff, mit dem wir von Spanien gekommen waren, im Hafen von Leningrad anlegte, sahen wir als Erstes ein riesengroßes Bildnis von ihm, und er schien uns zuzulächeln und uns willkommen zu heißen, so wie wir ihn in den Wochenschauen manchmal ein Kind anlächeln sahen, das er im Arm hielt. Aber es schneite immer heftiger, und immer mehr Menschen drängten auf die Straßen, sodass ein Fortkommen gar nicht mehr möglich war, in keiner Richtung ging es weiter, und über der Musik aus den Lautsprechern hörte man jetzt die Sirenen der Fabriken, sämtliche Sirenen Moskaus zur gleichen Zeit, genau wie während des Krieges bei Bombenalarm, und da fühlte ich mich auf einmal wie in einer Falle, wie wenn ich die Treppen zu einem Luftschutzkeller hinunterlief und fürchtete, zu stolpern und von den anderen überrannt zu werden, ich fühlte, wie ich gestoßen wurde, wie es immer enger wurde und ich keine Luft mehr bekam, die Leute drückten von hinten und von vorn und von beiden Seiten gegen mich, Männer und Frauen mit ihren Mänteln und Mützen, und der Dampf ihres Atems schlug mir ins Gesicht, in den Nacken, der muffige Geruch von ungewaschenen Körpern und klammer Kleidung, ich riss den Mund auf, um Luft zu bekommen, Schweiß brach mir aus, und es schüttelte mich vor Kälte, ich versuchte mit beiden Händen, meinen Bauch zu bedecken, weil das Kind sich so bewegte, mit einer Kraft stieß und strampelte wie nie zuvor, als fühlte es sich ebenfalls eingesperrt und in die Enge getrieben, und da hielt ich es einfach nicht mehr aus, ich versuchte, mir einen Weg zu bahnen, ich musste da raus, bevor meine Beine nachgaben und ich zu Boden fiel und die Leute mir auf den Bauch traten, bevor von irgendwoher ein Schub durch die Menge ging und mich gegen eine Hauswand warf, ich und mein Kind so gänzlich ungeschützt, mein Kind, das so leicht zerquetscht werden konnte. Ich drückte und flehte unter Tränen, zeigte schamlos meinen dicken Bauch, zitterte vor Kälte, weinte laut und hemmungslos, angesteckt von den Tränen der anderen über Stalins Tod, aber auch, weil ich unbedingt aus der Menge heraus und eine stille Straße erreichen wollte, in der keine Menschen waren und durch die ich ungehindert nach Hause laufen, aus vollen Lungen atmen konnte, meinen Bauch festhaltend, in dem mein Kind sich unaufhörlich bewegte, sodass mir fast war, als würde ich auf der Straße niederkommen müssen, mitten zwischen den Leuten, die mir keinen Platz machten, sich keinen Zentimeter bewegten in ihren dicken Mänteln und Mützen und mit dampfenden Mündern im dichten Schneetreiben, und ich ganz ohne Mantel, ich Blöde, ich weiß nicht einmal, ob ich ein Kopftuch umgebunden oder Stiefel angezogen hatte, als ich aus dem Haus ging, und am Ende irrte ich durch Straßen, in denen ich noch nie gewesen war, nachdem ich mir endlich einen Weg hatte bahnen können, ganz allein plötzlich, ohne Kopfbedeckung und mit klatschnassem Haar und meinem dicken Bauch vor mir in einer Moskauer Straße, die ich nicht kannte und in der kein Mensch war, den ich nach dem Weg hätte fragen können. Wenn ich die Geschichte meinem Sohn erzähle, sagt er, nun hör schon auf, Mama, das hast du mir doch schon tausend Mal erzählt, auf Russisch sagt er mir das, klar, er spricht ja kaum Spanisch, aber er hat ein spanisches Aussehen, auf das ich sehr stolz bin, obwohl sein Vater, der in Frieden ruhen möge, ja aus der Ukraine stammte; ich sah ihn als Soldat, als er seinen Militärdienst ableistete, und glaubte, seinen Onkel vor mir zu sehen, meinen Bruder, genauso hoch gewachsen und mit demselben braunen Teint, genauso unbekümmert, die Uniformmütze schräg auf dem Kopf, eine Zigarette im Mundwinkel und die Augen zusammengekniffen, so wie die Filmschauspieler, die ich als kleines Mädchen so verehrt hatte. Seit zwei Jahren habe ich ihn nicht mehr gesehen, ich kenne nicht einmal mein jüngstes Enkelkind, denn von der Rente, die ich bekomme, kann ich mir keinen Flug nach Moskau leisten, und er ist Chemiker, Ingenieur, mit seinem Gehalt kann er kaum die Familie ernähren, meinem Sohn müssen Sie mal von Freiheit und Marktwirtschaft erzählen, manchmal muss ich ihm sogar ein paar Dollar schicken, damit er über die Runden kommt oder für meinen Enkel einen Kinderwagen kaufen kann, und das bei der Mindestrente, die ich in Spanien bekomme, ein Almosen ist das, dabei können Sie sich gar nicht vorstellen, wie viele Jahre und wie viel Ärger es mich gekostet hat, sie überhaupt durchzusetzen, und aus Russland beziehe ich eine Pension, die ist noch niedriger, ein paar Rubel, die nichts wert sind, und das, nachdem ich mein ganzes Leben lang gearbeitet habe, nicht einen Tag hat die Schufterei aufgehört, seit ich ein Kind war.

Schon Lenin hatte gesagt, Freiheit wofür? Wofür wollten wir Bergarbeiter die Freiheit der Republik, wenn wir doch nur in die Legion und in die Guardia Civil gesteckt wurden, wenn Streikende zusammengeschossen wurden wie tollwütige Hunde, meine Mutter wurde ins Gefängnis gesteckt, nur weil sie mit einem Gewerkschafter verheiratet war, und meinen Vater haben sie gefoltert und in eine Strafanstalt nach Afrika geschickt, nach Fernando Poo, und als er nach der Amnestie der Volksfront an Malaria erkrankt nach Hause kam, war er so gealtert und so gelb, dass ich ihn nicht wieder erkannte und zu weinen anfing, als er mich in die Arme schloss. Und ich wollte nie, dass er fortging, schon als Kind konnte ich nicht einschlafen, bevor mein Vater aus der Zeche heimkam, und ich unternahm alles Mögliche, um noch auf zu sein, wenn er kam, oder ich wurde wach, wenn er erst gegen Morgen von der Nachtschicht nach Hause kam. Wie ich mich immer gefreut habe, wenn ich hörte, dass er zur Tür hereinkam, wenn ich seine Stimme oder seinen Husten hörte und den Qualm seiner Zigarette roch, ich rieche ihn jetzt noch ganz deutlich, obwohl das über sechzig Jahre her ist; ich sitze hier, und die Erinnerungen kommen und auch die Gerüche kommen wieder, die Geräusche von damals, die es heute gar nicht mehr gibt, und ich erinnere mich an die Augen meines Vaters, die in seinem von Kohlenstaub geschwärzten Gesicht blitzten, und an seine Art, an die Haustür zu klopfen, da ist er, dachte ich dann, ihm ist nichts zugestoßen, es hat keine Explosion in der Zeche gegeben, und die von der Guardia Civil haben ihn nicht mitgenommen. Schon merkwürdig, dass ich so vieles erlebt habe, an so vielen Orten gewesen bin, in Sibirien, auf einem Schiff, das im Eis der Ostsee festgesessen hat, in diesen Garnisonen im Ural, in die mein Mann abkommandiert wurde und wo wir nachts nicht ausgehen konnten aus Angst vor den Wölfen, die in den Wäldern heulten, so ängstlich, wie ich als Kind immer war und für Veränderungen und Abenteuer gar nichts übrig hatte, was hätte ich nicht für eine ganz normale Familie gegeben, wie alle anderen sie hatten, sogar die in den Bergarbeiterdörfern, die noch ärmer waren als wir, diese Mädchen konnten barfuß oder mit Läusen in die Schule kommen, aber wenigstens wurden ihre Väter nicht regelmäßig eingesperrt oder mussten sich monatelang versteckt halten, und sie ließen auch ihre Kinder nicht ganze Nächte lang allein, um zu Komiteesitzungen oder auf Gewerkschaftsversammlungen zu gehen. Ich wollte nur das, was ich immer schon gewollt hatte und nie erreicht habe, ein ruhiges Leben, eine Wohnung, bescheidene Verhältnisse und keine Überraschungen, aber es hat nicht sollen sein, schon meine frühesten Erinnerungen sind Erinnerungen an übereilte Aufbrüche und lange Nächte auf Bänken in Bahnhöfen oder an die Angst, dass ein Unglück passieren könnte, dass mein Vater von der Guardia Civil erschossen worden sein oder dass eine Explosion in der Zeche oder ein Bergsturz ihn unter sich begraben haben könnte. Wenn ich daran denke, kriege ich sogar jetzt noch Herzklopfen, ich betrachte ihn auf diesem Foto auf dem Piano und habe das Gefühl, dass er lebendig ist und dass ihm immer noch etwas zustoßen kann, dass ich aufwache und er steht neben mir mit einem Geschenk in der Hand, das er mir von einer Reise mitgebracht hat, wie dieses Kästchen aus Perlmutt, das er mir mitbrachte, als er aus Russland zurückkam, wo er so lange gewesen war, dass ich ihn nicht wieder erkannte und zu weinen anfing, als ich ihn sah. Ganz tief drinnen waren die Träume, die ich als Kind hatte, aber das habe ich keinem Menschen je erzählt, die Träume eines kleinbürgerlichen Mädchens; was würde nur meine Mutter sagen, wenn sie mich hören könnte. Ich wollte immer meine Eltern und meinen Bruder um mich haben, zur Schule gehen, ab und zu zur Messe und zur Kommunion, wie die Mädchen, die ich in ihren weißen Kleidern aus der Kirche kommen sah, mit ihren Rosenkränzen und ihren Perlmuttbüchlein in der Hand und mit glänzenden Lackschuhen, nicht wie ich, die sogar im Winter noch alte Bastsandalen tragen musste, in denen ich eiskalte Füße bekam und wo der Lehm durch die Hanfsohlen quoll. Ich hörte meine Eltern ständig von der Revolution reden, doch ich wollte nur, dass alles so blieb, wie es war, vielleicht etwas besser wurde, das schon, dass mein Vater regelmäßig Lohn bekam und wir jeden Tag warm essen konnten, dass wir im Winter dicke Decken und Mäntel und Stiefel hatten, und ich kam schier um vor Angst, dass alles umgestürzt werden konnte, so wie sie es erhofften, und ich bekam einen Schrecken, als mein Vater davon sprach, nach Amerika auswandern zu wollen, oder als er uns sagte, wir müssten nach Russland ziehen, das sei die Heimat der Proletarier aller Länder. Das Haus in der Nähe der Zeche, in dem wir wohnten, war kaum mehr als eine Hütte, die meine Mutter aber stets blitzsauber und aufgeräumt hielt, und ich weinte bitterlich, als wir nach Madrid umzogen; ich hatte das Gefühl, es breche mir das Herz, fortgehen zu müssen. Wir stiegen in den Zug, und mein Bruder war noch so klein, dass er außer sich war vor Freude darüber, aber ich zerbrach fast an dem Kummer, unser ärmliches, reinliches Haus zurücklassen zu müssen, und auch die Schule, in die ich so gerne ging, und alle meine Freundinnen dort. Aber nach wenigen Monaten hatte ich mich schon an das Leben in Madrid gewöhnt, und ich wollte auch gar nicht mehr fort von da, wollte, dass mich alle Nachbarinnen kannten und die Frauen in den Läden und dass die Mädchen in meiner neuen Schule zu Freundinnen würden und auch die Lehrerin, die sie am ersten Tag gescholten hatte, weil sie sich über meinen Akzent lustig machten, der wohl ein breites Asturianisch gewesen sein muss. Wir hatten eine winzige Wohnung in einem Mietshaus im Tetuan-Viertel, zwei Zimmer und einen Flur, an dem alle Nachbarn wohnten, doch meine Mutter hat sie mit den wenigen Sachen, die wir besaßen, ganz schnell eingerichtet, und da sah es schon aus, als hätten wir nun doch endlich eine richtige Wohnung, und das Klo, das Bad, sagt man ja heute, war im Haus, am Ende des Flurs, und nicht in einem Verschlag oder draußen auf dem Feld wie für Tiere. Mein Vater musste auch nicht mehr in die Zeche gehen, sondern hatte eine Arbeit, von der ich nicht wusste, worin sie bestand, bei einer Zeitung oder bei der Gewerkschaft, jedenfalls dachte ich am Anfang, wir würden ein ganz normales Leben führen und ich müsste keine Angst mehr haben, dass etwas passiert sei, wenn mein Vater einmal später nach Hause kam, oder dass ein Streik ausbrechen könnte oder nachts Versammlungen bei uns stattfänden, die mich immer wütend gemacht hatten, weil die Männer so viel rauchten, dass man kaum noch atmen konnte, und, wenn sie gingen, ein Geruch von Zigarettenqualm zurückblieb, der sich erst nach mehreren Tagen verzog, und meine Mutter und ich die ganze Asche und die Kippen vom Fußboden auffegen konnten.

Ich bin immer gern zur Schule gegangen, und es freute mich, dass die Lehrerin mich mochte, und ich wäre auch gern zur Beichte und zur Kommunion gegangen, schon als so kleines Mädchen hatte ich mit meinen ideologischen Widersprüchen zu kämpfen. Ich träumte davon, in einer Nähstube zu arbeiten, wenn ich mit der Schule fertig war, mir selbst die Aussteuer zu nähen und mich mit den Mädchen anzufreunden, die mit mir dort arbeiteten. Ich war von Madrid bald so begeistert, dass ich mir vorstellte, für immer dort zu wohnen, ich gewöhnte mir auch schnell den Akzent der anderen Mädchen an, und mir gefiel es, mit der Straßenbahn zu fahren und mich in der Metro zurechtfinden zu lernen, und wenn mein Bruder und ich ein bisschen Geld zusammengespart hatten, kauften wir uns Karten für die billigsten Plätze im Kino und schauten uns Filme mit Clark Gable oder Dick und Doof an. Dort, habe ich gesagt, als ich eben von Madrid sprach, als wäre ich jetzt nicht in Madrid, aber das vergesse ich oft, und dann werde ich wach und denke, ich bin in Moskau. Aber wenn ich dort sage, dann ist das, als würde ich damals sagen, denn Madrid war ganz anders, eine andere Stadt, die ich nicht mehr wieder finde, wenn ich heute auf die Straße gehe oder aus dem Fenster schaue, was ich aber kaum noch tue wegen des Autolärms draußen auf der Straße, Tag und Nacht, daran gewöhne ich mich nicht mehr, meine Freundinnen sagen zwar, ich soll mir Doppelfenster einsetzen lassen, aber wovon soll ich die bezahlen, bei dem bisschen Rente, das ich bekomme, und außerdem will ich mich, bei allem, was wir durchgemacht haben, gar nicht über Autolärm beklagen, viel schlimmer ist der Lärm von Bombenexplosionen oder bei vierzig Grad unter null in irgendeiner entlegenen Garnison zu hausen, und noch schlimmer ist es, tot zu sein, wie so viele von denen, die ich gekannt habe. Worüber soll ich mich also beklagen, eine schönere Wohnung als diese habe ich nie gehabt, in meinem ganzen Leben nicht, und mit ein bisschen Glück kann ich bis an mein Lebensende hier wohnen bleiben, bis sie mich auf den Friedhof bringen, und auch da habe ich schon einen festen Platz, auf dem städtischen Friedhof, neben meiner Mutter, beide zusammen in einem Grab, wie wir auch im Leben immer zusammen waren, bis auf diese ersten schrecklichen Jahre in Russland, wo ich allein war und nicht wusste, ob ich sie jemals wiedersehen würde oder ob sie und mein Vater vielleicht schon tot waren oder mich vergessen hätten, so beschäftigt, wie sie immer mit ihrem Krieg und ihrer Revolution waren. Nicht, dass ich mich unbedingt daran erinnern will, dass ich mich dazu zwinge, nein, ich sitze hier, und die Dinge kommen von ganz allein, als säße ich in einem Wartesaal, und die Toten kämen herein, aber auch die Lebenden, die in weiter Ferne wohnen wie mein Sohn, der mich nicht besuchen kommen kann und kaum länger als fünf Minuten mit mir reden mag, wenn er mich anruft, weil er Angst hat, dass die Telefonrechnung zu hoch wird; wie mein kleiner Enkelsohn, der mich nicht kennt und mit dem ich in seiner Kindersprache spreche, dem ich die Schlaflieder vorsinge, die meine Mutter meinem Bruder und mir vorgesungen hat, und auch die, die ich in Russland gelernt und meinem Sohn schon vorgesungen habe. Es macht mir Angst, auf die Straße zu gehen, und da ich mir fast alles, was ich brauche, vom Supermarkt in die Wohnung bringen lasse oder eine sehr freundliche Genossin, die hier ganz in der Nähe wohnt, es mir bringt, nun, da muss ich mich kaum aus dem Haus bewegen und erspare mir den Schrecken, vielleicht wieder überfallen zu werden, und die Angst, mich zu weit vom Haus zu entfernen und den Weg zurück nicht mehr zu finden, das ist auch so was, was mir mein Leben lang passiert ist, dass ich mich immer gleich verlaufe, vor allem, wenn viele Leute auf den Straßen sind. Als die Nazis in Russland einmarschierten, wurden wir aus Moskau evakuiert, und ich ging an der Hand meiner Mutter, als es zu einem Geschiebe kam und ich ihre Hand verlor und mich völlig verloren unter Tausenden von Menschen sah, unter lärmenden Lautsprecherstimmen, die ich nicht verstand, dem Pfeifen der Züge bei der Abfahrt, und ich rannte wie besessen los, ohne genau zu sehen, wohin ich lief, weil meine Augen voller Tränen waren, und ich stieß gegen lauter Beine und musste mich von einem Polizisten losreißen, der mich festhalten wollte und mich schon am Ärmel gepackt hatte. Ich rannte an einem Zug entlang, der sich schon in Bewegung gesetzt hatte, und Trauben von Menschen drängten sich auf den Trittbrettern und an den Fenstern, suchten sich den erstbesten Halt, schoben sich übereinander, und dann erblickte ich meine Mutter, die sich aus der Tür eines Waggons lehnte und mir etwas zurief, und ich rannte noch schneller, doch der Zug hatte bereits Geschwindigkeit aufgenommen, sodass ich zurückblieb und schon glaubte, für immer verloren zu sein, in dieser riesigen Bahnhofshalle mit so vielen Zügen, wie ich sie noch nie im Leben gesehen hatte, zwischen diesen Menschenmassen, die sich wie in Strudeln bewegten, fortzukommen suchten, sogar über die Gleise. Ich sah einen anderen Zug, der neben mir losfuhr, und sprang ohne nachzudenken auf, doch im selben Moment griff jemand nach mir, und es war meine Mutter, die mich an sich drückte, die auch geglaubt hatte, mich nie wieder zu finden, und die mich verpasst hätte, wenn sie nur eine Sekunde länger auf den Zug geschaut hätte, der neben ihr angefahren war, Richtung Wladiwostok, sagte sie mir später, am Stillen Ozean, wie hätte sie mich je wieder finden sollen, wenn ich diese Reise quer durch Sibirien angetreten hätte. Ich bin immer so verträumt, und ich hatte die Tracht Prügel verdient, die meine Mutter mir damals verabreichte, sie versohlte mir den Hintern und bedeckte mich gleichzeitig mit Küssen, wo hast du nur deinen Kopf, sagte sie, einfach meine Hand loszulassen, du träumender Zeisig, so nannte sie mich immer.

In Madrid verlaufe ich mich öfter, als ich mich in Moskau verlaufen habe, und ich mag die Leute nicht nach dem Weg fragen, weil sie mich immer so seltsam anschauen, vielleicht wegen meines Akzents oder weil sie mich für eine Ausländerin halten, für eine Russin, ich kann das verstehen, aber glauben Sie nur nicht, in Russland hätte man mich anders angeschaut als hier. Um mir Unannehmlichkeiten zu ersparen, bleibe ich also hier in meiner Wohnung, halte meine Sachen in Ordnung, ganz so, wie ich es brauche, mit meiner Zentralheizung, die immer funktioniert, so klein sie auch ist, die Wohnung, so gehört sie doch mir, obwohl ich kaum noch weiß, wo ich alles lassen soll, aber wegwerfen kann ich nichts, jedes Teil ist mit Erinnerungen behaftet, und wenn man im Leben so viel verloren hat, dann hütet man das, was einem noch geblieben ist. Diese Häkeldeckchen, zum Beispiel, die meine Mutter anfertigte, sobald sie in Moskau nur ein bisschen weißen Faden auftrieb, was eher selten der Fall war, obwohl sie gelernt hatte, sich zu behelfen, und fürs Häkeln so ein Händchen hatte, dass sie aus jedem Fetzen ein wahres Schmuckstück machen konnte. Auch in dieser Hinsicht bin ich nicht nach ihr geraten, und sie sagte zu mir, du hast so schöne Hände, aber wie untüchtig sie sind, richtige Bürgertöchterhände, und das stimmte, ganz gleich, welche Arbeit ich machte, ich scheuerte sie mir sogleich wund, bekam sofort Blasen, und jetzt, da ich sie etwas pflegen kann und mir die Nägel lackiere, habe ich fast ein schlechtes Gewissen, denn sie sehen wirklich aus wie Bürgertöchterhände, vor allem, weil sie so ungeschickt sind. Was ich anfasse, zerbricht mir unter den Händen, und ich kann es nicht mehr reparieren, Dinge fallen mir zu Boden und zerschellen, einmal ging ein Knopf vom Fernseher ab, als ich ihn gerade einschalten wollte, Sie können sich nicht vorstellen, wie mühsam es für mich war, auf dem Fußboden danach zu suchen, so eng, wie es hier ist, und so schlecht, wie ich mich bewegen kann, besonders seit ich bei dem Überfall zu Boden gerissen wurde. Tagelang habe ich nach dem Knopf gesucht, weil ich ohne ihn den Fernseher ja nicht einschalten konnte, und als ich ihn endlich gefunden hatte und aufsteckte, fiel er mir wieder auf die Erde, aber sehen Sie mal, wie geschickt ich ihn dann mit einem Stück Heftpflaster befestigt habe, wenn ich ihn jetzt vorsichtig hineindrücke, hält er und fällt mir nicht mehr hinunter. Nein, fortwerfen kann ich nichts, jedes Teil hier hat eine lange Geschichte, und ich erzähle sie mir selbst, wenn ich allein bin, als wäre ich eine Museumsführerin. Der Lenin da auf dem Fernsehapparat ist aus Bronze, heben Sie ihn mal, da werden Sie sehen, wie schwer er ist, und so gut getroffen in der Ähnlichkeit, nicht, eine Freundin von mir sagt immer, warum stellst du ihn nicht an einen etwas unauffälligeren Platz, jemand könnte sich doch daran stören, und ich sage zu ihr, mich besucht ja niemand, und wenn sich einer daran stört, dann tut es mir Leid, soll er doch, wie man hier in Madrid sagt, andere haben ihre Kruzifixe und Marien und Fotos vom Papst. Und ich habe eben meinen Wladimir Iljitsch auf dem Deckchen stehen, das meine Mutter mir einmal zum Geburtstag gehäkelt hat, Sie sehen ja, es ist schon ganz vergilbt, aber wie viele Kilometer hat es auch zurückgelegt, ich hatte es schon, als mein Mann nach Archangelsk versetzt wurde, wo das Deckchen vor Kälte so steif wurde, als wäre es aus Blech. Diese Püppchen in sibirischer Tracht haben wir von dort mitgebracht, und auch den Kleiderständer, wenn Sie die Mäntel abnehmen, können Sie ihn sich genau ansehen, das sind echte Klauen, präpariert, von diesen großen Rentieren, die es da gibt. Und die kleinen Bilder, ich habe schon gemerkt, dass sie Ihnen aufgefallen sind, das sind Zeichnungen von Alberto Sánchez, mit dem, was er so zur Hand hatte, Papier und Buntstifte, ich weiß noch, wie er zeichnend am Küchentisch saß, in unserer Wohnung in Moskau, im letzten Kriegswinter, wenn Sie näher herangehen, erkennen Sie, wie perfekt jede Einzelheit gezeichnet ist, und das karierte Papier. Er erzählte von der Erntezeit in seinem Dorf in der Nähe von Toledo, und während er sprach, zeichnete er genau das, was er uns erzählte, wir glaubten, in Spanien und nicht in Moskau zu sein, die sommerliche Hitze zu spüren und den Staub des gedroschenen Weizens, der uns in den Hals stach. Sehen Sie nur die Schnitter in ihren weißen Hemden, wie sie die Ärmel aufgekrempelt haben, die Strohhüte, die Sicheln, die Stricke, mit denen sie ihre Cordhosen zugebunden haben, und die Haufen von Korngarben. Und das Dorf in der Ferne, das man, wie Alberto erzählte, hinter einer Kurve liegen sehen konnte, mit dem Kirchturm und dem Storchennest und die blauen Berge im Hintergrund, was hätten wir damals drum gegeben, das sehen zu können, als wir glaubten, nie mehr nach Spanien zurückzukehren, was sich für viele auch bewahrheitet hat, die nie mehr zurückgekommen sind wie der arme Alberto, der sein Dorf nie wiedergesehen hat und in Moskau begraben wurde. Eine Freundin, die sich mit solchen Dingen auskennt, will mich immer überreden, die Zeichnungen zu verkaufen, sie würden gutes Geld bringen, und sie stöhnt nur, wenn sie sieht, was ich hier alles aufbewahre, du kannst dich ja nicht mehr bewegen, sagt sie, du musst dich von diesen Dingen trennen, raus damit und ganz neu anfangen; was nichts wert ist, und das ist das meiste, kommt auf den Müll, den Rest verkaufst du, aber ich mag mich von keinem dieser Dinge trennen, sie haben alle mit meinem Leben zu tun, sogar dieses Bild, das meine Freundin stets zur Weißglut bringt, wie kann man nur auf die Idee kommen, den Deckel einer Keksdose einzurahmen, aber mir gefällt es, es weckt so viele Erinnerungen, der Rote Platz mit seinen bunten Kuppeln und diesem Blau, das der Himmel an manchen Vormittagen im Sommer hat, und ich mag auch, das alles in Relief gestanzt ist, fassen Sie mal darüber, die Türme der Kremlmauer, die Basiliuskathedrale, das Leninmausoleum. Ich habe diese Keksdose schon seit tausend Jahren, aber sie hat mir immer so gefallen, dass ich mich nie von ihr trennen mochte, so exakt, wie man alles darauf sieht, diese lebendigen Farben, die so echt sind, und bevor ich aus Moskau wegfuhr, habe ich den Deckel abgemacht und in einen Rahmen getan.

In Moskau habe ich an Madrid gedacht, und in Madrid denke ich an Moskau, so ist das nun mal, und wenn ich Spanien auch im Herzen trage, so ist die Sowjetunion doch ebenfalls meine Heimat, wie sollte sie das auch nicht sein, nach über fünfzig Jahren, die ich dort gelebt habe, und es schmerzt mich, wenn man über sie schimpft und wenn ich den Fernseher einschalte und sehe, was für betrübliche Dinge dort geschehen, von denen mir mein Sohn auch in seinen Briefen berichtet, die ihn billiger kommen, als wenn er mit mir telefoniert. Ich stehe jeden Morgen früh auf, obwohl ich nichts zu tun habe, und zuerst weiß ich nie, bin ich jetzt in Moskau oder in Madrid, und ich verbringe Stunden damit, die Wohnung aufzuräumen und Staub zu wischen, obwohl sie so klein ist, aber wenn ich nicht aufpasse, wächst mir die Unordnung über den Kopf und überall setzt sich der Staub fest, und dann bekomme ich manchmal ein schlechtes Gewissen, wenn ich denke, dass es mir hier so gut geht mit meiner Zentralheizung und meinem heißen Wasser, meinem Kühlschrank und dem Fernseher und dem Läufer vor dem Bett, damit ich keine kalten Füße mehr haben muss, wenn ich im Winter aufstehe, und muss dann daran denken, dass weder mein Bruder noch meine Eltern je solche Annehmlichkeiten gehabt haben und dass ich, die Törichtste von allen, warum es leugnen, die zum Wenigsten zu gebrauchen war, dass ich all diese Dinge jetzt besitze. Abends setze ich mich manchmal hier hin, schalte den Fernseher nicht ein und auch nicht das Licht, wenn es dunkel wird, und da fast nie jemand anruft, sitze ich dann Stunde um Stunde schweigend da, bewege mich nicht, halte die Hände still, nicht wie meine Mutter, die immer mit irgendwas beschäftigt war, sitze da mit gefalteten Händen, höre die Autos auf der Straße vorbeifahren und erinnere mich an Dinge, die mir wie von selbst wieder ins Gedächtnis kommen, ohne dass ich mich dafür anstrengen müsste, eines folgt auf das andere, so wie die Perlen des Rosenkranzes durch meine Finger glitten, als ich ohne Wissen meiner Eltern zum Katechismusunterricht gegangen bin. Ich sehe die Gesichter der Menschen, höre ihre Stimmen und sitze hier still im Dunkeln und habe das Gefühl, sie kämen durch die Tür und setzten sich zu mir, und ich höre auch die Musik von damals, die Internationale, von einer Laienkapelle in unserem Bergbaudorf gespielt, den Trauermarsch von Chopin bei der Beerdigung von Stalin und einen anderen Marsch, den ich immer besonders mochte und der in Moskau immer zum 1. Mai gespielt wurde, mir ist, als ginge ich durch die Straßen und hörte den Triumphmarsch aus *Aida*, und bei der Erinnerung füllen sich meine Augen mit Tränen, wahrscheinlich, weil ich auf meine alten Tage so sentimental geworden bin wie die Russen. Die Musik aber, die mir am besten gefallen hat, ist die aus

Scheherezade, die ertönte, wenn man das Perlmuttkästchen öffnete, das mein Vater mir von seiner ersten Reise aus Russland mitgebracht hatte, als ich mich nicht traute, ihn anzuschauen, weil ich ihn fünf oder sechs Monate nicht mehr gesehen hatte und ihn nicht wieder erkannte, obendrein trug er noch einen schwarzen Schnauzbart, den er nicht hatte, als er fortging. Ich bewahrte das Kästchen unter meinem Kopfkissen auf, öffnete es ganz langsam, bis diese Musik zu spielen begann, dann schloss ich es ganz schnell wieder, weil ich fürchtete, es könnte sich abnutzen, wenn ich es lange spielen ließ, als wäre die Musik wie ein Parfüm, das verfliegt, wenn man den Flakon nicht wieder schließt. So viele Dinge gehen mir im Kopf herum, die ich lieber vergessen würde, aber ich erinnere mich nicht, wo mein Musikkästchen geblieben ist, das muss wohl bei irgendeinem Umzug verloren gegangen sein. Doch solche Dinge haben oft ein längeres Leben als die Menschen, wie diese Antiquitäten, die schon uralt sind und dann auf dem Flohmarkt verkauft werden, und vielleicht hat ja noch jemand das Kästchen, und wenn er es öffnet, hört er *Scheherezade* und fragt sich, wem es wohl gehört haben mag.

Amerika

Bei gelöschtem Licht würde ich im Zimmer warten, bis die Turmuhr der Erlöserkirche zur mitternächtlichen Stunde schlug. Schon vermummt, obwohl ich noch gar nicht draußen war, darauf eingerichtet, nicht erkannt zu werden, wenn mir jemand auf der Straße begegnen sollte, obschon es zu dieser Zeit und in diesen rauen Winternächten kaum jemanden gab, der sich dem Wind oder dem Regen aussetzen mochte, die über die weiträumige Fläche des Platzes fegten, den ich in wenigen Minuten überqueren würde, eingehüllt in meinen derben Umhang, der viel besser wärmte als ein Mantel, die Mütze tief in die Stirn gezogen, die Hälfte meines Gesichts von einem dicken Wollschal verdeckt. Solche Winter und solche finsteren Nächte hast du gar nicht mehr gekannt. Manche Straßenecken wurden von schwachen Gasfunzeln beleuchtet, und über den Plätzen baumelten an langen Kabeln Lampen, die bei Wind hin und her schwangen, sodass Licht und Schatten sich bewegten, als ginge man mit einer Kerze in der Hand durch ein Zimmer. Der ganze Platz schien in Bewegung zu geraten wie ein Schiff bei starkem Seegang in einer stürmischen Nacht. Die Nacht war eine Welt für sich. Damals gab es noch nicht viele, die ein Radio besaßen, und elektrisches Licht in jedem Zimmer war äußerst selten. Du entferntest dich einen Schritt vom Licht und von der Kohlenglut, und schon standst du in der Kälte und im Finstern. Durch ein Mauerloch in der Ecke führten wir eine Glühbirne an einem Kabel von einem Zimmer ins andere.

Aber oft fiel auch der Strom aus, das Licht der Glühbirne begann sich gelblich zu färben, zu flackern, schien wieder heller zu werden wie eine Kerze kurz vor dem Verlöschen, und dann standen wir plötzlich im Dunkeln. Wir Kinder sangen bei solchen Gelegenheiten ein Lied:

Licht her, Licht her
Abendessen kommt
Spiegelei und Brot
dazu ein Salat

Wenn der Strom ausfiel, war es egal, ob man ein Radio oder Lampen in jedem Zimmer hatte, dann hieß es, die Kerze oder Öllampe anzünden und sich die Treppen hinauf ins Bett tasten, in Schlafzimmer, die so kalt waren, dass die Laken sich feucht anfühlten und die Füße immer eisig blieben. Da sehnte man sich dann nach der Wärme einer molligen nackten Frau im Bett. Tag war Tag und Nacht war Nacht, und nicht wie heute, wo man beides nicht mehr auseinander halten kann, wie man so vieles nicht mehr auseinander halten kann, wir zumindest nicht mehr, wir sind schon zu alt, um uns noch an die neuen Zeiten zu gewöhnen. Lange Winter und endlose Nächte, so schwarz wie ein Wolfsrachen in den Gassen, durch die ich ging, wenn ich mein Haus verließ, weil ich Angst hatte, jemandem zu begegnen, der mich kannte, wenn ich die Calle Real hinuntergegangen wäre, nachdem die zwölf Schläge der Uhr auf dem Platz verklungen waren und danach die der Erlöserkirche, die immer ein bisschen nachging, aber einen volleren Klang hatte, mehr nach Bronze, in diesem hohen Turm mit den schmalen Fenstern, der einem Burgturm ähnlicher war als einem Kirchturm. Wenn ich den ersten Glockenschlag vernahm, setzte mein Herz vor Schreck schier aus, ich saß wartend in meinem dunklen Zimmer, damit niemand Verdacht schöpfte, und lauschte auf das Ticken des Weckers, das so laut war, dass ich oft mitten in der Nacht die Augen aufriss, weil ich glaubte, Schritte zu hören. Die Schläge in der Brust waren aber noch stärker als das Ticken des Weckers, und vor lauter Ungeduld begann ich im Zimmer auf und ab zu gehen, musste mich jedoch ruhig halten, damit man meine Schritte in der Wohnung unter mir nicht hörte, und so setzte ich mich in meinem Umhang und mit der Mütze auf dem Kopf aufs Bett und spürte, wie mir die Kälte langsam die Beine hinaufkroch, wartete darauf, dass die Stunde kam, dass die Glocken schlugen, so wie sie es mir gesagt hatte, befohlen eher, nicht eine Minute vor Mitternacht und auch nicht über die Straße, sondern durch Seitengassen, man konnte gar nicht vorsichtig genug sein. Ein oder zwei Stunden vorher war ich schon in Wartestellung, kam fast um vor Verlangen, und er war mir so hart geworden wie ein eiserner Türriegel oder der Stampfer eines Mörsers und schmerzte schon, so lange wartete ich, wenn ich jetzt daran denke, kann ich kaum glauben, was für eine Kraft man hatte, als man jung war. Auch wenn du es nicht mehr aushältst, hatte sie mir gesagt, geh nicht vorher nach draußen, lass dich auf keinen Fall sehen. Ich vernahm den ersten Glockenschlag, und es war, als würde ich von der Kraft eines Magneten unwiderstehlich hinausgezogen, ich verließ mein Zimmer und ging die Treppe hinunter, ohne eine Kerze anzuzünden, mich an den Wänden entlangtastend, zog ganz behutsam den Riegel zurück, um niemanden aufzuwecken, einen jener klobigen Türriegel, die man damals an den Häusern hatte. Komisch, dass all diese Sachen verschwunden sind, die für uns alltäglich waren, die schweren Eisenriegel, Vorhängeschlösser, Türklopfer und Hausschlüssel, die manchmal so groß waren, dass ich mir als Kind vorstellte, es müssten Petrus' Schlüssel zum Himmelreich sein.

Dick vermummt schlich er durch die Gassen, trat auf den finsteren Marienplatz, eine verlorene Gestalt, die sich eng an den Hauswänden hielt, an der Ecke des Rathauses regungslos stehen blieb, der einzige Bewohner der Stadt, der um diese Zeit noch wach war, fast der einzige, denn auf der anderen Seite des Platzes, in einem jener klotzigen, düsteren Gebäude, die des Nachts an phantastische Stahlstiche oder Operndekorationen erinnerten, wartete noch jemand und zählte die Minuten und die Glockenschläge der Uhr: Jede Nacht, nach dem zwölften Schlag, hatte sie den Riegel einer kleinen Seitentür zurückgezogen und ließ im obersten Fenster des Turms dreimal eine Petroleumlampe aufleuchten, das Zeichen, auf das er wartete, um den weiten Platz zu überqueren und das Türchen aufzustoßen, dessen Angeln sie mit Öl geschmiert hatte, und hinterher den Riegel wieder vorzuschieben, der sich auch geräuschlos bewegen ließ. Steig vorsichtig die Treppen hinauf, mach kein Licht, nicht einmal ein Feuerzeug oder ein Streichholz an, zähl drei Treppenabsätze und fünfundvierzig Stufen, auf dem dritten Absatz ist links ein Fensterchen und rechts eine Tür, klopf dreimal ganz leise, damit ich weiß, dass du es bist, und dann komm herein, ich werde dich dort erwarten.

Jetzt, da schon viele seiner Erinnerungen verblasst waren und er Wegstrecken, Abmachungen und Wörter vergaß, hörte er manchmal ganz deutliche Stimmen, die sich mit jenen vermischten, die er auf seinen ziellosen Rundgängen vernahm, Stimmen eines fernen Gestern, die sich über die der unmittelbaren Gegenwart legten, in der er oft nicht wusste, wo er sich befand, nicht so, als litte er unter Anflügen von Gedächtnisverlust, sondern eher wie ein Schlafwandler, der unvermittelt erwachte und sich dann nicht auf einer Plaza seines Heimatstädtchens befand, sondern in der Innenstadt von Madrid und in einer Kleidung, die er erst allmählich wieder erkannte, zu Hause in einem alten, langsamen Körper, der unmöglich sein eigener sein konnte, von machtvollen Stimmen gerufen oder angezogen von uralten Trieben, die in eine Richtung führten, die er nicht kannte.

«Gelobt sei Jesus Christus», sagten sie, und er antwortete: «In Ewigkeit, Amen.»

Er vernahm den Doppelklang der beiden Stimmen zur selben Zeit wie das Geräusch der sich öffnenden Tür mit dem Fenster im oberen Teil, und er hob schon nicht mehr sogleich den Kopf und unterbrach seine Arbeit, da er an diese beinah allmorgendliche Erscheinung schon gewöhnt war, an die Unterschiedlichkeit der Stimmen und ihrer Intonation, so gegensätzlich wie die Gestalten, zu denen sie gehörten, die aus der Ferne jedoch identisch aussahen: zwei Nonnen in gleichem Habit, braunen Gewändern mit schwarzen Hauben, eine größer und jünger als die andere, beide in Sandalen, in denen ihnen die Füße abfrieren mussten, Füße von demselben durchsichtigen Weiß wie Hände und Gesicht bei der einen, und erdigem Totengrau bei der anderen, eine mit einer klaren, hellen Stimme und einem ausgeprägten nordischen Akzent, die andere heiser, krächzend und mit einem bäurischen Tonfall. Doch erklangen diese beiden so ungleichen Stimmen stets zur selben Zeit, wenn eine der Nonnen die Tür mit dem nicht ganz sauber eingesetzten Fenster aufstieß und er gar nicht den Kopf zu heben brauchte, um zu wissen, mit welchem je eigenen Gesichtsausdruck ihn die beiden anschauten, freundlich bittend die eine und übellaunig fordernd die andere, wenn sie vor seinem Flickschustertisch standen und beinah täglich um ein Almosen für die Armen baten, ein Paar alte Schuhe, für die er keine Verwendung mehr hatte, kleine Münzen für den Kauf von Altarkerzen oder Medikamenten, derer eine kranke Mutter dringend bedurfte. Aber sie hätten die Bitte gar nicht auszusprechen brauchen, denn der Tonfall ihrer Stimmen brachte sie bereits zum Ausdruck, vollkommen simultan und abgestimmt, obwohl sie unterschiedlicher nicht sein konnten, genauso wie die beiden Nonnen selbst, die dennoch vollkommen identisch waren, wenn man sie von ferne sah und sie am Ende der Calle Real auftauchten, an den Vormittagen jenes Winters, kalten, leergefegten Vormittagen, weil die Olivenernte begonnen hatte und die halbe Stadt auf den Feldern war, um die Ernte einzubringen, sodass sich die Straßen erst gegen Abend etwas bevölkerten.

«Gelobt sei Jesus Christus.»

Er tat, als sei er ungehalten über ihren Besuch oder ihrer Anwesenheit überdrüssig, doch falls er rauchte, wenn er sie hereinkommen sah, nahm er die Kippe aus dem Mund, drückte sie hastig an der Tischkante aus und steckte sie sich hinters Ohr, denn die Zeiten waren nicht danach, auch nur einen Krümel Tabak zu vergeuden. Er deutete sogar eine Bewegung an, als neigte er den Kopf oder als wollte er sich erheben, bevor er etwas spöttisch resigniert die Antwort gab:

«In Ewigkeit, Amen.»

Ihr wisst ja, er ist immer noch ein großer kräftiger Mann, obwohl er in der letzten Zeit etwas komisch im Kopf zu werden scheint, doch damals, mit seinen dreißig Jahren und seiner Größe, war er schon ein bemerkenswerter Kerl, der sich auch gern einen Scherz mit den Kundinnen erlaubte, die ihre Schuhe zum Flicken brachten, doppeldeutige Scherze, die öfter als einmal zu mehr führten, obwohl er stets so klug und diskret war, nichts an die Öffentlichkeit dringen zu lassen. Immerhin gehörte er zum Vorstand einer Bruderschaft der Osterwoche, ging mit einer Kerze in der Hand auf der Karwochenprozession mit, und zu seinen Kunden – seiner Klientel, sagte man damals noch – gehörten die Priester der umliegenden Kirchen und sogar Offiziere aus der Kaserne der Guardia Civil, die sich damals noch auf dem Plätzchen direkt neben seinem Laden befand. Aber er schwieg und genoss, und ihr würdet euch wundern, wie vielen angesehenen Damen, die täglich zur Kirche gingen, er es besorgte, er hatte es nämlich raus, ein Paar frisch besohlter Schuhe zu einer Zeit abzuliefern, da der Ehemann bei der Arbeit und die Kinder in der Schule waren, und ab und zu, ich weiß das, weil er selbst es mir erzählt hat, führte er sie sogar ins Hinterstübchen seiner Werkstatt, das noch winziger war als der Raum, in dem er arbeitete, und dort hob er ihnen die Röcke hoch und befriedigte sie an der Wand, wenn es ihn überkam. Damals waren die Frauen hitziger als heute, sagt er, oder sagte er, denn er erzählt nicht mehr so viel wie früher, da war er bei diesem Thema gar nicht mehr zu bremsen, und es war peinlich, mit ihm durch die Straßen zu gehen, denn er sprach immer sehr laut und schaute jeder so auffällig hinterher, wie man das längst nicht mehr tut und es für einen Mann seines Alters ja auch ziemlich unpassend ist. Sieh nur, guck dir die an, was für ein Hintern, was hat die für Titten, diese Beine! Er ging natürlich zur Beichte, bekam ungeheure Bußen auferlegt, ging barfuß mit der Prozession und schleppte manches Mal sogar ein schweres Kreuz, aber niemand erfuhr etwas außer seinem Beichtvater, Don Diego, den kennt ihr sicher noch, diesen rotgesichtigen Priester, den Pfarrer von Sankt Marien, der drohte ihm immer wieder an, ihm die Absolution zu verweigern. Die Buße allein hilft nicht, Mateo, nur wenn man gleichzeitig Besserung gelobt, kann das Sakrament von Sünden reinwaschen. Aber er glaubte im Grunde seiner Seele nicht, dass das sechste Gebot ebenso wichtig war wie die übrigen neun, vor allem dann nicht, wenn man diskret und mit großem Genuss beider Beteiligter dagegen verstieß, ohne einen Skandal heraufzubeschwören oder Dritte zu schädigen, und außerdem ohne diese entwürdigenden und unhygienischen Zustände, wie sie in den öffentlichen Hurenhäusern herrschten, in die man damals gerne ging, die Mateo aber, so versicherte er stolz, nie betreten hatte. Wie kann ich es mit einer Frau genießen, die mit mir zusammen ist, weil ich sie dafür bezahlt habe?

In jenem Jahr war die Skulptur des Letzten Abendmahls für den Prozessionswagen fertig geworden, und der Bildhauer, der ihm so viel Geld schuldete, hatte ihn darin als heiligen Matthäus verewigt. Schwester, sagte die alte Nonne, sieh dir diesen Schuster einmal genau an, er hat exakt das Gesicht des Apostels, was ihm nur fehlt, ist dessen Frömmigkeit. Aus Lehm sind wir geschaffen, Mutter, wir sind Sünder auf Erden, aber dennoch gute Christen, nur kann sich nicht, wie Sie das tun, jeder ganz und gar in den Dienst unseres Herrn stellen. Waren das nicht die Worte Jesu im Hause Marthas und Mariens? Und hat nicht die heilige Theresa gesagt, der Herr wandle auch zwischen den Suppentöpfen? Nun, vielleicht wandelt er auch hier zwischen meinen alten Schuhen und halben Sohlen. Mehr Taten der Barmherzigkeit und weniger Worte, Flickschuster, denn ein Glaube ohne Taten ist ein toter Glaube, und außerdem ist es heidnisch, sich so dem Stierkampf zu verschreiben. Weniger Stierkampfplakate und mehr Heiligenbilder …

Die jüngere Nonne sagte nichts, schaute ihn nur an, als dächte sie an andere Dinge, oder betrachtete die Alte aus den Augenwinkeln, und an jenen Wintermorgen, an denen es nicht viel zu tun gab, begann er seine Aufmerksamkeit mehr auf sie zu richten, lernte sie nach und nach von der anderen zu unterscheiden, ihr Gesicht auch von der abstrakten Nonnengestalt zu trennen, Gesten wahrzunehmen, die so flüchtig waren, dass er nicht sicher war, ob er sie tatsächlich gesehen hatte, rasche Blicke wie von Missfallen oder Überdruss, die Art, wie die jüngere Nonne manchmal ihre Hände rieb oder sich in aufkeimender Ungeduld auf die Unterlippe biss, was gar nicht nonnenhaft aussah und auch nicht zu der härenen Tracht oder den schlichten Sandalen passte, ebenso wenig wie zu der salbungsvollen Betstimme, die er von ihr kannte, wenn sie einmal etwas sagte, was aber nie mehr war als ein Gelobt sei Jesus Christus oder Vergelts Gott. Anfangs war es ihm so vorgekommen, als verhielte sich die junge Nonne wie eine folgsame Untergebene der anderen, wie eine zweite Stimme in einem sanftmütigen und aufeinander abgestimmten Kirchenduett, doch immer deutlicher konnte er an ihr einen Ansatz von Widerspruch beobachten, von verborgener Feindseligkeit, die sich nur im zornigen Aufblitzen der Pupillen verriet, den Groll darüber, immer nur eine alte Frau mit Gebrechen und wunderlichen Eigenarten zu begleiten, ihren natürlichen Schritt zu mäßigen und ihn dem langsamen Schlurfen der anderen anpassen zu müssen, wenn sie morgens am Ende der Calle Real auftauchten, zwei dunkle Schattenrisse in der fast menschenleeren Stadt, die Jüngere ab und zu den Kopf mit einer unwillkürlichen oder insgeheim rachsüchtigen Geste des Stolzes hochwerfend, die Alte schleppend und gebeugt, das Gesicht genauso faltig wie das Gewand, die Hände vertrocknet und die Zehen verdreht und verzogen wie Wurzelstöcke in den Büßersandalen.

In jedem Laden der Straße machten sie Halt, und ihr wisst, wie viele Geschäfte es damals dort gab, die meisten davon sind heute ja nicht mehr da, in der Konditorei, der Eisenwarenhandlung, dem Spielwaren- und Uhrengeschäft, der Schneiderei, der Apotheke, in Pepe Morillos Friseurladen, jeden Morgen dieselbe Leier, das Geräusch der sich öffnenden Tür und das damit verbundene Bimmeln des Glöckchens, Gelobt sei Jesus Christus, in Ewigkeit, Amen, Schwester Barranco, die Alte, und die junge Schwester Maria von Golgatha, was für Namen, diese beiden. Er erinnert sich offenbar an nichts mehr davon, doch wenn ich bei ihm zu Hause bin und seine Frau uns nicht hört, sage ich zu ihm, Schwester Maria von Golgatha, und dann streicht ein Lächeln um seine Lippen, als erinnerte er sich sehr wohl, wollte nur nicht darüber sprechen, wollte nach so vielen Jahren immer noch nicht, dass das Geheimnis bekannt wird. An manchen Tagen, wenn die Besucherinnen mal nicht zur gewohnten Zeit kamen, trat er mit seiner Lederschürze und der Kippe zwischen den Lippen auf die Straße, um zu sehen, ob er sie von der Plaza de los Caídos her um die Ecke biegen sah, und dann drückte er die Kippe aus und steckte sie sich nicht hinters Ohr, sondern verwahrte sie in der Tischschublade, schwenkte die Tür hin und her, damit frische Luft hereinkam und der Geruch von Zigarettenqualm verschwand, schaltete das Radio aus, in dem er Unterhaltungsprogramme, Volkslieder und Stierkampfsendungen hörte. Komisch, dachte er, dass ich nie näher hingeschaut, immer nur ein rundes weißes Nonnengesicht gesehen habe. Jetzt stellte er fest, dass sie große mandelförmige Augen hatte und schmale Hände, obschon sie oft gerötet waren vom Waschen mit kaltem Wasser, manchmal sogar violett angelaufen vor Kälte. Und ihr von der steifen Haube umrahmtes Gesicht war auch nicht so ausdruckslos wie andere Nonnengesichter, es war ein eher kraftvolles Gesicht, ein wenig wie das von Imperio Argentina, sagt er, der sein halbes Leben im Ideal Cinema zugebracht hat, er brauchte von seiner Werkstatt aus ja nur über die Straße zu gehen, und den Filmstars ebenso zugetan war wie den Frauen im wirklichen Leben, den Musicalstars vor allem, die beim Tanzen ihre Schenkel entblößten, oder der Jane mit ihrem kurzen Lederlappenröckchen in den Tarzanfilmen, am meisten aber den Badenixen in den Farbfilmen von Esther Williams, und Esther Williams selbst natürlich allen voran.

Daran erinnert er sich gern, dass die jüngere Nonne, Schwester Maria von Golgatha, ein Kinn wie Imperio Argentina hatte und dass er trotz der düsteren Gewänder manchmal einen flüchtigen Eindruck von ihren Formen gewinnen konnte, natürlich nicht von der Brust, die sie eingeschnürt oder umwickelt haben würde, sondern ein Knie oder die Andeutung einer Hüfte oder eines Oberschenkels, wenn sie über die Straße ging und der Wind ihr entgegenwehte, oder die Form ihrer Ferse oder ihres Knöchels, die Verheißung langer nackter weißer Beine unter der dunklen Ordenstracht.

«Gelobt sei Jesus Christus.»

«In Ewigkeit, Amen.»

Er antwortete, ohne den Blick von seiner Arbeit zu heben, aus Furcht, die alte Schwester Barranco, die immer so misstrauisch äugte, könnte ein Übermaß an Interesse in seinen Pupillen erkennen, aber auch das Hinauszögern seiner Lust genießend, den Moment, in dem er das junge Gesicht von Schwester Maria von Golgatha erblickte und darin einen Ausdruck der Zuneigung zu ergattern suchte wegen seines stillen Einverständnisses mit ihrem Unwillen, ihren ungeduldigen Seitenblicken. Er sagt mir oder sagte mir vor kurzem noch, eine seiner Regeln in diesem Leben sei es gewesen, sich nie zu hübsche Frauen zu suchen, denn die Hübschen, sagt er, geben sich im Bett nicht voll und ganz hin, sind längst nicht mit einer solchen Hingabe dabei wie eine, die etwas hässlich ist und das ausgleichen muss, indem sie sich etwas einfallen lässt. Die schönen Filmstars im Kino oder in den Illustrierten. Wenn die Frau, die du unter dir hast, hässlich ist, dann machst du einfach das Licht aus oder guckst nicht hin, sagt mir dieser Kerl, aber was man dafür bekommt, ist unvergleichlich, außerdem gibt es so gut wie keine Konkurrenz. Er bricht in Gelächter aus, wie er da am Tresen steht, vor den frisch gezapften Bieren und den Tellerchen mit Calamares und gebratenem Fisch, dann nimmt der Erzähler der Geschichte einen großen Schluck von seinem Bier und schnalzt mit der Zunge, pickt sich etwas vom Tellerchen und setzt an, mit seinem Bericht fortzufahren, so geschmeichelt von der Aufmerksamkeit der Übrigen, dass er nicht merkt, wie laut er spricht.

Aber die Nonne war hübsch und gefiel ihm trotzdem. Sie gefiel ihm sogar sehr, und er begann sich Dinge vorzustellen und bekam schon Angst, er könnte sich hinreißen lassen und irgendeine Dummheit begehen. Sie schaute mich an, und ich gewann den Eindruck, sie wollte mir etwas sagen, mit einem Blick auf die Alte zu verstehen geben, wenn ich die nur loswerden könnte, doch später, nachdem die beiden gegangen waren, dachte ich darüber nach und war mir nicht mehr sicher, ob ich es wirklich gesehen oder mir nur eingebildet hatte, und am nächsten Tag kamen die beiden wieder herein, gelobt sei Jesus Christus, in Ewigkeit, Amen, und sosehr ich Schwester Maria von Golgathas Gesicht erforschte, ich entdeckte keinerlei Hinweis in ihrer Miene, sie schaute mich nicht einmal an, keine Geste, nichts, sie betrachtete ein Stierkampfplakat, während Schwester Barranco mir das tägliche Almosen abknöpfte, und beim Hinausgehen sagte sie, vergelts Gott, als hätte sie mich die ganze Zeit über gar nicht wahrgenommen oder als wäre sie eine Nonne wie jede andere und alles, was ich in ihr zu sehen geglaubt hatte, wäre nichts als Einbildung gewesen, Wahnvorstellungen vom vielen Alleinsein und mit keiner Menschenseele sprechen und immer nur Nägel einklopfen und Sohlen zurechtschneiden, umgeben von alten Schuhen, der trostlosesten Umgebung, die man sich vorstellen kann, sie ließen mich immer nur an Tote denken, besonders in dieser Jahreszeit, im Winter, wenn alle draußen bei der Olivenernte waren und ich manchmal den ganzen Tag allein in meiner Werkstatt saß und kein Mensch hereinkam, um sich mit mir zu unterhalten. Während des Krieges, als ich noch ein Junge war, habe ich viele Schuhe von Toten gesehen. Jemand wurde erschossen und im Straßengraben oder hinter dem Friedhof liegen gelassen, und wir Kinder zogen los, Leichen begucken, dabei fiel mir auf, dass viele ihre Schuhe verloren hatten, oder sie lagen irgendwo herum oder ein einzelner Schuh, und man wusste nicht, zu welchem Toten er gehörte. Ich vergesse viele Dinge und erinnere mich im Gegenzug an andere, von denen ich nicht weiß, was sie bedeuten. Ich erinnere mich, dass ich vor vielen Jahren einmal in einer dieser Schwarzweiß-Wochenschauen, die damals im Kino gezeigt wurden, Berge von alten Schuhen gesehen habe, aus den Lagern, die es in Deutschland gab. Ich sehe diese Dinge, die vor langer Zeit passiert sind, weiß aber nicht mehr, was ich heute Morgen getan habe, ich meine gerufen worden zu sein, oder man hat mich etwas gefragt und ich antworte, und meine Frau sagt zu mir, da hätte ich mir aber was angewöhnt mit meinen Selbstgesprächen.

«Um der Liebe Christi willen, könnten Sie mir ein wenig Wasser geben?»

Die junge Nonne war an diesem Morgen bleicher als sonst, das Gesicht glanzlos, die Ränder der Augenlider gerötet und die Ohren violett, als hätte sie nächtelang schlecht oder gar nicht geschlafen. Im Angesicht der finsteren Miene und dem argwöhnischen Blick von Schwester Barranco führte er sie zu dem kurzen dunklen Flur hinter seiner Werkstatt, in dem sich der Waschraum mit der Anrichte und dem Wasserkrug befand, einem dieser alten Wasserkrüge in Form eines Hahns, aus glasiertem Ton, in lebhaften Farben, mit rotem Kamm und gelbem Bauch. Er hatte das undeutliche Gefühl, es sei unziemlich, dass eine Nonne sich den Krug an die Lippen setze, und so suchte er nach einem sauberen Glas, um ihr Wasser einzuschenken. Er beobachtete verstohlen ihre Hände, die das Glas hielten und etwas zitterten, ihre farblosen Lippen, das feste Kinn, über das ein Wassertropfen rann, weil ihre Hände jetzt sichtbar bebten, und als er nach dem Glas griff, das ihr zu entgleiten drohte, legten sie sich wie Zangen um seine Hand, und er spürte in ihren feuchten Handflächen eine fiebrige Hitze. Wie diese Hände zudrückten, die so schmal geformt, jedoch kräftig und abgehärtet waren, wie nah er in diesem Augenblick den Fieberatem der Nonne spürte, das Gewicht und die Fleischlichkeit ihres von Arbeit und Enthaltsamkeit geschwächten Körpers, von der unmenschlichen Kälte, die gewiss in den Zellen herrschte, im

Refektorium und in den Kreuzgängen jenes alten Klostergemäuers, das fast eine Ruine war. Da muss ich den Verstand verloren haben, denn ich wusste selbst nicht mehr, was ich tat, ich schlang meine Arme um sie, drückte sie an mich und grapschte mit den Händen unter ihrer Tracht nach Schenkeln und Hintern, küsste sie auf den Mund, obwohl sie ihr Gesicht wegzudrehen versuchte, und ich dachte, als sähe ich schon lebhaft vor mir, was passieren würde, bestimmt fängt sie gleich an zu schreien und die andere Nonne kommt herein und dann gibt es einen Riesenskandal, ich hörte förmlich ihr Geschrei und sah schon die Leute aus den umliegenden Läden herbeiströmen, aber das war mir egal, war mir ganz egal, beziehungsweise, ich konnte einfach nicht anders, und während ich nach ihren Lippen suchte und bemerkte, wie heiß ihr Gesicht und der ganze Körper waren, wurde mir zugleich klar, dass sie zwar schreien konnte, es aber nicht tat, mir nicht einmal Widerstand entgegensetzte, vielmehr wie hingesunken in meinen Armen lag, während ich unter ihren Kleidern wühlte und zu betasten suchte, was ich mir so oft vorgestellt hatte. Dann sah ich, dass sie die Augen schloss, wie in den Filmen, wenn sich ein Kuss ankündigte, die Zensur mit einem Schnitt dazwischenfuhr und der Mann und die Frau sich jäh voneinander lösten, als hätten sie einen elektrischen Schlag bekommen. Sie aber schloss die Augen nicht vor lauter Liebe, sondern weil sie ohnmächtig wurde, und man konnte schon das Weiße ihrer Augen sehen, als sie zu Boden sank, ohne dass es mir gelungen wäre, sie festzuhalten.

Was für ein Augenblick der Angst, als er sie so bleich und mit verdrehten Augen auf der Erde liegen sah, so weiß, als wäre sie tot, als hätte er sie mit seiner schändlichen Zudringlichkeit getötet. Er wusste nicht mehr, ob er geschrien hatte oder ob die andere Nonne kam, weil das lange Ausbleiben sie beunruhigt oder weil sie das dumpfe Geräusch des zu Boden fallenden Körpers gehört hatte. Als sie wieder zu sich kam, war sie blasser denn je zuvor, und wenn er etwas zu ihr sagte, schaute sie ihn ausdruckslos an, als erinnerte sie sich an nichts von dem, was geschehen war. Als er allein war, überkam ihn wieder das unerträgliche Gefühl, nicht unterscheiden zu können zwischen dem, was er sah, und was in seiner Einbildung geschah, zwischen der Gewissheit, die Nonne geküsst und gestreichelt zu haben, und dem abweisenden Gesichtsausdruck mit dem angedeuteten Lächeln, als sie ihm für seine Bemühungen dankte und die Werkstatt verließ, um, auf die gebeugte Gestalt von Schwester Barranco gestützt, den Rückweg zum Kloster anzutreten. Vielleicht war sie verrückt und wusste selbst nicht, ob das, was sie in dem kurzen Moment im Hinterzimmerchen der Schusterwerkstatt erlebt hatte, Wirklichkeit war oder nicht.

Die Tage vergingen, und keine der beiden Nonnen ließ sich sehen. Schwester Maria von Golgatha war schwer erkrankt, und Schwester Barranco wich nicht von ihrer Seite, oder sie war an dem Fieber gestorben, oder Schwester Barranco hatte doch Verdacht geschöpft und ihr verboten, das Kloster zu verlassen und schon gar, sich der Schusterwerkstatt zu nähern. Wäre sie gestorben, hätte man das in der Stadt aber erfahren, hätten die Totenglocken geläutet. Eines späten Vormittags verließ er seine Werkstatt, schloss die Tür hinter sich ab und schlenderte über den Marienplatz, ohne jedoch der Klosterpforte zu nah zu kommen, die sich ab und zu öffnete und eine Gestalt hinaustreten ließ, die von ferne jedes Mal einige Sekunden lang Schwester Maria von Golgatha war oder auch eine zornige Schwester Barranco, die auf ihn zukam, um ihn wegen seiner ruchlosen Wollust zu tadeln.

Selbstverständlich gab er seine übrigen Verpflichtungen nicht ganz auf, ihr kennt ihn ja. Er nahm weiterhin an den Vorstandssitzungen der Bruderschaft des Letzten Abendmahls und des Wohltätigkeitsvereins Corpus Christi teil, der Bauern und Handwerkern in jenen Zeiten, als es die Sozialversicherung noch nicht gab, eine medizinische Versorgung und bescheidene Subventionen zukommen ließ. Er hörte auch nicht ganz auf, die Frau eines Stabsoffiziers zu besuchen, die ihn jedes Mal wissen ließ, wann ihr Gatte ins Manöver zog. Auf den Sitzungen war er jedoch zerstreuter als gewöhnlich, und Frau Leutnant, wie er sie nannte, bemerkte, dass er nicht mehr so bei der Sache war wie sonst, und fragte ihn, ob es eine andere gebe, drohte aus reiner Verzweiflung damit, alles ihrem Mann zu erzählen oder seine Pistole zu nehmen und eine Gräueltat zu begehen. Da siehst du, was es mit schönen Frauen auf sich hat! Sie verstümmeln dich, machen dich zu einem verweichlichten Bürschchen, noch bevor du mit ihnen ins Bett gegangen bist, so wie wir, nachdem wir uns an Weißbrot und Kartoffeln gewöhnt hatten, kein Schwarzbrot und keine Wicklinsen mehr mochten, die uns in den Hungerjahren als Leckerei erschienen waren. Da ich mir nun die Nonne in den Kopf gesetzt hatte, die jung und hübsch war, kam mir Frau Leutnant alt und fett vor, obwohl sie ein heißes Weib war und so dankbar mit dem Milchkaffee und den gebutterten Toastbroten, die sie mir ans Bett brachte, wenn der Herr Stabsoffizier im Manöver war und ich es ihr gut besorgt hatte. Da er zum Stab gehörte, herrschte an Lebensmitteln kein Mangel. Wenn ich ging, steckte sie mir manchmal ein Dutzend Eier zu oder eine ganze Dose Kondensmilch. Nimm nur, sagte sie, damit du ordentlich zu Kräften kommst.

Eine Runde schäumenden Biers nach der anderen, Rufe von Kellnern, Bratfettgeruch, das Fauchen der Kaffeemaschine und Robotmusik aus den Spielautomaten: Der Erzähler hat ein eigentümlich kindliches Gesicht, rund und leutselig, ist aber fast gänzlich kahl und trägt einen vornehmen Anzug wie ein

Anwalt oder Notar, mit einem kleinen Abzeichen am Revers, einer silbernen Krawattennadel in Form einer winzigen Madonna. Er unterbricht sich mit einer burlesken Verbeugung, als der Kellner einen Teller dampfender Wurst auf den Tresen stellt, und deklamiert mit vollem Mund:

Die Wurst, eine hohe Dame,
der Anbetung würdig.

Er trinkt von seinem Bier und spült damit den Mund für den Fall, dass sich ein schwarzes Stückchen Wurst zwischen seinen Zähnen verfangen hat. Er senkt die Stimme, stellt euch den Marienplatz vor, sagt er, so weitläufig, und er breitet die Arme aus, voller Genugtuung darüber, dieses Adjektiv gewählt zu haben, das so gut zu dem Pathos seiner Geste passt, nachtschwarz, wie so ein großer Platz nur sein kann, von geisterhaften Kirchen und Palästen umgeben, unendlich fern von hier, in einer anderen Welt und einer anderen Zeit, vor vielen Jahren. Eines Nachts, als er schon im Bett lag, nachdem er bei der Frau des Stabsoffiziers gewesen war, bei der er sich, so seine Worte, schon bald vom Acker gemacht hatte, starrte er mit offenen Augen in die Dunkelheit und lauschte diesem verfluchten Wecker, der lauter tickte als eine Wanduhr. Er, der immer schlafen konnte wie ein Stein, erkannte, dass er in dieser Nacht keinen Schlaf finden würde. Er zog sich an, warf sich den Umhang über, setzte die Mütze auf und wickelte sich den Schal um den Hals, trat wie ein Schlafwandler auf die Straße und schlich durch die Gassen wie einer, der sich vor jemanden verstecken muss, bis er gegen Mitternacht den Marienplatz erreichte, über den der Nebel wallte und der nur an ein oder zwei Ecken von schwachen Funzeln beleuchtet wurde, kaum mehr als helle Flecke, als der Phosphorglanz auf den Zeigern und Ziffern seines Weckers. Er erkannte die mächtigen dunklen Umrisse der Gebäude und Türme, der Statuen auf den Simsen, die Marienkirche und die Erlöserkirche mit ihren Glockentürmen, die Löwenstatuen vor dem Rathaus, die massige, düstere Fassade des Clarissenklosters, dem er sich nicht einmal in dieser Stunde zu nähern wagte.

Aus der Ferne sah er im obersten Fenster des Turms ein Licht aufscheinen. Der Nebel löste sich allmählich auf, war nur noch ein luftiger Schleier, der über allem lag. Neben dem Licht erkannte er plötzlich mit Schrecken eine reglose Silhouette, die ihn anzustarren schien. Aus der Entfernung und bei dem schlechten Licht und in dem nervlichen Zustand, in dem ich mich befand, hätte ich niemals ein Gesicht erkennen können, und dennoch war ich mir sicher, dass es die junge Nonne war, Schwester Maria von Golgatha, und dass sie da oben aus dem Fenster schaute, um mich zu sehen, und sie blendete das Licht, das sie in der Hand hielt, ab und wieder auf, um mich wissen zu lassen, dass sie mich erkannt hatte. Dann verlöschte das Licht und ging nicht wieder an, doch er blieb weiter unbeweglich stehen, starrte nach oben, allein in der weiten Einsamkeit des Platzes, ohne jedes Gefühl für Zeit oder für die Kälte, unsicher noch, ob er wirklich etwas gesehen hatte oder ob er träumte. Während ich nicht einschlafen zu können glaubte, bin ich eingeschlafen und habe geträumt, dass ich aufgestanden bin, mich angezogen habe und hergekommen bin, ein Licht im Klosterturm gesehen habe und das blasse Antlitz der Nonne so deutlich wie an jenem Tag, als sie ohnmächtig in meinen Armen lag und mit offenem Mund und verdrehten Augen zu Boden sank. Doch dann ging das Licht noch einmal an, nur für eine Sekunde, bewegte sich rasch von einer Seite zur anderen und wieder zurück. Vielleicht war sie tot, und ihr Gespenst oder ihr Geist war wiedergekehrt, um mich als Strafe für meine Zudringlichkeit zu peinigen. Er stand noch lange da und wartete, so still und in sich versunken, dass die dumpfen

Glockenschläge der zweiten Morgenstunde ihn fröstelnd zusammenfahren ließen.

Am nächsten Morgen bestand seine Erinnerung an den nächtlichen Ausflug aus einem wirren Gemisch von Phantasmagorie und Gewissheit: Es stimmte, dass er ein Licht gesehen hatte, das an und aus ging, und eine Gestalt mit der Haube einer Nonne, aber er war sich nicht sicher, das Gesicht von Schwester Maria von Golgatha gesehen zu haben, obwohl er sich an jede Einzelheit ihrer Gesichtszüge erinnern zu können glaubte, sogar an den gelblichen Schimmer, den die Lampe auf ihre Haut geworfen hatte. Er begriff, dass er sich am Rande des Wahnsinns bewegte, als er sich des Weiteren entsann, dass die Lippen der Nonne leuchtend rot geschminkt gewesen waren, diese fieberheißen rauen Lippen, die er geküsst hatte, in einem Anfall von Verwegenheit, der ihm heute schon beinah wie eine Sinnestäuschung vorkam.

«Gelobt sei Jesus Christus.»

Er war so in seiner Arbeit und seinen Grübeleien versunken, dass er nicht gehört hatte, wie die Ladentür aufgegangen war, und als er den Kopf hob, sah er sich der Gestalt gegenüber, die seit so vielen Tagen seine Gedanken und Träume in Beschlag nahm. Nach ihrer Abwesenheit war Schwester Maria von Golgatha größer, schlanker und blasser, weniger jung auch – in Wahrheit fehlte ihr der Kontrast des Alters von Schwester Barranco –, aber, und das war das Auffälligste, eine richtige Frau und keine Nonne, mit dem Blick und der Stimme einer Frau, einer fast heiseren Stimme ohne die gewohnte salbungsvolle Frömmigkeit. Eine in den härenen Gewändern früherer Jahrhunderte gefangene Frau, deren Blick jetzt einige Sekunden lang so freimütig auf ihm ruhte, wie er dies im Umgang mit anderen Frauen, selbst jenen, die sich ihm beinah keck in die Arme geworfen hatten, nicht gewohnt war. Er rührte sich nicht, unterließ sogar die respektvolle Andeutung, sich zu erheben, nahm seine Kippe nicht aus dem Mund und legte auch den Pfriem und den alten Schuh nicht beiseite, die er in der Hand hielt. Er hörte sich nur wie an jedem anderen Tag sagen:

«In Ewigkeit, Amen.»

Mit ungeduldiger Miene warf sie einen Blick auf die Straße, trat zu ihm, sagte etwas und wich danach ein paar Schritte zurück, und als er sie gerade bitten wollte, das Gesagte zu wiederholen, ging die Tür auf und die gebeugte Schwester Barranco erschien schnaufend und Stoßgebete murmelnd, forderte brüsk die rückständigen Almosen ein, schalt ihn, weil er dem Tabak und den Stieren offenbar mehr zugetan war als den Andachten in der Kirche, und Schwester Maria von Golgatha, weil sie nicht auf sie gewartet hatte, bis gestern noch mit vierzig Grad Fieber im Krankensaal und heute schon wieder hoch erhobenen Hauptes, nicht einmal der Arzt habe herausfinden können, was ihr fehlte, geheilt ganz allein durch die besondere Gnade der Heiligen Jungfrau Maria. Während er Schwester Barranco zuhörte, rief er sich die Worte ins Gedächtnis zurück, die Schwester Maria von Golgatha ihm so hastig ins Ohr geflüstert hatte und die er jetzt erst verstand, das heißt, jetzt erst wagte er zu glauben, was er gehört hatte, sicher zu sein, dass diese Worte nicht wieder so ein wahnhafter Auswuchs seiner erhitzten Phantasie waren. Genau nach dem zwölften Glockenschlag werde ich im obersten Fenster eine Lampe dreimal auf- und abblenden, dann drückst du die kleine Seitentür hinter der Ecke auf, steigst drei Stockwerke hinauf, und auf dem dritten Treppenabsatz findest du zur Linken ein Fensterchen und rechts eine Tür, öffne die Tür vorsichtig, ich werde dort auf dich warten.

Überhitzte Phantasie: Je weiter die Geschichte ihren Fortgang nimmt, desto mehr Pausen legt der Erzähler ein, betont die Wörter, die ihm am besten gefallen, schmeckt sie wie einen

Schluck Wein oder einen Bissen Blutwurst. Die Zuhörer drängen näher heran, ein auf dem Tresen abgestelltes Bier wird warm, der Schaum fällt in sich zusammen, vergessen wie die Reste der Tapas, die keiner mehr isst und die der Kellner nicht abräumt.

Ich sehe ihn direkt vor mir in dieser Nacht, endlich, die mystische Nacht, die erste, denn es gab ja mehrere, stellt ihn euch nur vor mit seinem Umhang, seinem Schal und seiner Mütze, wie Luis Candelas, der Bandit, in diesem Lied, das wir als Kinder immer im Radio gehört haben, ihr erinnert euch sicher:

Unter dem Umhang
von Luis Candelas,
da rast mein Herz,
ach was, es fliegt.

Der Platz liegt finster wie ein Wolfsrachen, noch nichts da von der Beleuchtung, die später für die Touristen angebracht wurde und die ihm den ganzen Reiz nimmt, ich sage immer, mit der Elektrizität verschwand das Geheimnisvolle. Er biegt um die erste Ecke, es ist die des Rathauses, eng an die Mauern gedrückt aus Angst, jemand könnte ihn von einem Fenster aus sehen, im Grunde glaubt er gar nicht daran, dass sich bewahrheiten wird, was die Nonne ihm am Morgen versprochen hat, und er würde auch nie den Mut aufbringen, um Mitternacht in ein Kloster einzudringen wie ein Dieb oder wie Zorillas Don Juan Tenorio, denn er ist selbst der Erste, der sich eingesteht, in jungen Jahren zwar ein Hitzkopf, aber auch ein Angsthase gewesen zu sein, und plötzlich überkam ihn Panik, er könnte entdeckt werden, es könnte einen Skandal geben in der Stadt, man würde mit dem Finger auf ihn zeigen, ihn wegen Gotteslästerung aus der Bruderschaft des Heiligen Abendmahls und dem Wohltätigkeitsverein Corpus Christi ausschließen, er würde vielleicht seine Werkstatt aufgeben müssen, mit der er seinen Lebensunterhalt verdiente, auf bescheidene Weise zwar, aber doch ohne Verlegenheiten in diesen schwierigen Zeiten, und für immer würde sich die Präsidentenloge der Stierkampfarena vor ihm verschließen, in die er in seiner Eigenschaft als Berater häufig eingeladen wurde und in der er, eine dicke Zigarre rauchend und mit einer Nelke im Knopfloch seines gestreiften Anzugs, dem für besondere Anlässe, mit den Honoratioren der Stadt auf Du und Du war, mit dem Bürgermeister, dem Polizeichef, dem Kommandanten der Guardia Civil und dem Pfarrer von San Isidoro, Don Stanislaus, an den erinnert ihr euch doch, der trotz seiner Soutane und seiner grenzenlos vorbildlichen Enthaltsamkeit ein Stierkampffanatiker war, der '47 dem verehrten Manolete die Letzte Ölung gegeben hat in dieser verfluchten Arena von Linares.

Ihn ängstigte zwar das Wissen um die Gefahr, in die sich zu begeben er im Begriff stand, trotzdem hielt er nicht inne, drehte sich nicht um und ging nicht nach Hause, um sich in sein Bett zu verkriechen. Noch war Zeit, noch hatte er den Platz nicht überquert, noch war kein Licht im obersten Fenster des Turms aufgeleuchtet, doch die Stimmen der Vernunft konnten seine Schritte nicht aufhalten, und um sich zu rechtfertigen und sich weiter dem Seitentürchen an der Klostermauer nähern zu können, sagte er sich, vermutlich sei alles nur ein Witz gewesen oder ein Delirium der immer noch vom Fieber verwirrten Nonne, sodass es gar nichts ausmachte, wenn er um den Platz herumschlich, da das versprochene Licht ohnehin nicht zu sehen wäre, und auch nicht, dass er zum Törchen ging und dagegen drückte, denn es würde nicht nachgeben, es wäre genauso verriegelt wie jede Haustür der Stadt zu dieser nächtlichen Stunde, und eine Klostertür doch wohl ganz besonders, mit Riegel und mehrmals umgedrehtem Schlüssel und einem Querbalken, so wie wir uns vor dem Zubettgehen in den schlimmen Zeiten des Krieges verbarrikadierten, wenn sie jede Nacht kommen konnten, um dich abzuholen, eine Spazierfahrt mit dir machten und dich an einem Straßengraben aus dem Auto warfen, mit schlaffen Socken und fern deines Körpers liegenden Schuhen, da mochtest du noch so ein ordnungsliebender und gläubiger Mensch gewesen sein, was ich immer war, trotz meiner Schwäche für die Sünden des Fleisches.

Doch das Licht leuchtete auf und erlosch dreimal, und er näherte sich mit zitternden Beinen der Klosterecke, sagte sich, trotzdem könne das Törchen ja verschlossen sein, und tatsächlich stieß er beim ersten Mal auf einen gewissen Widerstand, der ihn in seiner Furchtsamkeit erleichterte, zugleich jedoch sein unmittelbares Körperempfinden schmerzhaft traf, ein schlagartiges sexuelles Verlangen, ausgelöst durch den Anblick des Lichts hinter dem Fenster. Verschlossene Türen hatten ihn stets entmutigt, doch diese, so massiv in ihrem Aussehen, niedrig und schmal, mit mehreren Reihen großer verrosteter Nägel beschlagen, glitt nach einem zweiten, etwas entschiedeneren Stoß lautlos auf, und als er sie hinter sich schloss, fand er sich in einer noch undurchdringlicheren Finsternis wieder als der auf dem nächtlichen, mondlosen Platz. Voll entsetzter Resignation und entfesselter Begierde sagte er sich, nun gebe es keinen Weg mehr zurück, und so stieg er die drei Treppen hinauf, tastete sich an der Wand entlang, erschrak über die Geräusche und leisen Echos seiner Schritte, fühlte Spinnweben über sein Gesicht gleiten und in den Handflächen die feuchte Kälte, die von den Steinen ausgeschwitzt wurde. Schließlich erblickte er links von sich ein schmales Fensterchen, wie eine Schießscharte, ein schimmernder Streifen in der Finsternis: Auf diesem Treppenabsatz ertastete er rechts das Holz einer Tür, und als er schon im Begriff stand, sie aufzustoßen, überkam ihn Panik, vielleicht hatte er sich bei den Treppenstufen verzählt. Gebückt blieb er stehen, zu keiner Bewegung fähig, erstarrt in der Dunkelheit, an die sich seine Pupillen allmählich gewöhnten, sodass sie den Rahmen und die Füllung der Tür erkannten. Er meinte, ein leises Geräusch zu hören, ein Scharren oder ein Atmen, das nicht seines war, und noch bevor er bemerkte, dass die Tür sich öffnete, wurde er von einer raschen und entschlossenen Hand am Saum seines Umhangs gepackt und hineingezogen, dass ihn schauderte, eine Stimme flüsterte in sein Ohr, er solle den Kopf einziehen, die Decke sei sehr niedrig, und gleich darauf, noch während die Tür wieder geschlossen wurde, fühlte er sich zu einer schmalen Pritsche gezerrt, wurde darauf niedergeworfen, betastet und untersucht, unter ungeschicktem Gefummel seiner Kleidung entledigt, mit einer Mischung aus unerfahrener Grobheit und Entschlossenheit geführt, geleckt und gebissen, auf das harte Lager gedrückt und darauf festgehalten von einem geschmeidigen nackten Körper, der sich um ihn wand und schlang, ohne dass er in den Wirren seiner Erregung und in der Dunkelheit hätte sagen können, welche Körperteile ihn berührten oder auf der Pritsche festhielten. Er wurde wie eine Stoffpuppe geschüttelt und gegen eine Wand geworfen, die seinen Rücken zerschrammte und ihn die eisige Kälte der Mauersteine spüren ließ, und als er laut zu keuchen begann, legte sich eine schweißnasse Hand auf seinen Mund, er wurde herumgeworfen wie von einer gewaltigen Meereswoge, wieder hochgerissen, als er zu Boden ging, und als ihm schließlich eine Atempause vergönnt war und er erschöpft und erleichtert auf der harten Pritschenkante lag und die flüssige Substanz befühlte und beroch, die seinen Bauch befeuchtete, konnte er erstmals einen klaren Gedanken fassen über das, was ihm in den letzten Minuten widerfahren war, und gelangte zu dem Schluss, dass er Blut an seinen Fingerkuppen fühlte und dass er zum ersten Mal in seinem Leben eine Frau entjungfert hatte. Gelobt sei Jesus Christus, murmelte sie mit einem langen zufriedenen Seufzer, und er, nicht ohne eine gewisse Beunruhigung ob dieser Blasphemie, wisperte ihr ins Ohr:

«In Ewigkeit, Amen.»

«Sag mal, stimmt es, dass eine Zigarette hinterher besonders bekömmlich ist?»

«Ausgesprochen.»

«Ich würde eine probieren.»

Endlich sah er ihr Gesicht im Flämmchenschein des Benzinfeuerzeugs, und er erkannte sie nicht wieder, weil er noch nie ihr braunes gekräuseltes, sehr kurz geschnittenes Haar gesehen hatte, das sich etwas kratzig anfühlte, ein wenig wie ihre Schambehaarung, an der er sich fast wund gerieben hatte. Es war auch das erste Mal, dass sie rauchte, doch sie fand sogleich Gefallen daran, trotz Husten und Übelkeit, herrlich, sagte sie, das erinnere sie an ihre Kinderzeit, als ihr auf den Pferdekarussellen immer schlecht geworden war. Unangenehm wird es mit den Frauen, ehrlich gesagt, wenn alles vorbei ist und der Mann am liebsten schlafen oder nach Hause gehen würde, weil sie dann ein unbezähmbarer Mitteilungsdrang befällt, Kommunikationsbedürfnis sagt man heute ja wohl. Sie richteten sich, so gut es ging, auf der schmalen Pritsche ein, deckten sich mit allem zu, was sie hatten, doch selbst so, dicht aneinander gekauert, weil es gar nicht anders ging, zitterten sie vor Kälte, und er spürte wieder die Angst in sich aufsteigen, dass man sie entdecken könnte, und wäre am liebsten gegangen, doch sie hielt ihn mit einer frisch erworbenen und schon unfehlbaren Geschicklichkeit in der Umklammerung ihrer Beine gefangen, es sei noch Zeit, sagte sie, sie könnten noch eine Zigarette rauchen, es habe noch nicht einmal zwei geschlagen.

Sie sprach zu ihm im Flüsterton so nah an seinem Ohr, dass er das feuchte Streifen ihres Atems und ihrer Lippen spüren konnte, die sie sich extra für ihn rot angemalt habe, sagte sie, mit einem Lippenstift, den sie in der Drogerie der Calle Real gestohlen hatte, als die Verkäuferin und Schwester Barranco einen Moment unaufmerksam gewesen waren, und sie musste lachen bei dem Gedanken, die alte Hexe traut mir nicht und lässt mich nicht aus den Augen, aber ich bin schneller als sie, und außerdem ist sie halb blind, geschieht ihr ganz recht, bei dem ganzen Gift, das sie verspritzt, sobald sie den Mund aufmacht, sogar beim Beten. Im Grunde missfiel ihm ihre Ausdrucksweise, die ihm ungehörig schien für eine Nonne, genau wie der Genuss, den Schwester Maria von Golgatha beim Rauchen empfand, sie lernte sogar, Rauchkringel zu blasen, die sie langsam zwischen den rot geschminkten Lippen hervorstieß. Schwester Maria von Golgatha, welch eine Strafe von Namen, dabei heiße ich eigentlich Franziska, oder besser noch, Fanny, wie mich mein Vater immer genannt hat, möge seine Seele in Frieden ruhen, der es so mit dem Englischen hatte, der Arme, er wollte, dass ich Englisch lerne und Tennis, Maschineschreiben und Autofahren, ich sollte auf die Universität gehen und etwas Anständiges studieren, nicht diesen Unfug von gelangweilten höheren Töchtern wie Literatur oder Philosophie, sondern mindestens Medizin oder Physik und Chemie. Meinen Bruder hat er auch studieren und Sport treiben lassen, aber mir gab er eindeutig den Vorzug, und außerdem, sagte er, bräuchte ich als Mädchen mehr Talent und Klugheit, um mich in der Welt durchzuschlagen, und meine Mutter ließ ihn zwar gewähren, weil sie charakterschwach war, aber hinter seinem Rücken nörgelte sie, ein Mannweib will der Vater aus diesem Mädchen machen, wer will denn eine Frau, die Ingenieurin oder Autorennfahrerin ist, und mein Vater, ja, schämst du dich nicht, das ist ja nicht zu glauben, ich habe eine rückschrittliche Frau, die gegen das Fortkommen des eigenen Geschlechts ist.

Sie äffte Stimmen nach, obwohl sie flüsterte, brachte in der Heimlichkeit ihrer finsteren Zelle und des Ohrgeraunes ganze

Theaterstücke mit großem Personal zur Aufführung, die dunkle, gedehnte Stimme ihres Vaters, die wehleidige Stimme der Mutter, die ihres Bruders, der seit Kindertagen ihr Held und Komplize war, die Krötenquakstimme von Schwester Barranco sowie die verschiedenen lächerlichen und perfiden Stimmlagen der übrigen Nonnen ihres Ordens. Ich glaube, sie mögen mich nicht, sie wollen mich vergiften, diese Anfälle von Übelkeit, die ich habe, sind doch seltsam, Schwester Barranco brachte mir Suppen und heiße Getränke in die Zelle, und ich traute ihr nicht über den Weg, nur zu, Schwester, dieses Süppchen wird dir gut tun, das hilft einem Toten auf die Beine. Gieß dir das Süppchen sonst wo hin, alte Hexe, sobald es mir ein bisschen besser ging, hörte ich auf, ihre Suppen und heißen Getränke zu mir zu nehmen, und sie, komm schon, Schwester, Kopf hoch, sieh nur, wie gut dir das Stärkungsmittel getan hat, das ich dir gestern gegeben habe, aber gewiss waren unsere Fürbitten an die Heilige Jungfrau noch wirksamer.

Das Gemurmel an seinem Ohr machte ihn schläfrig, zugleich aber beunruhigte es ihn auch, denn er sei zwar ein ausschweifender Mensch, sagt er, doch immer noch ein guter Katholik, und Schwester Maria von Golgatha, oder Fanny, die ein kreuzbraves Mädchen sein konnte, so er wörtlich, sei ihm in Heiligendingen doch etwas zu respektlos gewesen, und er habe sich eher ein Gewissen daraus gemacht, widerspruchslos ihren freidenkerischen Schimpftiraden zu lauschen, als mit ihr ins Bett zu gehen. Damit ging sie mir auf die Nerven, sagte er mir, als ich ihm das letzte Mal ein paar Einzelheiten zu entlocken suchte, als er noch halbwegs klar im Kopf war, so viel, wie sie redete, die ganze Zeit über, flüsternd ins Ohr, bsssbsss bsss, dicht an mich gepresst auf der engen Pritsche, die so knarrte, dass man glauben konnte, sie bräche jeden Moment unter unserem Gewicht zusammen, erzählte sie mir die unwahrscheinlichsten Geschichten von ihren Eltern und ihrem Bruder, der manchmal in Afrika lebte, dann wieder auf Feuerland, und wie eine Tante von ihr dafür gesorgt habe, dass sie in dieses Kloster gesperrt wurde, und sie später gezwungen habe, Novizin zu werden, zu deinem eigenen Besten, mein Kind, nicht für dein Heil im anderen Leben, ich weiß ja, dass du nicht daran glaubst, so wenig wie dein Vater, sondern damit du in diesem Leben in Sicherheit bist und nicht mit geschorenem Kopf dem Pöbel vorgeführt wirst wie deine arme Mutter, die überhaupt keine Schuld traf, und du weißt ja, wie es sie um den Verstand gebracht hat und wir sie einliefern mussten bis wer weiß schon wann.

Alles, was sie tat, tat sie brüsk und gierig, mit derselben leidenschaftlichen und tyrannischen Heftigkeit, mit der sie ihm die Kleider vom Leib gerissen oder ihn gedrängt hatte, die Engen ihrer Jungfräulichkeit zu überwinden. Sie inhalierte verzückt den Rauch einer Zigarette, während sie ihn mit den Schenkeln umklammert hielt, dass ihre Gelenke knirschten, sie steckte ihre zuckende Zunge tief in seinen Mund, was ihm nicht so gefiel, da er dies als für anständige Frauen ungehörig betrachtete. Sie kostete alles bis zur Neige aus, die Küsse, die Zigaretten, die Zeit, vor allem wahrscheinlich die Lust daran, mit lauter Stimme all das auszusprechen, was seit Jahren ihre geheimsten Gedanken aufwühlte und sie in einem unablässigen Aufruhr von unmöglichen Schwärmereien und rebellischen Anwandlungen hielt, sie so nachhaltig mit Erinnerungen, Hoffnungen, Geschichten, Namen und Orten vergiftete, dass sie oft genug vollkommen den Sinn für jede Wirklichkeit verlor. Doch wenn die Turmuhr zwei schlug, drängte sie ihn mit derselben Ungeduld, mit der sie ihn zwei Stunden vorher ausgezogen hatte, sich anzuziehen, steckte einen Umschlag mit den Kippen und der Asche in eine Tüte, die sie ihm mitgab, um jede Spur zu verwischen, geleitete ihn an der Hand die Treppen hinunter, ohne an den Wänden entlangtasten zu müssen, ohne zu zögern, denn oft schien sie die beunruhigende Gabe zu besitzen, im Dunkeln zu sehen. Sie steckte kurz den Kopf durch das Törchen und bedeutete ihm, rasch fortzugehen, und eine Sekunde später stand er allein auf dem großen finsteren Platz, benommen, zerschlagen, immer noch so verstört, dass er seine geschmeichelte Eitelkeit und sein befriedigtes Verlangen gar nicht in vollen Zügen genießen und immer noch nicht ganz glauben konnte, dass er mitten in der Nacht in ein Kloster eingedrungen war und eine Nonne entjungfert hatte.

In seiner Werkstatt oder nebenan in Pepe Morillos Friseurladen pflegten sich die Männer mit ihren Eroberungen zu brüsten oder mit dem zweifelhaften Ruhm, den sie bei den Huren genossen. Er hingegen schwieg stets und lächelte in sich hinein. Wenn ihr wüsstet. Nicht einmal seinem Beichtvater konnte er von jenem Abenteuer berichten, und so bereitete ihm die Gewissheit, nun in Todsünde zu leben, zusätzliche Gewissensqualen. Ich bin der Einzige, dem er es erzählt hat, und das auch erst nach vierzig Jahren, als er längst in Rente war und in Madrid wohnte. Ihr hättet sein Lächeln sehen sollen, als wir allein bei ihm in der Küche saßen, umgeben von Erinnerungen an die Heimat, von Heiligenbildern und Stierkampfplakaten. Ach, mein Freund, die Stiere und die Frauen, denen habe ich die schönsten Augenblicke meines Lebens zu verdanken, möge der Herr mir verzeihen.

Geblieben ist ihm das schmale Lächeln und der gewitzte Ausdruck, mit dem er ein Geheimnis zu wahren weiß, an das er sich vielleicht nicht einmal mehr erinnert, wie er jetzt einfältig und geistlos vor dem Fernseher hockt, blinzelnd, als wollte er gleich einschlafen, glücklich vor sich hin dösend, stundenlang, egal was läuft, ob Zeichentrickfilm oder Ratesendung oder die morgendliche Sprechstunde des Fernsehdoktors, in einem ständigen Fluss verweben sich Bilder und Wörter von Filmen,

Nachrichten, südamerikanischen Seifenopern, und plötzlich wird er lebendig, wenn auf dem Bildschirm ein nacktes Mädchen zu sehen ist, zu der er vielleicht etwas sagt, nachdem er sich vergewissert hat, dass seine Frau nicht in der Nähe ist, ein Kompliment von der alten Sorte, wie man es in seiner Jugend den Mädchen machte, die am Sonntagnachmittag Arm in Arm über die Calle Real flanierten. Als ich klein war, machte der Mann, der den einzigen Fernsehapparat in der Nachbarschaft besaß, den Ansagerinnen und Frauen in Miniröcken aus der Werbung ordinäre Komplimente. Wenn man ihn fragt, gibt er keine Antwort oder hört nicht hin oder antwortet wirres Zeug auf eine Frage, die man ihm nicht gestellt hat. Er bricht vor dem Fernseher genauso unvermittelt in Lachen aus, wie ihm plötzlich Tränen in die Augen schießen. Ganz gleich, was ich ihm zu essen hinstelle, er isst alles auf, denn seinen Appetit hat er sich bewahrt, und kurz darauf hat er es schon vergessen und fragt, wann es etwas zu essen gibt, kein Wunder, dass er immer dicker wird. Ich sage ihm, er soll spazieren gehen, damit er an die Luft kommt und nicht nur den ganzen Tag vor dem Fernseher hockt, doch kaum ist er aus der Tür, überkommt mich schon die Unruhe, dass er sich nur nicht verläuft, dass er den Weg zurück findet, so kopflos, wie er jetzt ist, und dann in dieser großen Stadt, und immer muss ich aufpassen, ob er sich auch die Schuhe zugebunden oder überhaupt Socken an den Füßen hat, und dabei war er früher so elegant und machte sich gern schick, selbst wenn er nur zum Markt ging, gleich hier um die Ecke.

Stundenlang trägt er unerschütterlich dasselbe wohlwollende Lächeln auf den Lippen, heißt mit nachsichtiger Miene alles gut, was er sieht, was er hört, die Gespräche der Nachbarinnen und der Transvestiten an Sandras Zeitungskiosk, die Werbesendungen und die Nachrichten, die Stimmen der Fischverkäuferinnen auf dem Markt, die Ratschläge des Arztes im Vormittagsprogramm, die Gesichter der lebenden Toten, die ihm auf der Plaza de Chueca und in den finsteren Gassen des Viertels begegnen, wenn er mit seinem wuchtigen Mantel und seinem Tirolerhut spazieren geht. Doch ich glaube, an manche Dinge erinnert er sich schon noch, zumindest rufen sie etwas in ihm wach, auch wenn ihm nicht mehr alles einfällt, denn als ich ihn einmal besuche, scheint es zuerst so, als würde er mich nicht kennen, ich setze mich zu ihm in die Küche, und er sieht mich an, als wollte er fragen, wer bist du denn, bemüht sich aber, dem Gespräch zu folgen, und während er etwas zu mir sagt oder ich versuche, ihm eine seiner alten Geschichten zu entlocken, schweift sein Blick zum Fernseher ab und er vergisst, dass noch jemand im Zimmer ist. Ich kenne jedoch einen Trick, der immer funktioniert: Wenn seine Frau nicht in der Nähe ist, beuge ich mich ganz nah zu ihm und flüstere ihm Gelobt sei Jesus Christus ins Ohr, dann tritt dieses verhaltene, lasterhafte Grinsen in sein Gesicht, das ich von früher kenne, wenn er mir Frauengeschichten erzählte, und automatisch antwortet er:

«In Ewigkeit, Amen.»

Er bekam jedes Mal ein schlechtes Gewissen, wenn er diese Worte sprach, wenn er jeden Morgen zur gleichen Stunde die beiden Gestalten in den braunen Kutten hereinkommen sah, die Zigarette ausdrückte und in einer Schublade verwahrte, den Kopf senkte und so tat, als konzentrierte er sich ganz auf seine Arbeit, auf das Ausreißen eines schiefen Absatzes oder das Annageln eines jener metallenen Plättchen an der Schuhspitze oder der Ferse, die man bei uns in der Stadt Klappereisen nannte, Flickschustereien in Zeiten der Not, als niemand sich neue Schuhe leisten konnte. Er spürte im Nacken die doppelte Musterung, den lauernden und den magnetischen Blick von Schwester Barranco und Schwester Maria von Golgatha, Fanny bei ihren gotteslästerlichen Begegnungen in dunklen Nächten blinder Wollust in der eisigen Zelle, und wenn beide zur gleichen Zeit Gelobt sei Jesus Christus sagten, hörte er in der Stimme der Jüngeren schon den schlüpfrig einladenden Unterton, der sowohl Erinnerung als auch neue Herausforderung beschwor, und es fiel ihm schwer, mit der gewohnten Willfährigkeit früherer Tage zu antworten. Wenn er In Ewigkeit, Amen sagte, eine Formel, die er seit Kindertagen immer wieder gesprochen hatte, ohne sich das Ausmaß ihrer wörtlichen Bedeutung bewusst zu machen, empfand er eine befremdliche Mischung aus Wonne und Zerknirschung bei der Vorstellung, dass sie endlos weiter miteinander sündigten, sich in Todsünden vereinten, die umso tödlicher waren, als die Nonne sie völlig hemmungslos und mit einer Verwegenheit beging, die nicht nur moralisch höchst verwerflich, sondern auch gefährlich war.

Mit Mühe hob er den Kopf und wich den beiden Blicken aus, die starr auf ihn gerichtet waren, und sosehr er fürchtete, irgendein Zeichen von Schwester Maria von Golgatha könnte von der anderen Nonne aufgefangen werden, fürchtete er ebenso, keinen ermutigenden Hinweis darauf zu erhalten, dass das Törchen in dieser Nacht für ihn geöffnet wäre. Mit so vielen Frauen er bisher geschlafen hatte, so wenig war es ihm in den Sinn gekommen, sich in eine zu verlieben; sexuelle Beziehungen waren für ihn halb hygienischer, halb vulgärer Natur. Dass ihm dieses Abenteuer so viele Widrigkeiten bescherte, ihn so verunsicherte und innerlich aufwühlte, strapazierte zutiefst seinen männlichen Sinn für Bequemlichkeit, die vollkommene geistige Einfalt, in der er bislang gelebt hatte. Du hast doch studiert und weißt so viel, vielleicht kannst du es mir erklären. Wie konnte es kommen, dass ich einerseits verrückt nach ihr war, sie andererseits aber fürchtete? Wenn ich mir vorgenommen hatte, nicht mehr zu ihr zu gehen, wie kam es dann, dass ich schon aus dem Haus ging, noch bevor die zwölfte Stunde geschlagen hatte, und ich vor Ungeduld verging, wenn das

Licht im Turmfenster nicht gleich zu sehen war? Sie war wirklich gut, das ist die volle Wahrheit, sie war besser als alle, die ich vorher hatte, und es war eine wahre Lust, in der Dunkelheit ihren Körper zu fühlen und zu riechen und ihre weiße Haut im Schein des Feuerzeugs oder der Zigarettenglut zu sehen.

Aber sie hatte diese unangenehme Angewohnheit, die ihm in der ersten Nacht schon aufgestoßen war und sich später noch verschlimmerte, unablässig zu reden, wenn die Corrida vorbei war, wie er es in seinem Stierkampfvokabular auszudrücken beliebte. Vorher kein Wort: Von dem Augenblick an, da er ihre Zelle betrat, bis zum Höhepunkt war die Frau ein lautloser beweglicher Schatten, den er nur atmen, keuchen und wimmern hörte, doch sobald sie befriedigt war, hing sie wie eine Napfschnecke an ihm oder umklammerte ihn mit ihren Schenkeln wie ein Joch und begann ihm ins Ohr zu flüstern, schüttelte ihn wutentbrannt, wenn sie merkte, dass er im Begriff war einzuschlafen, der Hauch ihrer Lippen und das unablässige Gesumm ihrer Stimme in seinem Ohr, die er noch hörte, wenn er schon nicht mehr bei ihr war, wenn er nachts um zwei dick eingemummt nach Hause eilte oder aus einem Albtraum erwachte, wenn er allein in seiner Schusterwerkstatt saß und den Schlagern aus dem Radio zu lauschen vergaß, weil er wieder ihre Stimme hörte, die wie ein Insekt in seinem Ohr summte oder wie das Rauschen des Blutes oder das Pochen seines Herzens, die Stimmen ihres früheren Lebens oder ihrer gespenstischen Familie, des Vaters, der wollte, dass seine Tochter in Physik promovierte oder Straßenbauingenieurin wurde, der rosenkranzbetenden Mutter, der Trauer tragenden und Gift und Galle speienden Tante, die sie und ihren Bruder an der Polizeistation eines Grenzbahnhofs abholte, als sie in einem Güterwaggon nach Frankreich fliehen wollten, um sich dort dem Widerstand gegen die Deutschen anzuschließen oder sich in den Dienst der republikanischen Exilregierung zu stellen.

Wie die heilige Theresa und ihr Bruder, als sie von zu Hause fortliefen, um im Land der Mauren die Ungläubigen zu bekehren oder Märtyrer zu werden, nur, dass wir kein Haus hatten, aus dem wir fortlaufen konnten, weil mein Vater von den Nationalen erschossen wurde, sobald sie gegen Ende des Krieges in unser Dorf kamen, und meine Mutter den Kopf geschoren und Hammer und Sichel auf die Kopfhaut tätowiert kriegte und mit anderen Roten oder Frauen von Roten durch das Dorf getrieben und jeden Morgen bei Tagesanbruch gezwungen wurde, auf bloßen Knien den eiskalten Fußboden der Kirche zu schrubben. Und alles nur, weil sie meinen Vater hassten, der der gutmütigste, friedfertigste und ordentlichste Mensch war, den ich kenne, und der nicht einmal im Sommer auf seinen Anzug mit Weste und auf Schlips und Kragen verzichtete. Weil er in dieser Aufmachung auf die Straße ging, wäre er zu Beginn des Krieges beinah von Milizionären erschossen worden, und mit seinem Anzug, seiner Weste, seinem steifen Kragen und der Krawatte stellten ihn die Aufständischen drei Jahre später an die Wand, und zu meinem Bruder sagte er noch, zum Glück sind es nicht die eigenen Leute, die mich erschießen.

Der Vater erschossen, die Mutter verrückt, die tage- und nächtelange Reise an die Grenze, in einem Güterzug verborgen schliefen sie und ihr Bruder auf fauligem Stroh und schmiedeten wirre Pläne, die darauf abzielten, sich dem Widerstand gegen Hitler und Franco anzuschließen, die mit blühenden Mandel- und Apfelbäumen bedeckten Hänge, die engen steilen Gassen jenes Dorfes, in dem sie die Kriegsjahre in vollkommenem Glück verbrachten, die Mutter betend und der Vater als Leiter einer Schule für umgesiedelte Kinder, der auch dann nur im Anzug, mit Krawatte, Hut und den blank gewichsten Schuhen eines ordentlichen Republikaners auf die Straße ging, nachdem ihm anarchistische Milizionäre einen tödlichen

Schrecken versetzt hatten, was danach jedoch nicht wieder vorkam, zumindest so lange nicht, bis die anderen kamen und ihn mit Fußtritten und Kolbenhieben aus dem Haus mit dem von Weinlaub umrankten Innenhof und dem Brunnen mit frischem klaren Wasser zerrten, dem Haus, in dem sie, wie die Schweizer Robinsonfamilie aus dem Buch, das sie und ihr Bruder so gerne lasen, bis dahin zu viert gelebt hatten. Bleibt ganz ruhig, ihr werdet schon sehen, mir passiert nichts, es handelt sich um einen Irrtum, sonst nichts, flüsterte sie ihm mit der Stimme ihres Vaters ins Ohr, doch sie sahen ihn niemals lebend wieder, nur ihr Bruder noch einmal, als er ihm etwas zu essen und zu rauchen in den Verschlag brachte, in dem sie ihn gefangen hielten, und am meisten beeindruckte ihn nicht dieses mit Stacheldraht umzäunte Geviert voller zum Tode Verurteilter, sondern seinen Vater unrasiert und ohne steifen Kragen zu sehen, im verknitterten und vollkommen verdreckten Anzug, wie er ihm noch nie vor Augen gekommen war.

Doch nicht der Vater, sondern der Bruder war der Held aller ihrer Geschichten, ihr Spielkamerad vom Sandkasten bis zu den Abenteuern an den weißen Hängen der Mandel- und Apfelbaumblüte, ihr Komplize bei der Lektüre von Büchern und der Anstifter zu Plänen der Flucht und des Eintritts in sozialrevolutionäre Bewegungen, in Partisanengruppen, in Untergrundzellen des antifaschistischen Widerstands, von Entdeckungsreisen nach Feuerland oder Patagonien oder in die Wüste Gobi oder in das Innere Afrikas. Sie selbst war in die Falle gegangen, war in ein Kloster gesperrt und gezwungen worden, Nonne zu werden, unter dunklen und schrecklichen Drohungen, die sie nie präzisierte, obwohl sie sonst keine Einzelheit ausließ. Aber wenigstens hatte ihr Bruder entkommen können, und einmal in all den Jahren war ihr auf verschlungenen Wegen ein Brief von ihm zugetragen worden. Er lebt in Amerika, ich weiß nicht, ob in Nord- oder Südamerika, in

Amerika jedenfalls, und er ist so viel unterwegs und hat so viele Geschäfte, dass er sich nie lange an einem Ort aufhält, und er ist in Chicago genauso zu Hause wie in New York oder Buenos Aires, aber wo er auch ist, immer will er wissen, wie es mir geht, und nur wegen diesen alten Hexen, die mich hier gefangen halten, bekomme ich seine Briefe nicht und kann ihm selbst keine schreiben, kann ihn nicht um Hilfe bitten, damit er kommt und mich rettet.

Hilf du mir, flüsterte sie ihm ins Ohr und streifte es mit ihren Lippen und ihrem stürmischen Atem, hilf mir, von hier zu entkommen, dann gehen wir zusammen nach Amerika und suchen dort meinen Bruder. Was hält dich hier fest, ein Mann ist doch frei zu gehen, wohin ihm der Sinn steht, anders als eine Frau, die immer nur Gefangene ist, auch wenn sie nicht in einem Kloster gehalten wird. Hier hast du doch nichts und kommst zu nichts, dein Leben lang alte Schuhe flicken in dieser gammeligen Werkstatt, immer nur den alten Schweiß riechen, den die Leute in ihren Schuhen zurücklassen, du bist doch jung und stark, mit diesen kräftigen Händen und dem Feuer, das du im Leib hast, würdest du jedes Hindernis überwinden können, wenn du von hier verschwändest, nach Amerika, wohin Männer gehen, die den Schneid haben, es mit der ganzen Welt aufzunehmen, so wie mein Bruder es getan hat, und die Frauen leben dort nicht eingesperrt und tragen nicht immer nur Schwarz und kennen noch andere Dinge im Leben, als Kinder zu gebären, auf dem Feld zu schuften, auf den Knien kalte Steinböden zu schrubben und im Winter die Wäsche in Bottichen mit eiskaltem Wasser zu waschen und mit steinharten Kernseifestücken, die einem die Hände wund scheuern. Ich bin hier ein Nichts, würde ich alleine fliehen, wäre ich ein Niemand, wohin soll eine Frau sich wenden, die aus einem Kloster geflohen ist, die keine Papiere hat und keinen Mann, der sie beschützt oder für sie eintritt, keinen Vater, keinen Ehemann, keinen Bruder, nicht wie in Amerika, wo eine Frau genauso viel wert ist wie ein Mann und oft sogar noch mehr. In Amerika rauchen die Frauen in aller Öffentlichkeit, genau wie die Männer, tragen Hosen, fahren mit dem Auto ins Büro, lassen sich scheiden, wann immer ihnen der Sinn danach steht, rasen mit Höchstgeschwindigkeit über die Landstraßen, die sehr breit sind und nur geradeaus führen, nicht wie hier, und die Autos sind auch nicht alle schwarz und alt, sondern groß und farbig, und die Küchen sind hell und glänzend und voll mit automatischen Apparaten, man muss nur auf einen Knopf drücken, und schon wird der Boden gewischt, und es gibt eine Maschine, die den Staub aufsaugt, und eine, die die Wäsche wäscht und sogar bügelt und faltet, die Kühlschränke benötigen keine Eisblöcke, und jedes Haus hat einen Garten und eine Garage, und viele haben sogar ein Schwimmbecken. An denen liegen die Frauen in zweiteiligen Badeanzügen auf Liegestühlen in der Sonne und trinken Cocktails, während die elektrischen Apparate die Hausarbeit machen. Sie trinken und rauchen, und keiner denkt deswegen, dass sie Huren sind, sie lackieren sich nicht nur die Fingernägel, sondern auch die Zehennägel, und wenn sie an ihrem Ehemann etwas auszusetzen haben, lassen sie sich von ihm scheiden, und er muss ihnen obendrein noch jeden Monat was zahlen, bis sie einen neuen Mann gefunden haben, und sie heiraten ohne kirchliche Einkehrtage, ohne Papierkram oder Aufgebot und brauchen nicht mal eine Aussteuer, sie heiraten von einem Tag auf den anderen, und genauso lassen sie sich wieder scheiden, und wenn es ihnen in einer Stadt nicht mehr gefällt, setzen sie sich in ihren grünen oder gelben Straßenkreuzer und ziehen in eine Stadt an der anderen Küste, fahren nach Kalifornien oder Patagonien oder Las Vegas oder nach Feuerland, allein diese zauberhaften Namen, wenn man sie nur ausspricht, hat man schon das Gefühl, die Lungen füllten sich mit frischer Luft, oder sie fahren nach Chicago oder New York, wo sie in Wolkenkratzern wohnen, die vierzig oder fünfzig Stockwerke hoch sind, und nicht in solchen erdgeduckten Hütten wie hier, in Wohnungen, die gar keine Fenster brauchen, weil alle Wände aus Glas sind, in denen es nie zu kalt oder zu warm ist, weil sich, sobald die Temperatur zu sehr steigt oder fällt, eine Apparatur einschaltet, die man Klimaanlage nennt.

Aber wie sollen wir denn von hier verschwinden, von welchem Geld die Schiffspassagen kaufen, fragte er, nur um etwas zu sagen, und gleich wurde sie wieder wütend über sein Zaudern, schalt ihn mit ihrem einschläfernden Flüstern: Ich habe alles schon bedacht, du verkaufst deine Werkstatt oder überlässt sie einem Nachfolger, dafür kriegst du schon etwas, in einer solchen Lage, und ich kann wertvolle Gegenstände aus dem Kloster stehlen, silberne Leuchter und ein Reliquienmedaillon aus reinem Gold, ich könnte sogar ein Bild von der Unbefleckten Empfängnis, das von Murillo sein soll, aus seinem Rahmen schneiden, dafür müssten wir mindestens ein paar Tausend Peseten bekommen. Allein bei dem Gedanken wurde ihm eiskalt; Kirchenraub und dazu noch Entweihung und Gotteslästerung, was nicht nur öffentliche Schande und Exkommunion bedeutete, sondern auch Gefängnis. Allmählich begriff er, diese verrückte Nonne wollte mehr von ihm als nur die Befriedigung ihrer gottlosen Wollust, sie wollte ihn als Instrument für ihre Flucht benutzen und als Komplizen für ihre kriminellen Machenschaften, was letztlich nicht verwundern durfte bei der Tochter eines Roten, der sie zu freier Liebe und Atheismus erzogen und dadurch eine sexuelle Hemmungslosigkeit gefördert hatte, die zwar ausgesprochen lustvoll sein konnte, aber für eine anständige Frau, eine Braut Christi gar, höchst unschicklich war.

Er schlief nicht mehr, und was er auch tat, er war nie ganz bei der Sache, weder bei seiner Arbeit noch bei den Wohltätigkeits- oder Bruderschaftsaktivitäten, weder im Leben noch im Glauben, wie ich immer sage, er vergaß sogar, seine Schlager und Stierkampfsendungen im Radio zu hören. Er hatte keine Angst, er hatte Panik, aber nicht mehr davor, erwischt zu werden, wenn er in jenen stürmischen Winternächten, die immer noch stockfinster und menschenleer waren, ins Kloster schlich, sondern davor, dass sie ihn in ihren Wahn hineinziehen könnte, dass er selbst irrewerden und seinen gesunden Menschenverstand verlieren könnte, von dem er sich bisher stets hatte leiten lassen, dass er schließlich alles verlieren könnte, was er besaß und was er war, was er aus sich gemacht hatte. Er fürchtete sich davor, sie morgens an der Seite von Schwester Barranco in seine Werkstatt treten zu sehen, und beruhigte sich erst wieder, wenn sie gegangen war, denn er hatte den Eindruck, dass die Alte bereits Verdacht schöpfte und ihn ebenso belauerte, wie sie Schwester Maria von Golgatha belauerte, um endlich einen Beweis zu finden für das, was sie längst argwöhnte, einen Beweis, der sie beide in eine Katastrophe stürzen würde, für die er nicht den geringsten romantischen Sinn aufzubringen vermochte. Fehlte sie jedoch bei den morgendlichen Besuchen, war er ebenso beunruhigt, stellte sich sogleich vor, sie sei wieder erkrankt und spreche im Fieberwahn von ihren geheimen Begegnungen in der Klosterzelle, oder sie wäre schon geflohen und hielte sich irgendwo versteckt, käme, sobald es dunkel würde, um ihn abzuholen, wie sie es schon oft in drohendem Ton angekündigt hatte. Das passiert mir, weil ich mich nicht an meine eigenen Regeln gehalten und mich mit einer schönen Frau eingelassen habe, einer schönen Frau überdies, die keinen Mann hat und überhaupt keinen Menschen, der sie bändigt, außer diesen alten Nonnen, die von allem nichts mitkriegen. Man muss sich Geliebte suchen, die ein bisschen hässlich sind, die verheiratet sind und selbst beim Ehebruch einen Rest von Anstand zu wahren wissen, die auch möglichst nicht ganz unbegütert sind, denn dann ist die Wahrscheinlichkeit geringer, dass sie sich romantische Flausen in den Kopf setzen und mit einem durchbrennen wollen, was nur zu Unannehmlichkeiten und beunruhigenden Überraschungen führt.

Ein richtiger Philosoph, unser Freund, du hättest deine Rezepte aufschreiben sollen, damit deine Jünger sie wortwörtlich befolgen können, habe ich zu ihm gesagt, woraufhin er in Lachen ausbrach und mir bedeutete, etwas leiser zu sprechen, damit seine Frau nicht neugierig werde. Deine Rezepte und auch deine Erinnerungen, verehrter Meister, es sei denn, du erzählst mir alles und ernennst mich zu deinem offiziellen Biographen und Testamentsvollstrecker.

Aber es ist schon zu spät, er erinnert sich kaum noch oder erzählt nichts mehr, obwohl die Ärzte in seinen Kopf geschaut und gesagt haben, ihm fehlt nichts, Gott sei Dank, er hat nicht diese Krankheit der alten Menschen, Alzheimer, mit der sie sich unmöglich aufführen, sich an nichts mehr erinnern und keinen mehr kennen, bislang zumindest noch nicht: Der für den Kopf zuständige Arzt sagt, er habe eine Depression, vom Nichtstun und weil er niemanden kennt in Madrid, aber was denn für eine Depression, sage ich zu ihm, der Mann ist in seinem ganzen Leben nicht traurig gewesen, und heute lacht er ganz für sich alleine, wenn er vor dem Fernseher sitzt, beispielsweise, ich stehe in der Küche und höre lautes Gelächter, und wenn ich zu ihm gehe, sitzt er da und bepinkelt sich vor Lachen, obwohl das, was gezeigt wird, gar nicht lustig ist, das kann eine Beerdigung sein oder eine Nachrichtensendung mit Kriegen und Hungersnöten.

An die Angst und den Schrecken und den Widerwillen der letzten Male erinnert er sich nicht und auch nicht daran, wie sie immer verrückter wurde, immer schroffer und zudringlicher in ihren erotischen Forderungen, als hätte sie in wenigen Wochen die ganze Verderbtheit erworben, der andere nach langen Jahren der Lasterhaftigkeit verfallen, von Nacht zu Nacht geschwätziger, wirrer und eindringlicher in ihren Geschichten aus der Vergangenheit, ihren kranken Plänen von einer gemeinsamen Zukunft, einer Zukunft zudem, die sie jedes Mal weiter vorverlegte, was so weit ging, dass sie mit ihm schon das günstigste Datum für die Flucht vereinbaren wollte und unter schrecklichen Drohungen Schwüre und Versprechungen von ihm forderte, mit törichten Visionen von Freiheit und Reichtum, die in Amerika auf sie warteten, wo sie ganz schnell ihren Bruder finden würde, den Abenteurer und Multimillionär, wo sie ebenso schnell eine riesige, rot oder gelb oder blau lackierte Limousine mit chromglänzenden Kotflügeln besitzen würde, dazu einen Bungalow mit Garten und Schwimmbad und allen Arten von automatischem Haushaltsgerät.

Eines Nachts schleifte sie ihn nicht, wie sie es sonst zu tun pflegte, kaum dass er in ihre Zelle getreten war, lautlos zu der brüchigen Pritsche, sondern schmiegte sich in der Dunkelheit an ihn, umklammerte sein Gesicht mit beiden Händen und flüsterte ihm heiser und gänzlich außer sich ins Ohr, bevor er sie besteige – dieses melodramatische Wort sprach er besonders genussvoll aus –, müsse er ihr schwören, dass er innerhalb der nächsten oder übernächsten Woche, noch bevor die Olivenernte vorbei sei, mit ihr fliehe. Hatte er ihr nicht vor zwei oder drei Nächten gesagt, vorgeschwindelt, um seine Ruhe zu haben, er habe einem Schuster aus der Nachbarschaft seine Werkstatt schon so gut wie verkauft? Wie eine Klaue oder Pranke bemächtigte sich die rechte Hand der Nonne, die im Streicheln und Zupacken in kurzer Zeit erstaunlich sachkundig geworden war, seines Hosenstalls und begann langsam zuzudrücken, wobei sie ihm etwas ins Ohr flüsterte, das ihm noch Jahre später die Haare zu Berge stehen ließ, wenn er sich daran erinnerte, und seine Männlichkeit ebenso unmittelbar wie unwiderruflich schrumpfen ließ: Wenn du mich täuschst, reiß ich dir das ab.

Diese Nacht war jedoch die letzte. Am Morgen erwachte er unter Wellen von Übelkeit und Schüttelfrost und hatte nicht die Kraft, das Bett zu verlassen. Trotz Fieber und Erschöpfung war er erleichtert, nicht in die Werkstatt gehen und sich den forschenden Blicken von Schwester Barranco und Schwester Maria von Golgatha aussetzen zu müssen. Am dritten Tag stieg das Fieber derart, dass man den Arzt rufen musste, der ein gefährliches Anfangsstadium einer Lungenentzündung diagnostizierte und ihn unverzüglich ins Jakobuskrankenhaus einwies. In beklemmenden Wachträumen schrieb er das Unglück einer göttlichen Strafe zu und durchlebte noch einmal die bittere Kälte der vergangenen Nächte auf dem zugigen Platz und in der eisigen Klosterzelle von Schwester Maria von Golgatha: Die Sünden des Fleisches, erschwert noch durch Gotteslästerung und das Versäumnis, sich warm zu halten, hatten ihn ins Krankenhaus gebracht und würden ihn vielleicht sogar ins Grab bringen und von dort aus direkt ins Feuer der Hölle. Er betete Rosenkränze, legte glühende Gelübde der Weihe und der Buße ab, wollte die nächsten zwanzig Jahre barfuß auf seiner Prozession mitgehen, ein massives Holzkreuz auf seinen Schultern tragen, sich geißeln und ein Büßerhemd anziehen, und er stellte sich sogar vor, in einen Mönchsorden einzutreten und den Rest seines Lebens in einem Kloster Buße zu tun für die Verfehlungen, die er im bisherigen begangen hatte.

Nach einem Monat kehrte er in die Enge seiner Werkstatt und an seinen Schustertisch zurück, doch kam es ihm vor, als sei er viel länger fort gewesen, und an die Zeit vor seiner Erkrankung dachte er mit der Teilnahmslosigkeit, die längst Vergangenes hervorruft. In den ersten Tagen brachte er kaum die Kraft und den Willen auf, sich an die Arbeit zu setzen, und wartete halb hoffnungsvoll, halb ängstlich auf das Erscheinen der beiden Nonnen. Sie kamen jedoch nicht, und sein Nachbar, der Friseur Pepe Morillo, sagte ihm, er habe gehört, Schwester Barranco sei schwer erkrankt, was wohl an ihrem hohen Alter liege, und aus Gründen, die man nicht erfahre, sei der anderen Nonne verboten worden, allein auszugehen.

In dieser Nacht wagte er sich noch einmal dick vermummt auf den Marienplatz hinaus. Die Turmuhr schlug zwölf, doch im obersten Fenster war kein Licht zu sehen, und er gelangte so enttäuscht wie erleichtert zu der Einsicht, dass es wohl das Beste sei, nach Hause zu gehen und ins Bett zu kriechen und endlich ernst zu machen mit den Gelübden, die er in den schwärzesten Tagen seiner Krankheit abgelegt hatte, an der nicht zugrunde gegangen zu sein er der vereinten Wunderwirkung von Gebeten und Penizillin zuschrieb. Er war schon im Gehen begriffen, als er sich noch einmal umwandte und das Licht im Turmfenster sah, in dem er die verführerische und etwas gespenstische Silhouette Schwester Maria von Golgathas erkannte. Aber weder sein Wille noch seine guten Vorsätze waren es, die über die machtvolle Versuchung der Sünde triumphierten: Es war ein kalter Schauer, der seinen ganzen Körper erzittern ließ, und die Andeutung eines wieder auflebenden Schmerzes in der Brust, die ihm die Schrecken der Lungenentzündung in Erinnerung riefen und den Widerwillen dagegen weckten, sich in einer eiskalten, unbequemen Kammer ausziehen und wieder anziehen zu müssen, in der er sich nicht einmal richtig zudecken konnte. Und dann die Unersättlichkeit dieser Frau, ihre Stimme wie eine abspulende Garnrolle an seinem Ohr, während er müde wurde und eigentlich nur gehen wollte, und die harten Bretter der Pritsche, die sich in seinen Rücken bohrten, dagegen stellte er sich sein warmes weiches Bett vor, ganz für sich allein, und die Sicherheit seiner vier Wände …

Er widerstand der Versuchung in dieser Nacht und in einigen weiteren Nächten, doch je mehr er sich von seiner Schwäche erholte, mit der er aus dem Krankenhaus gekommen war, desto stärker lebten auch seine alten Instinkte wieder auf, die nicht aus Buße, sondern aus rein physischer Kraftlosigkeit eine Zeit lang betäubt gewesen waren, und eines Nachts fand er sich gleichsam gegen seinen Willen auf dem Marienplatz wieder, so erregt, dass er kaum normal gehen konnte, steif vor Geilheit, sagte er auf seine herzhafte Art, und benutzte einen dieser alten Ausdrücke unserer Heimat, die immer mehr verloren gehen, aus dem reichen Erbe unserer Volkskultur. Ich war völlig entfesselt in dieser Nacht, wie ein Miurastier, wie ein geiler Ziegenbock, zu allem fähig, sie mit Haut und Haaren zu nehmen und dann nie mehr hinzugehen. Das Licht im Turmfenster ging an, und mit siedendem Blut und galoppierendem Herzen ging er zum Törchen und drückte weniger vorsichtig dagegen als frühere Male, doch es war verschlossen, und er musste sich zusammenreißen, um nicht mit den Fäusten dagegen zu trommeln. Er ging zurück zu der Stelle, von der aus er das Turmfenster sehen konnte. Wieder ging das Licht an, doch jetzt, aus größerer Nähe, meinte er zu sehen, wie Schwester Maria von Golgatha zu ihm hinunterlächelte und ihre Kutte hob und ihm herausfordernd und höhnisch ihre nackten Brüste zeigte, ihm mit Zeichen zu verstehen gab, er solle es noch einmal am Törchen probieren.

Er drückte erneut dagegen, doch es blieb verschlossen, stand von Stund an nie mehr für ihn offen, und er sah auch kein Licht mehr im Fenster des Klosterturms, in keiner der Nächte, die er später noch über den Marienplatz strich.

«Und er hat nie wieder was von ihr gehört, sie nie wiedergesehen?»

Man will immer, dass Geschichten ein Ende finden, ein gutes oder ein schlechtes, dass sie ein ebenso deutliches Ende haben wie einen Anfang, einen Anschein von Sinn und Symmetrie. In Wirklichkeit aber finden nur die wenigsten Dinge einen Abschluss, es sei denn durch Zufall oder Tod, andere geschehen erst gar nicht oder brechen ab, kaum dass sie begonnen haben, und nichts bleibt von ihnen übrig, nicht einmal in der gedankenverlorenen oder verräterischen Erinnerung dessen, der sie erlebt hat. Jahre vergehen, und unser Freund erreicht das Alter, in dem wir ihn kennen, hängt immer mehr Stierkampf- und Karwochenplakate in seiner kleinen Werkstatt auf, und wo kein Platz mehr ist, klebt er sie übereinander. Er steigt zum Präsidenten seiner Bruderschaft auf und wird zum offiziellen Berater bei den Stierkämpfen ernannt, in der Provinzzeitung wird er als Stern unseres heimatlichen Brauchtums porträtiert und hängt den Zeitungsausschnitt ins Fenster seiner Werkstatttür, damit jeder, der vorbeigeht, ihn sehen kann. Der Zeitungsausschnitt vergilbt allmählich, einige der Läden in der Nachbarschaft schließen, auch der Friseur nebenan, und das Geschäft des Schuheflickens scheint so wenig Zukunftsaussichten zu haben wie das Haareschneiden, weil die Leute ihre alten Schuhe jetzt wegwerfen und sich neue in den modernen Schuhgeschäften kaufen, die im Stadtzentrum aufgemacht haben. Er aber hat seine Ersparnisse, hat für sein Alter ebenso vorausschauend gesorgt wie für die regelmäßige Befriedigung seiner sexuellen Bedürfnisse, und darüber hinaus hat er beschlossen, dass es an der Zeit sei, ans Heiraten zu denken, da er in das Alter kommt, in dem ein Mann nicht mehr das ist, was er einmal war, aber immer noch attraktiv genug für eine reife und willige Frau, die für ihn sorgen kann, wenn es mit den eigenen Kräften wirklich einmal bergab geht, denn in einem solchen Fall erwarten ihn, sollte er nicht so vernünftig gewesen sein, vorher zu heiraten, einsamer Verfall oder Altersheim. Den Typ Frau, der ihn interessiert, das Profil, um es exakt auszudrücken, hat er bereits klar vor Augen: eine Witwe mit annehmbarer Rente und etwas Eigentum, einer schuldenfreien Wohnung beispielsweise, ohne Kinder. Eine Weile führte er die Frau Leutnant auf seiner Kandidatenliste, die Witwe des Stabsoffiziers, mit einer soliden Pension und eigenem Häuschen, doch dann fand er sie zu alt für seine Zwecke, nicht körperlich, sondern weil es ja von keinerlei Nutzen war, sich mit jemandem zu belasten, der die Misslichkeiten des Alters verdoppelte, anstatt sie zu lindern. Unerwarteterweise lernte er eines Tages in der Warteschlange vor dem Schalter der Sparkasse, wo er sein geliebtes Sparbuch nachtragen lassen wollte, eine Frau kennen, die seine kühnsten Erwartungen weit übertraf: eine ledige, gut aussehende Lehrerin mit getöntem Haar und üppigem Busen, aber von wohltuend zurückhaltender Art, mit einem großartigen Gehalt und einer ansehnlichen Sammlung von Dienstalterszulagen, einer Wohnung in der Innenstadt von Madrid, die sie geerbt hatte, sowie einer Lehrerwohnung auf Lebenszeit in einer Schule in Móstoles. Ein halbes Jahr später heirateten sie, und noch bevor er die Schusterwerkstatt verkauft hatte, zogen sie Anfang September in die Hauptstadt, wo die frisch angetraute Gattin im neuen Schuljahr zu unterrichten begann. Am 27. September, zu unserem Patronatsfest, war er natürlich wieder zurück, da er in seiner Eigenschaft als technischer Berater des Vorstands bei den Corridas von San Miguel und San Francisco dabei sein musste. Ein potenzieller Käufer interessierte sich für die Schusterwerkstatt. Er verabredete sich mit ihm an einem dieser frischen, frühherbstlichen Vormittage, ging recht niedergeschlagen durch die menschenleere Calle Real, auf der in früheren Zeiten zu dieser Stunde das Leben pulsierte, und schloss seine alte Werkstatt auf, nachdem er das Metallgitter hochgezogen hatte, das monatelang geschlossen gewesen war. Auf dem Boden lag altes Papier und eine Hand voll Briefe, die durchzusehen er sich vor dem Umzug nicht einmal die Mühe gemacht hatte, weil er annahm, dass es sich um Reklamesendungen handelte, die ihn nicht interessierten. Jetzt sah er den Stapel durch und blies den Staub von den Umschlägen, um die Zeit totzuschlagen, bis der mutmaßliche Käufer erschien. Zwischen den Briefen fand sich eine Ansichtskarte in grellen Farben, auf der die Freiheitsstatue zu sehen war, eine amerikanische Flagge und die Silhouette der Wolkenkratzer von New York. Auf der Rückseite fand er weder Namen noch Unterschrift eines Absenders, und neben seiner Anschrift standen nur drei Worte in einer kleinen, zierlichen, affektiert anmutenden Schrift, wie sie früher in von Nonnen geführten Töchterschulen gelehrt wurde.

Grüße aus Amerika.

Du bist

Du bist nicht nur eine einzige Person und hast nicht nur eine einzige Geschichte, und weder dein Gesicht noch dein Beruf, noch die sonstigen Umstände deines vergangenen oder gegenwärtigen Lebens bleiben unveränderlich. Die Vergangenheit bewegt sich, und die Spiegel sind unvorhersehbar. Jeden Morgen wachst du auf und glaubst, derselbe zu sein wie am Abend zuvor und im Spiegel dasselbe Gesicht zu sehen, doch zuweilen haben dich im Schlaf ein grausamer Schmerz oder die Erschütterungen vergangener Leidenschaften gestreift, die dem Licht des Morgens eine leichte Trübung verleihen, und dieses offenbar identische Gesicht verändert sich dauernd, wird in jeder Minute von der Zeit verwandelt wie eine Muschel vom Reiben des Sandes und den Wellen und dem Salz des Meeres. In jedem Augenblick, selbst wenn du dich still verhältst, wechselst du Ort und Zeit aufgrund kleinster chemischer Entladungen, aus denen deine Vorstellungskraft und dein Bewusstsein bestehen. Ganze Regionen der Vergangenheit und fernste Einblicke in sie öffnen und schließen sich wie ein Fächer, wie die geraden Reihen der Olivenbäume oder die Furchen der Äcker für den, der sie vom Fenster eines vorbeirasenden Zuges betrachtet. Ein Geschmack oder ein Geruch oder eine Musik aus dem Radio oder der Klang eines Namens machen aus dir den, der du vor dreißig oder vierzig Jahren warst, mit weitaus größerer Intensität als der deines Bewusstseins von deinem jetzigen Leben. Du bist ein verschrecktes Kind an seinem ersten Schultag oder ein Junge mit rundem Gesicht, umherirrenden Augen und dem Schatten eines Schnurrbarts auf der Oberlippe, und wenn du in den Spiegel schaust, bist du ein Mann von über vierzig Jahren, dessen schwarzes Haar die ersten grauen Strähnen durchwachsen und in dem kein Mensch mehr die Spuren eines Kindergesichts entdecken kann, nicht einmal mehr diese ungewisse, beständige Jugendlichkeit, in der du dich eingerichtet zu haben meinst, seit du ins Erwachsenendasein eingetreten bist, in das erste, das des Berufs und der Familie, der Verpflichtungen und heimlichen Träume und der Aufzucht der Kinder. Du bist jede der vielen verschiedenen Personen, die du gewesen bist, und auch jener, die zu sein du dir vorgestellt hast, und jede einzelne derer, die du nie gewesen bist, die zu sein du dir aber inbrünstig gewünscht hast und die nicht gewesen zu sein du heute dankbar bist.

Zur selben Zeit wie du verändert sich auch das Zimmer, in dem du dich aufhältst, und die Stadt oder die Landschaft, die man vom Fenster aus sieht, das Haus, das du bewohnst, die Straße, durch die du gehst, alles flieht und verliert sich in der Ferne jenseits des Fensters, ohne jemals anzuhalten, entschwindend für immer. Städte, Erinnerungen und Namen von Städten, in denen du für immer zu wohnen glaubtest, aus denen du fortgezogen und in die du nie zurückgekehrt bist, Ansichten von Städten, in denen du einige Tage verbrachtest, kaum eingetroffen und schon wieder in Abreise begriffen, wie Ansichtskarten purzeln sie heute durch dein Gedächtnis, bunt und überholt wie das Blau auf den Postkarten von Mittelmeerhäfen aus den sechziger Jahren. Oder nicht einmal das: Städte, die durch den Lauf der Zeit jeder Substanz beraubt sind und aus nicht viel mehr bestehen als dem herrlichen Klang ihrer Namen; Tanger, Kopenhagen, Hamburg, Washington, D. C., Baltimore, Göttingen, Montevideo. Wer warst du, als du sie durchstreift, dich furchtsam und eifrig in die Namenlosigkeit gestürzt hast, die sie dir boten, in die Aufhebung und den Verlust einer Identität, die für alle, die dir begegneten, unsichtbar war.

Was sich durch Orte und Zeiten hindurch vielleicht am wenigsten verändert, ist der Raum, in den du dich zurückziehst, dieses Zimmer, das man nach Pascal niemals verlassen sollte, damit einem kein Unheil widerfährt. *Allein in einem Zimmer zu sein ist vielleicht die Voraussetzung des Lebens*, schrieb Franz Kafka an Milena. In ihm steht jetzt zwar ein Computer anstelle der Schreibmaschine, aber dennoch gleicht mein Zimmer von heute all den anderen, die ich im Laufe meines Lebens, meiner Leben, bewohnt habe und deren erstes ich mit siebzehn bekam, mit einem Holztisch darin und einem Fenster, das auf den Guadalquivir und auf die blaue Silhouette der Sierra von Mágina hinausging. Ich zog mich darin zurück, um allein zu sein mit meiner Schreibmaschine, meinen Schallplatten, meinen Heften, meinen Büchern, und während ich mich geschützt und unerreichbar fühlte, konnte ich zugleich durch das Fenster in die weite Welt hinausschauen, dorthin, wohin ich so bald wie irgend möglich fliehen wollte, denn meine Zuflucht war, wie die meisten, auch ein Gefängnis, und das einzige Fenster, durch das ich hinausblicken wollte, war das des Nachtzuges, der mich weit fortbrachte.

Laura García Lorca, die in New York geboren wurde und ein klares, reines Spanisch spricht, aus dem ab und zu eine englische Tonfärbung herauszuhören ist, zeigte mir in Granada, in der Huerta de San Vicente, das Zimmer ihres Onkels Federico, das letzte, das er bewohnt hatte und das er an einem Tag im Juli 1936 auf der Suche nach einer sicheren Zuflucht verließ, die er nicht finden sollte. Das Unheil überkommt den Menschen, weil er nicht in Ruhe allein in seinem Zimmer bleiben kann. Ich sah Lorcas Zimmer, und es glich einer Erinnerung an bewohnte oder erträumte Zimmer, aber ebenso dem exakten

Ausdruck einer Sehnsucht. Ich hatte diesen Ort bewohnt, ich wollte eines Tages ein Zimmer wie dieses bewohnen. Mit weißen Wänden und Steinfliesen auf dem Boden, wie bei mir zu Hause, als ich noch ein Kind war, mit einem hölzernen Tisch und einem einfachen, bequemen Bett mit weiß gestrichenen Eisenstäben, das große Fenster auf den Garten hin, auf die weiten, mit weißen Häuschen gesprenkelten Felder, die blaue oder malvenfarbene Silhouette der Sierra mit ihren im Abendlicht rosa gefärbten schneebedeckten Gipfeln. Ich erinnere mich an das Zimmer von van Gogh in Arles, ebenso heimelig und schlicht, seine herrliche Geometrie jedoch von Angstzuständen bereits verzerrt, das Zimmer, von dem aus man auf eine südliche Landschaft wie die von Granada schaute und das ebenfalls die wenigen Dinge enthielt, die man zum Leben braucht, und dennoch den Mann, der Zuflucht in ihm suchte, nicht vor dem Grauen bewahrte.

Ich frage mich, wie in Amsterdam das Zimmer von Baruch Spinoza ausgesehen haben mag, dem Nachkommen aus Spanien und später aus Portugal vertriebener Juden, in dem er, selbst aus der jüdischen Gemeinschaft verstoßen, in trockenen klaren Sätzen seine philosophischen Traktate zu Papier brachte und die Linsen schliff, mit denen er seinen Lebensunterhalt verdiente: Ich stelle es mir mit einem Fenster vor, durch das ein helles graues Licht hereinfällt, wie auf den Bildern von Vermeer, auf denen Zimmer zu sehen sind, die ihre in Gedanken versunkenen Bewohner vor den Unbilden der Natur beschützen und in denen immer etwas an die endlose weite Welt draußen erinnert, eine Karte von Westindien oder Asien, ein Brief aus fernen Landen, ein paar Perlen, vom Grund des Indischen Ozeans gefischt. Eine von Vermeers Frauen liest einen Brief, eine andere blickt ernst und gedankenverloren in das Licht des Fensters und wartet vielleicht darauf, dass ein Brief eintrifft. In seinem Zimmer, dem vielleicht einzigen Ort, an dem er nicht ganz heimatlos war, gibt Baruch Spinoza der Wölbung eines Glases die Form, die es erlaubt, Dinge zu sehen, die so klein sind, dass das menschliche Auge sie nicht wahrnimmt, und sucht allein mit der Kraft seines Verstandes die Ordnung und den Gehalt des Universums zu begreifen, die Naturgesetze und die Gesetze der menschlichen Moral, das unauflösliche Geheimnis eines Gottes, der nicht der Gott seiner Väter ist, die ihn verleugnen und der Synagoge verwiesen haben, und auch nicht der der Christen, die ihn auf dem Scheiterhaufen brennen ließen, würde er in einem weniger toleranten Land als Holland leben. In einem Brief an Milena Jesenská vergisst Franz Kafka für einen Moment die Empfängerin und schreibt an sich selbst: *Du bist doch Jude und weißt, was Angst ist.*

Und dann fällt mir Primo Levi in seiner Bürgerwohnung in Turin ein, das Haus, in dem er geboren wurde und in dem er starb, als er sich in den Treppenschacht stürzte oder unglücklich hineinfiel, in dem er bis auf die zwei Jahre von 1943 bis 1945 sein ganzes Leben lang gewohnt hat. Als Primo Levi im September 1943 von der faschistischen Miliz verhaftet wurde, hatte er das sichere Zimmer seines Hauses in Turin verlassen, um sich dem Widerstand anzuschließen, trug eine kleine Pistole bei sich, die er kaum zu handhaben wusste und mit der er nicht ein einziges Mal geschossen hat. Er war ein guter Student gewesen, hatte einen glänzenden Abschluss in Chemie gemacht, und genoss es nun, im Laboratorium und im Klassenzimmer wie auch aus der Literatur zu lernen, die für ihn immer genauso klar und exakt sein sollte wie die Wissenschaft. Ein kleiner, fleißiger junger Mann mit Brille, in einer aufgeklärten bürgerlichen Familie aufgewachsen, in einer kultivierten, arbeitsamen, nüchternen Stadt, von klein auf an ein unbeschwertes Leben gewöhnt, das mit der Außenwelt harmonierte, ohne den geringsten Schatten einer Andersartigkeit, die ihn von den Übrigen trennte, nicht einmal sein Judentum, da ein Jude in Italien und besonders in Turin sowohl in der Wahrnehmung anderer als auch in seiner eigenen ein ganz normaler Bürger war, vor allem, wenn er, wie Primo Levi, einer säkularisierten Familie entstammte, in der man weder Hebräisch sprach noch religiöse Bräuche pflegte. Seine Vorfahren hatten 1492 Spanien verlassen. Er verließ sein Zimmer, sein sicheres Haus, in dem er geboren war, und als er durch die Tür trat, dachte er vielleicht fröstelnd, er werde nie mehr zurückkehren, und als er drei Jahre später zurückkam, mager wie ein Skelett, ein Überlebender der Hölle, musste er das Gefühl haben, eigentlich tot zu sein, das Gespenst seiner selbst, das in das unberührte Haus zurückkehrte, durch dieselbe Tür ging und das jetzt merkwürdig fremde Zimmer betrat, in dem während seiner Abwesenheit nichts verändert worden war und in dem auch keine sichtbare Veränderung eingetreten wäre, wenn er den Tod gefunden, wenn er das schlammige Massengrab des Vernichtungslagers nicht überlebt hätte.

Welches Minimum an Heimat, welche Dosis von Verwurzelung oder Heim braucht ein menschliches Wesen, fragte sich Jean Améry bei dem Gedanken an seine Flucht aus Österreich 1938, auf der heimlichen und angstvollen Reise über Europas Grenzen zu seinem vorläufigen Refugium in Antwerpen, wo er die absolute Ungewissheit der verbannten Juden kennen lernte, die Feindseligkeit des Einheimischen gegenüber dem Fremden, die Demütigungen vonseiten der Polizei und Beamten, die Papiere überprüfen und Erlaubnisse erteilen oder verweigern und für den nächsten Tag wieder herbestellen und den übernächsten und den Flüchtling ansehen, als wäre er eines Verbrechens verdächtig, des schwersten von allen, das darin besteht, der Nationalität beraubt zu sein, der anzugehören man als unverrückbar und selbstverständlich betrachtet hat, und nun nirgendwo mehr ganz angenommen zu sein. Man braucht wenigstens ein Haus, in dem man sich sicher fühlen kann, sagt Améry, ein Zimmer, aus dem man nicht mitten in der Nacht mit Gewalt hinausgezerrt werden kann, aus dem man nicht Hals über Kopf fliehen muss, wenn man die Trillerpfeifen der Polizei und polternde Schritte auf den Treppen hört.

Du bist der, der immer im selben Zimmer desselben Hauses gewohnt hat, der immer über dieselben Straßen gegangen ist auf dem Weg zum Büro, in dem du jeden Tag von Montag bis Freitag von acht Uhr morgens bis drei Uhr nachmittags gesessen hast, aber du bist auch der, der rastlos flieht und nirgends zur Ruhe kommt, der auf Schmugglerpfaden nächtens Grenzen überquert, der mit falschen oder zweifelhaften Papieren in einem Zug fährt und die Nacht durchwacht, während die übrigen Fahrgäste geräuschvoll schlafen, der angstvoll den Schritten lauscht, die sich auf dem Gang nähern, und fürchtet, es könnten die eines Polizisten sein, der die Zeit abschätzt, die es braucht, bis die Grenze erreicht ist, bis die Männer in Uniform, die deine Papiere überprüfen, dich mit einer Geste anweisen, zur Seite zu treten und zu warten, und dann werden die übrigen Reisenden, deren Papiere in Ordnung sind und die nichts zu befürchten haben, dich argwöhnisch mustern, aber auch erleichtert, weil das Unheil, das dich getroffen hat, den Schaden von ihnen abwendet, die jetzt in deinem Gesicht die ersten Anzeichen der Schuld entdecken, des Verbrechens, des Unterschieds, der umso tödlicher ist, je weniger er sich auf den ersten Blick äußert, und der völlig unabhängig ist von dem, was man will oder tut, ein Mal, das man nicht sieht und das dennoch unauslöschlich ist, ein nicht zu tilgender Fleck, der weder im Gesicht noch in der äußeren Erscheinung zu sehen ist, sondern nur im Blut, im Blut des Juden oder des Kranken, dessen, der weiß, dass er ausgeschlossen wird, sobald man seinen Zustand entdeckt. In seinem Zimmer des Lungensanatoriums denkt Franz Kafka an die antisemitischen Äußerungen eines anderen Kranken beim Essen und schreibt, von Schlaflosigkeit und Fieber angespornt, in einem Brief: *Die unsichere Stellung der Juden, unsicher in sich, unsicher unter den Menschen, würde es über alles begreiflich machen, dass sie nur das zu besitzen glauben dürfen, was sie in der Hand oder zwischen den Zähnen halten, dass ferner nur handgreiflicher Besitz ihnen Recht auf das Leben gibt und dass sie, was sie einmal verloren haben, niemals wieder erwerben werden, sondern dass es glückselig für immer von ihnen fortschwimmt.*

In einem Hotelzimmer in Port Bou nahm Walter Benjamin sich das Leben, weil ihm kein anderer Ausweg mehr blieb, um seinen deutschen Verfolgern zu entkommen. Als Jean Améry von der Gestapo verhaftet und später von der SS verhört und gefoltert wurde, gestand man ihm zu, entweder Volksfeind oder Opfer zu sein: Er konnte ein deutscher Deserteur sein, in diesem Fall würde er als Vaterlandsverräter standrechtlich erschossen; er konnte aber auch ein Jude sein, dann würde er in ein Vernichtungslager geschickt. Jean Améry war in Brüssel verhaftet worden, wo er und sein Grüppchen deutschsprachiger Widerstandskämpfer Flugblätter druckten, die sie nachts über die Mauern von Wehrmachtskasernen warfen, ihr Leben riskierten für die nichtige Hoffnung, irgendeines deutschen Soldaten Gewissen könne sich regen, wenn er diese Blätter las. Jean Améry, der damals noch Hans Mayer hieß, wurde im Mai 1943 verhaftet. Primo Levi nur wenige Monate später, bewaffnet mit seiner kleinen Pistole, mit der er nicht umgehen konnte und die dem Dritten Reich so wenig zu schaden vermochte wie die Flugblätter von Améry. Keiner der beiden hatte je den jüdischen Glauben gelebt, und Primo Levi betrachtete sich in erster Linie als Italiener, genau wie Améry sich bis 1935 nie für etwas anderes als einen Österreicher gehalten hatte. Als sie jedoch verhaftet und mit der Wahl einer Identität konfrontiert wurden, entschieden sich beide für das Judentum, für die Seite der absoluten Opfer, die nicht für ihre Taten oder ihre Worte bestraft wurden, nicht, weil sie einer Religion oder Ideologie anhingen, nicht, weil sie Flugblätter verteilt hatten, die niemanden beeindruckten, oder sich ohne winterfeste Kleidung und Schuhe und ohne eine andere Waffe als eine lächerliche Pistole in die Berge geschlagen hatten, sondern aus dem einzigen und einfachen Grund, geboren zu sein.

Du bist der, der seit dem Morgen des 19. September 1941 gut sichtbar einen Judenstern tragen muss, schwarz auf ein gelbes Rechteck gedruckt, genau wie die Juden in den Städten des Mittelalters, jetzt jedoch mit allen möglichen Vorschriften bezüglich Größe und Platzierung, genauestens erklärt in dem entsprechenden Dekret, das auch Sanktionen vorsieht für den Fall, dass man ohne Stern auf die Straße geht oder ihn verdeckt oder sonst wie zu verbergen sucht, mit einer Aktentasche beispielsweise oder den Einkaufspaketen oder sogar mit dem Arm, der den Regenschirm hält. Im Warschauer Ghetto war der Stern blau und die Armbinde weiß.

Du bist irgendwer, und du bist niemand, bist der, den du erdenkst oder an den du zurückdenkst, den andere erdenken oder an den sie zurückdenken, die dich vor langer Zeit in einer anderen Stadt und in einem anderen Leben gekannt haben und dich wie ein eingefrorenes Bild dessen in Erinnerung haben, der du damals warst, eines dieser vergessenen Fotos, die einen befremden und sogar abstoßen, wenn man sie nach Jahren wieder sieht. Du bist der, der die Utopien der Zukunft ersann, welche dir heute kindisch vorkommen, der Frauen liebte, an die du dich heute nicht einmal mehr erinnerst, der gewesen zu sein du dich heute schämst und der du manchmal warst, ohne dass ein Mensch davon erfuhr. Du bist das, was andere in diesem Augenblick irgendwo von dir erzählen und was jemand, der dich nicht gekannt hat, weitererzählt, bist das, was jemand, der dich hasst, sich ausmalt. Du suchst dir ein neues Zimmer, eine neue Stadt, ein neues Leben, doch es gibt Schatten und Doppelgänger von dir, die an den Orten weiterleben, die du verlassen hast, die nicht aufgehört haben zu existieren, nur weil du nicht mehr dort bist. Als Kind ranntest du die Straße hinunter und stelltest dir vor, auf einem Pferd zu reiten, warst der Reiter, der das Pferd mit lauten Rufen wie ein Cowboy aus dem Kino antrieb, warst das galoppierende Pferd und warst das Kind, das diesen Ritt im Kino sah und seinen Freunden, die den Film nicht gesehen hatten, am nächsten Tag mit glühenden Wangen davon erzählte, warst der, der aufmerksam und mit glänzenden Augen einem anderen lauschte, der Geschichten oder Filme erzählte, der um eine weitere Geschichte bat, damit die Mutter noch nicht ging und das Licht ausmachte, der, der seinem Sohn eine Gutenachtgeschichte erzählte und in dessen Augen sich selbst erkannte, die erregte Begeisterung einer lebhaften Phantasie, die Lust, weiter zuzuhören, und die Hoffnung, die gefühlvoll erzählende Stimme möge nicht verstummen und noch ein Weilchen die Dunkelheit fern halten, mit der die Schatten der Angst ins Zimmer treten.

Du änderst dein Leben und dein Gesicht, wechselst dein Zimmer, deine Stadt, deine Liebe, doch selbst wenn du dich von allem entblößt, bleibt noch etwas, das immer überdauert, das in dir ist, seit du denken kannst, der Kern oder das Herzstück dessen, was du bist, was nie erloschen ist, was keine Überzeugung ist und kein Wunsch, sondern ein Gefühl, manchmal gedämpft, gleich einer verborgenen Glut unter der Asche des Feuers vom Abend zuvor, aber immer scharf, immer stechend durchpulst es alles, was du tust, gibt allem die Farbe einer anhaltenden Ferne: Du bist das Gefühl der Entwurzelung und Fremdheit, das Gefühl, nirgends ganz dazuzugehören, das Bewusstsein, einer Zugehörigkeit zu entbehren, die für andere so natürlich oder leicht zu sein scheint; die Sicherheit, mit der viele von ihnen sich zurechtsetzen oder besitzen oder sich zurechtsetzen oder besitzen lassen oder ganz selbstverständlich die Haltbarkeit des Bodens voraussetzen, auf dem sie gehen, die Solidität ihrer Gedanken, das Fortdauern ihres Lebens. Du bist immer ein Gast, der nicht sicher sein kann, dass er eingeladen ist, ein Mieter, der fürchtet, hinausgeworfen zu werden, ein Fremder, dem irgendein Dokument fehlt, um seinen Status zu regeln, das dickliche Kind, das zwischen den Starken und Brutalen auf dem Schulhof verzagt, der Langsame mit den Plattfüßen unter den Soldaten auf dem Kasernenhof, der Zurückgezogene und Verweichlichte unter den aggressiven Draufgängern, der vorbildliche Schüler, der im tiefsten Innern vor Einsamkeit und Scham sterben möchte und nichts lieber wäre als einer dieser Halbstarken in der Klasse, die sich über ihn lustig machen. Du bist der von ehelichem Groll und Missvergnügen eingeschnürte Familienvater, der verstohlen anderen Frauen nachschaut, während er sonntagnachmittags am Arm seiner Gattin durch die Straßen seines Städtchens in der Provinz flaniert, der Angestellte ohne Vertrag, der Marokkaner oder Schwarzafrikaner, der von einem nächtlichen Boot aus an den Strand von Cádiz springt und in die Finsternis eines unbekannten Landes vordringt, durchnässt, vor Kälte zitternd, auf der Flucht vor den Scheinwerfern und Taschenlampen der Guardia Civil, der spanische Republikaner, der im Januar oder Februar 1939 die Grenze nach Frankreich überschreitet und dort behandelt wird wie ein Hund oder Pestkranker und in ein Konzentrationslager am düsteren Ufer des Meeres gesteckt wird, eingesperrt in die bedrückende Geometrie von Baracken und Zäunen, der natürlichen Geometrie und Geographie Europas in jenen Jahren, vom infamen Strand in Argelès-sur-Mer, auf dem spanische Republikaner wie Vieh zusammengepfercht sind, bis zum äußersten Rand Sibiriens, von dem Margarete Buber-Neumann zurückkehrte, aber nicht, um in die Freiheit entlassen, sondern um in das Konzentrationslager Ravensbrück geschickt zu werden.

Du bist, obwohl du es nicht weißt, was du sein könntest, wenn du dich aus deinem Haus und deinem Land vertrieben sähest, wenn du von einer Patrouille der Gestapo verhaftet würdest, als du im Morgengrauen auf einer Straße in Antwerpen Flugblätter verteiltest, und man dich an den Handschellen, die deine Arme auf dem Rücken halten, an einen Haken hängte, sodass du, als die Kette hochgezogen wird und deine Beine sich vom Boden lösen, das Knacken deiner Oberarmknochen hörst, die aus den Gelenken springen, wenn du mit fünfundvierzig weiteren Personen in einen Viehwaggon gesperrt würdest und fünf Tage in ihm zubringen müsstest, Tag und Nacht das Wimmern eines Säuglings hören müsstest, den die Mutter nicht stillen und nicht zum Verstummen bringen kann, und du das Eis aus den Spalten zwischen den Brettern des Waggons lecken müsstest, weil in den fünf Tagen weder Essen noch Trinken ausgegeben wird, und als in einer eisigen Nacht die Tür sich schließlich öffnet, liest du im Licht der Scheinwerfer den Namen eines Bahnhofs, von dem du noch nie gehört hast und der dir nichts sagt, dir nur einen scharfen Schrecken einflößt, *Auschwitz*. Niemand weiß im Voraus, ob er in der Stunde der Wahrheit feige oder mutig sein wird, sagte mir mein Freund José Luis Pinillos, der in einem fernen Leben als junger Mann von zweiundzwanzig Jahren in einer deutschen Uniform an der Front von Leningrad kämpfte: Man weiß nicht, ob man den Feind anspringt, wenn man ihn kommen sieht, oder ob man wie gelähmt stehen bleibt, bleich wie der Tod, und sich buchstäblich die Hosen voll scheißt. Ich bin nicht mehr der, der ich damals war, und ich stehe den Ideen sehr fern, die mich dorthin geführt haben, aber eines weiß ich, und es freut mich, dass ich es weiß; ich weiß, dass ich unvernünftig und draufgängerisch war, aber ich war nicht feige, und ich weiß auch, dass dies nicht mein Verdienst war, dass ich es hätte sein können, wie andere es waren, sogar solche, die sich als Helden aufgespielt hatten, bevor die Kugeln um sie herumpfiffen. Aber ich lebe noch, und andere, ob mutig oder feige, sind tot, und in manchen Nächten, wenn ich nicht schlafen kann, denke ich an sie, und dann ist mir, als kämen sie zu mir und bäten mich, sie nicht zu vergessen, den Menschen zu sagen, dass sie einmal gelebt haben.

Du weißt nicht, was du gewesen wärst, was du hättest sein können, wohl aber, was du auf die eine oder andere Weise immer gewesen bist, offensichtlich oder insgeheim, in Wirklichkeit und auch in den Tagträumen deiner Vorstellungswelt, wenngleich nicht immer in den Augen der anderen. Und wenn du tatsächlich das wärst, was andere in dir sehen, und nicht, was du dir vorstellst, so wie du nicht der bist, den du im Spiegel siehst, und deine Stimme nicht so klingt, wie du sie hörst? Hans Mayer, Sohn einer katholischen Mutter, selbst Agnostiker, ein Freund der Literatur und der Philosophie, mit blonden Haaren und hellen Augen, begriff, dass er Jude war, nicht, weil sein Vater einer gewesen wäre oder weil ein körperliches Merkmal oder ein religiöses Bekenntnis diese Zugehörigkeit bestimmt hätte, sondern weil andere es so verfügten, und der unauslöschliche Beweis seines Judentums war am Ende die eintätowierte Nummer auf seinem Unterarm. In seinem Zimmer in Prag, im Haus seiner Eltern, in seinem Büro der Arbeiter-Unfall-Versicherungs-Anstalt, in den Räumen des Sanatoriums, im Zimmer seines Hotels in der Grenzstadt Gmünd, wo er auf das Eintreffen von Milena Jesenská wartete, erfand Franz Kafka schon frühzeitig den perfekten Schuldigen, den von Hitler und Stalin Angeklagten, Josef K., den Mann, der nicht verurteilt wird, weil er etwas getan hat oder auffällig geworden ist, sondern weil er für schuldig befunden wurde, und er kann sich nicht dagegen wehren, weil er nicht weiß, wessen er angeklagt ist, und als man ihn zur Exekution führt, begehrt er nicht dagegen auf, sondern unterwirft sich demütig dem Willen seiner Henker, schämt sich sogar seiner selbst.

Du erwachst eines Morgens zur undankbaren Stunde der berufsbedingten Frühaufsteher und stellst mehr beschämt als verwundert fest, dass du dich in ein ungeheures Insekt verwandelt hast; du setzt dich wie jeden Tag ins Café und glaubst, nichts hätte sich verändert, weder in dir noch draußen in der Welt, und dann liest du in der Zeitung, dass du nicht mehr der bist, der du zu sein glaubtest, vor Verfolgung und Niedertracht nicht sicher bist. Du kannst in die Sprechstunde deines Arztes kommen und dich für unsterblich halten, für den Besitzer einer praktisch unendlichen Lebenszeit, und eine halbe Stunde später mit dem Wissen hinausgehen, dass es etwas gibt, das dich von den anderen trennt und entfernt, obwohl man es dir noch nicht ansehen kann, dass du im Unterschied zu ihnen, die sich für unverwundbar halten, tief in dir einen Schatten trägst, den die anderen nicht sehen, der sie aber ebenfalls umkreist und auf sie wartet. Du bist der Arzt, der im Halbdunkel seines Sprechzimmers auf den Patienten wartet, dem er die Nachricht von dessen Krankheit mitzuteilen hat, und er fürchtet den Moment seines Eintreffens, den der sachlichen Worte, die notwendig sind; vor allem jedoch bist du der andere, der Kranke, der noch nicht weiß, dass er krank ist, der noch ganz zufrieden durch eine gewöhnliche Straße geht und sich Zeit lässt, weil er zu früh zum Termin kommt, der im Wartezimmer vor einem niedrigen Tischchen sitzt und selbstvergessen in einer Zeitung blättert, die er unterwegs gekauft hat, einer Zeitung mit einem ganz normalen Datum wie jedes andere auch, und dennoch wird dieses Datum die Grenze markieren, das Vorher und das

Nachher, den letzten Tag eines Lebens und den Beginn eines anderen, in dem du nicht mehr derselbe sein kannst, in dem du dich an den erinnern wirst, der du bis zu diesem Augenblick warst, als einen, der dir fremder ist als jeder Unbekannte.

Du bist der, der mit der Zeitung unter dem Arm die Treppe hinaufsteigt, der den Termin beim Arzt beinah vergessen hätte, ihn sogar absagen wollte, so unbedeutend waren ihm die ersten Untersuchungsergebnisse vorgekommen, der jetzt die Tür zur Anmeldung öffnet und der Arzthelferin seinen Namen nennt, ohne zu wissen, dass dieser Name schon nicht mehr dieselbe Person bezeichnet; du bist der, der sich im Wartezimmer auf einem Sofa niederlässt und auf die Uhr schaut und nicht weiß, dass die letzten Minuten seines alten Lebens darauf vergehen, der immer noch glaubt, ein vollständiges Repertoire virtuell unbegrenzter Zeit zu besitzen, eine Garantie auf Kraft und Gesundheit. Du schaust auf die Uhr, schlägst die Beine übereinander und die Zeitung auf, im Wartezimmer eines Arztes oder in einem Wiener Kaffeehaus im November 1935, und dann passiert etwas, das dein Leben für immer verändern, dich aus der Normalität und dem Land vertreiben wird, denen du anzugehören glaubtest und in denen du nun plötzlich ein Fremder bist. Du bist der Gast in einem Hotel, der eines Nachts mit einem Hustenanfall erwacht und plötzlich Blut zu spucken beginnt. In der Zeitung liest du die Rassengesetze, die in Nürnberg bekannt gegeben worden sind, und stellst mit einem Mal fest, dass du Jude bist, obwohl du nicht so aussiehst und es nie gedacht und nie gewollt hast, und dass du nun der Verfolgung und Vernichtung ausgesetzt bist. Die Arzthelferin erscheint lächelnd auf der Schwelle des Wartezimmers und sagt dir, der Herr Doktor bitte dich ins Sprechzimmer, und als du aufstehst, lässt du die Zeitung, die zu lesen du noch gar nicht angefangen hast, auf dem Tischchen liegen, und als du das Sprechzimmer wieder verlässt, ein anderer Mensch jetzt, denkst du nicht mehr daran, sie mitzunehmen. Als Gregor Samsa eines Morgens erwachte, fand er sich zu einem ungeheuren Ungeziefer verwandelt. In der Stadt, die ich für die meine hielt, begegnete ich ab und zu auf der Straße armen jüdischen Emigranten aus dem Osten mit ihren langen, speckig glänzenden Mänteln, ihren schwarzen Hüten und den schweißverklebten Schläfenlocken, die mich immer etwas abstießen. Ich war froh, nicht einer von ihnen zu sein, keine äußere Ähnlichkeit mit jenen verschrobenen anachronistischen Gestalten zu haben, die sich genauso auf den weiten Straßen Wiens bewegten wie in den Dörfern Polens, Galiziens oder der Ukraine, aus denen sie geflohen waren. Niemand würde mich für einen von ihnen halten, dachte ich, mir wird niemand den Eintritt in einen Park oder ein Café verwehren und mich mit plumpen Karikaturen in der Sensationspresse verhöhnen, in der täglich Verleumdungen und Hetzartikel gegen Juden zu lesen sind. Und doch weiß ich jetzt, auch wenn mein Äußeres nicht darauf schließen lässt und obwohl ich immer noch gesund aussehe und seriös wirke, dass ich ebenso gezeichnet bin wie sie. Du bist das, was andere in dir sehen, du veränderst dich vor ihren Augen, und der rotwangige blonde Mann, der an einem Sonntagmorgen in einem Wiener Kaffeehaus Zeitung liest, wird von dem Kellner, der ihn so oft bedient hat, schon bald genauso verächtlich angeschaut werden wie der arme orthodoxe Jude, der von jungen Männern in braunen Hemden mit roten Armbinden gedemütigt wird, mit dem zusammen er schon bald in einen Viehwaggon verladen wird, um am Ende genau wie jener einem wandelnden Leichnam gleich über die schlammigen Wege des Vernichtungslagers zu wanken, mit derselben Mütze und derselben gestreiften Lageruniform bekleidet, denselben Tod durch Ersticken, dieselbe Dunkelheit und Panik in der Gaskammer erleidend. Du bist, was du nicht geahnt hast und was der Arzt vielleicht erriet, als er dich zum ersten Mal ansah mit seinem fachmännischen Blick, darin geübt, das noch Verborgene zu erkennen, der Arzt, der eine weiße Muschel zwischen seinen Fingern bewegt und ebenso lautlos die Maus des Computers, auf dem er die Daten deiner Krankenakte aufruft, welche die Diagnose bestätigen, das sichere Urteil sprechen, den Namen nennen, den keiner von beiden ausspricht. Als du nach einer Stunde auf die Straße trittst, anfangs noch geblendet von der Sonne, weil deine Augen sich an das Dämmerlicht des Sprechzimmers gewöhnt hatten, ist die Stadt, in die du zurückkehrst, nicht mehr dieselbe, die du zu kennen glaubtest, und die Männer und Frauen, die dir entgegenkommen, sind nicht mehr deinesgleichen, sogar das Gefüge der Wirklichkeit hat sich verändert, wenngleich die Oberfläche unverändert scheint, genau wie dein Gesicht und deine Erscheinung insgesamt noch immer dasselbe ist, wenn du sie aus dem Augenwinkel in einem Schaufenster betrachtest. Du läufst mit einem Gefühl bitteren Erwachens durch die Stadt, die dir fremd geworden ist, als hättest du im zögernden Morgenlicht die Augen aufgeschlagen und weniger mit Erstaunen als Scham festgestellt, dass du dich in etwas Ungewöhnliches verwandelt hast, in ein ungeheures Insekt, einen Kranken, in jemanden, der weiß, dass er sterben wird. Zugleich hast du aber auch das Gefühl zu träumen, dich in einem Albtraum zu bewegen, der umso bedrohlicher ist, als alles, was darin in Erscheinung tritt, die normalen Dinge des Lebens sind, die bekannten Orte deines Alltags, das Licht eines sonnigen Vormittags in Madrid. Du gehst auf dem Bürgersteig deiner Straße in Berlin und trittst auf die Glassplitter der in der Nacht eingeworfenen Schaufensterscheiben, nimmst den Geruch von Benzin wahr, mit dem die Läden deiner jüdischen Nachbarn angezündet worden sind. Und jetzt überfällt es dich, kehrt überwältigend aus ferner Vergangenheit zurück, das Gefühl von Fremdheit und Ausgestoßenheit, der bittere und jetzt bestätigte Verdacht, nicht zur Welt und zum Alltag der anderen zu gehören, und mit der Fremdheit und der Ferne untrennbar verbunden kehrt die Angst bei dir ein, nicht das abstrakte Unbehagen bei dem Gedanken an den Tod, sondern eine körperliche Übelkeit oder Schwäche, die deinen ganzen Körper erfasst, deine Knie weich werden lässt, die Panik vor dem unmittelbar bevorstehenden Tod, der dich von deinen Mitmenschen trennt, dich isoliert, während du dich wie eine unsichtbare Zelle voranbewegst, an demselben Kiosk vorbeigehst, an dem du auf dem Hinweg deine Zeitung gekauft hast, die aufgeschlagen und ungelesen auf dem Tischchen im Wartezimmer liegen gelassen zu haben dir erst jetzt wieder einfällt, die aufgefächerte Zeitung in einem Halter aus dunklem Holz, die der Kellner des Cafés vom Tisch abräumt, zusammen mit einer leeren Tasse und einem Aschenbecher voller Kippen.

Später wirst du dich an die Schlagzeilen erinnern, an das Foto von Reichskanzler Hitler auf einer Tribüne in Nürnberg, gestikulierend vor einem Hintergrund von Fahnen und Adlern, an die großen Lettern, die dein zukünftiges Schicksal verkündeten, dich zu einem Aussätzigen machten, was noch keiner von denen weiß, die dir in dieser Stadt begegnen, in der du dich von diesem Augenblick an wie ein Fremder fühlst, obwohl man dich noch nicht zwingt, einen gelben Stern am Mantelaufschlag zu tragen oder eine weiße Armbinde mit einem blauen Stern. Von nun an gehst du durch die Stadt und erkennst deinesgleichen, ohne dass sie davon wissen, wendest deinen Blick ab, damit Scham und Reue dir nicht das Herz zusammenschnüren, weil du, solange es dir möglich oder erlaubt ist, noch vorgibst, dem Reich der anderen anzugehören, der braven arischen Bürger, die nichts zu befürchten haben und bald schon aufhören werden, dich auf der Treppe zu grüßen, oder anfangen werden, so zu tun, als sähen sie dich nicht, die reinen Blutes und reiner Abstammung und der reinen Überzeugung sind, stark und gesund zu sein, in Sicherheit zu sein, nie im Leben dem möglichen Kreis der Kranken und Opfer anzugehören.

Du bist Jean Améry, der durch das Fenster des Autos, in dem man ihn zum Quartier der Gestapo bringt, eine Landschaft mit Wiesen und Bäumen vorüberziehen sieht; du bist Jewgenija Ginsburg, die zum letzten Mal das unverwechselbare Geräusch der ins Schloss fallenden Tür ihrer Wohnung hört, in die sie nie wieder zurückkehren wird; du bist Margarete Buber-Neumann, die im Morgengrauen das erleuchtete Zifferblatt einer Moskauer Turmuhr erblickt, Minuten bevor der Lieferwagen, in den man sie verfrachtet hat, im Dunkel des Gefängnishofes verschwindet; du bist Franz Kafka und stellst mit Erstaunen, mit Befremden, beinah mit Erleichterung fest, dass die warme Flüssigkeit, die dir aus dem Rachen quillt, Blut ist. Du bist der, der seiner verlorenen Normalität von der anderen Seite des Fensters nachschaut, das dich von ihr trennt, der durch die Ritzen der Bretterwand eines Waggons voller Deportierter die letzten Häuser einer Stadt entschwinden sieht, die er für die seine gehalten hat und in die er nie zurückkehren wird.

Narva

Als ich zu Hause war, schlug ich im Lexikon diesen Namen nach, den ich noch nie gehört hatte, der mir während der Fahrt im Taxi aber öfter in Erinnerung kam und den ich anfangs nicht richtig verstanden hatte, weil mein Freund nicht sehr laut sprach und seine Stimme mir hin und wieder im Lärm des Restaurants, in dem wir zusammen gegessen hatten, verloren ging. Es ist November, die Nachmittage werden merklich kürzer, und die Winterzeit, die noch so ungewohnt ist, bringt einen frühen Abend mit sich, eine Dämmerung, die in den engen, dunklen Straßen schon fast einsetzt, als wir uns vor dem Eingang des Gebäudes, in dem er wohnt, voneinander verabschieden, eines modernen Wohnblocks, der irgendwie nicht zu seinem Wesen und seinem Alter und zu dem Leben passt, das er geführt hat. Wer könnte sich das Leben dieses Mannes vorstellen, wenn er ihn im Vorbeigehen auf der Straße oder vor dem Eingang dieses anonymen Gebäudes sähe, so wie auch ich an ihm vorbeigegangen wäre, wenn ich ihn nicht gekannt hätte: ein kräftiger alter Mann mit lebhaftem Blick aus kleinen Augen, der leicht gebeugt geht, mit schneeweißem Haar, das glatt und weich ist wie das von Spencer Tracy im Alter oder wie das meines Großvaters mütterlicherseits, der auch in einem Krieg war, aber natürlich nicht freiwillig hinging und vielleicht nicht einmal genau wusste, warum er da hineingezogen wurde, und wohl auch nicht das Ausmaß der Katastrophe erkannte, die über sein Leben hereinbrach, von dem das meine, wenn ich darüber nachdenke, zum Teil ein fernes Echo ist.

Mein Freund ist achtzig Jahre alt, fast so alt wie mein Großvater mütterlicherseits, als er starb, aber er denkt noch nicht an den Tod, erzählt er mir, so wie er auch nicht an den Tod dachte, als er sich im Winter 1943 an der Ostfront befand, ein blutjunger Fähnrich, der bald zum Leutnant befördert und für seine Verdienste im Feld mit dem Eisernen Kreuz ausgezeichnet werden sollte. Man denkt nicht an den Tod, wenn man zwanzig ist und jeden Moment sterben kann, wenn man mit der Pistole in der Hand durch Niemandsland stürmt und einem plötzlich ein Schwall Blut ins Gesicht und auf die Uniform spritzt und der, der neben einem ging, von einer Maschinengewehrgarbe niedergestreckt wird und kurz darauf nur noch ein blutiges Bündel im Schlamm liegender Eingeweide ist: Da denkt man nicht an den Tod, sondern nur daran, wie kalt es ist, an die Verpflegung, die nicht rechtzeitig eingetroffen ist, oder an Schlaf, denn das Schlimmste im Krieg waren die Kälte und der Schlafmangel, sagt mein Freund und nimmt einen kurzen, nachdenklichen Schluck von seinem Wein, mir gegenüber am Tisch, viel älter als jeder andere der Gäste im Restaurant, sämtlich Männer, uniform in ihrem Alter und ihren Anzügen mittlerer Angestellter, von denen einer ein spärliches, aber ungezwungenes Englisch spricht in diesem etwas zu lauten Ton, in den man verfällt, wenn man in einem öffentlichen Raum in ein Mobiltelefon spricht. Andere Gespräche kreuzen sich mit unserem, ebenso das Zirpen und Musizieren von Funktelefonen, das Klappern von Tellern und Klingeln von Gläsern, sodass ich mich anstrengen muss, um alles zu verstehen, was mein Freund mir erzählt; ich beuge mich über den Tisch zu ihm hinüber, besonders, als er einen fremdländischen Namen nennt, den eines deutschen Generals oder eines russischen Sektors der Ostfront, den Namen dieser Stadt, um deren Existenz ich bisher nicht einmal wusste, einer der zahlreichen Städte dieser Welt, von denen ich noch nie etwas gehört hatte, so wie viele Menschen nicht den Namen meiner kleinen Heimatstadt kennen, die für mich so ganz und gar wirklich und bis in ihren letzten Winkel existent ist, in den Menschen, die in ihr leben und in ihr gestorben sind, den Lebenden, die ich kaum noch sehe, und den Toten, die im Vergessen immer weiter zurückbleiben, obwohl der eine oder andere ab und zu unerwartet zu mir zurückkehrt, so wie mein Großvater mütterlicherseits, der schon vor vierzehn Jahren gestorben ist.

Ich muss da an diesen Satz von Pascal denken: *Das Weltall weiß nichts davon.* Und doch nimmt diese fremde Stadt in meinen Gedanken eine Gestalt an, die mein Freund ihr gab, als er in einem Restaurant in Madrid ihren Namen aussprach: Als er ihn zum ersten Mal nannte, schenkte ich ihm keine Aufmerksamkeit, weil mich mehr die Geschichte interessierte, die er erzählte, und dann wiederholte er ihn, und ich verstand ihn nicht, weil vielleicht ein paar Wortfetzen vom Nebentisch oder der hohe Ton eines Mobiltelefons ihn verwischten. Da unterbrach ich ihn und fragte nach dem Namen der Stadt, von der ich bis zu diesem Augenblick nur so viel mitbekommen hatte, dass sie in Estland lag. Aber wer kann sich schon vorstellen, wie Estland ist, was sich hinter diesem Namen und in diesem Namen verbirgt, wie im Innern einer jener Glaskugeln mit verschneiten Landschaften, die es früher in den Häusern gab und in denen der Schnee rieselte, wenn man sie schüttelte. Schnee fiel auch im Winter dieser estnischen Stadt, einer kleinen Stadt, erzählt mein Freund, in der Provinz, an einem Fluss gelegen, der denselben Namen trägt wie sie, Narva, die Narva, auf der dicke Eisschollen trieben, sagt er, erinnert sich plötzlich an dieses Detail und schließt daraus, dass er bei Einbruch des Winters in die Stadt gekommen sein muss.

Hinterher fuhr ich im Taxi nach Hause. Von der herbstlich

sonnigen Weitläufigkeit im Osten Madrids in die bereits schattigen Straßen der Innenstadt, in denen die Nacht näher ist, die Nacht und auch die etwas feuchte Kälte der winterlichen Spätnachmittage, Nebel und Feuchtigkeit und der Geruch von Wald auf dem Saumpfad am Ufer eines Flusses, der zuzufrieren beginnt und dreizehn Kilometer hinter der Stadt, die seinen Namen trägt, in die Ostsee mündet. Ich fuhr mit dem Taxi durch Madrid, reiste aber durch die Erinnerungen und Gegenden, von denen mein Freund mir berichtet hatte, und in den zehn oder fünfzehn Minuten der Fahrt hatten all die vergangenen Jahre Platz, die das Leben eines Menschen ausmachen, so wie ich in dem Madrid, das ich durch das Fenster des Taxis kaum wahrnahm, auch die düstere, zerstörte Stadt sehen konnte, in die mein Freund nach den Jahren des Krieges in Europa zwar ernüchtert, aber noch immer nicht ganz geläutert zurückkehrte, mit verschämtem Stolz sein Eisernes Kreuz verwahrend, das er weiter wie einen Talisman seiner fernen Jugend hütet, die aus dieser zeitlichen Distanz fast unwahrscheinlich anmutet.

Ich hörte die Stimmen aus dem Radio und das Gemaule des Taxifahrers über irgendetwas, über die Regierung oder den Straßenverkehr, achtete aber nicht darauf und dachte an diesen Namen, kostete ihn auf der Zunge, ohne ihn auszusprechen, nahm mir vor, in der Encyclopaedia Britannica nachzuschlagen, sobald ich zu Hause war; Narva, wo mein Freund 1943 gewesen war und wohin er dreißig Jahre später mit dem ziemlich unmöglichen Vorsatz zurückkehrte, jemanden zu finden, eine Frau, die er ein einziges Mal gesehen hatte, eines Nachts auf einem Ball für deutsche Offiziere, zu dem man ihn eingeladen hatte, weil er einer der wenigen Spanier der Blauen Division war, die Deutsch sprachen, und auch, weil er Brahms mochte und bei einer Gelegenheit eine Melodie aus dessen dritter Symphonie geträllert hatte: Aus solchen Zufällen bestand der Krieg, aus Verkettungen zufälliger Ereignisse, die Verderben brachten oder Leben retteten, und sein Leben konnte davon abhängen, dass er sich bückte, um einen Schuh zuzubinden, eine Sekunde bevor sein Kopf von einem Geschoss oder Granatsplitter getroffen worden wäre, und nicht, wie mutig, vorsichtig oder vorausschauend er war, oder davon, dass ein Kamerad seinen Platz in einem Spähtrupp einnahm, von dem niemand lebend zurückkehrte. So war er oft mit dem Leben davongekommen, stets am Rand einer Katastrophe, die andere aus unwägbaren Gründen und in Bruchteilen von Sekunden zerschmetterte. Wer weiß, ob er mit der zweitägigen Reiseerlaubnis für diese Stadt in Estland nicht ebenfalls einer sicheren Gelegenheit, den Tod zu finden, entgangen war, ob nicht die geliebte Musik von Brahms, einer der damals geheiligten Namen, auf denen seine Liebe zu Deutschland gründete, auf subtile Weise den Lauf seines Lebens verändert hatte, indem sie es nicht nur rettete, sondern ihm auch die Augen öffnete, sodass er eines Grauens gewärtig wurde, auf das ihn niemand vorbereitet hatte und das bei ihm einen viel nachhaltigeren Eindruck hinterließ als der sinnlose Rausch von Kampf und Gefahr.

Es hatte eine Inspektion in unserem Abschnitt gegeben, und der Kommandeur meines Bataillons bat mich, die deutschen Offiziere zu begleiten. Ich war mehrere Tage mit ihnen zusammen, und obwohl die Deutschen kein besonderes Zutrauen zu uns hatten, verstand ich mich mit einem von ihnen, einem Hauptmann, der fast so jung war wie ich selbst, ganz gut, und das vor allem, weil ich Brahms mochte, da sehen Sie mal, was im Krieg nicht so alles passiert. An einem dieser ruhigen Tage, an denen sich an der Front nichts zu bewegen scheint, gingen wir, die drei deutschen Offiziere und ich, still an einem Schanzwerk zwischen zwei Maschinengewehrnestern entlang, und ich trällerte gedankenlos irgendeine Melodie. Da stimmte der junge Hauptmann in die Melodie mit ein, aber nicht einfach irgendwie, sondern ganz korrekt nach Noten, und verlangsamte seinen

Schritt, um sich dieser musikalischen Erinnerung hinzugeben. Mein Freund summt die Melodie nun ebenfalls mit geschlossenen Lippen und halb geschlossenen Augen, und der Musik, die er so heraufbeschwört, kann ich trotz der Geräuschkulisse des Restaurants, der Stimmen, des Geschirrklapperns und der Funktelefone deutlicher folgen als seinen Worten, ich erkenne sie sogleich, denn auch ich mag diese Musik, eine kraftvolle, sentimentale Melodie, die an Filmmusik erinnert, an eine dieser Filmmusiken, die es schon gab, bevor das Kino existierte. Es fiel mir ein, noch bevor der Deutsche es mir sagte, der dritte Satz der dritten Symphonie von Brahms. Die beiden anderen Offiziere waren zurückgeblieben und machten einander, zweifellos missbilligend, auf irgendeinen Mangel in den spanischen Stellungen aufmerksam, während der Hauptmann an meiner Seite die Augen halb geschlossen hatte und nickend den Kopf bewegte; mit der rechten Hand schien er die Noten in die Luft zu schreiben, und der ausgestreckte Zeigefinger im schwarzen Handschuh war der Taktstock, mit dem er sich selbst dirigierte, mit dem er mir die Wellenbewegungen der Melodie veranschaulichte, die Wiederholung eines todtraurigen Themas, das der höchste Ausdruck des Schmerzes und zugleich sein barmherzigster Trost zu sein schien. Er erzählte mir, im Zivilleben sei er Philosophielehrer an einem Gymnasium und spiele im Orchester seiner Stadt und in einer Kammermusikgruppe Klarinette. Ich erwähnte daraufhin das Quintett für Klarinette von Brahms, und der Deutsche geriet darüber in eine solche Gefühlsaufwallung, dass es schon an Affektiertheit grenzte und etwas peinlich wurde, aber das waren nicht die Worte, die mein Freund benutzte: Ich merkte plötzlich, sagt er, dass er sich fast ein bisschen schwuchtelig aufführte, wie ihr heute sagt, und das trotz der Uniform und so groß und kräftig, wie er war, und er sagte mir, wenn er dieses Konzert spiele, kämen ihm an manchen Stellen fast die Tränen und ihm fehle die Luft, um in die Klarinette zu blasen. Es sei immer, als spielte er diese Musik zum ersten Mal, und jedes Mal sei sie schwieriger, tiefer und trauriger, mit der ganzen Schwere des Brahms'schen Lebens beladen. Es gebe nur ein weiteres Quintett für Klarinette, das ihm ebenso gut gefiele wie das von Brahms: Ich erriet es sogleich und sagte es ihm, das von Mozart, und er war von der musikalischen Erinnerung und dem Einvernehmen, das sich zwischen uns beiden hergestellt hatte, so bewegt, dass er mir mit leicht gesenkter Stimme anvertraute, auch Benny Goodman möge er sehr, nur dass es in Deutschland mittlerweile unmöglich sei, Schallplatten von ihm zu kaufen. Doch da traten die beiden anderen Offiziere zu uns, und der Gesichtsausdruck des Hauptmanns veränderte sich, seine Haltung wurde wieder so steif wie vorher, so militärisch wie die der beiden Offiziere, und danach sprach er kein Wort mehr mit mir über Musik, sprach so gut wie gar nicht mehr mit mir, bis wir uns verabschiedeten. Sie waren schon recht merkwürdig, diese Deutschen, sagt mein Freund, man wusste nie, was ihnen durch den Kopf ging, was sie dachten oder empfanden, wenn sie einen mit ihren hellen Augen ansahen, mit dieser Hingabe und Intensität, die sie bei allem an den Tag legten. Ein paar Wochen später jedenfalls rief mich der Kommandeur unseres Bataillons zu sich und teilte mir mit, ich dürfe zwei Tage freinehmen, weil die deutschen Offiziere, denen ich als Führer und Dolmetscher gedient hatte, sehr zufrieden mit mir gewesen seien und ihn gebeten hätten, mich an einem Ball in dieser Stadt in der Etappe, in Narva, teilnehmen zu lassen. Am Bahnhof empfing mich der Hauptmann, der Brahms und Benny Goodman mochte. Ich weiß noch, dass wir über eine Straße in die Stadt gingen, die zwischen dem Flussufer und einem Wäldchen entlangführte, dass die Sonne noch schien, es aber schon sehr kalt war.

Wer die Dinge nicht selbst erlebt hat, verlangt nach Einzelheiten, die dem wahren Erzähler nicht wichtig sind: Mein Freund spricht von der Kälte und den Eisschollen, die flussabwärts trieben, und in meiner Phantasie füge ich die Zeit und das Licht jenes Nachmittags hinzu, welches identisch ist mit dem auf der Straße, als wir das Restaurant verlassen, die schweren grauen Wehrmachtsmäntel mit den breiten Revers und die beiden ungleichen Männer, der im Vergleich zu dem Klarinette spielenden Hauptmann etwas kümmerlich wirkende Spanier, beide mit schwarzen Handschuhen, Tellermützen mit schwarzen Schirmen, mit gegen die Kälte hochgeschlagenen Mantelkragen, wie sie sich über Musik unterhalten, sich traurige Musikstücke von Brahms und Mozart in Erinnerung rufen, flotte Rhythmen von George Gershwin, gespielt von Benny Goodman und seinem Orchester, das schon seit Jahren in deutschen Radios nicht mehr zu hören ist.

Dann sah ich etwas, das ich nie mehr vergessen habe. Mein Freund legt Messer und Gabel auf den Tisch, trinkt einen Schluck von seinem Wein mit einer dieser lebhaften, ein wenig verstohlenen Bewegungen, an die ich mich erst allmählich gewöhne, weil sie etwas befremdlich wirken bei einem Mann von achtzig Jahren; diese Lebhaftigkeit, als habe er noch viel vor im Leben, viel zu lernen, viele Bücher zu besprechen für die Fachzeitschriften seiner Branche, in der er eine internationale Koryphäe ist, Geschäftstermine und Auslandsreisen. Er spricht jetzt sehr ernst und schaut mich mit seinen unter weißen Brauen und faltigen Lidern wie auf der Lauer liegenden Äuglein an, aber ich habe nicht den Eindruck, dass er mich sieht oder sich ganz und gar am selben Ort oder in derselben Zeit wie ich befindet, in einem Restaurant in Madrid, in dem Stimmen umherschwirren und Funktelefone zirpen. Ich sah eine Prozession von Leuten auf uns zukommen, die die ganze Breite des Weges einnahmen, nur Männer, einige noch fast Kinder und andere so alt, dass sie taumelten und sich gegenseitig stützen mussten. Sie gingen in Reih und Glied, dicht gedrängt, aber in

Formation, schweigend, mit gesenkten Köpfen, wie auf diesen Beerdigungen, die man früher durch enge Dorfstraßen ziehen sah, und die in der ersten Reihe trugen etwas vor sich her, einen horizontal gehaltenen Pfahl, einem Schlagbaum ähnlich, von dem ein Stacheldrahtgewirr herabbaumelte, das ihnen beim Gehen die Beine zerkratzen musste. Man hörte ihre Schritte und das Geräusch des über die Erde schleifenden Drahtes und der an den Uniformen scheuernden Gewehre der Wachsoldaten. Der Deutsche und ich schwiegen ebenfalls und traten zur Seite. Es waren viele Männer, ich weiß nicht, einige Hundert vielleicht, bewacht von einigen SS-Soldaten, und in jeder fünften oder sechsten Reihe wurde so ein waagerechter Pfahl mit Stacheldraht getragen, ich nehme an, damit sie sich darin verfingen, sollte jemand die Marschordnung durchbrechen oder zu fliehen versuchen. Ich hatte noch nie so ausgemergelte, bleiche Gesichter gesehen, nicht einmal bei russischen Gefangenen, und auch nicht die Art, wie diese Männer gingen, im Gleichschritt zwar, aber mit schleppenden Schritten, hängenden Schultern und gesenkten Köpfen. Ich erinnere mich an einen Alten mit langem weißem Bart, vor allem jedoch an einen jungen Mann in der Mitte der ersten Reihe, sehr groß, sein Gesicht ganz gelb, wie ein Toter, mit einem dieser langen Mäntel, die man damals hatte, und einer blauen Schifferkappe, ich sehe ihn noch genau vor mir, so wie ich dich sehe, er trug eine randlose Brille, und in seinem Gesicht, sogar daran erinnere ich mich, schimmerte ein dunkler Bart, aber nicht, weil er sich nicht rasiert hatte, sondern weil sein Bartwuchs so dicht war, und durch die Blässe seines Gesichts wirkte er noch dunkler. Er war der Einzige, der den Kopf ein wenig hob, nur ein bisschen, und mich ansah; als er an uns vorbeiging, wandte er sich zu mir um, allein zu mir, verdrehte seinen langen Hals mit dem vorspringenden Adamsapfel, ohne jedoch den Deutschen anzusehen. Er drehte den Kopf und schaute mich über die gesenkten Köpfe der anderen hinweg an, als wollte er mir nur mit seinen Augen etwas sagen, die in dem hageren Gesicht größer wirkten, als sie waren.

Als die Gefangenenkolonne sich entfernte, vernahmen sie noch eine Weile das eintönige, vielfache Schlurfen der Schritte, das im Rauschen des Flusses unterging. Die beiden Männer blieben still, der deutsche Hauptmann und der frisch zum Leutnant beförderte Spanier, die praktisch gleich groß wirkten in ihren wuchtigen grauen Mänteln und den Tellermützen, deren schwarze Schirme ihre Augen beschatteten. Das Sonnenlicht war verschwunden, es war kälter und feuchter geworden, und im Innern des Wäldchens, jenseits der Straße, würde bereits die Nacht hereinbrechen, genau wie unten in manchen Gassen der Madrider Innenstadt, wenn die Sonne noch in den Fenstern der höchsten Gebäude und am kalten blauen Novemberhimmel steht.

Durch den seltsamen Anblick neugierig geworden, fragte mein Freund den Deutschen, wer diese Männer gewesen seien, und der andere machte ein verwundertes und zugleich belustigtes Gesicht ob der Naivität des jungen Leutnants, fast noch ein Neuling in diesem Krieg, der bäurische Spanier, der die Aufnahme in die hohe Deutsche Bruderschaft trotz seiner akzentfreien Aussprache, seiner Tapferkeit vor dem Feind und seiner Hingabe an Brahms doch nicht ganz verdient zu haben schien: Juden!, erinnert sich mein Freund, hatte der Deutsche ihm geantwortet, und als er dieses Wort aussprach, hatte sein Gesicht einige Sekunden lang einen ungewöhnlichen Ausdruck angenommen, so, als hätte er ihm ein pikantes Geheimnis verraten oder einen ordinären Soldatenwitz erzählt. Ich höre dieses Wort jetzt wieder, Juden, und mein Freund imitiert den herablassenden Tonfall und den spöttischen Gesichtsausdruck des Deutschen, der ihm dabei in die Rippen stieß und ihm auf ebenso zweideutige Weise zuzwinkerte wie zuvor, als er sich jene Melodie von Brahms in Erinnerung gerufen und sie gleichsam zwischen den Fingerkuppen zerrieben hatte, diesmal jedoch auf eine ungewohnt geschmacklose Art gemeiner Komik, an der man sich höchstens im Suff und in billigen Puffs ergötzte.

Ich hatte keine Ahnung damals, aber das Schlimmste war, dass ich auch nichts wissen wollte, nicht sah, was sich vor meinen Augen abspielte. Ich hatte mich zur Blauen Division gemeldet, weil ich fanatisch an all das glaubte, was man uns erzählt hatte, ich will das gar nicht verhehlen oder entschuldigen, ich glaubte, Deutschland sei die Zivilisation und Russland die Barbarei mit seinen asiatischen Steppen, aus denen jahrhundertelang die wilden Horden nach Europa eingedrungen waren. Ortega hatte es gesagt: Deutschland war der Okzident; und wir glaubten daran, weil er es sagte. Deutschland war die Musik, die mich bewegte, Deutsch war die Sprache der Dichtung und der Philosophie, des Rechts und der Wissenschaft. Du kannst dir nicht vorstellen, mit welcher Leidenschaft ich vor dem Bürgerkrieg in Madrid Deutsch gelernt hatte, wie stolz ich war, wenn die Deutschen, für die ich in Russland als Dolmetscher arbeitete, meine Aussprache lobten. Doch dieses deutsche Wort, Juden, in diesem Tonfall ausgesprochen, war wie ein kreischender Misston, die Ankündigung von etwas, das wahrzunehmen ich mich bis dahin geweigert hatte, obwohl bestimmt oft davon gesprochen worden war, aber ich sagte ja schon, ich will mich nicht rechtfertigen, ich kann nicht sagen, was hinterher so viele gesagt haben, dass sie nichts gewusst, nichts von alledem gemerkt hätten. Wir haben es nicht gewusst, weil wir es nicht wissen wollten. Ich hätte zwar die Art und Weise, auf die der deutsche Offizier das Wort Juden aussprach, vergessen können, ebenso wie das Gesicht des Mannes mit der randlosen Brille, der seinen Kopf zu mir umwandte und auf dem Weg an der Narva hinter mir herschaute; aber es war mir unmöglich geworden, mich weiterhin in Unschuld zu wiegen. Man kann zwar einiges tun, um unwissend zu bleiben und seine Augen geschlossen zu halten, doch wenn man sie einmal aufgemacht hat, kann man das, was man gesehen hat, nicht mehr auslöschen, man kann die Zeit nicht zurückdrehen und so tun, als gäbe es das nicht, was man gehört hat.

Zuerst war es dieses Wort, Juden. Doch dann, keine zwei Stunden später, begegnete ich auf dem Ball dieser wunderschönen rothaarigen Frau mit grünen Augen, die den Saal voller Menschen, Lärm und Musik betrat; auf den ersten Blick sah er sie so klar und deutlich vor sich, als wäre sie ganz allein, und als ihre Blicke sich kreuzten, wusste er gleich, dass sie keine Deutsche war, so wie sie trotz der Uniform erkannte, dass er anders war als die übrigen Uniformierten, anders schaute, anders ging. Die ganze Stadt war dunkel, es gab kaum Laternen an den Straßenecken, eine baltische Stadt im Kriegswinter, besetzt von den Deutschen, die eine Ausgangssperre verhängt hatten, an einem Fluss gelegen, der bald zufrieren würde und von dem ein Dunst aufstieg, der das Kopfsteinpflaster und die Straßenbahnschienen feucht glänzen ließ, der sich im Scheinwerferlicht der Militärfahrzeuge milchig verdichtete.

Mein Freund erzählt mir aber nicht, wie es auf dem Ball aussah, und ich frage ihn nicht, sondern stelle es mir vor, während ich ihm weiter zuhöre, vielleicht wie eines dieser öffentlichen Gebäude, die ich in nordischen Ländern gesehen habe, mit weißen Säulen und Stuck in einem hellen Gelb an den Decken: ein mit Kopfsteinen gepflasterter Platz, der in der nächtlichen Feuchtigkeit glänzt, über den Straßenbahnschienen und Oberleitungen laufen, und am Ende das requirierte Palais oder öffentliche Gebäude, das einzige mit erleuchteten Fenstern, aus denen die Musik mit demselben ungewöhnlichen Glanz nach draußen strahlt wie das elektrische Licht der großen Barocklüster im Tanzsalon. Blendende Helligkeit plötzlich in der dunklen Stadt, Musik in der angstvollen Stille der Straßen.

Die Fassade erstrahlte im unwirklichen Glanz einer Filmproduktion, befremdlich wie die vergessene Normalität ziviler Zeiten, die fortlebt, auch wenn sich der Soldat kaum noch daran erinnern kann. Doch mein Freund erzählt weiter und ist für derartige Einzelheiten ebenso unempfänglich wie für den Geschmack seines Essens, in dem er achtlos stochert, oder für das laute Gelächter der Bankangestellten, die am Nebentisch jemanden hochleben lassen oder auf Spanisch und Englisch Toasts auf ein erfolgreiches Finanzgeschäft ausbringen. Er hat alles ausgeblendet, den Tanzsaal von 1943 und das Restaurant von heute, die Musik des Orchesters und die der Funktelefone, das glänzende Leder der deutschen Uniformen und das Knarren der schwarzen Stiefel auf dem Parkett, das Knallen der Hacken zum Gruß, das Minderwertigkeitsgefühl, das er empfunden haben muss unter so vielen Unbekannten, zumeist hochrangigen Offizieren. Das Einzige, was in seiner Erzählung übrig bleibt, ist die Gestalt der Frau, mit der er tanzte und für die seine Erinnerung nicht einmal einen Namen hat, vielleicht hat mein Freund ihn aber auch genannt und ich habe ihn überhört, erliege jetzt der Versuchung, ihr einen anzudichten, Gerda oder Grete oder Anicka, Anicka hieß eine Frau, die im Konzentrationslager mit Milena Jesenská befreundet war.

Sie fiel mir sofort auf, als ich den Saal betrat. Offiziere des Heeres und der SS waren da und blaue Luftwaffenuniformen. Unter all den Militärs war ich der einzige Nichtdeutsche. Vielleicht war das der Grund dafür, dass die Frau mir einen langen Blick zuwarf, als ich in ihrer Nähe vorbeischlenderte, denn ich hatte ebenfalls erkannt, dass sie keine Deutsche war. Eine hoch gewachsene rothaarige Frau in einem dekolletierten Kleid aus sehr leichtem Stoff, mit Seidenstrümpfen und einem Parfum im Haar und auf der Haut, das ich gern noch einmal riechen würde, bevor ich sterbe. Du bist noch jung und weißt nicht, dass es Dinge gibt, die von der Zeit nicht ausgelöscht werden. Wie lange ist das jetzt her, mein Freund rechnet im Geiste nach, versonnen und mit einem Lächeln auf den Lippen, das in einer Erinnerung gefangen ist, deren Lieblichkeit nicht mit Worten wiedergegeben werden kann: sechsundfünfzig Jahre, und es war November, genau wie jetzt, und er weiß noch genau, wie sie sich anfühlte, als er seinen Arm um ihre Taille legte und durch den dünnen Stoff einen geschmeidigen Körper spürte, der nach einer langen Zeit ohne Frauen für ihn umso begehrenswerter war.

Sie stand mit ernstem Gesicht neben einem dicken Zivilisten in einem protzigen gestreiften Anzug, und so, wie sie miteinander redeten, ohne sich anzusehen, wirkten die beiden wie ein gelangweiltes Ehepaar. Mein Freund erzählt mir nicht, ob es ihm schwer gefallen sei, seine Schüchternheit zu überwinden, ob er mit anderen Frauen getanzt habe, bevor er sich ihr näherte, und da er keine erfundene Geschichte erzählt, braucht er auch keine Zwischenepisoden, braucht mir nicht zu berichten, was aus dem Hauptmann geworden war, der ihn dorthin gebracht hatte. In seiner Erinnerung ist er jetzt mit der rothaarigen Frau allein, wie vor einem schwarzen Hintergrund, und die Frau hat nicht einmal einen Namen, weil mein Freund ihn vergessen oder nicht verstanden hat, und ich will ihr keinen anderen zumuten – den einer Frau vielleicht, mit demselben Schicksal, das gewiss auch sie erwartete.

Sie tanzten, und sie flüsterte ihm ins Ohr, leicht zu ihm hinuntergebeugt, mit förmlicher Miene jedoch und den Blick in den Saal gerichtet, als befänden sie sich in einem jener Salons von damals, wo die Männer bezahlten, um für die Dauer eines Schlagers mit den Frauen zu tanzen. Er war so weit gegangen, um dieser Frau zu begegnen, hatte Europa in seiner ganzen Breite und das zerstörte Russland durchquert, hatte im Schlamm der Belagerung von Leningrad gelegen, um sie nun in den Armen zu halten, sie nach und nach enger an sich zu ziehen, während er ihr Haar und ihre Haut roch und ihre Stimme hörte, sie beide ganz allein und umschlungen unter all den Leuten auf der Tanzfläche, der Musik nur ganz verhalten folgend und einander suchend, wenn ein Stück zu Ende war, das sie mit anderen Partnern hatten tanzen müssen. Aber es war nicht nur Sympathie oder Verlangen, das sie, eine Frau in der herrlichen Fülle ihrer gut dreißig Jahre, ihm vermittelte, sondern auch Verzweiflung, eine Art Panik, wie er sie noch nie erlebt hatte, genauso wenig, wie er je einen solchen Körper in den Armen gehalten hatte, der auch aus ihren Augen und ihrer Stimme bestand und aus der Art, wie sich ihre verkrampften Finger in seine Hand gruben, während sie langsam mit ihm über die Tanzfläche glitt, als wollte sie ihn wachrütteln, mit einer Dringlichkeit jedoch, die er zuerst für begehrlich gehalten hatte, was es zum Teil vielleicht auch war, obwohl er den Eindruck gewann, alles an ihr werde von einer Verzweiflung dominiert, die jede andere Regung als Angst und einen von Schuldgefühl und Scham gefärbten Überlebenswillen verdrängte. Sie sprach nah an seinem Ohr und beobachtete zugleich verstohlen die tanzenden Paare in ihrer Nähe und verlor nie den dunkel gekleideten Mann aus den Augen, der bewegungslos am Ende des Saals stand. Sie lächelte ihm zu, senkte die Lider, als ließe sie sich vom süßlichen Rausch der Tanzmusik umspielen, doch was sie sagte, hatte nichts mit dem schläfrigen Ausdruck ihres Gesichts zu tun, sondern mit etwas, das sich in den Tiefen ihrer grünen Augen verbarg, mit der Art, wie sich ihre Fingernägel gleichsam durch die Haut seines Handrückens bohrten.

«Du bist nicht wie die anderen, auch wenn du ihre Uniform trägst. Du musst von hier fortgehen und erzählen, was sie mit uns machen. Sie bringen uns alle um, einen nach dem andern. Als sie nach Narva kamen, lebten hier zehntausend Juden, jetzt sind wir noch knapp zweitausend, und wenn sie so weitermachen wie bisher, werden wir den Winter nicht überleben. Sie kennen keine Gnade, weder mit Kindern noch mit alten Leuten, nicht einmal mit Neugeborenen. Sie werden in Güterzügen fortgebracht, keiner weiß, wohin, und keiner kehrt je zurück, immer nur die Loks mit den leeren Waggons.»

«Aber du lebst und bist frei, und sie laden dich sogar auf ihre Bälle ein.»

«Weil ich mit diesem Schwein ins Bett gehe, bei dem ich stand, als du hereingekommen bist. Sobald er genug von mir hat oder es zu gefährlich findet, sich eine jüdische Geliebte zu halten, werde ich genauso enden wie alle anderen.»

«Lauf doch weg.»

«Wo soll ich denn hin? Ganz Europa ist in ihrer Hand.»

«Wieso hat man ihn eingeladen? Er ist Zivilist.»

«Er beliefert die Armee mit Kleidung und Lebensmitteln. Außerdem kauft er zu Spottpreisen das Eigentum der Juden auf.»

«Musst du diese Nacht mit ihm zurückgehen?»

«Nein, diese Nacht nicht. Seine Frau erwartet ihn. Sie geben ein Essen für einen der Generäle.»

«Ich begleite dich nach Hause.»

«Du bist ganz schön verwegen.»

«Morgen Nachmittag muss ich zurück an die Front.»

Er wollte sie in seinen Armen halten, wollte ihr weiter zuhören, konnte nicht zulassen, dass sie sich von ihm trennte, nicht am Ende des Balls und auch jetzt schon nicht, wenn das Stück endete, das gerade gespielt wurde, und ein deutscher Offizier ihn höflich und bestimmt zur Seite schöbe, um den nächsten Tanz mit ihr zu tanzen, mit ihr, die sich aus Gründen der Vernunft nicht weigern würde, weil der Mann im dunklen Anzug sie von fern beobachtete und vielleicht schon missbilligend zur Kenntnis genommen hatte, dass sie bereits seit einer ganzen Weile mit demselben Partner tanzte, vielleicht sogar erriet, was sie diesem jungen Leutnant ins Ohr flüsterte, der trotz seiner Uniform so wenig deutsch aussah. Ebenso stark wie sein Verlangen war sein Wunsch, sie zu beschützen, und das dringende Bedürfnis, mehr zu erfahren. Das Einzige, wovor er sich fürchtete, war das große Dunkel seiner bisherigen Unwissenheit, der grauenhafte Verdacht auf das, was schier nicht zu glauben war und was er dennoch nicht mehr leugnen konnte. Er sah die geröteten Gesichter der Deutschen, die eleganten Uniformen, identisch mit seiner, die ihn in Verzückung versetzt hatte, als er sie zum ersten Mal anzog, und er verspürte einen inneren Widerwillen gegen etwas Ungeheuerliches, das ganz nah, aber dennoch unsichtbar war, genauso unsichtbar jedenfalls wie die Panik der Frau, die mit ihm tanzte, die zum Rhythmus der Musik kaum merklich den Kopf bewegte, mit halb geschlossenen Augen lächelte und ihre Fingernägel in seinen Handrücken grub, mit leiser Stimme die Worte sprach, die mein Freund noch lange danach in der Erinnerung vernahm und die in schlaflosen Nächten noch immer in sein Bewusstsein dringen, wenn das grelle Licht der Schlaflosigkeit und die Dunkelheit der Nacht sich mit den Stimmen und Gesichtern der Toten bevölkern, all derer, die er in jenen Jahren seiner Jugend gekannt hatte, der unendlich vielen in ganz Europa begrabenen und vergessenen Toten. Dann ist ihm, hat er mir erzählt, als sprächen die Toten zu ihm, forderten ihn auf, zu bezeugen, dass sie gelebt und gelitten haben, ihn, der durch reinen Zufall sein Leben gerettet hat oder gerettet wurde, weil andere an seiner Stelle gefallen sind. Von all den Gesichtern erinnert er sich jedoch am deutlichsten an das des jungen Mannes mit der randlosen Brille, der sich zu ihm umdrehte, als wollte er ihm etwas sagen, und an das der Frau, mit der er tanzte, er weiß nicht mehr, wie lange, wie viele Stücke hintereinander, in die er sich langsam verliebte und die ihre Panik, ihre Weitsicht, den Fatalismus des durch die Unausweichlichkeit des sicheren Endes von vornherein hypnotisierten Opfers auf ihn übertrug. Wie mochte ihre Stimme klingen, wie ihr Akzent, wenn sie Deutsch sprach. Während ich jetzt niederschreibe und alles noch einmal erlebe, was mein Freund mir erzählte, stelle ich mir gern vor, dass die rothaarige Frau sephardischen Ursprungs war, ein paar altspanische Worte zu ihm sagte und in jener fernen estnischen Stadt, inmitten all dieser deutschen Offiziere so insgeheim das melancholische Band einer gemeinsamen Heimat zu ihm knüpfte.

Aber ich brauche nichts zu erfinden, nichts hinzuzufügen, damit diese Frau, ihre Gegenwart und ihre Stimme unter uns lebendig wird, im Restaurant vor mir erscheint, in dem mein Freund und ich uns unterhalten, umgeben von der Geräuschkulisse der Gäste, einem dichten Nebel aus Wörtern, dampfendem Essen, Zigaretten und Funktelefonen. Er, der sie über ein halbes Jahrhundert lang nicht vergessen wollte und konnte, hat sie mir heute anvertraut, hat sie aus seiner Erinnerung in meine Vorstellungswelt übertragen, doch ich will ihr weder eine Herkunft noch einen Namen zuordnen, wozu ich vielleicht auch gar kein Recht habe: Sie ist kein Phantom, keine fiktive Gestalt, sie gehörte dem wirklichen Leben an, genau wie ich, und hatte ein ebenso einzigartiges Schicksal wie ich, nur unvorstellbar grausamer, eine Biographie, die weder vom schönen, verlogenen Schein der Literatur ersetzt noch auf eine bloße rechnerische Größe reduziert werden kann, eine winzige Ziffer in der unendlichen Zahl der Toten. Sechsundfünfzig Jahre denke ich an sie und frage mich immer noch, ob sie wohl überlebt hat oder ob sie in einem der Lager umgekommen ist, von denen wir damals nichts wussten, nicht, weil sie geheim gehalten wurden, denn das wäre gar nicht möglich gewesen, das wäre so, als hätte man das gesamte Eisenbahnnetz eines Landes geheim halten wollen, sondern weil wir nicht bereit waren, davon zu erfahren, und als wir es wussten, wollten wir immer noch nicht glauben, was längst nicht mehr zu leugnen war, weil es einfach unglaublich war, jenseits der natürlichen Ordnung der Welt, doch war uns klar, dass unsere Unwissenheit uns nicht weniger zu Komplizen, nicht weniger schuldig machte. Dreißig Jahre später bin ich noch einmal nach Narva zurückgekommen, auf meiner ersten Reise nach Leningrad zu einem von der UNESCO organisierten Psychologiekongress. Es war nicht einfach, doch schließlich gelang es mir, eine Erlaubnis zum Besuch dieser Stadt zu bekommen, allerdings mit einem sowjetischen Reisebegleiter, der keine Minute von meiner Seite wich. Der Name stand jetzt in kyrillischer Schrift auf dem Bahnhofsschild, der Weg am Ufer des Flusses existierte nicht mehr, da dort ein ganzes Stadtviertel aus diesen schrecklichen Plattenbauten entstanden war. Es mag dir absurd vorkommen, mir selbst erschien es damals so, aber seit ich in Narva eingetroffen war, schaute ich jede Frau mit bebendem Herzen an, als bestünde die Möglichkeit, dieser Frau zu begegnen, sie nach dreißig Jahren wieder zu erkennen. Ich hielt nicht nach einer Frau Ausschau, die etwas älter war als ich, einer Frau von über sechzig, sondern nach derselben rothaarigen jungen Frau, mit der ich in jener Nacht getanzt hatte und in die ich mich mit jeder Minute mehr verliebte, nach der ich mich vor Verlangen verzehrte und deren Anblick allein mich derart erregte, dass es mir peinlich war und ich schon fürchtete, sie oder jemand anders könnte trotz des festen Stoffs der Hose und Jacke meiner deutschen Uniform merken, was mit mir los war.

Der sowjetische Begleiter oder Bewacher schaute immer wieder betont auffällig auf die Uhr und machte ein verdrießliches Gesicht, mahnte ihn, sie müssten zurück zum Bahnhof, sie dürften den Zug nach Leningrad nicht verpassen, doch er beachtete ihn nicht und ging weiter, ließ ihn ein Stück hinter sich, ging mit raschen Schritten und etwas gebeugt, so wie er auch ging, als wir das Restaurant verließen, betrachtete alles mit seinen kleinen scharfen Augen, tief bewegt von der jähen

Unwirklichkeit der Zeit, denn dreißig Jahre waren vergangen, und plötzlich, als er um eine Straßenecke bog, erkannte er ohne jeden Zweifel den mit Kopfsteinen gepflasterten Platz und den Palast, in dem der Ball stattgefunden hatte, die Straßenbahnschienen, die ebenso verkommen und hinfällig aussahen wie die Fassade des Palasts, laut seinem Begleiter der Sitz der estnischen Einheitsgewerkschaft. Er erinnerte sich nicht mehr, dass so viele Leitungsdrähte über dem Platz gehangen hatten, und natürlich konnte er sich nicht an die riesige Leninstatue in der Mitte des Platzes erinnern, um die schrottreife Straßenbahnen holperten und kreischten. Aber er witterte die kalte feuchte Luft, den Geruch des Flusses, der nicht weit sein konnte, vermischt mit diesem allgegenwärtigen Geruch von gekochtem Kohl und den Abgasen schlecht verbrannten Benzins, der ihm wie der unauslöschliche Geruch der Sowjetunion erschien. Die Zeit war tatsächlich aufgehoben: Er vernahm die Schritte von Hunderten von Männern und das Scharren des Stacheldrahts auf der festgetretenen Erde eines Weges, ein bleiches, knochiges Gesicht wandte sich zu ihm um, und wieder traf ihn ein Blick durch die Gläser einer randlosen Brille, blieb immer weiter zurück auf dem Weg und in der Ferne der Zeit, in der unüberbrückbaren Distanz zwischen denen, die starben, und denen, die überlebten, jenen, die jetzt unter der Erde liegen, und den anderen, die heute leichten Schritts darüber hinwegeilen und nicht wissen, dass, wohin sie auch gehen, sie auf Massengräber und namenlose Grabstätten treten.

Wie befremdlich es ist, an der Straßenbahnhaltestelle vor dem Palast zu stehen und sich selbst zu sehen, wie man vor dreißig Jahren war. Denn ich erinnerte mich nicht nur, erzählt mein Freund, sondern sah mich selbst leibhaftig vor mir, wie du ganz unerwartet jemanden auf der Straße triffst und ihn nur mit Mühe wieder erkennst, weil seit dem letzten Mal so viel

Zeit vergangen ist. Es war, als sähe ich einen anderen, so jung und so anders als ich, einen Leutnant von dreiundzwanzig Jahren in deutscher Wehrmachtsuniform, dennoch wissend, dass ich selbst dieser Unbekannte war, weil ich fühlen konnte, was er damals empfand, die Erregung und Furcht des Wartens, die Angst, sein Freund, der Hauptmann, könnte auftauchen und ihm argwöhnische Fragen stellen oder einfach sagen, er müsse nun mit ihm zur Kaserne kommen, in der sie untergebracht waren. Kurz bevor sie sich von ihm getrennt hatte, um mit einem SS-Offizier zu tanzen, hatte sie ihm zugeflüstert, er solle eine halbe Stunde verstreichen lassen und dann auf der anderen Seite des Platzes unter dem Vordach der Straßenbahnhaltestelle auf sie warten. Er sah sie im Arm eines Mannes in schwarzer Uniform, der größer war als sie, in das Meer der tanzenden Paare eintauchen, sie wandte unauffällig den Kopf, um ihn nicht aus den Augen zu verlieren, während sie mit dem anderen sprach. Er musste ihr Zeit lassen, damit sie einige Freunde ihres Geliebten umschmeicheln konnte, der sie nicht aus den Augen gelassen und ihr ab und zu knappe, präzise Zeichen gegeben hatte, damit sie sich von ihm verabschieden und ihm sagen konnte, es bräuchte sie niemand nach Hause zu begleiten, da sie ja ganz in der Nähe wohnte, nur zwei Straßenbahnhaltestellen entfernt. Ich lasse dich nicht einen Augenblick allein, hatte er zu ihr gesagt, und das war nicht kühn gesprochen, sondern mit derselben Gedankenlosigkeit des Zweifels und der Angst, mit der er manchmal über Schützengräben sprang und sich berauscht, leicht und unverwundbar fühlte, mit einer Pistole in der Hand, mit heiserer Stimme vom Anfeuern der Soldaten, die mit ihm durch Lehm und Stacheldrahtverhaue stürmten, über Haufen von im Niemandsland herumliegenden Leichen. Ich werde dich nicht allein lassen, wiederholte er, als das Stück zu Ende ging und sie sich von ihm zu lösen suchte, weil schon ein SS-Offizier darauf wartete, dass die Reihe an ihn kam. Wenn du mir helfen willst, tu, was ich dir sage, bat sie ihn, und schaute ihn dabei in vorweggenommener Verlassenheit derart verzweifelt an, dass ihre Pupillen ganz weit wurden, und lächelte gleich darauf den deutschen Offizier an, der, kurz bevor er den Arm um sie legte, meinen Freund mit einem wohlerzogenen Kopfnicken grüßte.

Nach dreißig Jahren sah er sich wieder von der anderen Seite des Platzes aus, sah seine eigene einsame Gestalt an der Straßenbahnhaltestelle, sah die hellen Flecke, die die Fenster des Palasts, in dem das Fest noch immer andauerte, auf das nebelfeuchte Kopfsteinpflaster warfen, hörte die gedämpfte Musik des Tanzorchesters und das Stampfen seiner eigenen, zu wärmenden Füße, zurückgeworfen vom Echo des weiten menschenleeren Raums. Er war zur selben Zeit der junge Leutnant, der die Minuten zählte und sich in Hoffnung verzehrte und jedes Mal vor Enttäuschung verging, wenn die Tür des Palasts sich öffnete, und der Mann von über fünfzig Jahren, der ihn dort warten sah mit der wachsenden, angstvollen Ungeduld dessen, der nicht weiß, was in der nächsten Minute geschieht, mit dem melancholischen Mitleid des Rückblicks und des Wissens darum, dass der junge Mann noch über eine Stunde warten wird, von Minute zu Minute erfrorener und mutloser, schließlich auf den Ball zurückkehren wird, um die rothaarige Frau zu suchen, die er nicht mehr finden wird, auch ihren Beschützer in dem protzigen schwarzen Anzug nicht, den einzigen Zivilisten unter all den Uniformierten, ebenso wenig den SS-Offizier, der sich höflich vor ihm verbeugt hatte, bevor er ihm die Frau entriss. Er suchte sie im Tanzsaal und später in einem Salon, in dem Getränke und Häppchen serviert wurden, streifte durch menschenleere Korridore und von großen Kronleuchtern erhellte Säle und Bibliotheken.

Ich habe sie nie wiedergesehen, sagt er, und hebt seine Hände in einer Geste, die andeutet, dass sich etwas in Luft auflöst. Ihm kam der Gedanke, sie hätte das Haus vielleicht von ihm unbemerkt verlassen und wartete jetzt an der Straßenbahnhaltestelle auf ihn und würde, wenn er sich nicht beeilte, des Wartens überdrüssig, und er würde nie mehr erfahren, wo sie wohnte. In der Empfangshalle begegnete er jedoch dem Hauptmann, mit dem er gekommen war und der ihn schon eine ganze Weile suchte, der sagte, es sei schon sehr spät und an der Zeit, in die Kaserne zurückzukehren.

Die Gespräche und die Funktelefone um uns herum sind längst verstummt. Wir haben es gar nicht gemerkt, aber wir sind die letzten Gäste im Restaurant. Ein Kellner hilft meinem Freund in die dicke dunkelblaue Jacke, die die Müdigkeit seiner Schultern betont. Wie ich ihn vor mir her zum Ausgang gehen sehe, wird mir bewusst, was ich während des Zuhörens vergessen habe, dass er ein Mann von achtzig Jahren ist. Auf der Straße überrascht uns das goldgelbe Licht einer frühen Abenddämmerung mit einem Hauch von Feuchtigkeit in der Luft. Mein Freund bietet mir an, mich mit dem Auto nach Hause zu fahren. Ich genieße das Autofahren noch sehr, obwohl es manchmal grobe Kerle gibt, die sich darüber ärgern. «He, Alter, steig lieber in den Sarg», rief mir letztens einer vor einer Ampel zu, und ich fragte ihn, «soll ich lebendig oder tot reinsteigen?» Da ist er rot geworden, hat das Fenster hochgekurbelt und ist davongebraust. Vorurteile sind eine böse Sache, ich weiß, wovon ich rede, aber das Problem ist die Spezies, unsere Spezies. Wir sind aggressive Primaten, viel gefährlicher als Gorillas oder Schimpansen, die Lust am Quälen und Beherrschen ist in unserem Gehirn verankert, gar nicht zu reden von dem noch älteren Teil unseres Erbes, das von den Reptilien stammt. Bei Darwin steht alles geschrieben, zu unserer Schande. Und komm mir nicht mit dieser neuen Theorie, dass für die Evolution unserer Spezies der Instinkt der Kooperation nützlicher gewesen sein soll als der Kampf ums Überleben und das Überleben des Stärkeren. Primaten kooperieren, um andere niederzumachen, und wer da draußen bleibt, ist verloren. Du siehst ja, wie perfekt die Nazis miteinander kooperiert haben, und die Kommunisten, wie viele Millionen von Toten die einen wie die anderen hinterlassen haben. Und nicht nur sie, denk an Bosnien oder an Ruanda, das ist noch nicht lange her, gestern erst, eine Million Menschen in wenigen Monaten getötet, und das nicht mit fortgeschrittener Technik, wie die Deutschen sie hatten, sondern mit Knüppeln und Macheten. Wer weiß, welch grauenhafte Dinge gerade passieren, während wir uns hier unterhalten. Ich schlafe nachts nicht mehr viel, liege in der Dunkelheit wach und warte darauf, dass es Tag wird, und dann denke ich an all die Toten, die ich gesehen habe, Freunde von mir oder Unbekannte, all die im Niemandsland zwischen unseren Linien und den Stellungen der Russen verfaulenden Toten, die wir in den Straßengräben liegen sahen, wenn wir uns der Front näherten, oder steif gefroren auf Lastwagen gestapelt. Es ist ein verdammter Zufall, dass ich nicht unter ihnen war, und wenn ich im Dunkeln in meinem Bett liege und weiß, dass ich nicht einschlafen kann, und keine Lust habe, das Licht anzumachen und ein Buch in die Hand zu nehmen, dann bilde ich mir ein, ich sähe sie alle wieder vor mir, jeden Einzelnen, und sie starrten mich an wie dieser Jude mit der randlosen Brille und sagten mir, wenn ich noch lebte, sei es meine Pflicht, für sie zu sprechen, zu erzählen, was man ihnen angetan hat, da kann ich nicht einfach nichts tun und sie in Vergessenheit geraten lassen und zulassen, dass das Wenige, was von ihnen noch geblieben ist, auch noch verloren geht. Wenn meine Generation ausgestorben ist, bleibt niemand mehr, der sich erinnern kann, es sei denn, einer von euch erzählt, was er von uns gehört hat.

Wir kommen an dem Park vorbei, in dem der ägyptische Debod-Tempel steht, und ich denke daran, dass an dieser Stelle die Montaña-Kaserne stand und dass wir auch hier über namenlose Gräber schreiten: Ich erinnere mich an Fotografien, an Schwarzweißfilme aus den ersten Tagen des Bürgerkriegs, als mein Freund ein sechzehnjähriger Junge war, der auf einem Gymnasium Griechisch, Latein und Deutsch lernte, nächtelang wach lag und Nietzsche und Rilke las, Juan Ramón Jiménez und Ortega, und der sich nichts weniger hätte vorstellen können, als einige Jahre später ein dekorierter Kriegsheld zu sein. Nicht weit von der Stelle, an der wir uns befinden, in den Parkanlagen, in denen die Ruinen eines ägyptischen Tempels stehen und Rentner und Mütter mit Kindern spazieren gehen und das Abendlicht genießen, war vor mehr als sechzig Jahren ein freier Platz, der voller Leichen lag. Auf den Bürgersteig, auf dem mein Freund und ich jetzt gehen, fielen Bomben, als Francos Truppen Madrid belagerten.

Doch ich sage nichts, höre nur zu, als er mir von der Schwäche in den Beinen erzählt, die sich ab einem bestimmten Alter bemerkbar macht, und davon, wie langsam manche Namen und Erinnerungen ins Gedächtnis zurückfinden, was am Zerfall der Neurotransmitter liegt. Nachdem wir uns an der Tür des Neubaus verabschiedet haben, in dem er wohnt (das, welches früher dort stand, wurde möglicherweise im Krieg zerbombt), sehe ich ihn gebeugt und wendig zu den Aufzügen gehen, und in seinen Bewegungen liegt kaum der Schatten einer beginnenden Schwerfälligkeit. Lebte sie noch, die Frau, die mein Freund in dieser Stadt namens Narva kennen lernte und wieder verlor, wäre sie jetzt neunzig Jahre alt. Und ich frage mich heute, ob er nicht die meiste Zeit seines Lebens alles dafür gegeben hätte, zu erfahren, ob diese Frau gerettet worden war, so wie ich mich jetzt, in dem Augenblick, da ich diese Worte niederschreibe, auch frage, ob sie, falls sie noch irgendwo lebt, sich wohl an einen blutjungen Leutnant erinnert, mit dem sie in einer Nacht im Januar 1943 getanzt hat.

Sag mir deinen Namen

Ich stand reglos, abwartend, ließ die Zeit verstreichen, konnte stundenlang beobachten, was sich vor einem Fenster meines Büros abspielte, in das frühestens am späten Vormittag jemand kam; Sendboten aus der Welt dort draußen, zweit- oder drittrangige Künstler zumeist, Dichter aus der Provinz auf der Suche nach einem Leseabend oder einem Zuschuss für die Publikation eines Gedichtbändchens, Leute, die zaghaft anklopften und Stunden in dem kleinen Wartezimmer verbringen konnten in Erwartung eines Vertrags oder eines Honorars, eines Gesprächstermins, um eine schlecht fotokopierte Mappe zu übergeben, die irgendwie durch meine Hände den Chef erreichen sollte, den ich hier vertrat und von dem die wichtigen Entscheidungen getroffen wurden, die manchmal endlos lange brauchten, bis sie zu mir gelangten, oft genug in den archaischen Mühlen der Verwaltung stecken blieben oder einfach verschludert wurden, weil der Chef sich die Dokumente, die ich ihm auf den Schreibtisch packte, nicht anschaute oder weil ich sie zu bearbeiten vergaß oder keine Lust dazu hatte, abgestumpft durch die Langeweile und die Einsamkeit meines Büroalltags, mit den Gedanken stets woanders als bei meiner Arbeit oder bei den Leuten, mit denen ich es zu tun hatte, die immer etwas unscharf vor mir standen, weniger wirklich waren als jene, die meine Phantasie oder meine Erinnerung bevölkerten, diesen vernebelten Raum, in dem die Grenzen zwischen Erinnern und Erfinden verschwammen. In einem

Brief von Franz Kafka fand ich die exakten Symptome meiner Krankheit, meiner absoluten Trägheit: *Ich war in dieser Hinsicht wie tot, ein Fehlen jeden Mitteilungsbedürfnisses, ich war wie nicht von dieser Welt, aber auch von keiner andern; es war, als hätte ich alle Jahre hindurch nur nebenbei alles, was verlangt wurde, getan und in Wirklichkeit nur darauf gehorcht, ob man mich riefe.*

Ich schrieb Briefe, erwartete welche, und wenn ich einen bekam und ihn hastig und überstürzt beantwortete, ließ ich danach mehrere Tage vergehen, bevor ich mich wieder aufs Warten verlegte, denn ich wusste, dass der nächste Brief in frühestens zwei Wochen eintreffen konnte, falls er sich nicht verspätete wie die unergründlichen Entscheidungen, auf die die Bittsteller im Vorzimmer meines Büros warteten. Die Tage nach der Ankunft eines neuen Briefes waren gleichsam eine neutrale Zeit, ein Schwebezustand, in dem ich die Erwartung bezähmen musste und auch die Angst davor, dass weitere Briefe ausbleiben könnten. Dennoch wartete ich auch an solchen Tagen in abgeschwächter Form, aus der reinen Gewohnheit des Wartens heraus, und wenn ich unter den Briefen und Dokumenten, die der Bürobote jeden Morgen brachte, den gestreiften Rand eines Luftpostbriefes erblickte, durchfuhr mich unsinnigerweise sogleich eine wieder erwachte Hoffnung, selbst wenn der letzte Brief erst zwei Tage zuvor eingetroffen war. *Aber es ist unsinnig, diese Lust an Briefen. Genügt nicht ein einziger, genügt nicht ein Wissen? Gewiss genügt es, aber trotzdem lehnt man sich weit zurück und trinkt die Briefe und weiß nichts, als dass man nicht aufhören will zu trinken.*

Ich arbeitete allein, in einem Nebengebäude der Verwaltung, in einem der Stockwerke, die für die neuen Büros angemietet worden waren, provisorische Räume, denen etwas Verstohlenes, fast Verbotenes anhaftete, die oft nicht einmal ein offizielles Firmenschild an der Tür hatten, höchstens einen behelfsmäßigen Zettel am Ende langer Flure und steiler Treppen, nahe dem Hauptsitz zwar, doch irgendwie auch hinter seinem Rücken, irgendwo in den umliegenden Gassen mit alten Kneipen, kleinen Geschäften und Spelunken, in denen sich lichtscheue Trinker trafen, und Läden, unter deren Theken bis vor wenigen Jahren noch Kondome und obszöne Zeitschriften gehandelt wurden. In diesen Gassen, die so eng waren, dass kaum ein Sonnenstrahl hineindrang, roch es immer ein wenig nach Kanalisation, nach feuchten Kellerlöchern, und dieser Geruch verstärkte sich noch, wenn man die letzten Überreste des ehemaligen Nuttenviertels erreichte, früher ein Labyrinth, das den Namen Manigua trug und heute nur noch aus einigen verwinkelten Gassen bestand, in denen sich manchmal die letzten Überlebenden zeigten, geschminkte Vetteln oder leichenblasse, von Heroin zerfressene Mädchen mit schiefen Absätzen und einer Zigarette zwischen rot verschmierten Lippen, gespenstische Erscheinungen in dunklen Hauseingängen.

Ich saß still hinter meinem Schreibtisch und wartete, und manchmal vergingen Stunden, ohne dass jemand kam, ganze Vormittage, an denen nur zwei oder drei Besucher anklopften, abgesehen von dem Büroboten oder dem einen oder anderen Angestellten, der etwas in meinem Archiv nachschauen wollte, in dem ich, alphabetisch geordnet, die Dossiers der Künstler aufbewahrte, die mir per Post zugeschickt oder persönlich übergeben worden waren, sowie, chronologisch geordnet, die Berichte über stattgefundene Auftritte in cremefarbenen Ordnern, in denen ich sorgfältig alles abheftete, das Plakat der Veranstaltung, eine Eintrittskarte, Zeitungsmeldungen, falls es welche gegeben hatte, die Zahl der Besucher, die oft ernüchternd war, je nach Bedeutung und Attraktivität der meist bescheidenen Darbietungen, die zu organisieren meine Aufgabe war und die nicht auf die großen Bühnen der Stadt zielten, sondern auf Kultureinrichtungen in den Vororten, oft nur Turnhallen oder im Sommer Bretterbühnen unter freiem Himmel auf Plätzen oder in Parks, wo ich auch Feste und Belustigungen auszurichten hatte, die auf den Plakaten, auf denen sie angekündigt wurden, stets die Vorsilbe *Volks* trugen, Kirmessen mit bunten Lämpchen und Karussells, lokalen Rockgruppen und Puppenspielbühnen.

Das Büro lag im spitzen Winkel eines dreieckigen Gebäudes, in dessen Erdgeschoss sich eine Konditorei und im ersten Stock eine Kanzlei befand. Aus der Konditorei drangen warme Düfte von Süßgebackenem herauf, aus der Kanzlei ein Gewirr von Schritten, Stimmen und Telefonen, das einen harten Kontrast zu der stillen Beschaulichkeit bildete, die zumeist in meinem Büro vorherrschte. Es hatte zwei Fenster, eines zur Plaza del Carmen und das andere zur Calle Reyes Católicos, der Eingang jedoch befand sich in einer engen, kaum befahrenen Gasse, sodass man, wenn man morgens zur Arbeit kam, nicht unbedingt gleich den Eindruck gewann, einen gut gewählten geheimen Beobachtungsposten zu betreten, der sich zur Spionage ebenso eignete wie zur Flucht. Ich kam und ging, ohne gesehen zu werden, und von den Fenstern aus konnte ich jeden sehen, der diese zentral gelegene Kreuzung betrat, oft genug Bekannte von mir, die ich immer gern beobachtete, wenn sie sich allein wähnten und über die Straße gingen, ohne zu ahnen, dass jemand sie im Auge hatte. Sie kamen mir dann immer vor wie Fremde, andere als jene, die ich kannte. Wer ist einer wirklich, der allein über die Straße geht, zeitweilig losgelöst von dem, was ihn mit anderen verbindet, was er in den Augen der anderen ist.

Wie Manuel Azaña in seinen jungen Jahren als dickes, kurzsichtiges Kind wollte auch ich Kapitän Nemo sein. Zwischen acht Uhr morgens und drei Uhr nachmittags saß ich in jenen vier Wänden und war Kapitän Nemo in seinem Unterseeboot und Robinson Crusoe auf seiner Insel, aber ich war auch der Unsichtbare Mann und Detektiv Philip Marlowe und Bernardo Soares von Fernando Pessoa oder einer von Franz Kafkas Büroangestellten, Schemen seiner selbst und seiner Arbeit bei der Arbeiter-Unfall-Versicherungs-Anstalt in Prag. Ich stellte mir vor, genau wie sie einem geheimen Geschlecht von Heimatlosen anzugehören, Fremde dort, wo sie immer gelebt haben, und sesshafte Flüchtlinge, die ihr ureigentliches Anderssein und ihr angeborenes Exil unter einem Schein perfekter Normalität verbergen und sich hinter einem Schreibtisch sitzend oder im Autobus auf dem Weg zur Arbeit die strahlendsten Abenteuer ausmalen können, die sie nie erleben, Reisen, die sie niemals unternehmen werden. In seinem Arbeitszimmer der Wasserwerke von Alexandria stellt sich Konstantinos Kavafis die Musik vor, die Marcus Antonius in der Nacht vor seinem endgültigen Untergang hörte, als Dionysos ihn verlässt. In einer Garküche in Lissabon oder während der Fahrt mit der Straßenbahn sinnt Fernando Pessoa über das Versmaß eines Gedichts nach, das von einer prunkvollen Orientreise auf einem Luxusdampfer handelt. In einem Hotel in Turin trifft ein gut gekleideter, abwesend wirkender, wortkarger Mann mit Brille ein, der jedoch etwas an sich hat, das einen davon abhält, ihn für einen Reisenden zu halten. Er mietet sich nur für die eine Nacht ein, und niemand weiß, dass es sich um Cesare Pavese handelt, der sich wenige Stunden später das Leben nehmen wird. Mit mürber Detailversessenheit stellte ich mir diesen Selbstmord vor und glaubte, sich zu erschießen oder langsam vom Alkohol umbringen zu lassen sei eine ebenso literarische wie radikale Form von Heldentum. In den düsteren Kneipen der umliegenden Gassen konnte ich Betrunkene im Endstadium sehen, und sie weckten in mir ein schäbiges Gefühl der Anziehung und Ablehnung, als verberge ein jeder von ihnen eine schreckliche Wahrheit, deren Preis die Selbstzerstörung war. Ich begegnete Männern mit unsteten Blicken und dem Benehmen von Wahnsinnigen und stellte mir Baudelaire in den letzten Delirien seines Lebens vor, irgendwo in Brüssel oder Paris, und Søren Kierkegaard, den Pilger und Schiffbrüchigen in den Straßen Kopenhagens, wie er biblische Hetztiraden gegen seine Landsleute und Mitbürger ersann und im Geiste Liebesbriefe an eine Frau verfasste, an Regine Olsen, von der er sich offenbar in Panik getrennt hatte, als er schon mit ihr verlobt war, und der er später trotzdem nicht verzieh, dass sie einen anderen Mann heiratete. In den vier Wänden meines Büros las ich Briefe, Tagebücher und Notizbücher von Søren Kierkegaard und lernte von Pascal, dass die Menschen fast nie in der Gegenwart leben, sondern in der Erinnerung an die Vergangenheit, in der Hoffnung auf die Zukunft oder der Angst vor ihr, und dass alles Unglück nur über den Menschen kommt, weil er nicht allein in seinem Zimmer zu bleiben vermag.

Kamen Milenas Briefe in Kafkas Wohnung an, oder bekam er sie lieber im Büro? Seine Briefe schickte er an ein Postfach in Wien, damit ihr Mann sie nicht zu sehen bekam. Ich las zwar viele Bücher, doch in Wirklichkeit wusste ich nichts. Ich wusste nicht, dass Milena Jesenská mehr war als nur ein Schemen, an den Kafkas Briefe gerichtet sind oder der ab und zu durch die Seiten seines Tagebuchs huscht, dass sie eine tatkräftige tapfere Frau war, die ihr Schicksal gegen widrige Umstände und einen tyrannischen Vater hartnäckig selbst bestimmte, die Bücher schrieb und Artikel zur Befreiung des Menschen, die voller Leidenschaft mehrere Männer liebte und mit verwegenem Mut weiterschrieb, als die Nazis schon in Prag waren, die verhaftet und in ein Konzentrationslager geschickt wurde, wo sie am 17. Mai 1944 starb, zweiundzwanzig Jahre nach dem Mann, dessen Briefe ich in meinem Büro las und der vielleicht wie seine drei älteren Schwestern in einer Gaskammer umgekommen wäre, wenn ihn nicht vorher die Schwindsucht hingerafft hätte.

Ich lebte inmitten von Phantomen, die die wirklichen Menschen ersetzten und mir wichtiger waren als sie, ließ mir Namen von Städten auf der Zunge zergehen, in denen ich nie gewesen war, Prag, Lissabon, Tanger, Kopenhagen und New York, woher ich die Briefe bekam, mein Name und die Büroadresse auf den Umschlägen in einer Schönschrift, deren Anblick allein für mich nicht nur Vorgeschmack, sondern auch Substanz des Glücks darstellte. In einer Schublade meines Schreibtisches bewahrte ich die «Briefe an Milena» auf, und manchmal steckte ich sie mir für die Fahrt im Autobus in die Tasche. *Mit jener zauberhaften Hand, die eben deine ist,* schrieb Franz Kafka in einem Brief über die Hand von Milena, und diese Hand einer Frau, von der ich damals nicht wusste, dass sie in einem Konzentrationslager gestorben war, war auch die ferne Hand in meiner Erinnerung, die meinen Namen auf die Briefumschläge aus Amerika schrieb.

Ich lebte in geschriebenen Wörtern, Büchern, Briefen oder Notizen von Dingen verborgen, die niemals Wirklichkeit wurden, und außerhalb jenes Tagtraums, jenes Büros, das viel besser zu mir passte als meine Wohnung und das auf merkwürdig schräge Weise mein eigentlicher Wohnsitz war und nicht nur der Ort, an dem ich arbeitete und Briefe empfing. Außerhalb meiner Vorstellungswelt und des ärmlichen, fast leeren Raums, den die Wände meines Büros umgrenzten, war die Welt nur ein verschwommener Nebel, eine Stadt, auf die ich aus solcher Ferne blickte, als wohnte ich gar nicht in ihr, genau wie ich meine Arbeit so gleichgültig verrichtete, als wäre es in Wirklichkeit gar nicht ich, der sie tat. Mein Leben war das, was nicht stattfand, meine Liebe war eine Frau, die weit fort war und vielleicht nicht mehr zurückkam, mein wahrer Beruf eine

Leidenschaft, der ich mich in Wahrheit nicht hingab, obwohl sie mich so viele Stunden beschäftigt hielt, obwohl ich begonnen hatte, unter Pseudonym den einen oder anderen Artikel in unserer Lokalzeitung zu veröffentlichen, mit dem Gefühl, einen an niemanden gerichteten Brief geschrieben zu haben, an einige wenige Leser höchstens, die ebenso isoliert waren wie ich, in unserer melancholischen Provinz, in unserer altbackenen Abgeschiedenheit von allem, vom wirklichen Leben und einem Alltag, von dem die Zeitungen in Madrid berichteten, in dem die Menschen ein ausdrücklicheres Dasein zu führen schienen als wir.

Ich las bei Pascal, das Weltall wisse nichts von uns. Ich las so begierig und mit demselben Willen zu Blindheit und Vergessen, mit dem Robert de Niro in Sergio Leones Film *Es war einmal in Amerika*, der damals gerade in die Kinos kam, an der Opiumpfeife zieht. Ich tauchte ebenso verstört aus den Büchern auf wie aus den Filmen, wie wenn man aus dem Dunkel des Kinos in die helle Nachmittagssonne tritt. Manchmal nahm ich zusätzliche Arbeit an, zu der ich eigentlich nicht verpflichtet war, oder erfand Ausreden, um ein paar Stunden in meinem Büro verbringen zu können, wo ich mich dann an meinen Schreibtisch setzte, auf die Tür zum Wartezimmer starrte und mich mit meinen fast dreißig Jahren ebenso kindisch in die Vorstellung verstieg, ein Privatdetektiv zu sein, wie ich mir als Zwölfjähriger vorgestellt hatte, der Graf von Monte Christo oder Jim Hawkins zu sein, oder ich verbrachte meine Zeit damit, die Straße zu beobachten, ohne Gefahr zu laufen, gesehen oder von einem Besucher gestört zu werden. Bei Flaubert hatte ich gelesen: *Jeder Mensch bewahrt in seinem Herzen eine Königskammer; die meine habe ich versiegelt.* Mein Kopf war voll mit Sätzen aus Büchern, Filmen oder Schlagern, und ich spürte, dass diese Worte und die der Briefe mein einzig erreichbarer Trost waren in der Verbannung, zu der ich mich verurteilt sah.

Ich las das Tagebuch von Pavese, vergiftete mich mit seinem bösen Nihilismus und seiner dumpfen Menschenverachtung, die ich für Verstandesschärfe hielt, so wie ich manchmal auch die Wirkung übermäßigen Alkoholgenusses für Hellsichtigkeit und Enthusiasmus hielt. *Der Tod wird kommen, und er wird deine Augen haben.* Ich las, wie der Opiumsüchtige raucht und der Alkoholiker trinkt, mit einem systematischen Willen zum Wahn. Schreiben und Lesen bedeutete, die Fäden des schützenden und erstickenden Kokons um mich herumzuspinnen, mein Gewand und meinen Trank des Unsichtbaren, ohne mich zu rühren, durch einen Tunnel zu fliehen, den niemand entdecken konnte, die Wand der Zelle mit derselben Geduld aufzukratzen wie Edmond Dantès in *Der Graf von Monte Christo.* Der blaue Tintenstrich der Feder war der Seidenfaden, den ich unermüdlich absonderte, um mich verstecken zu können, um mich herum eine Welt erfinden zu können, die es nicht gab, die fast nur von imaginären Männern und Frauen bevölkert wurde, die mir den rauen Umgang mit der Wirklichkeit versüßten. Das Kratzen der Feder auf dem Papier, das Klappern der Tasten meiner Schreibmaschine, die noch mechanisch war wie die der großen Kinoschriftsteller, wie Chandler oder Hammett sie benutzten, die literarischen Heldengestalten und verherrlichten Trinker ihrer Zeit, zu denen ich mich mit jener Geschmacklosigkeit bekannte, die uns mit unseren Zeitgenossen auf eine Ebene stellt und es uns zugleich erlaubt, uns als unbestechliche, einsame Originale zu empfinden. Alkoholträume und Tabakrauchschwaden der achtziger Jahre, im Rückblick so peinlich wie ein Großteil meines entfremdeten Daseins damals, das so weit zurückliegt wie die Erinnerung an jenes Büro und an jene Frau, der ich Briefe schrieb, ohne zu begreifen, dass ich sie eben nicht liebte, obwohl sie mit einem anderen Mann auf der anderen Seite des Ozeans zusammenlebte, sondern eben weil sie dies tat, weil meine Liebe aus Entfernung und Unmöglichkeit bestand, und wenn diese Frau zurückgekommen wäre, um mit mir zu leben, wäre ich wahrscheinlich vor Entsetzen erstarrt oder davongelaufen, wie möglicherweise auch Franz Kafka vor der entschlossenen Leidenschaft Milena Jesenskás zurückgewichen war und lieber sein Heil in den Briefen gesucht hatte, in der Absolution und Zuflucht der Distanz.

Es gab weder ein Schild noch sonst einen Hinweis darauf, dass sich in dem Gebäude eine Amtsstelle befand, nicht einmal einen Namen auf dem Briefkasten. Alles ging seinen gemächlichen Verwaltungstrott, und bis das Amt ein offizielles Wappen am Eingang und über der Bürotür angebracht haben würde, konnten noch Monate vergehen, falls nicht gar mit derselben willkürlichen Unbestimmtheit, mit der alle Dinge passierten, ein überraschender Umzug in ein ganz anderes Gebäude angeordnet wurde, das in der Nähe angemietet worden war, oder in ein leer stehendes Büro im Hauptgebäude, wo man sich dann wieder ganz neu einrichten musste, den Schreibtisch und den metallenen Aktenschrank, die Schreibmaschine, die Mappen mit ersten Notizen, die nie eine endgültige oder befriedigende Form annahmen, die Bücher, die die Stunden des Wartens und gelangweilten Träumens füllten, die in der verschlossenen Schreibtischschublade aufbewahrten Briefe, immer wieder gelesen mit aller gebotenen Bedächtigkeit, damit ihre Wirkung nicht nachließ, damit die Zeit des Wartens bis zum nächsten Brief nicht zu lang wurde.

Es war ein vom Kern der Gegenwart befreites Leben: Vergangenheit und Zukunft und dazwischen eine Klammer, ein Leerraum wie der Abstand, der die geschriebenen Wörter voneinander trennt, der automatische Daumenschlag auf die Leertaste der Maschine, die Linie, die zwei Tage im Kalender voneinander trennt, die winzige Zeitspanne, die zwischen zwei Herzschlägen liegt. Ich wohnte in trügerischen oder weit zurückliegenden Vergangenheiten und einer schimärischen Zukunft, in dem Augenblick, in dem der letzte Brief zwischen all den gewöhnlichen Umschlägen und Verwaltungssachen im Postkorb lag, und dem zukünftigen Tag oder Moment, an dem ich den Rand eines neues Briefes erspähen, schon von weitem erkennen würde, sobald der Bürobote mit der großen Postmappe unter dem Arm in der Tür erschien, nichts ahnend von dem Schatz, den er mir brachte.

Das wirkliche Leben fand auf einer abgelegenen Ebene, gleichsam einem Bühnenbild im Hintergrund statt. Das wirkliche Leben und die Gegenwart vollzogen sich in dem umgrenzten Feld des Wartens, im Trennraum zwischen Erinnern und Ersehnen, einem Raum so nackt und sachlich wie das kleine Wartezimmer, in dem hin und wieder jemand darauf wartete, dass ich ihn empfing, ein Bittsteller in Erwartung eines Vertrags für einen Auftritt oder eines Gesprächstermins mit einem meiner Vorgesetzten, am besten mit dem Chef persönlich, der die wichtigen Entscheidungen immer selbst traf und dem ich meine Informationen weiterleitete, der aber höchst selten in meinem Büro auftauchte, da er hauptsächlich Repräsentationsaufgaben im Hauptgebäude wahrzunehmen hatte, wo sich auch sein Büro befand, in dem er bedeutende Persönlichkeiten empfing, die unsere Stadt besuchten, erstklassige Künstler, deren Auftritte im Stadttheater oder in den großen Auditorien geplant wurden, Impressarios katalanischer Avantgardetheater, berühmte Solisten, Orchesterleiter.

Gleich am Morgen durchforstete ich die Kulturseiten der Zeitungen nach Meldungen von der Ankunft jener Persönlichkeiten samt den dazugehörigen Interviews und Fotos, auf denen mein Chef ihnen meist die Hand schüttelte, stets lächelnd und sich ihnen zuneigend, um sicherzugehen, dass er auch ins Bild kam. Ich schnitt diese Meldungen aus und archivierte sie in einem Ordner, nachdem ich den Zeitungsausschnitt zuvor auf festes Papier geklebt und darauf mit Schreibmaschine den Anlass und das Datum vermerkt hatte.

Die Künstler, die ich verpflichtete, nahmen nie mehr als ein kleines Kästchen in einem unauffälligen Winkel der Zeitung ein, wo kurze, namenlose oder mit Initialen gekennzeichnete Beiträge erschienen, manchmal auch von mir, denn es war mehr als einmal vorgekommen, dass der zuständige Redakteur meine Notiz, die ich für das Feuilleton geschrieben hatte, einfach noch einmal abdruckte. Theatermacher nannten sich viele von ihnen, und mich stieß allein das Wort schon ab, weil es mich immer an die amateurhafte Art ihrer Aufführungen erinnerte, an ihre dürftige Garderobe und die billige Dekoration, an die peinliche Spontaneität ihrer Vorstellung, in der immer noch die armselige Plumpheit der Jahrmarktskomödianten früherer Zeiten zu überdauern schien, nur dass jetzt ein gewisser Hippiemuff von überlebter Kommune mit faden Aufgüssen eines kreativen Ausverkaufs mit Zuschauerbeteiligung hinzukam. Auf ihren Straßenumzügen malten sie sich Clownsgesichter an, hüllten sich in bunte Fetzen, schlugen Trommeln und gingen auf Stelzen. Die Frauen trugen verschwitzte Netztrikots, rasierten sich nicht die Achseln und gaben sich so sittsam ohne jede Sinnlichkeit, dass ich einen körperlichen Widerwillen empfand. Man zahlte ihnen nur wenig, weil der Etat, über den ich verfügte, sehr gering war, und außerdem dauerte es immer lange, bis sie ihr Geld bekamen, sodass sie jeden Morgen in meinem Büro vorstellig wurden und sich meine Erklärungen anhörten, ohne sie wahrscheinlich ganz zu begreifen und wohl auch nicht zu glauben, all die Formalitäten, die zu erledigen waren, die geheimnisvolle Pilgerfahrt der Papiere von einer Abteilung zur anderen, von der Annahme zur Anweisung, von der Hinterlegungsstelle zur Kasse, die Verzögerungen, Nachlässigkeiten und Unachtsamkeiten, zu denen ich mich selbst auch hinreißen ließ und die eine oder zwei weitere Wochen des Wartens bedeuten konnten, begründet mit Schwindeleien, die ich mit der Zeit perfekt beherrschte: Im Sekretariat hat man mir versichert, dass die Anweisung noch heute unterschrieben wird, morgen werde ich mich persönlich bei der Zahlstelle dafür einsetzen, dass der Vorgang beschleunigt wird.

Sie warteten, genau wie ich, lebten in der leeren Zeit des kleinen Vorzimmers meines Büros, das karg und ärmlich war wie das einer zweifelhaft beleumdeten Arztpraxis oder eines dieser Romandetektive, warteten darauf, engagiert oder nur empfangen oder ausbezahlt zu werden, hatten ihre Mappen dabei, ihre blassen Fotokopien, ihre mittelmäßigen, nicht selten frei erfundenen Lebensläufe, all das, was mich nicht interessierte, weder sie noch ihr Leben, noch ihre Aufführungen, noch meine Arbeit. Meine Aufgabe war es, ihnen Mut zu machen oder Verzögerungen zu begründen für eine Entscheidung, für ein Engagement, für eine Zahlung, neue Verwaltungswege vorzuschlagen, die sie nicht befolgen würden, da sie nicht einmal die Sprache verstanden, in der ich sie ihnen erklärte. Es gab einen Zigeunerdichter mit wogender weißer Mähne und breiten Koteletten, der mir versicherte, das komplette Werk García Lorcas und Teile des Neuen Testaments ins Romani übertragen zu haben, zum Beweis trug er in einer dicken Mappe stets das vollständige Manuskript seiner Übersetzung mit sich, öffnete sie jedoch immer nur für einen kurzen Augenblick und zeigte mir ängstlich besorgt die erste Seite, weil er fürchtete, plagiiert oder beraubt zu werden, und weigerte sich, mir den Blätterstapel, an dem er mit seinem Leben hing, dazulassen, da er fürchtete, er könnte zwischen so viel anderem Papier verloren gehen oder in der Konditorei im Erdgeschoss könnte ein Feuer ausbrechen und seinen Romani-Lorca verbrennen. Ich fragte ihn, warum er mir keine Kopie dalasse, und erklärte ihm, dass es gut für ihn wäre, selbst noch eine zu besitzen, falls ihm das Original einmal abhanden käme, aber er traute auch den Angestellten in den Kopierläden nicht über den Weg; in einem Moment der Unaufmerksamkeit mochten sie ganze Seiten seines Buches verbrennen oder unbemerkt weitere Kopien anfertigen und es verkaufen oder unter anderem Namen veröffentlichen. Nein, er konnte sein Manuskript nicht aus der Hand geben, hielt es stets fest an die Brust gedrückt, wenn er sich auf der anderen Seite meines Schreibtisches niederließ oder im Wartezimmer Platz nahm, um auf den Chef zu warten, und er konnte keine Ruhe finden, bevor es nicht veröffentlicht wäre, mit seinem Namen in großen Lettern auf dem Buchumschlag und seinem Foto auf der Innenseite, damit nicht der geringste Zweifel an der Autorschaft aufkäme, im markanten Profil wie von einem alten Stich oder einer romantischen Daguerrotypie, das jedermann in der Stadt kannte.

In meiner Erinnerung sehe ich das derbe braune Gesicht und die wallende weiße Mähne deutlich vor mir, und plötzlich fällt mir ein unerwartetes Detail dazu ein, die dicken Ringe aus Blei oder Eisen, die der Zigeunerübersetzer an seinen Händen trug und die die Wucht noch betonten, mit der beide Hände auf das Glas meiner Tischplatte oder auf die dicke Mappe sanken, prall gefüllt mit handgeschriebenen Blättern, die der Mann ständig gegen die ganze Welt und alle Widrigkeiten verteidigen musste, gegen Raub und gegen die behördliche Gleichgültigkeit und Trägheit, mit der er sich täglich konfrontiert sah, wenn er mit dem Konvolut auf den Knien im Wartezimmer saß oder um das Hauptgebäude herumschlich in der Hoffnung, den Chef anzutreffen oder einen noch höherrangigen Beamten, und gleichsam durch einen Überfall auf offener Straße zu erreichen, was ihm durch geduldiges Warten bisher versagt geblieben war, das Gespräch, in dem ihm das nötige Geld zugesagt wurde, das er für die Veröffentlichung seines Opus magnum brauchte oder wenigstens eines Teils, des *Romancero gitano* vielleicht, den er mir zuerst auf Spanisch und dann auf Romani vortrug, wobei er die Augen schloss und die rechte Hand mit ausgestrecktem Zeigefinger hob wie ein ekstatischer Flamencosänger.

Ich sah ihn von meinem Fenster aus, wie ich viele andere sah, Männer und Frauen, Bekannte und Unbekannte, Gestalten, die damals durch das unwirkliche Bühnenbild meines Lebens wandelten, sah ihn entschlossenen Schritts über den Zebrastreifen kommen, die Mappe fest an die Brust gedrückt, damit kein Windstoß und kein Räuber sie ihm entreißen konnte, und doch war dieser Mann, den ich in der Menschenmenge sofort erkannte und dessen Bewegungen und Gesten ich von meinem Beobachtungsposten aus genau vorhersagen konnte, nicht derselbe, der wenige Minuten später mein Büro betrat und mich fragte, ob sich wohl an diesem Vormittag der Chef noch sehen lasse.

Ich tat so, als hörte ich mir an, was er zu sagen hatte, und dann tat ich so, als wäre ich sehr beschäftigt, als ordnete ich Zeitungsausschnitte oder Personalakten auf meinem Schreibtisch oder vergliche Zahlen in einer Übersicht. Ich wollte so schnell wie möglich wieder allein sein, mich wieder in die Lektüre meines Buches oder des Briefes vertiefen, bei der mich der Besucher unterbrochen hatte, und meine Ungeduld verwandelte sich allmählich in Gereiztheit, obwohl ich sie zu zügeln suchte. Nein, an diesem Vormittag wird der Chef nicht mehr kommen, er hat mich angerufen, damit ich alle seine Verpflichtungen absage, weil er zu einer wichtigen Sitzung muss, und der Mann klappte seine Mappe wieder zu, stand auf und hielt sie mit seinen großen, mit asiatisch anmutenden Ringen geschmückten Händen fest, die einem Maurer oder einem Schmied hätten gehören können, und eine Minute nachdem er mein Büro verlassen hatte, sah ich ihn gedankenverloren und ein bisschen langsamer als auf dem Herweg, aber ebenso entschlossen davongehen, sich eine weitere Frist setzend, ohne sich der Mutlosigkeit zu ergeben, in seinem aufgewühlten Geist vielleicht Gedichte von Lorca und biblische Texte auf Spanisch und Romani rezitierend: Doch während ich diese Zeilen schreibe, wird mir klar, dass dieser Mann nicht verrückter war als ich, und ich frage mich, wie mich jemand gesehen haben mag, der mich von einem Fenster aus beobachtete, ohne dass ich es merkte, während ich von Wörtern und Schimären vergiftet durch dieselben Straßen ging wie der Zigeunerdichter, die Gestalt eines Bekannten, der auf diese Entfernung zu einem Fremden wird und seine Umgebung kaum noch wahrnimmt, ein fahles Phantom aus Verlangen und Literatur, wie so viele andere, die diese Stadt bevölkern. Dieser Jemand sah keinen Philip Marlowe und keinen Unsichtbaren Mann, nicht Franz Kafka und nicht Bernardo Soares: nur einen ganz gewöhnlichen Büroangestellten von etwa dreißig Jahren, der jeden Tag zur selben Zeit mit ernster Miene aus dem Büro kam und an der Bushaltestelle ein Buch las, manchmal sogar im Gehen, und der in bestimmten Zeitabständen, einmal in der Woche, einen Brief in den Postkasten *Ausland-Luftpost* gleiten ließ, der sich an einer Seitenwand des Postamts befand.

Jemand wartet jetzt im Vorzimmer und bittet mich umständlich um Erlaubnis, eintreten zu dürfen. Ich verstecke das Buch oder den Brief, in dem ich gerade gelesen habe, in meiner Schreibtischschublade. Aus all den längst erloschenen Gesichtern und Namen jener Zeit schält sich eine Gestalt heraus, namenlos noch, und danach eine weitere, die ich deutlich vor mir sehe. Verschiedene Bilder, wie Standfotos von zwei verschiedenen Filmen, anfangs jedoch beide am selben Ort und in identischer Haltung ansässig gemacht, im tristen Halbdunkel des Wartezimmerchens, in dem über Stunden und Tage die Bittsteller ausharren. Zuerst ein Mann und dann eine Frau, und nach

Präzisierung kommt die nächste, die der unterschiedlichen Akzente, mit denen sie sprechen. Ich lausche in die Stille, in der nur das gedämpfte Tippen auf der Tastatur zu hören ist, sehe wie mit geschlossenen Augen, obwohl ich sie offen halte und auf den Bildschirm schaue, auf dem die Wörter beinah ebenso unbedacht zum Vorschein kommen wie die Bilder. Die Frau ist nicht allein, sie hält ein Kind in den Armen, oder es sitzt auf ihren Knien, denn es ist kein Säugling mehr, sondern ein Junge von zwei oder drei Jahren. Was für ein Glück, sagt sie zu mir, und ihr Akzent stammt vom Río de la Plata, aus Montevideo oder Buenos Aires, ich bin froh, dass er sich an nichts erinnert.

Der Mann spricht ein pedantisches und etwas steifes Spanisch, das er in seiner Heimat gelernt hat, ich erinnere mich nicht mehr, ob Rumänien oder Bulgarien, als junger Mann, als er sich Spanien nicht wie ein richtiges Land vorstellte, sondern als ein phantastisches Reich der Literatur und Musik, vor allem der Musik, der spanisch inspirierten Stücke, die er in seiner weit zurückliegenden Vergangenheit als Wunderkind auf dem Konservatorium gelernt hatte, wo er seine Lehrer in Erstaunen versetzte, indem er schwierige Klavierpassagen von Albéniz, Falla oder Debussy aus dem Gedächtnis spielte, Gärten im Mondlicht evozierte und maurische Paläste mit filigranem Mauerwerk und plätschernden Brunnen. Er las Übersetzungen von Washington Irving, lauschte und lernte schnell die *Spanische Rhapsodie* von Ravel und *Ein Abend in Granada* von Debussy, der die Stadt nicht gesehen habe, als er diese Musik schrieb, erzählte mir der Pianist, der überhaupt nie nach Spanien gereist sei, und dabei habe er es so nah gehabt und habe es in so vielen seiner Stücke beschworen. Er berichtete mir, als er zum ersten Mal durch die Alhambra gewandert sei, nach der Flucht aus seinem Land, habe Debussys Musik in seinen Gedanken exakt so geklungen wie das, was seine Augen sahen, und er habe alles wieder erkannt, und zwar nicht aufgrund von Fotografien oder alten Stichen in Büchern, sondern der sanften Klänge des Klaviers.

Zu Beginn war er ein Bittsteller wie alle anderen, nicht ganz so schäbig gekleidet, mit besseren Manieren, genauso pedantisch wie seine Aussprache des Spanischen, jemand, der im Dämmerlicht des Vorzimmers wartete, eine der Zeitschriften durchblätterte, die auf dem niedrigen Tischchen lagen, als säße er im Wartezimmer eines Arztes. Auch er hatte seine Mappe dabei, seinen Ordner mit Ausschnitten und Fotokopien, aber er war besser organisiert als die meisten, mit einem Hauch von Perfektionismus, jedes Blatt steckte in einer Klarsichthülle, einige mit Fotos und bunten Programmheften von Auftritten in mitteleuropäischen Städten, der Text manchmal in kyrillischer Schrift. Auf dem Deckel seiner Mappe war ein großformatiges Foto von ihm zu sehen, eine etwas altmodische Studioaufnahme, die eine jüngere und rüstigere Ausgabe des Mannes zeigte, der mir nun gegenübersaß, mit dem ungestümen Schopf eines romantischen Konzertpianisten und einem eng sitzenden Frack, den Ellenbogen auf die Klappe des Klaviers gestützt, die Hand an der Wange und den Zeigefinger an der Schläfe, in einer Haltung träumerischer Nachdenklichkeit und vollendeter Virtuosität. Vielleicht erinnere ich mich aber auch an das Cover der Schallplatte mit spanischer Musik, die er auf dem Höhepunkt seiner Karriere herausgebracht hatte und die er mir unbedingt schenken wollte, obwohl er zuvor gesagt hatte, ihm seien nur noch wenige Exemplare verblieben, da er fast alle seine Schallplatten und Bücher, alles Seltene und Wertvolle, das er besaß, mit Ausnahme seiner Musikerzertifikate, zurückgelassen hatte, als er die Grenze überquerte, die damals ganz Europa teilte und an deren Fall noch niemand dachte. Ich bin nicht desertiert, nicht geflohen, sagte er. Ich bin gegangen, wie man in Spanien sagt, und er verwandte große Sorgfalt auf eine makellose Aussprache, *weil ich ganz einfach keinen Bock mehr hatte*, weil ich nicht den Rest meines Lebens Befehlsempfänger sein wollte, weil ich nicht mehr in der Furcht leben wollte, mein Nachbar oder Kollege könnte ein Spitzel sein oder überall könnten Mikrofone installiert sein, selbst in der Garderobe des Konzertsaals, in dem ich auftrat. Aber ich war kein politischer Dissident, versicherte er, als er in meinem Büro saß und ich hoffte, er ginge bald, damit ich wieder allein sein konnte, und auf Zeit spielte für den Fall, dass mein Chef sich doch noch sehen ließ. Wissen Sie, was der eigentliche Grund dafür war, dass ich das Leben in meinem Land nicht mehr ertrug? Langeweile. Weil immer alles gleich war, das Gesicht des Regierungschefs auf allen Plakaten, in den Zeitungen und im Fernsehen, und seine Stimme im Radio, und weil immer alles so kompliziert war, oft sogar unmöglich; Dinge, die für Sie im Westen ganz normal sind, eine Tube Haarshampoo kaufen oder eine Nummer aus dem Telefonbuch heraussuchen. In meinem Land gibt es keine Telefonbücher, und eine Fotokopie anfertigen zu lassen ist schier unmöglich, und genauso schwer ist es, eine Reisegenehmigung für das Ausland zu bekommen, und wenn du eine Schreibmaschine mitbringst, wird sie dir an der Grenze abgenommen, und dein Name wird auf eine schwarze Liste verdächtiger Personen gesetzt. Aber was sage ich mein Land. Mein Land ist jetzt Spanien.

Er legte die Mappe beiseite, vergewisserte sich, dass sie richtig geschlossen war, damit kein Foto, Programmzettel oder Zeitungsausschnitt herausfallen konnte, suchte etwas in seinem zu engen Jackett – aus Samt, fällt mir jetzt wieder ein, mit den breiten Revers eines obsoleten oder fehlgeleiteten Dandytums, mehr das Jackett eines Operettensängers als das eines Pianisten –, und einen Moment lang stand Schrecken in seinem Gesicht, er tastete alle Taschen ab, schaute mich dabei mit einem verlegenen und entschuldigenden Lächeln an, als wäre ich ein Polizist und hätte ihn nach seinem Ausweis gefragt. Doch das hielt nur Sekunden an, dann ertasteten seine begierigen Finger, wonach sie gesucht hatten, den biegsamen Einband eines so sorgsam gehüteten Reisepasses, dass er noch wie neu aussah, genau wie der Personalausweis, den der Pianist mir danach zeigte, mit seinem Farbfoto unter der glatten Plastikoberfläche und seinem befremdlich klingenden rumänischen oder slawischen Namen, den ich wieder vergessen habe.

Seine schmalen, bleichen Finger berührten die Dokumente mit zärtlicher Ehrfurcht, mit dem ungläubigen Staunen darüber, dass sie wirklich existierten, mit der Furcht, sie zu verlieren. So viele Jahre hatte er in einem Land gelebt, das er nur verlassen wollte, um ein anderes zu sehen, das er nur aus Büchern und aus der Musik kannte, aus den klingenden Namen der Partituren, die er auf dem Konservatorium mühelos zu spielen lernte, so viel Angst hatte er am Tag seiner endgültigen Entscheidung ausgestanden, als er durch das Waschraumfenster seiner Garderobe sprang, ungesehen von seinen Kollegen, mit denen er auf Spanientournee war, und von den Agenten der politischen Polizei, die sie beaufsichtigten, so viel Zeit hatte er mit Warten verbracht, mit Erklärungen auf Polizeirevieren, mit dem Vorlegen von Papieren, während er in Unterkünften des Roten Kreuzes untergebracht war oder in unscheinbaren Pensionen, in der ständigen Furcht, ausgewiesen oder, schlimmer noch, repatriiert zu werden, welch ein schreckliches Wort, sagte er zu mir, ohne Geld, ohne Identität, in einem Niemandsland zwischen dem Leben, dem er entflohen war, und dem, das noch nicht begonnen hatte, all die Sicherheiten und Privilegien entbehrend, die er als renommierter Pianist in seinem Land genossen hatte, voller Ungewissheit über die Aussichten einer neuen Karriere, hier, wo ihn kein Mensch kannte.

Der verblendete Ausdruck dessen, der lange Zeit einen

Traum verfolgt und ihn schließlich verwirklicht hat, stritt in seinem Gesicht, in seinem Blick, in seiner ganzen Körperhaltung mit den Anzeichen einer fortschreitenden, wehmütigen Kapitulation vor den Widrigkeiten des Alltags, die die Erfüllung des Traums mit sich brachte. Auf dem Konservatorium von Bukarest oder Sofia war er ein Wunderkind gewesen, und seine Sammlung von Zeitungsausschnitten und Programmzetteln bescheinigte ihm eine außerordentliche Karriere in den Konzertsälen Osteuropas. Heute verbrachte er ganze Vormittage im Vorzimmer meines Büros und wartete auf die Zusage für ein Engagement, das ihm maximal zwei oder drei Auftritte in Kulturzentren der Peripherie einbringen würde, in Veranstaltungsräumen mit mangelhafter Akustik und schlecht gestimmten, mittelmäßigen Klavieren.

Er gestattete sich jedoch keine Mutlosigkeit, und wenn er mein Büro betrat und ich ihm sagte, der Chef komme heute nicht oder die Antragsformulare für ein Engagement seien immer noch nicht da, dankte er mir mit einem schwachen Lächeln und einem Kopfnicken, bevor er sich mit einer Mischung aus antiquierter mitteleuropäischer Höflichkeit und kommunistischer Steifheit zurückzog, mit einem Unterwürfigkeitsinstinkt jedem öffentlichen Bediensteten gegenüber, den er wohl nicht mehr würde ablegen können. Er war ein kleiner junger Mann, der mich in meiner schon schwachen Erinnerung an Roman Polanski denken lässt: Bestimmt war er gar nicht mehr jung, hatte sich aber, genau wie Polanski, eine jungenhafte Ausstrahlung bewahrt, eine gleichsam flüchtige Lebendigkeit im Blick und in seinen Bewegungen, die auf eine gewisse Entfernung die Anzeichen des Alters in seinem Gesicht verwischte.

Er gab Privatunterricht, nahm Konzertauftritte so gut wie überall und für wenig Geld an, und wenn er hinterher die Einnahmen zählte, sagte er, wieder mit einer dieser typischen Wendungen der neuen Sprache, zu sich selbst, *zum Sterben zu viel, zum Leben zu wenig;* und genauso sagte er, *Kleinvieh macht auch Mist* oder *besser ein Spatz in der Hand als eine Taube auf dem Dach,* sprach es in seinem bedachtsamen Spanisch, das er voller Leidenschaft in einer Hauptstadt mit klapprigen Straßenbahnen, ewigen Wintern und langen Nächten gelernt hatte, allein vor sich hin gesprochen mit einer tiefen Glückseligkeit von Ausflucht und Aufsässigkeit, wohl wissend, dass er mit dem Erlernen dieser Sprache eine notwendige und greifbare Eigenschaft seines ihm lebenswichtigen Traums vorwegnahm, genau wie mit dem Erlernen der schwierigsten Passagen der Suite *Iberia* von Albéniz oder der *Spanischen Rhapsodie* von Ravel auf dem Klavier. Und jetzt musste er erkennen, dass sein Traum nur höchst bescheidene Früchte abwarf, denn in Spanien zählten die Verdienste seiner früheren Laufbahn als Klaviervirtuose gar nichts mehr, und in den seltenen Fällen eines Engagements musste er zumeist an erbärmlichen Orten spielen, und obwohl man seiner zwar ordentlichen und gepflegten, jedoch abgenutzten Kleidung ansah, dass er in beständiger Not lebte, ließ er sich nicht von Verzagtheit überwältigen und legte weiterhin für alles in seinem neuen Land eine dankbare Begeisterung an den Tag, eine Glückseligkeit, die von außen betrachtet leicht pathetisch wirken mochte, ähnlich der eines verliebten Mannes, von dem wir wissen, dass seine Geliebte ihn verachtet oder schlecht behandelt, und der er dennoch grenzenlose Zuneigung entgegenbringt, die in keinem Verhältnis zu dem Wenigen steht, das er bekommt.

So viele Dinge von damals habe ich vergessen, habe ich aus meinem Gedächtnis tilgen wollen, damit sie mich nicht mit Schuldbewusstsein und Scham verpesten, mit Ekel vor mir selbst. Doch jetzt fällt mir wieder etwas ein, das der Mann, der bulgarische oder rumänische Pianist, mir erzählt hat, ich weiß nicht mehr, ob in meinem Büro oder in einer der Bars der umliegenden Gassen, in denen wir niederen Angestellten frühstücken gingen, vielleicht, als er mich unbedingt einmal zu einem Kaffee oder Bier einladen wollte, um so auf bescheidene Weise ein Konzert zu feiern, für das man ihn engagiert oder für das er nach Tagen oder Wochen quälender Verzögerungen endlich sein Honorar bekommen hatte.

Er kehrte in einem Nachtzug aus Paris nach Spanien zurück und erreichte bei Tagesanbruch die Grenze in Irún. Es war das erste Mal, dass er mit seinem neuen spanischen Pass reiste. Er hatte an einem Wohltätigkeitsfest exilierter Künstler seines Landes teilgenommen. Er konnte die ganze Nacht nicht schlafen, weil die Sitze der zweiten Klasse so unbequem waren, was noch verschärft wurde durch die Unhöflichkeit der Mitreisenden und der französischen Schaffner, die ihn praktisch an jedem Bahnhof den Platz wechseln ließen, weil er mit dem billigsten Fahrschein reiste und keinen Anspruch auf einen reservierten Platz hatte. Aber er war auch nervös, weil er zum ersten Mal mit seinen neuen Papieren nach Spanien einreisen würde, mit seinem Reisepass und seinem Personalausweis, die ihm erst vor kurzem ausgehändigt worden waren. Im dunklen Abteil zwischen den schnarchenden Mitreisenden tastete er immer wieder die Taschen seiner Jacke und seines Mantels ab, suchte seinen Fahrschein, seinen Pass und seinen Ausweis, glaubte jedes Mal, sie verloren zu haben, oder wenn er ein Dokument gefunden hatte, fehlte ihm ein anderes, und wenn er sie schließlich fand, verwahrte er sie wieder an einer Stelle, die er für sicherer hielt, im Innenfutter oder einer Reißverschlusstasche irgendwo in seinem Gepäck, doch dieses neue Versteck war so entlegen, dass er es vergaß, wenn er einmal für ein paar Minuten vom Schlaf überwältigt wurde. Voller Schrecken riss er dann die Augen auf, suchte nach seinen Papieren und war diesmal absolut überzeugt, dass sie ihm abhanden gekommen waren oder dass ein sich im Nachtexpress herumtreibender Dieb sie gestohlen hatte. Er dachte an die Stunden voller Sorge und Angst auf den Grenzbahnhöfen der kommunistischen Länder, an die endlos langen Passkontrollen und die Anzeichen von Panik, wenn es beim Überschreiten der Grenze plötzlich so aussah, als könnte er aufgrund eines Formfehlers in seinen Papieren festgehalten werden. Er beschloss, wach zu bleiben, sämtliche Papiere zusammen in einer Tasche zu verwahren, sie dort zu lassen und nicht mehr anzurühren. Im schwachen violetten Licht der Deckenbeleuchtung im Abteil versuchte er, die Uhrzeit zu erkennen, bei jedem Halt spähte er nach dem Namen des Bahnhofs, um abschätzen zu können, wie lange es noch bis Irún dauern würde. Voller Ungeduld erwartete er die Ankunft und auch voller Furcht, wurde immer unruhiger, je schneller der Zug zu werden schien, als er sich der Grenze näherte. Wie schon so oft in seinem Leben hatte er wieder einmal das Gefühl, nicht teilzuhaben an der Normalität der Menschen um ihn herum, der spanischen und französischen Reisenden, die ruhig schliefen und sich der Richtigkeit der Dinge sicher sein konnten, da sie einen festen Platz im Leben hatten, im Gegensatz zu ihm, der stets dazu neigte, sich als Eindringling zu fühlen, nichts für gegeben zu halten und immer mit bösen Überraschungen zu rechnen.

Von der Müdigkeit einer durchwachten Nacht überwältigt, war er schließlich eingeschlafen, als der Zug mit kreischenden Bremsen hielt. Noch in den Nachwehen eines schlechten Traums gefangen, schlug er die Augen auf und dachte, der Zug habe die Grenze seines alten Vaterlands erreicht, und die Grenzer in den grauen Uniformen würden ihn verhaften, sobald sie feststellten, dass er nicht die richtigen Papiere mit sich führte, den alten Reisepass, den er mir ebenfalls zeigte, Reliquie einer düsteren Vergangenheit, materieller Beweis dafür, dass er einmal existiert hatte.

Er stieg aus dem Zug und hielt seine Reisetasche fest in der einen Hand und den spanischen Pass in der anderen. Zuvor hatte er sich vergewissert, dass er die gesamte Dokumentation seiner Einbürgerung griffbereit hatte, für den Fall, dass man danach fragte. Er stellte sich auf der spanischen Seite der Grenze in die Schlange vor der Kabine, in der mit verdrießlichen oder müden Gesichtern zwei Beamte der Guardia Civil saßen. Sie werden es nicht glauben, weil Sie in Ihrem ganzen Leben noch an keiner Grenze Angst gehabt haben, aber mir zitterten buchstäblich die Knie, und als ich den Grenzbeamten einen guten Morgen wünschen wollte, war mir der Mund trocken geworden. Als er sich so mit trockenem Mund und feuchten Handflächen dem Grenzhäuschen näherte, mit einem zunehmenden Gefühl von Schwäche in den Beinen, geschah etwas, an das er sich immer noch voller Verwunderung und Dankbarkeit erinnerte, was keinem anderen Reisenden überhaupt aufgefallen wäre. Er schaute einen der Grenzbeamten an, als er auf ihn zuging, und hatte den Eindruck, dieser begegne seinem Blick voller Misstrauen und Argwohn. Er jedoch nahm all seinen Mut zusammen, wie bei dem Mal zuvor, als er aus dem Fenster des Waschraums gesprungen war, und zeigte mit aller Natürlichkeit, die er aufzubringen vermochte, seinen schon vorsorglich auf der Seite mit dem Foto aufgeschlagenen Pass, darauf eingestellt, Erklärungen zu der Diskrepanz zwischen Namen und Nationalität abzugeben und auch sogleich die entsprechenden Dokumente vorzulegen. Der Grenzbeamte jedoch winkte ihn durch, ohne einen Blick auf den Pass zu werfen, ohne ihn prüfend anzusehen, und sagte mit einer typisch spanischen Ruppigkeit, er solle durchgehen, und diese Handbewegung und die drei groben Worte des Grenzers waren für ihn der herrlichste Willkommensgruß, den er je empfangen hatte, der unbestreitbare Beweis seiner Staatsbürgerschaft. Immer noch voll ungläubiger Dankbarkeit über dieses Geschenk, das keiner der verschlafenen Zugreisenden hätte würdigen können, machte er in meinem Büro mit seiner bleichen, schlanken Musikerhand die Handbewegung des Grenzbeamten nach, wiederholte wie eine Zauberformel die Worte des Beamten, *los, verdammt, weiter*, kostete voller Stolz jede Silbe dieser Sprache aus, die jetzt nicht mehr die der Bücher und Träume seiner geheimen Vorstellungswelt war, sondern die seines neuen Alltags.

Die Gesichter der Fremden im Wartezimmer oder auf der anderen Seite meines Schreibtisches tauchten auf und verschwanden wieder, und ich betrachtete sie ebenso unaufmerksam, wie ich mir ihre Worte, Bitten oder Forderungen nach Dingen anhörte, die zu gewähren gar nicht in meiner Macht stand, die mich überhaupt nicht interessierten, wenngleich ich gelernt hatte, eine Miene aufzusetzen, als hörte ich ihnen mit professioneller Aufmerksamkeit zu, hin und wieder Notizen zu machen, in Wirklichkeit Strichmännchen oder abstrakte Zeichnungen auf einem leeren Blatt Papier, das in einer Aktenmappe vor mir auf dem Schreibtisch lag, während ich über unabdingbare Verfahrensabläufe informierte oder sachliche Erklärungen zur Verzögerung einer Zahlung abgab, die zweifellos täglich zu erwarten sei, obwohl ich selbst nichts unternehmen konnte, um den Vorgang zu beschleunigen, während es andererseits sehr gut möglich war, dass ein Wort des Chefs zur rechten Zeit sich in der Angelegenheit vorteilhaft auswirkte, wenn er, der in der Regel mit weitreichenderen Dingen beschäftigt war, nur ein wenig mehr Interesse an diesem Fall bekundete. Ich wartete immer, verkroch mich in mein Séparée aus Zeit und Raum wie in einen Fuchsbau, doch was ich über den nächsten Brief hinaus erwartete, war ziemlich unbestimmt, ein Nebel aus Vagheit und Unentschlossenheit, den aufzulösen ich mir nicht die Mühe machte. Ich verharrte reglos in der Vorläufigkeit meines Wartens, kauerte im unzugänglichsten Teil meines innersten Wesens, so still wie jemand, der den Wecker hat klingeln hören und weiß, dass er aufstehen muss, sich jedoch noch ein paar Minuten, eine Minute gönnt, bevor er die Augen aufschlägt und aus dem Bett springt. Ich wusste nicht, ob ich wirklich auf die Rückkehr jener Person wartete, die mir die Briefe schrieb, denn solange sie auf dieser Seite des Meeres und in derselben Stadt wie ich gelebt hatte, hatte sie mich auch nicht übermäßig zur Kenntnis genommen, jedenfalls nicht über längere Zeit. Nie hatte ich sie ferner, unerreichbarer gefunden als die wenigen Male, die ich sie in den Armen hielt. Wenn ich sie suchte, floh sie vor mir, doch wenn ich die Suche entmutigt aufgab, war sie es stets, die wie ein neues Versprechen zu mir kam, den Groll und die Verunsicherung aus meinem Herzen spülte, bis ich sie wieder so sehr begehrte, dass ich voller Verlangen und hingebungsvoll, wie von einem Magneten angezogen, zu ihr ging, und kaum berührte ich sie, wich sie wieder von mir. Jetzt, da sie weit fort war, in der Entfernung und in ihren Briefen, in meinem fast absoluten Unwissen über das Leben, das sie führte, fühlte ich mich ihr ganz nah.

In Wirklichkeit war sie für mich ebenso unberührbar wie die Frauen aus den alten Schwarzweißfilmen, die mich in einem Maße faszinierten, das eine gleichsam illusorische Verliebtheit in die ganze vorhersehbare Riege von Lauren Bacall, Ingrid Bergman, Gene Tierney, Ava Gardner und Rita Hayworth nach sich zog. In *Gilda*, diesem so oft gesehenen Film, flieht Rita Hayworth vor Glenn Ford aus Buenos Aires, und in einem Cabaret in Montevideo singt und tanzt sie, ganz in Weiß, ein Lied, das *Amado mío* heißt.

Amado mío
Love me forever
And let forever
Begin tonight.

Im Film ist Montevideo nur ein Name, nicht einmal eine Kulisse oder einer dieser Landschaftsfilme, vor denen die Schauspieler sprechen oder so tun, als führen sie Auto. Die Frau, die eines Morgens im Vorzimmer meines Büros erschien, mit einem Kind auf dem Arm und einer Tasche voller Marionetten, war 1974 von Montevideo nach Buenos Aires geflüchtet und vier Jahre später von Buenos Aires nach Madrid, schwanger, ohne es allerdings zu wissen; sie erwartete ein Kind von einem Mann, den Soldaten oder Polizisten in Zivil eines Nachts abgeholt und von dem sie nie wieder etwas gehört hatte. Während wir sprachen, spielte der Junge auf dem Fußboden meines Büros mit den Holzpuppen seiner Mutter, und sie beobachtete ihn aus den Augenwinkeln mit einer Unruhe, die sich nicht einen Moment legte, getrieben von Panik und unausgesprochener Not, eine Frau von etwas über dreißig Jahren mit tiefschwarzen Haaren und Augen, das Haar glatt und schimmernd, die großen, mit Lidstrich akzentuierten Augen vielleicht einen Hauch zu italienisch, genau wie die Nase und der Mund, mit kräftigen, männlich anmutenden Händen, geschickt im Umgang mit Bindfäden und Puppen, die sie mit einer ausholenden Armbewegung unvermutet aus der Tasche holte und vor mir tanzen ließ, nachdem sie einen Kassettenrecorder angeschlossen hatte, den sie in ihrem Flohmarktgepäck gleichfalls mit sich führte. Über das graue Metall meines Schreibtisches und durch das Gewirr der Blätterstapel ging Rotkäppchen mit trippelnden Schritten und zum Takt der Musik aus dem Kassettenrecorder in den Wald, der böse Wolf lauerte hinter einem Aktenstapel, und die Stimme mit dem starken Akzent vom Río de la Plata erzählte die Geschichte und wechselte zwischen der hellen Stimme des Kindes, dem Brummbass des bösen Wolfs und der brüchig keifenden Stimme der Großmutter. Der Junge war aufgestanden und trat wie verzaubert an den Tisch, der ihm bis zu den Augen reichte, verzaubert und eingeschüchtert, als fürchtete er, der böse Wolf könne auch ihm auflauern, ohne einen einzigen Blick auf die Hände seiner Mutter oder auf die Fäden zu werfen, an denen die Puppen tanzten.

Die Vorführung dauerte nicht länger als zwei oder drei Minuten, und als die Musik zur Schlussfanfare kam und das Band anhielt, machten alle Puppen gleichzeitig eine große Verbeugung und blieben dann schlaff auf den Papieren meines Schreibtischs liegen, doch der Junge starrte sie noch immer mit staunenden Augen an, als erwartete er, dass sie wieder zum Leben erwachten. Du siehst ja, sagte die Frau, ich kann mein Puppentheater überall aufbauen, stopfte die Puppen und den Kassettenrecorder in die Tasche zurück, aus der der Junge sie sofort eine nach der anderen wieder herausnahm, um sie gemächlich zu untersuchen, als versuchte er das Geheimnis ihrer plötzlich erloschenen Lebendigkeit zu ergründen. Er war so mit ihnen und mit sich selbst beschäftigt, dass er weder mich noch seine Mutter beachtete und nicht einen Blick für seine Umgebung übrig hatte, für das eher schlampige Büro, in dem er sich befand und das genauso ungastlich war wie das Pensionszimmer, in dem sie seit ihrer Ankunft in der Stadt wohnten, immer in dem beklemmenden Gefühl, nicht zu wissen, wie lange sie es noch bezahlen konnten, sagte mir die Mutter, nervös darauf dringend, dass ich ihr eine Reihe von Auftritten in Kindergärten und vor Erstklässlern in staatlichen Schulen beschaffte.

Auch sie hatte ihre Mappe dabei, zeigte Fotos und Zeitungsausschnitte, Zeugnisse eines anderen Landes, die ihr bei uns nichts nützten, Diplome von Kursen in Schauspielschulen von Montevideo und Buenos Aires, mit denen sie in Spanien nicht einmal eine Arbeit als Putzfrau finden würde. Ich betete ihr die übliche Litanei von Anträgen und Formularen und Wartezeiten herunter, und sie hielt meinem Blick mit einem Ausdruck von Ungläubigkeit, ja beinah Spott in ihren schwarzen, von Wimperntusche umschatteten Augen stand, als wollte sie mir zu verstehen geben, dass sie kein Wort von dem glaubte, was ich ihr erzählte, und es sie auch nicht interessierte und ich es ja wohl selbst nicht glaubte. Aber sie hatte es eilig, zu einem anderen Gesprächstermin zu kommen, in einem ähnlichen Büro wie dem meinen, in der Provinzverwaltung, und sie ließ mir ihre Mappe da und schrieb auf den Einband die Telefonnummer ihrer Pension, einer düsteren Bleibe, in der ich als bettelarmer Student selbst einmal abgestiegen war. Sie wusste so gut wie ich, dass es nicht die geringste Notwendigkeit gab, mir die Telefonnummer dazulassen, dass sie noch viele weitere Male in meinem Büro vorstellig werden und unverrichteter Dinge würde abziehen müssen, aber wir wussten auch beide, dass es anders nicht ging, dass sie warten und ausharren musste, trotz des Gefühls, ihre Menschenwürde werde mit Füßen getreten, wann immer sie anrief, um zu fragen, ob es etwas Neues gebe, ob schon eine Entscheidung gefallen sei, wenn sie die Tür zu meinem Büro öffnete und sich im dämmrigen Wartezimmer niederließ, stets mit dem Jungen an der Hand oder auf dem Arm, denn sie konnte ihn ja nicht allein in der Pension zurücklassen, und sie kannte auch niemanden, dem sie den Jungen anvertrauen konnte, der nie seinen Vater kennen lernen und auch nie erfahren würde, wann und wie dieser gestorben war.

Heute müsste er ein junger Mann von gut zwanzig Jahren sein: Er wird das Foto betrachten, das seine Mutter mir eines Tages im Büro gezeigt hat, das Gesicht eines jungenhaft aussehenden Mannes mit breitrandiger Brille, vollem gewelltem Haar, wie man es in den siebziger Jahren trug, mit langen Koteletten, das Phantom eines Menschen, der etwa so alt ist wie er selbst und der dennoch sein Vater ist, der offiziell weder tot noch lebendig ist, nirgends begraben und in keinem Sterberegister vermerkt, einfach verschwunden irgendwo im Nichts, unauffindbar, ruhelos und ohne den Trost des Wissens für jene, die ihn überlebt haben und sein Andenken bewahren, wann er gestorben ist und wo er begraben liegt, wenn er nicht gar mit verbundenen Augen und gefesselten Händen aus einem Hubschrauber in den Río de la Plata geworfen worden war oder schon tot und mit aufgeschlitztem Leib, damit sich die Haie an seinem Leichnam gütlich taten.

Die Frau brach in Tränen aus, und der Junge, der in seinen Gedanken versunken auf dem Fußboden saß und spielte, schien plötzlich aufzuwachen, wandte sich ihr zu und schaute sie mit ernsten Augen an, als habe er verstehen können, was seine Mutter mir mit leiser Stimme berichtet hatte. Sie bat mich um ein Papiertaschentuch, und als sie wieder aufschaute, bemerkte ich einen Strich von Wimperntusche auf ihrer Wange. Es geht schon wieder, sagte sie entschuldigend und strich sich das schwarze schimmernde Haar aus dem Gesicht. Ich gab ihr Feuer, und ihre immer noch von Tränen glänzenden, großen dunklen Augen lächelten mich an, doch diesmal war es nicht das übliche höfliche oder schmeichelnde Lächeln, das meiner beruflichen Stellung galt, sondern es war an mich gerichtet, an den, der ihr aufmerksam zugehört und Einzelheiten nachgefragt hatte, der ihr die zweifelhafte Gastfreundschaft des Büros und eine friedvolle Zeit für vertrauliche Aussprache gewährt hatte. Mit einem Anflug von schäbigem Chauvinismus dachte ich, dass sie eine begehrenswerte Frau sei und sich mir vielleicht einmal eine Gelegenheit biete, mit ihr ins Bett zu gehen.

An ihren Namen erinnere ich mich noch gut. Sie nannte ihn mir am ersten Tag, als ich ihre Personalien für eine meiner detaillierten und nutzlosen Karteikarten aufnahm, die es mir ermöglichten, einen Anschein unparteilicher Organisiertheit zu erwecken, die ich pedantisch mit Schreibmaschine ausfüllte und dann in einer Schublade meines Metallschranks alphabetisch unter der entsprechenden Rubrik einordnete, die mit farbigen Reitern für Theater, Klassische Musik, Rock- oder

Flamencomusik oder Sonstige Künstler gekennzeichnet war; unter diese letzte Rubrik fiel auch der Übersetzer García Lorcas ins Romani.

Vielleicht erregte der Name deshalb meine Aufmerksamkeit, weil er mir nicht zu ihrem italienischen Äußeren, ihren schwarzen Haaren und Augen zu passen schien. Adriana, sagte sie, Adriana Seligmann. Manchmal, wenn du einen Namen hörst, den einer Frau oder einer Stadt, nimmst du in seinen Silben die Schwingungen einer Geschichte wahr, die in ihm verschlüsselt liegt, die Chiffre einer geheimen Botschaft, ein ganzes Leben in einem Wort. Jeder trägt seinen Roman mit sich, vielleicht nicht den vollständigen Bericht seines Lebens, aber doch eine Episode, die es für immer prägte, die sich in einem Namen zusammenfassen lässt, und dies ist möglicherweise ein Name, den niemand kennt und der nicht laut ausgesprochen werden darf. Rosebud, Milena, Narva, Gmünd. Mehr denn je lebte ich zu jener Zeit von Wörtern und verliebte mich in Namen; Namen von Frauen, von unerreichbaren Frauen, entweder weil ich mich ihnen nicht zu nähern traute oder weil sie nicht existierten oder weil sie zwar existierten, ich mich jedoch in ein Traumbild meiner Phantasie und meines Verlangens verliebte, Namen von Städten, die vor allem deswegen so wunderbar waren, weil ich sie nicht kannte und sie wahrscheinlich auch nie zu sehen bekäme.

Die fremde, begehrenswerte Frau, die auf der anderen Seite meines Schreibtisches stand, nahm wieder Platz und erzählte mir die Geschichte ihres Namens. Ich habe oft Menschen gesehen, die sich plötzlich zu verändern scheinen, wenn sie sich entschlossen haben zu erzählen, was ihnen wichtig ist, wie die Geschichte oder den Roman ihres Lebens; die einen Schritt nach vorn tun und die reale Zeit der Gegenwart verlassen, um in eine Geschichte einzutauchen, und die, obwohl sie erzählen, weil es sie drängt, sich mitzuteilen, vor sich hin starren, als seien sie allein, und für die der Gesprächspartner nur ein Resonanzkörper ist, eine dünne Membrane, die die Schwingungen der gesprochenen Wörter aufnimmt. Nie bin ich mehr ich selbst, als wenn ich schweigend dasitze und zuhöre, wenn ich die Last meiner Identität und meine Erinnerung beiseite schiebe und mich ganz auf den Akt des Zuhörens konzentriere, ganz und gar von den Erlebnissen und Erinnerungen anderer in Anspruch genommen bin.

Seligmann hieß mein Großvater väterlicherseits, Saul Seligmann, sagte die Frau. Als Kind wusste ich vage, dass er als junger Mann aus Deutschland gekommen war, aber ich habe ihn nie von seinem Leben erzählen hören, das er geführt hatte, bevor er nach Montevideo kam. Ich weiß noch, dass ich ihn an der Hand meines Vaters in seiner Schneiderwerkstatt besuchte. Er legte dann beiseite, womit er gerade beschäftigt war, setzte mich auf seine Knie und erzählte mir Geschichten, und ich erinnere mich, dass seine Stimme einen fremdländischen Akzent hatte. Als er zu arbeiten aufhörte, zog er aus Montevideo fort auf die andere Seite des Flusses, wie wir es nannten. Er hatte sich ein Landhaus in El Tigre gekauft, um endlich allein zu sein, so, wie er es immer hätte haben wollen, sagte mein Vater nicht ohne Groll. Da habe ich ihn eine ganze Weile nicht mehr gesehen. Als ich zwölf war, trennten sich meine Eltern und schickten mich eine Zeit lang zu Großvater nach El Tigre. Er wohnte in einem Holzhaus auf einer kleinen Insel, es hatte ein weiß gestrichenes Verandageländer und einen Anlegesteg und war von Bäumen umgeben. Nach den letzten Monaten bei meinen Eltern war dieser Aufenthalt bei meinem Großvater das Paradies. Ich las die Bücher in seiner Bibliothek und hörte mir seine Platten mit Opern und Tangos an. Wenn ich ihn nach Deutschland fragte, sagte er, er sei noch sehr jung gewesen, als er ging, und er habe alles vergessen, sogar die Sprache. Ich fand aber heraus, dass das nicht stimmte, obwohl er es vielleicht gar nicht bemerkte. Schon in einer der ersten Nächte in Großvaters Haus wurde ich von Schreien geweckt. Ich hatte Angst, weil ich glaubte, es sei eingebrochen worden. Trotzdem nahm ich meinen Mut zusammen, stand auf und schlich über den Flur zum Zimmer meines Großvaters. Er war es, der schrie. Er schrie jemanden an, stritt sich mit ihm, schien um etwas zu bitten, aber ich verstand kein Wort, weil er Deutsch sprach. Er schrie, wie ich noch nie einen Menschen hatte schreien hören. Er schien jemanden zu rufen, einen Namen, so laut, dass er vom Klang seiner eigenen Stimme erwachte. Ich wollte mich verstecken, doch dann merkte ich, dass er mich trotz des Lichts auf dem Flur gar nicht sah, obwohl er die Augen offen hatte. Er keuchte und schwitzte. Am nächsten Tag fragte ich ihn, ob er einen Albtraum gehabt habe, aber er sagte, er könne sich an nichts erinnern. Jede Nacht ging das so mit dem Geschrei auf Deutsch in dem einsamen Haus, dem Namen, den er immer rief und den ich nicht genau verstand, ich weiß nicht, ob es Greta war oder Gerda. Als mein Großvater starb, fanden wir unter seinem Bett einen kleinen Koffer voller Briefe aus Deutschland und Fotos von einer jungen Frau. Grete lautete die Unterschrift auf allen Briefen, von denen nach 1940 keine mehr gekommen waren. Als Kind mochte ich meinen Nachnamen nicht, aber jetzt empfinde ich ihn als ein Geschenk, das er mir gemacht hat, genau wie diese Briefe, die ich gern gelesen hätte, aber nicht verstand. Ich nahm sie mit, als ich nach Buenos Aires zog, und auch die Fotos von Grete. Ich wollte sie immer jemandem zu lesen geben, der Deutsch kann, und sie mir übersetzen lassen, aber es ist jedes Mal dabei geblieben. Man hat immer so viel zu tun und glaubt, es sei noch Zeit für alles, und eines Tages ist plötzlich alles zu Ende, du hast nichts mehr von dem, was du sicher glaubtest, keinen Mann, keine Wohnung, keine Papiere, nichts mehr, nur noch Angst und Schrecken, nur das Grauen, das dich nie mehr verlässt. Was mag aus den Briefen geworden sein, was haben die wohl damit gemacht, die uns in unserer Wohnung überfallen haben. Etwas hatte ich wenigstens, das sie mir nicht nehmen konnten, obwohl ich nichts davon ahnte, als ich floh, denn zu der Zeit wusste ich noch nicht, dass ich schwanger war.

Sepharad

Ich erinnere mich an ein jüdisches Haus in einem Viertel meiner Heimatstadt, das sich Alcázar nennt, weil es sich in dem teilweise immer noch ummauerten Bereich des mittelalterlichen Alcázar befindet, der befestigten Zitadelle, die zuerst den Mauren und seit dem 13. Jahrhundert den Christen gehörte, seit 1234, um genau zu sein, als Ferdinand III. von Kastilien, der in meinen Schulbüchern der Heilige genannt wurde, die neu eroberte Stadt in Besitz nahm. Damit wir uns das Datum besser merken konnten, brachte man uns in der Schule bei, einfach an die ersten vier Zahlen zu denken, und so wiederholten wir im Chor, als wäre es das kleine Einmaleins, mit Fernando dem Heiligen eroberten wir / unsere Stadt von den Mauren im Jahr eins zwei drei vier.

Auf dem hoch gelegenen Areal des Alcázar, der von Süden und Osten so gut wie uneinnehmbar war, erhob sich zuerst die große Moschee und später, an derselben Stelle, die Marienkirche, die immer noch dort steht, obwohl seit Jahren geschlossen wegen Restaurationsarbeiten, die nie beendet werden. Sie hat oder hatte einen gotischen Kreuzgang, das einzig wirklich Alte oder Wertvolle an dem Gebäude, das schon oft ohne allzu große Rücksichtnahme renoviert wurde, vor allem im 19. Jahrhundert, als ihm, 1880 wahrscheinlich, ein ganz banales Portal und zwei völlig bedeutungslose Glockentürme hinzugefügt wurden. Den Klang ihrer Glocken konnte ich jedoch von allen anderen unterscheiden, die gegen Abend in unserer Stadt zu hören waren, denn es waren die Glocken unserer Pfarrei, und ich erkannte auch, wann sie zur Beerdigung oder zur Totenmesse läuteten, und an Sonntagen natürlich das weihevolle Geläut zum mittäglichen Hochamt. Andere Glocken, nicht viel weiter entfernt, hatten einen dunkleren Klang von feierlicher Bronze, die der Erlöserkirche beispielsweise, oder einen hellen, perlenden Klang, das waren dann die des Nonnenklosters in einem eckigen Turm wie von einer Festung, so düster wie das ganze Gebäude mit seinem stets verschlossenen Tor und den von Moos und Flechten geschwärzten Mauern, die immer im kalten Nordschatten lagen. Ab und zu öffnete sich das mit großen Nägeln beschlagene schwarze Tor, und zwei Nonnen traten heraus; sie waren immer zu zweit und so bleich, dass ich glaubte, sie kämen direkt aus den Katakomben mit ihren braunen Kutten und den von weißen Hauben umrahmten, noch weißeren Gesichtern. Ich erinnere mich, dass sie mir eine panische Angst einflößten, weil ich dachte, sie wollten mich mitnehmen; dann klammerte ich mich jedes Mal ganz fest an die Hand meiner Mutter, die sich einen schwarzen Schleier über das Gesicht legte, wenn sie zur Kirche ging.

Ich erinnere mich an die unterschiedlich großen Bodenplatten im Kreuzgang von Sankt Marien, von denen einige die eingemeißelten Namen vor langer Zeit Verstorbener trugen und die durch die Jahrhunderte und die Tritte der Menschen fast gänzlich verwittert waren, und an einen Garten hinter den gotischen Bögen, in dem ein Lorbeerbaum stand, der so hoch war, dass der Blick eines Kindes sich darin verlor, ohne bis zur Spitze vorzudringen. Der von dem gigantischen Lorbeerbaum überschattete Garten war voller Farnkraut und Gestrüpp und roch sogar im Sommer stark nach Vegetation und feuchter Erde, und die im Dickicht nistenden Vögel veranstalteten ein heilloses Gezwitscher. An späten Sommerabenden konnte man dort die lang gezogenen Pfiffe der Schwalben und Mauersegler hören. Schon aus großer Ferne erkannte man den Schwall dunklen Grüns des Lorbeerbaums, eine pflanzliche Fontäne, die sich hoch über die Kirchtürme und Dächer des Viertels hinaushob und an stürmischen Tagen hin und her schwankte. Als ich noch ein Kind war, wurde mir stets schwindlig, wenn ich an der Hand meiner Mutter den Kreuzgang betrat und einen Blick in den Garten warf, um zur Spitze des Lorbeerbaums hinaufzuspähen; jedes Mal spürte ich die feuchte Kälte der Erde und der Steine und war wie betäubt vom Rauschen der Flügel, wenn beim Einsetzen des Glockengeläuts plötzlich alle Vögel aufflatterten.

Ich war mir sicher, dass der Lorbeerbaum bis in den Himmel reichte, so wie der magische Bohnenstrauch in dem Märchen, das mir die Frauen zu Hause vorlasen und das ich viele Jahre später meinem ersten Sohn vorlas, der schon mit zwei oder drei Jahren von Gutenachtgeschichten gar nicht genug kriegen konnte und immer ganz zapplig wurde, wenn er merkte, dass eine Geschichte zu Ende ging; dann bat er mich, noch etwas länger vorzulesen, eine neue Geschichte anzufangen oder ihm eine zu erzählen, am besten eine, bei der ich den Personen und Gestalten Eigenschaften und Kräfte verlieh, die er sich ausdachte, und Namen, die seine Zustimmung finden mussten. Wenn ich meinem Sohn abends am Bett das Märchen vorlas, stellte er sich vor, wie der kleine Held in dem magischen Lorbeerbaum von Sankt Marien bis in den Himmel hinaufkletterte und oberhalb der Wolken wieder herauskam, genau wie ich es mir vorgestellt hatte, als ich ein Kind war und dasselbe Märchen hörte. Wenn ich starr nach oben schaute, schwankte der Lorbeerbaum, auch wenn kein Wind wehte, ganz sacht hin und her, was mir umso beunruhigender erschien, als es sich so unmerklich vollzog. Wenn es stürmte, war das Rauschen der vom Wind durchzausten Blätter so stark wie das Tosen einer Brandung, das ich noch nie gehört hatte, nur im Kino oder als man mir einmal eine Muschel ans Ohr hielt und mir sagte, darin sei das Rauschen des Meeres zu hören, aus dem die Muschel stammte.

In dem Sommer, als ich zwölf wurde, ging ich jeden Nachmittag in die Marienkirche, um zur Jungfrau von Guadalupe zu beten, der Schutzpatronin unserer Stadt, die ich anflehte, mich im September die Sportprüfung bestehen zu lassen, da ich bei dem Test im Juni beschämenderweise, wenngleich nicht zu Unrecht, durchgefallen war. Sport lag mir einfach nicht, ich konnte nicht am Seil hochklettern, nicht über den Bock springen, nicht einmal einen Purzelbaum brachte ich zuwege, und ich kam mir immer mehr wie ein Außenseiter vor. Mit dem Verlust der behaglichen Sicherheit des Kindesalters und den ersten Nöten des Heranwachsens wurde dieses Gefühl der Vereinsamung noch bitterer spürbar. Ich führte das beschämende Dasein eines Ausgeschlossenen: Mein Gesicht war zu rund und voller Pickel, dunkler Flaum beschattete meine immer noch kindliche Oberlippe und spross an den seltsamsten Körperstellen, und ich lebte mit den Gewissensqualen der heimlichen Masturbation, die nach den finsteren Lehren der Kirche nicht nur eine Todsünde darstellte, sondern auch den Anfang einer ganzen Reihe scheußlichster Krankheiten. Es war ein merkwürdiges Gefühl, dieses dicke einsame Kind gewesen zu sein, das im Sommer jeden Abend, wenn die Hitze des Tages nachzulassen begann, ins Alcázar-Viertel hinaufging und den kühlen Kreuzgang der Marienkirche über den Grabsteinen der vor fünf oder sechs Jahrhunderten begrabenen Toten betrat, um zur Heiligen Jungfrau zu beten, voller Demut und Reue, weil ich in jenem Sommer zu masturbieren gelernt hatte und heimlich in Kleiderausschnitte spähte und nackte Frauenbeine anstarrte, die weiße, von bläulichen Adern durchzogene Brust mit der großen dunklen Warze, an der eine barfüßige Zigeunerin auf den Treppenstufen vor einem der ärmlichen Häuser ganz am Ende des Viertels, die an die eingefallene Stadtmauer stießen, ihren Säugling stillte. Manchmal sah ich auf dem großen Platz vor der Kirche bereits von weitem die vier oder fünf Halbstarken meiner Klasse, die schon rauchten und in Kneipen gingen, und wenn ich vorbeikam, verspotteten sie mich, wie sie mich schon während des Unterrichts oder auf dem Schulhof verspottet hatten, weil ich ein Angsthase war, und noch schlimmer wurde es, wenn sie merkten, wohin der dicke Streber ging, der nur Einser hatte, aber in Sport durchgefallen war, und der jetzt jeden Tag zur Jungfrau Maria betete und manchmal sogar beichtete und zur Kommunion ging, immer mit dem schlechten Gewissen, nicht alles gebeichtet zu haben, dem Priester, der die immer gleichen Fragen gestellt und dann im Halbdunkel des Beichtstuhls die Absolution erteilt und die Buße auferlegt hatte, nicht gesagt zu haben, da sei noch eine weitere Sünde, die er nicht einmal auszusprechen, sondern nur umständlich mit der Umschreibung anzudeuten wagte, er habe eine *unschamhafte* Tat begangen. So früh schon gewöhnte uns die katholische Glaubenslehre an den einsamen Kampf mit uns selbst und an verdrehte Schuldgefühle: Eine unschamhafte Tat war eine Todsünde, und wenn sie nicht gebeichtet wurde, konnte man nicht von ihr losgesprochen werden, und wer im Stande der Todsünde die heilige Kommunion empfing, beging eine weitere Todsünde, die genauso schwer wog wie die erste und daher die Gewissenslast verdoppelte.

In der Marienkirche fand meine erste Hochzeit statt. Da war ich sechsundzwanzig Jahre alt. Die feierliche Messe und die vielen geladenen Gäste verwirrten mich und machten mich nervös, und darum achtete ich bei jener Gelegenheit wohl nicht auf den großen Lorbeerbaum hinter dem Kreuzgang; doch heute kommt mir der Besorgnis erregende Verdacht, dass er gefällt wurde, was in meiner sorglos dem Baumfrevel frönenden Stadt gar nicht verwunderlich wäre. Der junge Mann mit Schnauzbart und Messerschnitt, mit dunkelblauem Anzug und perlgrauer Krawatte ist mir noch ferner als der bemitleidenswerte, verklemmte Junge, der er vierzehn Jahre zuvor gewesen war. Im Lauf dieser Zeit vervollkommnete er die Fertigkeiten, die er schon beim Eintritt ins Erwachsenenalter als zu seinem Wesen gehörig erkannt hatte: die Angewohnheit, nach außen hin zu sein und zu tun, was von ihm erwartet wurde, sich im Stillen jedoch grollend dagegen aufzulehnen; die eitle Raffinesse, zu verbergen, was er seine eigentliche Identität nannte, die er mit Büchern und Träumen am Leben hielt, sowie eine wachsende Verbitterung, die er durch eine Haltung stillen Einvernehmens kaschierte. Er lebte im beharrlichen Exil einer Abwesenheit, die kaum einmal durchbrochen wurde, aber ebenso falsch war wie der Blick auf eine weite Landschaft, die auf eine Hauswand gemalt ist, oder jene, vor der im Film ein Schauspieler in einem Auto mit offenem Verdeck fährt, ohne dass der Fahrtwind sein Haar zerzaust oder die vorüberhuschenden Bäume sich auf der Windschutzscheibe spiegeln.

Das hinter der Marienkirche gelegene Alcázar-Viertel wird im Süden und Westen von terrassierten Gärten und dem Fußweg begrenzt, der an der verfallenen Stadtmauer entlangführt, wird von gewundenen, mit Kopfsteinen gepflasterten Gassen durchzogen, aufgelockert von kleinen Plätzen, auf denen man auf ein altes Herrenhaus mit gemauertem Torbogen und zwei oder drei Maulbeerbäume oder Pappeln stoßen kann. Die ältesten Häuser des Viertels stammen aus dem 15. Jahrhundert. Ihre Wände sind mit weißer Kalkfarbe gestrichen, mit Ausnahme der Türstürze, die den gelblichen Ton des Sandsteins behalten haben, aus dem sie gemeißelt wurden, aus dem auch die Stadtpaläste und Kirchen erbaut worden sind. Die weiße Kalkfarbe und das Goldgelb des Steins bilden einen harmonischen Kontrast, der die lichte Eleganz der Renaissance und die herbe Schönheit der Volksbaukunst in sich vereint. Hohe schmale Fenster mit engmaschigem Gitterwerk und hoch ummauerte Gärten erinnern an die Abgeschlossenheit maurischer Häuser, die sich in christlichen Klöstern unversehrt erhalten hat. Es gibt Häuser mit Fenstern eng wie Schießscharten, in denen wir uns als Kinder manchmal versteckt haben, und mit großen, in die Hauswand eingelassenen Ringen aus Eisen, die so schwer waren, dass wir sie nicht anheben konnten, und an denen, so wurde uns erzählt, die früheren Herren ihre Reittiere anzubinden pflegten. In diesen Stadtpalästen wohnte der die Stadt regierende Adel, der gern gegen den König rebellierte und sich dann hinter den Mauern des Alcázar verschanzte. Im Schutz dieser Mauern lag das Judenviertel: Die adeligen Herren brauchten das Geld der Juden, deren administrative Fähigkeiten und handwerkliches Geschick, sodass es in ihrem Interesse lag, sie gegen den sporadisch aufflammenden Zorn eines frömmlerischen, von fanatischen Predigern aufgehetzten Pöbels zu beschützen, der mit Gräuelmärchen über Hostienfrevel und blutige, den christlichen Glauben schmähende Rituale angestachelt worden war. Sie stahlen geweihte Hostien, spien sie wieder aus und traten sie mit Füßen, schlugen Nägel hindurch und rissen sie mit Zangen auseinander, wiederholten so an ihnen die Folterqualen, welche sie dem sterblichen Leib Jesu zugefügt hatten. Sie raubten Christenkinder und enthaupteten sie in den Katakomben ihrer Synagogen, tranken ihr Blut oder schändeten damit das weiße Mehl der geweihten Hostien.

Jemand hatte mir von diesem jüdischen Haus erzählt, und ich durchstreifte daraufhin das Alcázar-Viertel, bis ich es gefunden hatte. Es liegt wie hingekauert in einer schmalen Gasse, und ich weiß noch, dass es bewohnt war, dass durch die offenen Fenster, vor denen Töpfe mit Geranien standen, Stimmen und Fernsehgeräusche auf die Straße drangen. Es hat eine niedrige Tür, und an beiden Enden des steinernen Türsturzes sind zwei umrandete Davidsterne eingemeißelt, die noch nicht so verwittert sind, dass man sie nicht deutlich erkennen könnte. Es ist ein kleines, aber solides Haus, das einer nicht sehr umfangreichen Familie gehört haben dürfte, einem Schreiber oder Kleinhändler vielleicht oder einem Lehrer der jüdischen Schule, einer Familie, die in den Jahren vor der Vertreibung hin und her gerissen war zwischen Furcht und dem Bemühen um Normalität, die sich einredete, die bedrohlichen Auswüchse christlichen Fanatismus würden sich, wie schon so oft, wieder legen, in dieser kleinen Stadt hinter den schützenden Mauern des Alcázar würden sich die schrecklichen Massaker, die von Córdoba einige Jahre zuvor oder die vom Ende des vorangegangenen Jahrhunderts, nicht wiederholen. Das Haus drückt sich wie verängstigt und Schutz suchend in die Gasse, wie jemand, der, um keine Aufmerksamkeit zu erregen, mit gesenktem Kopf und hochgezogenen Schultern an den Hauswänden langgeht. Was tätest du, wenn du wüsstest, dass man dich von einem Tag auf den anderen vertreiben kann, dass eine Unterschrift und ein Siegel auf einem Pergament genügen, um dein Leben völlig aus der Bahn zu werfen, dir alles zu nehmen, dein Haus, dein Hab und Gut, dein gewohntes Leben, und dich auf die Straße zu werfen, gedemütigt und gezwungen, alles aufzugeben, was du als dein Eigentum betrachtest, und auf ein Schiff zu gehen, das dich wer weiß wohin bringt, in ein Land, in dem man ebenfalls mit dem Finger auf dich zeigt und dich zurückweist oder nicht einmal das, das vielmehr untergeht und dich mit in die Tiefen des gefürchteten Meeres reißt, das du noch nie gesehen hast. Die beiden Davidsterne sind der einzige Beweis für die Existenz einer großen Gemeinde, genau wie die fossilen Eindrücke eines zarten Blattes für die eines vor Tausenden von Jahren durch eine erdgeschichtliche Katastrophe untergegangenen Urwalds. Sie konnten nicht glauben, dass sie wirklich ausgewiesen würden, dass sie binnen weniger Monate das Land verlassen müssten, in dem sie geboren waren und in dem schon ihre Vorväter gelebt hatten, die Straßen der Stadt, die sie für ihre Heimatstadt hielten und in der ihnen schon bald nichts als Hass entgegenschlagen würde. Wer kann schon glauben, dass ihm das Haus, welches das Abbild seines Lebens ist, nach einer Frist von nur wenigen Tagen weggenommen wird, dass unbekannte Menschen es in Besitz nehmen werden, die nichts von denen wissen, die vorher darin gewohnt und sich in dem sicheren Glauben gewiegt haben, es gehöre ihnen. Die Haustür war mit rostigen Schmiedenägeln beschlagen und hatte einen eisernen Türklopfer, und in den Ecken des Türsturzes gab es kleine gotische Kehlungen. Den Schlüssel, der in das große Schlüsselloch des Türschlosses passte, hatten die Vertriebenen vielleicht mitgenommen und über Generationen hinweg von den Vätern auf die Söhne vererbt, genau wie die Sprache und die klangvollen spanischen Namen, wie die Romanzen und Kinderlieder, die die Juden von Saloniki und Rhodos mit auf die lange Todesfahrt nach Auschwitz nahmen. Ein ähnliches Haus wie dieses hatten die Familien von Baruch Spinoza oder Primo Levi für immer zurückgelassen. Ich schlenderte über das Kopfsteinpflaster der Gassen im Judenviertel von Ubeda und stellte mir vor, wie still es hier in den Tagen nach der Vertreibung gewesen sein musste, ebenso still wie in den Straßen des sephardischen Viertels von Saloniki, nachdem die Deutschen es 1943 geräumt hatten und in denen man nie mehr die Stimmen spielender Mädchen vernahm, die seilsprangen und Romanzen sangen, die ich noch aus meiner eigenen Kindheit kannte, Romanzen von Frauen, die sich als Männer verkleideten, um gegen die Mauren zu kämpfen, oder als verwunschene Prinzessinnen. Franziskaner und Dominikaner predigten der verblendeten Menge von den Kanzeln, die Kirchenglocken läuteten im Triumph, als die Verbannten im Frühjahr und Sommer 1942 das Alcázar-Viertel verließen, und das war auch so eine Jahreszahl, die wir in der Schule auswendig lernen mussten, weil sie den ruhmreichen Höhepunkt der spanischen Geschichte markiere, sagte uns der Lehrer, als Granada zurückerobert und Amerika entdeckt wurde und unser frisch vereinigtes Vaterland zu einem Imperium aufstieg. *In Ferdinand und Isabellas Namen*, sangen wir und stampften dazu im rhythmischen Gleichschritt über den Schulhof, *küssen wir sterbend die heiligen Fahnen*. Als weitere Heldentat der Katholischen Könige nach dem Sieg über die Mauren in Granada und dem weisen Entschluss, Kolumbus zu unterstützen, galt die Vertreibung der Juden, die in unserem Schullexikon mit Hakennasen und Spitzbärten gezeichnet waren und denen man dieselbe finstere Niedertracht zuschrieb wie den übrigen Erzfeinden Spaniens, deren furchtbare Namen wir nur kannten, Freimaurer und Kommunisten. Wenn wir uns auf der Straße mit anderen Jungen prügelten und einer uns anspie, riefen wir stets: *Jude, der den Herrn angespuckt.* Auf den Motivwagen der Karwochenprozession hatten die Häscher und Pharisäer immer dieselben fiesen Gesichter wie die Juden im Schullexikon. Beim Letzten Abendmahl fürchteten wir Kinder uns vor dem Judas genauso wie vor Dracula im Kino, mit seiner hakenförmigen Nase, seinem spitzen Bart und dem grünlichen Verrätergesicht, das er zur Seite gedreht hatte, um einen verstohlenen Blick in seinen Beutel mit den dreißig Silberlingen zu werfen.

Viele Jahre und mehrere Leben später lernte ich im Hotel Excelsior in Rom den rumänisch-sephardischen Schriftsteller Emile Roman kennen, der fließend Italienisch und Französisch sprach, aber auch ein seltsames, umständliches Spanisch, das er als Kind gelernt hatte und das wohl Ähnlichkeit hatte mit jenem, das 1492 die Bewohner des Hauses im Alcázar-Viertel gesprochen hatten. Wir nannten uns aber nicht Sepharden, sagte er mir, wir waren Spanier. Mit einem 1944 von der spanischen Botschaft in Bukarest in aller Eile ausgestellten Reisepass hatte er sein Leben retten können. Und mit diesem selben Pass, mit dem er den Nazis entkommen war, floh er einige Jahre später vor der kommunistischen Diktatur, und er kehrte nie mehr nach Rumänien zurück, auch nicht nach Ceaucescus Tod. Inzwischen schrieb er Französisch und lebte in Paris, und da er pensioniert war, verbrachte er seine Abende in dem Lokal einer Bruderschaft alter Sepharden, die *Langes Leben* hieß. Er war ein hoch gewachsener Mann mit ernsten Gesichtszügen, der sich sehr gerade hielt, mit einem olivfarbenen Teint und großen, feierlichen Händen. In der Bar des Hotel Excelsior spielte ein Mensch mit roter Fliege und silbernem Smoking auf einem E-Piano internationale Evergreens. Mir gegenüber und vor den Fenstern, die zum Verkehr auf der Via Veneto hinausgingen, trank Emile Roman kleine Schlucke aus einer winzigen Espressotasse und sprach voller Leidenschaft über das vor fünfhundert Jahren begangene und nie vergessene, nie wieder gutgemachte Unrecht, das auch der Lauf der Zeit über viele Generationen hinweg nicht hatte mildern können, die unwiderrufliche Verbannung, den überstürzten Verkauf von Hab und Gut innerhalb der Zweimonatsfrist, in der die Ausgewiesenen das Land verlassen mussten, in dem ihre Vorfahren über tausend Jahre gelebt hatten, fast seit Beginn einer anderen Diaspora, sagte Emile Roman; verwaiste Synagogen, in alle Winde verstreute Bibliotheken, leer stehende Geschäfte und geschlossene Handwerksbetriebe, hundert- oder zweihunderttausend Menschen, die zum Verlassen eines Landes mit knapp acht Millionen Einwohnern gezwungen worden waren. Er sprach auch über die, die nicht gingen, die es aus Angst oder Bequemlichkeit vorzogen, zu konvertieren, die darauf spekulierten, nach der Taufe wieder in die Gesellschaft aufgenommen zu werden. Doch das half ihnen nichts, denn wurden sie auch nicht mehr wegen ihres Glaubens verfolgt, dem sie abgeschworen hatten, so waren sie nun ihres Blutes wegen verdammt, und nicht nur sie, sondern auch ihre Kinder und Kindeskinder, sodass die, die blieben, letztlich genauso ausgestoßen waren wie jene, die das Land verlassen hatten, ausgestoßener sogar noch, denn nicht nur wurden sie von denen verachtet, die ihre neuen Glaubensbrüder hätten sein sollen, sondern auch von jenen, die ihrem alten Glauben treu geblieben waren. Der gemeinste Sünder konnte bereuen und Buße tun und war von aller Schuld befreit, der Ketzer konnte seinem Irrglauben abschwören, von der Erbsünde konnte man durch das Opfer Christi erlöst werden – nur für den Juden gab es keine Erlösung, weil seine Schuld älter war als er und abgelöst von seinen Taten, und er wurde auf noch zwielichtigere Weise verdächtig, wenn sein Aussehen dem gängigen Bild entsprach. Aber Spanien war in dieser Beziehung keine Ausnahme, war entgegen nahe liegenden Vermutungen nicht grausamer oder fanatischer als andere Länder Europas. Wenn Spanien sich durch etwas unterschied, dann nicht dadurch, dass es Juden vertrieben hatte, sondern dass es sie erst so spät vertrieben hatte, denn aus England und Frankreich waren sie schon im 14. Jahrhundert verjagt worden, und glauben Sie nicht, dass man dort sanfter mit ihnen umgesprungen wäre; und als 1492 viele von denen, die Spanien verließen, in Portugal Zuflucht suchten, wurde ihnen diese für eine Goldmünze pro Kopf gewährt, doch ein halbes Jahr später wurden sie auch von dort vertrieben, und wer konvertierte, um bleiben zu können, dem erging es nicht besser als den spanischen Konvertiten, auch er wurde mit dem niederträchtigen Namen *marrano* belegt: Scheinkonvertit, verkappter Jude, Judensau. Es gab aber auch Marranen, die nach mehreren Generationen der Unterwerfung unter den

Katholizismus nach Holland auswanderten und sich dort wieder dem jüdischen Glauben zuwandten, wie die Familie von Baruch Spinoza, der selbst jedoch ein viel zu intelligenter und rationaler Freidenker war, um sich an irgendein religiöses Dogma zu binden, und der deshalb aus der jüdischen Gemeinde offiziell ausgeschlossen wurde; er, der einer direkten Linie aus Spanien vertriebener Juden entstammte.

Jude zu sein war unverzeihlich, es nicht mehr sein zu wollen war unmöglich, sagte in seinem bedächtigen, melancholischen Zorn Emile Roman, dessen richtiger Name Don Samuel Béjar y Mayor lautete. Ich bin nicht Jude durch den Glauben meiner Eltern, die diesen Glauben nie praktizierten und der mir in meiner Jugend so gleichgültig war wie Ihnen der Glaube Ihrer Großeltern an die Wunder der katholischen Heiligen. Ich bin durch den Antisemitismus Jude geworden. Eine Zeit lang konnte das wie eine heimliche Krankheit sein, die einen noch nicht aus der Gemeinschaft der anderen ausschloss, weil noch keine äußeren Anzeichen zu erkennen waren, keine Hautflecken oder Pusteln, die einen im Mittelalter zum Aussätzigen stempelten. Eines Tages jedoch, 1941, musste ich mir einen gelben Judenstern an den Mantel nähen, und seitdem ließ sich meine Krankheit nicht mehr verbergen, und wenn ich für einen Augenblick vergaß, dass ich Jude war und nichts anderes mehr als ein Jude sein konnte, erinnerten mich die Blicke derer, denen ich auf der Straße oder in der Straßenbahn begegnete (als wir noch mit der Straßenbahn fahren durften), an meine Aussätzigkeit, an mein Anderssein. Manche Bekannte blickten zur Seite, um uns nicht grüßen zu müssen oder um nicht dabei gesehen zu werden, wie sie mit einem Juden sprachen. Manche wichen einem aus, wie man einem stinkenden Bettler aus dem Weg geht oder einem mit einer abscheulichen Verunstaltung. Meine ehemaligen Landsleute waren mir zu Fremden geworden. Doch der Fremde war ich, und die Stadt, in der ich geboren und aufgewachsen war, war nicht mehr meine Stadt, jeder konnte mich zu jeder Zeit beschimpfen und mich vom Gehweg stoßen, weil ich nicht das Recht hatte, auf dem Bürgersteig zu gehen, oder wenn ich Pech hatte und einer Horde Nazis begegnete, lief ich Gefahr, von ihnen verprügelt zu werden, oder musste die Demütigung in Kauf nehmen, vor ihnen davonzulaufen, damit sie mich nicht erwischten, wie den tollpatschigen, dicken Jungen, den zu quälen sich die Halbstarken auf der Straße einen Spaß machen.

Haben Sie Jean Améry gelesen? Das sollten Sie, er ist ebenso wichtig wie Primo Levi, nur viel verzweifelter. Primo Levis Familie war 1492 nach Italien ausgewandert. Beide waren in Auschwitz, sind sich dort jedoch nicht begegnet. Levi teilte Amérys Verzweiflung nicht und konnte auch seinen Selbstmord nicht akzeptieren, aber er selbst hat sich letztendlich auch umgebracht, so stand es wenigstens im Polizeibericht. Améry hieß in Wirklichkeit nicht Améry, auch nicht Jean. Er war in Österreich geboren und hieß Hans Mayer. Bis zu seinem dreißigsten Lebensjahr glaubte er, Österreicher zu sein, und seine Sprache und seine Kultur waren deutsch. Und eines Tages dann, im November 1935, saß er in einem Café in Wien, genau wie wir jetzt hier sitzen, schlug die Zeitung auf und las darin die Bekanntmachung der Nürnberger Rassegesetze und musste feststellen, dass er nicht war, was er immer zu sein geglaubt hatte und immer sein wollte, das, was zu sein die Eltern ihn gelehrt hatten, nämlich Österreicher. Plötzlich war er, was er sich nie hatte träumen lassen: ein Jude und sonst nichts; sein ganzes Dasein war mit einem Mal auf diese eine Eigenschaft reduziert. Er war in das Café gekommen, sein Leben und sein Vaterland waren ihm als größte Selbstverständlichkeit erschienen, und als er es verließ, war er ein vaterlandsloser Geselle, ein Opfer bestenfalls, mehr nicht. Sein Gesicht war noch dasselbe, aber er war bereits ein anderer geworden, und wenn er sich genau im Spiegel betrachtete, fiel es ihm gar nicht schwer, die ersten Anzeichen der Veränderung wahrzunehmen, obwohl seiner äußeren Erscheinung nach niemand auf seinen Ursprung hätte schließen und das Stigma erkennen können. Er würde wie gewohnt seinen Kaffee bei demselben Kellner bezahlen, und dieser würde sich mit einer knappen Verbeugung für das Trinkgeld bedanken, doch diesmal wusste er, dass der Kellner wahrscheinlich nur denselben verächtlichen Blick für ihn übrig hätte wie für einen aufdringlichen Bettler, wenn er erführe, dass er Jude war. Er floh nach Westen, nach Belgien, als noch Zeit war, 1938, doch damals konnten die Grenzen in Europa von einem Tag auf den anderen zu Todesfallen werden, und wer in ein anderes Land entkommen war, erwachte eines Morgens und hörte aus Lautsprechern das Gebrüll der Mörder, die er in seinem Land hinter sich gelassen zu haben glaubte. Die Gestapo verhaftete ihn 1943 in Brüssel. Er wurde wochenlang grausam gefoltert und dann nach Auschwitz geschickt. Nach der Befreiung entsagte er seinem deutschen Namen und nannte sich fortan Jean und nicht Hans, Améry und nicht Mayer. Lesen Sie das Buch, das er über die Lagerhölle geschrieben hat. Nachdem ich es gelesen hatte, konnte ich nichts anderes mehr lesen und nichts mehr schreiben. Er schreibt, wenn einer gefoltert wird, bricht er für immer seinen Pakt mit den Mitmenschen, und auch wenn er es übersteht und seine Freiheit wieder findet und noch viele Jahre lebt, die Folter bleibt, er kann keinem Menschen mehr in die Augen sehen, keinem mehr vertrauen und fragt sich bei jedem Fremden unwillkürlich, ob dieser ein Folterer ist oder war oder ob es ihm schwer fallen würde, einer zu sein, und wenn ihm eine alte Nachbarin auf der Treppe begegnet und höflich guten Tag sagt, denkt er, dass dieselbe Nachbarin möglicherweise ihren jüdischen Nachbarn an die Gestapo verraten oder zur Seite geschaut hat, als man diesen die Treppen hinunterschleifte, oder dass sie zum Gleichschritt deutscher Soldaten *Heil Hitler* geschrien hat, bis ihre Stimme heiser wurde.

Vor einigen Jahren hat man mich zu einem Vortrag nach Deutschland eingeladen, in eine wunderschöne Stadt, wie aus einem Märchen, mit gepflasterten Straßen und spitzgiebligen Häusern, mit Parks und vielen Fahrradfahrern; Göttingen, die Stadt, in der die Gebrüder Grimm gelebt haben. Ich erinnere mich noch an das seidige Geräusch der Fahrradreifen auf dem abendfeuchten Kopfsteinpflaster und an den Klang der Fahrradklingeln. Es war ein sonniger Tag, und ich war seit dem Morgen ununterbrochen auf den Beinen gewesen, umgeben stets von äußerst dienstbeflissenen und zuvorkommenden Menschen, die mir jeden Wunsch von den Lippen ablasen und mit schier erdrückender Tüchtigkeit in die Tat umsetzten. Bekundete ich Interesse an einem Museumsbesuch, griffen sie gleich zum Telefon und hatten kurz darauf Broschüren aufgetrieben sowie die Öffnungszeiten und die besten Verkehrsverbindungen herausgefunden. Am Vormittag hatte ich einen Vortrag mit anschließender Diskussion in der Universität absolviert, und danach schlug man mir eine Unzahl von Lokalen zum Mittagessen vor, je nachdem, ob ich italienische oder chinesische oder vegetarische Küche bevorzuge, und als ich mehr zufällig erwähnte, ein Italiener würde mir zusagen, entbrannte eine lebhafte Diskussion darüber, welcher wohl der beste sei. Später, als die Schläfrigkeit nach dem Essen mit der angesammelten Müdigkeit der Reise zusammenzuwirken begann, brachte man mich zu einer Lesung in eine Buchhandlung. Ich las ein Kapitel aus meinem Buch, danach las es der Übersetzer auf Deutsch. Kaum hatte ich mit dem Lesen angefangen, verließ mich der Mut angesichts all der Seiten, die noch vor mir lagen, und ich langweilte mich und ärgerte mich über das, was ich selbst geschrieben hatte. Ich schaute von meinem Buch auf, um einen Schluck Wasser zu trinken oder tief Luft zu holen, und sah vor mir die ernsten, aufmerksamen Gesichter der Zuhörer, die mir diszipliniert lauschten, ohne ein Wort zu verstehen, und außerdem noch bezahlt hatten, um diese Tortur zu ertragen. Ich schämte mich für das, was ich geschrieben hatte, fühlte mich verantwortlich für die Langeweile, die diese Leute empfinden mussten, und um das Ganze rasch hinter mich zu bringen, las ich wie im Geschwindschritt weiter und ließ ganze Absätze einfach aus. Als der Übersetzer auf Deutsch zu lesen begann, fielen mir fast die Augen zu, und ich versuchte, gerade zu sitzen und aufmerksam dreinzublicken, als verstünde ich etwas, und in den nun lebhafteren Gesichtern der Zuhörer mögliche Reaktionen auf das zu entdecken, was ich vor langer Zeit in einer Sprache geschrieben hatte, die in nichts mit jener zu vergleichen war, die sie jetzt hörten. Ich nahm ein Lächeln wahr, eine zustimmende Geste zu dem, was ich geschrieben hatte, ohne zu wissen, was genau es war, und als das Ende kam, war ich so erleichtert, dass mir der ungestüme Beifall nichts bedeutete, obgleich ich lächelte und mit der üblichen Demut des Geschmeichelten den Kopf ein wenig neigte. Welch eine Qual, Glückwünsche entgegenzunehmen, Fragen von höchst interessierten Menschen zu beantworten, deren Interesse für das, was ich ihnen zu sagen hatte, mir so wenig bedeutete, dass es mir fast peinlich war. Es war, als watete ich durch Sand und sänke bei jedem Schritt ein, als müsste ich mich mit rudernden Armen voranarbeiten, und ich wollte nur noch so schnell wie möglich hinaus und keine weitere Widmung mehr schreiben und kein Interesse mehr an weiteren Erklärungen zeigen müssen, wollte der erdrückenden Zuvorkommenheit der Organisatoren entrinnen, die schon meine nächsten Schritte verplanten, auf die Uhr schauten und im Geiste nachrechneten, ob die Zeit für einen Besuch im Museum noch reichte, das ich doch so gern sehen wollte, die darüber diskutierten, ob man schneller mit dem Taxi oder der Straßenbahn hinkomme, und sich vergewisserten, dass ich auch meine Broschüre noch hatte, und einer schaute auf dem Stadtplan nach, ob es in der Nähe des Museums ein italienisches Restaurant gab, in das sie mit mir gehen konnten, da sie ja meine Vorliebe für die italienische Küche kannten. Sie waren bestürzt, und ich kam mir schäbig und rücksichtslos vor, als ich ihnen sagte, ich möchte lieber ins Hotel gehen und dort irgendeine Kleinigkeit essen, worauf einer sich gleich erbot, anzurufen und sich die Speisekarte vorlesen zu lassen, damit ich schon eine Wahl treffen konnte, und auch, um sich nach den Öffnungszeiten des Hotelrestaurants zu erkundigen und danach, was, falls es geschlossen war, die Minibar zu bieten hatte. Sie möchten sich bitte keine Umstände machen, bat ich, flehte ich fast, ich habe keinen großen Hunger und sei mit einem Bier und Kartoffelchips aus der Minibar gut bedient, doch gleich darauf bereute ich meine Worte schon, denn nun kam die Frage auf, ob es im Hotelzimmer überhaupt eine Minibar gab … Ich konnte kaum glauben, dass ich endlich allein war, nachdem sie mich auf der Eingangstreppe mit einer völlig unverdienten Herzlichkeit verabschiedet hatten, höflich bis zum Schluss, während ich sie innerlich verfluchte und beinah schmerzlich den Augenblick herbeisehnte, da ich mich auf meinem Bett ausstrecken und endlich nichts tun konnte, mit niemandem mehr sprechen und mich nicht durch eine auf Deutsch geschriebene Speisekarte arbeiten musste, mir die Schuhe ausziehen, das Kopfkissen unter den Nacken legen und mich auf die vor mir liegenden Stunden freuen konnte, in denen ich allein war, gehen konnte, wohin ich wollte, mit den Händen in den Taschen, einfach drauflos, ohne jemanden an meiner Seite, der mir eine unerbittliche Höflichkeit aufzwang.

Ich fiel in einen leichten Halbschlaf, den der deutsche Komfort des kleinen Hotelzimmers beförderte, das Balken an der

Decke hatte und einen Fußboden aus dunklen Holzdielen, wie in einem Märchenbuch. Ich hatte eine dieser luftigen warmen Daunendecken, die es sonst nirgends auf der Welt gibt, über mich geworfen, mir das nach Lavendel duftende Kopfkissen im Nacken zurechtgedrückt, wollte aber nicht einschlafen, denn es war noch früh, obwohl es schon dunkel wurde. Wenn ich jetzt einschlief, würde ich um zwei Uhr morgens hellwach sein und hätte dann eine dieser furchtbaren schlaflosen Hotelzimmernächte vor mir. So ging ich in die Hotelhalle hinunter, mich vorsorglich vergewissernd, dass keiner meiner Gastgeber in der Nähe war, und als ich auf die Straße trat, blickte ich mich ebenfalls nach allen Seiten um und kam mir dabei vor wie die Spione in den Romanen von John le Carré, die ich in jungen Jahren gelesen hatte, unauffällige Männer mit Brille und Mantel, die durch deutsche Kleinstädte gehen und sich ab und zu umschauen oder in die Rückspiegel von geparkten Autos blicken, um festzustellen, ob ihnen ein Agent der Stasi auf den Fersen ist. Die Luft war kalt und diesig, und es roch nach Fluss und feuchter Vegetation. Je mehr ich ausschritt, desto mehr erholte ich mich von meiner Erschöpfung und Schläfrigkeit und verspürte diese aufkeimende Euphorie, die mich befällt, wenn ich mein Hotel verlasse und frei von jeder Verpflichtung durch die Straßen einer fremden Stadt wandere. Dann bin ich nur noch Auge, bin ein Niemand und niemand erkennt mich, und wenn du bei mir bist, legen wir die Arme umeinander und gehen mit einer lustvollen Leichtigkeit, die uns an die Anfänge unseres Zusammenseins erinnert, denn diese Stadt ist für uns genauso neu und viel versprechend, wie unsere es war, als sie dieselbe Verklärtheit des Neuen besaß, mit der unser Leben als Liebespaar begann.

Nur an sehr wenige Dinge erinnere ich mich noch genau: eine Straße mit Kopfsteinpflaster, Häuser mit spitzen Giebeln und Dachziegeln aus Schiefer und Fachwerk an der Fassade, kleine Fenster mit aufgeklappten Holzläden, die einen Blick in erleuchtete Innenräume mit viel Holz und vielen Büchern gewährten. Ich erinnere mich an das gedämpfte Geräusch der Fahrräder, das Summen der Speichen in den lautlosen Straßen ohne Autos, das Surren der Reifen auf dem feuchten Asphalt. Hinter mir vernahm ich ein helles Klingeln, und gleich darauf überholte mich gemächlich eine Frau oder ein Mann, gar nicht immer jung, manchmal eine ältere Dame mit weißen Haaren, Brille und altmodischem Hut, oder ein Angestellter im dunklen Anzug unter seiner Regenhaut. Ich sah gotische Türme mit gelblich schimmernden Uhren und Straßenbahnen am Ende einer Straße, die mit derselben gespenstischen Geräuschlosigkeit vorüberglitten wie die Fahrräder. An einer Straßenecke wurde ich von dem hell erleuchteten Schaufenster einer Konditorei angezogen, aus dem eine dichte, heitere Geräuschkulisse auf die Straße drang, wenn auch gedämpft, wie eingefüttert in die allgemeine Stille der Stadt, Gesprächsfetzen und das Klimpern von Löffelchen und Tassen, dazu ein warmer Wohlgeruch aus der Anrichte, in der kalten Luft deutlich wahrzunehmen, von Kaffee und Schokolade. Weil ich hungrig und von meinem langen Spaziergang durchgefroren war, überwand ich die Schüchternheit, die mich oft daran hindert, ein Lokal voller Leute zu betreten, das spanische Minderwertigkeitsgefühl, das mich überkommt, wenn ich in einem fremden Land bin. Die Konditorei war wohl Anfang des Jahrhunderts erbaut und unversehrt erhalten, mit Stuck und goldenen Verzierungen wie von österreichisch-ungarischem Barock, mit großen Spiegeln in Mahagonirahmen und Lüstern wie aus einem Tanzsaal, mit Marmortischchen und schlanken, weiß gestrichenen Eisenpfeilern mit Kapitellen, an denen Goldbronze schimmerte. Es gab hölzerne Zeitungshalter für breitblättrige deutsche Journale, die randvoll mit Buchstaben waren und ebenfalls vom Anfang des Jahrhunderts oder zumindest vom Kriegsjahr 1914 zu stammen schienen. Die Serviererinnen waren durchweg junge Mädchen in dekolletierten weißen Miedern und altertümlich anmutenden Röcken, das blonde Haar geflochten oder an den Schläfen zu Schnecken gerollt, sie hatten rote runde Gesichter und bewegten sich geschwind und etwas atemlos zwischen den voll besetzten Tischen hin und her, balancierten mit erhobenem Arm Tabletts voller Teekännchen und Porzellankännchen mit Kaffee oder Kakao, dazu große Stücke der köstlichsten Torten, die in einer Vielfalt hinter den Vitrinen lockten, wie ich sie noch nie gesehen hatte und auch danach nie wieder gesehen habe.

Während ich an einem kleinen Ecktisch auf meinen Tee und den Käsekuchen mit Brombeeren wartete, den ich bei der Bedienung mit Zeichen und Gesten bestellt hatte, schaute ich mich um, genoss die gemütliche Wärme und die Erleichterung darüber, nicht die Sprache verstehen zu müssen, die um mich herum gesprochen wurde, sodass ich mich ganz entspannt zurücklehnen konnte und mich überhaupt nicht bemühen musste, irgendwelche Gesprächsfetzen zu entschlüsseln. Die Anwesenden waren zumeist ältere Leute, mehr Frauen als Männer, wohlhabende Rentnerpaare oder Grüppchen älterer Damen in Hut und Mantel, und die ganze Atmosphäre war die eines soliden und kultivierten Genießens: nickende Köpfe und Teetassen haltende Hände mit abgespreiztem kleinen Finger, verhaltenes Lachen und angeregte Unterhaltungen, deren Sinn mir jedoch ebenso verschlossen blieb wie der Ausdruck von hellen Augen, die ab und zu mit einem leichten Blinzeln der Neugier oder vielleicht auch Ablehnung meine Anwesenheit registrierten. Ich war zweifellos der einzige Ausländer im Lokal, und in einem Spiegel an der mir gegenüberliegenden Wand konnte ich mich plötzlich wie von außen sehen, wie die Serviererin mich sehen würde, die mir den Tee und das Stück Torte brachte, oder der Mann mit den wasserblauen Augen und dem schneeweißen Haar, der sich mir halb zugewandt hatte und mich anschaute, während er weiter mit der Dame mit den goldenen Ohrringen, dem kohlschwarz gefärbten Haar und den weißen Handschuhen sprach, die bei ihm am Tisch saß, stark gepudert, mit Rouge auf den Wangen und zahllosen Fältchen auf der Oberlippe und um den auffällig rot geschminkten Mund. Ich sah mein schwarzes Haar, meine dunklen Augen, das weiße Hemd ohne Krawatte und mein bartschattiges Kinn, was mich zweifellos wie einen Bulgaren oder Türken aussehen ließ, das Jackett meines Anzugs, das nach mehrtägiger Reise und unbekümmertem Tragen etwas verknittert war und ganz den Jacken glich, die auf Fotos aus den sechziger Jahren spanische Gastarbeiter trugen. Ich fühlte mich zerschlagen, da Lesereisen mich jedes Mal erschöpfen, fremde Menschen mir Schwindel bereiten und ich in Hotels immer schlecht schlafe, und ich begann die Gesichter und alles um mich herum wie durch einen dunstigen Schleier zu sehen, obwohl niemand rauchte und nichts anderes dampfte als die Tassen und der Atem derer, die von draußen aus der Kälte kamen. Merkwürdig, dass mir nicht früher aufgefallen war, dass die Kundschaft nur aus Greisen zu bestehen schien, gepflegt und gut erhalten wie der Stuck und das ganze Dekor der Konditorei, aber genauso alt, Gebisse, Handstöcke, Toupets, blondierte Perücken, Hörgeräte, dicke Brillen, Gesundheitsschuhe und orthopädische Strümpfe, Miss-Marple-Hütchen, altersfleckige, arthritische Hände, die zitternd Tortenstücke und dünne Porzellantässchen zum Munde führten. Die Serviererinnen waren natürlich jünger, sehr jung sogar, naive, rosige Backfische, doch auf eine unerklärliche Weise ebenso antiquiert wie die Kundschaft, wie das ganze Lokal, mit ihren Faltenröcken, ihren Zöpfen und Haarschnecken und Spitzendekolletés, mollig, ohne sinnlich zu sein, mit kindlich runden Gesichtern und der Schwerfälligkeit reifer Frauen. Ich schaute den Mann mit dem silberfädrigen Haar und den wasserhellen Augen an, der mich kurz zuvor tadelnd zu mustern schien und der meiner Schätzung nach über siebzig war, vielleicht achtzig, aber schlank und sehnig, Gesicht und Hände gebräunt, wie wettergegerbt, von seiner ganzen Ausstrahlung her ein pensionierter Offizier. Dann dachte ich daran, dass er 1940 um die dreißig gewesen sein musste, und stellte ihn mir unwillkürlich in Uniform vor, die hellen Augen vom Schirm einer Tellermütze beschattet. Was hatte dieser Mann im Deutschland der dreißiger Jahre und später, während des Krieges, getan, wo war er da gewesen. Ich musste ihn wohl ziemlich unverwandt angestarrt haben, denn ich bemerkte ein ärgerliches Aufblitzen in seinen Augen, als unsere Blicke sich trafen. Doch als ich mich abwandte, sah ich die Gesichter der anderen Gäste im Licht der Kronleuchter, das in den goldenen Kehlungen glänzte und von den Spiegeln vielfach zurückgeworfen wurde, und in jedem Gesicht eines Mannes oder einer Frau wollte ich die Miene und das Gebaren eines fünfzig oder sechzig Jahre jüngeren Gesichts sehen, und tatsächlich vollzog sich in ihnen eine anfangs beunruhigende und dann bedrohliche Veränderung. Ein düsterer Argwohn, der mich durchbohrte, ließ diese leutseligen, zerfurchten Gesichter jung und grausam aussehen, Münder mit künstlichen Gebissen, die kleine Schlucke Tee oder Schokolade schlürften, brachen in fanatische Begeisterungsrufe aus, Hände mit braunen Altersflecken auf dem Handrücken und gichtknotigen Fingergelenken, die zierliche Tässchen hielten, stießen wie Bajonette schräg in die Höhe zu einem einmütigen Gruß: Wie viele von denen, die dort um mich herum saßen, hatten *Heil Hitler* gerufen, was ging in ihren Köpfen vor, in der Erinnerung eines jeden von ihnen, Mann oder Frau, wie hätten sie mich angeschaut, wenn ich einen gelben Stern am Mantel getragen oder in dieser Konditorei gesessen hätte und Männer mit schwarzen Ledermänteln und ins Gesicht gezogenen Hüten wären hereingekommen und hätten meine Papiere sehen wollen. Wie hätten sie mich angeschaut, einen Fremden mit südländischem Aussehen, der sofort Misstrauen weckt; verstohlen von der Seite, mich, der seine Teetasse in beiden Händen hält, um sich die Finger zu wärmen, und nicht weiß, dass ein pflichtbewusster Bürger seine Anwesenheit der Gestapo gemeldet hat, wie so viele andere damals Meldung gemacht haben, ohne dass man sie dazu gezwungen hätte, allein aus bürgerlichem oder patriotischem Pflichtgefühl. Vielleicht hat jemand von denen, die jetzt in der Konditorei bei Kaffee und Kuchen sitzen, auch einen solchen Anruf getätigt, einen anderen denunziert, eine Meldung gemacht, wie man sie heute in den Archiven nachsehen kann als unwiderlegbaren Beweis einer fast universalen Gewissenlosigkeit, jener Dosis persönlicher Perfidie, die letztlich das blutige Gebäude der Tyrannei zementierte. Aber vielleicht gibt es unter diesen Leuten auch einen Verfolgten oder einen, der damals denunziert wurde, obwohl diese Möglichkeit, statistisch gesehen, sehr viel geringer ist. Ich habe den Eindruck, dass jetzt mehrere Augenpaare auf mich gerichtet sind, und mein Gesicht im Spiegel, der den Raum vergrößert und die Leute verdoppelt, hat sich auch verändert, ich sehe in meinen eigenen Augen jetzt fremdartiger aus, dunkler, unterscheide mich immer deutlicher von den anderen, je unwohler mir wird in meiner Andersartigkeit. Hätte ich nur ein Buch oder eine Zeitung, etwas, womit ich mich ablenken oder meine Hände beschäftigen könnte, doch ich klopfe die Taschen meines Mantels ab und habe nichts dabei, nur meinen Pass und meine Brieftasche, und als ich die Geduld verliere, stehe ich auf und will gehen, setze mich jedoch sogleich wieder hin, und ich glaube sogar, dass ich rot geworden bin, denn die Bedienung steht mit einem Tablett vor mir und lächelt mich wohlmeinend an, sagt etwas zu mir, das ich nicht verstehe. Ich bezahle gleich, trinke einen Schluck von meinem

Tee, knabbere an dem viel zu süßen Kuchen. Von der stickigen Wärme benommen, trete ich auf die Straße und begrüße die Stille und die klare kalte Luft, gehe in einen Park, von dem ich glaube, dass es derselbe ist, durch den ich gekommen bin, und als ich ihn durch einen hohen Zaun verlasse und eine beleuchtete Straße mit modernen Häusern vor mir sehe, an die ich mich nicht erinnern kann, weiß ich mit derselben abrupten Nüchternheit, mit der man aus einem Traum erwacht, dass ich mich verlaufen habe.

Ein einsamer Spaziergang unterscheidet sich nicht sonderlich vom anderen, ist wie ein Traum, der in den nächsten mündet, und die Nacht in Deutschland geht über in einen regnerischen Nachmittag zehn Jahre später auf der anderen Seite des Ozeans, obwohl der intensive Geruch von feuchtem Laub und nasser Erde der gleiche ist, was der Spaziergänger von sich selbst nicht sagen kann. Irgendwann in der Zwischenzeit hat er entdeckt, was alle Welt zu wissen glaubt, aber niemand ganz bewusst akzeptiert. Er weiß jetzt, und dieses Wissen ist nie sehr weit von seinem Bewusstsein entfernt, dass er sterblich ist, und er weiß es, weil er beinah gestorben wäre, und ebenso weiß er, dass die Zeit, die er jetzt lebt, ein Geschenk ist, das er halb dem Zufall und halb der Medizin verdankt. Dieser Spaziergang am späten Nachmittag durch baumbestandene stille Straßen in New York könnte ebenso gut nicht stattfinden, ebenso gut könnte er mit seinem Regenmantel und Schirm jetzt nicht, von einem leichten Schwindelgefühl erfasst, die Fifth Avenue auf Höhe der elften Straße in Richtung Westen überqueren. Niemandem würde seine Abwesenheit auffallen, nichts würde sich ändern auf der Welt, an den Gebäuden aus rotem Backstein mit den hohen Steintreppen, die er so mag, an den Reihen der jungen Ginkgobäume mit ihren fächerförmigen zartgrünen Blättern, ebenso glänzend wie die der Glyzinien, die bis zum Dach an den Fassaden hochranken und sich manchmal in der eisernen Geometrie der Feuerleitern verhaken. Er weiß auch, dass er nicht mehr in diese Stadt hätte zurückkommen können; und da er auch weiß, wie leicht dies hätte geschehen können und dass ihm höchstens noch ein oder zwei Tage bis zur Abreise bleiben, fürchtet er, dies könnte das letzte Mal sein, und dieses Wissen um die Zerbrechlichkeit seines Lebens, darum, wie dünn der Faden ist, an dem das Leben jedes Menschen hängt, und wie leicht zu kappen, lässt ihm diesen Spaziergang, den er schon oft gemacht hat und den er jetzt möglicherweise zum letzten Mal unternimmt, umso kostbarer erscheinen. Zu den Namen von Städten und Frauen, die schon seine Vorstellungswelt beflügelten, als er noch ein Kind war, ist jetzt ein neuer Name hinzugekommen, wie ein Skorpion eingedrungen in den Kanon seiner magischen Wörter. Wie Franz Kafka in seinen Briefen niemals das Wort Tuberkulose erwähnt, vermeidet er das Wort Leukämie, denkt es nicht einmal, spricht es nicht lautlos im Geiste, voller Grauen davor, durch bloßes Benennen könnte es seinen giftigen Stachel in ihn stoßen.

Er geht in westliche Richtung und lässt sich von seinen Schritten lenken, sucht die stillen gepflasterten Straßen in der Nähe des Hudson, nicht weit von den Ödflächen der alten Landungsbrücken, an denen früher die Ozeanriesen anlegten. Heute sieht man die kolossalen Stützpfeiler modernd im grauen Wasser stehen, und in den Ritzen der Piers, an die die Schiffe ihre Bordwände drückten, wachsen Binsen und dichtes Gestrüpp wie zwischen den umgestürzten Säulen einer Tempelruine. Auf manchen Kais ist der Zutritt verboten. Aus anderen sind Kinderspielplätze oder Sportanlagen gemacht worden. Zahllose europäische Emigranten haben diese großen Bretterbohlen betreten, haben von hier aus voller Angst und Schrecken die große Stadt betrachtet. Am Flussufer entlang führt ein Weg für Jogger und Inlineskater und für Leute, die ihren Hund spazieren führen. Auf der anderen Seite des ozeanbreiten Flusses sieht man die Küste von New Jersey, eine niedrige Baumlinie, von hässlichen Lagerhallen unterbrochen und von einer gewaltigen Backsteinkonstruktion, die aus der Ferne aussieht wie das zinnenbewehrte Tor in der Mauer einer babylonischen oder assyrischen Stadt, und dessen genaues Abbild auf dieser Seite des Flusses steht. Rätselhaft kamen mir diese Gebäude vor, weil sie keine Fenster besaßen und ich mir ihren Zweck nicht erklären konnte. Sie kamen mir vor wie die am Ufer des Hudson anstatt in der Wüste erbauten Türme von Ninive oder Samarkand: Später erfuhr ich, dass sie die Lüftungsschächte mit den riesigen Ventilatoren des Lincoln-Tunnels enthalten, der so düster und so lang ist, dass, wer mit dem Taxi hindurchfährt, sich des bedrückenden Gefühls nicht erwehren kann, nie mehr den Ausgang zu erreichen und jede Sekunde Atemnot zu bekommen.

Weit im Süden ragt die Steilwand der modernen Wolkenkratzer von Lower Manhattan auf, um die Zwillingstürme gruppiert, die nur dann eine gewisse Schönheit entfalten, wenn der Nebel sie umwallt oder wenn die untergehende Sonne ihnen einen Glanz von kupferfarbenen Prismen verleiht. An diesem bewölkten, nieseligen Tag ist das Wasser des Hudson so grau wie der Himmel, und die Spitzen der Hochhäuser verlieren sich in dahinjagenden dunklen Wolken, in denen wie rote Glut die Lichter der Blitzableiter schimmern. Fast unsichtbar im Dunst die Freiheitsstatue und die schmalen Backsteintürme von Ellis Island.

Ich bin in die Stadt zurückgekehrt und verabschiede mich schon wieder von ihr. Ich möchte jede Stelle, jede Minute dieses letzten Nachmittags bewahren, den roten Backstein dieser stillen Straßen, den Geruch der maulbeerfarbenen Glyzinienblüten, den der kleinen verwilderten Gärten, die man manchmal hinter einem Holzzaun zwischen zwei Gebäuden entdeckt, in denen es feucht und dunkel ist und deren dichte Vegetation mich an die Marienkirche des Alcázar-Viertels denken lässt, wenn an regnerischen Tagen das Wasser aus den Traufen zwischen den Bögen des Kreuzgangs platschte und im Innern widerhallte. Ich bin von der Fifth Avenue kurz vor der Sechsten nach Westen abgebogen und habe nahe der Ecke elfte Straße den sephardischen Friedhof gefunden, auf den mein Freund Bill Sherzer mich aufmerksam gemacht hatte und der mir bisher entgangen ist, obwohl ich viel in dieser Gegend unterwegs gewesen bin, im Übergang zwischen Chelsea und Greenwich Village, wo die Straßen weniger bevölkert und weniger konventionell sind, wo es Verkaufsstände für gebrauchte Bücher und Schallplatten gibt und Läden mit extravaganter Kleidung, Cafés, die Tische auf die Straße gestellt haben, und märchenhafte Schaufenster von italienischen Delikatessengeschäften. In einem von ihnen, Balducci's, haben wir oft eingekauft, doch nie ist uns dieser schmale düstere Garten hinter einem Zaun aufgefallen, der zu Beginn des 19. Jahrhunderts der Friedhof der spanisch-portugiesischen jüdischen Gemeinde war, wie auf einer Plakette zu lesen ist, die von uns ebenfalls unbemerkt geblieben wäre, wenn Bill uns nicht darauf hingewiesen hätte. Auf der Flucht vor dem Hunger und den Pogromen in Russland waren seine Großeltern zu Beginn des Jahrhunderts auf Ellis Island eingetroffen.

Unter den Bäumen sieht man zwischen Farnkraut, Efeu und Gestrüpp ein paar verwitterte Steinplatten, so abgenutzt und dunkel, dass kaum noch Inschriften zu erkennen sind, hebräische oder lateinische Schriftzeichen, ein spanischer Name oder ein Davidstern. Die Tür ist jedoch verschlossen, man kann den winzigen Friedhof nicht betreten, doch könnte man die steinernen Platten berühren, würde man kaum mehr ertasten als die schroffe Oberfläche des Steins, dessen Ecken sich im Lauf der Zeit gerundet und so abgenutzt haben, dass die Spuren menschlichen Wirkens kaum noch erkennbar sind, genau wie die zerbrochenen Säulen und Bruchstücke von Kapitellen, die auf den Schutthalden der römischen Foren allmählich zu ihrer mineralischen Rohform zurückkehren. Wer könnte die Namen wieder finden, die vor zweihundert Jahren in diese Steine gemeißelt wurden, Namen von Menschen, die ein ebenso erfülltes Leben hatten, wie ich selbst es habe, die Erinnerungen und Wünsche hatten, die vielleicht sogar ihre Ahnenreihe über Verbannungen und Vertreibungen hinweg zurückverfolgen konnten bis in eine Stadt wie die, in der ich geboren bin, bis in ein Haus mit zwei Davidsternen über der Tür in einem Viertel mit engen Gassen, das zwischen Frühjahr und Sommer 1492 verwüstet worden ist. Vor dem Tor des winzigen, zwischen den Mauern hoher Gebäude eingeschlossenen Friedhofs überkommt mich ein wehmütiges Gefühl der Wiederbegegnung mit den Geistern meiner Landsleute. Wiederbegegnung und Abschied an einem nebligen, nieselnden Nachmittag in New York, denn morgen reise ich ab, und ich weiß nicht, ob ich noch einmal zurückkommen werde, ob es einen weiteren Nachmittag geben wird, an dem ich mich an genau dieser Stelle einfinden werde, vor diesen Grabsteinen mit ihren ausgewaschenen Namen, verloren wie so viele andere für den Katalog spanischer Diaspora seit unvordenklichen Zeiten, für die Geographie spanischer Gräber in so vielen Verbannungen auf der ganzen Welt. Grabsteine und Gräber ohne Namen, endlose Listen von Toten. Am Stadtrand von New York gibt es einen Friedhof auf gewellten grünen Hügeln mit großen alten Bäumen, der Die Pforten des Himmels heißt, mit Teichen, von denen sich an herbstlichen Nachmittagen riesige Schwärme von Zugvögeln erheben. Unter Tausenden von Grabsteinen in einer strengen Geometrie von Gräbern mit irischen Namen gibt es einen, auf dem ein spanischer Name steht, so bescheiden, so unauffällig zwischen all den anderen, dass man ihn leicht übersieht.

Federico García Rodríguez
1859–1945

Wie hätte dieser Mann ahnen können, dass er nicht auf dem Friedhof von Granada, sondern auf der anderen Seite der Welt in einem Wäldchen nahe dem Hudson begraben werden würde oder dass sein Sohn vor ihm sterben und nicht einmal ein erkennbares Grab, einen einfachen Grabstein haben würde, der die genaue Stelle an jenem Erdwall bezeichnete, an dem er erschossen wurde. Schlichte Grabsteine und Massengräber markieren die Wege der großen spanischen Diaspora: Ich möchte den französischen Friedhof besuchen, auf dem 1940, mitten im Zusammenbruch Europas, Don Manuel Azaña begraben wurde, oder den Namen von Antonio Machado auf einem Grabstein des Friedhofs von Collioure lesen.

Andere Tote, für die es auch keine Grabsteine und keine Inschriften gibt, überdauern in der alphabetischen Masse ihrer Namen: Auf einer Internetseite habe ich in weißen Buchstaben auf schwarzem Grund die Liste der Sepharden gefunden, die von den Deutschen von der Insel Rhodos nach Auschwitz deportiert wurden. Man müsste jeden einzelnen dieser Namen mit lauter Stimme lesen, als würde man ein ernstes und unmögliches Gebet zum Himmel sprechen, und dann vielleicht begreifen, dass jeder dieser Namen mehr ist als nur eine Nummer in einer Statistik des Grauens. Jeder von ihnen hatte ein Leben, das keinem anderen glich, so wie sein Gesicht und seine Stimme einzigartig waren und ebenso der Schrecken seines Todes, obwohl er sich von vielen Millionen anderer Todesfälle kaum unterschied. Wer wagt es, die eitle Leichtfertigkeit der Fiktion zu bedienen, da es so viele Leben gegeben hat, die es wert waren, erzählt zu werden, jedes von ihnen ein Roman, eine Masche im verästelten Netzwerk, das zu weiteren Romanen und anderen Leben führt.

Doch jetzt erinnere ich mich an den Morgen unseres zweitletzten Tages in New York, du und ich schon ein wenig aufgeregt wegen der bevorstehenden Abreise, während dieser merkwürdigen Niemandszeit, in der wir schon nicht mehr ganz an dem Ort sind, den wir noch nicht verlassen haben, wenn die Plätze, die täglichen Gewohnheiten, die uns vorübergehend angenommen zu haben schienen, schon wieder abweisend wirken, uns daran erinnern, dass wir nur Fremde auf der Durchreise sind und keine Spur unserer Anwesenheit in dem Apartment zurückbleiben wird, das wir für so kurze Zeit bewohnt haben und in dem wir dennoch Tag für Tag die häuslichen Eindrücke unseres Lebens hinterlassen haben, die Kleider im Schrank, der schon genau wie unser Schrank in Madrid nach deinem Parfum duftete, wenn man die Türen öffnete, unsere Bücher auf den Nachtschränkchen, deine Cremes und mein Rasierpinsel und meine Rasierseife auf der Ablage im Bad, der Teil von uns, den wir mit auf die Reise genommen haben und den wir wieder mitnehmen müssen wie die Nomaden beim Aufbruch ihre gesamte Habe; Stück für Stück müssen wir jede Spur auslöschen, die wir hinterlassen haben, sogar den Geruch unserer Körper in den Bettlaken, die wir am Morgen unseres letzten Tages abziehen und in die Reinigung bringen werden.

Jede noch so triviale Geste wirft den ungewohnten Schatten des Abschieds. Habsüchtig habe ich jeden der uns noch verbleibenden Tage gezählt, und an diesem Morgen, an den ich mich erinnere, liege ich schon wach in dem Bett, das anderen gehört und das für einige Wochen das unsere gewesen ist. Träge liege ich und unbeweglich, die Arme um dich geschlungen, und du schläfst noch mit einem Ausdruck friedlichen Vergnügens, als würdest du selbst im Schlaf noch die Tiefe deines Traums genießen. Ich denke daran, dass wir noch den ganzen Tag zur Verfügung haben, und ich möchte, dass er nicht vergeht, möchte jede Minute davon ganz langsam auskosten, wie die Zeit, die man sich gönnt, wenn der Wecker schon geklingelt hat und man noch ein Weilchen liegen bleiben kann. Während ich das Frühstück zubereite, höre ich Radio, doch das Gefühl von Alltäglichkeit, das die Stimme des morgendlichen Radiosprechers mir gibt, ist nicht mehr ganz echt, weil ich sie zum vorletzten Mal höre, da sind mir auch die fließenden Handbewegungen keine Hilfe mehr, mit denen ich die Kaffeedose aus dem Wandregal und die Milchtüte aus dem Kühlschrank zu holen gelernt habe, der Automatismus, mit dem ich die Schublade mit den Kaffeelöffeln aufziehe oder das Gas andrehe oder den Filter in die Kaffeemaschine lege. Schon morgen Abend werden wir beide hier nur noch Phantome sein, unbekannte, unsichtbare vormalige Bewohner für die neue Mieterin, die wir nicht mehr sehen werden, der wir einen Umschlag mit dem Wohnungsschlüssel beim Portier hinterlassen und die jetzt schon ihren Schatten als Eindringling vorauswirft, der den Raum unserer Intimität einnehmen wird, nicht nur das Bett, in dem wir geschlafen und uns geliebt haben, und den Tisch, auf dem ich jeden Morgen, bevor du aufgestanden bist, die Frühstückstassen bereitgestellt habe, sondern auch das taugesättigte Licht, das bei Tagesanbruch durch die Terrassenfenster fiel, und die Landschaft, die vor uns lag, wenn wir hinausschauten, auf die Brüstung im vierzehnten Stock gelehnt wie auf die Reling eines märchenhaften Ozeandampfers, besonders nachts, wenn es stürmte und blitzte wie in jenem Mai, Unwetter von amazonischer Wucht niedergingen und schräge Blitze die großen schwarzen Wolkenberge durchzuckten, hinter denen sich die Wolkenkratzer verbargen oder wie schimmernde Schemen fern im Regen aufragten, hinter jagenden Nebelfetzen verschwanden, eingefärbt vom Scheinwerferlicht, das die oberen Stockwerke des Empire State Building anstrahlte, violett manchmal und rot, blau und kräftiges Gelb. Welche Unlust, wieder nach Hause fahren zu müssen, von wo uns beinah täglich Nachrichten von Obskurantismus und Blut erreichen; welche Lust, das freiwillige Exil noch länger auszudehnen!

Noch bevor wir wirklich gegangen sind, ziehen wir uns Schritt für Schritt zurück, doch einen ganzen Tag haben wir noch, um voreinander so zu tun, jeder vor dem anderen, aber auch vor sich selbst, als sei unsere Anwesenheit in der Wohnung und in der Stadt wahrhaftig und unerschütterlich, so wirklich wie der Portier, der uns mit seinem kubanischen Akzent einen guten Morgen wünscht, oder der Bengale in dem Kiosk an der Straßenecke, bei dem ich jeden Morgen meine Zeitung und Telefonkarten kaufe. Einen Teil meines Lebens oder eines oder mehrerer meiner Leben habe ich damit verbracht, immer von dort fortgehen zu wollen, wo ich mich befand, und jetzt, da mir die Zeit mit Riesenschritten davoneilt, wünsche ich mir nichts sehnlicher, als zu bleiben, mich dauerhaft in den Städten einzurichten, in denen es mir gefällt, ein behagliches Gefühl von Gewohnheit und Alteingesessenheit zu entwickeln, so wie jenes, dem ich mich genussvoll hingeben kann, wenn ich an all die Jahre denke, die ich mit dir zusammen bin. Abgesehen von meiner Kinderzeit, bin ich nie irgendeiner Art von Sammlerleidenschaft erlegen, doch zwischen den Seiten meiner Bücher und Hefte würde ich gern die alltäglichen und wertvollen Zeugnisse eines bestimmten Augenblicks verwahren, ein Streichholzbriefchen mit dem Namen eines Restaurants, Eintrittskarten, Omnibusfahrscheine, irgendeines der winzigen Dokumente, die Tag und Uhrzeit unserer Anwesenheit an einem bestimmten Ort oder eine Fahrtstrecke belegen. Ich hänge nicht an Gegenständen, nicht einmal an Büchern oder Schallplatten, wohl aber an Orten, an denen ich die geheimnisvolle Euphorie des Besten kennen gelernt habe, das in mir ist, die pralle Fülle meiner Sehnsüchte und Affinitäten; was ich wie ein besessener Sammler bewahren möchte, sind die Augenblicke, die Stunden oder Minuten, die ich einer bestimmten Musik gelauscht oder die ich in Betrachtung von Gemälden in Museen verbracht habe, das Vergnügen eines Nachmittagsspaziergangs mit dir am Ufer des Hudson, während die Sonne die Glasfronten der Wolkenkratzer mit Kupfer und Gold überzieht und dieses Licht später in einer Fotografie festgehalten bleibt, das beunruhigende Gefühl von Abenteuer und Ungewissheit, das uns an diesem vorletzten Tag in New York befiel, als wir durch die Fenster eines Linienbusses die letzten stattlichen Häuser der Upper East Side vorüberziehen und die ersten brachliegenden Grundstücke und Abbruchhäuser von Harlem sahen.

Die letzten Tage einer Reise neigen dazu, bewölkt und gleichsam verdorben zu sein, den Widerwillen dessen zu spiegeln, der abreisen muss, und diesen Widerwillen noch durch trübes Grau zu verstärken. Je weiter wir nordwärts fuhren, desto weniger Fahrgäste blieben im Bus, und fast unmerklich verschwanden die weißen angelsächsischen Gesichter, sehr blasse, zerbrechlich wirkende alte Frauen machten sehr jungen schwarzen oder hispanischen Müttern mit Säuglingen oder Kleinkindern im Arm Platz, fetten Frauen mit blond gefärbten Haaren, langen Fingernägeln und dem schwatzhaften Idiom der Karibik, schwarzen Großmüttern, die majestätisch wie äthiopische Matronen auf ihren Plätzen hockten, sich mühevoll in die Höhe wuchteten, wenn ihre Haltestelle kam, und ihren ungestalten, wie von einer schmerzhaften Knochenkrankheit verkrümmten Körper in ausgetretenen Turnschuhen schwankend zum Ausgang bewegten. Und je weniger weiße Fahrgäste im Bus sitzen blieben, desto deutlicher veränderte sich das Gesicht der Stadt hinter den Fenstern. Sie wurde geräumiger und leerer, verelendeter, ärmer, mit weniger Verkehr auf den Straßen, nur noch wenigen Schaufenstern auf so gut wie menschenleeren Gehwegen, zerfiel in unbewohnte Flächen, von Drahtzäunen umfriedete Grundstücke und ausgebrannte oder verfallene Gebäude dahinter, abgerissene Häuser, von denen vielleicht nur noch eine Mauer mit leeren Fensterhöhlen stand, die man mit überkreuzten Brettern vernagelt hatte, als sollten sie aus dem Stadtbild gestrichen werden. Ab und zu passierten wir ein Straßenstück, auf dem sich aus unerfindlichen Gründen der Schatten eines nachbarschaftlichen Daseins erhalten hatte, ein Gehweg und eine Reihe vor dem Verfall bewahrter Häuser, ein bescheidenen Wohlstand verheißender Laden an der Straßenecke, vereinzelte Männer, die auf Treppenstufen saßen, junge Mütter mit kleinen Kindern an der Hand, hier und da ein Topf mit Geranien im Fenster. Schon vor einigen Haltestellen waren die letzten Touristen ausgestiegen, die die Museen am oberen Broadway besuchten, das Metropolitan oder das Guggenheim; längst verschwunden waren zu unserer Linken auch die Bäume des Central Park, die nun in der Ferne von den Wohnblocks des Central Park West überragt wurden, deren Zinnen und Giebel an die Zikkurat oder Tempel fernöstlicher Religionen erinnerten oder an Kuppeln und Leuchttürme aus expressionistischen Filmen, mit Firstkämmen und Wasserspeiern.

In dieser entvölkerten Gegend fuhr der inzwischen fast leere Bus viel schneller, und der Fahrer wandte sich hin und wieder zu uns um oder musterte seine letzten beiden Fahrgäste ratlos im Rückspiegel. Wir waren an einer französisch anmutenden Gartenanlage vorbeigekommen, in deren Mitte eine Bronzestatue von Duke Ellington stand. Der Sockel war einer Bühne nachempfunden, und Duke Ellington stand im Smoking aufrecht an einen ebenfalls ganz aus Bronze gegossenen Flügel gelehnt. (Ich weiß jetzt nicht mehr, ob ich es selbst gesehen habe oder ob mir jemand erzählt hat, dass es an einer anderen Stelle in New York ein Denkmal von Duke Ellington zu Pferde gibt.) Vor über einer Stunde hatten wir den Bus an der Haltestelle Union Square bestiegen. Wir waren aber so weit und so langsam gefahren, dass wir das Gefühl hatten, schon viel länger unterwegs zu sein, und es gab auch keinerlei Hinweis darauf, dass wir unser Ziel, die hundertfünfundfünfzigste Straße, bald erreicht haben würden. Fremde in der Stadt waren wir jetzt auf doppelte Weise in einer Gegend, in der wir nie zuvor gewesen waren und uns auch nicht mit Sicherheit zurechtfinden würden.

Die Haltestelle der hundertfünfundfünfzigsten Straße befand sich an der Ecke einer breiten Avenue mit nicht sehr hohen, weit auseinander liegenden Gebäuden, deren Eindruck von Verlorenheit und Endstation durch das Grau des Tages und die niedrigen Bretterzäune der Brachen noch verstärkt wurde. Weit und breit niemand, den man hätte fragen können. Ärmliche Häuser, Kirchen, geschlossene Läden, eine amerikanische Fahne an einem Backsteingebäude wirkte vernachlässigt und wenig offiziell. Plötzlich überfielen uns Mutlosigkeit und die Furcht, uns verlaufen zu haben, vielleicht in einer gefährlichen Gegend gelandet zu sein, zwei ausländische Touristen, die man auf einer Meile Entfernung erkennt und die nicht wissen, wo sie sich befinden, die besorgt zur Kenntnis nehmen, dass unter den wenigen Autos, die hier fahren, das kräftige Gelb eines Taxis nirgends zu entdecken ist.

Wir gehen jetzt an der Mauer eines großen Friedhofs entlang, den wir zuerst für einen Park oder ein Wäldchen gehalten hatten. Im Westen ahnt man die weite Leere des Hudson, und an einer Kreuzung, an der der Friedhof endet, sehen wir auf der anderen Seite wie eine Erscheinung oder Fata Morgana das Gebäude, das wir gesucht haben, wuchtig und klassizistisch und nicht weniger befremdlich als wir selbst in dieser entlegenen Gegend, der Sitz der Hispanic Society of America, in der es, so hat man uns berichtet, Gemälde von Velázquez und Goya geben soll, eine riesige Bibliothek, die kein Mensch besucht, denn wer kommt schon hierher, in ein Viertel, das man sich vom südlichen Manhattan aus leicht als heruntergekommen und gefährlich ausmalen kann.

Ein Tor und dahinter ein Vorgarten mit Statuen zwischen zwei Gebäuden mit Simsen und Säulen aus Marmor, mit eingemeißelten spanischen Namen über die ganze Länge der Fassade. Davor ein schwülstiges Reiterstandbild des Cid, an der Wand eines der beiden Gebäude ein Basrelief von Don Quijote auf seiner Rosinante, Reiter und Reitpferd gleichermaßen klapprig und zerschunden. Neben der Eingangstür sitzt eine verwahrlost aussehende Frau und raucht. Sie hat ihr weißes Haar mit einem Kamm zusammengesteckt und zieht an der Zigarette in der stets etwas eigensinnigen und verstohlenen Haltung amerikanischer Raucher, die nach draußen gehen müssen, wenn sie ihrer Sucht frönen wollen, die sich hinter Pfeilern oder Mauerecken vor der Kälte schützen, hastig an ihren Zigaretten ziehen und sie in der hohlen Hand verbergen, weil sie den vorwurfsvollen Blick der Passanten fürchten. Die Frau mustert uns kurz, und später werden wir uns beide daran erinnern, dass ihre Augen, die glühenden Kohlen gleich in ihrem zerfurchten Gesicht wie hinter einer Maske funkelten, einen nachhaltigen Eindruck bei uns hinterlassen haben; lebhafte, animalische Augen einer sehr viel jüngeren Frau, als sie ihrem Anschein nach ist, dem einer amerikanischen Angestellten oder Sekretärin kurz vor dem Ruhestand, die allein lebt und nicht viel Wert auf ihr Äußeres legt, die sich selbst die Haare schneidet und dunkle Pullover und Männerhosen trägt und Schlappen an den Füßen, von denen man nicht weiß, ob es orthopädische Schuhe oder Turnschuhe sind, die ihre Brille an einem Kettchen um den Hals trägt und so altmodisch ist, dass sie sich nicht einmal das Rauchen abgewöhnt hat.

In der Eingangshalle suchen wir vergebens nach einem Schalter für die Eintrittskarten. Auf einem klösterlich anmutenden Stuhl mit hoher Lehne hockt gelangweilt ein noch rüstiger alter Hausmeister, der uns zu verstehen gibt, dass wir unbesorgt eintreten können, und dessen Gesicht und Aussprache uns verraten, dass er Kubaner ist. Er trägt eine graue Uniformjacke, wie sie spanische Schuldiener vor langer Zeit getragen haben, und sie ist so verschlissen, wie sie nach vielen Jahren schläfriger Dienstausübung nur sein kann. Gleich beim Betreten des Gebäudes stellen wir besorgt fest, dass offenbar so gut wie niemand hierher kommt, dass alles von einem gleichförmigen Verschleiß geprägt ist, dem Verschleiß von Dingen, die nicht erneuert werden, die schon abgenutzt sind und weiter in Gebrauch bleiben, die völlig veraltet sind, aber noch ihren Dienst tun. Das hinter das Glas der Eingangstür geheftete Schild mit den Öffnungszeiten ist in einer antiquierten Type gedruckt und schon vergilbt, gehorcht demselben Prinzip des langsamen Verfalls wie die Jacke des Hausmeisters oder die gerahmten Fotografien in einer Vitrine, die an die Gründung der Hispanic Society in den zwanziger Jahren erinnern, mit großen schwarzen Limousinen der spanischen und amerikanischen Honoratioren, die an der Eröffnungsfeier teilnahmen, das in einer zur damaligen Zeit weithin leeren Umgebung errichtete Gebäude, das allein auf weiter Flur den Klassizismus seiner Architektur weiß und stolz zur Schau stellte, den frischen Glanz seines neuen Marmors, eine ruhmreiche Zukunft, die als ausgemacht galt. Über Zylindern und weißen Strohhüten sieht man ein Flugzeug am Himmel, das damals so atemberaubend modern gewesen sein muss wie die Automobile, die zur Einweihung erschienen. Der Fotokarton ist jedoch gewellt, und innen in den Ecken der Rahmen erkennt man winzige Spuren von Mottenfraß.

Wo sind wir jetzt, wo sind wir nur gelandet, nachdem wir einen großen düsteren Saal betreten haben, der wie der Innenhof eines spanischen Palasts wirkt, mit hölzernem Schnitzwerk und Silberbeschlägen und Bögen aus dunkelrotem Stein, die an diesem grauen Tag, der durch die Dachfenster lugt, besonders tiefe Schatten werfen. Der Raum verweigert sich einer genauen Einordnung, denn ebenso gut wie ein Innenhof mit umlaufender Galerie könnte er die außergewöhnlich große, unaufgeräumte Sakristei einer Kathedrale sein oder der Lagerraum eines Museums, dessen exakte Ausrichtung ebenso im Dunkeln bleibt wie sein Ordnungssystem oder das Prinzip, nach dem sich die Anschaffungen gerichtet haben. Anfang des 20. Jahrhunderts war der amerikanische Millionär Archer Milton Huntington, der von einer ungesunden Leidenschaft zum romantischen Spanien und von einem ebenso gierigen wie unstillbaren Wissensdurst befallen war, durch das Land seiner Träume gefahren und hatte alles gekauft, was zu kaufen war, ob nun das Chorgestühl einer Kathedrale oder ein Krug aus glasiertem Ton, Gemälde von Velázquez und Goya und bischöfliche Messgewänder, altsteinzeitliche Äxte und Bronzepfeile, blutbefleckte Christusfiguren von den Karwochenumzügen, Tabernakel aus massivem Silber, valenzianische Keramikkacheln, erleuchtete Pergamente der Apokalypse, ein Exemplar der Erstausgabe der *Celestina*, die *Diálogos de Amor* von Judá Abravanel, genannt León Hebreo, einem nach Italien emigrierten spanischen Juden, der *Amadís de Gaula* von 1519, eine von Yom Tob Arias, dem Sohn von Levi Arias, ins Spanische übersetzte Bibel, 1513 in Ferrara erschienen, weil sie in Spanien nicht mehr publiziert werden durfte, die erste Ausgabe des *Lazarillo*, der *Palmerín de Inglaterra* in derselben Ausgabe, die Don Quijote gelesen haben musste, die Erstausgabe von *La Galatea*, die verschiedenen Erweiterungen des gefürchteten *Index Librorum prohibitorum*, ein *Quijote* von 1650 und viele weitere spanische Bücher und Manuskripte, die kein Mensch zu schätzen wusste und die zu einem beliebigen Preis an den Mann verkauft worden waren, der mit dem Auto durch das Land fuhr und einen beständigen Begeisterungstaumel erlebte, einen märchenhaften Kaufrausch, der Multimillionär Mr. Huntington, der mit seiner draufgängerischen amerikanischen Energie auf unmöglichen Straßen kreuz und quer durchs Land fuhr, der Spur des Cid über die ausgestorbenen Dörfer Kastiliens folgend, und alles kaufte und Anweisung gab, das Ganze nach Amerika zu verschicken, die Bilder, Teppiche, Wandbehänge, ganze Altaraufsätze, den Abfall von Spaniens goldenem Zeitalter, die Reliquien kirchlichen Überflusses, aber auch Zeugnisse ländlicher Not, Tonteller, aus denen die Armen ihren Weizenbrei löffelten, und die Henkelkrüge, die ihnen auf den heißen Hochebenen den Luxus von kühlem Wasser bescherten. Er leitete archäologische Grabungen in Itálica und kaufte dem bankrotten Marquis von Jerez de los Caballeros auf einen Schlag die gesamte Bibliothek mit zehntausend Bänden ab. Und um die ganze maßlose Beute seiner Spanienreisen unterzubringen, ließ er diesen Palast im hintersten Manhattan erbauen, das der Wohlstand und das Fieber der Grundstücksspekulation nie erreicht haben, wie Mr. Huntington sich das möglicherweise ausgerechnet hatte: Alles befindet sich nun in diesen Mauern, in Vitrinen, hinter Glas, jedes Teil mit einem Etikett aus vergilbtem Papier versehen, auf dem Datum und Ort des Erwerbs vermerkt ist, römische Mosaike und Öllampen, neolithische Schalen, mittelalterliche Schwerter, gotische Marienstatuen, wie auf einem Flohmarkt ist hier alles versammelt, vom Strom der Zeit willkürlich hereingespült, das ganze Erbe der Vergangenheit, Strandgut aus den Häusern der Reichen und der Armen, das Gold der Kirchen und die Kommoden herrschaftlicher Salons, Schürhaken und Feuerzangen, Wandbehänge und Gemälde aus Kirchen, die geplündert wurden und heute verlassen stehen, aus Palästen, die vielleicht gar nicht mehr stehen, kaum zu entziffernde Grabsteine von den Gräbern der Mächtigen und marmorne Taufbecken, die im kühlen Dämmerlicht der Kapellen das geweihte Wasser bewahrten. Und die Namen, klingende Namen von spanischen Orten auf den Etiketten in den Vitrinen, und mittendrin plötzlich, neben einem Napf aus grünem glasiertem Ton, den ich sofort erkenne, der Name meiner Geburtsstadt, in der es, als ich klein war, noch ein Töpferviertel gab mit Brennöfen, die sich in nichts von denen aus den Zeiten der Mauren unterschieden, eine breite sonnige Straße, die Calle Valencia, die auf dem offenen Feld endete. Von dort stammte dieser Napf, den ich dir jetzt hinter Glas in einem der menschenleeren Räume der Hispanic Society von New York zeige und der mich in dieser Ferne mitten in meine Kindheit zurückversetzt: Den Boden ziert ein Hahn in einem Kreis, und während ich ihn betrachte, fühle ich buchstäblich auf meinen Fingerkuppen die glasige Oberfläche der Keramik und die Erhebung der Linien, die den Umriss des Hahns bilden, der ein Hahn aus unvordenklichen Zeiten ist, zugleich aber ein Hahn von Picasso sein könnte, der auf allen Tellern und Schüsseln meines Elternhauses zu sehen war ebenso wie auf den Bäuchen der Wasserkrüge. Ich erinnere mich an die großen Schüsseln, in denen die Frauen nach dem Schlachten Hackfleisch und Gewürze für die Würste vermengten, an die Teller aus Ton, auf denen Tomaten und grüne Paprika für den Salat geschnitten wurden, schlichte Gefäße, in denen die schmackhaften Speisen der Volksküche zubereitet wurden. Sie hatten auf dem Tisch und in der Speisekammer eines jeden Hauses gestanden, und man hätte ihnen fast eine religiöse Ewigkeit zusprechen mögen; dennoch verschwanden sie in kürzester Zeit, innerhalb weniger Jahre, wichen der Invasion des Plastiks und des industriell gefertigten Geschirrs. Sie sind verschwunden wie die Häuser, in deren tiefem Halbdunkel ihre breiten, geschwungenen Formen schimmerten, und wie die Toten, die einmal darin wohnten.

Für mich birgt dieser Napf auch seine Erinnerungen, sagt hinter uns die Frau, die wir am Eingang rauchen sahen. Sie entschuldigt sich für die Einmischung, für ihr Lauschen: Ich habe Ihren Akzent erkannt, denn vor langer Zeit habe ich in dieser Stadt gelebt. Ihre Stimme ist fast genauso jung wie ihre Augen, dem in ihren Gesichtszügen eingeschriebenen Alter ebenso fern wie der amerikanischen Nachlässigkeit ihrer Kleidung. Ich arbeite in der Bibliothek, wenn Sie wollen, zeige ich sie Ihnen gern. So viele Schätze gibt es dort, und nur wenige Leute wissen davon. Ab und zu kommen Professoren, gelehrte Leute, die spanische Sachen studieren, aber dann vergehen wieder Wochen oder sogar Monate, ohne dass sich jemand nach einem Buch erkundigt. Wer fährt schon so weit, wer kann sich vorstellen, dass es hier Bilder von Velázquez, von El Greco und Goya gibt, so nah bei der Bronx, dass wir hier den ersten *Lazarillo* haben, den ersten *Quijote* und die *Celestina* von 1499. Die Touristen kommen bis zur neunzigsten Straße, um ins Guggenheim zu gehen, und glauben, darüber hinaus sei die Welt so fremd und wild wie im Herzen Afrikas. Ich wohne hier ganz in der Nähe, in einem Viertel mit Kubanern und Leuten aus der Dominikanischen Republik, da wird kein Wort Englisch gesprochen. Unter meiner Wohnung ist ein kubanisches Speiselokal, das heißt La Flor de Broadway. Da gibt es die beste Ropavieja und die leckersten Daiquiris von ganz New York, und man kann da drinnen rauchen, die Tische haben karierte Wachstuchdecken, so wie in Spanien, als ich noch jung war. Was für ein Luxus, nach dem Essen einen schwarzen Kaffee zu trinken und einen Glimmstängel zu rauchen. Sie wissen ja, wie selten das hier geworden ist, dass man in einem Restaurant rauchen darf. Der Tabak ist nicht gut für meine Bronchien, und die Leute sehen mich schief an, wenn sie hier hereinkommen und mich am Eingang rauchen sehen, aber ich bin schon zu alt, um mich noch zu ändern, ich rauche gerne, und ich genieße jede Zigarette, sie gehören zu mir, sie machen es mir leichter, ein Gespräch anzufangen, oder vertreiben mir die Zeit, wenn ich allein bin.

Als ich jung war, wollte ich ja gerade deswegen aus Spanien fort und nach Amerika, weil die Frauen hier rauchen und Hosen tragen und Autofahren konnten, so wie in den Filmen von vor dem Krieg.

Die Frau sprach ein klares, offenes Spanisch, wie man es an manchen Orten in Aragón hören kann, aber ihr Akzent war nicht frei von karibischen und nordamerikanischen Einsprengseln, und ihr Tonfall wurde gänzlich angelsächsisch, wenn sie ein Wort englisch aussprach. Sie hatte uns auf eine Tasse Tee in ihr Büro gebeten, und wir nahmen die Einladung an, weil wir schon die körperliche Erschöpfung zu vieler Museen in uns spürten, aber auch, weil in ihrer Art zu sprechen und uns anzuschauen etwas Hypnotisches lag, das durch diese menschenleeren Hallen und durch den grauen Morgen unseres letzten Tages vor der Abreise noch verstärkt wurde. Uns beunruhigte und faszinierte diese Frau, die uns ihren Namen nicht genannt hatte, die ein altertümliches Spanisch mit uns sprach und uns mit Augen anschaute, die sehr viel jünger waren als ihr Gesicht und ihre Figur, als ihre altersfleckigen, runzeligen Hände mit rheumatischen Verdickungen an den Gelenken und als ihr Raucheratmen, wenngleich der Tabak keine Flecken an ihren Fingern hinterlassen und ihre Stimme nicht verdunkelt hatte. Es war ein kleines, unaufgeräumtes Büro, in dem es nach altem Papier roch und in dem Büromöbel aus den zwanziger Jahren standen, wie man sie auf manchen Bildern von Edward Hopper sieht. Die Frau nahm drei Tassen und drei Teebeutel aus einem Rollschrank, stellte sie auf das Durcheinander von Papieren auf ihrem Schreibtisch und verschwand mit einer durch und durch amerikanischen Geste der Entschuldigung, um heißes Wasser zu holen. Wir schauen uns an, lächeln wortlos, um in dieser merkwürdigen Situation einen gewissen Einklang herzustellen, und dann ist die Frau auch schon wieder zurück, mustert uns mit ihren lebhaften Augen, um herauszufinden, ob wir in ihrer

Abwesenheit über sie gesprochen haben. Die Brille hängt an einem Kettchen um ihren Hals. Sie sieht aus wie eine Fachbereichssekretärin an einer Uni, die kurz vor der Pensionierung steht, doch ihre Augen mustern mich so unverhohlen, als wären sie durch die Anonymität einer Maske geschützt, und die Frau, die mich durch sie anschaut, ist nicht dieselbe, die das heiße Wasser in die Teetassen gießt und sich dabei mit einer sehr amerikanischen, zurückhaltenden Höflichkeit bewegt, die ihr angegrautes Haar eher bändigt als kämmt und deren Pullover, Hose und Schuhe von einer praktischen, etwas trostlosen Zweckmäßigkeit sind. Sie betrachtet mich, als wäre sie dreißig und taxierte die Männer nach den kruden Kriterien von Attraktivität oder sexueller Verfügbarkeit; dich schaut sie an, als versuchte sie herauszufinden, ob wir ein Liebespaar oder verheiratet sind und ob sie in der Art, wie wir miteinander sprechen, Anzeichen von Verlangen oder Distanz erkennen kann. Und während ihr magnetischer Blick jede Einzelheit deiner und meiner Erscheinung, unserer Blicke und unserer Kleidung erforschen, verselbständigen sich ihre alten Hände in den rituellen Abläufen akademischer Gastlichkeit, servieren Tee, bieten Papiertütchen mit Zucker oder Süßstoff an und diese unsäglichen Plastikstäbchen, die in den Vereinigten Staaten die Kaffeelöffel ersetzen, und ihre klare, alte spanische Stimme mit kubanischen und angelsächsischen Anklängen erzählt von jenem größenwahnsinnigen Millionär, der an der Ecke Broadway und hundertfünfundfünfzigster Straße die Hispanic Society erbaute, weil er glaubte, dieser Teil von Harlem werde bald zu einer Gegend der Reichen werden, und von dem seltsamen Gefühl, so weit von Spanien entfernt zu leben und dennoch von lauter spanischen Dingen umgeben zu sein, so weit von Spanien entfernt, aber auch von allem anderen, sogar von New York, sagt sie mit einer Handbewegung zum Fenster hin, von dem aus man auf einen ärmlichen Gehweg schaut, der dennoch der Broadway ist, auf eine Zeile roter Backsteinhäuser mit Feuerleitern an den Seiten und hohen Wassertanks auf den Dächern, und weiter hinten, an einem grauen Horizont, die düsteren Türme des sozialen Wohnungsbaus der Bronx.

Ich bin vor über vierzig Jahren aus Spanien gekommen und seitdem nicht mehr dort gewesen, und ich werde wohl auch nicht mehr hinfahren, aber ich erinnere mich noch an einige Plätze Ihrer Stadt, ein paar Namen, der Platz vor der Marienkirche, wo in Winternächten immer ein eisiger Wind pfiff, und die Calle Real, hieß sie nicht so? Jetzt fällt mir allerdings ein, dass sie damals Calle de José Antonio hieß. Und die Straße der Töpfer, ihren Namen hatte ich vergessen, aber als ich hörte, wie Sie Ihrer Frau die Calle Valencia nannten, habe ich mich wieder daran erinnert, und auch an ein Lied, das damals immer gesungen wurde:

In der Calle Valencia
machen die Töpfer
aus Wasser und Lehm
irdenes Geschirr.

Als ich jung war, habe ich an der Columbia University sogar ein paar Kurse in spanischer Literatur bei Don Francisco García Lorca belegt, und er wollte immer, dass ich ihm dieses Lied vorsinge, denn nichts sei treffender, sagte er und wiederholte es Zeile für Zeile, damit wir es uns merkten, kein Adjektiv, kein Wort, das nicht ganz gewöhnlich sei, und dennoch sei das Ergebnis, sagte er uns, poetisch und zugleich so informativ wie ein Satz in einem Reiseführer, genau wie in den Romanzen aus früherer Zeit.

Sie spricht viel, schlägt uns in Bann mit ihrer Sprache, in Wirklichkeit aber erfahren wir nichts aus ihrem Leben, nicht einmal ihren Namen, obwohl uns dieses Detail erst später auffällt und nicht ohne Erstaunen, als wir schon wieder gegangen sind. Wie mag es wohl in ihrer Wohnung aussehen, wo sie zweifellos allein lebt, mit einer Katze vielleicht, und die Stimmen und die kubanische Musik hört, die aus dem Flor de Broadway zu ihr heraufdringen, wo sie ihre braunen Bohnen mit Schweinefleisch und Reis isst und sich hinterher vielleicht mit einem Daiquiri beschwipst, allein an einem Tisch mit karierter Wachstuchdecke, wo sie hinterher raucht und einen Kaffee trinkt und aus dem Fenster Männer und Frauen mit diesem untrüglichen Blick sexuellen Taxierens betrachtet. Was tut sie in all den Stunden und Tagen, an denen sich niemand die Bücher der Bibliothek ansehen will, die begrabenen Schätze, die sie mit einem Ausdruck ernster Zielstrebigkeit in ihrem zerfurchten Gesicht katalogisiert und überprüft, mit zusammengekniffenen Augen hinter der Brille, die mit einem Kettchen an ihrem Hals befestigt ist. Unikate, die nur noch hier zu finden sind, Erstausgaben, komplette Sammlungen von Wissenschaftsjournalen, Flugblätter, signierte Briefe, die gesamte Literatur Spaniens und alles nur denkbare Wissen und Forschen über Spanien in dieser großen Bibliothek versammelt, die kaum ein Mensch besucht. Aber sie braucht die Bände mit der Lyrik aus der Sammlung spanischer Klassiker gar nicht aufzuschlagen, denn aus der Zeit mit ihrem Lehrer García Lorca hat sie, von ihm ermuntert, sagt sie, die Angewohnheit beibehalten, Gedichte, die ihr gefielen, auswendig zu lernen, sodass sie nun einen Großteil des *Romancero* aufsagen kann und die Sonette von Garcilaso, von Góngora, Quevedo, alles von San Juan de la Cruz und fast den ganzen Fray Luis de León, Bécquer und Espronceda, in ihrer frühen Jugend die Leidenschaft ihrer ersten literarischen Ausschweifungen, die sie mit ihrem Bruder teilte, der etwas älter war als sie und mit dem zusammen sie den *Tenorio* oder *Fuenteovejuna* oder *Das Leben ist ein Traum* rezitierte. Vielleicht hatte sie all die Jahre, die sie in der

Bibliothek der Hispanic Society arbeitete, darauf verwandt, die spanische Literatur auswendig zu lernen, sie mit lautlosen Lippenbewegungen zu rezitieren, als würde sie beten, während sie jeden Morgen über den karibischen Bürgersteigen des Broadway zur Arbeit ging oder in langsamen Bussen oder überfüllten Metrozügen in den Süden von Manhattan fuhr, während sie schlaflos allein in ihrem Bett lag oder durch die Säle des Museums schlurfte, ohne auf die Gemälde und Gegenstände zu achten, deren Platz sie ebenso auswendig kannte wie die getippten Namen und Daten auf den Etiketten. Ein Bild jedoch gab es, vor dem sie jedes Mal innehielt, vor dem sie sich niedersetzte, um es in Ruhe und mit einem Gefühl der Wehmut zu betrachten, das nie nachließ, das sogar noch stärker geworden war mit den Jahren und all den Dingen im Saal, die sich so unveränderlich zu erhalten schienen wie in einem Märchenreich. Die Etiketten, die Schilder und Kataloge vergilbten, die sanitären Anlagen verkamen immer mehr zu seltenen Antiquitäten, den kubanischen und puertorikanischen Hausmeistern ergraute das drahtige Kraushaar, die Taschen und die Ärmel ihrer grauen spanischen Pedelljacken beulten und fransten aus, und sie selbst wurde sich allmählich zu einer Fremden, wenn sie in den Spiegel schaute, wären da nicht ihre Augen, die noch ebenso wunderbar glänzten wie mit dreißig Jahren, als sie zum ersten Mal allein und ganz auf sich gestellt in Amerika war, erfüllt von einer Lebensfreude, die vielleicht noch beunruhigender und verrückter war als der entfesselte Sammlerwahn von Mr. Huntington. Ich sitze gern vor diesem Bild von Velázquez, dem Porträt dieses dunkelhaarigen Mädchens, von dem niemand weiß, wer sie war und wie sie hieß und warum Velázquez sie gemalt hat, sagte sie uns. Sie haben es sicher schon gesehen, aber gehen Sie nicht, ohne noch einmal einen Blick darauf geworfen zu haben, denn vielleicht kommen Sie nicht noch einmal her, und dann sehen Sie es nie mehr wieder. Mit den Jahren hört man auf, den Dingen Beachtung zu schenken, man gewöhnt sich an sie und betrachtet sie nicht mehr, und das nicht nur aus Gleichgültigkeit, sondern auch aus Gründen geistiger Hygiene. Jeder Museumswärter würde wahnsinnig, wenn er immer ganz aufmerksam die Gemälde betrachtete, von denen er umgeben ist. Ich komme hier herein und sehe nach all den Jahren nichts mehr, nur dieses Mädchen von Velázquez, das schaue ich mir jedes Mal an, sie ist wie ein Magnet, der mich anzieht und mich ansieht, und obwohl ich ihr Gesicht auswendig kenne, entdecke ich immer wieder etwas Neues darin, so wie eine Mutter oder ein Vater im Gesicht des Sohnes, stelle ich mir vor, oder ein Liebender im Gesicht der Geliebten. Die Gemälde hier und in allen anderen Museen stellen zumeist Mächtige oder Heilige dar; arrogante, aufgeblasene, vor lauter Heiligkeit oder von der Qual eines Martyriums um den Verstand gebrachte Gestalten. Dieses Mädchen jedoch stellt gar nichts dar, sie ist keine kleine Muttergottes, weder ein Königskind noch die Tochter eines Herzogs, sie ist nur sie selbst, ein einsames, wie in einem melancholischen Kindertraum versunkenes Mädchen mit einem ernsten, sanftmütigen Gesichtsausdruck, wie verloren auch in diesen schwülstigen und etwas heruntergekommenen Sälen der Hispanic Society, wie ein verwunschenes Kind in einem Märchenpalast, in dem die Zeit vor hundert Jahren stehen geblieben ist. Sie hat einen offenherzigen und zugleich schüchternen, zurückhaltenden Blick, und ihre dunklen Augen sind jetzt auf mich gerichtet, während ich diese Zeilen schreibe, obwohl ich weit entfernt bin von ihr und dem bewölkten Mittag in New York am Vortag unserer Abreise. Es sind erst ein paar Monate vergangen, und die Erinnerungen sind noch klar und beständig, doch wenn ich näher über diese Stunden in der Hispanic Society nachdenke, an das Gesicht des Mädchens von Velázquez, an die Stimme und die glühenden Augen der Frau, die uns ihren Namen nicht genannt hat, beginnt alles zu vibrieren und jene zerbrechliche Konsistenz dessen anzunehmen, von dem man nicht genau weiß, ob es tatsächlich geschehen ist. Ich habe Belege, materielle Details, die Metrocard, die wir für die weite Fahrt im Omnibus benutzt haben, die Postkarten aus dem Laden der Hispanic Society, der nur sehr dürftig bestückt ist, in dem es aber noch Ansichtskarten in Schwarzweiß gibt, die fast hundert Jahre alt sind, und Reiseführer und Bücherkataloge, die man in Auslagekästen von Antiquariaten finden könnte, in denen nur die ältesten und abgegriffensten Exemplare feilgeboten werden. An diesem unwahrscheinlichen Ort jedoch befindet sich so ein unscheinbarer Laden, der an die engen, schummrigen spanischen Tabak- und Briefmarkenläden erinnert, in einem riesigen, in seiner Raumaufteilung völlig unerklärlichen Saal, rundum voll gestellt mit Schauvitrinen aus dunklem Holz, Ladentheken eines weitläufigen Textilgeschäfts der Jahrhundertwende ähnlich oder diesen gigantischen Kommoden in den Sakristeien von Kathedralen, in denen die Messgewänder aufbewahrt werden. Unwillkürlich drängt sich ein Vergleich mit den Souvenirshops in anderen New Yorker Museen auf, die luxuriösen Supermärkten ähneln. Der Laden befindet sich in einem dämmrigen Winkel und nimmt eine halbe Thekenlänge ein, hinter der eine betagte Dame sitzt, die den Eindruck erweckt, als würde sie jeden Moment ihr Strickzeug hervorholen, sobald nur die beiden merkwürdigen Besucher außer Sichtweite sind, die gerade die Kollektion uralter Postkarten betrachten. Die Wände sind vom Boden bis zur Decke mit gewaltigen Gemälden bedeckt, beziehungsweise mit einem einzigen, das sich ohne Unterbrechung über die ganze Wandbreite zieht und auf dem wie im Delirium eines barocken Karnevals oder in einer chaotischen Anordnung von enzyklopädischen Bildtafeln sämtliche regionalen Trachten, Berufe und Volkstänze dargestellt sind, alle spanischen Landschaften, die gesamte Bijouterie der von

Joaquín Sorolla in Akkordarbeit aufgemalten folkloristischen Romantik, gleichsam eine Sixtinische Kapelle zum Ruhm und zur Ehre von Mr. Huntingtons hispanischer Passion, um mit großen bunten Pinselstrichen jeden Volkstypus, jedes verstaubte Gewand und jede Kopfbedeckung unserer Ahnen oder sonstige anthropologische Eigenart zu verewigen, andalusische Reiter mit ihren breitkrempigen Hüten und baskische Bauern mit ihren Mützen, Katalanen mit Zipfelmützen und Bastsandalen, Kastilier mit gefurchten, sonnenverbrannten Gesichtern, und Jota tanzende Aragonesen mit roten Halstüchern: auch die Orangenfelder und Olivenhaine, die kantabrischen Gewässer, auf denen die Fischer des Nordens ihre Arbeit verrichten, die galizischen Kornspeicher und die Windmühlen von La Mancha, andalusische Zigeunerinnen mit wehenden Röcken und valenzianische Falleras mit gestärkten Kleidern und steifen Frisuren wie von iberischen Hofdamen, fruchtbare Gärten und Wüsteneien, die dräuenden Himmel von El Greco und das verspielte klare Licht des Mittelmeers, Quadratmeter um Quadratmeter Malerei, eine Vielfalt von maskenähnlichen Gesichtern und Mummenschanz von Kleidern, so dicht und so berauschend wie ein Karnevalstreiben in den Straßen, aber auch so erdrückend ausführlich wie ein Katalog oder eine Verordnung; jeder Typus mit seinen überlieferten Gesichtszügen und der dazugehörigen Tracht, seinen unveränderlichen Bräuchen und seiner heimatlichen Landschaft zugetan, jedes Individuum streng nach Herkunft und Umfeld geordnet wie Vögel oder Insekten nach ihrer zoologischen Gattung.

Jetzt aber, während ich in meinem Arbeitszimmer vor der Tastatur des Computers sitze, vor der weißen, vom Wasser geglätteten Muschel, die Arturo vor zwei Sommern am Strand von Zahara fand, liegt vor mir eine der Ansichtskarten, die wir im Laden der Hispanic Society gekauft haben, das Bildnis dieses dunkelhaarigen, zarten, einsamen Mädchens vor einem graubraunen Hintergrund, das mich genauso anschaut wie an jenem Mittag, als wir einen letzten Blick auf sie warfen, bevor wir gingen, am Tag vor unserer Abreise, als wir schon so gut wie gar nicht mehr in New York waren und dennoch ein voller Tag bis zu unserem Abflug nach Madrid vor uns lag, als uns die Zeit zwischen den Fingern zerrann, substanzlos wie verbranntes Papier, wie Ascheflocken, unruhige Stunden und Minuten wie die flüchtige, angstvoll beobachtete Zeit heimlicher Liebender, die wissen, dass im Augenblick ihrer Begegnung die Zeit rückwärts zu laufen beginnt bis zu ihrer Trennung. Wenn man Dinge erfindet, erliegt man dem leichtfertigen Glauben, sich Orte und Gegenstände untertan machen zu können und auch die Menschen, über die man schreibt: In meinem Arbeitszimmer, im Licht der Leselampe, das meine Hände und die Tastatur beleuchtet, die Maus und die Muschel, über deren Rillen gedankenverloren meine Fingerkuppen streichen, und die Postkarte des Mädchens von Velázquez, kann ich das Gefühl haben, dass alles, was ich erfinde oder an das ich mich erinnere, in mir ist, in diesem geschlossenen Raum. Orte existieren aber, obwohl ich nicht dort bin und nicht an sie zurückkehren werde, und die anderen Leben, die ich lebte, und die anderen Männer, die ich war, bevor ich der wurde, der mit dir zusammen ist, überdauern vielleicht in der Erinnerung anderer, und in diesem Augenblick schaut das Mädchen, das mich auf der blassen Reproduktion einer Postkarte mit einem verhaltenen Lächeln ansieht, in einer Entfernung von sechs Stunden und sechstausend Kilometern von einer echten, greifbaren Leinwand herab, die Velázquez 1640 bemalte und ein amerikanischer Multimillionär um 1900 nach New York brachte und in dem großen, dämmerlichtigen Saal eines Museums aufhängte, das nur wenige Menschen besuchen. Wer weiß, ob nicht vielleicht gerade jetzt, wo in New York früher Nachmittag ist und hier ein Dezembertag zu Ende geht, jemand das Gesicht dieses Mädchens betrachtet; jemand, der in seinen dunklen Augen die Melancholie einer langen Verbannung wahrnimmt oder erkennt.

Porträt eines kleinen Mädchens. Diego Velázquez, ca. 1640.
Courtesy of the Hispanic Society of America, New York.

Bibliographische Notizen

Ich habe nur wenig erfunden in den Geschichten und den Stimmen, die sich in diesem Buch begegnen. Einige sind mir erzählt worden und waren lange in meiner Erinnerung aufbewahrt. Andere habe ich in Büchern gefunden. Willi Münzenberg entdeckte ich bei der Lektüre von *El fin de la inocencia* von Stephen Koch [*Double Lives: Stalin, Willi Munzenberg and the Seduction of the Intellectuals*], und ich folgte seiner Fährte in *El pasado de una ilusión* von François Furet [*Das Ende der Illusion*; München: Piper, 1998. Dt. von Karola Bartsch], einem Buch, das ebenso bewundernswert ist wie sein Titel. Ich begegnete ihm auch in dem zweiten Band der Memoiren von Arthur Koestler, *The Invisible Writing* [*Die Geheimschrift. Bericht eines Lebens 1932–1940*; Wien u. a.: Desch, 1955. Dt. von Franziska Becker], sowie auf zahllosen Internetseiten. Den wunderschönen Namen Milena Jesenská las ich zum ersten Mal in dem überwältigenden Buch *Briefe an Milena* von Franz Kafka, in einer Taschenbuchausgabe von Alianza, die mich lange Zeit begleitet hat [Frankfurt: Fischer Tb, 1991]. Und allein dieser Name, *Milena*, als Titel eines Buches, ließ mich seine Autorin entdecken: Margarete Buber-Neumann, auf die ich schon bei Koch und bei Furet gestoßen war, wo sie als Name in einer Fußnote auftauchte [*Milena, Kafkas Freundin*; München: Langen-Müller, 1986]. Die beiden Bände ihrer Autobiographie, deren französische Version – *Déportée en Sibérie* und *Déportée à Ravensbrück* – ich im Katalog von Seuil gefunden hatte, schickte mir meine Verlegerin Annie Morvan mit Eilpost aus Paris [*Als Gefangene bei Stalin und Hitler*; Ullstein Tb, 2002]. Es ist erstaunlich, dass so viele Frauen über ihre Erlebnisse aus den Lagerhöllen des Nationalsozialismus und Kommunismus berichtet haben; von existenzieller Bedeutung waren für mich *Contra toda esperanza* von Nadeschda Mandelstam [*Das Jahrhundert der Wölfe*; Fischer Tb, 2002. Dt. von Elisabeth Mahler] und vor allem *Journey into the Whirlwind*, von Jewgenija Ginsburg [*Gratwanderung*; München: Piper, 1991. Dt. von Nena Schawina – *Marschroute eines Lebens*; München: Piper, 1992. Dt. von Swetlana Geier], deren Namen ich erstmals in einem außergewöhnlichen Buch von Tzvetan Todorov gelesen habe, das mir in einer englischen Übersetzung in die Hände gefallen war: *Facing the Extreme – Moral Life in the Concentration Camps* [*Angesichts des Äußersten*; München: Fink, 1993. Dt. von Wolfgang Heuer und Andreas Knop]. Von Todorov habe ich eine Menge in dem Buch *El hombre desplazado* gelernt [*L'homme dépaysé*]. Über die Situation der Juden in Spanien habe ich viel in *Los orígenes de la Inquisición* gelesen, der tendenziösen und sehr umfangreichen Studie von Benzion Netanyahu [*The Origin of the Inquisition in Fifteenth Century Spain*] sowie in dem sehr viel kürzeren und auch ausgewogeneren Klassiker von Henry Kamen, *La Inquisición Española* [*Die spanische Inquisition*; München: Heyne, 1980. Dt. von Arno Dohm]; nicht zu vergessen ein trotz seiner Kürze meiner Ansicht nach außergewöhnliches Buch, *Historia de una tragedia* von Joseph Perez. Mein Freund Emilio Lledó hat die umfangreichen Tagebücher von Klemperer im Original gelesen [*Ich will Zeugnis ablegen bis zum letzten*; Berlin: Aufbau, 1995]; ich kenne nur die englische Version in zwei Bänden, die unter dem Titel *I Will Bear Witness: A Diary of the Nazi Years* erschienen ist. Der Gedanke stimmt traurig, dass solche tiefgründigen Werke dem spanischen Leser so gut wie nie zugänglich sein werden.

Doch beinah hätte ich die beiden Schriftsteller unerwähnt

gelassen, die auf meine Bildung der letzten Jahre den größten Einfluss gehabt haben, ohne die mir die Idee zu diesem Buch vermutlich nie gekommen wäre und ohne die ich wahrscheinlich nicht in den geistigen Stand versetzt worden wäre, um es schreiben zu können. Ich meine Jean Améry und Primo Levi. Jean Amérys Buch über Auschwitz entdeckte ich zufällig, ohne vorher überhaupt eine Ahnung von seiner Existenz gehabt zu haben, 1995 in einer Buchhandlung in Paris. Es war bei Actes Sud unter dem Titel *Par delà le crime et le châtiment* erschienen, und soweit ich weiß, hat sich bislang nicht ein spanischer Verlag dafür interessiert [*Jenseits von Schuld und Sühne*; Stuttgart: Klett-Cotta, 1997]. Mario Muchnick ist es allerdings zu verdanken, dass der spanische Leser mit den Titeln *Si esto es un hombre*, *La Tregua* und *Los hundidos y los salvados* Zugang hat zur großen Trilogie der Memoiren von Primo Levi [*Ist das ein Mensch*; München: Hanser, 2002. Dt. von Barbara und Robert Picht – *Atempause*; München: dtv, 1994. Dt. von Barbara und Robert Picht. – *Die Untergegangenen und die Geretteten;* München: Hanser, 2002. Dt. von Moshe Kahn]. Was man über das menschliche Wesen und über die europäische Geschichte des 20. Jahrhunderts in diesen drei Bänden lernen kann, ist zwar schrecklich, aber auch lehrreich; und ehrlich gesagt, glaube ich nicht, dass man ein ausgeprägtes politisches Bewusstsein haben kann, ohne sie gelesen zu haben, oder einen Begriff von Literatur, wenn er diese Art zu schreiben nicht einschließt.

Es gibt zwar noch andere Bücher, doch die oben erwähnten waren bei der Niederschrift von *Sepharad* am wichtigsten für mich. Darüber hinaus habe ich vielen Stimmen gelauscht, und von diesen möchte ich in tief empfundener Dankbarkeit die von Francisco Ayala und José Luis Pinillos nennen; die dunkle, liebenswürdige Stimme von Amaya Ibárruri, die mich an einem Winternachmittag zum Kaffee eingeladen und mir einige Episoden aus dem außergewöhnlichen Roman ihres Lebens erzählt hat; die von Adriana Seligmann, deren Großvater von Albträumen auf Deutsch heimgesucht wurde, und die von Tina Palomino, die eines Tages zu mir kam, als ich dieses Buch bereits beendet zu haben glaubte, mir ohne es zu merken eine Geschichte schenkte und dabei die Erkenntnis zuteil werden ließ, dass es am Ende stets noch etwas gibt, das es verdient hätte, erzählt zu werden.

Madrid, Dezember 2000